AMANTE DESPERTO

J.R. WARD

São Paulo
2011

UNIVERSO DOS LIVROS

Título original
Lover Awakened

Diretor Editorial
Luis Matos

Tradução
Jacqueline Valpassos

Revisão
Guilherme Laurito Summa
Felipe Vieira

Assistência Editorial
Noele Rossi
Talita Gnidarchichi

Arte
Fabiana Pedrozo
Stephanie Lin

Capa
Sérgio Bergocce

Dados Internacionais de Catalogação na Publicação (CIP)
(Câmara Brasileira do Livro, SP, Brasil)

W259a Ward, J. R.

Amante Desperto / J. R. Ward ; [tradução de Jaqueline Valpassos]. – São Paulo : Universo dos Livros, 2011.
464 p. – (Irmandade da Adaga Negra)

Tradução de: Lover Awakened.

ISBN 978-85-7930-117-9

1. Vampiros. 2. Ficção. I. Título. II. Série

CDD 813.6

Universo dos Livros Editora Ltda.
Rua Haddock Lobo, 347 • 12º andar • Cerqueira César
CEP 01414-001 • São Paulo • SP
Telefone: (11) 3217-2603 • Fax: (11) 3217-2616
www.universodoslivros.com.br
e-mail: editor@universodoslivros.com.br
Siga-nos no Twitter: @univdoslivros

Dedicado a: *Você*.

Jamais haverá alguém como você.
Para mim... só você existe.
Palavras não bastam para descrever o que sinto...

Agradecimentos

Com imensa gratidão aos leitores
da Irmandade da Adaga Negra,
em especial aos Cellies.

Muito obrigada a:
Karen Solem, Kara Cesare, Claire Zion,
Kara Welsh, Rose Hilliard.

Obrigada à melhor equipe odontológica do mundo:
Robert N. Mann, dentista, e Ann Blair
Scott A. Norton, cirurgião-dentista, e Kelly Eichler
e sua incomparável equipe.

Como sempre, agradeço ao meu Comitê Executivo:
Sue Grafton, Dra. Jessica Andersen, Betsey Vaughan.

Com amor, para minha família.

Glossário de termos e nomes próprios

As Escolhidas: Vampiras educadas para servirem à Virgem Escriba. São consideradas membros da aristocracia, embora sejam voltadas mais para as coisas espirituais do que temporais. Têm pouca, ou nenhuma, interação com os machos, mas podem acasalar com guerreiros a fim de reproduzir sua espécie, segundo a orientação da Virgem Escriba. Têm a capacidade de predizer o futuro. No passado, eram utilizadas para satisfazer a necessidade de sangue de membros solteiros da Irmandade, mas tal prática foi abandonada pelos Irmãos.

Cio: Período fértil das vampiras. Em geral, dura dois dias e é acompanhado por intenso desejo sexual. Ocorre pela primeira vez aproximadamente cinco anos após a transição da fêmea e, a partir daí, uma vez a cada dez anos. Todos os machos respondem em certa medida se estiverem por perto de uma fêmea no cio. Pode ser uma época perigosa, com conflitos e lutas entre os machos, especialmente se a fêmea não tiver companheiro.

Conthendha: Conflito entre dois machos que competem pelo direito de ser o companheiro de uma fêmea.

Doggen: Membro da classe servil no mundo dos vampiros. Os doggens seguem antigos e conservadoras tradições de servir aos seus superiores, obedecendo a códigos formais no comportamento e no vestir. Podem sair durante o dia, mas envelhecem relativamente rápido. Sua expectativa de vida é de aproximadamente quinhentos anos.

Ehnclausuramento: *Status* conferido pelo rei a uma fêmea da aristocracia em resposta a uma petição de seus familiares. Subjuga uma fêmea à autoridade de um responsável único, o *tuhtor*, geralmente o macho mais velho da casa. Seu *tuhtor*, então, tem o direito legal de determinar todos os aspectos de sua vida, restringindo, segundo sua vontade, toda e qualquer interação dela com o mundo.

Escravo de sangue: Vampiro macho ou fêmea que foi subjugado para satisfazer a necessidade de sangue de outros vampiros. A prática de manter escravos de sangue caiu em desuso, mas não é ilegal.

Fade: Reino atemporal onde os mortos se reúnem com seus entes queridos por toda a eternidade.

Glymera: A nata da aristocracia.

Hellren: Vampiro macho que tem uma companheira. Os machos podem ter mais de uma fêmea.

Irmandade da Adaga Negra: Guerreiros vampiros altamente treinados para proteger a sua espécie contra a Sociedade Redutora. Resultado de cruzamentos seletivos dentro da raça, os membros da Irmandade possuem imensa força física e mental, assim como a capacidade de se recuperar de ferimentos rapidamente. Não é constituída majoritariamente por irmãos de sangue. São iniciados na Irmandade por indicação de seus membros. Agressivos, autossuficientes e reservados por natureza, vivem apartados dos vampiros civis e têm pouco contato com membros das outras classes, a não ser quando precisam se alimentar. Tema para lendas, são reverenciados no mundo dos vampiros. Só podem ser mortos por ferimentos muito graves como tiros ou uma punhalada no coração.

Leelan: Termo carinhoso, que pode ser traduzido aproximadamente por "muito amada".

Mahmen: Mãe. Usado afetuosamente e também como designativo.

Nalla: Um termo carinhoso que significa "amada".

Ômega: Figura mística e maligna que almeja a extinção dos vampiros devido a um ressentimento contra a Virgem Escriba. Existe em um reino atemporal e possui grandes poderes, entre os quais, no entanto, não se encontra a capacidade de criar.

Perdição: Refere-se a uma fraqueza crítica em um indivíduo. Tal fraqueza pode ser interna, como um vício, ou externa, como uma paixão.

Primeira Família: O rei e a rainha dos vampiros, e os seus filhos.

Princeps: O nível mais elevado da aristocracia dos vampiros, só suplantado pelos membros da Primeira Família ou pelas Escolhidas da Virgem Escriba. O título é hereditário, não pode ser outorgado.

Redutor: Membro da Sociedade Redutora. Humano sem alma empenhado na exterminação dos vampiros. Os redutores só morrem se forem apunhalados no peito; do contrário, vivem eternamente, sem envelhecer. Não comem nem bebem e são impotentes. Com o tempo, seus cabelos, a pele e os olhos perdem a pigmentação. Cheiram a talco de bebê. Depois de iniciados na sociedade por Ômega, conservam uma urna de cerâmica onde seu coração foi depositado após ter sido removido.

Rytho: Forma ritual de lavar a honra, oferecida pelo ofensor ao ofendido. Se aceito, o ofendido escolhe uma arma e ataca o ofensor, que se apresenta perante ele desprotegido.

Shellan: Vampira que tem um companheiro. Em geral, as fêmeas não têm mais de um macho devido à natureza fortemente territorial dos machos.

Sympatho: Espécie dentro da raça vampírica, caracterizada pela capacidade e desejo de manipular emoções nos outros (com o propósito de troca de energia), entre outras peculiaridades. Historicamente, foram discriminados e, em certas épocas, caçados pelos vampiros. Estão quase extintos.

Sociedade Redutora: Ordem de assassinos constituída por Ômega com o propósito de erradicar a espécie dos vampiros.

Tahlly: Termo carinhoso que pode ser livremente traduzido como "querida".

Transição: Momento crítico na vida dos vampiros, quando ele ou ela se transformam em adultos. A partir daí, precisam beber sangue do sexo oposto para sobreviver e não suportam a luz do dia. Geralmente, ocorre por volta dos vinte e cinco anos. Alguns vampiros não sobrevivem à transição, sobretudo os machos. Antes da mudança, os vampiros são fisicamente frágeis, inaptos ou indiferentes para o sexo, e incapazes de se desmaterializar.

Tuhtor: Guardião de um indivíduo. Há vários graus de *tuhtores*, sendo que o mais poderoso é aquele responsável por uma fêmea *ehnclausurada*.

Tumba: Cripta sagrada da Irmandade da Adaga Negra. Usada como local de cerimônias e como depósito das urnas dos redutores. Entre as cerimônias ali realizadas, estão as iniciações, funerais e ações disciplinadoras contra os Irmãos. O acesso a ela é vedado, exceto aos membros da Irmandade, à Virgem Escriba ou aos candidatos à iniciação.

Vampiro: Membro de uma espécie à parte do *Homo sapiens*. Os vampiros precisam beber sangue do sexo oposto para sobreviver. O sangue humano os mantêm vivos, mas sua força não dura muito tempo. Após sua transição, que geralmente ocorre aos vinte e cinco anos, são incapazes de sair à luz do dia e devem se alimentar na veia regularmente. Os vampiros não podem "converter" os humanos por meio de uma mordida ou transferência de sangue, embora, ainda que raramente, sejam capazes de procriar com a outra espécie. Podem se desmaterializar por meio da vontade, mas precisam estar calmos e concentrados para consegui-lo, e não podem levar consigo nada pesado. São capazes de apagar as lembranças das pessoas, desde que recentes. Alguns vampiros são capazes de ler a mente. Sua expectativa de vida ultrapassa os mil anos, sendo que, em certos casos, vai além disso.

Viajante: Um indivíduo que morreu e voltou vivo do Fade. Inspiram grande respeito e são reverenciados por sua façanha.

Vihngador: Agente de uma retaliação mortal executada tipicamente por um macho que tenha algum laço amoroso com a vítima.

Virgem Escriba: Força mística conselheira do rei, guardiã dos registros vampíricos e dispensadora de privilégios. Existe em um reino atemporal e possui grandes poderes. Capaz de um único ato de criação, que usou para trazer os vampiros à existência.

Capítulo 1

Caramba, Zsadist! Não salte...

A voz do Phury mal pôde ser ouvida com o som da batida de carro diante deles. E não evitou que seu irmão gêmeo saltasse do Escalade que ia a oitenta quilômetros por hora.

– V., ele pulou! Dê um cavalo de pau!

O ombro de Phury chocou-se com força contra a janela do carro quando Vishous fez o carro derrapar habilmente. A luz dos faróis oscilou e apanhou Z., ainda rolando como uma bola pelo asfalto coberto de neve. Uma fração de segundo mais tarde, pôs-se de pé num pulo, indo à caça do sedan fumacento que agora tinha um pinheiro ornamentando a capota.

Phury ficou de olho no gêmeo enquanto soltava o cinto de segurança. É verdade que os *redutores* que estiveram perseguindo nas cercanias rurais de Caldwell haviam terminado o passeio deles pelas leis da física, mas isso não significava que estivessem fora de serviço. Aqueles filhos da mãe eram bastante duráveis.

Quando o Escalade parou, Phury abriu apressadamente a porta enquanto sacava sua Beretta. Não sabia quantos *redutores* havia no carro ou que tipo de munição levavam. Os inimigos da raça dos vampiros viajavam em bando e sempre armados – *Caraca!* Três dos assassinos de cabelos desbotados haviam saído do carro, só o motorista parecia fora de combate.

O fato de todas as chances estarem contra ele não deteve Z. Era um maníaco suicida, que se dirigiu diretamente para o trio de mortos-vivos com apenas uma adaga negra em sua mão.

Phury disparou pela estrada, escutando Vishous correr pesadamente atrás dele. Mas não eram necessários.

Enquanto as silenciosas rajadas de ar formavam redemoinhos e o cheiro doce dos pinheiros se misturava com o da gasolina que vazava do carro destroçado, Z. derrubou os três *redutores* só com a adaga. Cortou-lhes os tendões posteriores dos joelhos para que não pudessem correr, quebrou-lhes os braços para que não pudessem opor resistência, e os arrastou pelo chão até ficarem alinhados como horríveis bonecas.

Tudo isso – inclusive despojá-los de suas carteiras de identidade – não lhe tomou mais do que quatro minutos e meio. Então, Zsadist fez uma pausa para recuperar o fôlego. E enquanto olhava para todo aquele sangue negro e gorduroso que manchava a alva neve, vapor emanava de seus ombros, uma espécie de névoa, curiosamente delicada, agitada pelo vento frio.

Phury meteu a Beretta na cintura, sentindo-se nauseado, como se houvesse comido bacon além da conta. Esfregando o esterno, olhou à esquerda e à direita. A Rota 22 estava mortalmente tranquila àquela hora da noite, e ali, já tão distante de Caldwell. Testemunhas humanas seriam improváveis. Cervos não falam.

Sabia o que viria depois. E que era melhor não tentar detê-lo.

Zsadist se ajoelhou sobre um dos *redutores*, o rosto recortado por cicatrizes, distorcido pelo ódio, o deformado lábio superior repuxado para trás, as presas longas como as de um tigre. Com o cabelo raspado à máquina e as maçãs do rosto encovadas, parecia a personificação da Morte; e, como tal, trabalhava à vontade com o frio. Vestindo apenas um pulôver de gola rolê e calças negras folgadas, estava mais armado do que vestido: além do coldre peitoral para as lâminas cruzadas sobre o peito, que era a marca registrada da Irmandade da Adaga Negra, levava duas outras facas enfiadas em correias atadas às coxas e um cinturão com duas pistolas SIG Sauers.

Não que nunca usasse a nove milímetros. Quando matava, gostava de tornar o ato íntimo. Na realidade, era o único momento em que se aproximava de alguém.

Z. agarrou o *redutor* pelas lapelas da jaqueta de couro e ergueu com força o assassino, ficando cara a cara com ele, bem próximo.

– Onde está a mulher? – ao obter como resposta apenas um maligno sorriso, Z. esmurrou violentamente o assassino. O soco ecoou através das árvores, um som duro como o de um galho sendo partido ao meio.

– *Onde está a mulher?*

O sorriso de escárnio do assassino fez a raiva de Z. subir de tal maneira que ele se tornou seu próprio círculo ártico. O ar ao redor de seu corpo se carregou magneticamente e ficou mais frio do que a noite. Os flocos de neve não caíam à sua volta, pareciam desintegrar com a força de sua cólera.

Phury escutou um som estridente e olhou por cima do ombro. Vishous estava acendendo uma cigarrilha enrolada artesanalmente, e o brilho alaranjado iluminou-lhe a tatuagem na têmpora esquerda e o cavanhaque.

Ao ouvir um novo murro, V. puxou uma profunda tragada e desviou os límpidos olhos.

– Tudo bem aí, Phury?

Não, não estava. A natureza selvagem de Z. sempre fora dantesca, mas, nos últimos tempos, ele se tornara tão violento que era duro observá-lo em ação. O que havia nele de mais assustador, aquele poço sem fundo e sem alma, ficara totalmente fora de controle depois que os *redutores* sequestraram Bella.

E nem assim a encontraram. Os Irmãos não tinham pistas, informações, nada. Mesmo com os truculentos interrogatórios de Z.

Phury estava arrasado por causa do sequestro. Não conhecia Bella há muito, mas, achava-a tão encantadora, uma fêmea digna do lugar que ocupava na mais alta aristocracia de sua raça. Entretanto, ela representava mais do que sua linhagem. Muito mais. Mexera com ele mais fundo: para além do voto de celibato, ela atingira o macho controlado pela disciplina. Estava tão desesperado para encontrá-la quanto Z., mas, depois de seis semanas, havia perdido a fé de que ela houvesse sobrevivido. Os *redutores* andavam torturando vampiros para obter informação sobre a Irmandade e, como todos os civis, ela sabia pouco sobre os Irmãos. Certamente àquela altura estaria morta.

Sua única esperança era a de que não houvesse suportado dias e dias infernais antes de ir para o Fade.

– O que fizeram com a mulher? – grunhiu Zsadist para o assassino seguinte. Quando tudo que escutou foi um "vá se danar", Z. deu uma de Mike Tyson e mordeu o filho da mãe.

Por que Zsadist se preocupava com uma fêmea civil, ninguém na Irmandade conseguia entender. Ele era conhecido... ou melhor, era temido por sua aversão às mulheres. Qual a razão de ele se importar com Bella era o que todos se perguntavam. No entanto, ninguém, nem mesmo Phury, seu irmão gêmeo, podia predizer as reações do homem.

Enquanto o ecos do brutal trabalho de Z. cortavam o remoto bosque, Phury sentia-se sucumbir ao interrogatório, ao passo que os próprios *redutores* mantinham-se firmes e não entregavam informação alguma.

– Não sei quanto mais disso poderei aguentar – disse, baixinho.

Zsadist era a única coisa que tinha na vida, afora a missão da Irmandade de proteger a raça dos ataques dos *redutores*. Todos os dias, Phury dormia sozinho, se é que chegava a dormir. A comida lhe dava pouco prazer. As mulheres estavam descartadas por causa de seu celibato. E cada segundo seu era consumido com a preocupação pelo que Zsadist aprontaria a seguir e quem sairia ferido no processo. Sentia-se como se estivesse morrendo, sangrando por mil cortes, esvaindo-se lentamente. Um alvo por procuração de todas as intenções assassinas de seu irmão gêmeo.

V. estendeu a mão enluvada e agarrou a garganta de Phury.

– Olhe para mim, cara.

Phury o olhou e se encolheu. A pupila do olho esquerdo do Irmão, que tinha as tatuagens ao redor, dilatou-se até não restar coisa alguma, a não ser um negro vazio.

– Vishous, não... eu não... – *Droga*. Não tinha por que inteirar-se de seu futuro naquele exato momento. Não sabia como lidar com o fato de que as coisas só iriam piorar.

– A neve cai devagar esta noite – disse V., esfregando o polegar para frente e para trás sobre sua espessa veia jugular.

Phury piscou quando uma estranha calma apoderou-se dele, o batimento de seu coração baixando para o ritmo do polegar do Irmão.

– O quê?

– A neve... cai tão devagar.

– Sim... é verdade.

– E tivemos muita neve este ano, não foi?

– Hum... sim.

– Sim... muita neve e vai haver mais. Esta noite. Amanhã. O mês que vem. No próximo ano. A coisa vem quando vem e cai onde cai.

– É isso aí – disse Phury brandamente. – E nada pode impedi-la.

– Não, a menos que você seja o solo – o polegar se deteve. – Meu Irmão, para mim você não se parece com o solo. Não o deterá. Nunca.

Uma série de pequenas explosões e flashes aconteceu quando Z. apunhalou os *redutores* no peito e os corpos se desintegraram. Então, só restaram o silvo do radiador do carro destroçado e a pesada respiração de Z.

Como uma aparição, ele se ergueu do chão enegrecido; o sangue dos *redutores* manchava seu rosto e antebraços. Sua aura era uma radiante névoa de violência que deformava a paisagem por trás dele, o bosque ao fundo ondulava impreciso onde emoldurava seu corpo.

– Vou para o centro da cidade – disse ele, limpando a lâmina na coxa, – procurar mais.

Antes de retomar a caça aos vampiros, o Sr. O liberou a trava de sua nove milímetros Smith & Wesson e olhou no interior do canhão. A arma necessitava de uma limpeza, assim como sua Glock. Tinha outras coisas que queria fazer, mas só um idiota permite que a diversão se sobreponha à obrigação. Que diabo, as armas dos *redutores* tinham de estar sempre impecáveis. A Irmandade da Adaga Negra não era o tipo de alvo que permitisse descuidos.

Caminhou pelo centro de persuasão, fazendo um pequeno desvio ao redor da mesa de autópsia que utilizavam para seu trabalho. A instalação de um único aposento não tinha isolamento e o chão estava sujo, mas, como não havia janelas, o vento não entrava. Havia uma cama de armar, onde dormia. Um chuveiro. Nada de banheiro ou cozinha, porque os *redutores* não comiam. O lugar ainda cheirava a madeira fresca, porque o tinham construído há apenas um mês e meio.

O único acessório fixo terminado era a estante, que se estendia do piso empoeirado às vigas, numa altura de 12 metros. Seus instrumentos estavam ali dispostos, bem cuidados e limpos, em vários níveis: facas, tornos, tenazes, martelos, furadeiras. Fosse o que fosse que pudesse arrancar um grito de dor de uma garganta, eles tinham.

Mas o lugar não se destinava apenas à tortura; também era usado para armazenagem. Manter vampiros presos por algum tempo era um desafio, porque eles podiam fazer "puf" e desaparecer se tivessem a oportunidade de se acalmar e de se concentrar. O aço impedia esse truque do desaparecimento, mas uma cela com barras não os abrigaria da luz do sol, e construir uma sala inteira de aço era impraticável. O que funcionaria bastante bem, entretanto, seria uma tubulação de esgoto, de metal corrugado, enfiada verticalmente no solo. Ou três delas, como era o caso ali.

O Sr. O ficou tentado a ir às unidades de armazenagem, mas sabia que, se o fizesse, não retornaria à caça e tinha cotas a cumprir. Ser *Redutor Principal*, o segundo na hierarquia, tinha alguns privilégios, como a direção daquele lugar. Entretanto, para proteger sua privacidade, precisava manter um desempenho adequado.

E isso significava que tinha de cuidar de suas armas, mesmo que preferisse estar fazendo outras coisas. Afastou um estojo de primeiros-socorros, apanhou a caixa de limpeza da pistola, e aproximou um tamborete da mesa de autópsia.

A única porta do lugar se escancarou de repente sem que ninguém batesse antes. O Sr. O olhou por cima do ombro, mas, quando viu quem era, obrigou-se a reduzir a expressão de contrariedade ao mínimo. O Sr. X não era bem-vindo; porém, sendo ele o terrível comandante da *Sociedade Redutora,* não havia remédio senão recebê-lo. Quando nada, por uma questão de autopreservação.

De pé sob uma lâmpada nua, o *Redutor Principal* não era um bom oponente. Com mais de 1,90 m, sua constituição parecia a de um carro: era quadradão e duro. E, como todos os membros da Sociedade que haviam sido iniciados há muito tempo, era totalmente desbotado. Sua pele pálida nunca corava e não se avermelhava com o frio. Seu cabelo era da cor das teias de aranha. Os olhos cinzentos lembravam um céu nublado e, como tal, careciam igualmente de brilho e profundidade.

Caminhando displicentemente, o Sr. X pôs-se a olhar ao redor, não inspecionando a disposição dos objetos, mas procurando.

– Disseram-me que conseguiu outro.

O Sr. O largou a ponteira de limpeza e inventariou as armas que levava consigo. Uma faca de arremesso sobre a coxa direita. Uma Glock na cintura. Lamentou não ter mais.

– Capturei-o no centro da cidade há uns quarenta e cinco minutos, do lado de fora do ZeroSum. Está em um dos buracos, voltando a si.

– Bom trabalho.

– Planejo sair outra vez. Agora mesmo.

– Verdade? – o Sr. X parou diante da estante e agarrou uma faca de caça denteada. – Sabe, ouvi algo que é bastante alarmante.

O Sr. O ficou de bico calado e colocou a mão sobre a coxa, perto da extremidade da lâmina.

– Não vai me perguntar o que é? – disse o *Redutor Principal*, enquanto caminhava sobre as três unidades de armazenagem no chão. – Talvez porque já saiba o segredo.

O Sr. O agarrou a faca enquanto o Sr. X se demorava sobre as telas metálicas que cobriam o alto dos tubos de esgoto. Não ligava a mínima pelos dois primeiros cativos. O terceiro, sim: aquilo era assunto que muito lhe interessava.

– Estamos lotados, Sr. O? – a ponta da bota de combate do Sr. X dava golpezinhos contra um dos jogos de cordas que desapareciam dentro de cada um dos buracos. – Pensei que houvesse matado dois que não tinham nada que valesse a pena a dizer.

– Fiz isso.

– Então, contando com o civil que agarrou esta noite, deveria haver um tubo vazio. Em vez disso, não há vagas.

– Agarrei outro.

– Quando?

– Ontem à noite.

– Está mentindo – o Sr. X começou a levantar a tampa da terceira unidade.

O primeiro impulso do Sr. O foi se levantar, dar dois largos e rápidos passos e perfurar a garganta do Sr. X com a faca. Mas não conseguiria chegar a esse extremo. O *Redutor Principal* tinha o fabuloso dom de congelar os subordinados no lugar. E tudo que precisava fazer era olhar para eles.

Então, o Sr. O ficou quieto, tremendo pelo esforço de manter seu traseiro sobre o tamborete.

O Sr. X tirou uma caneta-lanterna de seu bolso, acendeu-a e dirigiu o facho de luz para o buraco. Ao escutar um gritinho abafado, seus olhos se arregalaram.

– *Céus*, é mesmo uma fêmea! Por que diabos não fui informado disso?

O Sr. O levantou-se devagar, escondendo a faca entre as pregas de sua calça cargo, na altura da coxa. Apertava o cabo com firmeza.

– É nova – disse ele.

– Não foi isso que eu ouvi.

Com passos rápidos, o Sr. X foi até o banheiro e afastou a cortina de plástico transparente. Com uma maldição, chutou as embalagens de xampu feminino e óleo de bebê que estavam alinhados num canto. Então, caminhou decidido para o armário das munições e tirou de lá a geladeira portátil que estava escondida ali. Abriu-a de maneira que a comida se esparramasse pelo chão. Como os *redutores* não se alimentavam, aquilo equivalia a uma confissão.

O rosto pálido do Sr. X estava furioso.

– Esteve mantendo um *mascote*, não é verdade?

O Sr. O considerou negar de forma plausível enquanto avaliava a distância entre eles.

– É valiosa. Eu a uso nos interrogatórios.

– Como?

– Os machos da espécie não gostam de ver fêmeas feridas. É um estímulo.

Os olhos do Sr. X se estreitaram.

– Por que não me disse nada?

– Este é meu centro. Que me foi confiado por você para dirigi-lo como quisesse – e quando ele encontrasse o filho da mãe que dera com a língua nos dentes, iria arrancar-lhe a pele em tiras. – Cuido do negócio aqui e você sabe disso. Não deveria se importar com como trabalho.

– Eu deveria ter sido informado – bruscamente, o Sr. X lhe disse: – Está pensando em fazer algo com essa faca na mão, filho?

Sim, Papai, para ser franco, estou.

– Sou o responsável aqui ou não?

Quando o Sr. X trocou o peso de pé, o Sr. O se preparou para o impacto.

Mas o celular tocou. O primeiro toque soou estridente como um grito, no tenso ambiente. O segundo foi menos do que uma intromissão. E o terceiro não passou de um mero toque.

Com o confronto iminente desbaratado, o Sr. O se deu conta de que não estava pensando claramente. Podia ser um tipo grande e um lutador de primeira, mas não era páreo para os truques do Sr. X. E se o Sr. O fosse ferido ou morresse, quem cuidaria de sua esposa?

– Atenda – ordenou o Sr. X. – E ponha no viva-voz.

As notícias vinham de outro membro do esquadrão de elite. Três *redutores* haviam sido eliminados ao lado da estrada a três quilômetros de distância. O carro deles tinha sido encontrado batido contra o tronco de uma árvore e a neve apresentava marcas do calor da desintegração de seus corpos.

Filhos da mãe. A Irmandade da Adaga Negra. *De novo.*

Quando o Sr. O finalizou a chamada, o Sr. X disse:

– Olhe, você quer lutar comigo ou ir trabalhar? Um dos caminhos o levará à morte certa e instantânea. A escolha é sua.

– Sou o responsável por este lugar?

– Desde que obtenha o que necessito.

– Tenho capturado e trazido para cá muitos civis.

– Mas eles não estão dizendo muita coisa útil.

O Sr. O se aproximou e deslizou a tela de vedação sobre o terceiro buraco, assegurando-se de não perder de vista o Sr. X. Então, depositou o peso de sua bota de combate sobre a tela e encarou o *Redutor Principal.*

– O que posso fazer se a Irmandade constitui um segredo para sua própria espécie?

– Talvez só precise se concentrar um pouco mais.

Não lhe diga para se ferrar, pensou o Sr. O. *Fracasse nesse teste de autocontrole e sua mulher servirá de comida para os cães.*

Enquanto o Sr. O tentava controlar seu temperamento, o Sr. X sorriu.

– Seu controle seria mais admirável se não fosse a única resposta apropriada. Agora, sobre esta noite. Os Irmãos irão atrás das urnas dos assassinos que liquidaram. Vá o quanto antes à casa do Sr. H e pegue a urna dele. Designarei alguém para ir à casa do Sr. A e eu mesmo irei à casa do Sr. D.

O Sr. X fez uma pausa na porta.

– Sobre essa fêmea. Se a usa como instrumento, tudo bem. Mas se a mantém por qualquer outra razão, teremos um problema. Comece a ficar sentimental e o darei de comer a Ômega, pedaço por pedaço.

O Sr. O sequer estremeceu. Já passara pelas torturas de Ômega e sobrevivera; calculou que poderia voltar a fazê-lo. Por sua mulher, passaria pelo que fosse.

– Então, o que me diz? – quis saber o *Redutor Principal.*

– Sim, sensei.

Enquanto o Sr. O esperava que o carro do Sr. X partisse, seu coração parecia que iria explodir. Queria tirar sua mulher do buraco e sentir seu corpo contra o dele; só que, se o fizesse, não conseguiria mais sair naquela noite. Para tentar se acalmar, limpou rapidamente sua pistola e se armou. Isso, na verdade, não o ajudou, mas, pelo menos, suas mãos já tinham deixado de tremer quando terminou.

A caminho da porta, recolheu as chaves de sua caminhonete e conectou o detector de movimento do terceiro buraco. O apoio tecnológico era uma mão na roda. Se o laser infravermelho fosse interrompido, as armas de um sistema triangulado disparariam e qualquer curioso apanhado dessa forma contaria com um sério problema de vazamento.

O Sr. O hesitou antes de sair. Deus, queria abraçá-la. Só de pensar em perder a sua mulher, mesmo hipoteticamente, deixava-o louco. Aquela fêmea vampira... era sua razão de viver agora. Não a Sociedade. Tampouco a matança.

– Vou sair, minha esposa, comporte-se – o Sr. O esperou. – Voltarei logo e, então, eu a banharei. – Ao não obter resposta, disse: – Esposa?

O Sr. O engoliu compulsivamente. E, mesmo que dissesse a si mesmo para se comportar como um homem, não conseguia sair sem que ouvisse antes a voz dela.

– Não me deixe sair sem um adeus.

Silêncio.

A dor apertou seu coração, fazendo com que o amor que sentia subisse vertiginosamente. Suspirou, o delicioso peso do desespero se apoderou de seu peito. Pensava que sabia o que era o amor antes de se tornar um *redutor*. Pensava que Jennifer, a mulher com quem dormira e brigara por tantos anos, havia sido especial. Mas como fora tão idiota e ingênuo! Agora, sabia o que era realmente a paixão. Sua mulher cativa era a dor que o queimava e fazia com que parecesse um homem outra vez. Ela era a alma que substituía a que ele havia entregado a Ômega. Por ela vivia, embora fosse um morto-vivo.

– Volto assim que puder, esposa.

Bella se encolheu dentro do buraco quando ouviu que a porta se fechava. O fato de que o *redutor* houvesse ido embora perturbado porque ela não lhe respondera a agradava. Então, agora a loucura estava completa, não?

Engraçado que essa loucura fosse a morte que a aguardava. No momento em que despertara no tubo, muitas semanas antes, tinha assumido que sua morte iria ser convencional, do tipo "corpo despedaçado". Mas não, a sua morte seria a morte de sua identidade, de seu eu. Enquanto seu corpo subsistia em relativa boa saúde, seu interior já não vivia.

A psicose não se afobou para apanhá-la e, como uma enfermidade do corpo, houve estágios. A princípio, sentira-se completamente petrificada, incapaz de pensar em outra coisa que não as torturas a que seria submetida. Mas, então, os dias foram passando e nada disso aconteceu. Sim, o *redutor* a golpeava e o olhar dele sobre o seu corpo a repugnava, mas o caso é que ele não lhe fazia o mesmo que fazia aos outros de sua espécie. Tampouco a tinha estuprado.

Em resposta, seus pensamentos gradualmente foram mudando, seu espírito se reanimou enquanto manteve a esperança de que a resgatassem. Esse período de fênix renascida das próprias cinzas havia sido o mais duradouro. Uma semana inteira, talvez, embora fosse difícil medir a passagem dos dias.

Então, teve início o irreversível declínio, e o que o provocou foi o próprio *redutor*. Demorou para compreender, mas o fato era que tinha um bizarro poder sobre seu captor e, passado algum tempo, começou a usá-lo. A princípio, o provocou para testar os limites. Mais tarde, passou a atormentá-lo sem outra razão a não ser o ódio que sentia por ele e o desejo de feri-lo.

Por alguma razão, o *redutor* que a tinha capturado... a amava. De todo coração. Às vezes, berrava com ela e realmente a aterrorizava com suas mudanças de humor, porém, quanto mais dura era com ele, melhor a tratava. Quando ela evitava olhá-lo, ele entrava em crise de ansiedade. Quando lhe trazia presentes e ela os rechaçava, chorava. Com crescente ardor, preocupava-se com ela, mendigava-lhe sua atenção, acomodava-se contra ela e, quando se fechava para ele, o *redutor* desmoronava.

Brincar com as emoções dele era tudo que tinha em seu odioso mundo, e a crueldade que a alimentava, também a matava aos poucos. Um dia, fora um ser vivo, filha, irmã... *alguém*... Agora, endurecia, tornando-se tal concreto em meio ao seu pesadelo. Embalsamada.

Oh, Virgem do Fade, sabia que ele nunca a deixaria partir. E tão certo como se a houvesse matado de cara, seu futuro pertencia a ele. Tudo o que tinha agora era apenas aquele inacreditável e infinito presente. Com ele.

O pânico, uma emoção que não sentira durante um tempo, elevou-se em seu peito.

Desesperada para voltar ao estado de torpor, concentrou-se em como fazia frio ali embaixo. O *redutor* a mantinha vestida com suas próprias roupas, que ele havia tirado de suas gavetas e armários, e ela se encontrava agasalhada com ceroulas de lã e casacos de moletom, meias quentes e botas. Mas, mesmo com isso tudo, o frio era implacável, infiltrando-se por entre as camadas de tecido, chegando-lhe aos ossos, convertendo sua medula em algo próximo a neve derretida.

Seus pensamentos voaram para seu casarão de fazenda reformado, onde havia vivido por um período tão curto. Lembrou-se do alegre e convidativo fogo na lareira da sala de estar, e a felicidade que sentira por estar morando sozinha... Eram imagens ruins, lembranças ruins. Porque faziam-na recordar de sua antiga vida, sua mãe... seu irmão.

Deus, Rehvenge. Rehv costumava deixá-la louca com seu comportamento controlador, mas, percebia agora, ele tinha razão. Se houvesse ficado com sua família, nunca teria conhecido Mary, a humana que era sua vizinha. E nunca teria atravessado o prado entre as duas casas naquela noite para se certificar de que ela estava bem. E nunca teria esbarrado com o *redutor*... nunca teria terminado como estava agora: morta, porém respirando.

Perguntou-se por quanto tempo seu irmão a teria procurado. Será que, àquela altura, já havia desistido? Provavelmente. Nem mesmo Rehv poderia continuar por tanto tempo sem esperança.

Apostava que havia procurado por ela, mas, de certa forma, alegrava-se por ele não a ter encontrado. Embora fosse um macho extremamente agressivo, era um civil, e provavelmente teria sido ferido se viesse resgatá-la. Aqueles *redutores* eram fortes. Cruéis e poderosos. Não, para que fosse libertada seria preciso que alguém igualmente monstruoso procurasse por ela.

Uma imagem de Zsadist lhe veio à mente, clara como uma fotografia. Viu seus escuros olhos selvagens. A cicatriz que recortava seu rosto e deformava-lhe o lábio superior. As tatuagens de escravo de sangue no pescoço e nos pulsos. Lembrou-se das marcas de chicotadas em suas costas. E dos piercings em seus mamilos. E de seu corpo, musculoso e magro.

Pensou em sua cruel determinação, sua inflexibilidade e todo o ódio que carregava. Era aterrador, um horror de sua própria espécie. "Deprimido, não: destruído", nas palavras do irmão gêmeo. Mas isso era justamente o que teria feito dele um bom salvador. Só ele era páreo para o *redutor* que a tinha capturado. Aquele tipo de brutalidade que Zsadist possuía era, provavelmente, a única coisa que poderia tirá-la dali, embora não tivesse a menor ilusão de que ele chegara a pensar em procurá-la. Era apenas uma civil com quem ele se encontrara duas vezes.

E, na segunda vez, ele a fizera jurar que nunca voltaria a se aproximar.

O medo apertou, e ela tentou refrear a emoção dizendo a si mesma que Rehvenge ainda a buscava. E chamaria a Irmandade se encontrasse alguma pista de onde ela estava. Então, talvez Zsadist viesse atrás dela, porque seria sua obrigação, como parte de seu trabalho.

– Olá? Olá? Tem alguém aí? – uma voz masculina e trêmula soou abafada.

Era o cativo mais recente, pensou. A princípio, eles sempre tentavam reagir.

Bella limpou a garganta.

– Estou... aqui.

Houve uma pausa.

– Oh, meu Deus... É a mulher que levaram? Bella?

Escutar seu nome foi um choque. Que diabos, o *redutor* a chamava de *esposa* há tanto tempo, que quase esquecera o próprio nome.

– Sim... sou eu.

– Ainda está viva!

Bem, de qualquer forma, seu coração ainda pulsava.

– Conheço você?

– E-eu... fui ao seu funeral. Com meus pais, Ralstam e Jilling.

Bella começou a tremer. Sua mãe e seu irmão... a tinham dado como morta. Mas era claro que o fariam. Sua mãe era profundamente religiosa, grande crente das Antigas Tradições. Uma vez convencida de que sua filha estava morta, insistiria na cerimônia adequada para que Bella pudesse adentrar o Fade.

Oh... Deus. Pensar que eles desistiram e ter certeza disso eram duas coisas diferentes. Ninguém viria atrás dela. Nunca.

Escutou algo estranho. E compreendeu que soluçava.

– Escaparei – disse o macho com veemência. – E a levarei comigo.

Bella permitiu que seus joelhos cedessem e se deixou deslizar pela parede canelada até o fundo do tubo. Agora ela estava morta de verdade, não? Morta e enterrada.

Horrível constatação: por acaso não era apropriado então que, estando morta, também jazesse num buraco escavado na terra?

Capítulo 2

Os coturnos de Zsadist o levavam por uma travessa que desembocava na Trade Street, as pesadas solas estourando as poças congeladas formadas pela neve derretida e esmagando o relevo dos rastros de pneu. Estava bastante escuro, porque não havia janelas em ambas as laterais dos edifícios de tijolos e as nuvens encobriam a lua. Mesmo assim, caminhando sozinho pela escuridão, sua visão noturna era perfeita, penetrando todas as coisas. Exatamente como a sua raiva.

Sangue negro. O que ele precisava era de mais sangre negro. Precisava dele sobre as mãos, espirrando em sua cara e salpicando sua roupa. Precisava de oceanos dele escorrendo pelo chão e encharcando a terra. Em honra à memória de Bella, sangraria os assassinos: cada morte, uma oferenda a ela.

Sabia que não havia sobrevivido, sabia em seu coração que fora morta de maneira horrenda. Então, por que sempre perguntava àqueles filhos da mãe onde ela estava? Que inferno, não sabia. Era apenas a primeira coisa que saía de sua boca, não importava quantas vezes dissesse a si mesmo que ela se fora.

E iria continuar fazendo essas perguntas. Queria saber *onde*, *como* e com *o que* eles a mataram. A informação só o consumiria, mas precisava saber. *Tinha* de saber. E um deles acabaria dizendo.

Z. parou. Cheirou o ar. Rezou para que o adocicado cheiro de talco de bebê chegasse ao seu nariz. Maldição, não podia suportar... nem mais um minuto... ficar sem saber.

Mas, então, irrompeu numa desagradável risada. Uma ova que não podia suportar. Graças aos cem anos passados sob o cuidadoso treinamento com sua Ama, não existia coisa alguma que não conseguisse superar. Dor física, angústia mental, inimagináveis graus de humilhação e degradação, desespero, impotência: *vivenciara tudo isso na própria pele*.

Assim sendo, podia sobreviver a isso, também.

Ergueu a vista para o céu e ao baixar a cabeça para trás, titubeou. Com um rápido movimento, equilibrou-se, apoiando-se numa caçamba de lixo, respirou fundo e esperou para ver se a sensação de enjoo passava. Sem sorte.

Hora de se alimentar. Outra vez.

Praguejando, pensou em resistir mais uma noite ou duas. Verdade era que vinha arrastando seu miserável corpo por pura força de vontade nas duas últimas semanas, o que não era nem um pouco incomum para ele. E naquela noite ele simplesmente não queria lidar com necessidade de sangue.

Vamos, vamos... concentre-se seu cretino.

Obrigou-se a prosseguir, vasculhando os becos do centro, serpenteando pelo perigoso labirinto urbano de Caldwell, a cena noturna de bares e drogas de Nova York.

Por volta das três da madrugada, estava tão sedento de sangue que parecia estar drogado, e foi apenas por isso que cedeu. Não podia mais aguentar a dissociação, o inchaço em seu corpo. Isso o fazia lembrar-se demais do estupor causado pelo ópio, a que tantas vezes fora submetido contra a vontade quando era um escravo de sangue.

Caminhando o mais rápido que podia, dirigiu-se ao ZeroSum, o atual ponto de encontro da Irmandade no centro da cidade. Os seguranças lhe permitiram evitar a fila de espera, o acesso facilitado era um dos benefícios com que contavam os frequentadores que deixavam dinheiro grosso por lá, como faziam os Irmãos. Caramba, só no vício em fumaça vermelha de Phury já iam dois mil dólares por mês, e V. e Butch só apreciavam as bebidas mais caras, coisa fina da prateleira superior do bar. Sem falar no consumo regular de Z.

O interior do clube noturno estava quente e escuro, uma espécie de caverna úmida, tropical, com música techno rodopiando no ar. Humanos lotavam a pista de dança, chupando pirulitos, bebendo água e suando, enquanto se movimentavam no ritmo dos lasers em tons pastéis.

Por todos os lados, corpos contra a parede, aos pares ou trios, contorcendo-se, tocando-se.

Z se dirigiu ao salão VIP e a multidão abria caminho para ele, com a facilidade com que se rasga um veludo. Apesar de entupidos de ecstasy e cocaína, ainda restava suficiente instinto de sobrevivência naqueles corpos superaquecidos para enxergar nele seus caixões esperando para serem abertos.

Nos fundos, um segurança com escuta no ouvido liberou sua entrada da zona nobre do clube. Ali, em relativa tranquilidade, vinte mesas com assentos estofados contínuos eram dispostas com bastante espaço entre elas, e apenas a superfície de seus tampos de mármore negro recebia iluminação dos spots no teto. O lugar cativo da Irmandade ficava perto da saída de incêndio, e ele não se surpreendeu ao ver ali Vishous e Butch com suas doses de uísque diante deles. O martini de Phury estava abandonado.

Os dois companheiros de quarto não pareceram alegres em vê-lo. Não... pareciam resignados com sua chegada, como se estivessem por ali relaxando, esperado tirar um peso dos ombros, e ele acabasse de lhes lançar uma jamanta para carregar.

– Onde está ele? – perguntou Z., indicando com a cabeça o martini de seu irmão gêmeo.

– Comprando fumaça vermelha nos fundos – disse Butch. – Ficou sem combustível.

Z. se sentou à esquerda e recostou-se, evitando o facho de luz que incidia sobre a lustrosa mesa. Lançando uma olhada ao redor do recinto, reparou nos rostos vagamente familiares de alguns daqueles desconhecidos para os quais não dava a mínima. A seção VIP tinha seus clientes habituais, mas aqueles grandes gastadores não costumavam interagir fora de seus fechados grupos. Na verdade, o clube inteiro era permeado por uma atmosfera de "não se intrometa", o que constituía uma das razões para os Irmãos se reunirem ali. Mesmo sendo o ZeroSum propriedade de um vampiro, eles precisavam manter a discrição sobre quem eram.

Ao longo do último século, pouco mais ou menos, a Irmandade da Adaga Negra se tornara reservada quanto às suas verdadeiras identidades dentro da própria espécie. Havia rumores, certamente, e os civis sabiam alguns de seus nomes, mas tudo era mantido em sigilo. O subterfúgio havia começado com a fragmentação da raça, cerca de um século antes e, tragicamente, confiar tornou-se um problema entre os próprios membros da espécie. Agora, então, havia mais uma razão. Os *redutores* passaram a torturar civis buscando informação sobre a Irmandade e, por isso, era imperativo que permanecessem na clandestinidade.

Como resultado, os poucos vampiros que dirigiam o clube não tinham certeza se aqueles machos fortões vestidos de couro, que ficavam bebendo nos fundos e gastavam uma grana preta, eram membros da Adaga Negra. E, felizmente, a etiqueta – ou o jeitão mal-encarado dos Irmãos – não permitia perguntas indiscretas.

Zsadist remexeu-se em seu lugar, impaciente. Odiava o clube; de verdade. Odiava tantos corpos tão próximos ao dele. Odiava o barulho. Os cheiros.

Conversando entre si, como quem não quer nada, três mulheres humanas se aproximaram da mesa dos Irmãos. As três estavam trabalhando naquela noite, embora o que serviam não coubesse num copo. Eram as típicas garotas de programa de alto padrão: extensões no cabelo, silicone nos seios, rostos moldados por cirurgiões plásticos, roupa colada ao corpo. Havia um verdadeiro bufê delas se oferecendo por todo o clube, particularmente na seção VIP. O Reverendo, que possuía e controlava o ZeroSum, acreditava na diversificação de produtos como estratégia de negócio: não apenas álcool e drogas podiam ser comprados no lugar, como também os corpos delas. Além disso, o vampiro fazia agiotagem, mantinha uma equipe de corretores de apostas e sabe Deus que outros serviços mais seu escritório nos fundos colocava à disposição de sua clientela majoritariamente humana.

Enquanto as três prostitutas riam e falavam, ofereceram-se para negociar. Mas nenhuma delas era o que Z. procurava, e V. e Butch não as escolheriam tampouco. Dois minutos mais tarde, as mulheres abordavam a mesa seguinte.

Z. estava desesperadamente faminto, mas era intransigente quando se tratava da alimentação.

– Oi, garotões – disse outra mulher. – Algum de vocês está a fim de companhia?

Ele a olhou. Aquela mulher humana tinha um rosto duro que casava perfeitamente com o corpo duro. Vestia couro negro. Seus olhos eram vidrados e os cabelos, curtos.

Não podia ser mais adequada.

Z. esticou a mão para o círculo de luz sobre a mesa, levantou dois dedos e, depois, golpeou o mármore da superfície duas vezes com a mão fechada. Como Butch e V. começaram a se remexer no assento, a tensão deles o incomodou.

A mulher riu.

– Bem, está certo.

Zsadist inclinou-se para frente e ergueu-se em toda sua estatura; seu rosto foi iluminado pelo spot. No mesmo instante, a expressão da prostituta congelou, enquanto dava um passo para trás.

Naquele exato momento, Phury saiu de uma porta à esquerda, com sua espetacular juba refletindo a iluminação do ambiente. Logo atrás dele, um vampiro macho com ar de durão e um corte moicano: o Reverendo.

Quando os dois se aproximaram da mesa, o dono do clube abriu um sorriso. Seus olhos cor de ametista não deixaram de perceber a hesitação da prostituta.

– Boa noite, cavalheiros. Vai a algum lugar, Lisa?

Percebendo que precisava desfazer a impressão de repulsa, Lisa foi ousada:

– Aonde ele quiser, chefe.

– Resposta certa.

Chega de conversa fiada, pensou Z.

– Lá fora. Agora.

Abriu a saída de incêndio e a seguiu até o beco atrás do clube. O vento de dezembro soprava pela jaqueta larga que vestira para ocultar as armas, mas não ligava para o frio; Lisa também não. Embora as rajadas geladas bagunçassem seus cabelos curtos e ela estivesse quase nua, confrontou-o sem tremer, de queixo erguido.

Agora que se comprometera, estava pronta para ele. Uma verdadeira profissional.

– Vamos fazer aqui – disse ele, indo para um canto escuro. Tirou do bolso duas notas de cem dólares e as entregou à prostituta. Os dedos dela amassaram as notas antes de fazer o dinheiro desaparecer na saia de couro.

– Como quer? – perguntou ela, aproximando-se dele furtivamente, tocando-lhe os ombros.

Ele a girou e a colocou de cara contra a parede de tijolos.

– Eu toco. Você não.

O corpo da mulher se retesou e o cheiro de seu medo pinicou o nariz de Z. como uma ferroada sulfurosa.

Mas a voz dela soou firme.

– Olhe aqui, seu babaca. Se eu voltar com contusões, ele vai caçá-lo como um animal.

– Não se preocupe. Você vai sair disso inteira.

Mas ela ainda estava assustada. E ele, abençoadamente indiferente a essa emoção.

Pois, geralmente, o medo em uma mulher era a única coisa que o excitava, a única maneira de enrijecer o que tinha dentro das calças. Nos últimos tempos, entretanto, tal gatilho não funcionava, o que, para ele, era ótimo. Desprezava a resposta daquela *coisa* por trás de sua braguilha, e já que a maioria das mulheres se apavorava com ele, a *coisa* acabava se animando vezes demais para o seu gosto. Nada poderia ser melhor. Caramba, ele era provavelmente o único homem na face da Terra que queria ser impotente.

– Incline a cabeça para o lado – disse ele. – A orelha contra o ombro.

Devagar, ela obedeceu, expondo o pescoço. Por isso ele a escolhera: o cabelo curto significava que não teria de tocar em nada para limpar o caminho. Odiava ter a necessidade de pôr as mãos nelas, em qualquer parte delas.

Ao ver-lhe a garganta exposta, a sede dele se intensificou e suas presas se alongaram. Deus, estava tão seco que poderia esgotá-la.

– Vai fazer o quê? – perguntou ela, ansiosa. – Me morder?

– Sim.

Mordeu-a rapidamente e a sustentou enquanto ela se debatia. Para facilitar o seu lado, serenou-a mentalmente, relaxando-a, dando-lhe uma espécie de "barato" que, sem dúvida, era bastante familiar a ela. Enquanto a mulher se acalmava, ele engolia o máximo que lhe era possível sem engasgar, provando a cocaína e o álcool em seu sangue, assim como os antibióticos que tomava.

Quando terminou, lambeu as marcas das perfurações para dar início ao processo de cura e o sangramento cessar. Então, ergueu-lhe o colarinho para ocultar a mordida, apagou-se da memória dela e a enviou de volta ao clube.

Sozinho novamente, apoiou-se contra os tijolos. O sangue humano era tão fraco, mal lhe fornecia o que necessitava, mas não beberia das fêmeas de sua espécie. Não de novo. Nunca mais.

Ergueu os olhos para o céu. As nuvens que antes haviam trazido as rajadas haviam se dissipado, e entre os edifícios dava para ver uma nesga de céu estrelado. As constelações lhe diziam que tinha apenas mais duas horas antes do amanhecer.

Quando reuniu forças, fechou os olhos e se materializou no único lugar em que queria estar.

Graças a Deus que ainda tinha tempo suficiente para ir lá. Para ficar lá.

Capítulo 3

John Matthew gemeu e rolou na cama, deitando-se de costas.

A mulher o acompanhou, e seus seios nus pressionaram-lhe o peito largo e desnudo. Com um sorriso lascivo, ela estendeu a mão para a região entre as pernas dele e encontrou seu membro rígido. Ele jogou a cabeça para trás e gemeu, enquanto a mulher ajeitava a posição para sentar-se sobre a ereção. Ele agarrou-lhe os joelhos, e ela começou a cavalgá-lo gostoso, lentamente.

Oh, sim...

Com uma mão, ela tocava o próprio sexo; com a outra, o atormentava, esfregando a palma aberta sobre os seios e subindo até o pescoço, agitando os cabelos longos e louros. A mão dela subiu pelo rosto até que o braço estivesse sobre a cabeça, formando um gracioso arco de carne e osso. Ela se inclinou para trás e os seios se destacaram, os rijos e rosados mamilos distendidos. Sua pele era alva como neve fresca.

– Guerreiro – disse ela, rangendo os dentes –, você pode com isso?

Se podia? Com certeza, ele podia! E, então, para não restarem dúvidas, ele agarrou-lhe as coxas e empurrou os quadris para cima até ela gritar.

Quando se retraiu, ela olhou para baixo, sorrindo, cavalgando-o cada vez mais rápido. O sexo dela era apertado e deslizava fácil: sua ereção estava no céu.

– Guerreiro, você pode com isso? – a voz dela agora soava mais grave, devido ao esforço.

– Claro, caramba! – grunhiu. Cara, assim que gozasse, iria deitá-la e começar tudo de novo.

– Você pode com isso? – ela o bombeou ainda mais forte, ordenhando-o. Com o braço ainda sobre a cabeça, ela o cavalgava com o ímpeto de um touro, arqueando-se sobre ele.

Aquilo era sexo *dos bons*... maravilhoso, incrível, fantástico...

As palavras dela começaram a ficar distorcidas... o tom de voz muito mais grave do que o normal para uma mulher:

– Você pode com isso?

John sentiu um calafrio. Algo não estava...

– Você pode com isso? Você pode com isso? – de repente, era uma voz de homem a que saía da garganta dela, uma voz de homem que zombava dele:

– *Você pode com isso?*

John lutou para se desvencilhar, mas a mulher não desgrudou dele, e o sexo não parava.

– Você acha que pode com isso? Você-acha-que-pode-com-isso? *Vocêachaquepodecomisso?* – rugia agora a voz masculina que saía da mulher.

A faca veio na direção de John por cima da cabeça dela... só que agora ela era um homem, um homem com a pele branca, o cabelo desbotado e olhos cinzentos como neblina. A lâmina prateada reluziu, e John ergueu o braço para interceptar o golpe, mas seu braço já não era musculoso como antes. Estava magro e fraco.

– *Você pode com isso, guerreiro?*

Com um gracioso movimento, a lâmina atingiu-lhe o centro do peito. Sentiu uma dor ardente onde a faca o penetrou, e aquela ardência espalhou-se por todo o corpo, ricocheteando pelo interior de sua pele até submergi-lo numa viva agonia. Lutou para respirar e se engasgou com o próprio sangue, sufocando e se afogando até que já não lhe restava ar algum nos pulmões. Debatendo-se, lutou contra a morte que chegava...

– John! John! Acorde!

Seus olhos se abriram de repente. Seu primeiro pensamento foi que o rosto lhe doía, embora não atinasse a razão disso, já que fora apunhalado no peito. Então, percebeu que sua boca estava escancarada, como se gritasse intensamente, só que não lhe saía som algum: tudo que fazia era liberar um fluxo estável de ar.

Então, sentiu as mãos... mãos que imobilizavam seus braços. O terror voltou, e no que para ele foi uma incrível impulsão, atirou seu pequeno corpo para fora da cama. Aterrissou de cara, arranhando a bochecha no carpete raso.

– John! Sou eu, Wellsie.

A realidade lhe voltou com o som daquele nome, tirando-o do histerismo como um tapa na cara.

Oh, Deus... Estava tudo bem. Ele estava bem. Estava vivo.

Lançou-se nos braços de Wellsie e enterrou o rosto em seus compridos cabelos ruivos.

– Está tudo bem – deitou a cabeça dele em seu regaço e acariciou-lhe as costas. – Está em casa. Está a salvo.

Casa. Salvo. Sim, após apenas seis semanas aquele era o seu lar... o único que tivera depois de crescer no orfanato Nossa Senhora e em pardieiros desde os dezesseis anos. Wellsie e Tohrment eram o seu lar.

E ali não estava somente a salvo: era compreendido. Caraca, havia descoberto a verdade sobre si mesmo. Até Tohrment o encontrar, não sabia por que razão sempre se sentira diferente das outras pessoas, ou por que ele era tão fraco e magricela. Mas os vampiros machos eram assim antes de passarem pela transição. Até mesmo Tohr, que hoje era um magnífico macho integrante da Irmandade da Adaga Negra, aparentemente um dia havia sido fracote.

Wellsie ergueu a cabeça de John.

– Pode me contar o que foi?

Ele meneou a cabeça e aconchegou-se a ela mais profundamente, apertando-a tão forte que era de admirar que Wellsie ainda pudesse respirar.

Zsadist se materializou diante da casa de Bella e praguejou. Alguém havia estado no lugar outra vez. Havia rastros frescos de pneus na neve salpicada do caminho de entrada e pegadas até a porta. Ah, droga... Havia tantas pegadas, do carro que estacionara ali até a porta e vice-versa, que parecia que estavam tirando coisas da casa.

Isso o fez sentir-se inquieto, como se os pertences dela estivessem desaparecendo.

Que inferno. Se a família dela desmontasse a casa, ele não saberia mais aonde ir para estar com ela.

Com uma expressão dura, olhou fixamente a varanda frontal e as amplas janelas da sala de estar. Talvez ele próprio devesse recolher algumas coisas dela para levar. Fazer isso seria uma canalhice, mas ele não tinha pudor em se comportar como um ladrão.

Uma vez mais, perguntou-se sobre a família dela. Sabia que eram aristocratas da classe social mais alta, mas isso era tudo, e não estava a fim de conhecê-los para saber mais. Mesmo em seus melhores dias, era horrível em lidar com as pessoas; mas a situação com Bella o tornava, ainda por cima, perigoso, não apenas desagradável. Não, era melhor mesmo que Tohrment fosse o contato com os familiares dela, e Z. sempre tomava cuidado para não se encontrar com eles.

Foi até os fundos da casa, entrou pela cozinha, e desligou o sistema de segurança. Como fazia todas as noites, foi cuidar dos peixes dela. Havia floquinhos de comida pulverizados na superfície da água, sinal de que alguém cuidara deles. Ficou fulo da vida por alguém ter-lhe roubado a oportunidade de fazê-lo.

A verdade era que pensava naquela casa como seu espaço, agora. Havia limpado e arrumado tudo depois que Bella foi sequestrada. Tinha regado as plantas e alimentado os peixes. Andara pelos pisos, subira os degraus, espiara pelas janelas e sentara-se em cada cadeira, sofá e cama. Que inferno, já havia decidido até comprar a maldita coisa quando a família a vendesse. Embora jamais houvesse possuído uma casa nem muitos pertences, aquelas paredes, teto e tudo que havia lá... queria aquilo tudo para ele. Um santuário para ela.

Z. fez uma excursão rápida pela casa, inventariando as coisas que haviam sido tiradas. Não fora muito. Uma pintura e uma bandeja de prata da sala de estar e um espelho do vestíbulo. Tinha curiosidade em saber por que aqueles objetos em particular haviam sido escolhidos e queria devolvê-los aos seus lugares.

Enquanto voltava à cozinha, lembrou-se de como encontrara o lugar depois do sequestro: todo o sangue, os cacos de vidro, as cadeiras e louças destruídas. Seus olhos baixaram até um rastro negro de borracha sobre o chão de madeira. Podia adivinhar como havia sido feito. Bella lutando contra o *redutor*, sendo arrastada, a sola de seu tênis guinchando enquanto deixava o rastro.

A cólera esgueirou-se em seu peito até ele ser dominado por completo por aquele sentimento horrível e familiar que o deixava sem ar. Só que... droga, aquilo não fazia sentido: não parar de procurá-la, ficar obcecado pelas coisas dela, fazer a ronda pela casa. Eles não tinham sido amigos. Caramba, sequer tinham sido conhecidos. E ele não fora agradável com ela nas duas ocasiões em que se encontraram.

Cara, como lamentava isso. Durante aqueles poucos momentos em que esteve com ela, desejava que não tivesse sido tão... Bem, não ter vomitado depois de constatar que Bella estava excitada por sua causa já teria sido um ótimo começo. Só que não havia como corresponder. Como nenhuma outra, exceto aquela megera doente que foi sua Ama, ficara molhada por ele, com toda maldita certeza ele não podia associar o sexo úmido de uma fêmea a nada bom.

Enquanto se lembrava do corpo de Bella contra o seu, ainda se perguntava o porquê de ela desejar se deitar com ele. Seu rosto mais parecia um mapa, todo recortado. Seu corpo não era muito melhor, pelo menos as costas. E sua reputação fazia Jack, o Estripador parecer um escoteiro. Maldição, ele estava sempre zangado com tudo e com todos. Ao passo que ela era bonita, delicada e amável, uma fêmea de berço, uma aristocrata que recebera uma educação privilegiada.

Oh, mas seus contrastes eram o interessante, não é verdade? Ele constituía uma novidade para ela. Uma aventura com sabor de perigo. A criatura selvagem que a sacudiria de sua vidinha confortável e monótona por uma hora ou duas. Mas, ainda que lhe tivesse doído ser reduzido precisamente ao que era, ainda a achava... encantadora.

Atrás dele, ouviu soar o relógio. Cinco da manhã.

A porta da casa se abriu com um rangido.

Rápida e silenciosamente, Z. desembainhou do peito uma adaga negra e coseu-se à parede. Inclinou a cabeça para poder ter uma visão do corredor até o vestíbulo.

Butch levantou as mãos enquanto entrava.

– Sou eu, Z.

Zsadist baixou a lâmina e voltou a embainhá-la.

O antigo detetive de homicídios era uma aberração em seu mundo, o único humano em todos os tempos a ser admitido no círculo da Irmandade. Butch era o colega de quarto de V., o companheiro de levantamento de pesos de Rhage no ginásio, o cara tão preocupado em se vestir bem quanto Phury. E por razões que só ele sabia, estava obcecado com o sequestro de Bella; então, tinha algo em comum com Z., também.

– O que foi, tira?

– Vai voltar para o quartel-general da Irmandade? – a pergunta soou mais como uma sugestão do que como uma dúvida.

– Por ora, não.

– Está quase amanhecendo.

Que seja.

– Phury mandou você atrás de mim?

– Não, eu quis vir. Depois que você não voltou do programa que tinha acertado, imaginei que teria vindo pra cá.

Z. cruzou os braços sobre o peito.

– Estava preocupado, achando que matei a mulher que peguei no beco?

– Não. Vi-a trabalhando no clube antes de sair.

– Então, por que veio?

Enquanto o homem olhava para baixo como se estivesse reunindo as palavras em sua cabeça, seu peso se movia para frente e para trás naqueles caros mocassins que ele tanto gostava. Então, desabotoou o elegante casaco negro de caxemira.

Ah... então Butch era um mensageiro.

– Desembucha, tira.

O humano coçou uma sobrancelha com o polegar.

– Sabe que Tohr andou falando com a família de Bella, certo? E que o irmão dela é um cara bastante esquentadinho? Bem, ele sabe que alguém tem vindo aqui. Pode sabê-lo pelo sistema de segurança. Cada vez que é desligado ou ligado, ele recebe um sinal. Quer que as visitas parem, Z.

Zsadist arreganhou as presas.

– Vai sonhando!

– Ele vai colocar guardas.

– E por que diabos ele se importa?

– Ora, cara, é a casa da irmã dele.

Filho da mãe.

– Quero comprar a casa.

– Isso não vai rolar, Z. Tohr disse que a família não está pensando em vendê-la. Querem conservá-la.

Z. cerrou os dentes por uns instantes.

– Tira, faça a si mesmo um favor e se mande daqui.

– Melhor eu levar você para casa. Já está quase amanhecendo.

– Ah, tá. Eu realmente preciso que um humano me diga isso.

Butch praguejou bufando:

– Ok, fique torradinho e crocante, se é o quer. Só não venha aqui de novo. A família dela já sofreu o bastante.

Assim que a porta da frente se fechou, Z. sentiu um calor subir por seu corpo, como se alguém o tivesse envolvido apertado num cobertor elétrico e ligado no máximo. O suor escorria por seu rosto e peito, e o estômago se revirava. Ergueu as mãos. As palmas estavam úmidas e os dedos tremiam.

Sinais fisiológicos de estresse, pensou.

Era óbvio que estava tendo uma reação emocional, embora não soubesse o que era isso. Só percebia os sintomas. Dentro dele não havia nada, nenhum sentimento que pudesse identificar.

Olhou ao redor e quis tocar fogo na casa, incendiar aquilo tudo até os alicerces, pois, assim, ninguém mais poderia tê-la. Antes isso do que saber que nunca mais poderia entrar ali.

O problema era que queimar a casa dela era como feri-la.

Então, já que não podia deixar um montão de cinzas atrás de si, queria levar algo. Enquanto pensava no que poderia levar com ele e ainda assim conseguir desmaterializar-se, pôs a mão sobre a corrente que trazia ao redor do pescoço.

O colar com pequenos diamantes espaçados era dela. Ele o encontrara entre os escombros na noite seguinte ao sequestro, sobre o piso de terracota sob a mesa da cozinha. Havia limpado o sangue que estava nele, consertado o fecho quebrado, e o usava desde então.

E os diamantes eram eternos, não é? Duravam para sempre. Exatamente como suas lembranças dela.

Antes de sair, Zsadist deu uma última olhada no aquário. A comida havia quase acabado, devorada da superfície por pequeninas bocas vorazes, bocas que vinham do fundo.

John não sabia por quanto tempo estivera nos braços de Wellsie, mas demorou um pouco para voltar à realidade. Quando finalmente se afastou, ela lhe sorriu.

– Tem certeza de que não quer me contar o pesadelo?

As mãos de John começaram a se mover, e ela as observou com muita atenção, porque não fazia muito tempo que aprendera a linguagem dos sinais. Ele sabia que estava indo rápido demais para ela; então, inclinou-se e recolheu um de seus blocos e uma caneta na mesinha de cabeceira.

"Não foi nada. Estou bem agora. Mas, obrigado por me acordar."

– Quer voltar para a cama?

Ele concordou. Em um mês e meio, parecia que não havia feito outra coisa a não ser comer e dormir, mas não havia fim para sua fome ou seu esgotamento. Afinal, tinha vinte e três anos de fome e insônia para compensar.

Enfiou-se entre os lençóis, e, então, Wellsie sentou-se devagar ao seu lado. Sua gravidez quase não era perceptível quando estava de pé, porém, quando se sentava, notava-se uma elevação sutil sob a blusa folgada.

– Quer que eu deixe a luz do banheiro acesa?

Ele sacudiu a cabeça. Isso só o faria sentir-se como um maricas, e seu ego já fora suficientemente humilhado por ora.

– Qualquer coisa, estou na minha escrivaninha no escritório, está bem?

Quando Wellsie foi embora, ele se recriminou por sentir-se aliviado, mas, agora que a sensação de pânico se fora, estava envergonhado de si mesmo. Seu comportamento não fora digno de um homem. Um homem teria lutado contra o demônio de cabelo desbotado no sonho e vencido. E, mesmo que estivesse aterrorizado, um homem não teria se encolhido, trêmulo como uma criança de cinco anos quando acordasse.

No entanto, John não era um homem. Pelo menos, não ainda. Tohr havia dito que a mudança não aconteceria até que se aproximasse dos vinte e cinco anos, e ele mal podia esperar que os próximos dois anos passassem. Pois, mesmo que agora entendesse a razão de ter apenas 1,65 m de altura e pesar menos de 50 kg, ainda assim era difícil. Odiava olhar seu corpo ossudo todos os dias no espelho. Odiava vestir roupas de adolescente, ainda que, legalmente, pudesse dirigir, votar e beber. Deprimia-se com o fato de que nunca havia tido uma ereção, sequer quando despertava de um de seus sonhos eróticos. E também nunca beijara uma mulher.

Não, ele não se sentia suficientemente másculo. Sobretudo considerando o que lhe tinha acontecido há quase um ano. Deus, o aniversário daquele ataque estava bem próximo, não é? Com um estremecimento, tratou de não pensar naquela escada suja, no homem que o havia ameaçado com uma faca na garganta, nem naqueles momentos horríveis quando algo irrecuperável lhe havia sido tirado: sua inocência, violada, perdida para sempre.

Forçando a mente a se desviar daquelas lembranças sórdidas, lembrou-se de que as coisas mudariam. Em breve, já não se sentiria impotente e vulnerável: tornaria-se um homem.

Excitado por pensar no futuro, afastou as cobertas e dirigiu-se ao closet. Abriu a porta dupla e deu-se conta de que ainda não se acostumara com aquilo: nunca tivera tantas calças, camisas e agasalhos em toda sua vida, mas ali estavam,... tão limpos e novos, todos zíperes funcionavam, não faltava botão algum, nada desfiado, nada rasgado. Tinha até um par de Nike Air Shox.

Escolheu um suéter e o vestiu; depois, enfiou as pernas magras numa calça cáqui. No banheiro, lavou as mãos e o rosto e penteou o cabelo negro. Então, dirigiu-se à cozinha, atravessando cômodos que tinham linhas modernas e enxutas, mas que estavam decorados com móveis, tecidos e arte do Renascimento italiano. Deteve-se ao ouvir a voz de Wellsie, vinda do escritório.

– ... uma espécie de pesadelo. Quero dizer, Tohr, estava aterrorizado... Não, ele desconversou quando perguntei o que era, e não o pressionei. Acho que está na hora de ele consultar Havers. Sim... aham. Precisa conhecer primeiro o Wrath. Está bem. Amo você, meu *hellren*. O quê? Deus, Tohr, sinto-me da mesma maneira. Não sei como conseguimos viver sem ele. É uma bênção.

John se apoiou contra a parede do corredor e fechou os olhos. Engraçado, sentia-se da mesma maneira em relação a eles.

Capítulo 4

Horas mais tarde, ou, pelo menos, foi o que lhe pareceu, Bella despertou com o som da tela sendo retirada. O cheiro adocicado do *redutor* chegou até ela, sobrepujando o odor penetrante e úmido da terra.

– Olá, esposa – as correias em volta de seu torso a apertaram quando ele a içou.

Bastou uma olhada naqueles olhos marrons-claros e ela soube que aquele não era o momento de testar limites. Ele estava nervoso, seu sorriso excitado demais. E quando estava desequilibrado assim, era melhor não provocá-lo.

Logo que os pés dela tocaram o chão, ele puxou rapidamente as correias para que o corpo de Bella fosse de encontro ao seu.

– Eu disse: olá, esposa.

– Olá, David.

Ele fechou os olhos. Gostava quando ela dizia o seu nome.

– Tenho uma coisa para você.

Manteve as correias nela e a conduziu à mesa de aço inoxidável no centro da sala. Quando a algemou à mesa, ela soube que ainda devia estar escuro lá fora. Durante o dia, ele relaxava mais na segurança, pois sabia que ela não poderia fugir.

O *redutor* saiu pela porta e a deixou escancarada. Bella escutou grunhidos e o barulho de algo sendo arrastado e, então, o *redutor* voltou puxando um vampiro civil grogue. A cabeça do macho rolava de um lado para o outro, como se estivesse presa a uma dobradiça frouxa, enquanto as pontas dos pés iam raspando o chão. Trajava o que antes eram elegantes calças negras e um suéter de caxemira, mas que agora estavam rasgadas e molhadas de sangue.

Com um gemido sufocado na garganta, Bella recuou até onde suas algemas permitiram. Não suportava assistir às torturas; simplesmente não podia.

O *redutor* forçou o macho a subir na mesa e o estendeu ali. Correntes foram atadas com eficiência em torno de seus pulsos e tornozelos, e os elos presos com clipes de metal. Assim que os enevoados olhos do civil se depararam com a estante de ferramentas, ele foi tomado de pânico. Debateu-se tentando livrar-se das correntes de aço, fazendo-as chacoalhar contra a mesa de metal.

O olhar de Bella cruzou com os olhos azuis do vampiro. Estava aterrorizado, e ela queria reconfortá-lo, mas sabia que não seria inteligente fazê-lo. O *redutor* observava sua reação, esperando.

Então, ele puxou uma faca.

O vampiro sobre a mesa gritou quando o assassino se inclinou sobre ele. Mas tudo o que David fez foi puxar o suéter do macho e cortá-lo, expondo-lhe o peito e a garganta.

Embora Bella tentasse lutar contra isso, a sede de sangue agitava-lhe as entranhas. Havia passado muito tempo desde a última vez em que se alimentara, possivelmente meses, e todo o estresse a que vinha sendo submetida significava que seu corpo necessitava desesperadamente do que ela só obteria se bebesse do sexo oposto.

O *redutor* a agarrou pelo braço e, ao puxá-la para perto, as algemas deslizaram pela guarnição da mesa junto com ela.

– Imaginei que você já deve estar sedenta a essa altura – o assassino estendeu a mão e esfregou-lhe a boca com o polegar. – Então, trouxe isso para você se alimentar.

Ela revirou os olhos.

– Isso mesmo. Ele é todo seu. Um presente. Não passou por tortura, é jovem. Melhor do que os dois que tenho nos buracos agora. E podemos conservá-lo enquanto lhe for útil – o *redutor* ergueu-lhe o lábio superior para expor seus dentes. – Minha nossa... olhe essas presas se alongando. Que fome, hein, esposa?

Sua mão a sujeitou fortemente pela nuca e ele a beijou de língua. De algum modo ela conteve sua ânsia de vômito até ele erguer a cabeça.

– Sempre me perguntei como era esse negócio de beber sangue – disse ele, os olhos passeando pelo rosto de Bella. – Será que vai me excitar? Não estou seguro se quero isso ou não. Acho que eu gosto que você seja pura. Mas tem de fazer isso, não é? Ou morrerá.

Forçou-lhe a cabeça para baixo, contra a garganta do macho. Como ela ofereceu resistência, o *redutor* riu brandamente e disse-lhe no ouvido:

– Boa garota. Se tivesse ido de bom grado para ele, acho que lhe teria surrado por ciúmes – ele acariciou o cabelo dela com a mão que estava livre. – Agora, beba.

Bella olhou o vampiro nos olhos. *Oh, Deus...*

O macho havia parado de se debater e a encarava, com olhos a ponto de saltar das órbitas. Embora estivesse faminta, não podia suportar a ideia de beber dele.

O *redutor* agarrou-lhe o pescoço com força, e a voz dele se tornou assustadora:

– É melhor beber dele. Eu me arrisquei muito para consegui-lo para você.

Ela abriu a boca, e sua língua parecia uma lixa, de tão sedenta.

– Não...

O *redutor* aproximou a faca dos olhos dela.

– De uma maneira ou de outra ele vai sangrar no próximo minuto e meio. Se eu começar a trabalhar nele, não vai durar muito tempo. Então, talvez devesse tentar, não é, esposa?

Os olhos de Bella se encheram de lágrimas pela violação que estava prestes a cometer.

– Eu lamento tanto por isso – sussurrou ela ao macho acorrentado.

Sua cabeça foi arremessada para trás com um puxão, e a palma da mão do *redutor* a atingiu no rosto pela esquerda. A bofetada reverberou pela parte superior de seu corpo, e o assassino a agarrou pelo cabelo para impedi-la de cair. Puxou-a com força, arqueando-a contra ele. Ela não fazia ideia de onde a faca que ele tinha na mão estava.

– Não peça perdão por isso – segurou-a forte pela mandíbula, cravando as pontas dos dedos em suas bochechas – Sou o único por quem você se preocupa. Estamos entendidos? Eu disse: *estamos entendidos?*

– Sim – ela disse, quase sem fôlego.

– Sim, o quê?

– Sim, David.

Ele tomou o braço livre de Bella e o forçou por trás de suas costas. A dor disparou por seu ombro.

– Diga que me ama.

De repente, a cólera acendeu uma tormenta de fogo em seu peito. *Jamais* lhe diria aquilo. *Jamais.*

– Diga que me ama – berrou o *redutor* bem próximo do rosto dela.

Os olhos de Bella cintilaram e ela arreganhou as presas. No instante em que o fez, a excitação disparou no *redutor*, fora de controle, e todo o corpo dele se pôs a tremer, e sua respiração se converteu num rápido arfar. Estava preparado para lutar com ela, excitado para a batalha, pronto como se estivesse ereto para o sexo. Aquela era a parte da relação para que vivia. *Amava* lutar com ela. Havia-lhe contado que sua antiga mulher não era tão forte como ela, e não tinha sido capaz de durar tanto antes de partir.

– *Diga que me ama.*

– Eu. Desprezo. Você.

Enquanto ele erguia a mão e a fechava em punho, Bella fulminava-o com o olhar, firme, calma, preparada para receber o golpe. Ficaram assim durante muito tempo, seus corpos suspensos em arcos gêmeos como um coração, atados pelos laços da violência entre eles. Ao fundo, o macho civil preso à mesa choramingava.

De repente, o *redutor* a envolveu com os braços e enterrou a cara em seu pescoço.

– Amo você – disse ele. – Amo tanto... Não posso viver sem você...

– Santo Deus – disse alguém.

O *redutor* e Bella viraram-se na direção da voz. A porta do centro de persuasão encontrava-se escancarada e um assassino de cabelo desbotado estava parado em seu vão.

O sujeito começou a rir e, então, disse as quatro palavras que provocaram tudo o que se seguiu:

– Saberão disso agora mesmo.

David partiu para cima do outro *redutor* como um louco, perseguindo-o porta afora.

Bella não vacilou quando os primeiros golpes da luta soaram lá fora. Começou a liberar as correntes que prendiam o pulso direito do civil, soltando os prendedores, desenredando os elos. Nenhum dos dois disse uma só palavra enquanto ela libertava-lhe a mão e logo começava a fazer o mesmo com o tornozelo direito. Assim que pôde, o macho trabalhou tão rápido quanto ela, desatando desesperadamente o seu lado esquerdo. No instante em que se viu livre, saltou da mesa e olhou as algemas de aço que a prendiam.

– Não pode me salvar – disse ela. – Só ele tem as chaves.

– Não acredito que ainda esteja viva. Soube de você...

– Ande, vá logo...

– Ele a matará.

– Não, não o fará – ele só iria fazê-la desejar estar morta. – *Vá!* Essa luta não vai durar para sempre.

– Voltarei para libertá-la.

– Não, concentre-se em voltar pra casa – quando ele abriu a boca, ela disse: – Cale a boca, caramba! Se puder, diga a minha família que não estou morta. *Vá!*

O macho tinha lágrimas em seus olhos quando os fechou. Ele respirou fundo duas vezes... e se desmaterializou.

Bella começou a tremer tão violentamente que caiu ao chão, com o braço estendido sobre a cabeça, por estar algemado à mesa.

Os ruídos da luta pararam repentinamente. Houve um silêncio e, depois, um flash de luz e um som de explosão. Ela sabia, sem sombra de dúvida, que seu *redutor* havia vencido.

Oh, Deus... iria ser ruim. Seria um dia muito, muito ruim.

Zsadist ficou de pé sobre o gramado coberto de neve da casa de Bella até o último momento possível e, depois, desmaterializou-se, indo para aquela monstruosidade gótica onde toda a Irmandade vivia. A mansão parecia saída de um filme de terror, cheia de gárgulas, sombras e vitrais. Diante daquela montanha de pedra havia um pátio repleto de carros, e também a casa da guarda, onde Butch e V. dormiam. Um muro de seis metros de altura rodeava o complexo, que era guardado por um portão duplo e uma variedade de surpresas desagradáveis para dissuadir visitantes não desejados.

Z. foi até as portas de aço da casa principal e abriu uma delas. Entrando no vestíbulo, digitou um código em um teclado numérico e obteve acesso imediatamente. Ele fez uma careta de desagrado ao chegar ao saguão. O pé-direito muito alto, as cores vivas, os dourados e o vistoso mosaico do chão causavam-lhe a mesma sensação do bar lotado... estímulo demais para o seu gosto.

À sua direita, ouviu sons que revelavam atividade na sala de jantar: o tinido suave dos talheres de prata sobre a porcelana, palavras indistintas de Beth, uma risadinha de Wrath... então, a voz grave de Rhage interrompendo. Uma pausa, provavelmente porque Hollywood fazia cara feia, e, depois, a risada coletiva, derramando-se como bolinhas de gude brilhantes em um piso liso.

Não estava interessado em se misturar com os companheiros, muito menos em comer com eles. A essa hora, todos saberiam que ele havia sido expulso da casa de Bella como um criminoso, por passar muito tempo ali. Poucos segredos eram guardados dentro da Irmandade.

Z. se dirigiu à escadaria principal, galgando os degraus de dois em dois. Quanto mais rápido subisse, mais abafados se tornariam os sons da sala de jantar, e mais tranquilo ele ficaria. No alto da escada, dobrou à esquerda e prosseguiu por um longo corredor pontuado de estátuas greco-romanas. Os atletas e guerreiros de mármore eram iluminados por spots embutidos, e seus braços, pernas e peitos brancos formavam arabescos contra a parede vermelho-sangue. Se andasse bastante rápido, era como se passasse por pedestres na calçada ao dirigir, o ritmo dos corpos das estátuas animando o que de fato não se movia.

O quarto em que dormia ficava no final do corredor e, quando abriu a porta, foi golpeado por uma onda de ar frio. Nunca ligava o aquecimento nem o ar condicionado, assim como também nunca dormia na cama ou usava o telefone ou guardava coisa alguma na escrivaninha de antiquário. O closet era a única coisa que usava, e foi até ali para se desarmar. Suas armas e munições estavam guardadas em um armário à prova de fogo nos fundos, e suas quatro camisas e três conjuntos de couro ficavam pendurados bem perto. Como nada havia na parte da frente, sempre pensava em ossos ao entrar, pois os cabides vazios nos suportes de latão pareciam-lhe bastante frágeis.

Despiu-se e tomou banho. Tinha fome de comida, mas gostava de manter-se assim. A pontada de fome, a ânsia árida da sede... essas negações que estavam dentro de seu controle sempre o aliviavam. Que inferno, se pudesse evitar dormir, também o faria. E a maldita sede de sangue...

Ele queria ficar limpo. Por dentro.

Quando saiu do chuveiro, passou o barbeador elétrico na cabeça para manter seu cabelo rente e, depois, barbeou-se rapidamente. Nu, com frio, pesado por causa do sangue que tomara, aproximou-se de sua cama, no chão. Quando estava diante dos dois cobertores dobrados que ofereciam tanto amortecimento como um par de band-aids, pensou na cama de Bella. Era king-size e toda branca. Fronhas e lençóis brancos, um enorme e fofo edredom branco, um roupão branco e macio jogado aos pés da cama.

Ele havia se deitado na cama dela. Várias vezes. Gostava de pensar que podia sentir o cheiro dela ali. Às vezes, até rolava em sua superfície macia, que cedia sob o seu duro corpo. Era quase como se ela o houvesse tocado, e melhor do que se na realidade o fizesse. Não podia suportar que alguém o tocasse... embora desejasse ter permitido que Bella o fizesse somente uma vez. Por ela, poderia ter sido capaz de aguentar.

Seus olhos se desviaram para o crânio sobre o piso, próximo ao catre. As órbitas eram buracos negros, e ele imaginou a combinação de íris e pupila que um dia o haviam observado. Entre os dentes, havia uma tira de couro negro de aproximadamente cinco centímetros de largura. Tradicionalmente, as palavras de devoção ao defunto eram inscritas sobre ela, mas a correia que aquelas mandíbulas mordiam não tinha coisa alguma escrita.

Ao se deitar, sua cabeça ficou ao lado da coisa e o passado voltou, ao ano de 1802...

O escravo estava parcialmente acordado. Estava deitado de costas e todo o corpo lhe doía, embora não pudesse imaginar por que... até que recordou ter passado por sua transição na noite anterior. Durante horas, fora torturado pela dor de seus músculos brotando, seus ossos engrossando, seu corpo transformando-se em algo poderoso.

Que estranho... seu pescoço e seus pulsos doíam de um modo diferente.

Abriu os olhos. O teto estava muito alto e distante, e marcado com barras finas e negras inseridas na pedra. Quando girou a cabeça, viu uma porta de carvalho com mais barras correndo verticalmente por suas espessas tábuas. Na parede, também, havia barras de aço... Na masmorra. Estava na masmorra, mas por quê? E era melhor voltar às suas obrigações...

Ele tentou se sentar, mas seus antebraços e canelas estavam presos. Arregalou os olhos, debateu-se...

– Calma aí – era o ferreiro. E tatuava nele faixas negras nos pontos de bebida do escravo de sangue.

Oh, amada Virgem do Fade, não. Isso não...

O escravo lutou contra as correias, e o outro macho o olhou, aborrecido.

– Fique quieto! Não quero ser açoitado por culpa sua.

– Eu lhe imploro – a voz do escravo não soava como o normal. Estava muito mais grave. – Tenha compaixão.

Ele ouviu uma risada suave, feminina. A Ama, senhora do castelo, havia entrado na cela, com o longo vestido de seda branca se arrastando atrás dela sobre o piso de pedra, o cabelo louro se derramando pelos ombros.

O escravo baixou os olhos, como era apropriado, e compreendeu que estava totalmente nu. Ruborizado, envergonhado, desejava estar coberto.

– Está acordado – disse ela, aproximando-se dele.

Não podia compreender por que fora ver alguém tão humilde como ele. Era um rapazola ajudante na cozinha, inferior até às criadas que limpavam seus urinóis.

– Olhe para mim – ordenou a Ama.

Fez como lhe fora ordenado, embora aquilo fosse contra tudo o que conhecia. Nunca lhe tinha sido permitido encará-la.

O que viu foi um choque. Ela o olhava de um modo como nenhuma outra fêmea o olhara antes. A cobiça marcava a refinada estrutura de seu rosto, seu olhar escuro faiscava com uma intenção que ele não podia identificar.

– Olhos dourados – murmurou ela. – Que raros. Que belos.

Sua mão desceu sobre a coxa nua do escravo. Ele se moveu nervosamente rechaçando o contato, sentindo-se incômodo. Aquilo estava errado, pensava. Ela não o deveria estar tocando.

– Que surpresa magnífica você me saiu. E não se preocupe, alimentei muito bem quem o trouxe para mim.

– Ama... permita-me que retorne ao trabalho.

– Oh, irá trabalhar, não se preocupe – a mão dela passeou por sua virilha, onde as coxas se encontravam com os quadris. Ele estremeceu e ouviu o ferreiro praguejar baixinho. – E que sorte a minha. Meu escravo de sangue foi vítima de um infeliz acidente hoje. Assim que seus aposentos estejam arrumados, será transferido para eles.

O escravo perdeu o fôlego. Sabia do macho que ela mantinha encarcerado, já que lhe havia levado comida na cela. Algumas vezes, enquanto deixava a bandeja com os guardas, ouvira estranhos sons vindos de trás da pesada porta.

A Ama devia ter reparado em seu medo, porque se inclinou sobre ele, ficando tão perto que pôde cheirar sua perfumada pele. Ela riu brandamente, como se tivesse provado seu medo e o prato a tivesse agradado.

– Na verdade, mal posso esperar para ter você.

Quando ela se virou para partir, olhou severamente para o ferreiro.

– Lembre-se do que lhe disse ou o deixarei exposto ao amanhecer. Nada de erros com a agulha. A pele dele é perfeita demais para ser danificada.

A tatuagem foi terminada pouco tempo depois, e o ferreiro levou a vela com ele, deixando o escravo amarrado à mesa, na escuridão.

Ele tremeu de desespero e horror quando se deu conta de sua nova condição. Agora, era o mais vil entre os miseráveis, mantido vivo unicamente para alimentar outrem... e só a Virgem sabia o que o esperava.

Passou-se muito tempo antes que a porta se abrisse outra vez e a luz da vela lhe mostrasse que seu futuro havia chegado: a Ama com um roupão negro e dois machos conhecidos por seu amor ao próprio sexo.

– Limpem-no para mim – ordenou ela.

A Ama observou enquanto o escravo era lavado e lubrificado com azeite, e se movia ao redor de seu corpo da mesma forma que a chama da vela: agitada e indócil. O escravo tremia, odiando a sensação das mãos dos machos sobre seu rosto, seu peito, suas partes íntimas. Tinha medo de que um ou ambos tentassem tomá-lo de modo ímpio.

Quando terminaram, o mais alto deles disse:

– Devemos experimentá-lo para a senhora, Ama?

– Esta noite, ele é só meu.

Ela deixou cair o roupão e agilmente subiu em cima da mesa, montando o escravo.

As mãos dela procuraram seu membro e, enquanto o friccionava, ele percebeu que os outros machos começaram a se tocar. Como permaneceu flácido, ela o tomou na boca. Os sons na câmara eram horrorosos, os gemidos dos machos e a boca da Ama chupando e estalando.

A humilhação foi completa quando o escravo começou a chorar, as lágrimas a rolarem pelos cantos de seus olhos, escorrendo pelas têmporas até os ouvidos. Nunca o haviam tocado entre as pernas antes. Quando ainda era um macho na pré-transição, seu corpo não estava preparado para o intercurso sexual, embora isso nunca o tivesse impedido de esperar com ansiedade pelo dia em que estaria com uma fêmea. Sempre imaginara que tal união seria maravilhosa, já que nos alojamentos dos escravos flagrara o ato prazeroso em certas ocasiões.

Mas, agora... aquilo que imaginara estava acontecendo daquele jeito, envergonhava-se de que um dia houvesse desejado algo.

Súbito, a Ama largou-lhe o membro e o esbofeteou. A impressão da palma ardia em sua face enquanto ela descia da mesa.

– Tragam-me o bálsamo – disse ela bruscamente. – O negócio dele não está funcionando.

Um dos machos avançou para a mesa com um pequeno pote. O escravo sentiu que alguém deslizava a mão sobre ele, não tinha certeza de quem, e, depois, houve uma sensação ardente. Enquanto um curioso peso se instalava em sua virilha, sentiu que algo se movia sobre sua coxa e, então, começou a se mover lentamente em direção à sua barriga.

– Oh... pela Virgem do Fade! – disse um dos machos.

– Olhem só o tamanho desse troço – admirou-se o outro. – Poderia chegar ao fundo de um poço...

A voz da Ama também soou espantada.

– É enorme.

O escravo levantou a cabeça. Havia um poderoso intumescimento sobre o seu ventre, que não se parecia com coisa alguma que tivesse visto antes.

Baixou a cabeça outra vez, enquanto a Ama montava em seus quadris. Dessa vez, sentiu alguma coisa engolindo-o, algo úmido. Levantou a cabeça outra vez. Estava escarranchada sobre ele e ele... dentro do corpo dela. Movia-se contra ele, cavalgando-o, ofegante. Ele tinha vaga consciência de que os outros machos estavam gemendo outra vez, e os sons guturais se tornavam mais fortes à medida que ela se movia cada vez mais rápido. E, então, houve gritos: dela, deles.

A Ama se deixou cair sobre o peito do escravo. Enquanto ainda respirava pesadamente, ela disse:

– Mantenha a cabeça abaixada.

Um dos machos colocou a palma sobre a testa do escravo e começou a acariciar-lhe o cabelo com a outra mão.

–Tão encantador. Tão macio. E olhe todas essas cores...

A Ama enterrou a cara no pescoço do escravo e o mordeu. Ele gritou pela perfuração e pela maneira com que ela sorvia. Ele já tinha visto machos e fêmeas beberem um do outro antes, e sempre lhe parecera... correto. Mas aquilo doía e o fazia sentir-se tonto, e, quanto mais ela tirava de sua veia, mais zonzo se sentia.

Provavelmente desmaiou, porque, quando voltou a si, ela estava erguendo a cabeça e lambendo os lábios. Ela desceu dele, vestiu-se e os três o deixaram sozinho na escuridão. Momentos depois, os guardas que conhecia entraram.

Os outros machos evitaram olhar para ele, embora antes fossem seus camaradas, porque lhes levava cerveja. Agora, mantinham os olhos longe e não lhe dirigiam a palavra. Quando olhou para baixo, envergonhou-se daquilo que o bálsamo lhe causara e que ainda estava funcionando, pois sua parte íntima ainda estava rija e grossa.

O brilho sobre aquilo lhe deu náuseas.

Quis dizer desesperadamente àqueles machos que aquilo não era culpa sua, que estava tentando fazer que sua carne baixasse, mas estava mortificado demais para falar enquanto os guardas liberaram seus braços e tornozelos da mesa. Quando se levantou, perdeu o equilíbrio, porque estivera deitado durante horas e só se havia passado um dia desde a sua transição. Ninguém o ajudou enquanto lutava para se estabilizar, e sabia que era porque não queriam tocá-lo, não queriam estar perto dele agora. Tentou cobrir-se, mas eles o ataram suas mãos de tal forma que não foi possível.

Sua vergonha aumentou quando teve de andar pelo corredor. Podia sentir o pesado volume em seus quadris saltando com seus passos, balançando-se obscenamente. As lágrimas derramavam-se de seus olhos e deslizavam por suas faces, e um dos guardas bufou com repugnância.

O escravo foi levado a uma parte diferente do castelo, a outra câmara de paredes reforçadas com barras de aço embutidas. Esta tinha uma plataforma como cama, um urinol, um tapete e tochas presas às paredes bem lá no alto. Enquanto era introduzido ali, também lhe deixavam comida e água, provisões levadas pelo moço da cozinha que ele conhecia desde sempre. O macho em pré-transição também evitou olhá-lo.

As mãos do escravo foram liberadas e o trancafiaram.

Desamparado e trêmulo, aproximou-se de um canto e sentou-se no chão. Embalou seu corpo gentilmente, pois ninguém mais o faria, e procurou ser amável com sua nova forma depois da transição... uma forma que tinha sido usada de maneira tão vil.

Enquanto se balançava para frente e para trás, preocupou-se com seu futuro. Nunca tivera direito algum, nem estudo ou identidade. Mas, ao menos, antes tinha sido livre para transitar. E seu corpo e sangue lhe pertenciam.

A lembrança da sensação daquelas mãos sobre a sua pele provocou-lhe uma onda de náusea. Olhou para as suas partes íntimas e se deu conta de que ainda podia sentir o cheiro da Ama nele. Perguntou-se quanto tempo duraria o inchaço.

E o que aconteceria quando ela voltasse a procurá-lo.

Zsadist esfregou o rosto e virou-se. Oh, sim, ela voltou a procurá-lo. E nunca ia sozinha.

Fechou os olhos para afastar tais recordações e tentou se forçar a dormir. A última coisa que atravessou sua mente foi uma imagem da casa de fazenda de Bella, com seu prado nevado.

Deus, aquele lugar estava tão vazio... um verdadeiro deserto, embora repleto de coisas. Com o desaparecimento de Bella, havia sido despojado de sua função mais importante: embora ainda fosse uma estrutura sólida e capaz de manter do lado de fora o vento, a chuva e os estranhos, não era mais um lar.

Já não tinha alma.

De certo modo, aquela casa era exatamente como ele.

Capítulo 5

Quando Butch O'Neal estacionou o Escalade no pátio, já tinha amanhecido. Enquanto saía do carro, pôde ouvir G-Unit a todo volume no Buraco, o que era sinal de que seu companheiro de quarto já voltara. V. não vivia sem sua música rap; era como o ar para ele. Dizia que a batida grave o ajudava a manter as intrusões dos pensamentos de outras pessoas em um nível manejável.

Butch dirigiu-se para a porta e teclou o código. Uma tranca se abriu de repente com um pequeno estalo e ele entrou no vestíbulo, onde fez outro registro. Os vampiros eram grandes especialistas em sistemas de portas duplas. Assim, nunca precisavam se preocupar de alguém por acaso deixar a luz do sol entrar, porque uma das portas estava sempre fechada.

A casa da guarda, também conhecida como Buraco, não era muito luxuosa: apenas uma sala de estar, uma cozinha americana, e duas suítes. Mas ele gostava do lugar, e também gostava do vampiro com quem vivia. Os dois eram unidos como... bem, irmãos.

Quando adentrou o cômodo principal, os sofás de couro negro estavam vazios, mas a TV de plasma estava ligada no canal de esportes, e o perfume achocolatado da fumaça vermelha estava por toda parte. O que significava que Phury estava por ali, ou acabara de sair.

– "Querida, cheguei" – Butch brincou, prevenindo-os.

Os dois Irmãos chegaram por trás dele. Ambos estavam ainda vestidos com suas roupas de luta, o couro e as pesadas botas deixando transparecer o que de fato eram: letais.

– Parece cansado, tira – disse Vishous.

– Realmente, tô no bagaço.

Butch observou a ponta na boca de Phury. Embora tivesse deixado as drogas para trás há muito tempo, naquela noite quase teve uma recaída e pediu um pouco daquela fumaça vermelha. O problema é que ele já tinha dois vícios; então, era melhor não baixar a guarda para um terceiro.

Sim, beber uísque e penar por causa de uma vampira que não queria nada com ele consumia todo o seu tempo. Além disso, não havia razão para estragar um sistema que funcionava. A desilusão sentimental o fazia beber, e, quando estava bêbado, sentia ainda mais falta de Marissa, o que lhe dava vontade de beber mais... E entrava naquele carrossel infernal. Não era de admirar que visse tudo rodando, então.

– Falou com Z.? – perguntou Phury.

Butch tirou o casaco de caxemira e o pendurou no armário.

– Sim. E não ficou nem um pouco feliz.

– Mas vai ficar longe de lá?

– Acredito que sim. Bem, presumindo que não tenha ateado fogo ao lugar depois que me tocou de lá... Quando saí, ele estava com aquele tique nos olhos, sabe? Que faz todo mundo se borrar de medo?

Phury passou a mão pelo maravilhoso cabelo, que lhe caía abaixo dos ombros em ondas louras, ruivas e castanhas. Sem essa cabeleira, já seria atraente. Com ela, então... certo, tudo bem: era lindo. Não que Butch o visse desse modo, mas o cara era mais bonito do que muitas mulheres. E se vestia melhor do que a maior parte delas, também, quando não estava em seu traje de combate.

Cara, ainda bem que era um filho da mãe muito bom de luta, do contrário, poderiam até pensar que se tratava de um maricas.

Phury respirou fundo.

– Obrigado por ter ido falar com...

O telefone tocou na bancada repleta de computadores e periféricos.

– Linha externa – V. murmurou, checando o identificador de chamadas.

Vishous era o gênio dos computadores na Irmandade – na verdade, era o gênio para todos os propósitos práticos – e era o encarregado da segurança e da comunicação de todo o complexo. Controlava tudo dos quatro "brinquedos", como chamava seu quarteto de PCs.

Brinquedos... até parece. Butch podia não entender muito de computadores, mas se aquelas quatro belezinhas eram brinquedos, então, brincava-se da mesma coisa no Departamento de Defesa norte-americano.

Enquanto V. esperava que a chamada caísse no correio de voz, Butch virou-se para Phury.

– Então, eu ainda não lhe mostrei o meu novo terno Marc Jacobs...

– Já chegou?

– Sim, Fritz o trouxe hoje, mais cedo, e o ajustou.

– Beleza.

Enquanto se dirigiam para o quarto, Butch teve de rir. Era tão culpado quanto Phury nessa coisa de macho metrossexual. O engraçado era que não ligava a mínima para roupas quando era policial. Agora que estava com os Irmãos, entrara nessa de alta costura e estava adorando. Então, do mesmo modo que Phury, ainda bem que também era um filho da mãe muito bom de luta.

O Irmão estava acariciando a fina lã negra que pendia de um cabide, e fazendo os devidos gemidos de aprovação, quando V. entrou.

– Bella está viva.

Butch e Phury viraram a cabeça ao mesmo tempo, enquanto o terno era largado no chão e ficava por lá, amontoado.

– Um macho civil foi sequestrado no beco atrás do ZeroSum esta noite e levado para um lugar no bosque com o propósito de alimentar Bella. Viu-a. Falou com ela. De algum modo, ela conseguiu libertá-lo.

– Diga-me que ele consegue encontrar o lugar outra vez – suspirou Butch, consciente de uma urgência sufocante. E não era o único em alerta instantâneo. De tão tenso, Phury sequer conseguia falar.

– Sim. Marcou sua rota de fuga, desmaterializando-se de quando em quando até alcançar a Rota 22. Irá me enviar por e-mail o caminho indicado num mapa. Tremendamente esperto para um civil.

Butch saiu correndo para a sala de estar, em busca de seu casaco e das chaves do Escalade. Como não tinha tirado o coldre peitoral, ainda levava sua Glock sob o braço.

Mas V. se colocou entre ele e a porta.

– Aonde vai, cara?

– O tal mapa já chegou em seu e-mail?

– Pare.

Butch encarou o companheiro.

– Vocês não podem sair durante o dia. Eu posso. Então, por que infernos deveríamos esperar?

– Tira – a voz de V. se abrandou –, isso é assunto da Irmandade. Você não tem de se meter nisso.

Butch paralisou. *Ah, claro, deixado de fora, mais uma vez.*

Certo, podia atuar em questões periféricas, analisar cenas de crime, pôr sua massa cinzenta para funcionar sobre problemas táticos. Mas quando a briga começava, os Irmãos sempre o mantinham fora do campo.

– Caramba, V...

– Não. Você não vai se envolver nisso. Esqueça.

Só quando reuniu informação suficiente, cerca de duas horas mais tarde, é que Phury foi ao quarto de seu irmão gêmeo. Acreditava que não havia sentido em agitar Zsadist com apenas metade da história, e haviam demorado um pouco para conceber um plano.

Quando bateu à porta e não obteve resposta, entrou e estremeceu. O quarto estava como um frigorífico.

– Zsadist?

Z. jazia sobre um par de cobertores dobrados no canto mais longínquo, o corpo nu desafiando o frio do quarto. Havia uma cama suntuosa a menos de três metros dele, que nunca tinha sido usada. Z. sempre dormia no chão, não importava onde vivesse.

Phury se aproximou e se ajoelhou ao lado de seu gêmeo. Não tocaria nele, especialmente ao pegá-lo assim, desprevenido. Z. provavelmente o atacaria.

Meu Deus, pensou Phury. Adormecido assim, toda sua cólera dissolvida, Z. era quase frágil.

Maldição, retirou o *quase*. Zsadist sempre fora tão magro, tão terrivelmente fraco. Agora, entretanto, era todo ossos grandes e veias.

Quando isso acontecera? Caramba, no rytho de Rhage, quando todos eles se despiram na Tumba, Z. certamente não parecia um esqueleto. E aquilo fora há apenas seis semanas.

Precisamente antes do sequestro de Bella...

– Zsadist? Acorde, meu irmão.

Z. se mexeu, os olhos negros abrindo-se devagar. Normalmente, despertava depressa e ao mais leve ruído, mas, como havia se alimentado, estava um tanto pesado e lerdo.

– Ela foi encontrada – disse Phury. – Bella foi encontrada. Estava viva esta madrugada.

Z. piscou um par de vezes, como se pensasse que poderia estar sonhando. Então, ergueu o torso do catre. Os piercings dos mamilos refletiram a luz do corredor enquanto esfregava a cara.

– O que você disse? – perguntou, com voz grave.

– Temos uma indicação de onde está Bella. E a confirmação de que está viva.

Z. tornou-se alerta, sua consciência voltou-lhe como um trem, e ele começou a recuperar tanto a velocidade como a força. A olhos vistos, ia sendo tomado por uma vitalidade cruel, até que já não parecia nem um pouco fraco.

– Onde ela está? – quis saber.

– Em um galpão no bosque. Um macho civil escapou porque ela o ajudou.

Z. pôs-se de pé num pulo, aterrissando agilmente no chão.

– Como chego a ela?

– O jovem macho que escapou enviou a V. por correio eletrônico as instruções. Mas...

Z. se dirigiu para seu closet.

– Arranje um mapa para mim.

– É meio-dia, meu irmão.

Z. se deteve. Abruptamente, uma explosão gelada emanou de seu corpo, fazendo com que a temperatura do quarto, em comparação, parecesse amena. E aqueles olhos negros dardejaram perigosamente quando olhou por cima do ombro.

– Então, deixem o tira ir lá. Mandem o Butch.

– Tohr não permitirá...

– Uma ova que não! O humano vai.

– Zsadist, pare. Pense. Butch não teria apoio algum, e poderia haver vários *redutores* no local. Quer arriscar que ela seja morta numa tentativa mal-sucedida de resgate?

– O policial sabe se cuidar.

– Ele é bom, mas é apenas um humano. Não podemos mandá-lo sozinho para lá.

Z. arreganhou as presas.

– Talvez Tohr esteja mais preocupado que o cara seja capturado e acabe nos entregando numa daquelas mesas de tortura.

– Você há de convir, Z., que Butch sabe muita coisa a nosso respeito. Então, está claro que um dos motivos é realmente esse.

– Mas, se ela ajudou um cativo a escapar, então, que diabos você pensa que esses *redutores* estão fazendo com ela nesse exato momento?

– Se um grupo nosso for ao pôr do sol, então, teremos mais chance de tirá-la de lá com vida. Você sabe disso. Temos de esperar.

Z. permaneceu parado ali, nu, respirando fundo, os olhos como duas lascas de ódio rançoso. Quando finalmente falou, sua voz soou como um grunhido assustador.

– É melhor Tohr rezar para que ela ainda esteja viva quando eu a encontrar esta noite. Ou eu arranco a cabeça dele, não importa que seja um Irmão.

Phury pousou os olhos na caveira no chão, pensando que Z. já tinha provado como era bom em decapitações.

– Escutou o que eu disse, meu irmão? – o macho falou com ênfase.

Phury balançou a cabeça, confirmando. Cara, ele tinha um mau pressentimento sobre como aquilo tudo iria terminar. Ora se tinha.

Capítulo 6

Enquanto o Sr. O dirigia seu F-150 ao longo da Rota 22, o sol poente das quatro da tarde feria-lhe os olhos e ele se sentia como se estivesse de ressaca. Sim... além da dor de cabeça, tinha os mesmos efeitos no corpo que costumava ter depois de uma noite de bebedeira, os pequenos tremores passeando sob sua pele como vermes.

A longa linha de arrependimentos que rebocava atrás de si também o fazia se lembrar dos seus dias de alcoólatra. Como quando acordou ao lado de uma mulher feia que desprezava, mas que, assim mesmo, levara para cama. A coisa toda era assim... só que muito, muito pior.

Trocou as mãos de lugar no volante. Os nós dos dedos estavam visivelmente danificados e sabia que tinha arranhões no pescoço. Enquanto as imagens do dia o cegavam, seu estômago se revolvia. Estava desgostoso pelas coisas que tinha feito a sua mulher.

Bem, *agora* estava desgostoso. Quando as estava fazendo... tinha sido correto.

Cristo, deveria ter sido mais cuidadoso. Era um ser vivo, afinal de contas... Droga, e se tivesse ido longe demais? *Oh, e agora...* não deveria ter-se deixado levar daquela forma. O problema era que, assim que percebeu que ela havia libertado o macho que havia lhe levado, perdeu a cabeça. E ela pagou o preço.

Levantou o pé do acelerador. Queria retornar, tirá-la de seu buraco e assegurar a si mesmo que ainda respirava. Só que não havia tempo suficiente antes que a reunião dos membros dos esquadrões de elite começasse.

Enquanto pisava no acelerador, sabia que não poderia deixá-la assim que colocasse os olhos nela novamente, e, então, o *Redutor Principal* iria procurá-lo. E isso seria um problema. O centro de persuasão estava uma bagunça. *Maldição...*

O Sr. O desacelerou e virou o volante à direita, e a caminhonete saiu derrapando da Rota 22 e enveredou por uma estrada de terra.

A cabana do Sr. X, que também era o quartel-general da Sociedade Redutora, ficava no meio de um enorme bosque, completamente isolada. O lugar não era nada mais do que uma pequena construção de madeira encimada por um telhado verde escuro, com um apêndice da metade de seu tamanho atrás dela. Quando o Sr. O estacionou, havia sete carros e caminhonetes estacionados por ali, todos eles domésticos, a maioria com mais de quatro anos de uso.

O Sr. O adentrou a cabana e constatou que era o último a se apresentar. Outros dez membros da elite se acomodavam no acanhado interior, com seus rostos pálidos e os corpos grandes e musculosos. Aqueles eram os *redutores* mais fortes da Sociedade, os que estavam nela há mais tempo. O Sr. O era a única exceção quanto ao tempo de serviço. Tinha apenas três anos de iniciado, e nenhum deles o apreciava porque era novo.

Não que tivessem motivo. Ele era tão resistente como qualquer um deles e já o provara. *Cretinos invejosos...* Cara, nunca seria como eles, que não passavam de gado de Ômega. Não podia acreditar que os idiotas se orgulhassem por empalidecer com o passar do tempo e com o desaparecimento de suas identidades. Ele brigava contra o desbotamento. Tingia o cabelo para conservá-lo da cor café escuro que sempre tinha tido, e temia o clareamento gradual de suas íris. Não queria parecer-se com eles.

– Está atrasado – disse o Sr. X. As costas do *Redutor Principal* estavam apoiadas contra uma geladeira desligada, enquanto seus pálidos olhos pousavam nos arranhões que havia por todo o pescoço do Sr. O. – Andou lutando?

– Conhece bem os Irmãos.

O Sr. O encontrou um lugar para si. Embora tenha cumprimentado com a cabeça o Sr. U, seu parceiro, ignorou os outros.

O *Redutor Principal* continuava olhando para ele.

– Alguém viu o Sr. M?

Droga, pensou o Sr. O. Aquele *redutor* que ele liquidara por o haver surpreendido com a esposa estava sendo esperado ali, também.

– Sr. O? Tem algo a dizer?

Da esquerda, o Sr. U tomou a palavra.

– Vi o Sr. M logo antes de amanhecer. Brigando com um Irmão no centro da cidade.

Enquanto o Sr. X desviava seu olhar para a esquerda, o Sr. O admirava-se com o sangue-frio daquela mentira.

– Você o viu com seus próprios olhos?

A voz do outro *redutor* soou firme.

– Sim. Vi.

– Por acaso está protegendo o Sr. O?

Que tipo de pergunta era aquela? Os *redutores* eram assassinos frios, sempre tentando passar a perna uns nos outros para subirem na hierarquia da *Sociedade*. Mesmo entre parceiros havia pouca lealdade.

– Sr. U?

O sujeito meneou a cabeça pálida.

– Ele que cuide de si. Por que eu arriscaria o meu pescoço por ele?

Inegavelmente, naquela resposta havia algo de lógico, e o Sr. X sentiu que podia confiar, pois deu prosseguimento à reunião. Depois que as cotas de mortes e capturas foram designadas, o grupo se dissolveu.

O Sr. O se aproximou de seu parceiro.

– Preciso voltar ao centro de persuasão um minuto antes de sairmos à caça. Quero que me siga.

Tinha de descobrir porque o Sr. U havia lhe salvado a pele, e não estava preocupado que o outro *redutor* visse a forma como o lugar havia ficado. O Sr. U não causaria problema. Ele não era particularmente agressivo ou um pensador independente, mais operante do que inovador.

O que tornava ainda mais estranho o fato de que houvesse tomado a iniciativa que tomara.

Zsadist cravou os olhos no relógio do vestíbulo da mansão. Pela posição dos ponteiros, sabia que faltavam oito minutos para o sol se pôr oficialmente. Ainda bem que era inverno e escurecia mais cedo.

Olhou as portas duplas e sabia exatamente aonde iria assim que pudesse atravessá-las. Sabia de cor a localização que o jovem macho civil lhes fornecera. Podia desmaterializar-se e estar lá em um piscar de olhos.

Sete minutos.

Seria melhor esperar até que o céu estivesse totalmente escuro, mas dane-se. No instante em que a maldita bola de fogo mergulhasse no horizonte, sairia. Não ligava a mínima se acabasse ficando um tanto bronzeado.

Seis minutos.

Voltou a conferir as adagas no peito. Tirou a SIG Sauer do coldre direito e a examinou rapidamente uma vez mais, e logo fez o mesmo com a que estava no lado esquerdo. Sentiu com os dedos a faca de arremesso atrás das costas e a lâmina de quinze centímetros que levava na coxa.

Cinco minutos.

Z. forçou a cabeça para o lado, fazendo o pescoço estalar para relaxá-lo.

Quatro minutos.

Que se dane. Vou sair agora...

– Vai fritar – disse Phury atrás dele.

Z. fechou os olhos. Sentiu o impulso de soltar os cachorros, e o desejo se tornou irresistível enquanto Phury continuava falando.

– Z., cara, como vai ajudá-la se cair de cara no chão, soltando fumaça?

– Você tem prazer em ser do contra, não é? Já nasceu assim, ou se aperfeiçoou depois? – enquanto Z. fuzilava o irmão com os olhos por cima do ombro, teve uma lembrança repentina daquela noite em que Bella visitara a mansão. Phury parecera tão interessado por ela, e Z. lembrou-se dos dois juntos, conversando, justamente onde suas botas estavam plantadas agora. Observara-os oculto nas sombras, desejando-a, enquanto ela sorria e se divertia com seu gêmeo.

A voz de Z. soou penetrante.

– Achei que a quereria de volta, já que ela parecia estar na sua, e o achava bonito. Ou... talvez, não a queira justamente por isso. Ela abalou seu voto de celibato, meu irmão?

Como Phury estremeceu, Z. farejou debilidade e se soltou.

– Todos nós o vimos às voltas com ela na noite em que veio aqui. Olhou-a, não foi? E não só o rosto. Perguntou-se como seria tê-la por baixo de você? Ficou com medo de quebrar o voto de castidade?

A boca do Phury se apertou em uma linha, e Z. esperou que a resposta do macho fosse dura. Queria que revidasse. Talvez ainda pudessem lutar nos três minutos restantes.

Mas só houve silêncio.

– Nada a me dizer? – Z. relanceou o relógio. – Está bem. É hora de ir...

– Morro por ela. Tanto quanto você.

O olhar de Z. retornou ao irmão gêmeo, testemunhando a dor no semblante do outro macho à distância, como se estivesse olhando através de binóculos. Teve um pensamento passageiro sobre como deveria sentir alguma coisa, vergonha ou pena por obrigar Phury a fazer uma revelação tão íntima, amarga.

Sem dizer coisa alguma, Zsadist se desmaterializou.

Planejou seu reaparecimento em uma área entre as árvores, cerca de cem metros de onde o civil dissera que havia escapado. Quando Z. tomou forma, a luz mortiça no céu ofuscou-lhe a vista e causou-lhe a sensação de uma esfoliação química no rosto. Ignorou o ardor e tomou a direção nordeste, correndo sobre a neve que cobria a terra.

E lá estava o lugar, no meio do bosque, a dez metros de um córrego: uma espécie de galpão de um só andar, com um Ford F-150 negro e um Taurus prateado de aparência comum estacionados ao lado. Z. deslocou-se para a estrutura, ocultando-se atrás dos pinheiros, movendo-se silenciosamente na neve enquanto avaliava a construção. Apenas uma porta, sem janelas. Através das paredes finas podia ouvir movimentação, conversa.

Sacou uma de suas SIGs, destravou-a, e considerou suas opções. Materializar-se dentro do galpão era um movimento tolo, porque desconhecia o interior do lugar. E sua outra única alternativa, embora satisfatória, não era lá muito estratégica: arrombar a porta a chutes e entrar disparando para todos os lados parecia-lhe extremamente atraente, mas, por mais suicida que fosse, não arriscaria a vida de Bella esburacando todo o lugar.

Só que, então, como que por um milagre, *um redutor* saiu do galpão, e a porta se fechou com um estrondo. Momentos mais tarde, um segundo o seguiu, e ouviu-se o bip bip de um alarme de segurança sendo ativado.

O primeiro instinto de Z. foi atirar na cabeça de ambos, mas não puxou o gatilho. Se os assassinos tinham ativado o alarme, havia uma boa probabilidade de que não houvesse ninguém mais na casa, e suas oportunidades de tirar Bella haviam melhorado. Mas, e se, apesar de tudo, o lugar não estivesse vazio? Atirar denunciaria a sua presença e desencadearia um terrível tiroteio.

Observou os dois *redutores* enquanto entravam na caminhonete. Um tinha o cabelo cor de café, o que normalmente indicava que o assassino era um recruta novo, mas aquele sujeito não agia como um novato: era bastante seguro e dirigia a conversação. Seu companheiro de cabelo desbotado era o que se limitava a balançar a cabeça concordando.

O motor foi ligado e a caminhonete manobrou, amassando a neve sob os pneus. Com os faróis apagados, o Ford F-150 se embrenhou por um caminho quase imperceptível por entre as árvores.

Deixar aqueles dois filhos da mãe partirem era um teste de submissão, e Z. passou por ele retesando os fortes músculos de seu corpo como cordas de ferro a envolver-lhe os ossos. Era isso ou já estaria na capota da caminhonete, arrebentando o para-brisa com o próprio punho, arrancando os filhos da mãe de lá pelos cabelos, para mordê-los.

Quando o som da caminhonete desapareceu, Z. escutou atentamente o silêncio que se seguiu. Como não ouviu coisa alguma, voltou a desejar arrebentar a porta, mas pensou no alarme e consultou seu relógio. V. estaria ali dentro de um minuto e meio.

A espera o mataria. Mas iria esperar.

Enquanto se contorcia nas botas de combate, deu-se conta de um cheiro, algo no ar... Farejou. Havia propano ali por perto. Provavelmente, alimentando o gerador nos fundos. E querosene de um aquecedor. Mas, havia outra coisa, um cheiro de fumaça, de queimado... olhou as mãos, perguntando-se se estava em chamas e não percebera. Não.

Que diabos?

Seus ossos gelaram de repente quando descobriu o que era. Suas botas estavam plantadas bem no meio de um trecho de terra chamuscada, do tamanho de um corpo. Pelo cheiro, algo havia sido incinerado justo onde estava parado nas últimas doze horas.

Oh... Deus. Tinham-na deixado ali fora para o sol?

Z. agachou-se, tocando a terra queimada com a mão livre. Imaginou Bella ali quando o sol saiu, imaginou sua dor dez mil vezes pior do que a que sentira ao materializar-se.

O lugar enegrecido tornou-se um borrão.

Esfregou o rosto e fixou os olhos em sua palma. Havia umidade nela. Lágrimas?

Buscou em seu peito para entender o que sentia, mas tudo que lhe chegou foi informação relativa ao seu corpo. Seu torso vacilava porque seus músculos estavam fracos. Sentia-se zonzo e vagamente nauseado. Mas isso era tudo. Não havia emoções nele.

Esfregou o esterno e estava a ponto de fazer outra investigação quando um par de botas entrou em sua linha de visão.

Olhou para cima e viu o rosto de Phury: era uma máscara, fria e dura.

– Isso era ela? – disse com voz rouca, ajoelhando-se.

Z. afastou-se para trás com um tranco, e só com muita dificuldade conseguiu deixar a pistola fora da neve. Naquele momento, não podia ficar perto de ninguém, especialmente de Phury.

Cambaleando, ficou de pé.

– Vishous já está aqui?

– Bem atrás de você, meu Irmão – murmurou V.

– Há... – pigarreou. Esfregou a cara no antebraço. – Há um alarme de segurança. Acho que o lugar está vazio, porque dois matadores acabam de sair, mas não tenho certeza.

– Cuido do alarme.

Z. captou vários odores de repente e olhou para trás. Toda a Irmandade estava ali, inclusive Wrath, que, na qualidade de rei, não deveria estar em campo. Estavam todos armados. Todos tinham vindo para resgatá-la.

O grupo se alinhou contra a casa enquanto V. forçava a tranca da porta. Sua Glock entrou primeiro. Quando não houve reação, esgueirou-se para dentro e fechou a porta atrás de si. Um momento mais tarde, houve um bip longo. Ele abriu a porta.

– Já podem entrar.

Z. correu e entrou na frente, praticamente atropelando V.

Seus olhos penetraram os cantos escuros da sala. O lugar estava uma bagunça, com coisas derrubadas por todo o piso. Roupas... facas e algemas e... frascos de xampu? Que droga era aquilo? Deus, um estojo de primeiros-socorros aberto, gaze e esparadrapo pendurados para fora da tampa quebrada. Parecia que fora golpeada até ser aberta.

O coração martelava em seu peito, o suor brotava por todo o seu corpo, procurava Bella e só via objetos inanimados: uma estante que cobria toda uma parede, repleta de instrumentos de horror. Uma cama de armar. Um armário de metal à prova de fogo do tamanho de um carro. Uma mesa de autópsia com quatro conjuntos de correntes de aço pendendo de suas quinas... e sangue manchando sua superfície.

Pensamentos aleatórios cortavam o cérebro de Z. Estava morta. Aquela marca oval de chamuscado na terra era a prova. Mas, e se fosse de outro cativo? E se ela houvesse sido removida dali ou algo assim?

Seus Irmãos mantiveram-se um pouco para trás, achando melhor não se meterem no caminho dele, e Z. foi até o armário à prova de fogo, com a pistola na mão. Arrebentou as portas, somente torcendo os painéis de metal e dobrando-os até que as dobradiças se rompessem. Atirou longe as pesadas partes, ouvindo-as cair estrepitosamente.

Armas. Munição. Explosivos plásticos.

O arsenal de seus inimigos.

Entrou no banheiro. Nada, exceto uma ducha e um balde com um assento de vaso sanitário em cima.

– Não está aqui, meu irmão – disse Phury.

Em um ataque de fúria, Z. lançou-se sobre a mesa de autópsia, agarrando-a com uma mão e arremessando-a contra a parede. Em pleno voo, uma das correntes se chocou contra ele, acertando-lhe o ombro, ferindo-lhe até o osso.

Foi então que ouviu. Um gemido baixinho.

Virou rapidamente a cabeça para esquerda.

No canto, no chão, havia três tubos cilíndricos de metal projetando-se da terra firme, vedados por telas metálicas da mesma cor marrom-escuro do chão sujo. O que explicava por que não os tinha notado.

Aproximou-se e chutou fora uma das telas. O gemido soou mais forte.

Sentindo-se zonzo, de repente, caiu de joelhos.

– Bella?

Foi respondido por um balbucio. Deixou cair a pistola. Como iria erguê-la...? Havia umas cordas saindo do que parecia ser uma tubulação de esgoto. Agarrou-as e puxou delicadamente.

O que emergiu foi um macho sujo, ensanguentado, com uns dez anos desde a transição. O civil estava nu e trêmulo, com os lábios azulados e o olhar desvairado.

Z. o puxou para fora, e Rhage o agasalhou com seu trench-coat de couro.

– Levem-no daqui – disse alguém, enquanto Hollywood cortava as cordas.

– Pode se desmaterializar? – perguntou outro Irmão ao macho.

Z. não prestou atenção à conversa. Foi para o buraco seguinte, mas não havia cordas saindo dele, e seu nariz não captou cheiro algum. A coisa estava vazia.

Ia em direção ao terceiro quando o cativo gritou:

– Não! E-esse tem uma a-armadilha!

Z. congelou.

– Como?

Com os dentes batendo, o civil disse:

– N-não s-sei. Mas ouvi o *r-redutor* prevenir um de s-seus h-homens sobre e-ela.

Antes que Z. tivesse tempo de pedir, Rhage começou a vasculhar o lugar.

– Há uma arma aqui. Apontada nessa direção.

Houve sons de metal deslizando e uns estalidos.

– Pronto. Já está desarmada.

Z. espiou sobre o buraco. Montado sobre as vigas expostas do teto, aproximadamente a 4,5 m do chão, havia um pequeno dispositivo.

– V., o que temos aqui?

– Laser ótico. Se o interromper, provavelmente o acionará.

– Aguente aí – disse Rhage. – Há outra arma para esvaziar aqui.

V. alisou o cavanhaque.

– Deve haver um ativador por controle remoto, embora o sujeito provavelmente o tenha levado com ele. Isso é o que eu faria – olhou de esguelha o teto. – Esse modelo em particular funciona com baterias de lítio. Assim, não adianta destruirmos o gerador para desligá-lo. E são complicados para desarmar.

Z. olhou ao redor, em busca de algo que pudesse usar para tirar a tampa e pensou no banheiro. Entrou, arrancou a cortina do chuveiro, e voltou trazendo apenas o seu suporte.

– Afastem-se todos.

Rhage falou agudamente:

– Z., cara, não sei se encontrei todas as...

– Levem o civil com vocês – como ninguém se moveu, praguejou. – Não há tempo a perder, se alguém se arrebentar aqui, serei eu. Caramba, Irmãos, querem fazer o favor de *sair*?

Quando o lugar ficou vazio, Z. se aproximou do buraco. Posicionando-se de costas para uma das armas que havia sido neutralizada, no que seria sua linha de fogo se ainda estivesse com munição, afastou a tela metálica com um golpe do suporte da cortina do chuveiro. Houve o som retumbante de um disparo.

Z. foi atingido na canela esquerda. O impacto abrasador fez com que caísse sobre um joelho, mas ele o ignorou e se arrastou para a boca do tubo. Segurou as cordas que mergulhavam no buraco e começou a puxá-las.

A primeira coisa que viu foi o cabelo dela. O cabelo comprido e bonito de Bella, da cor do mogno, estava espalhado por seus ombros e cobria-lhe o rosto como um véu.

O corpo de Z. cedeu e sua vista nublou-se, quase desmaiando, mas, mesmo assim, continuou a içá-la. De repente, a tarefa se tornou mais fácil... porque havia outras mãos o ajudando... outras mãos na corda, outras mãos colocando-a delicadamente sobre o chão.

Vestida apenas com uma camisola manchada com o próprio sangue, não se movia, mas respirava. Cuidadosamente, afastou-lhe o cabelo do rosto.

A pressão sanguínea de Zsadist despencou.

– Oh, meu Deus... Oh, meu Deus... Oh, meu Deus...

– O que fizeram...? – seja lá quem começou a falar não podia encontrar as palavras para terminar.

Gargantas pigarrearam. Algumas tossidas foram abafadas. Talvez, fossem ânsia de vômito.

Z. a segurou nos braços e só... abraçou-a. Tinha de levá-la para fora, mas não conseguia se mover pelo que haviam feito a ela. Piscando, atordoado, gritando por dentro, embalou-a suavemente. As palavras se derramavam de sua boca, lamentações por ela, no Antigo Idioma.

Phury se ajoelhou.

– Zsadist? Temos de tirá-la daqui.

A consciência voltou a Z. de pronto, e, de repente, só conseguia pensar em levá-la para a mansão. Cortou as correias ao redor de seu torso e, depois, ergueu-se com dificuldade com ela nos braços. Quando tentou caminhar, sua perna esquerda cedeu e ele tropeçou. Mas, por uma fração de segundo, não conseguiu atinar por quê.

– Deixe-me levá-la – disse Phury, levantando as mãos. – Você levou um tiro.

Zsadist negou com a cabeça e passou roçando por seu gêmeo, coxeando.

Levou Bella para o Taurus que estava estacionado diante do galpão. Sustentando-a contra o peito, arrebentou a janela do motorista com o punho, enfiou o braço pela abertura e destravou tudo, enquanto o alarme enlouquecia. Abrindo a porta traseira, inclinou-se e a pôs no assento. Ao dobrar-lhe as pernas ligeiramente para que coubesse no banco, a camisola de Bella subiu e ele se sobressaltou. Tinha machucados. Muitos.

Enquanto o alarme se calava, ele disse:

– Alguém pode me passar um casaco?

No segundo em que estendeu a mão atrás dele, sentiu o couro golpear sua palma. Agasalhou-a cuidadosamente no que percebeu ser o casaco de Phury, fechou a porta e se enfiou atrás do volante.

A última coisa que ouviu foi uma ordem de Wrath.

– V., faça uso dessa sua mão. Este lugar precisa ser incendiado.

Alcançando a estrada, Z. tirou o sedam da cena com a rapidez de um morcego saído do inferno.

O Sr. O estacionou sua caminhonete no meio-fio de um trecho escuro da Rua Dez.

– Ainda não entendo por que mentiu.

– De que nos serviria se você fosse enviado ao Ômega? É um dos melhores matadores que temos.

O Sr. O o olhou com desagrado.

– Você realmente é um homem de equipe, não?

– Orgulho-me de nosso trabalho.

– Para você, somos meras peças de uma engrenagem...

– Sim, e essa maneira de ver as coisas salvou sua pele hoje, então, seja agradecido.

Tanto faz. Tinha coisas mais importantes com que se preocupar do que o espírito de corporativismo do Sr. U.

Os dois *redutores* desceram a caminhonete. O ZeroSum, o Screamer's e o Snuff'd ficavam poucos quarteirões mais para baixo e, embora fizesse frio, havia filas de espera nos clubes. Alguns dos enregelados clientes sem dúvida eram vampiros, e, mesmo se não fossem, teriam uma noite cheia. Sempre havia lutas com os Irmãos.

O Sr. O ligou o alarme de segurança, meteu as chaves no bolso... e parou repentinamente na Rua Dez. Literalmente não podia se mover.

Sua esposa... Jesus, sua esposa realmente não parecia nada bem quando a deixou para sair com o Sr. U.

O Sr. O puxou a gola rolê de seu suéter, como se não pudesse respirar. Não se preocupava com a dor que ela sofria; fizera por merecer. Mas não poderia suportar se morresse, se o deixasse... E se ela estivesse morrendo naquele exato momento?

– Qual é o problema? – perguntou o Sr. U.

O Sr. O buscou as chaves do carro, a ansiedade ardendo em suas veias.

– Preciso ir.

– Está louco? Perdemos nossa cota na noite passada...

– Só preciso voltar para o centro um instante. O Sr. L está caçando na Rua Cinco. Fique com ele. Encontro vocês em trinta minutos.

O Sr. O não esperou pela resposta. Saltou para a caminhonete e disparou para fora da cidade, tomando a Rota 22 através da zona rural das cercanias de Caldwell. Estava a quase quinze minutos do centro de persuasão quando viu as luzes de uma batida policial adiante. Praguejou e meteu o pé no freio, desejando que fosse apenas um acidente.

Mas não, no intervalo em que estivera fora, a maldita polícia tinha estabelecido uma blitz contra o alcoolismo. Dois carros-patrulha estavam estacionados cada qual de um lado da Rota 22, e os cones alaranjados e as luzes de atenção estavam no centro da estrada. À direita, havia uma placa refletora anunciando o programa "Segurança em Primeiro Lugar" do Departamento de Polícia do Caldwell.

Santo Deus, por que tinham de fazer isso aqui? No meio do nada? Por que não estavam no centro, perto dos bares? Não obstante, as pessoas das cidades-satélite de Caldwell tinham que voltar para casa dirigindo depois da noitada nos clubes da cidade grande...

Havia um carro diante dele, uma minivan, e o Sr. O tamborilou os dedos no volante. Estava prestes a sacar seu Smith & Wesson e mandar bala tanto no policial quanto no motorista como mereciam. Só por o estarem atrasando.

Um carro se aproximou na direção oposta, e o Sr. O acompanhou-o com os olhos. O Ford Taurus se deteve com um ranger de freios, os faróis dianteiros fracos e baixos.

Cara, esses carros populares eram muito vagabundos, mas, precisamente por isso o Sr. U escolhera um deles para seu uso. Integrar-se na população humana era crítico para manter em segredo a guerra com os vampiros.

Enquanto o policial se aproximava do Ford Taurus, o Sr. O achou estranho que a janela do motorista já estivesse baixada em uma noite fria como aquela. Então, teve um sobressalto pelo tipo que estava atrás do volante. *Caraca.* O filho da mãe tinha uma cicatriz da grossura de um dedo descendo por sua cara. E um alargador no lóbulo da orelha. Talvez o carro fosse roubado.

O policial obviamente pensou a mesma coisa, porque sua mão encontrava-se sobre a pistola quando se aproximou para abordar o motorista. E a coisa realmente piorou quando iluminou o banco traseiro com a lanterna. De repente, seu corpo sacudiu com força, como se houvesse sido atingido entre os olhos, e ele fez menção de alcançar o transmissor em seu ombro. Mas o motorista colocou a cabeça para fora da janela e ficou olhando para o oficial. Ficaram paralisados assim, por um instante.

Então, o policial deixou cair o braço e casualmente deixou passar o Taurus sem ao menos pedir a habilitação do motorista.

O Sr. O olhou o policial cumpridor do dever no seu lado da estrada. O chato ainda retinha a minivan dirigida por uma dona de casa domingueira como se estivesse cheia de traficantes de drogas. Enquanto isso, o seu colega do outro lado deixava passar um cara que parecia um assassino em série sem mais delongas. Era como estar do lado errado da barreira de pedágio.

Finalmente, chegou a vez do Sr. O. Ele foi o mais cortês que conseguiu e, poucos minutos mais tarde, já pisava o acelerador. Havia percorrido uns oito quilômetros quando um clarão despontou na paisagem à direita. Perto de onde ficava o centro de persuasão.

Pensou no aquecedor de querosene que gotejava.

O Sr. O pisou fundo o acelerador. Sua esposa estava presa debaixo da terra... Se houvesse um incêndio...

Cortou caminho pelo bosque e acelerou sob os pinheiros, com a caminhonete aos solavancos, a cabeça se chocando contra o teto enquanto tentava controlar o volante. Reconfortou-se dizendo a si mesmo que pelo caminho não se via o brilho alaranjado de um incêndio. Se houvesse acontecido uma explosão, então, haveria chamas, fumaça.

Os faróis dianteiros iluminaram à sua frente. O centro de persuasão se fora. Eliminado. Consumido.

O Sr. O pisou o freio para evitar que a caminhonete batesse numa árvore. Depois, olhou ao redor do bosque para se assegurar de que estava no lugar correto. Quando ficou claro que sim, saiu e lançou-se ao chão.

Agarrando punhados de cinzas, examinou cuidadosamente os resíduos até que aquilo começou a entrar por seu nariz e boca e cobriu seu corpo como uma mortalha. Encontrou pedacinhos de metal derretido, mas nada maior do que sua palma.

No tumulto de sua mente, recordou ter visto aquele pó fantasmagórico antes.

O Sr. O inclinou a cabeça para trás e ergueu a voz aos céus. Não sabia o que saía de sua boca. Só tinha certeza de uma coisa: a Irmandade havia feito aquilo. Porque o mesmo tinha ocorrido na academia de artes marciais dos *redutores* seis meses antes.

Pó... cinzas... tudo destruído. E haviam levado sua esposa.

Oh, meu Deus... será que estava viva quando a encontraram? Ou apenas levaram seu corpo com eles? Estava morta?

Aquilo era culpa dele; tudo culpa dele. Estava tão determinado a castigá-la, que se esquecera das implicações da fuga daquele civil. O macho tinha ido à Irmandade e havia-lhes dito onde ela estava, e tinham chegado às primeiras horas da noite e a resgataram.

O Sr. O secou as lágrimas desesperadas em seus olhos. E, então, perdeu o fôlego. Virou a cabeça, esquadrinhando a paisagem. O Ford Taurus prateado do Sr. U não estava ali.

A blitz. A maldita blitz. Aquele homem horripilante atrás do volante de fato não era um homem. Era um membro da Irmandade da Adaga Negra. Tinha de ser. E a esposa do Sr. O estava no assento traseiro, mal respirando ou morta. Isso era o que havia descontrolado o policial. Ele a viu quando inspecionou a parte de trás do veículo, mas o Irmão lhe aplicara uma lavagem cerebral para que deixasse passar o Taurus.

O Sr. O enfiou-se na caminhonete e meteu o pé no acelerador, dirigindo para o leste, para onde o Sr. U morava.

O Taurus tinha um localizador.

O que significava que, com um equipamento adequado, poderia encontrar o veículo onde quer que ele estivesse.

CAPÍTULO 7

Bella tinha a vaga impressão de estar em um automóvel. Entretanto, como isso era possível? Devia estar alucinando.

Não... realmente soava como um automóvel, com o regular ronronar do motor. E parecia um automóvel, uma sutil vibração que vez por outra era interrompida por uma sacudidela, como se algo no caminho se colocasse debaixo dos pneus.

Tentou abrir os olhos, deu-se conta de que não podia, e tentou novamente. Como o esforço a esgotava, deu-se por vencida. Deus, estava cansada... como se estivesse com gripe. Também lhe doía tudo, especialmente a cabeça e a barriga. E sentia-se nauseada. Tentou recordar o que tinha acontecido, como se libertara, *se é* que estava mesmo livre. Mas tudo o que conseguiu foi uma imagem do *redutor* que a amava entrando pela porta, coberto de sangue negro. O resto era névoa.

Tateando ao seu redor, encontrou algo cobrindo seus ombros e puxou-o mais para perto. Couro. E cheirava a... nada parecido ao odor adocicado e enjoativo de um *redutor*. Era a essência de um macho de sua raça. Inspirou várias vezes mais pelo nariz. Quando captou o cheiro de talco de bebê dos assassinos, sentiu-se confundida até que pressionou o nariz contra o assento. Sim, contra o estofamento do banco. Aquele era o automóvel de um *redutor*. Mas, então, por que havia o cheiro de vampiro macho no que tinha sobre o corpo? E havia outra coisa mais, outro aroma... uma mistura de almíscar intenso com um toque de pinho.

Bella começou a tremer. Lembrava-se muito bem daquele aroma: sentira-o da primeira vez que tinha ido ao complexo de treinamento da Irmandade, e de quando visitara a mansão, algum tempo depois.

Zsadist. Zsadist estava naquele automóvel com ela.

Seu coração bateu com força. Lutou para abrir os olhos, mas, ou suas pálpebras se negavam a obedecê-la, ou talvez já estivessem abertos e estava muito escuro para que pudesse enxergar alguma coisa.

Fui resgatada?, perguntou. *Você buscou por mim, Zsadist?*

Mas nenhum som saiu de sua boca, embora seus lábios houvessem se mexido. Formou as palavras outra vez, forçando o ar através da garganta. Emitiu um áspero gemido, nada mais.

Por que seus olhos não funcionavam?

Começou a se debater de um lado para o outro lado e, então, ouviu o som mais doce que já lhe chegara aos ouvidos.

– Peguei você, Bella – a voz de Zsadist. Grave. Potente. – Está a salvo. Livre de lá. Para sempre.

Tinha ido resgatá-la. Tinha ido resgatá-la...

Começou a soluçar. Pareceu que o automóvel diminuía a velocidade, mas, então, acelerou para o dobro.

Seu alívio foi tão grande, que adormeceu.

Zsadist abriu a porta do quarto com um chute, fazendo a fechadura estourar. O som foi forte, e Bella estremeceu em seus braços, gemendo. Ele deteve-se quando ela começou a virar a cabeça de um lado para o outro na dobra de seu braço.

Bom sinal, pensou. Muito bom sinal.

– Vamos, Bella, volte para mim. Desperte – mas ela não recuperou a consciência.

Foi para o seu catre e a deitou onde ele dormia. Quando ergueu os olhos, Wrath e Phury estavam parados na porta, os dois enormes machos bloqueando a maior parte da luz que vinha do corredor.

– Ela precisa passar pelo Havers – disse Wrath. – Necessita de tratamento.

– Havers pode fazer o que tiver de fazer aqui. Ela não sairá deste quarto.

Z. ignorou o longo silêncio que se seguiu, totalmente concentrado em vigiar a respiração de Bella. Seu peito subia e baixava num ritmo regular, mas que lhe parecia muito superficial.

Phury o olhava com um ar que ele conhecia muito bem.

– Zsadist...

– Esquece. Ele a examinará aqui. E ninguém toca nela sem a minha permissão ou sem que eu esteja presente – quando olhou para os Irmãos, Wrath e Phury pareciam totalmente estupefatos – Caramba, ainda não entenderam? Querem que eu fale no Antigo Idioma para ficar mais claro?

Com uma imprecação, Wrath abriu seu celular e falou rápida e firmemente.

Quando o fechou, disse:

– Fritz já está na cidade, e vai apanhar o doutor. Chegarão aqui em vinte minutos.

Z. assentiu e olhou as pálpebras de Bella. Desejou ser capaz ele mesmo de cuidar do que havia sido feito a ela. Desejava que ela se sentisse aliviada agora. *Oh, Deus...* como deve ter sofrido.

Deu-se conta de que Phury se aproximava, e não gostou que seu irmão se ajoelhasse ao lado dele.

O instinto de Z. era fazer uma barricada em torno do corpo de Bella com o seu próprio, evitando que seu irmão gêmeo, Wrath, o doutor, ou qualquer outro macho pudesse vê-la. Não entendia esse impulso, desconhecia sua origem, mas era tão forte que quase avançou no pescoço de Phury.

E, então, seu irmão gêmeo esticou a mão como se fosse tocar o tornozelo de Bella. Os lábios de Z. recuaram para expor as presas, e um grunhido escapou de sua garganta.

Phury virou a cabeça para ele rapidamente.

– Por que está agindo assim?

Ela é minha, pensou Z.

Mas, no instante em que lhe chegou essa convicção, afastou-a. Que demônios *estava* fazendo?

– Está ferida – murmurou. – Só não mexa nela, okay?

Havers chegou quinze minutos depois. O alto e magro médico trazia uma maleta de couro na mão e parecia pronto para realizar o seu trabalho. Mas, quando se adiantou, Z. pôs-se de pé e interceptou o macho, colocando-o contra a parede. Os olhos claros de Havers se arregalaram por trás dos aros de tartaruga de seus óculos, e ele deixou sua maleta cair no chão.

Wrath praguejou.

Z. ignorou as mãos que tentavam contê-lo e encarou o médico.

– Trate-a melhor do que faria com alguém de seu próprio sangue. Se ela sofrer uma só sacudida desnecessária, descontarei na sua pele seja lá o que ela tenha sofrido, multiplicado por cem.

O corpo magro de Havers tremia, a boca se movia sem emitir som.

Phury lhe deu um forte puxão sem conseguir afastar o irmão gêmeo.

– Z., pega leve...

– Fique fora disso – rebateu Z. bruscamente. – Estamos entendidos, doutor?

– Sim... sim, senhor – quando Z. o soltou, Havers tossiu e ajeitou a gravata. Depois, franziu o cenho. – Senhor...? Está sangrando. Sua perna...

– Não se preocupe comigo. Preocupe-se com ela. *Já.*

O macho assentiu, manuseando a maleta, aproximou-se do catre. Quando se agachou sobre os joelhos ao lado de Bella, Z. comandou mentalmente que as luzes se acendessem no quarto.

A áspera inspiração de Havers foi o mais próximo de uma imprecação que um macho educado como ele pôde proferir. Baixinho, murmurava no Antigo Idioma:

– Fazer isso a uma fêmea... Pela misericórdia do Fade.

– Tire-lhe os pontos – ordenou Z., inclinando-se sobre o médico.

– Primeiro tenho de examiná-la. Preciso verificar se tem machucados mais graves.

Havers abriu a maleta e tirou de lá um estetoscópio, um aparelho para medir a pressão arterial e uma caneta-lanterna. Checou-lhe o pulso e a respiração, olhou dentro de seus ouvidos e nariz e mediu-lhe a pressão. Quando lhe abriu a boca, ela se encolheu um pouco; então, ergueu-lhe a cabeça e ela começou a se debater fortemente.

Justo quando Zsadist avançava para o médico, o pesado braço de Phury se fechou sobre o peito de Z. e o atirou para trás.

– Ele não a está machucando e você sabe muito bem disso.

Z. lutou contra a contenção, odiando a sensação do corpo de Phury contra o seu. Mas quando o irmão gêmeo não o liberou, soube que era o melhor mesmo a fazer. Estava descontrolado, e atacar o doutor teria sido uma jogada estúpida. Droga, provavelmente não deveria estar armado naquele momento.

Obviamente, Phury seguia uma linha de raciocínio similar naquele instante. Tirou as adagas que Z. levava no peito e as entregou a Wrath. Também lhe tirou as pistolas.

Havers olhou para cima e pareceu muito aliviado que as armas houvessem saído de cena.

– Eu... Ah, vou lhe dar uma medicação suave para a dor. A respiração e o pulso estão suficientemente fortes, assim, poderá suportá-la bem, e fará com que o restante do exame e o que vier a seguir seja mais suportável para ela. Está bem?

Foi só depois que Z. assentiu que o médico aplicou uma injeção em Bella. Quando a tensão no corpo dela diminuiu, o doutor tirou da maleta um par de tesouras e se dirigiu para a parte de baixo da ensanguentada camisola que a cobria.

Enquanto levantava a bainha, Z. tornou-se vermelho de cólera.

– Pare!

O doutor protegeu a cabeça com os braços esperando que o golpeasse, mas tudo que Z. fez foi encarar primeiramente Phury e, depois, Wrath.

– Nenhum de vocês vai vê-la nua. Fechem os olhos ou virem-se.

Ambos o olharam por um momento. Então, Wrath deu-lhe as costas e Phury baixou as pálpebras, embora não largasse o peito de Z.

Zsadist olhou duramente para o doutor.

– Se for lhe tirar a roupa, cubra-a com algo.

– Que devo usar para isso?

– Uma toalha de banho.

– Eu pego – disse Wrath. Depois de entregar a toalha para o médico, voltou para o seu lugar, virado para a porta.

Havers estendeu a toalha sobre o corpo de Bella e, então, cortou a lateral da camisola. Olhou para cima antes de levantar qualquer coisa.

– Preciso examinar todo o seu corpo. E vou ter de lhe tocar a barriga.

– Para quê?

– Tenho de apalpar os órgãos internos para determinar se algum está inchado por ter recebido um traumatismo ou por causa de uma infecção.

– Que seja rápido.

Havers afastou a toalha para o lado...

Z. fraquejou contra o forte corpo de seu irmão gêmeo.

– Oh... *nalla* – sua voz enrouqueceu. – Oh, meu Deus... *nalla*.

Havia algo talhado na pele da barriga de Bella, no que lhe pareceu serem letras de uns oito centímetros. Como era analfabeto, não podia saber o que diziam, mas tinha um horrível pressentimento...

– O que diz? – sibilou.

Havers pigarreou.

– É um nome. David. Diz "David".

Wrath grunhiu.

– *Sobre sua pele?* Que animal...

Z. interrompeu seu rei.

– Matarei esse *redutor*. Palavra de honra que vou mastigar os seus ossos.

Havers inspecionou os cortes, suavemente, com muito cuidado.

– Assegure-se de que não caia sal perto desses talhos. Senão, a pele cicatrizará seguindo o formato das letras.

– Não me diga – como se ele não tivesse experiência em como as cicatrizes se convertiam em marcas permanentes.

Havers a cobriu e foi para os pés, inspecionando-os, assim como as canelas. Afastou a camisola enquanto se dirigia para os joelhos. Então, moveu uma das pernas para um lado, separando as coxas.

Z. se impulsionou para frente, arrastando Phury com ele.

– O que pensa que está fazendo?

Havers retirou as mãos rapidamente, erguendo-as acima da cabeça.

– Preciso fazer-lhe um exame interno. Devido à possibilidade de que tenha sido... violada.

Com um rápido movimento, Wrath postou-se diante de Z. e cingiu-lhe a cintura com os braços. Através das lentes escuras, o olhar do rei queimava.

– Deixe que faça o que tem de ser feito, Z. É melhor para ela se o fizer.

Zsadist não podia olhar. Deixou pender a cabeça contra o pescoço de Wrath, perdendo-se nos longos cabelos negros do macho. Os sólidos corpos de seus Irmãos o rodeavam, mas estava horrorizado demais para sentir pânico pelo contato. Fechou os olhos fortemente e respirou fundo, os cheiros de Phury e Wrath invadindo seu nariz.

Distinguiu um ruído abafado, como se o médico procurasse algo na maleta. Então, ouviu dois estalos, como se o macho estivesse colocando luvas. Um roçar de metal contra metal. Sons abafados. Depois... silêncio. Não, não de fato. Leves ruídos. Então, um par de cliques.

Z. lembrou-se de que os *redutores* eram impotentes. Mas, podia muito bem imaginar como compensavam essa deficiência.

Tremeu por ela até seus dentes começarem a bater.

Capítulo 8

Acomodado no assento do carona do Range Rover, John Matthew olhou para o lado. Enquanto rumavam para a zona rural de Caldwell, Tohr parecia apreensivo, e, ainda que a reunião com Wrath, o rei, assustasse John, ele estava mais preocupado com todo aquele silêncio. Não podia entender o que havia de errado. Bella fora resgatada. Agora estava a salvo. Então, todo mundo deveria estar contente, não é? Só que quando Tohr tinha passado em casa para buscar John, havia colocado os braços ao redor de Wellsie na cozinha e permanecido assim por muito tempo. Suas palavras, pronunciadas baixinho e no Antigo Idioma, saíram-lhe embargadas.

John queria conhecer os detalhes do que acontecera, mas era difícil perguntar estando no automóvel, no escuro, já que precisava fazer-se entender por gestos ou escrevendo. E não parecia que Tohr tivesse vontade de conversar.

– Chegamos – disse Tohr.

Com uma rápida guinada à direita, enveredou por uma estrada de terra batida, e John se deu conta de que já não podia enxergar nada através das janelas. Havia uma estranha névoa no bosque gelado que os rodeava, uma barreira que o fazia sentir-se um pouco enjoado.

Do nada, um gigantesco portão se materializou na brumosa paisagem, e eles pararam. Havia outro portão logo depois do primeiro, e quando entraram no espaço que havia entre os dois, ficaram enjaulados como um touro em um curral. Tohr baixou o vidro, digitou um código num intercomunicador, e foram liberados para...

Caraca, o que é isso?

Um túnel subterrâneo. E, enquanto seguiam descendo por um declive acentuado, foram surgindo outros portões, e as defesas se faziam cada vez mais fortificadas até a última. Essa era a maior de todas, uma brilhante monstruosidade de aço, com um aviso de ALTA VOLTAGEM bem no meio. Tohr olhou para a câmara de segurança, e logo escutou-se um estalo. O portão se abriu.

Antes que avançassem, John cutucou o antebraço de Tohr para lhe chamar a atenção.

Os Irmãos vivem aqui?, gesticulou lentamente.

– Mais ou menos. Primeiro, vou levá-lo ao centro de treinamento; depois, iremos à mansão – Tohr pisou o acelerador. – Quando começarem as aulas, deverá vir aqui de segunda à sexta-feira. O ônibus o apanhará em frente à nossa casa às quatro em ponto. O Irmão Phury está aqui, pois está encarregado das classes iniciais – ao perceber o olhar que John lhe dirigiu, Tohr explicou:

– O Complexo está interconectado subterraneamente. Mostrarei a você como acessar o sistema de túneis que liga todos os prédios, mas guarde segredo. Qualquer um que apareça em qualquer dos lugares sem ser convidado, terá sérios problemas. Seus companheiros de classe não são bem-vindos, entendeu?

John assentiu enquanto paravam na área de estacionamento que ele já conhecia de uma noite há muito tempo. Deus, sentia-se como se houvesse estado ali com Mary e Bella uns cem anos antes.

Ele e Tohr desceram do Range Rover.

Com quem treinarei?

– Com outra dúzia de machos com aproximadamente a mesma idade que você. Todos têm um pouco de sangue de guerreiro nas veias, que é o critério que usamos para escolhê-los. O treinamento durará até passarem pela transição, e prosseguirá por outro tanto, até que achemos que estão preparados para sair a campo.

Caminharam até um par de portas de metal e Tohr as escancarou. Do outro lado, um corredor que parecia não ter fim. Enquanto o atravessavam, Tohr lhe mostrou uma sala de aula, o ginásio, uma sala de musculação, um vestiário. O macho se deteve quando chegou a uma porta de vidro jateado.

– Aqui é onde venho quando não estou em casa ou em campo.

John entrou. A sala estava quase vazia e era bastante comum. A escrivaninha era de metal e coberta de equipamentos de informática, telefones e papéis. Arquivos cobriam a parede do fundo. Só havia dois lugares onde sentar, presumindo que emborcar o cesto de papéis para sentar-se sobre ele não era uma opção. Num canto, uma cadeira das que normalmente se utilizam em escritórios. A outra, atrás da escrivaninha, era bem feia: estofamento de couro puído, verde abacate, com os cantos descolados, assento afundado, e pernas tortas.

Tohr pousou a mão sobre o espaldar alto da coisa.

– Dá pra acreditar que Wellsie me obrigou a me desfazer disto?

John assentiu, gesticulando:

Sim, posso.

Tohr sorriu e foi até um armário que ia até o teto. Quando abriu a porta e digitou uma série de números num teclado, a parte traseira se abriu, revelando uma espécie de passagem secreta escura.

– Aqui vamos nós.

John entrou embora não pudesse ver muito.

Um túnel de metal. Suficientemente largo para que nele entrassem três pessoas caminhando lado a lado, e tão alto que sobrava espaço até sobre a cabeça de Tohr. Havia luzes embutidas no teto a cada três metros, mais ou menos, mas não podiam muito contra a escuridão reinante.

É a coisa mais legal que já vi na vida, pensou John, quando se puseram em marcha.

O som das botas de combate de Tohr ecoava nas lisas paredes de aço, bem como o som grave de sua voz.

– Olhe, sobre conhecer Wrath. Não quero que se preocupe. Ele é intenso, mas não há o que temer. E não se assuste com seus óculos escuros. Está quase cego e é hipersensível à luz, por isso, os usa. Ainda assim, mesmo que não enxergue, lerá você como um livro aberto. Suas emoções serão tão claras para ele como a luz do dia.

Um pouco depois, uma escada baixa apareceu do lado esquerdo, levando a outra porta e a outro teclado. Tohr se deteve e apontou para o túnel, que, até onde John podia ver, continuava eternamente.

– Se seguir direto por ali, chegará à casa da guarda, a uns cento e cinquenta metros. Tohr subiu os poucos degraus, digitou o código, e abriu a porta. Uma brilhante luz se derramou como água liberada de um dique.

John olhou para cima, com um estranho sentimento ressoando em seu peito. Tinha a estranha sensação de que estava sonhando.

– Está tudo bem, filho – Tohr sorriu, o rosto duro suavizando-se um pouco. – Nada de ruim irá acontecer a você aí em cima. Confie em mim.

– Pronto, terminei – disse Havers.

Zsadist abriu os olhos, e tudo que conseguiu ver foi o grosso cabelo negro de Wrath.

– Ela foi...?

– Ela está bem. Não há sinais de relações forçadas nem de qualquer tipo de trauma – ouviu-se um estalo, como se o médico estivesse retirando as luvas.

Zsadist fraquejou e os Irmãos o sustentaram. Quando finalmente levantou a cabeça, viu que Havers havia removido a camisola ensanguentada, e coberto Bella novamente com a toalha, e estava colocando um novo par de luvas. O macho se inclinou sobre a maleta, tirou de lá uma tesoura de ponta bem fina e umas pinças, e depois olhou para cima.

– Agora, irei me ocupar dos olhos dela, está bem? – quando Z. assentiu, o médico ergueu os instrumentos.

– Tome cuidado, senhor. Se me assustar com isso nas mãos, posso cegá-la sem querer. Compreendeu?

– Sim. Só não lhe faça mal...

– Não sentirá nada. Dou-lhe minha palavra.

Tal procedimento foi acompanhado por Z., e pareceu levar uma eternidade. Lá pelas tantas, Z. teve a vaga noção de já não estar sustentando o próprio corpo. Phury e Wrath mantinham-no de pé, e sua cabeça pendia do maciço ombro de Wrath, enquanto observava atentamente.

– A última – murmurou Havers. – Certo. Tirei todas as suturas.

Todos os machos presentes respiraram fundo, até o doutor, e, então, Havers procurou em sua maleta e tirou de lá uma bisnaga. Aplicou um pouco do unguento sobre as pálpebras de Bella; depois, recolheu e guardou todo o seu material.

Quando o médico se levantou, Zsadist desvencilhou-se dos Irmãos e caminhou um pouco. Wrath e Phury estenderam os braços para ele.

– Seus machucados são dolorosos, mas não oferecem risco de morte – disse Havers. – Amanhã ou depois de amanhã estarão curados, se não forem mexidos. Está desnutrida e precisa se alimentar. Se ela for ficar neste quarto, é preciso ligar o aquecimento e deitá-la na cama. Quando despertar, deve comer e beber. E outra coisa: no exame interno, descobri... – seus olhos foram de Wrath para Phury, e depois se fixaram em Zsadist. – Algo de natureza particular.

Zsadist dirigiu-se até o doutor.

– O quê?

Havers o levou para um canto e falou devagar.

Quando o macho terminou, Z. estava atônito, sem palavras.

– Tem certeza?

– Sim.

– Quando?

– Não sei. Mas não demora muito.

Z. olhou para Bella. *Oh, meu Deus...*

– Agora, presumo que tenham aspirinas ou Motrin em casa?

Z. não fazia ideia; nunca tomava remédios analgésicos. Olhou para Phury.

– Sim, temos – disse seu irmão.

– Façam-na tomar. E lhes darei algo mais forte, no caso desses medicamentos não serem suficientes.

Havers tirou da maleta um pequeno frasco de vidro lacrado com borracha vermelha e dois envelopes de seringas hipodérmicas descartáveis. Escreveu algo em um pequeno bloco de papel, e entregou o papel e o material a Z.

– Se for dia e ela sentir muita dor ao despertar, você pode aplicar-lhe uma injeção disso, de acordo com minhas indicações. É a mesma morfina que acabei de administrar, mas deve prestar atenção à dose recomendada. Ligue para mim se tiver perguntas ou quiser que o auxilie quanto à maneira de aplicar a injeção. Se já for noite, virei e eu mesmo aplicarei a injeção – Havers olhou a perna de Z. – Quer que examine sua ferida?

– Posso banhá-la?

– Com certeza.

– Agora?

– Sim – Havers franziu a testa. – Mas, senhor, sua perna...

Z. entrou no banheiro, abriu as torneiras da jacuzzi, e colocou a mão debaixo do jorro. Esperou até que estivesse suficientemente quente; depois, voltou ao quarto para buscá-la.

A essa altura, o doutor já havia se retirado, mas Mary, a mulher de Rhage, estava na entrada do quarto, querendo ver Bella. Phury e Wrath falaram com ela brevemente e negaram com a cabeça. Ela foi embora, abatida.

Quando a porta se fechou, Z. se ajoelhou perto do catre e começou a erguer Bella.

– Espere, Z. – a voz de Wrath era dura. – A família deve cuidar dela.

Z. parou e pensou em quem teria alimentado os peixes dela. Deus... provavelmente aquilo não estava certo. Mantê-la ali, longe daqueles que tinham todo o direito de cuidá-la em sua dor. Mas a ideia de deixá-la ir era intolerável. Acabava de encontrá-la...

– Irá para eles amanhã à noite – disse. – Esta noite e o dia de amanhã permanecerá aqui.

Wrath sacudiu a cabeça.

– Não está...

– Acha que ela tem condições de ser removida neste estado? – disse Z. bruscamente. – Deixem a fêmea em paz. Tohr pode telefonar para a família e dizer que a entregaremos amanhã, ao cair da noite. Por ora, ela precisa de um banho e um pouco de repouso.

Wrath apertou os lábios. Houve um comprido silêncio.

– Então, teremos de levá-la para outro quarto, Z. Não ficará com você.

Zsadist se levantou e se aproximou do rei, peitando-o.

– Tente tirá-la daqui.

– Pelo amor de Deus, Z. – bufou Phury. – Afaste-se...

Wrath inclinou-se para frente até que seus narizes praticamente se tocaram.

– Cuidado, Z. Sabe muito bem o que conseguirá me ameaçando, além do queixo quebrado.

Sim, tinham passado por isso no verão. Legalmente, Z. poderia ser executado pelas antigas regras de conduta, se levasse aquilo adiante. A vida do rei estava acima das dos demais.

Não que Z. desse a mínima para isso, naquele momento.

– Pensa que me importo com uma sentença de morte? *Ora, faça-me o favor...* – entrecerrou os olhos. – Mas, tem uma coisa: se resolver vir para cima de mim com essa babaquice de majestade, levará pelo menos um dia para me condenar com a Virgem Escriba. Assim sendo, de qualquer jeito Bella dormirá aqui esta noite.

Voltou para onde estava ela e a levantou o mais cuidadosamente que pôde, enquanto se assegurava de que a toalha permanecesse no lugar. Sem olhar para Wrath nem para o seu gêmeo, entrou rapidamente no banheiro e fechou a porta atrás de si com um chute.

A banheira já estava cheia até a metade, por isso, sustentou-a enquanto se inclinava e verificava a temperatura. Perfeita. Colocou-a dentro d'água e, depois, estendeu-lhe os braços sobre as bordas, para que ficasse apoiada.

A toalha rapidamente se ensopou, colando-se ao corpo dela. Ele pôde distinguir claramente as suaves curvas dos seios, a pequena caixa torácica, o ventre plano. Quando o nível d'água subiu, a extremidade da toalha flutuou e acariciou-lhe a parte superior das coxas.

O coração de Z. disparou dentro do peito e ele se sentiu como um tarado, observando-a enquanto jazia ali, toda machucada e inconsciente. Com a esperança de defendê-la de seu olhar e querendo lhe proporcionar a privacidade que merecia, foi até o armário em busca de gel para preparar-lhe um banho de espuma. Só encontrou *sais* de banho, e isso, com toda certeza do mundo, não iria usar.

Estava prestes a voltar para ela, quando se deu conta de que o espelho sobre a bancada da pia era muito grande. Não queria que ela tomasse ciência do terrível aspecto que apresentava, pois, quanto menos soubesse a respeito do que lhe tinham feito, melhor. Cobriu o espelho com duas toalhas grandes, enfiando as extremidades do espesso tecido felpudo por trás da moldura.

Quando retornou para a banheira, ela havia deslizado um pouco, e quase todo o seu corpo encontrava-se imerso na água, mas, ao menos a parte de cima da toalha ainda se sustentava sobre seus ombros e basicamente se mantinha no lugar. Segurou-a por baixo de um dos braços e a ergueu, apanhando, em seguida, uma esponja. No instante em que começava a lavar a lateral de seu pescoço, ela começou a se agitar, respingando-o todo. Emitia sons de pânico, baixinho, e eles não pararam mesmo quando Z. deixou a esponja de lado.

Fale com ela, seu idiota.

– Bella... Bella, está tudo bem. Você está bem.

Ela ficou quieta e franziu a testa. Então, seus olhos se abriram ligeiramente e ela piscou várias vezes. Quando tentou esfregar as pálpebras, ele afastou-lhe as mãos do rosto.

– Não. É um medicamento. Deixe-o aí.

Ela parou. Então, pigarreou até que conseguiu falar:

– Onde... Onde estou?

A voz dela, embora pastosa e rouca, para ele pareceu linda.

– Está... – *comigo*. – Está com a Irmandade. Está a salvo.

Enquanto seu olhar vidrado e desfocado vagava pelo banheiro, ele se inclinou para um interruptor na parede e atenuou a iluminação. Embora estivesse delirando e, sem dúvida, quase cega pelo unguento, não queria que se visse. A última coisa que precisava era se preocupar com o que aconteceria se as cicatrizes não se curassem perfeitamente.

Quando ela baixou os braços dentro d'água e travou os pés na extremidade da banheira, Z. fechou as torneiras e sentou-se sobre os calcanhares. Não era bom tocando gente, então, não foi uma grande surpresa que ela não conseguisse suportar o contato de suas mãos sobre o corpo. Mas, caramba, não tinha ideia do que fazer para confortá-la. Parecia tão desamparada... muito além do pranto, mergulhada numa agonia paralisante.

– Está a salvo... – murmurou, embora duvidasse de que ela iria acreditar. No lugar dela, também não acreditaria.

– Zsadist está aqui?

Franziu a testa, não sabendo o que deduzir disso.

– Sim, estou bem aqui.

– Está?

– Bem aqui. Bem ao seu lado – estendeu a mão, um pouco sem jeito, e apertou-lhe a mão. Ela correspondeu.

Então, pareceu que começava a delirar. Murmurava, produzindo pequenos sons que poderiam ser palavras, agitava-se. Z. apanhou outra toalha, enrolou-a, e a colocou debaixo da cabeça dela, para que não se machucasse na borda da jacuzzi.

Pôs-se a pensar no que poderia fazer para ajudá-la, e, como não lhe ocorreu outra coisa, cantarolou um pouquinho. Como o recurso pareceu surtir efeito, começou a cantar suavemente, escolhendo um hino, no Antigo Idioma, dedicado à Virgem Escriba, que falava de céus azuis, corujas brancas e verdes prados.

Aos poucos, Bella relaxou e suspirou fundo. Fechando os olhos, reclinou-se contra o travesseiro de toalha que Z. havia ajeitado para ela.

Como seu canto era o único alívio que ele podia proporcionar a ela, Z. continuou cantando.

Phury olhou para o catre onde Bella estivera deitada, pensando que aquela camisola rasgada que antes vestia o deixava doente. Então, seus olhos se dirigiram ao crânio que jazia no chão, à direita. A caveira de uma mulher.

– Não posso permitir tal coisa – disse Wrath, quando cessou o som de água que corria no banheiro.

– Z. não vai machucá-la – murmurou Phury. – Olhe a forma como a trata. Cristo, está agindo como se fosse o macho dela.

– O que acontecerá se mudar de humor? Quer que o nome de Bella figure na lista de mulheres que matou?

– Virará um bicho se a separarmos dele.

– Será uma parada dura...

Os dois congelaram. Então, ambos se viraram lentamente para a porta do banheiro. O som que vinha do outro lado era suave, ritmado. Como se alguém estivesse...

– Que diabos é isso...? – murmurou Wrath.

Phury tampouco podia acreditar.

– Está cantando para ela.

Mesmo abafada, a limpidez e a beleza da voz de Zsadist eram surpreendentes. Sua voz de tenor sempre tinha sido assim. Nas estranhas ocasiões em que cantava, os sons que saíam de sua boca eram pungentes, capazes de fazer o tempo parar e, então, prolongar-se até o infinito.

– Meu Deus... caramba – Wrath ergueu os óculos escuros para a testa e esfregou os olhos. – Vigie-o, Phury. Vigie-o bem.

– Não é o que sempre faço? Olhe, tenho de ir ver o Havers esta noite, mas só o tempo suficiente para que ele ajuste minha prótese. Pedirei a Rhage que fique de olho nele até que eu retorne.

– Faça isso. Não vamos perder essa fêmea estando ela aos nossos cuidados, está claro? Jesus Cristo... Esse seu irmão gêmeo tira qualquer um do sério, sabia disso? – Wrath saiu majestosamente do quarto.

Phury olhou novamente para o catre e imaginou Bella deitada ali, perto de Zsadist. Aquilo tudo estava muito errado. Z. não entendia nada de carinho e conforto. E aquela pobre fêmea tinha passado as últimas seis semanas na terra fria.

Era eu que deveria estar ali dentro com ela. Lavando-a. Confortando-a. Tratando-a.

Minha, pensou ele, olhando para a porta de onde saía o canto.

Phury começou a se encaminhar para o banheiro, repentinamente tomado de cólera. A fúria territorial acendia seu peito como uma fogueira, levantando uma chama de força que rugia em seu corpo. Agarrou fortemente a maçaneta da porta... e ouviu a melodia entoada pela encantadora voz de tenor.

Phury ficou parado ali, tremendo. Enquanto a irritação se convertia em um desejo que o assustava, apoiou a testa contra o batente da porta. *Oh, Deus... não.*

Fechou os olhos bem apertados, tentando encontrar outra explicação para seu comportamento. Não havia. E, afinal de contas, ele e Zsadist eram gêmeos.

Então, fazia sentido que desejassem a mesma fêmea. Que terminassem... vinculando-se à mesma mulher.

Soltou uma maldição.

Aquilo sim era um problema... daqueles que acabam em morte. Para começar, dois machos vinculados à mesma fêmea era uma combinação letal. Sendo os dois, ainda por cima, guerreiros, o potencial para que a coisa terminasse em sérios danos era imenso. Afinal de contas, vampiros eram animais. Caminhavam e falavam e eram capazes de raciocínios mais elevados, mas, fundamentalmente, eram animais. Então, havia alguns instintos que sequer o mais inteligente dos cérebros podia superar.

Ainda bem que não tinha chegado a esse ponto. Sentia-se atraído por Bella e a desejava, mas ainda não tinha chegado ao profundo sentimento de posse que era a marca registrada de um macho vinculado. E como não tinha detectado a essência de macho vinculado irradiando de Zsadist, talvez ainda houvesse esperança.

Mesmo assim, ambos tinham de se afastar de Bella. Guerreiros, provavelmente por sua natureza agressiva, vinculavam-se rápido e intensamente. Então, ainda bem que ela em breve voltaria para sua família, que era o seu lugar.

Phury largou a maçaneta e saiu do quarto. Desceu a escada como um zumbi e saiu para o pátio. Queria que o frio o ajudasse a clarear seus pensamentos. Mas a única coisa que conseguiu foi a pele retesada.

Estava prestes a acender um cigarro de fumaça vermelha quando se deu conta de que o Ford Taurus, que Z. usara para trazer Bella, estava estacionado em frente à mansão. Ainda estava ligado, esquecido por toda aquela comoção.

Bem, aquilo não era o tipo de escultura de jardim que precisavam. Só Deus sabia que tipo de dispositivo de rastreamento havia nele.

Phury se meteu no sedan, pôs a coisa em movimento e se dirigiu para a saída.

Capítulo 9

Quando John saiu do túnel subterrâneo, foi momentaneamente ofuscado pela luminosidade. Então, sua vista se acostumou.

Oh, meu Deus. Que bonito...

O vasto vestíbulo era um vívido arco-íris, tão colorido que lhe pareceu que suas retinas não poderiam apreendê-lo em sua totalidade. Das colunas verdes e vermelhas de mármore até o mosaico multicolorido do chão, dos painéis dourados que se espalhavam por todos os lados até o...

Meu santo Michelangelo, olhe só esse teto!

Lá no alto – o pé-direito equivalia a três andares –, pinturas de anjos, nuvens e guerreiros sobre grandes cavalos cobriam uma extensão que parecia tão grande quanto um estádio de futebol. E havia mais... ao redor de todo o segundo andar havia um balcão dourado intercalado de painéis com representações similares. E também havia a majestosa escadaria com corrimãos ornamentados.

As proporções do espaço eram perfeitas. As cores, um deleite visual. A arte, sublime. Nada do estilo ostentoso e novo-rico de um Donald Trump. Mesmo John, que não sabia coisa alguma a respeito de decoração de interiores, tinha a curiosa sensação de que o que estava contemplando era coisa verdadeiramente fina. Quem construiu a mansão e a decorou sabia o que estava fazendo e tinha dinheiro para adquirir tudo do bom e do melhor: um verdadeiro aristocrata.

– Belo, não? Meu Irmão D. construiu este lugar em 1914 – Tohr apoiou as mãos nos quadris enquanto olhava ao redor e, depois, pigarreou rapidamente. – Sim, tinha um tremendo bom gosto. Só se contentava com o melhor.

John estudou cuidadosamente o rosto de Tohr. Nunca o tinha ouvido utilizar aquele tom de voz. Tamanha tristeza...

Tohr sorriu e pousou a mão sobre o ombro de John, a fim de que continuassem a caminhar.

– Não me olhe assim. Sinto-me um frango depenado quando o faz.

Dirigiram-se ao segundo andar, passando por um tapete vermelho tão macio que era como pisar sobre um colchão. Quando John chegou ao piso superior, debruçou-se sobre o balcão para apreciar o desenho do chão do vestíbulo. Os mosaicos se fundiam em uma espetacular representação de uma árvore frutífera em plena floração.

– As maçãs têm um importante papel em nossos rituais – disse-lhe Tohr. – Pelo menos, quando os praticamos. Ultimamente, não tivemos muitos desses, mas Wrath está empenhado em realizar a primeira cerimônia do solstício de inverno dos últimos cem anos, mais ou menos.

É nisso que Wellsie vem trabalhando, não é?, John gesticulou.

– Sim, ela está a cargo de quase toda a logística. A raça está ansiosa por voltar a praticar os rituais, e já está quase na hora.

Como John não se cansava de admirar o esplendor do lugar, Tohr lhe disse:

– Filho? Wrath espera por nós.

John assentiu e o seguiu até um par de portas assinaladas com uma espécie de brasão. Tohr estava levantando a mão para bater quando as maçanetas de bronze giraram e o interior foi revelado. Só que não havia ninguém do outro lado. Então, como as portas foram abertas?

John olhou para dentro. A sala era azul celeste e o fazia lembrar-se das ilustrações de um livro de história. Era francês, não? Com tantos floreados e móveis requintados...

De repente, John engoliu em seco.

– Meu senhor – disse Tohr, fazendo uma reverência e adiantando-se.

John ficou parado na entrada. Por trás de uma espetacular escrivaninha francesa, que era mimosa demais para ele, achava-se um imponente homem com ombros ainda mais largos do que os de Tohr. O comprido cabelo negro lhe caía reto a partir do bico de viúva em sua testa, e o rosto... aquelas feições duras pareciam soletrar não-se-meta-comigo. Caraca, os óculos escuros que se ajustavam aos olhos como uma máscara o faziam parecer indubitavelmente cruel.

– John? – disse Tohr.

John posicionou-se ao lado de Tohr, escondendo-se um pouco. Sim, era um pouco covarde de sua parte, mas nunca antes se sentira tão pequeno e insignificante. Caramba, perto do poder que emanava daquele cara diante deles, ele não passava de praticamente um inseto.

O rei se moveu na cadeira, inclinando-se sobre a escrivaninha.

– Venha aqui, filho – disse ele, com um ligeiro sotaque, numa voz grave.

– Vá – Tohr lhe deu uma ligeira cotovelada, já que não se movia. – Está tudo bem.

John tropeçou nos próprios pés, movendo-se sem a menor elegância pela sala, e parando em frente à escrivaninha como se fosse uma pedra que tivesse rolado até ali.

O rei se levantou e continuou se elevando até parecer tão alto como um arranha-céu. Wrath devia medir mais de dois metros, e a roupa negra que usava, particularmente a calça de couro, o fazia parecer ainda mais alto.

– Venha, aproxime-se.

John olhou para trás para assegurar-se de que Tohr ainda estava ali.

– Está tudo bem, filho – disse o rei. – Não vou machucá-lo.

John contornou a escrivaninha, com o coração pulsando tão rápido como o de um camundongo. Quando inclinou a cabeça para olhar para cima, o braço do rei se estendeu para frente. A parte interna, do pulso ao cotovelo, estava coberta de tatuagens. E os desenhos eram como os que John havia visto em seus sonhos, que colocara na pulseira que usava...

– Sou Wrath – disse a muralha. Então, fez uma pausa. – Quer apertar minha mão, filho?

Ah, lógico. John estendeu a mão, meio que esperando que seus ossos fossem esmagados. Em vez disso, tudo que sentiu foi um contato firme e caloroso.

– Esse nome que está em sua pulseira – disse Wrath. – É Tehrror. Quer que o chamemos assim ou de John?

John entrou em pânico e olhou para Tohr, porque não sabia o que queria e também não sabia como comunicar isso ao rei.

– Calma, filho – Wrath riu suavemente. – Pode decidir depois.

O rei virou o rosto bruscamente para o lado, como se fixasse sua atenção em algo do lado de fora, no corredor. No mesmo instante, um sorriso se estendeu por seus duros lábios emprestando-lhes uma expressão de total reverência.

– *Leelan* – suspirou Wrath.

– Lamento o meu atraso – a voz feminina era suave e bela. – Mary e eu estamos muito preocupadas com Bella. Tentávamos encontrar uma maneira de ajudá-la.

– Encontrarão um jeito. Venha conhecer o John.

John virou-se para a porta e viu uma mulher...

De repente, uma luz branca tomou o lugar de sua visão, tornando impreciso tudo o que via. Foi como se houvesse sido ofuscado por um refletor halógeno. Piscou, várias vezes... E, então, surgindo do infinito nada, viu a mulher novamente. Tinha cabelos escuros e olhos que o faziam lembrar-se de alguém que amava... Não, não o faziam lembrar-se... Os olhos dela eram os olhos de... Quem? Os olhos de *quem*?

John cambaleou. O som de vozes lhe chegavam de longe.

Em seu íntimo, em seu peito, no fundo de seu coração palpitante, sentiu que se quebrava, como se o estivessem partindo em dois. Ele a estava perdendo... estava perdendo a mulher de cabelos escuros... estava...

Sentiu que abria a boca, esforçando-se como se estivesse tentando falar, mas, então, foi tomado por espasmos, que sacudiram seu pequeno corpo, fazendo que trocasse os pés, e desabasse no chão.

Zsadist sabia que era hora de tirar Bella da banheira, pois ficara ali quase uma hora e sua pele já estava enrugando. Mas, então, olhou através da água para a toalha que mantivera cobrindo-lhe o corpo.

Droga... tirá-la com essa coisa ia ser um problema.

Com uma careta, estendeu a mão e removeu-a.

Olhando para o outro lado rapidamente, atirou a toalha encharcada ao chão e, apanhando uma seca, colocou-a bem ao lado da banheira. Cerrando os dentes, inclinou-se para frente e mergulhou os braços na água, procurando seu corpo. Seus olhos ficaram bem na altura dos seios dela.

Oh, Deus... Eram perfeitos. De um branco cremoso com pontas rosadas. E a água lhe acariciava os mamilos, provocando-os como ondulantes beijos que os faziam brilhar.

Fechou as pálpebras, tirou os braços da água e sentou-se sobre os calcanhares. Quando estava preparado para tentar de novo, concentrou-se na parede que havia adiante e se inclinou para frente... só para sentir uma repentina dor nos quadris. Olhou para baixo, confuso.

Havia um volume em sua calça. *Aquilo* estava tão duro, parecia uma tenda armada. Evidentemente, havia comprimido a coisa contra a banheira quando se inclinou, e essa era a causa da pontada que havia sentido.

Praguejando, empurrou a *coisa* com a palma da mão, odiando sentir-lhe o peso, a forma como sua dura extensão se enredava em suas calças, o fato de ter de lutar contra aquilo. Entretanto, não importava quanto tentasse, não conseguia posicioná-la corretamente, pelo menos não sem colocar a mão dentro das calças para segurá-la, o que, decididamente, não estava disposto a fazer. Afinal, desistiu, e deixou a ereção como estava, retorcida e doendo.

Que a maldita coisa se danasse.

Zsadist respirou fundo, mergulhou os braços novamente na água, e meteu-os por baixo do corpo de Bella. Ergueu-a, admirando-se de novo por ela ser tão leve; depois, apoiou-a contra a parede de mármore, usando a lateral de seu quadril e uma mão sobre a clavícula dela. Pegou a toalha que tinha deixado na borda da jacuzzi, mas, antes de envolvê-la com ela, seu olhar pousou nas letras gravadas na pele de sua barriga.

Algo estranho agitou o seu peito, uma grande opressão... Não, era uma sensação descendente, como se caísse, embora estivesse perfeitamente equilibrado. Ficou pasmo. Há muito que nada abria caminho através da ira e da insensibilidade. Tinha a sensação de que estava sentindo... tristeza?

Tanto faz. A pele dela estava arrepiada, por todo o corpo. Então, aquele não era o momento para se ocupar de si.

Envolveu-a e a carregou para a cama. Afastando o edredom, deitou-a, tirando-lhe a toalha molhada. Enquanto a cobria com os lençóis e os cobertores, olhou para a barriga dela outra vez.

A estranha sensação de estar caindo retornou, como se seu coração estivesse atravessando suas entranhas numa gôndola. Ou talvez suas coxas.

Agasalhou-a e depois se dirigiu para o termostato. Diante do seletor, olhando números e palavras que não podia entender, não fazia ideia de onde posicioná-lo. Moveu o pequeno indicador de onde se achava, bem à esquerda, para um lugar entre o meio e o extremo direito, mas não tinha muita certeza do que estava fazendo.

Olhou para a escrivaninha. As duas seringas e o frasco com morfina estavam ali onde Havers os tinha deixado. Z. foi até lá, recolheu uma seringa, a droga e as instruções de dosagem; então, fez uma pausa antes de sair da habitação. Bella estava tão quieta na cama, tão pequena no meio de todos aqueles travesseiros.

Imaginou-a dentro daquele tubo enterrado no chão. Assustada. Sentindo dor. Frio. Depois, imaginou o *redutor* lhe fazendo aquelas atrocidades, segurando-a, enquanto lutava e gritava.

Desta vez, Z. sabia o que sentia.

Ânsia de vingança. Fria, gélida vingança. Tanta, que se estendia ao infinito.

Capítulo 10

John acordou no chão, com Tohr ao seu lado e Wrath olhando-o de cima.

Onde estava a mulher de cabelos escuros? Tentou sentar-se precipitadamente, mas umas mãos fortes o mantiveram no lugar.

– Apenas fique deitado um pouco mais, companheiro – disse Tohr.

John esticou o pescoço olhando ao redor e ali estava ela, perto da porta, parecendo ansiosa. No momento em que a viu, cada neurônio de seu cérebro disparou, e a luz branca voltou. Começou a chacoalhar, o corpo debatendo-se contra o chão.

– Droga, começou de novo – murmurou Tohr, inclinando-se para frente para tentar controlar o ataque.

Quando John sentiu que estava sendo contido, estendeu a mão em direção à mulher de cabelos escuros, tentando alcançá-la, esticando-se.

– Do que precisa, filho? – a voz de Tohr, por cima dele, entrava e saía do ar, como uma estação de rádio com estática. – Pegamos para você...

A mulher...

– Vá até ele, *leelan* – disse Wrath. – Segure sua mão.

A mulher de cabelos escuros se adiantou, e no instante em que suas palmas se tocaram, tudo escureceu.

Quando recuperou a consciência novamente, Tohr estava falando.

– ... de qualquer forma, vou levá-lo para ver Havers. Ei, filho. Voltou.

John sentou-se, ainda tonto. Levou as mãos ao rosto, como se isso pudesse ajudá-lo a permanecer consciente, e olhou para a porta. Onde estava ela? Tinha que... Não sabia o que tinha de fazer. Mas era algo. Algo que a envolvia...

Gesticulou freneticamente.

– Foi embora, filho – disse Wrath. – Nós manteremos vocês dois afastados até que tenhamos uma ideia do que se passa.

John olhou para Tohr e gesticulou devagar. Tohr traduziu.

– Diz que precisa cuidar dela.

Wrath pôs-se a rir suavemente.

– Acho que estou a cargo disso, filho. Ela é minha companheira, minha *shellan*, sua rainha.

Por alguma razão, John relaxou com essa notícia, e gradualmente voltou ao normal. Quinze minutos depois, pôde ficar de pé.

Wrath lançou um duro olhar a Tohr.

– Desejo discutir algumas estratégias com você, por isso, preciso de você aqui. E como Phury vai à clínica esta noite, por que ele não leva o rapaz?

Tohr hesitou e olhou para John.

– Está de acordo, filho? Meu Irmão é um cara legal. Em todos os sentidos.

John assentiu. Já tinha causado muito transtorno com o ataque que sofrera. Depois daquilo tudo, sentia-se *na obrigação* de cooperar.

Deus, que teria pensado aquela mulher? Agora que se fora, não conseguia se lembrar do que ocasionara o ataque. Sequer podia lembrar-se de seu rosto. Era como se sofresse um surto de amnésia.

– Deixe-me levá-lo ao quarto de meu Irmão.

John pousou a mão no braço de Tohr. Quando terminou de fazer gestos, olhou para Wrath.

Tohr sorriu.

– John diz que foi uma honra conhecer você.

– Foi um prazer conhecer você também, filho – o rei voltou para a escrivaninha e sentou-se. – E Tohr, quando voltar, traga Vishous com você.

– Sem problema.

O Sr. O chutou a lateral do Taurus do Sr. U tão forte, que sua bota deixou uma marca na lataria.

Aquela porcaria estava largada no acostamento da estrada. Num ponto qualquer da Rota 14, escolhido ao acaso, a quarenta quilômetros do centro da cidade.

Custara-lhe uma boa hora em frente ao computador do Sr. U para encontrar o carro, porque o sinal do localizador estava bloqueado sabe-se lá por quê. Quando o maldito sinal apareceu na tela, o Taurus se movia velozmente. Se o Sr. O tivesse levado reforços, teria deixado alguém no computador enquanto pegava a caminhonete e ia atrás do sedan. Mas o Sr. U estava caçando no centro, e tirá-lo da patrulha ou a qualquer outro teria chamado muita atenção.

E o Sr. O já tinha muitos problemas... problemas que faziam seu celular tocar agora pela octingentésima vez. A coisa tinha começado a tocar cerca de vinte minutos antes, e, desde então, não parara mais. Tirou o Nokia da jaqueta de couro. O identificador de chamadas mostrava um número desconhecido. Provavelmente o Sr. U, ou, ainda pior, o Sr. X.

A notícia de que o centro de persuasão havia sido incendiado já devia ter se espalhado.

Quando o celular parou de tocar, o Sr. O teclou o número do Sr. U. Assim que foi atendido, o Sr. O disse:

– Estava me procurando?

– Meu Deus, o que aconteceu? O Sr. X disse que o lugar foi destruído!

– Não sei o que aconteceu.

– Mas esteve lá, não? Você me disse que estava indo para lá.

– Comentou isso com o Sr. X?

– Sim. E olhe: é melhor você se cuidar. O *Redutor Principal* está furioso atrás de você.

O Sr. O se apoiou na fria lataria do Taurus. *Que inferno.* Não tinha tempo para isso. Sua esposa estava em algum lugar, longe dele, ainda viva ou sendo enterrada, e, não importava em que estado se encontrasse, precisava tê-la de volta. Então, tinha de ir atrás daquele Irmão com a cicatriz na cara que a tinha roubado e arrebentar aquele sujeito horroroso. Sem piedade.

– Sr. O? Está aí?

Droga... Talvez devesse ter armado as coisas para parecer que morrera na explosão. Poderia ter deixado a caminhonete no lugar e ter saído do bosque andando. Sim, mas, e depois? Não tinha dinheiro, nem transporte, nem reforços contra a Irmandade para ir atrás do sujeito da cicatriz. Seria um *redutor* desertor, o que significava que, se alguém descobrisse sua simulação, a Sociedade inteira o caçaria como a um cão.

– Sr. O?

– Francamente, não sei o que aconteceu. Quando cheguei lá, estava tudo reduzido a pó.

– O Sr. X acha que você incendiou o lugar.

– Claro que acha. Presumir tal coisa é conveniente para ele, mesmo que eu não tivesse motivos. Ligo para você depois.

Fechou o celular e o guardou na jaqueta. Depois, voltou a tirá-lo e o desligou.

Enquanto esfregava o rosto, não conseguia sentir coisa alguma, e não era por causa do frio.

Cara, estava seriamente encrencado. O Sr. X precisava culpar alguém por aquele monte de cinzas, e o Sr. O seria o escolhido. Se não o matassem no ato, o castigo designado para ele seria muito severo. Da última vez que recebera uma reprimenda, Ômega quase acabara com ele. *Maldição...* Quais eram as suas opções?

Quando encontrou a solução, estremeceu. Mas o estrategista nele se regozijou.

O primeiro passo era ter acesso aos pergaminhos da Sociedade antes que o Sr. X o encontrasse. Isso significava que precisava de uma conexão com a Internet. O que queria dizer que teria de voltar para a casa do Sr. U.

John deixou o escritório de Wrath e virou à esquerda, no corredor, mantendo-se perto de Tohr. Havia portas a cada nove metros, mais ou menos, dispostas na parede contrária ao balcão, como se fosse um hotel. Quantos moravam ali?

Tohr parou e bateu em uma das portas. Como não obteve resposta, voltou a bater e disse:

– Phury? Cara, você tem um segundo?

– Procurando por mim? – disse uma voz grave atrás deles.

Um cara com uma linda cabeleira vinha caminhando pelo corredor. A exuberante juba era multicor e se derramava em camadas por suas costas. Ele sorriu para John e, depois, olhou para Tohr.

– Olá, Irmão – disse Tohr. Então, começaram a falar no Antigo Idioma enquanto o cara abria a porta.

John espiou dentro do dormitório. Havia uma enorme e antiga cama com dossel, travesseiros alinhados contra a cabeceira entalhada. Muitos objetos de decoração elegantes. O lugar cheirava como uma cafeteria.

O cara da cabeleira parou de falar naquele idioma desconhecido e o olhou com um sorriso.

– John, sou Phury. Acho que nós dois faremos uma visita ao doutor esta noite.

Tohr pôs a mão sobre o ombro de John.

– Então, vejo você depois, certo? Tem o número de meu celular. Se precisar de alguma coisa, basta enviar-me uma mensagem de texto.

John assentiu e observou Tohr deixar o quarto a passos largos. Ver aqueles ombros fortes se afastando o fez sentir-se muito sozinho.

Pelo menos até Phury lhe dizer com brandura:

– Não se preocupe. Ele sempre está por perto, e cuidarei de você muito bem.

John ergueu a vista para aqueles calorosos olhos amarelos. Uau... Eram da cor de canários. Quando relaxou, reconheceu. Phury... era o cara que seria um de seus professores.

Que bom, pensou John.

– Entre. Acabo de voltar de uma pequena missão.

Ao cruzar a porta, o cheiro de café fumegante ficou mais forte.

– Já foi ver Havers antes?

John negou com a cabeça e descobriu uma poltrona perto da janela. Foi até ela e se sentou.

– Bom, não tem nada com que se preocupar. Asseguraremo-nos de que seja bem tratado. Então, parece que vão colher uma amostra de seu sangue?

John assentiu. Tohr lhe havia dito que lhe tirariam sangue e passaria por um exame físico. Provavelmente, ambas as coisas eram boa ideia, dado o ataque que sofrera no escritório de Wrath.

Tirou seu bloco de papel do bolso e escreveu: *Por que você vai ao médico?*

Phury se aproximou e olhou o que estava escrevendo. Com um ágil movimento de seu corpanzil, apoiou uma enorme bota de combate na beirada da poltrona. John se afastou um pouco enquanto o cara arregaçava a perna da calça de couro.

Oh, meu Deus... a parte inferior de sua perna era feita de placas metálicas e parafusos.

John estendeu a mão para tocar o reluzente metal, e olhou para cima. Não se dera conta de que tocava a própria garganta até que Phury sorriu.

– Sim, sei muito bem o que significa ter uma parte faltando.

John olhou novamente o membro artificial e sacudiu a cabeça.

Como aconteceu?, John quis saber; Phury hesitou e depois disse:

– Arranquei-a com um tiro.

A porta se abriu de repente, e a dura voz de um macho atravessou o quarto.

– Preciso saber...

John olhou na direção da voz, enquanto as palavras morriam. Então, encolheu-se novamente na poltrona.

O cara que estava na entrada tinha uma cicatriz, o rosto desfigurado por um corte que o atravessava pela metade. Mas não foi isso que fez com que John desejasse sumir de vista. Os negros olhos naquele rosto arruinado eram como venezianas de uma casa abandonada, cheia de coisas que provavelmente o machucariam.

E, para completar, o cara tinha sangue fresco sobre a perna da calça e sobre a bota esquerda.

Aquele olhar cruel se estreitou e bateu em John como uma rajada de ar gelado.

– O que está olhando?

Phury baixou a perna.

– Z...

– Eu lhe fiz uma pergunta, *garoto*.

John rabiscou no bloco de papel. Escreveu rápido e entregou apressadamente a folha ao outro homem, mas, de algum modo, isso só piorou a situação.

Aquele disforme lábio superior se levantou, revelando poderosas presas.

– Tá ferrado, moleque.

– Pare com isso, Z. – interrompeu Phury. – Ele é mudo. Não pode falar – Phury inclinou o bloco de papel para ele. – Está se desculpando.

John resistiu ao impulso de se esconder atrás da poltrona quando o cara voltou a olhá-lo. Mas, então, a agressividade que irradiava do sujeito se dissipou.

– Não pode falar?

John sacudiu a cabeça.

– Bem, eu não sei ler. Então, você e eu estamos empatados.

John moveu rapidamente sua Bic. Enquanto estendia o bloco de papel para Phury, o macho de olhos negros franziu a testa.

– O que o moleque escreveu?

– Diz que está bem. Que é bom ouvinte. Que você pode conduzir toda a conversação.

Aqueles olhos sem alma se desviaram.

– Não tenho nada a dizer. Agora, em que temperatura devo regular a droga do termostato?

– Ah, em vinte e um graus – Phury foi para o outro lado do quarto. – O indicador deve assinalar aqui. Está vendo?

– Não o girei o bastante.

– E deve assegurar-se de que o interruptor de baixo esteja no extremo direito. Do contrário, não importa onde esteja o indicador, não aquecerá.

– Sim... está certo. E pode me ler o que está aqui?

Phury olhou a folha de papel.

– É a dose recomendada para a injeção.

– Não diga. O que é para fazer?

– Ela está com dor?

– Agora, não, mas quero que encha isso para mim e me diga o que devo fazer. Preciso ter uma dose preparada se por acaso Havers não puder vir imediatamente.

Phury pegou o frasco e abriu a embalagem da agulha.

– Certo.

– Faça direito.

Quando Phury terminou com a seringa, voltou a tampá-la e, depois, os dois começaram a falar no Antigo Idioma. Então, o cara assustador perguntou:

– Vai ficar fora por quanto tempo?

– Talvez uma hora.

– Então, primeiro me faça um favor. Livre-se daquele sedan em que eu a trouxe.

– Já fiz isso.

O cara da cicatriz assentiu e foi embora, fechando a porta do quarto com força.

Phury colocou as mãos nos quadris e olhou para o chão.

Então, foi até uma caixa de mogno que estava sobre a escrivaninha e tirou de lá o que parecia ser um cigarro. Segurando-o entre o polegar e o indicador, acendeu-o e tragou profundamente, prendendo a fumaça em seus pulmões por um momento, para logo expeli-la lentamente, fechando os olhos. Quando exalou, a fumaça cheirava como uma mistura de café torrado e chocolate quente. Delicioso.

Quando os músculos de John relaxaram, perguntou-se do que seria aquela coisa. Tinha certeza de que não era maconha. Mas também não era um cigarro comum.

Quem é ele?, escreveu John, e mostrou o bloco de papel a Phury.

– Zsadist. Meu irmão gêmeo – Phury sorriu ligeiramente ao notar John boquiaberto. – Sim, sei, não somos muito parecidos. Pelo menos, não agora. Escute, ele é um pouco sensível, então, provavelmente é melhor não ficar muito perto dele.

Nem precisa me dizer, pensou John.

Phury colocou um coldre peitoral e enfiou uma pistola em um dos lados e uma adaga negra no outro. Foi para o closet e voltou com uma jaqueta de couro negro.

Largou o baseado, ou seja lá o que fosse aquilo, em um cinzeiro de prata ao lado da cama.

– Então, vamos.

Capítulo 11

Zsadist entrou silenciosamente em seu quarto. Depois de ajustar o termostato e depositar o medicamento sobre a mesa, aproximou-se da cama e se apoiou contra a parede, no escuro. Ficou suspenso no tempo enquanto se inclinava sobre Bella e avaliava o suave subir e descer dos cobertores que marcava sua respiração. Podia sentir os minutos gotejando em horas, e, mesmo assim, não pôde mover-se, mesmo quando já não sentia as próprias pernas.

À luz da vela, acompanhou a pele dela curar-se bem diante de seus olhos. Era como um milagre, os machucados desaparecendo do rosto, o inchaço ao redor dos olhos diminuindo e os cortes fechando. Graças ao profundo sonho em que se achava, seu corpo ia eliminando os danos, e quando sua beleza foi novamente revelada, ele ficou verdadeiramente agradecido. Em seu elevado meio social, uma fêmea com imperfeições de qualquer tipo não era tolerada. Os aristocratas eram assim.

Lembrou-se do rosto belo e sem defeitos de seu irmão gêmeo e soube que deveria ser Phury a cuidar dela. Phury era o perfeito salvador, e era óbvio que gostava dela. Além disso, Bella gostaria de despertar ao lado de um macho assim. Qualquer fêmea gostaria.

Então, por que diabos não a pegava e punha na cama de Phury? Agora mesmo.

Não conseguia se mexer. E enquanto a olhava deitada sobre travesseiros que ele nunca usara, na cama que nunca desfazia para si próprio, ele se lembrava do passado...

Haviam-se passado meses desde que o escravo despertara pela primeira vez no cativeiro. Nesse tempo todo não havia nada que não tivesse sido feito com ele, nele, ou sobre ele, e havia um ritmo previsível no abuso.

A Ama estava fascinada por suas partes íntimas e sentia necessidade de mostrá-las a outros machos que ela favorecia. Levava esses estranhos à cela, tirava o bálsamo, e o exibia como um cavalo premiado. Ele sabia que só o fazia para deixar os outros inseguros, já que podia constatar o prazer em seus olhos quando os machos sacudiam a cabeça com assombro.

Quando as inevitáveis violações começaram, o escravo fez todo o possível para se dissociar do próprio corpo. Era muito mais suportável quando conseguia elevar-se no ar, e subir cada vez mais até alcançar o teto, uma nuvem dele mesmo. Se tivesse sorte, podia transformar-se completamente e apenas flutuar, observando a cena de cima, testemunhando a humilhação, a dor e a degradação de si mesmo como se fossem de outra pessoa. Mas nem sempre funcionava. Às vezes, não conseguia liberar-se, e era forçado a suportar tudo.

A Ama sempre tinha de usar o bálsamo nele, e, nos últimos tempos, havia notado algo estranho: mesmo quando estava preso ao corpo e tudo o que lhe faziam era intenso, mesmo que os sons e os cheiros se entocassem como ratos em seu cérebro, havia um curioso distanciamento do que lhe acontecia abaixo da cintura. O que sentia ali era registrado como um eco, como que apartado do resto dele. Era estranho, mas estava agradecido. Qualquer tipo de entorpecimento era bom.

Sempre que o deixavam só, dedicava-se a aprender como controlar os enormes músculos e ossos que ganhara depois da transição. Nisso, teve sucesso, e atacou os guardas várias vezes, totalmente sem remorsos por seus atos de agressão. Na verdade, já não sentia como se conhecesse os machos que o vigiavam, e que encontravam tanto desgosto em tal tarefa: seus rostos lhe eram familiares como figuras de sonho, apenas restos nebulosos de uma vida destruída, da qual deveria ter desfrutado mais.

Todas as vezes que os atacava, depois apanhava durante horas, embora apenas nas palmas das mãos e nas solas dos pés, porque a Ama gostava que se mantivesse agradável à vista. Em consequência de suas ofensivas, passou a ser vigiado por esquadrões de guerreiros que se revezavam, e todos usavam uma cota de malha quando tinham de entrar em sua cela. Além disso, a plataforma do leito ganhou correntes que podiam ser puxadas e controladas pelo lado de fora, de modo que, depois que tivesse sido usado, os guardas não precisavam arriscar a vida para soltá-lo. E quando a Ama o queria, ele era drogado até a submissão pela comida ou por dardos que eram disparados através de uma fenda na porta.

Os dias passavam devagar. Ele se concentrava em encontrar pontos fracos nos guardas e em se afastar o máximo possível da depravação... quando, na realidade, já estava morto. E tão morto que, mesmo se conseguisse escapar do domínio da Ama, nunca mais voltaria a viver.

O escravo comia na cela, tentando conservar as forças para o próximo enfrentamento com os guardas, quando percebeu que a portinhola da fenda deslizou e um tubo oco foi introduzido por ela. Saltou, embora não houvesse onde esconder-se, e sentiu a primeira picada no pescoço. Tirou o dardo tão rápido quanto pôde, mas foi atingido por outro e mais outro até que seu corpo tornou-se pesado.

Despertou sobre o leito, com as mãos atadas.

A Ama estava sentada bem ao lado dele, com a cabeça baixa, o cabelo lhe cobrindo o rosto. Como se soubesse que ele recobrara a consciência, olhou-o nos olhos.

– Estou para me unir a um companheiro.

Oh, doce Virgem no Fade, as palavras que tinha desejado escutar. Seria livre agora, já que ela não necessitaria de um escravo de sangue se tivesse um hellren. *Poderia voltar para seus deveres na cozinha...*

O escravo forçou-se a se dirigir a ela com respeito, embora, para ele, fosse uma fêmea indigna.

– Ama, a senhora me libertará?

Apenas silêncio.

– Por favor, deixe-me ir – implorou ele. Considerando tudo que vinha passando, deixar seu orgulho de lado pela possibilidade de ser livre não era um sacrifício tão grande. – Eu lhe imploro, Ama, liberte-me deste cativeiro.

Quando ela o olhou, havia lágrimas em seus olhos.

– Acho que não posso... tenho de mantê-lo. Devo mantê-lo.

Ele começou a se debater, e quanto mais forte lutava contra as correntes, mais intenso o amor no rosto dela.

– Você é tão magnífico – disse, baixando as mãos para tocá-lo entre as pernas. Sua expressão era... melancólica, quase de veneração. – Nunca vi um macho como você. Se não estivesse tão abaixo de mim... o apresentaria em minha corte como meu consorte.

Viu-lhe o braço mover-se devagar para cima e para baixo, e soube que devia estar trabalhando aquela corda de carne que tanto a interessava. Felizmente, não podia senti-la.

– Deixe-me ir...

– Nunca se enrijece sem o bálsamo – murmurou com voz triste. – E nunca goza. Por quê?

Estimulou-o com mais força até ele sentir a pele arder onde ela o tocava. A frustração obscureceu os olhos dela.

– Por quê? Por que não me deseja? – como ele guardou silêncio, a Ama puxou-lhe o membro com força. – Sou bonita.

– Não para mim – disse ele, antes que pudesse refrear as palavras.

A Ama perdeu o fôlego, como se ele a estivesse esganando com as próprias mãos. Então, os olhos dela deslizaram sobre sua barriga, pelo peito, e chegaram ao rosto. Ainda brilhavam com as lágrimas, mas a raiva também os preenchia.

A Ama se levantou do leito e o olhou. Então, esbofeteou-o tão forte a ponto de machucar a própria mão. Ao cuspir sangue, ele se perguntou se um de seus dentes também não teria ido junto.

Enquanto era fulminado pelo olhar da Ama, teve certeza de que ela ordenaria que o matasse, e a calma se apoderou dele. Pelo menos, o sofrimento terminaria então. A morte... a morte seria uma glória.

De repente, ela sorriu, como se adivinhasse seus pensamentos, como se os tivesse tirado dele, tal como se apoderara de seu corpo.

– Não, não o enviarei ao Fade.

Inclinou-se, beijando um de seus mamilos, e, então, tomou-o na boca. A mão dela passeou por suas costelas, depois, a barriga.

Aquela língua ainda se agitava sobre sua pele.

– Emagreceu. Precisa se alimentar, não é?

Desceu por seu corpo, beijando e chupando. Então, aconteceu rápido. O bálsamo. A Ama montando nele. Aquela repugnante fusão de seus corpos.

Como ele fechou os olhos e virou a cabeça, a Ama o esbofeteou uma vez... duas vezes... muitas vezes mais. Mas ele se recusava a olhá-la, e ela não era forte o bastante para conseguir virar-lhe o rosto, mesmo quando o puxou pela orelha.

Como ele se negava a olhá-la, o pranto da Ama se intensificou, tão ruidoso como o som de sua carne batendo contra os quadris dele. Quando terminou, ela se foi num redemoinho de seda, e, não muito tempo depois, suas correntes foram afrouxadas.

O escravo se ergueu sobre o antebraço e limpou a boca. Olhando o sangue na mão, surpreendeu-se que continuasse vermelho. Sentia-se tão sujo, que não lhe causaria espanto se por acaso estivesse cor de ferrugem.

Desceu do leito, ainda zonzo pelos dardos, e encontrou o canto no qual sempre se refugiava. Sentou-se, encostando-se na junção das paredes, e encolheu as pernas contra o peito, de modo que os calcanhares comprimiam suas partes íntimas.

Um pouco mais tarde, escutou um som de luta do lado de fora de sua cela, e, então, os guardas empurraram uma pequena fêmea para dentro. Ela desabou no chão, mas se atirou à porta quando esta se fechou.

– Por quê? – gritou ela. – Por que me castigam?

O escravo se levantou, sem saber o que fazer. Não vira uma fêmea, com exceção da Ama, desde que tinha acordado no cativeiro. Aquela era uma criada ou algo assim. Lembrava-se de tê-la visto antes...

A fome de sangue despertou nele ao captar-lhe o cheiro. Depois de tudo o que a Ama lhe tinha feito, não podia vê-la como alguém de quem beber, mas aquela fêmea frágil era diferente. De repente, estava morto de sede, as necessidades de seu corpo emergindo num coro de gritos e demandas. Cambaleou na direção da criada, guiado apenas pelo instinto.

A fêmea ainda esmurrava a porta, mas, então, pareceu perceber que não estava sozinha. Quando se virou e viu com quem a tinham trancado, gritou.

O escravo quase foi vencido por sua ânsia de beber, mas se forçou a afastar-se dela e voltou de novo para o lugar em que estava antes. Agachou-se e envolveu os braços ao redor do corpo nu e trêmulo, para mantê-lo no lugar. Virando a cara para a parede, tentou respirar... e viu-se a ponto de chorar pelo animal ao qual o tinham reduzido.

Um pouco depois, a mulher parou de gritar, e após mais algum tempo, disse:

– É você, não é? O moço da cozinha que servia a cerveja.

Ele assentiu sem olhá-la.

– Tinha ouvido boatos de que o haviam trazido aqui, mas eu... acreditei nos que disseram que você tinha morrido durante a transição – houve uma pausa. – Está tão grande. Como um guerreiro. Por quê?

Ele não fazia a mínima ideia. Sequer sabia que aspecto tinha, pois não havia espelho na cela.

A fêmea se aproximou cautelosamente. Quando ele ergueu a vista, estava olhando suas faixas tatuadas.

– Na verdade, o que lhe fazem aqui? – sussurrou ela. – Dizem que... coisas terríveis são feitas ao macho que vive aqui.

Como ele nada disse, ela se sentou ao seu lado e tocou-lhe suavemente o braço. Ele estremeceu com o contato, mas, então, percebeu que aquilo o acalmava.

– Estou aqui para alimentá-lo, não é? Esse é o motivo de me trazerem aqui – após um instante, puxou-lhe o braço que ele mantinha em torno das pernas e pousou o próprio pulso sobre a palma da mão dele. – Deve beber.

Então, ele chorou, chorou por sua generosidade, por sua gentileza, pela sensação de sua mão suave acarinhando-lhe o ombro... o único toque que ele bendissera desde... sempre.

Afinal, ela pressionou o pulso contra a boca dele. Embora suas presas se alongassem e ele ansiasse por beber, nada fez, a não ser beijar sua tenra pele e recusá-la. Como poderia tirar dela o que lhe era tomado regularmente? Ela o oferecia, mas a estavam forçando a fazê-lo, na qualidade de cativa da Ama, tanto quanto ele.

Os guardas entraram mais tarde. Quando a encontraram embalando-o, surpreenderam-se, mas não foram duros com ela. Enquanto ia embora, a fêmea olhou o escravo, com preocupação.

Momentos depois, dardos foram atirados pela fresta da porta; tantos, que pareceu que lhe atingiam com uma saraivada de pedrinhas. Enquanto escorregava para a inconsciência, pensou vagamente que a natureza frenética do ataque não era um bom sinal.

Quando despertou, a Ama estava parada ao seu lado, furiosa. Havia algo na mão dela, mas não podia ver o que era.

– Pensa que é bom demais para os presentes que lhe dou?

A porta se abriu e o corpo lânguido da jovem fêmea foi trazido. Quando os guardas o largaram no chão, ela caiu pesadamente como um montão de trapos. Morta.

O escravo gritou de fúria, seu rugido ecoando nas paredes de pedra da cela, como um trovão de estourar os tímpanos. Ele forçou os grilhões de aço de tal maneira, que eles lhe cortaram até o osso, e um dos postes se rachou com um gemido... e ainda rugia.

Os guardas se afastaram. Até a Ama pareceu insegura diante da fúria que despertara. Mas, como sempre, não demorou muito para assumir o controle.

– Deixem-nos – ordenou aos guardas.

Esperou, até que o escravo se esgotou. Então, inclinou-se sobre ele, e empalideceu.

– Seus olhos – sussurrou, olhando-o. – Seus olhos...

Por um momento, pareceu temê-lo; mas, então, revestiu-se de um majestoso autodomínio.

– As fêmeas que lhe oferecer? Beberá delas – lançou um olhar ao corpo sem vida da criada. – E é melhor que não deixe que o consolem, ou farei isso outra vez. Você é meu e de mais ninguém.

– Não beberei – gritou. – Nunca!

Ela deu um passo atrás.

– Não seja ridículo, escravo.

Ele arreganhou as presas e silvou:

– Observe-me, Ama. Assista-me definhar*!*

A última palavra foi gritada, sua retumbante voz enchendo a cela. Enquanto ela se tornava rígida de cólera, a porta foi escancarada e os guardas entraram com as espadas desembainhadas.

– Deixem-nos – grunhiu a Ama, com rosto vermelho e corpo trêmulo.

Ergueu a mão e nela havia um açoite. Com uma sacudida brusca do braço, estalou a arama no peito do escravo. A carne se rasgou e sangrou, e ele riu na cara da Ama.

– Outra vez – gritou-lhe. – Faça outra vez. Não senti, você é tão fraca*!*

Um dique rompeu-se em seu interior, e as palavras não paravam de jorrar... Insultava-a enquanto a Ama o açoitava até que a plataforma do leito escorria com o que antes estava em suas veias. Quando finalmente não conseguia mais levantar o braço, ela ofegava coberta de suor e respingada de sangue. Ele estava concentrado, controlado e calmo, apesar da dor. Embora houvesse sido ele a apanhar, fora ela quem primeiro se abateu.

A Ama baixou a cabeça como em submissão, enquanto tentava recuperar o fôlego através dos lábios brancos.

– Guarda – chamou, com voz rouca. – Guarda!

A porta se abriu. O macho uniformizado que entrou vacilou quando viu o que tinha sido feito, o soldado empalideceu e titubeou em suas botas.

– Segure a cabeça dele – a voz da Ama soou penetrante, enquanto deixava cair o açoite. – Eu disse: segure a cabeça dele. Já.

O guarda tropeçou, deslizando no chão escorregadio. Então, o escravo sentiu uma palma carnuda em sua testa.

A Ama se inclinou sobre o corpo do escravo, ainda resfolegando.

– Eu... o proíbo... de morrer.

A mão dela encontrou suas partes íntimas e posicionou-se sob os pesos gêmeos de seus testículos. Apertou-os, retorceu-os, fazendo seu corpo inteiro se contorcer. Enquanto ele gritava, a Ama mordeu o próprio pulso, sustentou-o sobre sua boca aberta, e sangrou nele.

Z. se afastou da cama. Não queria pensar na Ama na presença de Bella... como se todo aquele mal pudesse escapar de sua mente e colocá-la em perigo enquanto dormia e se curava.

Aproximou-se da plataforma e percebeu que estava curiosamente cansado. Esgotado, na realidade.

Enquanto se estendia no chão, sua perna latejava loucamente.

Deus, esquecera-se de que levara um tiro. Tirou as botas de combate e as calças e acendeu uma vela ao seu lado, para poder enxergar. Dobrando a perna, inspecionou o ferimento na panturrilha. Havia um buraco de entrada e outro de saída, então, sabia que a bala o tinha atravessado. Viveria.

Apagou a vela com um sopro, apenas jogou as calças sobre os quadris, sem vesti-las, e deitou-se. Abrindo-se à dor de seu corpo, converteu-se em um recipiente para a agonia, recolhendo todos os matizes de suas dores e pontadas...

Ouviu um ruído estranho, como um gritinho. O som se repetiu, e, então, Bella começou a se debater sobre a cama, os lençóis farfalhando com a agitação.

Ele se levantou do chão e se aproximou, justamente quando Bella inclinou a cabeça para ele e abriu os olhos.

Ela piscou, olhou-o... e gritou.

Capítulo 12

– Quer comer alguma coisa, cara? – disse Phury a John, ao entrarem na mansão. O garoto parecia esgotado, mas qualquer um estaria. Passar por uma bateria de exames não era fácil. O próprio Phury sentia-se um pouco cansado.

Enquanto John sacudia a cabeça negativamente e a porta do vestíbulo se fechava, Tohr descia a escadaria correndo, com o aspecto de um pai apreensivo. E isso apesar de Phury ter telefonado antes e passado um relatório a caminho de casa.

No geral, tudo correra bem na visita a Havers. Apesar do ataque, John estava são, e os resultados de seu exame de sangue logo estariam disponíveis. Com sorte, encontrariam alguma coincidência com seus ancestrais, e isso ajudaria John a conhecer sua linhagem. Então, não havia motivo para preocupação.

Mesmo assim, Tohr pôs o braço ao redor dos ombros do rapaz, que pareceu aliviado. Entenderam-se apenas com o olhar, e o Irmão disse:

– Agora, acho melhor levá-lo para casa.

John assentiu e fez alguns gestos. Tohr ergueu a vista.

– Ele disse que se esqueceu de lhe perguntar como está sua perna.

Phury levantou o joelho e bateu na canela:

– Está melhor, obrigado. Cuide-se, John, está bem?

Ele observou enquanto os dois desapareciam pela porta sob a escada.

Que ótimo rapaz, pensou. E ainda bem que o encontraram antes da transição...

Um grito feminino atravessou o vestíbulo, como se o som estivesse vivo e tivesse mergulhado de cabeça do balcão.

A espinha de Phury gelou. Bella.

Disparou para o segundo andar e correu pelo corredor pontilhado de estátuas. Quando abriu a porta do quarto de Zsadist, a luz se derramou pelo aposento e a cena se gravou em sua memória imediatamente: Bella sobre a cama, encolhida contra a cabeceira, as cobertas puxadas até o pescoço. Z. agachado diante dela, as mãos levantadas, nu da cintura para baixo.

Phury perdeu o controle e avançou na direção de Zsadist, agarrando o irmão gêmeo pela garganta e lançando-o contra a parede.

– O que você tem na cabeça? – gritou, enquanto imprensava Z. contra a parede. – *Maldito animal!*

Z. não se defendeu quando foi imprensado novamente. Tudo que fez foi dizer:

– Leve-a embora. Leve-a para outro lugar.

Rhage e Wrath irromperam no quarto. Ambos começaram a falar, mas Phury não conseguia distinguir coisa alguma além do tumulto em sua própria mente. Nunca antes odiara Z. Tinha sido tolerante por tudo que o irmão passara. Mas, atacar Bella...

– Maldito doente – disse Phury revoltado. Imprensou aquele corpo duro contra a parede uma vez mais. – Maldito doente... Deus, você me dá *nojo*.

Z. simplesmente o olhava, seus olhos negros como asfalto, opacos e vazios.

De repente, os enormes braços de Rhage os sujeitaram como uma armadilha, unindo-os num sufocante abraço de urso. Com um sussurro, o Irmão disse:

– Bella não precisa disso agora, rapazes.

Phury se desvencilhou. Ajeitando a jaqueta, disse bruscamente:

– Tire-o daqui até que a removamos.

Deus, tremia tanto que estava quase hiperventilando. E a ira não o abandonou, mesmo quando Z. saiu do quarto por espontânea vontade, com Rhage seguindo-o de perto.

Phury pigarreou e lançou um olhar a Wrath.

– Meu senhor, permite-me atendê-la em particular?

– Sim, claro – a voz de Wrath soou como um desagradável grunhido enquanto se dirigia à porta. – E nos asseguraremos de que Z. não retorne por um tempo.

Phury olhou para Bella. Tremia enquanto piscava e esfregava os olhos. Quando se aproximou, ela se encolheu contra os travesseiros.

– Bella, sou eu, Phury.

O corpo dela relaxou um pouco.

– Phury?

– Sim, sou eu.

– Não consigo enxergar – sua voz tremia muito. – Não consigo...

– Eu sei, é por causa do remédio. Deixe-me pegar alguma coisa para limpá-lo.

Entrou no banheiro e voltou com uma toalha de rosto úmida, imaginando que, muito mais do que a pomada, o que ela precisava era olhar em volta.

Ela estremeceu quando Phury a segurou pelo queixo.

– Acalme-se, Bella... – quando pôs o pano sobre seus olhos, ela lutou, agarrou-lhe a mão.

– Não, não... baixe as mãos. Deixe que eu tiro.

– Phury? – disse com voz rouca. – É você?

– Sim, sou eu – sentou-se na beirada da cama. – Está no complexo da Irmandade. Trouxeram-lhe para cá há umas sete horas, aproximadamente. Sua família foi informada de que você se encontra a salvo, e, assim que desejar, pode ligar para eles.

Quando ela tocou-lhe o braço, ele congelou. Um pouco insegura, continuou a apalpá-lo até o ombro, e de lá foi para o pescoço, rosto e, finalmente, o cabelo. Sorriu um pouco quando sentiu as grossas camadas e, então, levou algumas mechas ao nariz. Respirou profundamente e pôs a outra mão em sua perna.

– Realmente é você. Lembro-me do perfume de seu xampu.

A proximidade e o contato chisparam através da roupa e da pele de Phury, entrando diretamente em sua corrente sanguínea. Sentia-se como um completo filho da mãe por sentir atração sexual, mas não podia deter seu corpo. Especialmente quando ela alisou toda a extensão de seu comprido cabelo até tocar-lhe os peitorais.

Seus lábios se abriram, sua respiração tornou-se superficial. Desejou apertá-la contra o peito e abraçá-la forte. Não pelo sexo, embora fosse verdade que seu corpo a desejava. Não, agora precisava sentir-lhe o calor e assegurar-se de que estava viva.

– Deixe-me cuidar de seus olhos – disse. *Meu Deus*, como sua voz soou grave.

Quando ela assentiu, limpou-lhe cuidadosamente as pálpebras.

– Como está agora?

Ela piscou. Sorriu um pouco e pôs a mão no rosto.

– Posso vê-lo melhor agora – mas, então, franziu a testa. – Como saí de lá? Não me lembro de nada exceto... Deixei o outro civil fugir e David voltou. E, depois, estava num carro. Ou foi um sonho? Sonhei que Zsadist me salvava. Foi ele?

Phury não estava disposto a falar do irmão, mesmo que superficialmente. Levantou-se e deixou a toalha úmida sobre a mesinha de cabeceira.

– Vamos, vou levá-la para o seu quarto.

– Onde estou agora? – olhou ao redor, e ficou boquiaberta. – Este é o quarto do Zsadist.

Como é que sabia disso?

– Vamos.

– Onde ele está? Onde está Zsadist? – sua voz não escondia um tom de urgência. Preciso vê-lo. Preciso...

– Vou levá-la para o seu quarto...

– Não! Quero ficar...

Estava tão agitada que Phury decidiu não continuar a falar com ela. Retirou as cobertas para ajudá-la a se levantar...

Droga, estava nua. Cobriu-a novamente.

– Oh, perdão... – passou a mão pelo cabelo. *Oh, Deus...* As graciosas linhas de seu corpo eram algo que ele jamais se esqueceria. – Deixe-me... hum, deixe-me arranjar algo para você vestir.

Foi ao closet de Z. e ficou atônito por constatar que estava quase vazio. Não havia sequer um roupão para cobri-la, e uma ova que iria vesti-la com uma das camisas de combate de seu irmão. Tirou a própria jaqueta de couro e voltou para perto dela.

– Ficarei de costas enquanto você veste isso. Vamos achar um roupão para você.

– Não me leve para longe dele – ouviu a voz dela suplicar. – Por favor. Deve ter sido ele quem estava parado ao lado da cama. Não sabia, não conseguia enxergar. Mas devia ser ele.

Com toda certeza era ele. E o filho da mãe estava nu como o pecado e prestes a saltar sobre ela. E depois de tudo que ela havia passado, era uma completa vergonha. *Cara...* Anos atrás, Phury havia surpreendido Z. fazendo sexo com uma prostituta em um beco. Não tinha sido bonito, e a ideia de Bella passando por isso o deixava doente.

– Vista a jaqueta – Phury se virou. – Aqui você não fica – quando finalmente escutou a roupa de cama sendo afastada e o rangido do couro, ele respirou fundo. Está decente?

– Sim, mas não quero ir.

Olhou por cima do ombro. A jaqueta que ele vestia sempre a engolia. Seus longos cabelos cor de mogno caíam-lhe sobre os ombros, as pontas cacheadas como se houvessem secado sem serem escovadas. Imaginou-a na banheira, com a água transparente sobre sua pele pálida.

E, então, viu Zsadist inclinado ameaçadoramente sobre ela, olhando-a com aqueles olhos negros sem alma, querendo sexo com ela, provavelmente, só porque estava assustada. Sim, seu medo o deixaria ligado. Era bem sabido que o terror em uma fêmea o excitava mais do que algo encantador, caloroso ou digno.

Tire-a daqui, pensou Phury. *Agora mesmo.*

A voz dele tornou-se incerta.

– Pode caminhar?

– Estou um pouco zonza.

– Eu carrego você – aproximou-se, de certo modo incapaz de acreditar que iria pôr os braços ao redor de seu corpo. Mas, então, já estava acontecendo... Deslizou a mão em volta de sua cintura e inclinou-se, segurando-a por trás dos joelhos. Era tão leve que seus músculos mal a perceberam.

Enquanto caminhava para a porta, ela relaxou o corpo, deitando a cabeça em seu ombro, agarrando um pedacinho de sua camisa na mão.

Oh... Doce Virgem. Aquilo era tão bom.

Phury a levou pelo corredor até o outro lado da casa, ao quarto junto ao seu.

John estava no piloto automático quando ele e Tohr deixaram as instalações de treinamento e caminharam através do estacionamento onde haviam deixado o Range Rover. Seus passos ecoavam no teto baixo de concreto, ricocheteando pelo espaço vazio.

– Sei que precisa retornar para buscar o resultado – disse Tohr, quando chegaram ao automóvel. – E, então, irei com você, aconteça o que acontecer.

Na realidade, John desejava poder ir sozinho.

– Qual é o problema, filho? Está zangado porque não o levei esta noite? – John pôs a mão no braço de Tohr e sacudiu a cabeça vigorosamente.

– Bem, só queria ter certeza.

John olhou ao longe, desejando jamais ter ido ao médico. Ou que, pelo menos, estando lá, tivesse mantido a boca fechada. *Que inferno.* Não deveria ter dito coisa alguma sobre o que acontecera no ano anterior. O problema foi que, depois de tantas perguntas sobre sua saúde, acabara em "modo de resposta". Por isso, quando o doutor perguntou sobre seu histórico sexual, ele se referiu à coisa que passara em janeiro. Pergunta. Resposta. Como todas as demais... quase.

Por um momento, sentiu-se aliviado. Depois do acontecido, nunca fora a um médico nem nada, e, no fundo, sempre se preocupara que era algo que deveria ter feito. Imaginou que, ao contar, passaria por um exame completo e, assim, encerraria de uma vez por todas o assunto do ataque. Em vez disso, o doutor comentou sobre terapia e a necessidade de falar sobre a experiência.

E acaso desejava revivê-la? Se tinha passado meses tentando enterrar a maldita coisa, de maneira alguma desenterraria aquele cadáver putrefato. Custara-lhe muito esforço metê-lo debaixo da terra.

– Filho? O que foi?

Nem amarrado iria ver um terapeuta. Trauma do passado. *Que se dane.*

John tirou o bloco do bolso e escreveu:

Só estou cansado.

– Tem certeza?

Confirmou balançando a cabeça e olhou para Tohr, para que ele não pensasse que mentia. Enquanto isso, remoía-se por dentro. O que pensaria Tohr se soubesse o que tinha acontecido? Homens de verdade não permitem que lhes façam algo assim, não importa que tipo de arma tenham na garganta.

John escreveu:

Da próxima vez, quero ir ao Havers sozinho, está bem?

Tohr franziu a testa.

– Ah... isso não é muito inteligente filho. Precisa de proteção.

Então, tem de ser outro. Você não.

John não conseguiu olhar para Tohr quando lhe mostrou o papel. Houve um longo silêncio.

A voz de Tohr se tornou muito grave:

– Ok. Isso... ah, tudo bem. Talvez Butch possa levá-lo.

John fechou os olhos e expirou. Quem quer que fosse esse tal de Butch, serviria.

Tohr arrancou o carro.

– Como quiser, John.

John. Não filho.

Enquanto saíam, tudo que conseguiu pensar foi: *Santo Deus, por favor, permita que Tohr jamais descubra.*

Capítulo 13

Enquanto Bella desligava o telefone, ocorreu-lhe o pensamento de que o que estava ocorrendo em seu íntimo era tão explosivo, que iria despedaçá-la a qualquer momento. Simplesmente não era possível que seus ossos frágeis e sua pele delicada suportassem o tipo de emoção que estava sentindo.

Com desespero, olhou ao redor do quarto, observando os indefinidos contornos de quadros a óleo, móveis antigos e abajures feitos de vasos orientais e... Phury olhando-a da *chaise longue*.

Lembrou-se a si mesma que, como sua mãe, também era uma dama. Então, pelo menos deveria fingir que possuía um mínimo de autocontrole. Limpou a garganta.

– Obrigada por ficar aqui enquanto ligava para a minha família.

– Não foi nada.

– Minha mãe ficou... muito aliviada por ouvir a minha voz.

– Posso imaginar.

Bem, pelo menos, a mãe havia lhe dito palavras de alívio. Sua demonstração de afeto havia sido tão discreta e controlada como sempre. Meus Deus... ela era quase como uma grande poça de água parada, que não se agitava com os acontecimentos mundanos por mais trágicos que fossem. E tudo por sua devoção à Virgem Escriba. Para *mahmen*, tudo ocorria por uma razão... embora nunca coisa alguma parecesse verdadeiramente importante.

– Minha mãe... estava muito aliviada. Ela... – Bella se deteve.

Já havia dito já essas mesmas palavras, não?

– *Mahmen* ficou... ela realmente ficou... ficou aliviada.

Mas teria ajudado se ao menos soluçasse. Ou tivesse mostrado algo que não a beatífica aceitação de uma espiritualidade iluminada. Pelo amor de Deus, ela enterrara a filha e testemunhara sua ressurreição. Era de se esperar que tal coisa despertasse algum tipo de reação emocional. Em vez disso, foi como se tivessem conversado no dia anterior, e nada das últimas seis semanas houvesse acontecido.

Bella voltou a olhar para o telefone. Envolveu a barriga com os braços.

Sem nenhum aviso, desmoronou. Os soluços saíram dela como espirros: rápidos, violentos, sacudindo-a com ferocidade.

A cama ao lado dela afundou e uns braços fortes a rodearam. Ela lutou contra o abraço, pensando que um guerreiro não estaria disposto a lidar com aquela chorosa demonstração de fragilidade.

– Perdoe-me...

– Tudo bem, Bella. Apoie-se em mim.

Oh, que inferno... Deixou-se cair contra Phury, envolvendo-lhe a estreita cintura com os braços. A comprida e magnífica cabeleira lhe fazia cócegas no nariz: cheirava tão bem e era tão macia contra sua face... Enterrou-se nela, aspirando profundamente.

Quando finalmente se acalmou, sentiu-se mais leve, mas não num bom sentido. A raiva a tinha preenchido, tinha-lhe dado contorno e peso. Agora que sua pele não era mais que uma peneira, estava vazando, convertendo-se em ar... tornando-se nada.

Queria desaparecer.

Respirou fundo e apartou-se de Phury. Piscando rapidamente, tentou colocar a visão em foco, mas ela continuava embaçada por causa do remédio. Deus, o que aquele *redutor* havia feito com ela? Tinha a sensação de que tinha sido terrível...

Ela ergueu as mãos para as pálpebras.

– O que ele me fez?

Phury apenas sacudiu a cabeça.

– Foi tão horrível assim?

– Terminou. Está a salvo. Isso é tudo que importa.

Não me sinto como se tivesse terminado, pensou ela.

Mas, então, Phury sorriu, e seu olhar amarelo, incrivelmente terno, funcionou como um bálsamo que a tranquilizou.

– Seria mais fácil se estivesse em sua casa? Porque, se quiser, encontraremos uma maneira de levá-la, mesmo que já esteja praticamente amanhecendo.

Bella lembrou-se da mãe e não pôde se imaginar na mesma casa que ela. Pelo menos, não agora. E, ainda por cima, tinha Rehvenge. Se seu irmão a visse ferida, ficaria louco, e a última coisa que precisava era que ele entrasse em guerra contra os *redutores*. Queria que a violência terminasse. Por ela, David poderia ir para o inferno naquele exato momento; só não queria que alguém que amava arriscasse sua vida para mandá-lo para lá.

– Não, não quero ir para casa. Não até que eu esteja completamente curada. E estou muito cansada... – sua voz enfraqueceu enquanto olhava os travesseiros.

Após um instante, Phury se levantou.

– Estou na porta ao lado se precisar de mim.

– Quer que lhe devolva o casaco?

– Oh, sim... deixe-me ver se encontro um roupão por aí – ele desapareceu em um closet e voltou com um roupão de cetim negro pendurando no braço. – Como Fritz abastece os quartos de hóspedes para convidados masculinos, é provável que fique grande para você.

Ela pegou o roupão e ele se virou. Quando despiu o pesado casaco de couro ela sentiu frio, por isso, tratou de se cobrir com o roupão o mais rápido que pôde.

– Pronto – disse ela, agradecida por sua discrição.

Quando Phury se virou para ela, entregou-lhe o casaco.

– Estou sempre lhe dizendo obrigada, não? – murmurou ela.

Ele a olhou durante um longo momento. Então, lentamente ergueu o casaco até o rosto e aspirou profundamente.

– É... – a voz dele falhou. Deixou escorregar o casaco para o lado e uma curiosa expressão apossou-se de seu rosto.

De fato, não, não era uma expressão. Era uma máscara. Havia se escondido.

– Phury?

– Estou contente que esteja conosco. Tente dormir um pouco. E, se conseguir, coma algo do que lhe trouxe.

A porta se fechou atrás dele sem fazer ruído.

A volta para a casa de Tohr foi constrangedora, e John passou o tempo todo olhando pela janela. O celular de Tohr tocou duas vezes. Ambas as conversações foram no Antigo Idioma, e o nome de Zsadist foi mencionado várias vezes.

Na entrava de casa, havia um carro desconhecido estacionado. Um Volkswagen Jetta vermelho. Ainda assim, Tohr não pareceu surpreso e passou tranquilamente por ele, entrando na garagem.

Desligou o motor do Range Rover e abriu a porta.

– A propósito: as aulas começam depois de amanhã.

John ergueu a vista enquanto soltava o cinto de segurança.

Tão cedo?, gesticulou ele.

– O último candidato se inscreveu esta noite. Estamos preparados para começar.

Os dois cruzaram a garagem em silêncio. Tohr andava na frente, seus ombros largos movendo-se na cadência de suas amplas passadas. Ia de cabeça baixa, como se procurasse rachaduras no piso de concreto.

John parou e assoviou.

Tohr diminuiu o passo e depois parou.

– Sim? – disse com tranquilidade.

John puxou o bloco, escreveu algo rapidamente e mostrou a ele.

As sobrancelhas de Tohr baixaram enquanto lia.

– Não há nada pelo que se desculpar. Faça o que for mais confortável para você.

John se adiantou e apertou-lhe o bíceps. Tohr sacudiu a cabeça.

– Está tudo bem. Vamos, Não quero que pegue um resfriado aqui fora – como John não se moveu, voltou a olhá-lo. – Ah, que diabos... Só queria que soubesse... que pode contar comigo. Só isso.

John escreveu:

Nunca duvidei disso. Jamais.

– Que bom. Pois não deveria. Sério mesmo, sinto-me como se fosse seu... – houve uma pausa enquanto Tohr esfregava o polegar na testa. Olhe, não quero sufocá-lo. Vamos entrar.

Antes que John lhe pedisse para terminar a frase, Tohr abriu a porta de casa. Escutaram a voz de Wellsie... bem como a de outra mulher. John franziu a testa enquanto entrava na cozinha. E, então, deteve-se quando uma mulher loura o olhou por cima do ombro.

Oh... uau.

Usava o cabelo cortado à altura da linha do queixo e seus olhos eram da cor de folhas novas. Aqueles jeans de cintura baixa que levava eram tão curtos... Meu Deus, podia ver seu umbigo e quase uns três centímetros abaixo dele. E sua blusa de gola rolê era... Bem, digamos que deixava claro a perfeição de seu corpo.

Wellsie sorriu.

– Meninos, chegaram bem a tempo. John, essa é minha prima Sarelle. Sarelle, esse é John.

– Olá, John – a fêmea sorriu.

Presas. Oh, sim. Olhe essas presas... Algo passeou como uma brisa quente por sua pele, deixando-o trêmulo dos pés à cabeça. Atordoado, abriu a boca. Então pensou, *aham, até parece*. Como se algo fosse sair daquele buraco inútil.

Enquanto ficava vermelho como um pimentão, ergueu a mão numa saudação.

– Sarelle está me ajudando com o festival de inverno – disse Wellsie –e ficará para comer conosco antes que amanheça. Por que vocês dois não se sentam?

Enquanto Sarelle sorria de novo, aquele agradável formigamento se tornou tão forte, que ele pensou que fosse levitar.

– John? Quer me ajudar a pôr a mesa? – sugeriu Wellsie.

Ele assentiu. E tentou se lembrar onde estavam as facas e os garfos.

Os faróis do Sr. O iluminaram a fachada da cabana do Sr. X. A pequena caminhonete do *Redutor Principal* estava estacionada à direita, junto à porta. O Sr. O parou seu veículo atrás do Town & Country, bloqueando-o.

Quando saiu e o ar frio encheu seus pulmões, soube que não tinha mais volta. Apesar do que estava a ponto de fazer, suas emoções não se agitavam em seu peito, nada estava fora do lugar, tudo estava sob controle. Seu corpo estava totalmente sereno, movendo-se consciente de sua força, uma pistola pronta para disparar.

Ficara muito tempo às voltas com os pergaminhos, mas tinha encontrado o que precisava. Sabia o que tinha de acontecer.

Abriu a porta da cabana sem bater.

O Sr. X olhou da mesa da cozinha. Seu rosto estava impassível: não franziu a testa, não sorriu desdenhosamente, não demonstrou agressividade. Tampouco surpresa.

Assim sendo, ambos sabiam que não tinha mais volta.

Sem uma palavra, o *Redutor Principal* se levantou, levando uma mão às costas. O Sr. O sabia o que tinha ali, e sorriu enquanto desembainhava sua própria faca.

– Então, Sr. O...

– Estou pronto para ser promovido.

– Como disse?

O Sr. O virou a lâmina para si mesmo, com a ponta sobre o esterno. Com um movimento rápido de ambas as mãos, apunhalou o próprio peito.

A última coisa que viu antes de ser engolido pelo grande inferno branco foi o ar de surpresa na cara do Sr. X. Surpresa que se converteu rapidamente em terror quando o homem percebeu aonde ia o Sr. O. E o que o Sr. O iria fazer quando chegasse lá.

Capítulo 14

Deitada na cama, Bella escutava os tranquilizadores sons que a rodeavam: as vozes masculinas no hall, graves, cadenciadas... o vento lá fora golpeando a mansão, caprichoso, irregular... os estalos da madeira do piso, rápidos, estridentes.

Forçou-se a fechar os olhos.

Um minuto depois, estava de pé e passeando, sentindo o macio tapete oriental sob os pés nus. Olhava em torno do opulento aposento que lhe haviam destinado e sentia-se como se tivesse de traduzir o que estava lendo. A segurança que a cercava, parecia outro idioma, que ela houvesse esquecido como falar ou ler. Ou será que era um sonho?

No canto do quarto, o antigo relógio anunciou que eram cinco da manhã. Há quanto tempo, exatamente, estava livre? Quanto tempo tinha se passado desde que a Irmandade fora atrás dela e a retiraram da terra para o ar livre? Oito horas? Talvez, só que pareciam minutos. Ou, quem sabe, anos?

A qualidade imprecisa do tempo se parecia com sua visão, isolando-a, atemorizando-a.

Apertou mais o roupão de seda em torno de si. Estava tudo errado. Deveria estar contente. Após só Deus sabe quantas semanas no tubo enfiado na terra com aquele *redutor* vigiando-a, deveria estar chorando de alívio.

Em vez disso, sentia que tudo o que a rodeava era falso e irreal, como se estivesse em uma casa de bonecas de tamanho natural, cheia de imitações de papel machê.

Parou em frente à janela e se deu conta de que apenas uma coisa parecia real. E desejava estar com ele.

Devia ser Zsadist quem estava ao lado de sua cama quando despertou. Estivera sonhando que voltara para aquele escuro buraco com o *redutor*. Quando abriu os olhos, tudo o que conseguiu enxergar foi uma maciça silhueta negra debruçando-se sobre ela e, por um momento, não foi capaz de distinguir a realidade do pesadelo.

Ainda estava tendo problemas com isso.

Deus, queria ir agora mesmo para perto de Zsadist, queria voltar para o quarto dele. Mas, em meio a todo aquele caos, depois que ela gritara, Zsadist não impedira que a levassem embora, não é? Talvez a preferisse longe dele.

Bella obrigou seus pés a se moverem de novo, traçando para ela um trajeto: passando aos pés da gigantesca cama, indo até a poltrona, uma volta rápida pelas janelas, depois uma grande mudança de cenário até a cômoda, e da porta do corredor para a escrivaninha antiga. O passeio a levou até a lareira e a estante de livros.

Mais uma volta. Mais uma volta. Mais uma volta.

Finalmente, foi até o banheiro. Não parou em frente do espelho, não queria saber que aspecto tinha. O que procurava era água quente. Queria tomar uma centena de chuveiradas, mil banhos. Gostaria de descascar a primeira camada de pele e raspar o cabelo que aquele *redutor* tanto amava, e cortar as unhas, limpar as orelhas e esfregar as solas dos pés.

Abriu o chuveiro. Quando a água estava na temperatura ideal, despiu o roupão e se meteu sob o jorro. No instante em que o jato golpeou-lhe as costas, cobriu-se por instinto, um braço sobre os seios, uma mão protegendo o ápice das coxas... até que se deu conta de que não precisava ocultar-se. Estava sozinha. Ali tinha privacidade.

Endireitou-se e forçou-se a deixar os braços ao longo do corpo, sentindo-se como se houvesse passado uma eternidade desde que se banhara a sós pela última vez. O *redutor* sempre estava lá, olhando, ou pior, ajudando.

Graças a Deus, nunca havia tentando fazer sexo com ela. A princípio, um de seus maiores temores era ser violentada. Ficara apavorada, tinha certeza de que ele iria forçá-la, mas, então, descobriu que era impotente. Não importava quanto a olhasse, seu corpo sempre permanecia flácido.

Com um estremecimento, alcançou o sabonete, ensaboou as mãos e as deslizou sobre os braços. Aplicou a espuma sobre o pescoço e pelos ombros, e seguiu para baixo...

Bella franziu a testa e se inclinou. Havia algo em seu ventre... marcas quase cicatrizadas. Cicatrizes que... *Oh, Deus.* Aquilo era um *D*, não? E a seguinte... era um *A*. Depois um *V* e um *I* e outro *D*.

Bella soltou o sabonete e cobriu a barriga com as mãos, deixando-se cair contra os azulejos. Tinha o nome dele no corpo. Em sua pele. Como uma medonha paródia do ritual matrimonial mais elevado de sua espécie. Realmente era sua esposa...

Saiu cambaleando do chuveiro, escorregando no chão de mármore, pegou uma toalha e se enrolou nela. Agarrou outra e fez o mesmo. E teriam sido três, quatro... cinco se tivesse encontrado mais.

Trêmula, nauseada, dirigiu-se ao espelho embaçado. Respirando fundo, limpou o vapor com o antebraço. E olhou seu reflexo.

John limpou a boca e, sem querer, deixou o guardanapo cair. Amaldiçoando-se, agachou-se para apanhá-lo... e o mesmo fez Sarelle, que o agarrou primeiro. Moveu os lábios formando a palavra "*obrigado*", ao recebê-lo de volta.

– De nada – disse ela.

Cara, amava a voz dela. E amava sua loção corporal de lavanda. E amava suas mãos longas e finas.

Mas odiava o jantar. Wellsie e Tohr conversavam por ele, dando a Sarelle uma versão resumida de sua vida. O pouco que ele tinha escrito em seu bloco de notas parecia uma inútil complementação.

Quando ergueu novamente o corpo, Wellsie sorria para ele. Mas, então, pigarreou, como se estivesse querendo aparentar naturalidade.

– Então, como eu estava dizendo, algumas mulheres da aristocracia costumavam organizar a cerimônia do solstício de inverno no Antigo País. Por falar nisso, a mãe de Bella era uma delas. Quero verificar com elas se não nos esquecemos de alguma coisa.

John deixou transcorrer a conversação sem prestar muita atenção até que Sarelle disse:

– Bem, é melhor eu ir. Faltam trinta e cinco minutos para o amanhecer. Meus pais devem estar preocupados.

Afastou a cadeira, e John se levantou com os outros. Enquanto se despediam, achou-se relegado ao segundo plano. Pelo menos até Sarelle olhar diretamente para ele.

– Você pode me acompanhar até a saída? – perguntou.

John deslocou os olhos para a porta. Acompanhá-la? Até o carro dela?

Súbito, um cru instinto masculino brotou em seu peito, tão poderoso que o sacudiu um pouco. De repente, a palma de sua mão começou a formigar, e ele olhou para ela, sentindo como se tivesse algo ali, como se estivesse segurando algo para... protegê-la.

Sarelle pigarreou.

– Okay... hum...

John percebeu que Sarelle esperava por ele e acordou de seu pequeno transe. Adiantando-se, indicou-lhe com a mão a porta da rua.

Enquanto saíam, ela perguntou:

– Então, quer dizer que está louco para começar a treinar?

John assentiu e deu-se conta de que sondava os arredores, vasculhando as sombras. Sentiu-se alerta e a palma direita começou a formigar novamente. Não tinha certeza do que procurava. Só sabia que precisava mantê-la a salvo a qualquer preço.

As chaves tilintaram quando ela as tirou do bolso.

– Acho que um amigo meu vai estar na sua turma. Ele ia se matricular esta noite – abriu o carro. – Em todo caso, sabe por que estou aqui realmente, não?

Ele abanou a cabeça.

– Acho que eles querem que você se alimente de mim. Quando ocorrer a sua transição.

John tossiu com o choque, certo de que seus olhos haviam saltado das órbitas e rolado pela calçada.

– Sinto muito – ela sorriu. – Pelo visto, não lhe contaram.

Sim, do contrário, ele se lembraria de uma conversa assim.

– Por mim, tudo bem – disse ela. – E por você?

Oh. Meu. Deus.

– John? – ela limpou a garganta. – Diga-me o que acha. Tem algo em que possa escrever?

Anestesiado, ele negou com a cabeça. Tinha esquecido o bloco lá dentro. *Idiota.*

– Dê-me a sua mão – quando ele a estendeu, ela sacou uma caneta de algum lugar e inclinou-se sobre a palma dele. A ponta da caneta deslizou suavemente por sua pele. Esse é o meu endereço de e-mail e esse, o meu apelido no Messenger. Estarei on-line dentro de mais ou menos uma hora. Mande-me uma mensagem, está bem? E a gente conversa.

Olhou o que ela tinha escrito. Apenas olhou.

Ela se encolheu um pouco.

– Quero dizer, não precisa fazê-lo. Só achei que... você sabe. Pensei que a gente pudesse ir se conhecendo dessa forma – deteve-se como que esperando uma resposta. – Hum... não importa. Não há pressa. Quero dizer...

Ele agarrou a mão dela, pegou a caneta e esticou-lhe a palma.

Quero falar com você, escreveu nela.

Então, olhou-a diretamente nos olhos e fez a coisa mais surpreendente e corajosa.

Sorriu para ela.

Capítulo 15

Enquanto amanhecia e as persianas se fechavam sobre as janelas, Bella ajustou o roupão negro e saiu do quarto em que se encontrava. Com um rápido olhar, verificou o corredor de ambos os lados. Sem testemunhas. *Bom.* Fechando a porta silenciosamente, deslizou sobre o tapete oriental, sem fazer ruído. Quando chegou em frente à escadaria, parou, tentando se lembrar qual o caminho tomar.

O corredor com estátuas, pensou, recordando outra excursão por aquele comprido corredor muitas, muitas semanas antes.

Caminhou depressa e, depois, passou a correr, agarrando as lapelas do roupão e mantendo as bordas fechadas à altura das coxas. Passou por estátuas e portas, até que chegou ao final e se deteve diante do último par. Não se preocupou em se recompor, porque não estava mesmo em condições disso. Sentia-se perdida, desmotivada, em perigo de desintegração. Bateu na porta com força.

Do outro lado, responderam:

– Dê o fora. Estou deitado.

Ela girou a maçaneta e abriu a porta. À luz do corredor, viu Zsadist sentado num catre de cobertores no chão, a um canto. Estava nu, os músculos flexionados, as argolas prateadas brilhando em seus mamilos. Seu rosto, com aquela cicatriz, era uma máscara de agressividade masculina.

– Eu disse, *dê o fora*... Bella? – cobriu sua nudez com as mãos. – Caramba. O que está fazendo?

Boa pergunta, pensou ela, enquanto sua coragem diminuía.

– Posso… Posso ficar aqui com você?

Ele franziu a testa, como se achasse que ela estava louca.

– O que está... Não, não pode.

Recolheu algo do chão e o sustentou em frente aos quadris, enquanto se levantava. Sem pedir desculpas por olhar, ela se embriagou com aquela visão: as faixas de escravo tatuadas sobre os pulsos e o pescoço, o alargador em sua orelha esquerda, os olhos escuros como obsidianas, o cabelo cortado à máquina. Seu corpo era tão enxuto como recordava, todo músculos esculpidos, veias saltadas e ossos evidentes. A força bruta emanava dele como um perfume.

– Bella, vá embora daqui, ok? Aqui não é lugar para você.

Ela ignorou a ordem em seus olhos e voz porque, embora sua coragem tivesse desaparecido, o desespero lhe dava a força que necessitava.

Agora, a voz dela já não tremia.

– Quando me colocaram no carro, atordoada, era você que estava ao volante, não? – como ele não respondeu, ela disse: – Sim, era você. E falou comigo. Foi você que foi me procurar, não é?

Ele ficou vermelho.

– A Irmandade foi atrás de você.

– Mas, foi você que me tirou de carro de lá. E me trouxe para este quarto primeiro. Seu quarto – olhou para a luxuosa cama. As cobertas estavam afastadas, o travesseiro afundado onde a cabeça dela havia repousado.

– Deixe-me ficar.

– Olhe, precisa estar a salvo...

– Estou a salvo com você. Você me salvou. Não permitirá que aquele *redutor* me pegue novamente.

– Ninguém pode pegar você aqui. Este lugar é tão protegido quanto o maldito Pentágono.

– Por favor...

– Não – respondeu com aspereza. – Agora, dê o fora daqui.

Ela começou a tremer.

– Não posso ficar sozinha. Por favor, deixe-me ficar com você. Eu preciso... – ela precisava dele, especificamente, mas achou que ele não responderia bem a isso. – Preciso estar perto de alguém.

– Então, Phury se aproxima mais do que está procurando.

– Não, ele não – ela queria o macho que tinha diante dela. A despeito de toda sua brutalidade, confiava nele por instinto.

Zsadist passou a mão pela cabeça. Várias vezes. Então, respirou fundo e seu peito se expandiu.

– Por favor – ela sussurrou. – Não me expulse.

Ele praguejou.

– Tenho de vestir umas calças – murmurou ele.

Aquilo era a coisa mais próxima de um *sim* que iria conseguir, pensou ela.

Bella deu um passo à frente para entrar e fechou a porta, baixando a vista só por um instante. Quando ergueu os olhos novamente, ele havia se virado e estava subindo pelas coxas uma bermuda ciclista de nylon preta.

As costas, marcadas por cicatrizes, flexionaram-se enquanto se inclinava. Observando as evidências de velhas feridas, foi tomada pela necessidade de saber exatamente pelo que ele havia passado. Tudo. Cada uma das chicotadas recebidas. Ela ouvira boatos; queria saber a verdade pela boca dele.

Ele sobrevivera ao que haviam feito a ele. Talvez ela também pudesse.

Ele se virou.

– Já comeu?

– Sim, Phury me levou comida.

Uma expressão fugaz atravessou o rosto de Zsadist. Mas desapareceu tão rápido que ela não pôde lê-la.

– Está com dor?

– Não particularmente.

Zsadist se aproximou da cama e afastou as cobertas. Então, ficou ali parado, sem jeito, olhando para o chão.

– Deite-se – disse a ela.

Enquanto se aproximava, desejou rodeá-lo com os braços, e ele se retesou, como se pudesse ler-lhe a mente. Deus, sabia que não gostava que o tocassem, tinha-o aprendido da pior maneira. Mas, mesmo assim, queria se aproximar.

Por favor, olhe para mim, ela pensou.

Estava prestes a pedir a ele, quando reparou que ele usava algo em volta do pescoço...

– Minha correntinha. Você está usando a minha correntinha.

Esticou a mão para tocá-la contra a pele dele, mas Zsadist se inclinou para trás e, com um rápido movimento, removeu a delicada corrente de ouro intercalada com pequeninos diamantes e depositou-a na mão dela.

– Tome. Pegue de volta.

Ela olhou para baixo. Era da coleção "Diamonds by the Yard" da Tiffany. Bella a usara anos a fio e agora já não se lembrava como era tê-la em torno do pescoço.

Estava quente, pensou ela, ao sentir um dos diamantes. Com o calor da pele dele.

– Quero que fique com ela – disse Bella, sem pensar.

– Não.

– Mas...

– Chega de conversa. Deite-se aqui ou caia fora do quarto.

Guardou a correntinha no bolso do roupão e olhou para ele. Tinha os olhos fixos no chão, e quando respirava, as argolas dos mamilos refletiam a luz.

Olhe para mim, ela pensou.

Como não o fez, ela se deitou na cama. Quando Zsadist se inclinou, ela se moveu para lhe dar espaço, mas tudo o que ele fez foi cobri-la e então voltou para o seu catre num canto do chão.

Bella fechou os olhos por uns minutos. Então, agarrou um travesseiro, saiu da cama e foi atrás dele.

– O que está fazendo? – sua voz se elevou. Alarmada.

Largou o travesseiro no chão e se estendeu ao lado do corpanzil de Zsadist. O cheiro dele era agora muito mais forte, lembrando eucalipto e pinho, destilando força masculina. Buscando seu calor, aproximou-se pouco a pouco até que sua testa encostou-se nas costas do braço dele. Era tão sólido, como um muro de pedra aquecido pelo sol. O corpo dela relaxou. Perto dele, era capaz de sentir o peso de seus próprios ossos, o duro chão embaixo dela, as correntes de ar no quarto que traziam o calor. A presença dele, de certa forma, ajudava-a a se conectar de novo com o mundo que a rodeava.

Mais. Mais perto.

Moveu-se até se colar totalmente a ele, dos seios aos tornozelos.

Z. estremeceu, recuando até encostar-se à parede.

– Desculpe-me – ela sussurrou, encostando-se nele novamente. – Preciso disso. Meu corpo precisa – *de você* – de algo quente.

Abruptamente, ele se pôs de pé.

Oh, não. Iria expulsá-la...

– Vamos – resmungou ele – Vamos para a cama. Não posso suportar a ideia de você deitar no chão.

Quem disser que não se pode vender algo duas vezes, não conhece Ômega.

O Sr. O rolou sobre a barriga e ergueu o corpo, apoiando-se nos débeis braços. Vomitar era mais fácil assim. A gravidade ajudava.

Enquanto vomitava, recordou a primeira negociaçãozinha que tivera com o pai de todos os *redutores*. Na noite da iniciação do Sr. O na Sociedade Redutora, havia negociado sua alma, junto com o sangue e o coração, para se tornar um assassino imortal, aprovado e apoiado.

E agora tinha feito outro negócio. O Sr. X já era. O Sr. O era agora o *Redutor Principal.*

Infelizmente, o Sr. O agora era também gato e sapato de Ômega.

Tentou levantar a cabeça. Quando conseguiu que a sala deixasse de rodar, estava exausto demais para se preocupar em sentir mais náusea. Ou, talvez, já não tivesse o que vomitar.

A cabana. Estava na cabana do Sr. X. E, a julgar pela luz, já tinha amanhecido. Enquanto piscava pelo tênue brilho, olhou para baixo. Estava nu. Coberto de machucados. E odiava o gosto que tinha na boca.

Uma chuveirada. Necessitava de uma chuveirada.

O Sr. O ergueu-se, apoiando-se numa cadeira e na borda da mesa. Quando ficou de pé, as pernas estavam tão moles que pareciam estar cheias de gelatina.

O joelho esquerdo cedeu e ele desabou sobre a cadeira. Enquanto rodeava o corpo com os braços, decidiu que o banho podia esperar.

Cara... o mundo era novo outra vez, não é? E ele havia aprendido tantas coisas durante sua promoção... Antes de sua mudança de *status*, não sabia que o *Redutor Principal* era muito mais do que o líder dos matadores. Na verdade, Ômega estava preso no lado de lá e precisava de um canal para encarnar. O *Redutor Principal* era o guia que Ômega utilizava para encontrar o caminho durante a travessia. Tudo que o *Redutor Principal* precisava fazer era abrir o canal e converter-se no farol.

E havia grandes benefícios por ser o *redutor* no comando. Benefícios que faziam que as técnicas que o Sr. X estava acostumado a utilizar parecessem brincadeira de criança.

Sr. X... bom e velho sensei. O Sr. O pôs-se a rir. Apesar de sentir-se como um lixo naquela manhã, podia garantir que o Sr. X estava bem pior. Sem dúvida.

As coisas tinham se saído muito bem depois do lance lâmina-no-peito. Quando o Sr. O caiu aos pés de Ômega, apresentou sua solicitação para uma mudança de regime. Observou que as fileiras da Sociedade estavam cada vez menores, especialmente os Esquadrões de Elite. A Irmandade estava se fortalecendo. O Rei Cego tinha subido ao trono. O Sr. X não estava opondo uma resistência vigorosa.

E tudo isso era verdade. Mas nada disso foi o que fechou o trato.

Não, o acordo se deu por conta do capricho de Ômega pelo Sr. O.

Na história da Sociedade, houve poucas ocasiões em que Ômega se interessou pessoalmente, se é que se pode dizer assim, por um determinado *redutor*. E tal coisa não podia ser considerada uma vantagem. O afeto de Ômega era intenso e de curta duração, e as separações eram pavorosas, segundo os rumores. Mas o Sr. O estava disposto a mendigar, fingir e mentir para conseguir o que precisava, e Ômega aceitara o que lhe fora oferecido.

Que horrível forma de passar um par de horas. Mas valera a pena.

Perguntou-se prazerosamente o que estaria acontecendo naquele exato momento ao Sr. X. Quando o Sr. O havia sido liberado, Ômega estava prestes a chamar o outro matador à sua presença, e isso já devia ter acontecido, àquela altura. As armas do *Redutor Principal* anterior estavam na mesa, seu celular e o BlackBerry, também. E havia uma marca chamuscada sobre a porta da frente, como uma explosão.

O Sr. O consultou o relógio digital do outro lado da sala. Embora ainda se sentisse muito mal, era hora de se mexer. Pegou o celular do Sr. X, teclou uns números, e o levou à orelha.

– Sim, sensei? – respondeu o Sr. U.

– Houve uma mudança na liderança. Quero que seja meu segundo em comando.

Silêncio. Então:

– Minha nossa. O que aconteceu ao Sr. X?

– Deve estar "assinando sua carta de demissão" neste exato momento. Então, está comigo?

– Oh, sim. Claro. Conte comigo.

– A partir de agora, está encarregado das verificações. Não há necessidade de fazê-lo pessoalmente. Por correio eletrônico é suficiente. E vou manter os esquadrões como estão. Alfas, em duplas. Betas em grupos de quatro. Faça o anúncio sobre o Sr. X. Depois, venha até a cabana.

O Sr. O desligou. Não ligava a mínima para a Sociedade. Não podia se importar menos com a estúpida guerra contra os vampiros. Tinha dois objetivos: recuperar sua mulher, viva ou morta. E matar o Irmão com as cicatrizes, que a tinha levado.

Enquanto se levantava, ocorreu-lhe olhar para baixo, para a sua flácida masculinidade. Um horrível pensamento serpenteou por sua mente.

Os vampiros, ao contrário dos *redutores*, não eram impotentes.

Imaginou a sua bela, e pura esposa... viu-a nua, os cabelos sobre os pálidos ombros, as elegantes curvas do esbelto corpo captando a luz. Magnífica. Perfeita, perfeita, perfeita. Completamente feminina.

Algo para ser adorado e possuído. Mas nunca violar. Uma Madona.

Só que qualquer um que tivesse algo rijo entre as pernas iria querer isso. Fosse vampiro, humano, ou *redutor*. Qualquer um.

A violência o invadiu, e, de repente, desejou que estivesse morta. Porque se aquele medonho filho da mãe tinha tentado ter sexo com ela... cara, o Sr. O iria castrar aquele Irmão com uma colher antes de matá-lo.

E que Deus a *ajudasse* se houvesse gostado.

Capítulo 16

Quando Phury despertou, eram três e quinze da tarde. Havia dormido muito mal, ainda tão furioso pelo que acontecera na noite anterior que suas glândulas suprarrenais* tinham feito hora extra. O que, dificilmente, ajuda a fechar os olhos.

Procurou um "baseado" e o acendeu. Enquanto levava a fumaça vermelha até seus pulmões e a retinha, tentava não se imaginar indo ao quarto de Zsadist e derrubando o irmão com um direto no queixo. Mas a fantasia era bem atraente.

Droga, não podia acreditar que Z. havia tentado possuir Bella daquela forma, odiava realmente o irmão gêmeo por sua depravação. E odiava a si mesmo também, por se sentir tolamente surpreso. Por tanto tempo estivera convencido de que algo em Z. havia sobrevivido à sua escravidão... que um restinho de alma subsistia no macho. Mas, depois da noite anterior? Não tinha mais dúvidas sobre a natureza cruel de seu gêmeo. Nenhuma.

E o que o mortificava ainda mais era o fato de ter falhado com Bella. Nunca deveria tê-la deixado no quarto de Z. Não podia suportar ter sacrificado a segurança dela por sua própria necessidade de acreditar.

---

*As glâdulas suprarrenais produzem adrenalina. (N.T.)

Bella...

Pensou em como ela o deixara carregá-la no colo. Naqueles fugazes momentos, havia se sentido poderoso, capaz de protegê-la contra um exército de *redutores*. Por um curto tempo, ela o transformara em um macho de verdade, necessário e com um propósito.

Que revelação descobrir que podia ser algo mais do que a babá de um louco suicida e destrutivo.

Queria desesperadamente passar a noite com Bella, e só deixou o quarto dela porque era o correto a fazer. Porque estava exausta, mas, sobretudo – e apesar de seu voto de celibato –, porque não responderia por si se ficasse. Queria socorrê-la com seu corpo. Queria adorá-la e curá-la com seus ossos e sua pele.

Mas não podia pensar assim.

Phury deu uma tragada profunda, fazendo o cigarro chiar. Retendo a fumaça, sentiu a tensão dos ombros relaxar. Enquanto a calma lhe sobrevinha, olhou sua reserva. Já estava acabando e, por mais que odiasse a ideia de procurar o Reverendo, precisava de mais.

Oh, sim: considerando como estava se sentindo a respeito de Z., iria precisar de muito mais. Na verdade, a fumaça vermelha era apenas um relaxante muscular suave, nada como maconha ou qualquer dessas outras drogas mais perigosas. Mas confiava nela para se manter equilibrado, assim como outras pessoas tomam uns drinques. Se não tivesse de ir ao Reverendo para conseguir mais, diria que era um passatempo perfeitamente inofensivo.

Perfeitamente inofensivo e o único alívio que tinha na vida.

Quando terminou de fumar, apagou a ponta num cinzeiro e saiu da cama. Após colocar a prótese, foi ao banheiro para se barbear e tomar uma chuveirada; depois, vestiu umas calças folgadas e uma de suas camisas de seda. Calçou tanto o pé verdadeiro como o que não podia sentir nos mocassins Cole Haan.

Olhou-se no espelho. Ajeitou um pouco o cabelo. Respirou fundo.

Foi ao quarto contíguo e bateu na porta de leve. Ao não obter resposta, tentou de novo, e, então, abriu. A cama estava revolvida, mas vazia, e ela não estava no banheiro.

Enquanto voltava para o corredor, um alarme ressoou em seus ouvidos. Antes que se desse conta, estava apressando o passo e, depois, correndo. Passou velozmente pela cabeceira da escada e virou no corredor das estátuas. Nem se deu ao trabalho de bater na porta de Z.: simplesmente a escancarou.

Phury parou de repente.

Seu primeiro pensamento foi o de que Zsadist iria cair da cama. O corpo de seu irmão estava por cima do edredom e na beirada do colchão, tão afastado quanto lhe era possível. *Meu Deus...* A posição parecia incômoda que só. Os braços de Z. rodeavam o próprio peito nu, como se estivesse se mantendo unido, e tinha as pernas encolhidas e torcidas para um lado, com os joelhos no ar.

Mas sua cabeça estava virada na direção oposta. Para Bella. E os lábios deformados estavam levemente separados, em vez de apertados com escárnio. E as sobrancelhas, normalmente franzidas de forma agressiva, estavam soltas, relaxadas.

Sua expressão era de sonolento assombro.

Bella tinha o rosto inclinado para o macho que tinha ao lado, com a expressão tão pacífica quanto um anoitecer. E o corpo aconchegado contra o de Z., tão próximo quanto os lençóis e as cobertas sob as quais estava lhe permitiam. Que diabo, era óbvio que, se pudesse, estaria abraçada com ele. E era igualmente óbvio que Z. tinha tentado afastar-se dela até não poder ir mais longe.

Phury praguejou baixinho. Aquilo significava que a situação na noite anterior, fosse qual fosse, não era a de Z. ameaçando Bella. Não mesmo. Não com o par sendo flagrado daquela maneira.

Fechou os olhos. Fechou a porta.

Como um completo lunático, considerou por um breve instante retornar e lutar com Zsadist pelo direito de deitar ao lado dela. Pôde imaginar-se num corpo a corpo com o irmão gêmeo, numa antiquada *conthendha*, para disputarem a fêmea.

Mas não estavam no Antigo País. E as fêmeas tinham o direito de escolher a quem procurar. Ao lado de quem dormir. Com quem se unir.

E ela sabia muito bem onde Phury estava. Havia-lhe dito que seu quarto era contíguo ao dela. Se o desejasse, teria ido procurá-lo.

Z. tomou consciência de uma sensação estranha enquanto despertava: estava aquecido. Não com calor, apenas... aquecido. Teria se esquecido de apagar a calefação depois de Bella ir embora? Devia ser isso. Só que notou algo mais. Não estava no catre. E não estava nu, não é? Moveu as pernas, tentando baixar a peça de roupa, pensando que não era assim que costumava dormir. E, ao fazê-lo, percebeu que a *coisa* estava rija. Rija e pesada. *Que diabos...*

Abriu os olhos de repente. *Bella.* Estava na cama com Bella.

Afastou-se dela com um salto...

E escorregou do colchão, caindo sentado no chão.

No mesmo instante, ela se arrastou atrás dele:

– Zsadist?

Quando ela se inclinou sobre a beirada da cama, o roupão que usava se abriu e os olhos dele foram capturados pelo seio que ficou à mostra. Tão perfeito como na banheira, a pele pálida tão tenra e o pequeno mamilo tão rosado... Deus, ele sabia que o outro era exatamente igual, mas, por alguma razão, precisava vê-lo também, de qualquer jeito.

– Zsadist? – ela se esticou mais, o cabelo escorregando pelos ombros e deslizando pela beirada da cama, uma esplêndida cascata de mogno escuro.

A *coisa* entre as coxas dele distendeu-se. E pulsava com o batimento de seu coração.

Juntou os joelhos e manteve as coxas unidas, não querendo que ela a visse.

– O roupão – disse ele asperamente. – Feche-o. Por favor.

Ela olhou para baixo e então juntou as lapelas, corando. *Oh, meu Deus...* Agora tinha as faces tão rosadas como os mamilos, pensou ele.

– Vai voltar para a cama? – perguntou ela.

A parte dele mais escondida e decente observou que não era uma boa ideia.

– Por favor? – sussurrou ela, colocando o cabelo atrás da orelha.

Avaliou-lhe o arco do corpo e o negro cetim que ocultava a pele de sua vista, os grandes olhos cor de safira e a esbelta coluna do pescoço.

Não... *realmente* não era uma boa ideia aproximar-se dela naquele exato momento.

– Afaste-se – disse ele.

Enquanto ela deslizava para o lado, ele olhou para a tenda armada que tinha entre as pernas. Meu Deus, aquela maldita coisa era enorme; parecia que tinha outro braço dentro da bermuda. E para esconder um tronco daqueles seriam necessários andaimes.

Olhou a cama. Com um ágil movimento, saltou entre os lençóis.

O que foi uma ideia *dolorosamente* péssima. Assim que entrou debaixo das cobertas, ela se aconchegou ao seu duro flanco como se fosse outro cobertor. Um cobertor macio, quente, que respirava...

Z. entrou em pânico. Havia tanto dela colado a ele que não sabia o que fazer. Queria empurrá-la. Queria-a ainda mais perto. Queria... *Ah, cara.* Queria montá-la. Queria tomá-la. Queria comê-la.

O instinto era tão forte que se viu no ato: deitando-a de bruços, erguendo-lhe os quadris da cama, chegando por trás. Imaginou-se metendo a *coisa* nela e dando-lhe estocadas...

Deus, ele era *odioso*. Querer pegar aquela coisa suja e forçá-la dentro dela? Então, por que não enfiar-lhe também uma escova de privada pela boca?

– Está tremendo... – disse ela. – Está com frio?

Ela se aproximou ainda mais, e ele sentiu seus seios, macios e quentes, nas costas de seu antebraço. A *coisa* se ouriçou violentamente, saltando contra a bermuda.

Droga. Tinha a impressão de que aquela reação extrema significava que estava perigosamente excitado.

É mesmo? Não diga! Cara, seu membro latejava, as bolas por baixo do filho da mãe lhe doíam, e sua vontade era penetrá-la como um touro. Só que o medo nas fêmeas era a única coisa que o excitava, e ela não estava assustada. Então, por que ele estava respondendo?

– Zsadist? – disse Bella docemente.

– O quê?

As quatro palavras que ela disse em seguida converteram seu peito em um bloco de concreto e lhe congelaram o sangue. Mas, pelo menos, toda aquela tolice de antes se evaporou.

Quando a porta de Phury se abriu sem aviso algum, suas mãos paralisaram sobre a camiseta que ele estava vestindo pela cabeça.

Zsadist permaneceu parado nos umbrais, nu da cintura para cima, os olhos escuros ardendo.

Phury praguejou baixinho.

– Fico feliz que tenha vindo. Sobre a noite passada... Devo-lhe desculpas.

– Não quero ouvir isso. Venha comigo agora.

– Z., eu estava enganado...

– Venha. Comigo. Agora.

Phury puxou a barra da camiseta até embaixo e consultou o relógio.

– Tenho de dar aula em meia hora.

– Isso não levará muito tempo.

– Ah... bem, está certo.

Enquanto seguia Z. pelo corredor, imaginou que poderia se desculpar pelo caminho.

– Olhe, Zsadist, realmente sinto muito por ontem à noite – o silêncio do irmão gêmeo não foi surpresa. – Precipitei-me e cheguei a uma conclusão equivocada. Sobre Bella e você – Z. caminhou ainda mais rápido. – Eu deveria saber que não lhe faria mal. Quero lhe oferecer um *rytho*.

Zsadist parou e olhou por cima do ombro.

– Por que diabos...?

– Ofendi-o. Ontem à noite.

– Não, não ofendeu.

Phury só pôde sacudir a cabeça.

– Zsadist...

– *Sou* doente. *Sou* repugnante. *Não* sou confiável. Só porque você tem meio cérebro e percebeu isso, não significa que precisa me lamber o traseiro com essa babaquice de desculpas.

Phury ficou boquiaberto.

– Meu Deus... Z. Você não é...

– Ah, pelo amor de Deus, quer parar com isso?

Z. caminhou rapidamente para o seu quarto e abriu a porta.

Bella sentou-se na cama, juntando as lapelas do roupão até o pescoço. Parecia totalmente confusa. E bonita demais para ser descrita.

Os olhos de Phury passearam entre ela e Z. Então, concentrou-se em seu gêmeo.

– O que é isso?

Os olhos negros de Z. se fincaram no chão.

– Vá para ela.

– Como disse?

– Precisa se alimentar.

Bella engoliu em seco de surpresa.

– Não! Espere, Zsadist, eu quero... você.

– Não pode me ter.

– Mas eu quero...

– Não dá. Estarei aqui fora.

Phury sentiu-se empurrado para dentro do quarto e então a porta se fechou com força. No silêncio que se seguiu, não estava bem certo se queria gritar de triunfo ou... simplesmente gritar.

Respirou fundo e olhou para a cama. Bella estava encolhida com os joelhos contra o peito.

Santo Deus, nunca permitira que uma fêmea bebesse dele. Devido ao seu voto de celibato, não queria se arriscar. Com seu ímpeto sexual e seu sangue de guerreiro, sempre temera que, se deixasse uma fêmea tomar sua veia, seria sobrepujado pelo desejo e tentaria penetrá-la. E se fosse Bella, seria ainda mais difícil manter-se indiferente.

Mas ela precisava beber. Além disso, qual o mérito de um voto que fosse fácil conservar? Aquilo poderia ser seu crisol, sua oportunidade de provar sua disciplina sob as mais extremas circunstâncias.

Limpou a garganta.

– Coloco-me à sua disposição.

Quando Bella o encarou, a pele dele se tornou muito pequena para seu esqueleto. Era esse o efeito da rejeição para um macho: o retraimento imediato.

Desviou o olhar e pensou em Zsadist, que, podia sentir, encontrava-se bem ali, do lado de fora do quarto.

– Pode ser que ele não seja capaz de fazê-lo. Está ciente de seu... passado, não?

– É tão cruel de minha parte pedir-lhe isso? – sua voz soou estrangulada por sua luta. – É?

Provavelmente, pensou ele.

– Seria melhor se usasse outro – *Deus, por que não bebe de mim? Por que não precisa de mim, em vez dele?* – Não creio que seja apropriado pedir a Wrath ou Rhage, eles têm seus pares. Talvez pudesse pedir a V...

– Não... Preciso de Zsadist – a mão dela tremia quando a aproximou da boca. – Sinto muito.

Ele também.

– Espere aqui.

Quando saiu para o corredor, encontrou Z. bem ao lado da porta. O macho tinha a cabeça entre as mãos, os ombros encurvados.

– Já terminou? – perguntou, baixando as mãos.

– Não. Não aconteceu.

Z. franziu a testa e o encarou.

– Por que não? Tem de fazê-lo, cara. Ouviu o que Havers disse...

– Ela quer você.

– ... por isso, entrará aí e abrirá uma veia...

– Ela só beberá de você.

– Ela precisa disso, então...

Phury elevou a voz.

– Não quero alimentá-la!

Z. calou a boca e seus olhos negros se estreitaram.

– Dane-se. Fará isso por mim.

– Não, não farei. *Porque ela não me deixaria fazer.*

Z. inclinou-se para frente, apertando os ombros de Phury como um torno.

– Então, fará por ela. Porque é o melhor para ela, porque a estará alimentando e porque quer fazê-lo. Faça por *ela*.

Deus. Mataria alguém para fazê-lo. Estava doido para voltar ao quarto de Z. Arrancar a roupa. Cair no colchão. Apertar Bella contra o peito e senti-la afundar os dentes em seu pescoço, montada nele, recebendo-o dentro dela pelos lábios e entre as coxas.

As narinas de Z. se dilataram.

– Meu Deus... posso farejar o quanto você deseja fazer isso. Então, faça. Fique com ela, alimente-a.

A voz de Phury fraquejou.

– Ela não me quer, Z. Ela quer...

– Ela não sabe o que quer. Acaba de sair de um inferno.

– Só quer saber de você. Para ela, só existe você.

Quando os olhos de Zsadist se desviaram para a porta fechada, Phury o incentivou, embora isso muito lhe custasse.

– Escute o que estou lhe dizendo, meu irmão. Ela quer você. E você pode fazer isso por ela.

– Uma ova que posso fazê-lo.

– Z., faça.

Aquela cabeça raspada sacudia de um lado para o outro.

– Ora, você sabe muito bem que o que corre em minhas veias está podre.

– Não, não está.

Com um grunhido, Z. se inclinou para trás e lhe mostrou os pulsos, as faixas de escravo de sangue tatuadas neles.

– Quer que ela morda através disso? Suporta imaginar sua boca nessas faixas? Porque tenho certeza que eu não suporto.

– Zsadist? – a voz de Bella chegou até eles. Sem que tivessem percebido, ela se levantara e abrira a porta.

Enquanto Z. entrecerrava os olhos, Phury sussurrou:

– Você é quem ela quer.

A resposta de Z. quase não foi audível.

– Estou contaminado. Meu sangue vai matá-la.

– Não. Não vai.

– Por favor... Zsadist – disse Bella.

O tom humilde e suplicante do chamado congelou Phury por dentro, e ele observou, entorpecido, enquanto Z. se virava lentamente para ela.

Bella deu um passo atrás, sem tirar os olhos dele.

Os minutos se converteram em dias... décadas... séculos. E, então, Zsadist caminhou para ela e entrou no quarto. A porta se fechou.

Foi sem enxergar que Phury se virou e pôs-se em marcha pelo corredor.

Não precisava ir a algum lugar?

Aula. Sim, ele iria... dar uma aula agora.

Capítulo 17

Às quatro e dez, John entrou no ônibus particular arrastando sua sacola esportiva.

– Olá, senhor – o *doggen* ao volante disse alegremente. – Seja bem-vindo.

John o saudou com a cabeça e olhou para os doze rapazes, sentados em duplas, que o encaravam.

Uau. Definitivamente, não estou tendo uma recepção calorosa, colegas, pensou.

Sentou-se em um assento vazio atrás do motorista.

Quando o ônibus começou a se deslocar, uma divisória foi baixada, de modo que os aprendizes ficassem encerrados juntos por trás dela e não pudessem ver a frente. John virou-se no banco, para se sentar de lado. Vigiar o que se passava atrás de si parecia uma boa ideia.

Todas as janelas eram escurecidas, mas as luzes embutidas no chão e no teto eram suficientes para que pudesse avaliar seus colegas. Todos eram como ele, magros e baixos, embora tivessem cores de cabelo diferentes, uns louros, outros morenos. Um deles era ruivo. Como John, todos vestiam quimonos brancos de jiu-jitsu. E todos tinham a mesma sacola esportiva aos pés, uma Nike de nylon negro, grande o bastante para levar uma muda de roupa e muita comida. Cada um levava uma mochila, também, e ele imaginou que elas deviam conter as mesmas coisas que levava na sua: um caderno e algumas canetas, um celular, uma calculadora. Tohr havia enviado uma lista com o material necessário.

John apertou a mochila contra a barriga e olhou-a fixamente. Isso o ajudava a lembrar todos os números para os quais poderia enviar mensagens de texto, e os repetiu muitas vezes em sua cabeça. O de casa. O celular de Wellsie. O celular de Tohr. O número da Irmandade, o de Sarelle...

Pensar nela o fez sorrir. Haviam passado horas on-line na noite anterior. Cara, depois que pegara a manha do Messenger, percebeu que era o modo perfeito de se comunicar com ela. Não se sentia diferente, já que os dois precisavam digitar as palavras. E se já gostara de Sarelle no jantar, agora estava ainda mais afim dela.

– Como se chama?

John olhou por cima de um par de bancos. Um cara de cabelos longos e louros, e um brinco de diamante, havia falado com ele.

Pelo menos falam a mesma língua que eu, pensou.

Quando abriu a mochila e puxou o caderno, o cara disse:

– Alô? Você é surdo ou algo assim?

John escreveu seu nome e virou o caderno para o cara.

– John? Que diabos de nome é esse? E por que está escrevendo?

Oh, não... aquele lance de escola iria ser uma droga.

– Qual é o seu problema? Não pode falar?

John olhou o cara diretamente nos olhos. As leis da probabilidade ditavam que dentro de cada grupo havia um macho alfa pentelho e, naquele, o louro de brinquinho preenchia o papel.

Respondendo à pergunta, John meneou a cabeça.

– Não pode falar? Nadinha? – o cara ergueu a voz como se quisesse que todos se inteirassem. – Por que diabos está treinando para ser soldado se não pode falar?

Não se luta com palavras, não é?, John escreveu.

– Sim, e todos esses seus músculos são *realmente* de assustar.

Como os seus, quis rabiscar.

– Por que tem um nome humano? – perguntou-lhe o ruivo sentado no banco atrás do seu.

John escreveu:

Fui criado entre eles, e virou o caderno.

– Hum. Bem, meu nome é Blaylock. John... uau, que estranho.

Por impulso, John arregaçou a manga e exibiu a pulseira que tinha feito, aquela com os caracteres que tinha visto em sonho.

Blaylock se inclinou. Então, seus pálidos olhos azuis se iluminaram.

– Seu verdadeiro nome é Tehrror.

Sussurros. Muitos sussurros.

John recolheu o braço e recostou-se contra a janela outra vez. Desejou ter deixado a manga baixada. Que diabos estariam eles pensando agora?

Após um instante, Blaylock bancou o educado e apresentou os outros. Todos tinham nomes estranhos. O louro era Lash*. E não é que o nome lhe caía como uma luva?

– Tehrror... – murmurou Blaylock. – É um nome muito antigo. É um autêntico nome de guerreiro.

John franziu a testa. E ainda que fosse melhor afastar-se da atenção daqueles rapazes, escreveu:

E o seu não é? Assim como dos demais?

Blaylock meneou a cabeça.

– Temos uma fração de sangue guerreiro em nós, por isso fomos escolhidos para treinar, mas nenhum de nós tem um nome assim. De que linha descende? Deus... é descendente de um dos membros da Irmandade?

John franziu a testa. Nunca se dera conta de que poderia ser aparentado com a Irmandade.

– Acho que ele é importante demais para responder a você – disse Lash.

John ignorou o comentário. Sabia que encontraria muitos obstáculos no convívio social, deflagraria minas terrestres a torto e a direito, devido ao seu nome, por ter crescido entre os humanos e sua incapacidade de falar. Tinha o pressentimento de que aquele dia na escola iria ser uma infernal prova de resistência: então, era melhor economizar energia.

---

* Chicote. (N.T.)

A viagem durou aproximadamente quinze minutos, com os últimos cinco, mais ou menos, gastos em paradas e arrancadas, o que significava que estavam atravessando o sistema de portões dentro do complexo de treinamento.

Quando o ônibus parou e a divisória foi levantada, John colocou a sacola e a mochila nos ombros e foi o primeiro a descer. O estacionamento subterrâneo estava exatamente como na noite anterior: sem carros, apenas outro ônibus particular como aquele em que tinham chegado. John afastou-se para o lado e observou os outros descerem do ônibus, um bando de quimonos brancos. O burburinho o fez pensar em pombos esvoaçando.

As portas do centro se abriram de repente e o grupo ficou mudo e paralisado.

Phury costumava causar esse efeito. Com seu cabelo espetacular e o corpanzil todo de negro, era fácil deixar os outros boquiabertos e sem ação.

– Oi, John – disse ele, saudando-o com a mão. – Como vai?

Os colegas se viraram para olhar para ele.

Ele sorriu para Phury. Então, procurou se manter em segundo plano.

Bella olhava Zsadist zanzar pelo quarto. Lembrava-se de como o fizera se sentir na noite anterior, quando fora procurá-lo: enjaulado. Miserável. Pressionado.

Por que diabos o forçava àquilo?

Quando abriu a boca para suspender tudo, Zsadist parou diante da porta do banheiro.

– Preciso de um minuto – disse ele. Então, fechou-se lá dentro.

Perplexa, aproximou-se e sentou-se na cama, esperando-o voltar. Quando ouviu o chuveiro ser aberto e permanecer assim por um bom tempo, ela caiu numa agitada introspecção.

Tentou imaginar-se voltando para casa com sua família e caminhando por aqueles aposentos tão familiares, sentando-se em suas cadeiras, abrindo as portas e dormindo na cama de sua infância. E tudo lhe pareceu inadequado, como se fosse um fantasma naquele lugar que conhecia tão bem.

E como a tratariam a mãe e o irmão? E a *glymera*?

Já se sentia uma ovelha negra no meio aristocrático antes de ser sequestrada. Agora, então, seria solenemente evitada. Ser controlada por um *redutor*... aprisionada num buraco no chão... A aristocracia não lidava bem com coisas feias e a culpariam. Que inferno, provavelmente fora por isso que sua mãe havia sido tão reservada.

Meu Deus, pensou Bella. Passaria o resto de sua vida daquele jeito?

Quando o pavor a sufocou, a única coisa que a sustentou foi pensar em permanecer naquele quarto e dormir dias a fio com Zsadist bem perto dela. Ele era o frio que a fazia condensar-se nela mesma outra vez. E o calor que a impedia de tremer.

Era o matador que a mantinha a salvo.

Mais tempo... antes, mais tempo com ele. Então, talvez, poderia confrontar o mundo lá fora.

Ela franziu a testa, dando-se conta de que ele já estava no chuveiro há muito tempo.

Desviou os olhos para o catre no canto mais afastado. Como podia dormir ali noite após noite? Sobre o chão duro e sem travesseiro para a cabeça. Tampouco cobertas para se proteger do frio.

Concentrou-se no crânio ao lado dos cobertores dobrados. A correia de couro negro entre os dentes atestava que pertencia a alguém que amara. Obviamente fora casado, embora jamais houvesse ouvido boatos sobre isso. Será que sua *shellan* havia ido para o Fade por causas naturais ou a tinham tirado dele? Seria essa a razão de toda sua ira?

Bella olhou na direção do banheiro. O que estava fazendo ali?

Aproximou-se e o chamou. Como não obteve resposta, abriu a porta devagar. Foi apanhada por uma gélida corrente de ar que a fez recuar.

Tomando coragem, inclinou-se para o ambiente gelado.

– Zsadist?

Através da porta de vidro do box, viu-o sentado sob o jorro d'água congelante, balançando-se para frente e para trás, gemendo, esfregando os pulsos com uma esponja.

– Zsadist! – correu e abriu a porta de vidro. Lutando com os registros, fechou a água. – O que está fazendo?

Ele a encarou com um olhar desvairado, enquanto continuava a balançar e esfregar, balançar e esfregar. A pele ao redor das negras faixas tatuadas estava totalmente vermelha, em carne viva.

– Zsadist? – controlou-se para manter seu tom de voz suave e estável. – O que está fazendo?

– Eu... eu não consigo me limpar. Não quero que fique suja, também – ergueu o pulso e o sangue escorria pelo antebraço. – Está vendo? Olhe essa sujeira. Estou coberto por ela. Está dentro de mim.

A voz de Zsadist a assustava ainda mais do que o que ele havia feito a si mesmo, suas palavras carregadas da estranha e infundada lógica da loucura.

Bella pegou uma toalha, entrou no box e se agachou. Capturando-lhe as mãos, tomou-lhe a esponja.

Enquanto secava cuidadosamente a carne ferida, disse:

– Você está limpo.

– Oh, não, não estou – sua voz começou a se elevar, crescendo com um ímpeto terrível. – Estou imundo. Estou tão sujo... Estou sujo, sujo... – passou a balbuciar, as palavras saíam-lhe atropeladas, o volume aumentando até que a histeria retiniu nos azulejos e tomou todo o banheiro. – Consegue ver a sujeira? Eu a vejo por toda parte. Estou mergulhado nela. Ela me sufoca. Posso senti-la em minha pele...

– Shhh. Deixe que eu... só...

Vigiando-o, como se ele fosse... Deus, sequer sabia o que ele poderia fazer... Agarrou às cegas uma toalha e a arrastou para o box. Colocou-a em volta daqueles enormes ombros, cobriu-o com ela, mas quando tentou puxá-lo para seus braços, ele se encolheu, afastando-se.

– *Não me toque* – disse-lhe com aspereza. – Ou ficará suja também.

Ajoelhou-se diante dele, o roupão de seda absorvendo a água, encharcando-se. Ela nem ligou para o frio.

Jesus... Ele parecia saído de um naufrágio: olhos arregalados e dementes, a bermuda molhada colada aos músculos das pernas, a pele do peito arrepiada de frio. Os lábios estavam azulados e os dentes batiam.

– Sinto muito – sussurrou ela. E queria tranquilizá-lo de que não estava sujo, mas sabia que isso só serviria para exaltá-lo outra vez.

Enquanto a água pingava da ducha, o som ritmado que produzia soava tão alto como um tambor entre eles. Entre as batidas, ela se apanhou recordando a noite em que o seguira até aquele quarto... a noite em que ele havia tocado seu corpo excitado. Dez minutos depois, ela o encontrara agachado junto ao vaso sanitário, vomitando: justamente porque a tocara.

Estou imundo. Estou tão sujo. Estou sujo, sujo...

A iluminação chegou para Bella como um pesadelo sorrateiro, infiltrando-se na consciência com uma apavorante claridade, mostrando-lhe algo feio. Era óbvio que fora surrado quando era escravo de sangue, e ela havia presumido ser essa a razão pela qual não suportava que o tocassem. Só que ser surrado, embora doloroso e aterrorizante, não o faria sentir-se sujo.

Mas ser abusado sexualmente, sim.

De repente, os escuros olhos de Zsadist a encararam. Como se houvesse pressentido a conclusão a que chegara.

Movida pela compaixão, inclinou-se para ele, mas a raiva que lhe invadiu o rosto a deteve.

– Pelo amor de Deus! – explodiu ele. – Quer fazer o favor de se cobrir?

Ela olhou para baixo. O roupão estava aberto até a cintura, seus seios completamente à mostra. Puxou as lapelas, juntando-as.

No pesado silêncio entre eles, era difícil olhá-lo nos olhos; então, ela se concentrou em seu ombro... depois, acompanhou a linha do músculo até a clavícula, e seguiu para a base do pescoço. Os olhos dela subiram por aquele grosso pescoço... até a pulsante veia sob a pele.

A intensa fome a traiu, fazendo com que suas presas se alongassem. *Que inferno.* Aquilo era hora para ansiar por sangue?

– Por que você me quer? – murmurou ele, obviamente sentindo sua necessidade. – Você merece mais que isso.

– Você é...

– *Sei* o que sou.

– Você não é sujo.

– Dane-se, Bella...

– E só quero você. Olhe, realmente sinto muito e não temos de...

– Quer saber? Chega de conversa. Estou farto de falar – estendeu o braço sobre o joelho, com o pulso para cima, e seus olhos escuros se esvaziaram de qualquer emoção, até mesmo a raiva. – Este é o seu funeral, fêmea. Vá em frente, se é o que deseja.

O tempo parou enquanto ela olhava fixamente o que ele a contragosto lhe oferecia. Que Deus ajudasse a ambos, mas ela iria tê-lo. Com um movimento rápido, ela se curvou sobre sua veia e a perfurou habilmente. Embora, com certeza, tivesse doído, ele nem se mexeu.

No instante em que o sangue dele atingiu sua língua, ela gemeu de êxtase. Já se alimentara de aristocratas, mas nunca de um macho da classe guerreira e, muito menos, de um membro da Irmandade. Seu sabor era um delicioso frêmito em sua boca, uma invasão, uma epifania, uma escandalosa explosão: então, ela engoliu. A poderosa torrente a inundou, penetrando com a fúria de um incêndio florestal na medula de seus ossos, num ímpeto que tomou de assalto o seu coração, espalhando por todo seu corpo aquela força gloriosa.

Tremia tanto que quase perdeu o contato com o pulso dele e teve de lhe agarrar o antebraço para se estabilizar. Bebia aos goles grandes e ávidos, faminta não só de força, mas dele, daquele macho.

Para Bella, só existia... Zsadist.

Capítulo 18

Zsadist lutou para se manter calmo enquanto Bella se alimentava. Não queria incomodá-la, mas cada sugada em sua veia o deixava mais próximo de se descontrolar. Até então, a Ama tinha sido a única fêmea a se alimentar dele, e as lembranças daquelas violações eram tão agudas como as presas cravadas em seu punho agora. O medo chegou, cru e intenso, naquele instante presente: não mais uma sombra do passado.

Droga... Estava ficando totalmente zonzo. Prestes a desfalecer como um completo maricas.

Em uma tentativa desesperada de recuperar o autodomínio, concentrou-se no cabelo escuro de Bella. Havia uma mecha perto de sua mão livre e ela brilhava à luz do box, tão adorável, tão grossa, tão diferente do cabelo louro da Ama.

Deus, o cabelo de Bella parecia realmente macio... Se tivesse coragem, enterraria sua mão – não, sua cara inteira – naquelas ondas de mogno. Conseguiria suportar?, ele se perguntou. Estar tão perto de uma fêmea? Ou acabaria se sufocando quando uma onda de medo ainda maior do que o que já estava sentindo o engolfasse?

Mas, em se tratando de Bella, pensou, seria capaz de fazê-lo.

Sim... realmente gostaria de pôr sua cara ali, no cabelo dela. Quem sabe até fuçar nele e abrir caminho até o pescoço e... depositar um beijo ali. Bem de leve.

Sim... e, então, poderia ir subindo e roçar-lhe os lábios na face. Talvez ela deixasse que fizesse isso. Não se aproximaria da boca.

Imaginava que ela não gostaria de estar tão perto de sua cicatriz e, de qualquer forma, seu lábio superior era deformado. Além disso, não sabia beijar. A Ama e seus protegidos não eram tolos de se aproximar de suas presas. E, depois, nunca quisera ter tal intimidade com uma fêmea.

Bella fez uma pausa e inclinou a cabeça, os olhos azuis como safiras voltaram-se para ele, como para se certificar de que ele estava bem.

Tal preocupação lhe feriu o orgulho. Meu Deus, pensar que era tão frágil que não pudesse dar conta de alimentar uma fêmea... e que constrangedor compreender que ela *sabia* disso enquanto estava em sua veia. E ainda pior: aquela expressão no rosto dela momentos antes, aquele horror que significava que tinha entendido de que outra maneira ele havia sido usado como escravo, além de fornecer sangue.

Não podia suportar sua compaixão, não queria aqueles olhares de preocupação, não estava interessado em mimos e afagos. Chegou a abrir a boca para lhe dizer que se afastasse de seu pulso, mas, de algum modo, a raiva se perdeu no caminho entre suas entranhas e a garganta.

– Está tudo bem comigo – disse em tom áspero. – Estou firme como uma rocha. Firme como uma rocha.

O alívio nos olhos dela foi outra bofetada na cara.

Quando ela voltou a beber, ele pensou, *odeio isso.*

Bem... odiava em parte. Ok, odiava as lembranças que aquilo lhe trazia. Mas, à medida que o suave sugar em seu pulso prosseguia, compreendeu que estava quase gostando.

Pelo menos até pensar no que ela estava engolindo. Sangue sujo... sangue enferrujado... podre, contaminado, repugnante. Cara, simplesmente não podia compreender por que ela havia rejeitado Phury. O macho era perfeito por dentro e por fora. Em vez disso, lá estava ela sobre o ladrilho frio e duro, com as presas fincadas em sua faixa tatuada de escravo. Por que ela...

Zsadist fechou os olhos. Sem dúvida, depois de tudo pelo que tinha passado, ela acreditava não merecer nada melhor do que alguém poluído. Aquele *redutor* provavelmente destruíra-lhe o amor próprio.

Cara, jurava por Deus: esmagaria aquele filho da mãe com as próprias mãos.

Com um suspiro, Bella soltou o pulso dele e encostou-se na parede do box, pálpebras fechadas, corpo lânguido. A seda do roupão estava molhada e aderia às pernas, marcando-lhe as coxas, os quadris... a junção entre as virilhas.

Como a *coisa* engrossava rapidamente em sua bermuda, desejou cortá-la fora.

Bella ergueu a vista para ele. Meio que esperava que ela tivesse convulsões ou algo assim, e tentou não pensar em toda a podridão que ela engolira.

– Você está bem? – perguntou ele.

– Obrigada – disse ela com voz rouca. – Obrigada por me deixar...

– Certo, pode parar com isso – Deus, desejava que a tivesse protegido de si mesmo. A essência da Ama pulsava nele, os ecos da crueldade daquela fêmea estavam presos no infinito circuito de suas artérias e veias, correndo por todo seu corpo. E Bella acabava de tomar um pouco daquele veneno em suas vísceras.

Deveria ter lutado mais duramente contra isso.

– Vou levar você para a cama.

Como ela não se opôs, ergueu-a, tirou-a do box e fez uma pausa ao lado da bancada da pia para pegar uma toalha.

– O espelho – murmurou ela. – Você cobriu o espelho. Por quê?

Não lhe respondeu enquanto se dirigia para o quarto, não suportaria falar sobre as coisas horríveis pelas quais ela passara.

– Acha que tenho a aparência tão ruim assim? – sussurrou contra o ombro dele.

Quando chegou à cama, desceu-a do colo.

– O roupão está molhado. Deve tirá-lo. Use isso para secar-se, se quiser.

Ela pegou a toalha e começou a afrouxar o laço da cintura. Ele rapidamente se virou, escutando o roçar da seda, uma agitação e, depois, os lençóis sendo virados.

Quando estava instalada, um instinto básico e ancestral exigiu dele que se deitasse ali com ela. E não para abraçá-la. Queria estar dentro dela, movendo-se... liberando-se. De algum modo, aquilo lhe parecia o certo a fazer, dar a ela não só o sangue de suas veias, mas finalizar com o ato sexual, também.

O que estava *totalmente* fora de cogitação.

Passou a mão pela cabeça, perguntando-se de onde diabos aquela ideia lamentável havia saído. Cara, tinha de se afastar dela...

Bem, isso aconteceria logo, não? Ela partiria naquela noite. Iria para casa.

Seus instintos enlouqueceram, fazendo-o querer lutar para que ela permanecesse em sua cama. Mas que se danasse aquele estúpido e primitivo impulso. Tinha de fazer seu trabalho. Tinha de sair, encontrar aquele determinado *redutor* e trucidar o filho da mãe por ela. Era o que tinha de fazer.

Z. se dirigiu para o closet, vestiu-se e apanhou as armas. Enquanto ajustava o coldre peitoral, pensou em pedir a ela uma descrição do matador que a tinha sequestrado. Mas não queria traumatizá-la... Não, pediria a Tohr para fazê-lo, porque o Irmão tinha mais tato para esse tipo de coisa. Quando fosse devolvida à sua família naquela noite, pediria a Tohr que conversasse com ela.

– Vou sair – disse Z., enquanto afivelava o coldre de couro das adagas sobre as costelas. – Quer que eu diga ao Fritz para lhe trazer uma refeição antes de você ir?

Como não houve resposta, espiou pelo batente da porta. Estava deitada de lado, olhando para ele.

Outra onda de instinto primitivo o invadiu.

Queria vê-la comer. Depois do sexo, depois de estar em seu interior, queria que comesse o alimento que lhe trazia, e queria que o comesse de sua mão. Que inferno, queria sair e matar algo para ela, trazer a carne, cozinhá-la ele mesmo e alimentá-la até que estivesse satisfeita. E, depois, deitar-se ao lado dela com uma adaga na mão, protegendo-a enquanto dormisse.

Voltou a desaparecer no closet. Cara, estava ficando louco. Louco de pedra.

– Direi a ele que lhe traga algo – disse Zsadist.

Testou o fio das duas adagas negras, experimentando-as no interior de seu antebraço, cortando a pele. Enquanto a dor reverberava em seu cérebro, olhou as marcas de perfuração que Bella deixara em seu pulso.

Sacudindo-se para se concentrar, colocou o coldre das pistolas ao redor dos quadris e acomodou suas duas SIG Sauers, uma de cada lado. As nove milímetros estavam carregadas e havia munição extra no cinturão. Enfiou uma faca de arremesso em uma fivela em suas costas, na cintura, e se certificou de levar algumas *hira shuriken**. Em seguida, calçou as botas de combate. Para encobrir o arsenal, vestiu um leve casaco impermeável.

Quando saiu do closet, Bella ainda o olhava da cama. Os olhos dela eram tão azuis. Azuis como safiras. Azuis como a noite. Azuis como...

– Zsadist?

Lutou contra o impulso de golpear a si mesmo.

– Sim?

– Minha aparência agora o desgosta? – como ele recuou, Bella cobriu o rosto com as mãos. – Não importa.

Enquanto se ocultava dele, Zsadist pensou na primeira vez em que a vira, quando ela o surpreendera no ginásio tantas semanas antes. Ficara assombrado com Bella, completamente embasbacado, e ainda causava esse mesmo efeito em seu cérebro. Era como se tivesse um interruptor do qual só ela tivesse o controle remoto.

Limpou a garganta.

– Está como sempre foi para mim.

Virou-se, mas ouviu um soluço. E outro. E mais outro.

Olhou por cima do ombro.

– Bella... pelo amor de Deus...

– Sinto muito – disse ela por trás das palmas. – S-sinto muito. Pode ir. Estou b-bem... desculpe, estou bem.

---

* Estrelas de arremesso. (N.T.)

Ao se aproximar e sentar-se na beirada da cama, ele desejou ter o dom das palavras.

– Não tem nada por que se desculpar.

– Invadi seu quarto, sua c-cama. Obriguei-o a dormir perto de mim. F-forcei-o a me dar sua veia. Sinto muito... mesmo – respirou fundo e tentou se controlar, mas, mesmo assim, seu desespero permaneceu, carregando o cheiro de terra molhada, das gotas de chuva sobre uma calçada quente. – Sei que deveria partir, sei que não me quer aqui, mas preciso apenas... Não posso voltar para a minha própria casa. O *redutor* me levou de lá, por isso não posso suportar a ideia de retornar. E não quero ficar com a minha família. Eles não entenderão o que se passa comigo agora e não tenho energia para explicar a eles. Só preciso de um pouco de tempo, preciso encontrar uma maneira de esquecer tudo isso, mas não posso ficar sozinha. Ainda que eu não queira ver ninguém exceto...

Como as palavras de Bella lhe faltaram, ele disse:

– Fique aqui o tempo que quiser.

Ela começou a soluçar outra vez. *Droga.* Não fora a coisa certa a dizer.

– Bella... eu... – o que deveria fazer?

Conforte-a, seu otário. Segure a mão dela, imbecil.

Não podia.

– Quer que eu me mude? Que lhe dê mais espaço?

Mais choro; em algum ponto ela murmurou:

– Preciso de você.

Deus, se escutara direito, tinha pena dela.

– Bella, pare de chorar. Pare de chorar e olhe para mim – finalmente, ela respirou fundo e enxugou o rosto. Quando teve certeza de que tinha sua atenção, ele disse: – Não se preocupe com coisa alguma. Ficará aqui o tempo que quiser. Está claro?

Ela apenas o encarou.

– Balance a cabeça para mim, para eu saber que você ouviu o que eu disse – quando ela fez o que ele pediu, Zsadist se levantou. – E eu sou a última coisa de que precisa. Então, deixe de lado essa besteira agora mesmo.

– Mas eu...

Dirigiu-se para a porta.

– Retornarei antes do alvorecer. Fritz sabe como me encontrar... hã... a todos nós.

Após deixá-la, Z. cruzou o corredor de estátuas, virou à esquerda e passou rapidamente diante do escritório de Wrath e pela escadaria principal. Três portas adiante, ele bateu. Não houve resposta. Voltou a bater.

Desceu, e encontrou o que procurava na cozinha.

Mary, a mulher de Rhage, descascava batatas. Muitas batatas. Para um batalhão. Seus olhos cinzentos se ergueram e sua faca parou a meio caminho. Olhou ao redor, imaginando que ele estivesse procurando outra pessoa. Ou, talvez, só esperasse não estar a sós com ele.

– Poderia deixar isso de lado um instante? – disse Z., indicando a pilha de batatas com o queixo.

– Hum, claro. Rhage pode comer outra coisa. Além disso, Fritz iria mesmo ter uma síncope por eu estar cozinhando. O que... ah, o que você deseja?

– Eu não. Bella. Ela pode estar precisando de uma amiga neste instante.

Mary baixou a faca e a batata meio descascada.

– Estou louca para vê-la.

– Está no meu quarto – Z. virou-se, já pensando quais becos do centro da cidade iria vasculhar.

– Zsadist?

Ele parou com a mão na porta.

– O quê?

– Está cuidando muito bem dela.

Ele pensou no sangue que permitira que engolisse. E na própria urgência em ter um orgasmo em seu corpo.

– Na verdade, não – disse-lhe por cima do ombro.

Às vezes, é preciso recomeçar do zero, pensou o Sr. O, enquanto corria pelo bosque.

Aproximadamente a trezentos metros de onde estacionara a caminhonete, havia uma clareira entre as árvores. Ele parou, ocultando-se atrás dos pinheiros.

Do outro lado do branco manto de neve erguia-se a casa grande de uma antiga fazenda, local onde avistara sua esposa pela primeira vez; e à mortiça luz do dia aquela casa parecia saída de uma ilustração de Norman Rockwell*, um postal Hallmark, um emblema do modo de viver tipicamente americano. A única coisa que faltava era um pouco de fumaça saindo da chaminé de tijolos vermelhos.

Puxou seus binóculos e explorou toda a área, concentrando-se, depois, na própria casa. Tantos rastros de pneus no caminho da entrada e pegadas em direção à porta o assaltaram com a preocupação de que o lugar houvesse trocado de mãos e que as coisas dela tivessem sido levadas. Mas ainda havia mobília lá dentro, móveis que reconheceu de quando havia estado ali com ela.

Deixou cair os binóculos, que se penduraram em seu pescoço, e agachou-se. Esperaria por ela ali. Se estivesse viva, passaria em casa ou quem quer que estivesse cuidando dela viria buscar suas coisas. Se estivesse morta, alguém começaria a removê-las de lá.

Pelo menos, esperava que algo assim acontecesse. Não tinha nada mais para continuar, sequer sabia seu nome ou o paradeiro de sua família. Além disso, não podia adivinhar onde mais poderia estar. Sua única opção seria capturar e interrogar os civis. Como nenhuma outra fêmea havia sido sequestrada recentemente, com certeza ela seria tema de conversação para a sua espécie. O problema era que esse caminho poderia levar semanas... meses. E a informação obtida com técnicas persuasivas nem sempre era confiável.

Não: observar a casa provavelmente lhe traria mais resultados. Iria sentar-se ali e esperar até conseguir uma pista que o conduzisse até ela.

---

* Pintor e ilustrador americano (1894-1978), muito popular por suas cenas do cotidiano de pequenas e típicas cidades dos EUA, consagrado pelas mais de 300 capas para a revista *The Saturday Evening Post*. (N.T.)

Talvez seu trabalho fosse até facilitado, se quem aparecesse por lá fosse o Irmão com as cicatrizes.

Isso seria simplesmente perfeito.

O Sr. O apoiou-se sobre os calcanhares, ignorando o vento gelado.

Deus... esperava que estivesse viva.

Capítulo 19

John manteve a cabeça baixa e tentou reunir suas forças. O vestiário estava repleto de vapor, vozes e de estalos de toalhas molhadas em traseiros nus. Os aprendizes se desfizeram de seus quimonos suados e tomavam banho antes do intervalo para comer, seguido da parte teórica da aula.

Era um lance normal entre rapazes, só que John não queria se despir ali. *Mesmo.* Mesmo que todos ali fossem do mesmo tamanho que ele, aquilo se assemelhava a tudo que sempre evitara no pesadelo chamado escola secundária até conseguir sair do sistema aos dezesseis anos. E, naquele exato momento, estava exausto demais para lidar com aquilo.

Supunha que fosse já por volta da meia-noite, mas se sentia como se fossem quatro da madrugada... do dia seguinte ao dia seguinte. O treinamento fora cruel para ele. Nenhum dos outros rapazes era forte, mas todos conseguiram repetir as séries que Phury e, depois, Tohr introduziram. Droga, uns poucos até tinham talento para a coisa. John fora um desastre. Seus pés eram lentos, suas mãos estavam sempre no lugar errado na hora errada, e não tinha coordenação motora. Cara, não importava quanto tentasse, não conseguia encontrar o equilíbrio. Seu corpo era como um saco cheio d'água em movimento; quando se movia em uma direção, o resto todo vinha junto.

– Melhor se apressar – disse Blaylock. – Só temos mais oito minutos.

John olhou a porta dos chuveiros. Os jatos d'água ainda jorravam, mas não via ninguém ali. Tirou o quimono, o protetor genital e caminhou rapidamente para...

Droga. Lash estava parado no canto. Como se estivesse esperando por ele.

– E aí, fera – o cara arrastou as palavras. – Realmente nos ensinou uma coisa ou duas sobre...

Lash parou de falar e fixou o olhar no peito de John.

– Seu puxa-saco – disse bruscamente. E saiu furioso do chuveiro.

John olhou para a marca circular em cima de seu peitoral esquerdo, com a qual nascera... a mesma que Tohr lhe havia dito que os membros da Irmandade recebiam em sua iniciação.

Que beleza. Agora poderia acrescentar aquela marca de nascença à crescente lista de coisas que não queria que fossem comentadas por seus colegas.

Quando saiu do chuveiro com a toalha ao redor da cintura, todos os rapazes, inclusive Blaylock, estavam parados em bloco. Enquanto o inspecionavam como uma sólida e silenciosa unidade, perguntou-se se os vampiros tinham instintos de bando, como lobos ou os cães.

Como continuavam a encará-lo, ele pensou, *Hum, sim. Aquilo, definitivamente, era um sim à sua pergunta.*

John baixou a cabeça e foi até o seu armário, desesperado para que o dia acabasse.

Por volta das três da madrugada, Phury desceu rapidamente pela Tenth Street até o ZeroSum. Butch o aguardava do lado de fora da entrada de vidro e metal cromado do clube, à vontade, apesar do frio. Abrigado em seu casacão de casimira e com o gorro dos Red Sox enterrado na cabeça, estava bem. Anônimo, mas bem.

– Como estão as coisas? – perguntou Butch, enquanto se cumprimentavam batendo as palmas das mãos.

– A noite está fraca, no quesito *redutores*. Ninguém encontrou coisa alguma. Ei, cara, obrigado pela companhia, estou precisando.

– Sem problema – Butch enterrou o gorro dos Sox ainda mais. Assim como os Irmãos, procurava não chamar atenção. Quando era detetive da Divisão de Homicídios, ajudou a meter na cadeia um monte de traficantes; por isso, era melhor passar despercebido.

Dentro do clube, a música techno era enervante. Assim como as luzes piscantes e todos aqueles humanos. Mas Phury tinha suas razões para estar ali, e Butch estava sendo educado. De certo modo.

– Esse lugar é muito cheio de frescura – disse o policial, olhando um cara trajando um terninho rosa-choque e maquiagem combinando. – Sou muito mais chegado a bares de caipiras grosseiros e cerveja de fundo de quintal do que raves, techno e toda essa palhaçada movida a *ecstasy*.

Quando chegaram à seção VIP, a corda de cetim foi baixada imediatamente para deixá-los passar.

Phury cumprimentou o leão de chácara e depois olhou para Butch.

– Não demoro.

– Já sabe onde me encontrar.

Enquanto o tira ia para a mesa, Phury foi até os fundos da área reservada, parando diante dos dois seguranças que vigiavam a porta privativa do Reverendo.

– Direi a ele que você está aqui – disse o da esquerda.

Uma fração de segundo mais tarde, permitiram a entrada de Phury. O escritório era uma caverna, fracamente iluminada e com o teto baixo, e o vampiro atrás da mesa dominava o espaço, especialmente depois que se levantou.

O Reverendo media uns dois metros, e a estreita crista do corte moicano que usava assentava-lhe tão bem quanto o caro terno Italiano. Sua cara era cruel e inteligente, enquadrando-o legitimamente no seu perigoso ramo. Seus olhos, entretanto... seus olhos não se encaixavam. Eram curiosamente belos, cor de ametista, um púrpura tão profundo que resplandecia.

– De volta tão cedo? – disse o macho, com a voz grave, profunda, mais dura do que de costume.

Pegue a parada e caia fora daqui, pensou Phury.

Sacou seu maço de notas e puxou três de mil dólares. Depositou-as em formato de leque sobre a mesa cromada.

– O dobro do de costume.

O Reverendo sorriu friamente e virou a cabeça para a esquerda.

– Rally, dê ao macho o que ele precisa.– um capanga saiu da escuridão e desapareceu atrás da porta de correr do canto mais afastado do aposento.

Quando estavam sozinhos, o Reverendo contornou a mesa lentamente, movendo-se como se tivesse lubrificante nas veias, com uma sinuosa robustez. Quando deu a volta, aproximou-se o suficiente para que Phury deslizasse a mão para dentro do casaco e encontrasse uma de suas armas.

– Tem certeza de que não está interessado em algo um pouco mais forte? – disse o Reverendo. – Essa fumaça vermelha é para principiantes.

– Se quisesse outra coisa, pediria.

O vampiro parou ao seu lado. Perto demais.

Phury franziu a testa.

– Algum problema?

– Tem um bonito cabelo, sabe? É como o das fêmeas. Todas essas cores diferentes – a voz do Reverendo era estranhamente hipnótica, seus olhos de ametista revelando pura malícia. – Por falar em fêmeas, ouvi dizer que não se aproveita do que oferecem minhas damas. Isso é verdade?

– O que tem com isso?

– Só quero ter certeza de que suas necessidades estão cobertas. A satisfação do cliente é terrivelmente importante – o macho se aproximou ainda mais, indicando com a cabeça o braço de Phury, o que estava oculto pelo casaco. – Sua mão está no punho da pistola, não? Tem medo de mim?

– Só quero me garantir de que posso cuidar de você.

– Oh, verdade?

– Sim. No caso de você precisar de uma ressuscitação Glock-a-boca.

O Reverendo abriu um amplo sorriso, e suas presas cintilaram.

– Sabe, ouvi um boato... sobre um membro da Irmandade que é celibatário. Pois é, imagine, um guerreiro que se abstém. E também ouvi outras coisas sobre esse macho. Falta-lhe uma perna. Tem como irmão gêmeo um sociopata desfigurado. Por acaso não conhece esse Irmão?

Phury meneou a cabeça.

– Não.

– Hum. Que engraçado... já vi você por aí com um sujeito que parece usar uma máscara de Halloween. Na verdade, já o vi na companhia de uns caras grandões que batem exatamente com as descrições que ouvi. Você não acha...

– Quer fazer o favor de me dar logo o meu bagulho? Esperarei lá fora – Phury virou-se para ir embora. Para começo de conversa, estava de mau humor: frustrado por não ter encontrado um *redutor* sequer para lutar, ferido por Bella tê-lo rejeitado. Arrumar uma confusão agora era só o que faltava. Estava no limite.

– Você é celibatário porque gosta de machos?

Phury o olhou enfurecido por cima do ombro.

– Qual é a sua esta noite? Sempre é estranho, mas hoje está sendo um perfeito babaca.

– Sabe, talvez você só precise de sexo. Não trabalho com machos, mas tenho certeza de que poderíamos encontrar alguém para você.

Pela segunda vez, em vinte e quatro horas, Phury perdeu as estribeiras. Avançou através do escritório, agarrou o Reverendo pelas lapelas de seu Gucci, e o prensou na parede.

Phury inclinou-se contra o peito do sujeito.

– Por que está procurando briga comigo?

– Vai me beijar antes do sexo? – murmurou o Reverendo, ainda jogando. – Acredito que é o mínimo que pode fazer, considerando que só nos conhecemos profissionalmente. Ou não curte preliminares?

– Vá se danar.

– Que resposta original... Esperava algo um pouco mais interessante de você.

– Certo. Que tal isso?

Phury sapecou um beijo no macho, nada remotamente sexual: foi antes um soco entre rostos. E o fez apenas para apagar aquela expressão na cara do filho da mãe. Funcionou. O Reverendo ficou rígido e grunhiu, e Phury soube que cortara o blefe do sujeito. Mas, só para se certificar de que o cara tinha aprendido a lição, rasgou o lábio inferior do macho com uma presa.

No instante em que o sangue atingiu sua língua, Phury recuou, boquiaberto. Apesar do choque, disse:

– Bem, quem diria: um devorador de pecados.

Ao ouvir isso, o Reverendo deixou de lado toda provocação, tornando-se muito sério. Em silêncio, parecia estar considerando negativas plausíveis.

Phury sacudiu a cabeça.

– Nem tente. Senti pelo gosto.

Os olhos de ametista se estreitaram.

– O termo politicamente correto é *sympatho*.

As mãos de Phury apertaram o macho por reflexo. *Santo Deus.* Um *sympatho*. Aqui, em Caldwell, e vivendo entre a nossa raça. Tentando se fazer passar por um civil.

Cara, aquilo era informação crucial. A última coisa que Wrath precisava era de outra guerra civil entre raças.

– Só lhe digo uma coisa – disse o Reverendo sem se exaltar: – se me delatar, perderá seu fornecedor. Pense nisso. Onde conseguirá o que precisa se eu estiver fora de circulação?

Phury olhou no fundo daqueles olhos de ametista, ainda refletindo sobre as implicações da descoberta. Iria contar aos Irmãos assim que chegasse em casa, e iria vigiar o Reverendo de perto. Quanto a dedurá-lo... A discriminação que os *sympathos* haviam sofrido ao longo da história sempre lhe parecera injusta... desde que não usassem seus truques. E o Reverendo vinha dirigindo o clube noturno nos últimos cinco anos sem problemas relacionados ao comportamento *sympatho*.

– Vamos fazer um pequeno trato – disse Phury, encarando energicamente aquele olhar violeta. Eu me calo e você fica na sua, discreto. E trate de não me tirar do sério outra vez. Não permitirei que você se alimente de minhas emoções, que era o que estava fazendo agora há pouco, não? Quis provocar minha ira porque estava faminto desse sentimento.

No momento em que o Reverendo ia abrindo a boca, a porta do escritório se abriu. Uma vampira foi entrando sem ser anunciada, e parou diante do que era uma cena e tanto: dois machos com os corpos colados, o lábio do Reverendo sangrando, sangue na boca de Phury.

– Dê o fora daqui, caramba! – rosnou o Reverendo.

A fêmea se retirou tão rápido que tropeçou e bateu com o cotovelo no batente da porta.

– Então, temos um trato? – disse Phury quando ela saiu.

– Se você admitir que é um Irmão.

– Não sou.

Os olhos do Reverendo faiscaram.

– Para sua informação: não acredito em você.

De repente, Phury se deu conta de que não fora por acaso que o tema "Irmandade" havia sido levantado naquela noite. Inclinou-se sobre o macho, pressionando-o duramente.

– Só uma pergunta: o que aconteceria se sua identidade fosse revelada?

– Nós... – o Reverendo tentou tomar fôlego – temos um trato.

Butch ergueu a vista quando a mulher que enviara para saber de Phury retornou. Normalmente, a aquisição da droga era jogo rápido, mas, daquela vez, já estava levando uns bons vinte minutos.

– Meu amigo ainda estava lá? – perguntou Butch, reparando distraidamente que ela esfregava o cotovelo como se doesse.

– Oh, se estava! – ao sorrir para ele de boca fechada, Butch percebeu, de repente, que era uma vampira. Aquela coisa de sorrir sem mostrar os dentes era o que todos eles faziam quando estavam entre humanos.

Com aqueles longos cabelos louros e couro negro sobre os seios e quadris, não era de se jogar fora, avaliou ele. Quando a fêmea sentou-se ao lado dele, aspirou seu perfume e pensou vagamente em sexo pela primeira vez em... bem, desde que conhecera Marissa, no verão.

Tomou um longo gole, esvaziando o uísque de seu copo. Então, percorreu com os olhos os seios da fêmea. Sim, o sexo estava em sua mente, entretanto, mais como um reflexo físico do que qualquer outra coisa. O interesse não era como o que sentira por Marissa. Na ocasião, a necessidade havia sido... devoradora. Reverente. Importante.

A fêmea ao seu lado olhou-o como se soubesse a direção de seus pensamentos.

– Seu amigo ainda pode se demorar por lá.

– Ah, é?

– Eles só estavam começando.

– A compra?

– O sexo.

Butch levantou a cabeça rapidamente e olhou-a atento.

– Como disse?

– Ops...! – franziu a testa. – Vocês dois têm um caso ou algo assim?

– Não, não estamos juntos – disse ele bruscamente. – Do que diabos está falando?

– Tudo bem, realmente não pensei que você fosse assim. Você se veste bem e tal, mas não passa esse tipo de vibração.

– E meu amigo também não curte homens.

– Tem certeza disso?

Pensou sobre o celibato e começou a se perguntar.

Tanto faz. Precisava de outra bebida; não de se intrometer na vida de Phury. Erguendo o braço, fez um sinal à garçonete, que se aproximou apressadamente.

– Outro scotch duplo – disse. Por educação, virou-se para a fêmea ao seu lado. – Quer alguma coisa?

A mão dela aterrissou em sua coxa.

– Na verdade, sim. Mas ela não pode me dar o que quero.

Quando a garçonete se retirou, Butch se reclinou no assento, espreguiçando ambos os braços, abrindo-se. A fêmea tomou a atitude como um convite, inclinando-se para ele, deslizando a mão para baixo. O corpo dele estremeceu, o primeiro sinal de vida em meses, e ocorreu-lhe o pensamento fugaz de que talvez pudesse tirar Marissa da cabeça com um pouco de sexo.

Enquanto a fêmea o acariciava através das calças, observou-a com interesse clínico. Sabia aonde aquilo iria levar. Acabaria traçando-a em um dos banheiros dali. Talvez a coisa toda levasse uns dez minutos, se tanto. Ele a faria gozar, depois seria a vez dele, e trataria de se afastar dela.

Deus, ao longo da vida, dera centenas dessas rapidinhas. Não passavam de masturbação disfarçada de sexo. Nada demais.

Pensou em Marissa... e sentiu seus dutos lacrimais arderem.

A fêmea ao seu lado se aproximou de maneira que seus seios comprimiram-se contra o braço de Butch.

– Vamos lá pros fundos, gostoso.

Pôs a mão sobre a dela, que estava em sua virilha, e ela ronronou no seu ouvido. Pelo menos, até ele removê-la de lá.

– Sinto muito. Não posso.

A fêmea se afastou e olhou-o como se ele a tivesse feito de boba. Butch a encarou.

Não estava preparado para dizer que nunca mais voltaria a fazer sexo. E com toda certeza não conseguia entender por que Marissa mexera tanto com ele. Tudo que sabia era que o velho padrão de "pegar" mulheres casualmente já não funcionava para ele. Pelo menos, não naquela noite.

De repente, a voz de Phury cortou o som ambiente do clube.

– E aí, tira? Quer ficar ou ir embora?

Butch ergueu a vista. Houve uma leve pausa enquanto especulava a respeito do amigo.

Os olhos amarelos do Irmão se estreitaram.

– O que aconteceu, tira?

– Estou pronto para ir – disse Butch, aliviando o embaraçoso momento.

Enquanto ele se levantava da mesa, Phury olhou feio para a loura. Um autêntico aviso de fique-de-bico-calado.

Uau, pensou Butch, enquanto se dirigiam à saída. Então, Phury realmente era gay.

Capítulo 20

Bella despertou horas mais tarde com um leve ruído. Olhou para uma janela e observou a veneziana de aço baixar. O alvorecer já devia estar próximo.

A ansiedade formigava em seu peito, e ela olhou para a porta. Desejava que Zsadist entrasse por ali, desejava cravar os olhos nele e certificar-se de que estava inteiro. Mesmo que ao sair aparentasse ter voltado ao normal, ela exigira muito dele.

Virou-se para deitar de costas e pensou em Mary aparecendo para uma visita. Como Zsadist soube que ela precisava de uma amiga? E Deus, só o fato de ele ter ido procurar Mary e...

A porta foi escancarada sem aviso.

Bella sentou-se rapidamente, puxando as cobertas até o pescoço. Ao divisar a silhueta de Zsadist, sentiu-se profundamente aliviada.

– Sou eu – disse ele bruscamente. Trazia uma bandeja e havia algo em seu ombro. Uma sacola esportiva. – Você se importa se eu acender as velas?

– Oi... – *estou tão feliz que esteja de volta são e salvo.* – Nem um pouco.

Com a força da mente, acendeu várias ao mesmo tempo, e ela piscou pelo repentino esplendor.

– Trouxe-lhe algumas coisas de sua casa – depositou a bandeja de comida na mesinha de cabeceira e abriu a sacola. – Peguei algumas roupas e um casaco. O frasco de xampu que estava no chuveiro. Uma escova. Sapatos. Meias, para manter seus pés aquecidos. O seu diário, também... não se preocupe, não o li nem nada.

– Eu me surpreenderia se o fizesse. Você é confiável demais para isso.

– Não, sou analfabeto.

Os olhos dela se arregalaram.

– De qualquer forma... – sua voz era tão dura quanto a linha de seu queixo –, imaginei que gostaria de ter algumas de suas coisas por perto.

Enquanto colocava a sacola ao lado dela na cama, Bella acompanhou-o fixamente com o olhar até que, não podendo mais se controlar, estendeu a mão para segurar a dele. Como Zsadist estremeceu e recuou, ficou vermelha e olhou o que ele havia lhe trazido.

Deus... estava nervosa por ver suas coisas. Especialmente o diário.

Só que acabou sendo reconfortante tirar da sacola o seu suéter vermelho favorito, levá-lo ao nariz e captar um vestígio da fragrância que sempre usava. E... claro, a escova, *sua* escova, como gostava: cabeça larga e quadrada e cerdas metálicas. Pegou o frasco de xampu, abriu e cheirou. *Ahhhh...* Biolage. Nada parecido com o perfume do que o *redutor* a tinha feito usar.

– Obrigada – disse ela com voz trêmula ao tirar o diário da sacola. – Muito obrigada.

Acariciou a capa de couro de seu diário. Não queria abri-lo. Não agora. Mas em breve...

Ergueu a vista para Zsadist.

– Você poderia... você poderia me levar à minha casa?

– Sim. Posso.

– Tenho medo de ir lá, mas acho que deveria.

– É só me dizer quando.

Reunindo coragem, subitamente querendo riscar da lista um dos assuntos pendentes, disse:

– Quando anoitecer. Quero ir lá esta noite.

– Certo, iremos – apontou a bandeja. – Agora, coma.

Ignorando a comida, observou-o entrar no closet e desarmar-se. Era cuidadoso com as armas, checando-as com atenção, e Bella se perguntou por onde ele teria estado... o que tinha feito. Embora as mãos dele estivessem limpas, os antebraços estavam manchados com sangue negro.

Havia matado naquela noite.

Supôs que deveria se regozijar por um *redutor* ter sido liquidado. Mas enquanto Zsadist entrava no banheiro com uma muda de calça nos braços, estava muito mais interessada no bem-estar dele.

E também... no corpo dele. Ele se movia como um animal, no melhor sentido da palavra: todo força latente e elegância no andar. O desejo sexual que lhe despertara na primeira vez em que o viu assaltou-a de novo. Ela o queria.

Quando a porta do banheiro se fechou e ouviu o som do chuveiro, esfregou os olhos e pensou que devia estar louca. O macho se afastara pela simples menção de um toque dela. Acaso poderia esperar realmente que ele quisesse se deitar com ela?

Enojada dela própria, olhou para a comida. Frango com ervas, batatas assadas e abobrinha. Havia um copo de água e outro de vinho branco, duas lustrosas maçãs verdes e uma fatia de bolo de cenoura. Pegou o garfo e revolveu o frango sem muita vontade. Queria comer o que havia no prato só porque ele tinha sido tão atencioso em trazê-lo.

Quando Zsadist saiu do banheiro trajando apenas as calças de náilon, congelou e não foi capaz de desviar o olhar. As argolas do mamilo refletiam a luz das velas, assim como os duros músculos do abdômen e braços. Além da marca da Irmandade, o peito nu tinha um recente e lívido arranhão que o atravessava e um machucado.

– Está ferido?

Ele se aproximou e avaliou o prato:

– Não comeu muito.

Bella não respondeu, pois seus olhos foram capturados pela curvatura dos ossos do quadril que se destacavam da cintura baixa das calças. Deus... uns centímetros mais para baixo e ela poderia ver tudo.

Súbito, lembrou-se dele esfregando-se rudemente porque pensava que era imundo. Engoliu em seco, perguntando-se o que lhe teriam feito, sexualmente. Desejá-lo como ela o fazia parecia... impróprio. Invasivo. Não que isso mudasse a maneira como se sentia.

– Não estou com muita fome – murmurou.

Zsadist empurrou a bandeja para perto dela.

– Coma assim mesmo.

Quando recomeçou a lutar com o frango, ele pegou as duas maçãs e atravessou o quarto. Mordeu uma delas, sentou-se no chão com as pernas cruzadas e os olhos baixos. Pousou um braço sobre a barriga enquanto mastigava.

– Você jantou lá embaixo? – perguntou ela.

Meneou a cabeça e mordeu outro naco da maçã, e o ruído ecoou pelo quarto.

– Só vai comer isso? – quando ele encolheu os ombros, Bella resmungou. – E, no entanto, diz para eu comer?

– Isso mesmo. Então, por que você não continua a fazê-lo, fêmea?

– Você não gosta de frango?

– Eu não gosto de comida – os olhos nunca abandonavam o chão, mas sua voz se tornou mais penetrante. – Agora, coma.

– Por que você não gosta de comida?

– Não posso confiar nela – disse entre dentes. – Quando não a preparo, ou, pelo menos, não acompanho todo o processo de feitura, não tenho como saber o que há nela.

– Por que acha que alguém pode alterar...

– Já comentei que não gosto de falar?

– Dormirá ao meu lado esta noite? – perguntou-lhe apressadamente, imaginando que seria melhor obter a resposta antes que ele se calasse completamente.

As sobrancelhas dele se arquearam brevemente.

– Faz questão?

– Sim.

– Então, sim. Dormirei.

Enquanto ele terminava as duas maçãs e Bella limpava o prato, o silêncio não foi exatamente fácil, mas, também, não foi constrangedor. Depois de acabar de comer o bolo de cenoura, foi até o banheiro e escovou os dentes. Quando voltou, ele mordiscava o talo da última maçã com as presas, recolhendo os pedacinhos que ainda restavam.

Não podia imaginar como ele tinha forças para lutar se alimentando tão mal. Tinha de comer mais.

Sentiu que deveria dizer algo, mas, em vez disso, meteu-se na cama, cobriu-se e esperou por ele. Enquanto os minutos passavam, e tudo o que ele fazia era roer cirurgicamente a maçã, Bella não pôde suportar a tensão.

Basta, pensou. Realmente deveria ir para outro lugar da casa. Usava-o como uma muleta, e isso não era justo.

Afastou as cobertas no exato instante em que ele se levantava do chão. Como começou a caminhar em direção à cama, ela ficou paralisada. Ele depositou os restos das maçãs no prato, pegou o guardanapo que ela tinha usado e enxugou as mãos nele. Depois, apanhou a bandeja e tirou-a do quarto, deixando-a no corredor, ao lado da porta.

Ao retornar, foi até o outro lado da cama, e o colchão afundou quando se esticou em cima do edredom. Cruzando os braços sobre o peito e os tornozelos, fechou os olhos.

Uma por uma, as velas foram se apagando pelo quarto. Quando restou apenas um pavio ardente, ele disse:

– Deixarei essa acesa para que possa enxergar.

Olhou-o.

– Zsadist?

– Sim?

– Quando eu estava... – limpou a garganta. – Quando eu estava naquele buraco no chão, pensava em você. Desejei que fosse procurar por mim. Sabia que me tiraria dali.

As sobrancelhas dele baixaram, ainda que as pálpebras estivessem fechadas.

– Eu também pensei em você.

– Foi? – o queixo dele subiu e desceu, confirmando; e, mesmo assim, ela ainda disse:

– É verdade?

– Sim. Houve dias... em que você era tudo no que eu podia pensar.

Bella sentiu os olhos arregalarem. Virou-se para ele e apoiou a cabeça em um braço.

– Sério? – como não obteve resposta, pressionou-o. – Por quê?

Seu grande peito se expandiu num suspiro.

– Queria resgatá-la. Só isso.

Oh... estava apenas cumprindo com seu serviço.

Bella deixou cair o braço e virou-lhe as costas.

– Bem... obrigada por ir atrás de mim.

Em silêncio, observou a vela queimar na mesinha de cabeceira. A chama em forma de lágrima ondulava, tão bonita, tão graciosa...

A voz de Zsadist soou tranquila:

– Odiava a ideia de que estivesse sozinha e assustada. Que alguém a tivesse machucado. Não conseguia... esquecer.

Bella ficou sem fôlego e olhou por cima do ombro.

– Não dormi nessas seis semanas – ele murmurou. – Tudo que podia ver quando fechava os olhos era você, pedindo ajuda.

Deus, embora sua expressão fosse dura, a voz dele era tão suave e bonita como a chama da vela.

Virou a cabeça para ela e abriu os olhos. Seu olhar escuro estava cheio de emoção.

– Não sei como pôde sobreviver tanto tempo. Estava certo de que havia morrido. Mas, então, encontramos o lugar e tirei você daquele buraco. Mas quando vi o que lhe tinham feito...

Bella lentamente se virou, sem querer assustá-lo, para que não parasse de falar.

– Não me lembro de nada.

– Que bom, é melhor assim.

– Algum dia... precisarei saber. Você me contará?

Ele fechou os olhos.

– Se realmente quiser os detalhes.

Ficaram em silêncio algum tempo, e, então, ele se virou para ela, deitando-se de lado.

– Odeio lhe perguntar isso, mas, como ele era? Pode recordar algo específico sobre ele?

Muitas coisas, pensou. *Coisas demais.*

– Ele, ah, pintava o cabelo de castanho.

– O quê?

– Quero dizer, tenho quase certeza de que o fazia. A cada semana, mais ou menos, ele entrava no banheiro e dava para sentir o cheiro de produtos químicos. E tinha raízes claras. Uma pequena linha branca próxima do couro cabeludo.

– Mas achava que, para eles, empalidecer era bom porque significava que pertenciam à Sociedade há mais tempo.

– Não sei. Acredito que tinha... ou tem... uma posição de poder. Pelo que podia escutar do buraco, os outros *redutores* eram cuidadosos quando estavam na presença dele. E o chamavam de Sr. O.

– Algo mais?

Tremendo, retornou ao pesadelo.

– Ele me amava.

Um grunhido saiu de Zsadist, grave e áspero. Ela gostou do som. Fez sentir-se protegida. Deu-lhe forças para continuar falando.

– O *redutor*, ele me disse... disse que me amava, e era verdade. Estava obcecado por mim – exalou lentamente, tentando desacelerar os batimentos cardíacos. – A princípio, estava aterrorizada, mas, depois, utilizei seus sentimentos contra ele. Queria lhe fazer mal.

– Fez isso?

– Às vezes, sim. Eu o fiz... chorar.

Zsadist assumiu uma estranhíssima expressão. Como se estivesse... com ciúmes.

– Como se sentiu?

– Não quero dizê-lo.

– Porque foi bom?

– Não quero que pense que sou cruel.

– Crueldade é diferente de retaliação.

Ela supôs que, no mundo de um guerreiro, isso fosse verdade.

– Não tenho certeza se concordo com isso.

Os escuros olhos de Zsadist se estreitaram.

– Há alguns que querem *vingá-la*. Sabe disso, não?

Imaginou-o saindo à noite para caçar o *redutor*, e não pôde suportar a ideia de que poderia sair ferido. Então, imaginou o próprio irmão, tão furioso e orgulhoso, disposto também a liquidar o assassino.

– Não... não quero que façam isso. Nem você, Rehvenge, ou qualquer outro.

Uma corrente fria atravessou o quarto, como se tivessem aberto uma janela, de repente. Olhou em volta e percebeu que a onda fria emanava do corpo de Zsadist.

– Você tem um companheiro? – perguntou ele abruptamente.

– Por que você... Oh, não, Rehvenge é meu irmão. Não meu companheiro.

Aqueles enormes ombros relaxaram. Mas, depois, ele franziu a testa.

– Teve algum?

– Um companheiro? Por um tempo, sim. Mas as coisas não deram certo.

– Por quê?

– Por causa de meu irmão – fez uma pausa. – De fato, isso não é verdade. Mas quando o macho não pôde fazer frente a Rehv, perdi o respeito por ele. Então... o cara contou detalhes de nossa relação para a *glymera* e as coisas... se complicaram.

Na verdade, ficaram horríveis. A reputação do macho permaneceu intacta, é obvio, ao passo que a dela se esmigalhou. Talvez, por isso, sentia-se tão atraída por Zsadist. Não se importava com o que pensassem dele. Não havia subterfúgios, nem boas maneiras para esconder seus pensamentos e instintos. Era honesto, e essa franqueza, embora servisse para revelar sua cólera, fazia sentir-se segura para confiar nele.

– Vocês foram... – a voz dele se perdeu.

– Fomos o quê?

– Amantes? – em um áspero acesso, Zsadist praguejou. – Não importa, não é da minha...

– Ah, sim, fomos, Rehv nos descobriu, e foi aí que começaram os problemas. Sabe como é a aristocracia. Uma mulher que se deita com alguém que não é seu par legítimo? Fica marcada pelo resto da vida. Sempre desejei ter nascido civil. Mas, não se pode escolher sua ascendência, não é?

– Amava o macho?

– Pensava que sim. Mas... não – pensou na caveira ao lado do catre de Zsadist. – Já foi apaixonado por alguém?

O canto de sua boca se ergueu com escárnio.

– O que você acha?

Quando ela recuou, ele fechou os olhos.

– Sinto muito. Quero dizer, não. Isso foi um "não".

Então, por que conservava aquele crânio? De quem era? Estava a ponto de perguntar quando ele cortou a pergunta.

– Seu irmão pensa em ir atrás do *redutor*?

– Sem dúvida. Rehvenge é... Bem, ele é o chefe de família desde que meu pai morreu quando eu era muito jovem, e Rehv é muito agressivo. Extremamente agressivo.

– Bem, então, diga-lhe que não mova uma palha. Eu irei *vingá-la*.

Os olhos dela o fulminaram:

– Não!

– Sim.

– Mas não quero que você faça isso – não poderia viver consigo mesma se ele morresse no processo.

– E não posso evitar – fechou os olhos com força. – Meu Deus... sequer consigo respirar sabendo que esse filho da mãe está solto por aí. Ele tem de morrer.

Sentiu o peito confrangido por medo, gratidão e alguma coisa cálida. Num impulso, inclinou-se e beijou-o nos lábios.

Ele saltou para trás com um silvo, com os olhos mais arregalados do que se houvesse sido esbofeteado.

Oh, que inferno, por que ela tinha feito aquilo?

– Sinto muito. Sinto muito, eu...

– Não, tudo bem. Está tudo bem entre nós – deitou-se de costas e levou a mão à boca. Esfregou os lábios com os dedos como se estivesse se limpando dela.

Como ela suspirou profunda e ostensivamente, ele disse:

– O que foi?

– Sou tão desagradável assim?

Ele deixou cair o braço.

– Não.

Que mentira.

– Posso pegar uma esponja úmida para você se lavar, você quer?

Quando ia sair em disparada da cama, uma mão a segurou pelo braço.

– Foi o meu primeiro beijo, ok? Só que eu não esperava.

Bella ficou sem fôlego. Como isso era possível?

– Oh, pelo amor de Deus, não me olhe assim – largou-a e voltou a olhar para o teto.

Seu primeiro beijo...

– Zsadist?

– O quê?

– Você me deixaria fazer isso de novo?

Houve uma pausa muito longa. Aproximou-se dele lentamente, por entre as cobertas.

– Não o tocarei em nenhuma outra parte. Só meus lábios. Sobre os seus.

Vire a cabeça, desejava febrilmente. *Vire a cabeça e olhe para mim.*

Então, ele o fez.

Ela não esperou um convite formal ou que ele mudasse de ideia. Pressionou os lábios contra os dele ligeiramente, e, então, roçou-lhe a boca com a sua. Como ele permaneceu parado, aplicou-se mais e, desta vez, sugou-a. Sorveu a respiração dele.

– Zsadist?

– Sim – ele sussurrou.

– Relaxe a boca para mim.

Com cuidado para não oprimi-lo, apoiou-se nos antebraços e se aproximou novamente. Os lábios dele eram surpreendentemente macios, a não ser na região da cicatriz no lábio superior. Para deixar bem claro que não se importava com aquela imperfeição, deliberadamente demorou-se nesse ponto, voltando ali outras vezes.

E, então, aconteceu: ele correspondeu ao beijo. Foi só um leve movimento da boca, mas ela o sentiu nas entranhas. Quando ele repetiu o gesto, elogiou-o gemendo um pouquinho e deixando-o no comando.

Deus, era tão cauteloso, passeando por sua boca com o mais sutil dos toques. Beijava-a com doçura e cuidado, com gosto de macho e maçã. E o contato entre eles, embora suave e lento, foi suficiente para excitá-la violentamente.

Quando ela colocou a pontinha da língua para fora e o lambeu, ele afastou-se bruscamente.

– Não sei o que estou fazendo aqui.

– Sabe sim – inclinou-se para manter o contato. – Sabe mesmo.

– Mas...

Calou-o com a boca, e não demorou muito para que ele voltasse ao jogo. Desta vez, quando a língua de Bella o acariciou, ele entreabriu os lábios, e sua própria língua encontrou a dela, hábil e quente. Um giro lento teve início... e, então, estava no interior da boca de Bella, pressionando, procurando.

Ela podia sentir-lhe a agitação sexual, o calor e a urgência que cresciam naquele corpanzil. Estava louca para que ele a puxasse para si. Como não o fazia, afastou-se um pouco e olhou para ele. Tinha as faces em fogo e os olhos brilhavam intensamente. Estava faminto por ela, mas não fez movimento algum para aproximá-la. Nem iria fazer.

– Quero tocá-lo – disse ela.

Mas, quando ergueu a mão, ele se retesou e agarrou-lhe fortemente o pulso. Transpirava medo; podia senti-lo percorrendo-lhe o corpo, tencionando-o. Esperou que ele recuperasse o autodomínio, sem pressioná-lo.

A mão que agarrava seu pulso lentamente se afrouxou.

– Apenas... vá devagar.

– Prometo.

Começou pelo braço, percorrendo de cima a baixo com as pontas dos dedos aquela pele macia e sem pelos. Ele seguia o movimento com os olhos, desconfiado, mas ela não se ofendeu; os músculos dele se contraíam nervosamente, estremecendo por onde ela passava. Acariciou-o lentamente, deixando que se acostumasse com seu toque, e quando teve certeza de que ele já estava à vontade, inclinou-se e pousou os lábios em seu bíceps. Em seu ombro. Clavícula. Parte superior dos peitorais.

Dirigiu-se para o mamilo perfurado.

Quando estava próxima da argola de prata com a pequena esfera, ergueu a vista. Os olhos dele estavam tão arregalados que dava para ver todo o branco ao redor da íris.

– Quero beijá-lo aqui – disse ela. – Posso?

Assentiu com a cabeça e lambeu os lábios.

No momento em que a boca de Bella fez contato, o corpo dele estremeceu como se o estivessem sacudindo pelos braços e pernas ao mesmo tempo. Ela não parou. Sugou o *piercing* e revirou a língua ao seu redor.

Zsadist gemeu, o som grave retumbando em seu peito; então, inspirou com um chiado. Sua cabeça desabou no travesseiro, mas ele manteve um ângulo que lhe permitisse observá-la.

Quando tremelicou a argola de prata e puxou-a suavemente, o corpo dele arqueou-se, uma perna pendurada para fora da cama, o quadril afundando-se no colchão. Sugou-lhe o mamilo e brincou ali uma e outra vez até que o edredom embolou nos punhos fechados de Zsadist.

– Oh... *droga*, Bella... – respirava num ritmo duro, cru, irradiando calor. – O que está fazendo comigo?

– Quer que eu pare?

– Ou isso ou faça mais forte.

– Que tal um pouquinho mais?

– Ok... um pouco mais.

Provocou-o com a boca, brincando com a argola, enlouquecendo-o até que os quadris dele começaram a balançar.

Quando ela olhou para o corpo dele, perdeu o ritmo. Sua ereção era tão maciça que erguia o fino náilon de suas calças, e ela pôde ver tudo: a cabeça intumescida e sua graciosa borda, o grosso tronco, os pesos gêmeos embaixo.

Meu deus. Ele era... enorme.

Estava completamente úmida entre as coxas e desviou os olhos dali para encontrar os dele. Ainda estavam arregalados e sua boca, escancarada; sobressalto, assombro e desejo guerreavam em seu rosto.

Estendeu a mão e meteu o polegar entre os lábios dele.

– Chupe-me.

Ele o fez, sugando forte, olhando-a enquanto ela prosseguia. Um frenesi se apoderava dele; Bella podia senti-lo. A luxúria crescia nele, convertendo-o em um barril de pólvora, e santo Deus, ela o desejava. Desejava que ele explodisse completamente dentro dela.

Soltou o mamilo, tirou o polegar de sua boca, e se elevou para meter a língua entre seus lábios. Com essa invasão, ele gemeu loucamente, seu grande corpo estremecendo contra o edredom que ele ainda apertava nos punhos fechados.

Desejou que ele se soltasse e a tocasse também, mas não podia esperar. Desta primeira vez, teria de conduzir a situação. Afastou as cobertas, deslizou seu tórax sobre o peito dele, e jogou a perna sobre seus quadris.

No instante em que o peso dela caiu sobre Zsadist, ele se retesou e deixou de beijá-la.

– Zsadist?

Ele a empurrou de cima dele com tanta força que ela quicou no colchão.

Zsadist saltou da cama, ofegante e alucinado, seu corpo preso entre o passado e o presente, esticado ao limite entre os dois.

Parte dele queria mais daquilo que Bella estava fazendo. Caramba, estava morrendo de vontade de continuar explorando sua primeira excitação sexual. As sensações eram incríveis. Uma revelação. A única coisa boa que havia sentido desde... sempre.

Pela Virgem do Fade, não era de admirar que os machos matassem para proteger suas companheiras.

Só que ele não podia suportar ter uma fêmea por cima dele, mesmo que tal fêmea fosse Bella, e o pânico selvagem que se apoderara dele agora era perigoso. E se acabasse descontando nela? Pelo amor de Deus, ele chegara a atirá-la longe através da cama.

Olhou para ela. Estava tão bonita por entre os lençóis emaranhados e travesseiros espalhados. Mas estava aterrorizado com ela; e, por causa disso, aterrorizado *por* ela. Os toques e os beijos, por mais que os tivesse apreciado no começo, funcionavam como um detonador para ele. E não podia se colocar numa situação que o deixasse tão alterado estando perto dela.

– Não faremos isso de novo – disse. – Isso não voltará a acontecer.

– Você gostou – a voz dela soou delicada, mas forte. – Pude sentir seu sangue correndo loucamente sob minhas mãos.

– Sem discussão.

– Seu corpo se enrijeceu por mim.

– Acaso está querendo se machucar? – enquanto Bella apertava fortemente um travesseiro, ele a pressionou mais forte. – Porque, para ser franco, o sexo para mim só funciona de um jeito, e não é algo do qual você queira fazer parte.

– Adorei a maneira como me beijou. Quero me deitar com você. Fazer amor com você.

– *Fazer amor? Fazer amor?* – abriu os braços. – Bella... tudo o que posso lhe oferecer é uma trepada. Você não gostaria, e, honestamente, eu não gostaria de fazer isso com você. Você merece bem mais do que isso.

– Senti os seus lábios sobre os meus. Foram delicados...

– Oh, *por favor...*

– Cale a boca e deixe-me terminar!

Z. ficou boquiaberto, como se ela houvesse acabado de lhe dar um chute no traseiro. Jamais alguém lhe falara naquele tom. Só a anomalia já teria obtido sua atenção, mas o fato de que fora ela a fazê-lo o deixou pasmo.

Bella jogou os cabelos para trás do ombro.

– Se não deseja estar comigo, tudo bem. É só dizer não. Mas não se esconda atrás de "querer me proteger". Acha que não sei que o sexo com você seria uma parada dura?

– É por isso que o deseja? – perguntou com uma voz sumida. – Pensa que agora, depois do *redutor*, só merece que lhe façam mal?

Ela franziu a testa.

– De modo algum. Mas se for essa a única maneira de ter você, então, é assim que terei.

Esfregou a cabeça raspada, esperando que a fricção pudesse fazer o cérebro funcionar.

– Acho que está confusa – baixou os olhos para o chão. – Sequer faz ideia do que está falando.

– Seu filho da mãe arrogante – disse ela bruscamente.

Z. ergueu a cabeça, surpreso. Bem, aquilo foi o segundo chute no traseiro...

– Como disse?

– Faça um favor a nós dois e não tente pensar por mim, ok? Porque vai estar errado a cada maldito momento – dito isso, foi para o banheiro e bateu a porta.

Zsadist piscou algumas vezes, atônito. *Que diabos tinha acontecido?*

Percorreu o quarto com os olhos, como se os móveis ou, quem sabe, as cortinas pudessem ajudá-lo. Então, sua audição apurada captou um leve som. Ela estava... chorando.

Soltando um palavrão, dirigiu-se ao banheiro. Não bateu, apenas girou a maçaneta e entrou. Estava de pé junto ao chuveiro, com os braços cruzados, os olhos de safira cheios de lágrimas.

Oh... Deus. O que um macho deveria fazer numa situação assim?

– Sinto muito – balbuciou. – Se eu... hum, feri seus sentimentos.

Ela o fuzilou com o olhar.

– Não estou magoada. Estou aborrecida e sexualmente frustrada.

Zsadist jogou a cabeça para trás violentamente. *Está bem... então. Ceeeerto.*

Cara, depois dessa conversa, precisaria usar um colar cervical ortopédico.

– Eu lhe digo outra vez, Zsadist. Se não quer se deitar comigo, tudo bem, mas não tente me convencer de que eu não sei o que quero.

Z. colocou as mãos nos quadris e cravou os olhos no piso de mármore. *Não diga coisa alguma, seu imbecil. Apenas mantenha a boca...*

– Não é isso – falou sem pensar. Enquanto as palavras flutuavam no ar, amaldiçoou a si mesmo. Falar era ruim. Falar realmente era uma péssima ideia.

– Não é isso o quê? Quer dizer que me deseja?

Pensou na *coisa* que ainda tentava escapar de suas calças. Ela tinha olhos. Podia ver aquela maldita coisa.

– Sabe que sim.

– Então, se estou disposta a encarar... essa parada dura... – fez uma pausa, e Zsadist teve a sensação de que ela corava. – Então, podemos ficar juntos?

Sua respiração acelerou até que os pulmões lhe arderam e o coração disparou. Sentiu-se como se estivesse debruçado à beira de um precipício. Santo Deus, não podia contar-lhe, de fato. Podia?

Seu estômago se revolvia enquanto as palavras foram-lhe saindo.

– Ela sempre ficava por cima. A Ama. Quando ela... vinha até mim, sempre ficava por cima. Você, hã, rolou sobre o meu peito e... isso não dá certo comigo.

Ele esfregou o rosto, tanto para tentar se esconder dela, quanto para aliviar uma repentina dor de cabeça que o acometeu.

Ouviu um suspiro. Presumiu que fosse dela.

– Zsadist, sinto muito. Não sabia...

– Sim... droga... quem sabe você esquece que eu lhe disse isso – Deus, precisava sair dali antes que começasse a soltar a língua outra vez. – Olhe, eu vou...

– O que ela fez com você? – a voz de Bella era fina como um fio de cabelo.

Zsadist olhou feio para ela. *Oh, nem sonhando*, pensou.

Bella aproximou-se dele.

– Zsadist, ela... tomava-o contra sua vontade?

Ele se virou.

– Vou para o ginásio. Vejo você mais tarde.

– Espere...

– *Mais tarde*, Bella. Eu não consigo... falar sobre isso.

Enquanto saía, pegou seus Nikes e seu MP3 player.

Uma boa e longa corrida era exatamente do que precisava agora. Uma longa... corrida. Mesmo que não o levasse a lugar algum. Pelo menos, poderia ter a doce e suarenta ilusão de que escapava de si mesmo.

Capítulo 21

Phury olhou com desgosto através da mesa de bilhar da mansão, enquanto Butch calculava sua jogava. Havia algo errado com o humano, mas como o tira encaçapou três bolas numa única tacada, com toda certeza não era o seu jogo.

– Caramba, Butch. Quatro vitórias seguidas. Quer me dizer por que eu ainda me dou ao trabalho de jogar com você?

– Porque a esperança é eterna – Butch virou de uma vez o restinho de seu uísque. – Outra partida?

– Por que não? Minhas chances não podem piorar.

– Vai armando, enquanto pego mais bebida.

Enquanto Phury recolhia as bolas das caçapas, deu-se conta de qual era o problema. Cada vez que se virava, Butch o olhava fixamente.

– Algo o incomoda, tira?

O homem derramou alguns dedos de Lagavulin no copo, e depois tomou um longo gole.

– Não particularmente.

– Mentiroso. Está me olhando esquisito desde que voltamos do ZeroSum. Por que não abre o jogo e diz o que é?

Os olhos castanhos de Butch o encararam com firmeza:

– Você é gay, meu camarada?

Phury deixou cair a bola oito e mal ouviu-a quicar pelo piso de mármore.

– O quê? Por que você...?

– Ouvi dizer que estava ficando íntimo do Reverendo – enquanto Phury praguejava, Butch catou a bola negra e a devolveu rolando sobre o feltro verde. – Olhe, por mim tudo bem se você for. Sério mesmo, não dou a mínima se você for. Mas gostaria de saber.

Oh, que maravilha, pensou Phury. Não apenas estava correndo atrás da fêmea que desejava seu irmão; agora, supostamente, estava tendo um caso com uma aberração de *sympatho*.

Aquela fêmea que entrara sem avisar e o surpreendera numa posição comprometedora com o Reverendo certamente tinha uma boca grande e... *Santo Deus*. Butch já devia ter dito a Vishous. Os dois eram como um antigo casal, não havia segredos entre eles. E V. diria a Rhage. E uma vez que Rhage soubesse, era o mesmo que divulgar no jornal.

– Phury?

– Não, não sou gay.

– Não se sinta como se tivesse que esconder isso nem nada assim.

– Não é isso. Simplesmente não sou.

– É bi, então?

– Butch, esqueça isso. Se algum dos Irmãos curte sexo não tradicional é o seu companheiro de quarto – diante do olhar surpreso do tira, Phury murmurou: – Ora, vamos, a essa altura já deveria saber sobre o V. Vive com ele.

– Obviamente não... Oh, oi, Bella.

Phury virou-se. Bella estava parada na soleira da sala, vestida com o roupão negro de cetim. Não conseguia tirar os olhos dela. O vigor voltara ao seu rosto encantador, os hematomas haviam desaparecido, sua beleza recuperada. Ela estava... estonteante.

– Olá – disse ela. – Phury, será que eu poderia falar um momento com você? Depois que acabarem?

– Butch, se importa se fizermos uma pausa?

– Sem problema. A gente se vê, Bella.

Quando o tira se foi, Phury livrou-se de seu taco com desnecessária precisão, deslizando a madeira polida e clara no suporte da parede.

– Você está com ótimo aspecto. Como se sente?

– Melhor, muito melhor.

Porque tinha se alimentado de Zsadist.

– Então... o que aconteceu? – perguntou, tentando não imaginá-la na veia de seu gêmeo.

Sem responder, Bella se dirigiu às portas francesas, arrastando o comprido roupão atrás de si pelo piso de mármore como uma sombra. Enquanto caminhava, seu comprido cabelo roçava a parte inferior das costas, balançando-se com o movimento de seus quadris. O desejo o golpeou com força, e rogou para que ela não houvesse captado o cheiro.

– Oh, Phury, olhe a lua, está quase cheia – sua mão foi à janela e demorou-se no vidro. – Quem me dera se pudesse...

– Quer ir lá fora agora? Posso pegar um casaco para você.

Bella sorriu para ele por cima do ombro.

– Estou descalça.

– Trago-lhe um calçado também. Espere aqui.

Voltou num piscar de olhos com um par de botas forradas de pele e uma capa vitoriana que Fritz, como uma fada madrinha, providencialmente tirou de algum armário.

– Trabalha rápido – disse Bella, enquanto ele cobria-lhe os ombros com o veludo vermelho-sangue.

Ele se ajoelhou diante dela.

– Permita-me que lhe ajude a calçar isso.

Ela ergueu um joelho, e Phury, enquanto deslizava a bota em seu pé, tentou não reparar como a pele de seu tornozelo era macia. Ou como o perfume dela o tentava. Ou como ele poderia simplesmente afastar o roupão e...

– Agora, o outro – disse com voz rouca.

Quando ela já estava calçada, abriu-lhe a porta, e os dois saíram juntos, esmagando a neve que cobria o terraço. Ao chegar à beira do gramado, Bella enrolou-se mais apertado na capa e ergueu a vista. Sua exalação lançava baforadas brancas, e o vento revolvia o veludo vermelho ao redor de seu corpo, como se acariciasse o tecido.

– O amanhecer não tarda – disse ela.

– Virá logo.

Phury se perguntava sobre o que ela queria falar, mas, então, o rosto de Bella ficou sério e ele soube por que tinha vindo. Zsadist. Era óbvio.

– Quero lhe perguntar sobre ele – murmurou Bella. Seu irmão gêmeo.

– O que deseja saber?

– Como se tornou escravo?

Oh, Deus... Ele não queria falar do passado.

– Phury? Você me dirá? Perguntaria a ele, mas...

Ah, diabos. Não havia uma boa razão para não lhe responder.

– Uma babá o levou. Tirou-o da casa escondido quando tinha sete meses. Não conseguimos encontrá-los em lugar algum, e até onde pude descobrir, ela morreu dois anos mais tarde. Quem quer que o tenha encontrado, então, vendeu-o como escravo.

– Deve ter sido muito duro para toda sua família.

– O pior. Uma morte sem corpo para enterrar.

– E enquanto... enquanto foi escravo de sangue... – ela respirou fundo. – Sabe o que aconteceu com ele?

Phury esfregou a nuca. Como hesitava, ela disse:

– Não estou falando das cicatrizes ou das alimentações forçadas. Desejo saber... o que mais lhe fizeram.

– Olhe, Bella...

– Preciso saber.

– Por quê? – embora soubesse a resposta. Ela queria se deitar com Z., provavelmente já tinha tentado. Era *por isso*.

– Simplesmente tenho de saber.

– Deveria perguntar a ele.

– Ele não me contará, você sabe disso – ela pôs a mão em seu antebraço. – Por favor, ajude-me a entendê-lo.

Phury permaneceu calado, dizendo-se que era porque respeitava a intimidade de Z., e em grande parte isso era verdade. Somente um pedacinho seu não queria ajudar Z. a cair na cama de Bella.

Bella apertou-lhe o braço:

– Ele disse que o amarraram. E que não consegue suportar ter uma fêmea por cima quando... – ela se interrompeu. – O que lhe fizeram?

Droga. Zsadist teria *falado* sobre seu cativeiro com ela?

Phury praguejou baixinho.

– Utilizaram-no para algo mais do que beber de sua veia. Mas isso é tudo o que vou dizer.

– Oh, Deus – o corpo dela vacilou. – Só precisava ouvir de alguém. Precisava ter certeza disso.

Uma rajada fria de vento soprou, Phury respirou fundo, mas, mesmo assim, ainda se sentia sufocado.

– Deveria entrar antes que apanhe um resfriado.

Ela concordou e foi andando em direção à casa.

– Você não vem?

– Vou fumar antes de ir. Agora, vá.

Ele não a viu entrar na casa, mas escutou a porta se fechar.

Com as mãos nos bolsos, olhou ao longe, além do ondulante gramado branco. Depois, fechou os olhos e viu o passado.

Assim que Phury passou por sua transição, começou a procurar seu gêmeo, sondando o Antigo País, procurando casas bastante ricas para ter criados. Tempos depois, escutou o boato, repetido com frequência, de que havia um macho, do tamanho de um guerreiro, cativo de uma fêmea de elevada posição dentro da glymera. *Mas não pôde tirar isso a limpo.*

O que fazia sentido. Naquela época, início do século XIX, a raça ainda era relativamente coesa, e as antigas regras e costumes sociais continuavam sendo fortes. Se alguém fosse descoberto mantendo um guerreiro como escravo de sangue, seria condenado à morte. Por isso, tinha de ser discreto em sua busca. Se exigisse uma assembleia da aristocracia e lançasse um apelo ao retorno de seu gêmeo, ou se fosse apanhado tentando encontrar Zsadist, era como se ele próprio enfiasse uma adaga no peito do macho: matar Zsadist e desfazer-se do corpo era a melhor e única defesa da captora.

Lá pelo final do século XIX, quase tinha perdido as esperanças. Seus pais já haviam falecido de causas naturais. A sociedade vampírica se fragmentara no Antigo País, e a primeira das migrações para a América tinha começado. Estava desarraigado, percorrendo a Europa, indo atrás de rumores e de insinuações... quando, de repente, encontrou o que estava procurando.

Encontrava-se em solo inglês na noite em que aconteceu. Tinha ido a uma reunião de sua espécie em um castelo nas falésias de Dover. Parado em um canto escuro do salão de baile, ouviu por acaso dois machos falando da anfitriã. Comentavam que ela tinha um escravo de sangue incrivelmente dotado, que gostava de ser observada com ele no ato e, às vezes, até compartilhava o escravo.

Phury começou a cortejar a fêmea naquela mesma noite.

Não se preocupou que seu rosto o denunciasse, embora ele e Zsadist fossem gêmeos idênticos. Em primeiro lugar, suas roupas eram as de um macho rico, e ninguém suspeitaria que alguém de sua classe fosse atrás de um escravo que havia sido comprado legitimamente no mercado quando pequeno. E, em segundo lugar, sempre tivera o cuidado de se disfarçar. Cultivava uma barba curta para ocultar suas feições e escondia os olhos por trás de óculos escuros, que explicava alegando que sua visão era deficiente.

O nome dela era Catronia. Uma aristocrata rica que se uniu a um comerciante mestiço que mantinha negócios no mundo humano. Evidentemente, estava quase sempre só, já que seu hellren *viajava muito, mas, segundo se dizia, tinha o escravo de sangue desde antes de sua união.*

Phury solicitou ser admitido em seu círculo, e como era culto e atencioso, ela lhe designou um quarto, apesar de ter sido vago sobre sua linhagem. As cortes estavam cheias de impostores, e ele a atraía; assim sendo, estava disposta a passar por cima de certas formalidades. Mas era cautelosa, também. Semanas se passaram, e, embora dedicasse muito tempo a Phury, nunca o levou para conhecer o escravo que possuía, segundo se dizia.

Em cada oportunidade que tinha, vasculhava os terrenos e as construções, esperando encontrar seu gêmeo numa cela oculta. O problema era que havia espiões por toda parte, e Catronia o mantinha ocupado. Sempre que seu hellren *viajava, o que acontecia com frequência, ela ia aos aposentos de Phury, e quanto mais ele se esquivava de suas mãos, mais ela o desejava.*

Tempo... tempo foi tudo de que precisou. De tempo e da incapacidade de Catronia de resistir a lhe mostrar seu troféu, seu brinquedo, seu escravo. Uma noite, justo antes do amanhecer, convidou-o para ir ao seu quarto pela primeira vez. A entrada secreta que ele vinha procurando situava-se na antecâmara do aposento, nos fundos de seu guarda-roupa. Juntos, desceram por uma escada comprida e íngreme.

Phury ainda podia se lembrar da grossa porta de carvalho no final da escada sendo escancarada, e da visão do macho nu e acorrentado, com as pernas abertas, numa plataforma coberta por um tapete.

Zsadist olhava fixamente o teto, com o cabelo tão comprido que caía sobre o chão de pedra. Estava barbeado e coberto de azeite, como se tivesse sido preparado para a diversão da fêmea, e cheirava a especiarias caras. A fêmea foi direto para ele e o acariciou ternamente, seus vorazes olhos castanhos imprimindo sua propriedade sobre todo aquele corpo.

A mão de Phury tinha ido para a adaga ao seu lado antes de saber o que fazia. Como se detectasse o movimento, a cabeça de Zsadist virara lentamente, e seus olhos negros e mortos haviam cruzado a distância entre eles. Não houve reconhecimento. Apenas um efervescente ódio.

Choque e tristeza atravessaram Phury, mas ele se manteve concentrado, procurando a saída. Havia outra porta do lado oposto da cela, mas aquela não tinha maçaneta, só uma pequena fenda a metro e meio do chão. Estava pensando que talvez pudesse abrir cami...

Catronia começou a tocar seu irmão intimamente. Tinha algum tipo de bálsamo nas mãos, e enquanto esfregava a masculinidade de seu gêmeo, dizia coisas odiosas sobre o seu tamanho. Phury arreganhou as presas para a fêmea e ergueu a adaga.

A porta do lado oposto se abriu de repente. Surgiu um frágil cortesão vestindo uma túnica debruada de arminho. Ele ficou frenético ao anunciar que o hellren *de Catronia havia retornado inesperadamente e a estava procurando. Os rumores sobre ela e Phury evidentemente haviam alcançado os ouvidos do macho.*

Phury se agachou, preparado para matar a fêmea e o cortesão. Mas o som de passos ecoou pela cela e ele soube que outros estavam chegando.

O hellren *desceu com estrondo a escada secreta, e adentrou a cela escoltado por sua guarda pessoal. O macho ficou pasmo, pois era óbvio que não sabia que ela tinha um escravo de sangue. Catronia começou a falar, mas ele a esbofeteou tão forte que a fêmea ricocheteou nas paredes de pedra.*

O caos se instalou. A guarda particular foi atrás de Phury. O hellren *foi atrás de Zsadist com uma faca. Matar os soldados da corte foi um processo longo e sangrento, e quando Phury finalmente conseguiu se safar, não havia sinal de Zsadist, apenas um rastro sangrento deixando a cela.*

Phury saiu pelo corredor, atravessando velozmente os subterrâneos do castelo, seguindo o rastro vermelho. Quando emergiu do subsolo faltava pouco para o raiar do dia, por isso, sabia que tinha de encontrar Zsadist imediatamente. Quando se deteve brevemente para se orientar, escutou um ruído ritmado cortando o ar.

Chicotadas.

Ao longe, à direita, Zsadist havia sido pendurado numa árvore na escarpa, e contra o vasto cenário do mar, estava sendo açoitado barbaramente.

Phury atacou os três guardas que açoitavam o seu gêmeo. Embora os machos oferecessem muita resistência, ele estava possuído de uma fúria selvagem. Matou-os e depois libertou Zsadist, só para ver mais guardas vindo em sua direção.

Com o sol a ponto de se levantar e a luminosidade lhe queimando a pele, Phury soube que não havia mais tempo. Atirou Zsadist sobre os ombros, pegou uma das pistolas dos guardas e a meteu em seu cinturão. Então, observou o precipício e o oceano lá embaixo. Não era a melhor rota para a liberdade, mas, ainda assim, muito melhor do que tentar abrir caminho até o castelo lutando. Começou a correr, esperando lançar a si e ao irmão suficientemente longe para mergulharem no oceano.

Uma adaga que lançaram o acertou na coxa, e ele tropeçou.

Não houve tempo para recuperar o equilíbrio e aumentar seu impulso: ele e Zsadist caíram sobre a borda da escarpa e escorregaram pela face rochosa até que a bota de Phury enganchou-se numa fenda. Como seu corpo deteve-se de supetão, esforçou-se para segurar Zsadist, sabendo muito bem que o macho estava inconsciente e se afogaria se caísse na água desacordado.

A pele de Zsadist, coberta de sangue, estava escorregadia e ele deslizou pelas mãos de Phury...

No último segundo, Phury conseguiu agarrar o gêmeo pelo pulso e o segurou com força. Houve um violento puxão quando o pesado corpo do macho foi detido, e a dor irradiou pela perna de Phury. Sua visão anuviou-se. Retornou, voltou a sumir. Phury podia sentir o corpo de Zsadist balançando-se no ar, uma oscilação perigosa que desafiava sem piedade a força de seu pulso.

Os guardas espiaram por sobre a borda do penhasco e depois avaliaram a luminosidade, protegendo os olhos. Riram, embainharam suas armas, e deram Phury e Zsadist como mortos.

Enquanto o sol despontava no horizonte, a força de Phury se esvaía rapidamente, e ele soube que não poderia sustentar Zsadist por muito tempo mais. A luz era terrível, queimava, somando-se à agonia que ele já sentia. E não importava quão forte puxasse a perna, seu tornozelo continuava preso.

Procurou pela pistola e tirou-a da cintura. Respirando fundo, encostou o cano da arma na própria perna.

Atirou logo abaixo do joelho. Duas vezes. A dor foi inacreditável, uma bola de fogo em seu corpo, e ele deixou cair a arma. Cerrando os dentes com força, plantou seu pé livre na rocha e empurrou com o máximo de força que conseguiu. Gritou quando sua perna esfacelada arrebentou e se desprendeu.

E, então, o vazio se escancarou para eles.

O mar estava gelado, mas o fez recobrar a consciência e selou seu ferimento, evitando uma hemorragia. Tonto, nauseado e desesperado, lutou para manter a cabeça acima das ondas intermitentes: a única coisa constante era a força com que segurava Zsadist. Puxando o gêmeo para os seus braços, e conservando-lhe a cabeça acima da água, Phury nadou para a escarpa.

Felizmente, avistou a entrada de uma gruta não muito distante de onde mergulharam, e empregou sua última reserva de força para levar ambos até aquela boca escura. Após arrastar seu corpo e o de Zsadist para fora d'água, Phury estava quase cego ao penetrar na cova o mais profundamente que pôde. Uma curva na arquitetura natural foi a salvação dos dois, proporcionando-lhes a escuridão que necessitavam.

No fundo da gruta, longe do sol, abrigou a si e ao irmão atrás de rochas grandes. Colocando Zsadist entre seus braços para conservar-lhes o calor corporal, encarou a escuridão, totalmente perdido.

Phury esfregou os olhos. Deus, a imagem de Zsadist acorrentado naquela plataforma...

Desde o resgate, tinha um pesadelo recorrente, que nunca falhava em seu horror renovado cada vez que o subconsciente o enviava. O sonho era sempre igual: ele descendo velozmente a escada oculta e abrindo a porta. Zsadist amarrado. Catronia no canto, rindo. Assim que Phury entrava na cela, Z. virava a cabeça e, de um rosto sem cicatrizes, seus olhos negros e sem vida o encaravam. E, com uma voz dura dizia:

– Deixe-me aqui. Desejo permanecer... aqui.

Essa era a deixa para que Phury despertasse suando frio.

– O que está fazendo, meu camarada?

A voz de Butch soou desagradável, mas bem-vinda. Phury esfregou o rosto, depois olhou por cima do ombro.

– Só admirando a vista.

– Deixe-me lhe dar uma dica. Isso é o que se faz em uma praia tropical, não parado aqui fora nesse frio do caramba. Olhe, venha comer com a gente, ok? Rhage queria panquecas, então Mary preparou um caminhão delas na cozinha. Fritz está a ponto de levitar de tão preocupado por não poder ajudar.

– Sim. Boa ideia – ao entrarem, Phury disse: – Posso lhe perguntar uma coisa?

– Claro. O que é?

Phury parou ao lado da mesa de bilhar e apanhou a bola oito.

– Quando trabalhava na Divisão de Homicídios, viu muita gente desgraçada, não é? Gente que perdeu os maridos ou esposas... filhos ou filhas – quando Butch concordou, ele disse: – Alguma vez se inteirou do que tinha acontecido com eles? Refiro-me aos que ficaram para trás. Sabe se algum dia conseguiram superar?

Butch esfregou o polegar sobre a sobrancelha.

– Não sei.

– Sim, suponho que vocês não acompanhem...

– Mas posso lhe dizer que eu nunca superei.

– Quer dizer que a imagem desses corpos dos casos em que trabalhou ficou com você?

O humano sacudiu a cabeça.

– Você se esqueceu das irmãs. Irmãos e irmãs.

– O quê?

– As pessoas perdem maridos, esposas, filhos, filhas... e irmãs e irmãos. Perdi uma irmã quando tinha doze anos. Dois garotos a levaram para trás do campo de beisebol da escola. Usaram-na e bateram nela até matá-la. Nunca superei isso.

– Meu Deus... – Phury parou, dando-se conta de que não estavam sozinhos.

Zsadist estava parado com o peito desnudo na soleira da sala. Estava coberto de suor da cabeça aos Nikes, como se houvesse corrido vários quilômetros no ginásio.

Quando Phury encarou o irmão gêmeo, sentiu uma sensação familiar de afundamento. Era sempre assim, como se Z. fosse uma espécie de zona de baixa pressão.

A voz de Zsadist soou dura.

– Quero que vocês dois venham comigo ao anoitecer.

– Aonde? – perguntou Butch.

– Bella quer ir à casa dela, e não vou levá-la lá sem reforços. Preciso de um carro no caso de ela querer trazer algumas coisas dela quando voltarmos, e quero que alguém examine o lugar antes de nos materializarmos lá. O bom é que no porão há um túnel de fuga se as coisas se complicarem. Experimentei-o ontem à noite quando fui buscar umas coisas para ela.

– Pode contar comigo – disse Butch.

Os olhos de Zsadist se deslocaram pela sala.

– Você também, Phury?

Após um instante, Phury assentiu.

– Sim. Eu também.

Capítulo 22

Naquela noite, enquanto a lua se elevava no céu, o Sr. O se ergueu do chão com um gemido. Tocaiara à margem da clareira desde o pôr do sol, quatro horas antes, esperando que alguém aparecesse na casa... só que nada aconteceu. Como nos dois dias anteriores. Bem, pensara ter visto algo antes do alvorecer da última manhã, uma espécie de sombra em movimento no interior da casa, mas, fosse o que fosse, vira aquilo apenas uma vez e, depois, nada.

Desejava ardentemente poder mobilizar todos os recursos da Sociedade para ir atrás de sua esposa. Se enviasse cada *redutor* de que dispunha... Só que seria o mesmo que apontar uma arma para a própria cabeça. Alguém contaria a Ômega que o foco se desviara para uma fêmea sem relevância. E, então, haveria grandes problemas.

Consultou o relógio e praguejou. Por falar em Ômega...

O Sr. O tinha uma entrevista obrigatória com o amo naquela noite e não havia remédio a não ser comparecer ao maldito encontro. Permanecer viável como matador era a única maneira de conseguir trazer sua esposa de volta, e não iria se arriscar a ser eliminado por perder um encontro.

Tirou seu celular do bolso e chamou três Betas para vigiarem a casa. Já que o lugar era conhecido por reunir vampiros, pelo menos tinha uma boa desculpa para a convocação.

Vinte minutos depois, os assassinos surgiram por entre as árvores, o som de suas botas abafado pela neve. O trio de grandalhões era recém-iniciado na Sociedade; assim sendo, seus cabelos conservavam a cor e a pele deles ainda corava com o frio. Estavam visivelmente excitados por serem utilizados e preparados para lutar, mas o Sr. O lhes disse que haviam sido chamados apenas para vigiar e monitorar. Se alguém aparecesse, não deveriam atacar até que esse alguém tentasse partir, e, mesmo assim, qualquer vampiro, macho ou fêmea, teria de ser apanhado vivo. Sem exceções. Segundo os cálculos do Sr. O, se fosse a família de sua esposa, primeiro enviaria exploradores de campo antes de deixá-la materializar-se nos arredores da casa. E se ela estivesse morta, e seus familiares fossem recolher as coisas dela, então queria os parentes capturados em condições que lhe permitissem descobrir onde estava enterrada.

Após se assegurar de que os Betas haviam compreendido perfeitamente as orientações, o Sr. O atravessou o bosque até chegar à sua caminhonete, oculta entre os pinheiros. Ao pegar a Rota 22, viu que os *redutores* haviam estacionado o Explorer no qual chegaram bem na estrada, a menos de um quilômetro da entrada para a casa.

Telefonou para os idiotas e disse-lhes que usassem as malditas cabeças para esconder o veículo. Depois, dirigiu até a cabana. No trajeto, imagens de sua esposa atravessavam sua mente, turvando-lhe a visão da estrada. Viu-a em seu melhor momento: no chuveiro, com o cabelo e a pele molhados. Era especialmente pura assim...

Mas, então, as visões mudaram. Viu-a nua, deitada de costas, embaixo daquele vampiro pavoroso que a tinha levado. O macho a estava tocando... beijando-a... penetrando-a... E ela gostava. A vagabunda gostava. Sua cabeça estava jogada para trás e ela gemia e gozava como uma vadia, querendo mais.

As mãos do Sr. O apertaram o volante até que os nós dos dedos quase romperam a pele. Tentou acalmar-se, mas sua cólera era um *pit bull* preso por uma corrente de papel.

Soube então, com absoluta clareza, que se ela já não estivesse morta, iria matá-la quando a encontrasse. Era só imaginá-la com o Irmão que a tinha roubado e sua racionalidade ia para o espaço.

E isso deixava o Sr. O num dilema. Viver sem ela seria horrível, e embora embarcar numa trajetória frenética e suicida depois que ela morresse fosse uma ideia bastante atraente, isso só o levaria para perto de Ômega. Por toda a eternidade. Os *redutores*, afinal de contas, retornavam para o amo quando cessavam de existir.

Foi então que um pensamento lhe ocorreu. Imaginou sua esposa muitos anos depois, a pele empalidecida, o cabelo louro, olhos cor de nuvem. Uma *redutora* como ele. A solução era tão perfeita, que seu pé escorregou do acelerador, e o carro parou em plena Rota 22.

Ela seria sua para sempre dessa maneira.

Perto da meia-noite, Bella vestiu uma velha calça jeans e aquele pulôver vermelho grosso, de que tanto gostava. Depois, entrou no banheiro, retirou as duas toalhas que cobriam o espelho, e se olhou. Seu reflexo mostrava a mesma fêmea que sempre tinha visto encarando-a de volta: olhos azuis. Maçãs do rosto proeminentes. Lábios carnudos. Farta cabeleira castanha.

Bella levantou a barra do pulôver e olhou a barriga. A pele ali não tinha imperfeições, já não levava o nome do *redutor*. Passou a mão no local onde as letras haviam estado.

– Está pronta? – perguntou Zsadist.

Ela olhou para cima, pelo espelho. A gigantesca silhueta assomou por trás dela, trajando negro, armada até os dentes. Os olhos negros como carvão estavam cravados na pele que Bella tinha exposto.

– As marcas sararam – disse ela. – Em apenas quarenta e oito horas.

– Sim. E fico feliz por isso.

– Tenho medo de ir à minha casa.

– Phury e Butch vêm conosco. Estará bem protegida.

– Eu sei... – ela baixou o pulôver. – Só que... e se eu não for capaz de entrar?

– Então, voltaremos a tentar outra noite. Leve o tempo que precisar – entregou-lhe o casaco que apanhara para ela.

Vestindo-o, ela disse:

– Tem coisas melhores a fazer do que cuidar de mim.

– Não no momento. Dê-me sua mão.

Os dedos de Bella tremiam ao estendê-los. Teve a vaga noção de que era a primeira vez que ele lhe pedia para tocá-lo, e esperava que o contato levasse a um abraço.

Mas ele não estava interessado em abraçar. Pôs uma pistola pequena na mão dela sem ao menos roçar-lhe a pele.

Ela recuou como se a coisa lhe desse nojo.

– Não, eu...

– Segure-a dessa...

– Espere um minuto, eu não...

– ... maneira – ele colocou o pequeno punho da arma contra a palma da mão dela. – Aqui está a trava de segurança. Travada. Destravada. Entendeu? Travada... destravada. É preciso estar perto para matar com isso, mas está carregada com duas balas que atrasarão um *redutor* tempo suficiente para que você possa escapar. É só apontar e puxar o gatilho duas vezes. Não precisa engatilhar nem nada disso. E mire o torso, é um alvo maior.

– Não quero isso.

– E eu não a quero com isso. Mas é melhor do que enviá-la para lá sem nada.

Ela meneou a cabeça e fechou os olhos. Às vezes, esse negócio chamado vida era tão feio...

– Bella? Bella, olhe para mim – quando ela obedeceu, ele disse: – Mantenha a arma no bolso externo do casaco, do lado direito. Se tiver de usá-la, é melhor que esteja do seu lado mais hábil – Bella abriu a boca, mas ele suplantou-a:

– Ficará com Butch e Phury. E, enquanto estiver com eles, é *extremamente* improvável que precise utilizar isso.

– Onde estará você?

– Por perto – quando Zsadist voltou-lhe as costas, notou que tinha uma faca enfiada no cinturão... além das duas adagas no peito e o par de pistolas nos quadris, perguntou-se quantas outras armas escondidas levaria ele.

Ele parou na soleira, com a cabeça baixa.

– Vou fazer de tudo para que você não tenha necessidade de usar essa arma, Bella. Prometo. Mas não posso permitir que vá desarmada.

Ela respirou fundo. E meteu a pequena peça de metal no bolso do casaco.

Lá fora, no corredor, Phury os aguardava, apoiado contra o balcão. Também estava vestido para lutar, coberto de pistolas e adagas, uma calma mortal irradiando de seu corpo. Quando Bella lhe sorriu, ele a cumprimentou com a cabeça e vestiu o casaco negro de couro.

O celular de Zsadist tocou e ele o abriu.

– Já chegou, tira? Como estão as coisas? – quando desligou, balançou a cabeça positivamente. – Tudo bem, podemos ir.

Os três se dirigiram ao vestíbulo e, depois, saíram para o pátio. No ar frio, ambos os machos empunharam as pistolas, e, então, todos se desmaterializaram.

Bella tomou forma na varanda da entrada, diante da reluzente porta vermelha com maçaneta de latão. Podia sentir Zsadist e Phury atrás dela, dois enormes corpos masculinos cheios de tensão. Ouviu passos e olhou por cima do ombro. Butch avançava pela varanda. Também de arma na mão.

A ideia de se demorar e relaxar na própria casa pareceu a Bella perigosa e egoísta. Abriu a porta com a mente e entrou.

O lugar ainda cheirava igual... uma mistura da cera de limão que usava nas largas tábuas de pinho do piso, e das velas de alecrim que gostava de acender.

Quando ouviu a porta se fechando e o alarme de segurança sendo desligado, olhou para trás. Butch e Phury estavam colados aos seus calcanhares, mas não via Zsadist em parte alguma.

Bella sabia que não os abandonara. Mas desejava que estivesse ali dentro com ela.

Respirou fundo e olhou em torno de sua sala de estar. Com as luzes apagadas, somente pôde perceber sombras e contornos familiares, mais a disposição dos móveis e das paredes do que qualquer outra coisa.

– Tudo parece... Deus, exatamente igual.

Embora houvesse uma área vazia sobre sua escrivaninha. Faltava um espelho, o que ela e sua mãe haviam escolhido juntas em Manhattan uma década antes, mais ou menos. Rehvenge sempre apreciara o objeto. Será que o havia levado? Não estava bem certa se deveria sentir-se comovida ou ofendida.

Quando fez menção de acender um abajur, Butch a deteve.

– Nada de luz. Sinto muito.

Ela concordou. Ao avançar pela casa e rever mais de suas coisas, Bella sentiu-se como se estivesse entre velhos amigos que não via há anos. Era delicioso e triste. Sobretudo, um alívio. Tinha tanta certeza de que se desgostaria.

Parou ao chegar à sala de jantar. Ao fundo, além do amplo arco, ficava a cozinha. O pavor revirou-lhe as entranhas.

Armando-se de coragem, caminhou até lá. Ao ver tudo tão arrumado e intacto, relembrou a violência que tinha acontecido ali.

– Alguém limpou tudo – sussurrou.

– Zsadist – Butch a ultrapassou, com a arma na altura do peito e olhos atentos.

– Ele... ele fez tudo isso? – Bella fez um gesto com a mão.

– Na noite depois que a levaram. Passou horas aqui. O andar de baixo também está um brinco.

Ela tentou imaginar Zsadist com um esfregão e um balde, limpando as manchas de sangue e os cacos de vidro.

Por quê?, perguntou-se.

Butch encolheu os ombros.

– Disse que era pessoal.

Falara em voz alta?

– Ele explicou... por que era pessoal?

Enquanto o humano sacudia a cabeça negativamente, Bella percebeu que Phury prestava muita atenção ao exterior da casa.

– Quer ir ao seu quarto? – perguntou Butch.

Quando ela confirmou, Phury disse:

– Eu fico aqui em cima.

Lá embaixo, no porão, Bella encontrou tudo em ordem, arrumado... limpo. Abriu o closet, olhou as gavetas da cômoda, entrou no banheiro. Os pequenos detalhes a cativavam. Um vidro de perfume. Uma revista datada de antes do sequestro. Uma vela que se lembrava de ter acendido ao lado da banheira com pés de garras de leão.

Demorar-se, tocar as coisas, retornar gradualmente ao lugar de maneira profunda: queria passar horas lá... dias. Mas podia sentir como aumentava a tensão em Butch.

– Acho que já vi o suficiente por esta noite – disse ela, desejando poder ficar mais tempo, no entanto.

Ao voltarem para o primeiro andar, Butch foi na frente. Quando entrou na cozinha, olhou para Phury.

– Bella está pronta para partir.

Phury abriu o celular. Houve uma pausa.

– Z., hora de irmos. Ligue o carro para o tira.

Enquanto Butch fechava a porta do porão, Bella se aproximou de seu aquário e espiou. Perguntou-se se algum dia voltaria a viver naquela casa. Tinha a sensação de que não.

– Quer levar alguma coisa? – perguntou Butch.

– Não, acho...

Escutaram um tiro lá fora, um estalo seco e abafado.

Butch a agarrou e a apertou contra o corpo.

– Fique quieta – disse-lhe ao ouvido.

– Veio da frente da casa – silvou Phury ao agachar-se. Apontou sua arma na direção da porta pela qual haviam entrado.

Outro tiro. E outro. Mais perto. Aproximando-se da casa.

– Sairemos pelo túnel – sussurrou Butch, enquanto empurrava Bella em direção à porta do porão.

Phury acompanhava os sons com o cano da arma.

– Eu lhe dou cobertura.

No momento em que a mão de Butch alcançou a maçaneta da porta do porão, o tempo se comprimiu em frações de segundos, e perdeu todo sentido.

A porta francesa por trás deles se abriu em pedaços, arrebentando o batente de madeira, estilhaçando os vidros.

Foram as costas de Zsadist que fizeram todo o estrago, ao ser arremessado com enorme violência através da porta. Ao aterrissar no chão da cozinha, seu crânio golpeou o ladrilho tão duramente que soou como um disparo de pistola. Então, com um grito horrível, o *redutor* que o tinha atirado pela porta saltou sobre o seu peito e os dois deslizaram pelo aposento, na direção da escada do porão.

Zsadist estava inerte como uma pedra debaixo do assassino. Atordoado? Morto?

Bella gritou quando Butch a tirou do caminho com um puxão. O único lugar para onde podiam correr era em direção ao fogão, e ele a empurrou para lá, protegendo-a com o próprio corpo. Só que agora estavam encurralados na cozinha.

Phury e Butch apontaram as armas para aquele emaranhado de braços e de pernas no chão, mas o assassino não se importou. O morto-vivo ergueu o punho e golpeou Zsadist na cabeça.

– Não! – bradou Bella.

Só que, estranhamente, o golpe pareceu despertar Zsadist. Ou, talvez, tenha sido a voz dela. Seus olhos negros se abriram de repente e uma expressão maligna se apoderou de seu rosto. Com um impulso rápido, meteu as mãos debaixo das axilas do *redutor* e retorceu com tanta força, que o torso do matador se contorceu num ângulo impossível.

Num piscar de olhos, Zsadist estava em cima do *redutor*, escarranchado. Agarrou o braço direito do assassino e o torceu para quebrá-lo. Enfiou o polegar debaixo do queixo do morto-vivo tão fundo que só se podia ver meio dedo, e arreganhou as longas presas, que reluziram alvas e mortais. Mordeu o *redutor* no pescoço, bem na coluna do esôfago.

O assassino uivou de dor, retorcendo-se violentamente entre as pernas de Zsadist. E isso foi só o começo. Zsadist destroçou a presa. Quando a coisa já não se movia mais, deteve-se, ofegante, e passou os dedos pelo cabelo escuro do *redutor*, dividindo um trecho em dois, procurando raízes claras, obviamente.

Mas Bella poderia ter-lhe dito que aquele não era David. Se houvesse conseguido recuperar a fala.

Zsadist praguejou e tomou fôlego, mas permaneceu acocorado sobre sua presa, procurando sinais de vida. Como se desejasse continuar.

Mas, então, franziu a testa e ergueu a vista, dando-se conta de que a batalha não só terminara como também fora testemunhada.

Oh... Santo Deus. Seu rosto estava manchado pelo sangue negro do *redutor*, bem como o peito e as mãos.

Seus olhos negros procuraram os de Bella. Estavam brilhando. Reluzindo. Exatamente como o sangue que tinha derramado para defendê-la. E rapidamente desviou a vista, como se desejasse ocultar a satisfação que obtivera com a matança.

– Os outros dois também foram liquidados – disse ele, ainda ofegante. Pegou a barra da camisa e limpou a cara.

Phury se dirigiu para o corredor.

– Onde estão? No gramado da frente?

– Tente na porta de Ômega. Apunhalei os dois – Zsadist olhou para Butch. – Leve-a para casa. Agora. Está muito alterada para se desmaterializar. E Phury, vá com eles. Quero que me liguem assim que ela colocar o pé no vestíbulo, estamos entendidos?

– E quanto a você? – disse Butch, fazendo-a contornar o *redutor* morto.

Zsadist se levantou e puxou uma adaga.

– Vou fazer esse daqui sumir e esperar que venham outros. Quando esses malditos não se apresentarem, virão mais.

– Estaremos de volta.

– Não me importa o que façam desde que a levem pra casa. Então, cortem o papo e comecem a dirigir.

Bella estendeu a mão para ele, embora não estivesse bem certa da razão para o gesto. Estava horrorizada pelo que ele acabara de fazer e pelo aspecto que tinha agora, cheio de cortes e hematomas, seu próprio sangue manchando-lhe as roupas junto com o dos assassinos.

Zsadist gesticulou, despachando-a.

– Vão embora daqui, caramba!

John desceu do ônibus, tão aliviado por estar em casa que quase tropeçou. Cara, se os dois primeiros dias de treinamento serviam como amostra, os próximos dois anos seriam um inferno.

Ao entrar pela porta da frente, assoviou.

Escutou Wellsie dizer do escritório:

– Olá! Como foi hoje?

Enquanto tirava o casaco, deu dois assovios curtos, que podiam significar *ok*, *bom*, *tudo bem*, esse tipo de coisa.

– Que bom. Ei, Havers chegará em uma hora.

John se dirigiu ao escritório de Wellsie e parou na soleira. Sentada diante da escrivaninha, Wellsie encontrava-se rodeada por uma coleção de livros antigos, muitos dos quais abertos. A visão de todos aqueles miolos oferecendo-se à leitura fez com que John pensasse em cães ávidos de carinho, deitados de costas, esperando afagos na barriga.

Ela sorriu.

– Parece cansado.

Vou dormir um pouco antes de Havers chegar, gesticulou ele.

– Tem certeza de que está bem?

Absoluta. Ele sorriu para dar à mentira um pouco de consistência. Odiava mentir para ela, mas não queria expor sua debilidade novamente. Dentro de dezesseis horas, teria de exibi-la outra vez. Precisava de uma pausa e, sem dúvida, sua debilidade também estava exausta por tanto tempo de exposição.

– Acordo você quando o doutor chegar.

Obrigado.

Quando ele se virou, ela disse:

– Espero que saiba que, seja qual for o resultado do teste, lidaremos bem com isso.

Olhou para ela. Então, Wellsie também estava preocupada com o teste.

Num rápido movimento, aproximou-se e abraçou-a; depois, foi para o quarto. Sequer colocou a roupa suja no cesto, apenas largou as bolsas e desabou na cama. Cara, os efeitos cumulativos de oito horas de exercícios eram suficientes para o fazer querer dormir uma semana inteira.

Só que não parava de pensar na visita de Havers, logo mais. Deus, e se tudo fosse um engano? E se não fosse converter-se em algo fantástico e poderoso? E se suas visões noturnas não passavam de uma fixação exagerada no Conde Drácula?

E se a maior parte dele fosse humana?

Isso até que faria sentido. Embora o treinamento estivesse só começando, estava claro que não era como os outros machos na pré-transição de sua turma. Era uma negação para atividades físicas, e mais fraco do que os outros rapazes. Talvez a prática o ajudasse, mas duvidava disso.

John fechou os olhos e esperou ter um bom sonho. Um sonho que o colocasse em um corpo grande, um sonho em que seria forte e...

A voz de Tohr o despertou.

– Havers está aqui.

John bocejou, espreguiçou-se, e tentou ocultar-se da compaixão estampada no rosto de Tohr. Esse era outro pesadelo sobre o treinamento: fracassava o tempo todo na frente de Tohr.

– Como vai, filho... digo, John?

John sacudiu a cabeça e gesticulou:

Estou bem, mas prefiro ser chamado de filho *por você.*

Tohr sorriu.

– Que bom. Também prefiro assim. Agora venha, vamos acabar de uma vez com esse suspense sobre o teste, está bem?

John seguiu Tohr até a sala de estar. Havers estava sentado no sofá, parecendo um professor com seus óculos de armação de tartaruga, paletó esporte e gravata borboleta vermelha.

– Olá, John – disse.

John ergueu a mão e sentou-se na poltrona mais próxima de Wellsie.

– Tenho comigo os resultados de sua análise de sangue – Havers tirou um papel do bolso interno do paletó. – Demorou mais, porque havia uma anomalia que eu não esperava.

John olhou para Tohr. Depois para Wellsie. *Jesus...* E se fosse inteiramente humano? O que fariam com ele? Teria de partir...?

– John, você é um guerreiro puro. Há em você apenas um traço mínimo de sangue não pertencente à nossa espécie.

Tohr riu numa explosão ruidosa, batendo as mãos.

– Que grande notícia! Isso é sensacional!

John começou a sorrir timidamente e prosseguiu até que seus lábios desapareceram totalmente num sorriso de orelha a orelha.

– Mas, há outra coisa – Havers empurrou os óculos sobre o nariz. – Você é da linhagem de Darius de Marklon. Tão próximo, que poderia ser seu filho. Tão próximo... que deve ser seu filho.

A sala caiu num silêncio mortal.

John olhava de Tohr para Wellsie e vice-versa. Os dois estavam petrificados. Isso era boa notícia? Má notícia? Quem era Darius? A julgar pela expressão dos dois o tal sujeito era um criminoso ou...

Tohr saltou do sofá e tomou John nos braços, apertando-o tão forte que os dois se converteram em um só. Sem ar, com os pés suspensos do chão, John olhou para Wellsie. Cobria a boca com ambas as mãos, e as lágrimas rolavam por suas faces.

De repente, Tohr o soltou e recuou. Tossiu um pouco, com os olhos brilhantes.

– Bem... quem diria...

O macho pigarreou várias vezes. Esfregou o rosto. Parecia um pouco aturdido.

Quem é Darius?, gesticulou John quando voltou para o seu lugar.

Tohr sorriu lentamente.

– Era o meu melhor amigo, meu Irmão de combate, meu... Mal posso esperar para lhe contar tudo sobre ele. E isso significa que você tem uma irmã.

Quem?

– Beth, nossa rainha. A *shellan* de Wrath...

– Sim, a respeito dela – disse Havers, olhando para John –, não entendo sua reação a ela. A tomografia computadorizada está ok, o eletrocardiograma também, assim como o exame completo de sangue. Acredito em você quando diz que foi ela a causa de suas convulsões, embora não imagine a razão para isso. Eu gostaria que permanecesse um tempo longe dela para vermos se isso acontece em outro ambiente, está certo?

John concordou, embora quisesse voltar a vê-la, especialmente se era parente sua. Uma irmã. Que legal...

– Agora, sobre aquela outra questão – disse Havers, significativamente.

Wellsie inclinou-se para frente e pôs a mão no joelho de John.

– Havers tem algo que deseja lhe falar.

John franziu a testa.

O que é?, gesticulou lentamente.

O doutor sorriu, tentando tranquilizá-lo.

– Eu gostaria que visse esse terapeuta.

John gelou. Em pânico, sondou o rosto de Wellsie, depois o de Tohr, perguntando-se quanto lhes haveria contado o doutor a respeito do que lhe acontecera um anos antes.

Por quê?, gesticulou. *Estou bem.*

A resposta de Wellsie foi neutra:

– É apenas para ajudá-lo a fazer a transição para o seu novo mundo.

– E a sua primeira consulta é amanhã à noite – disse Havers, inclinando a cabeça para baixo. Encarando o rosto de John por cima dos óculos, a mensagem que seu olhar transmitia era: "Ou vai ou digo a eles a verdadeira razão pela qual deve ir".

John se viu acuado, e isso o aborreceu. Mas supôs que era melhor submeter-se à chantagem emocional do que Tohr e Wellsie saberem algo do que lhe tinham feito.

Está bem, eu irei.

– Eu levo você – disse Tohr, rapidamente. Então, franziu a testa. – Digo... podemos encontrar alguém para levá-lo... Butch pode fazer isso.

O rosto de John queimava. Sim, não queria Tohr por perto do consultório do terapeuta. De maneira alguma.

A campainha da porta da frente tocou. Wellsie sorriu.

– Oh, que bom. É Sarelle. Veio para trabalharmos no festival do solstício. John, talvez você queira nos ajudar?

Sarelle estava aqui outra vez? Não havia mencionado isso quando trocaram mensagens pela Internet na noite anterior.

– John? Você quer trabalhar com Sarelle?

Ele concordou balançando a cabeça e tentou manter-se calmo, embora houvesse acendido como um anúncio em néon. Sentia o corpo inteiro formigar. *Sim. Posso fazer isso.*

Colocou as mãos no colo e baixou a vista até elas, tentando guardar para si seu sorriso.

Capítulo 23

Bella voltaria para casa e ponto final. Naquela noite.

Para dizer o mínimo, Rehvenge não era o tipo de macho que tolerasse bem frustrações. Assim sendo, sua paciência *mais* do que se esgotara esperando que sua irmã voltasse para casa, que era o seu lugar. Droga, ele não era apenas o irmão, era seu *tuhtor*, e isso significava que tinha direitos.

Enquanto vestia furiosamente o seu longo casaco de marta zibelina, a pele formou redemoinhos ao redor de seu corpanzil, repousando sobre seus tornozelos. Usava um terno negro de Ermenegildo Zegna. As pistolas nove milímetros gêmeas que levava sob os braços eram Heckler & Koch.

– Rehvenge, por favor, não faça isso.

Olhou para a mãe. De pé sob o candelabro do vestíbulo, Madalina era a imagem da aristocracia, com seu porte real, os diamantes e o longo vestido de cetim. A única coisa que destoava do conjunto era o ar de preocupação em seu rosto, que não se devia à tensão causada entre o design revolucionário de suas joias Harry Winston e a alta costura. Ela nunca se alterava. Jamais.

Respirou profundo. Era mais provável que conseguisse acalmá-la se controlasse seu temperamento explosivo, mas, em seu presente estado de espírito, acabaria descontando nela, e não seria justo.

– Desse jeito, ela volta para casa – disse ele.

A graciosa mão de sua mãe ergueu-se até a garganta, um claro sinal de que estava dividida entre o que queria e o que julgava ser correto.

– Mas é uma atitude tão extremada.

– Quer vê-la dormindo em sua própria cama? Quer vê-la no lugar em que deveria estar? – o tom de sua voz era cada vez mais alto. – Ou quer que ela fique com a Irmandade? Eles são guerreiros, *mahmen*. *Guerreiros*. Sedentos de sangue, famintos de sangue. Pensa que hesitariam em tomar uma fêmea? E você sabe muito bem que, pela lei, o Rei Cego pode se deitar com qualquer fêmea que escolher. Quer vê-la nesse tipo de ambiente? Eu não.

Quando sua *mahmen* deu um passo atrás, ele percebeu que estava gritando com ela. Respirou fundo novamente.

– Mas, Rehvenge, eu falei com ela. Não quer voltar para casa ainda. E eles são machos honrados. No Antigo País...

– Sequer sabemos hoje em dia quem integra a Irmandade.

– Eles a salvaram.

– Então, podem devolvê-la à sua família. Pelo amor de Deus, ela é uma fêmea da aristocracia. Pensa que a *glymera* a aceitará depois disso? Ela já teve um caso clandestino.

E que dor de cabeça deu isso. O macho era totalmente indigno dela, um completo idiota, e, mesmo assim, o filho da mãe deu um jeito de sair limpo da história. Bella, por outro lado, foi assunto de fofoca durante meses, e embora ela tentasse fingir que não se incomodava com isso, Rehv sabia que não era verdade.

Ele odiava a aristocracia da qual faziam parte, realmente odiava.

Sacudiu a cabeça, zangado consigo mesmo.

– Ela nunca deveria ter se mudado desta casa. Eu nunca deveria ter permitido.

E, assim que a tivesse de volta, *jamais* sairia outra vez sem o seu consentimento. Estava cuidando para que fosse reconhecida como fêmea *ehnclausurada*. O sangue dela era suficientemente puro para justificar tal solicitação, e, francamente, já deveria ser uma. Feito isso, a Irmandade estaria obrigada legalmente a entregá-la aos cuidados de Rehvenge, e a partir daquele momento ela não poderia deixar a casa sem a sua permissão. E não apenas isso. Qualquer macho que quisesse vê-la teria de falar com ele antes, como chefe daquela família, e diria não para todos os filhos da mãe. Falhara em proteger a irmã uma vez. Não permitiria que isso acontecesse novamente.

Rehv consultou o relógio, embora soubesse que era tarde para tais assuntos. Apresentaria ao rei a petição do *ehnclausuramento* de seu próprio escritório. Era estranho solicitar algo tão antigo e tradicional através de um e-mail, mas agora era assim que se faziam as coisas.

– Rehvenge...

– O quê?

– Desse modo você a afastará.

– Impossível. Depois que tiver cuidado disso, não terá outro lugar aonde ir além desta casa.

Apanhou sua bengala e fez uma pausa. A mãe lhe pareceu tão infeliz que se inclinou e a beijou na face.

– Não se preocupe com coisa alguma, *mahmen*: vou dar um jeito para que ela nunca mais se machuque. Por que não prepara a casa para recebê-la? Poderia trazer para baixo o traje de luto de Bella.

Madalina meneou a cabeça. Com uma voz reverente, disse:

– Não até que ela cruze a soleira. Presumirmos que já está de volta a salvo poderia ofender a Virgem Escriba.

Ele reprimiu uma maldição. A devoção de sua mãe à Mãe da Raça era proverbial. Que inferno, ela deveria ter sido uma Escolhida! Com todas aquelas preces, regras e temores de que uma palavra sacrílega pudesse atrair certas desgraças...

Mas, não importava. A prisão espiritual era dela, não dele.

– Como quiser – disse ele, apoiando-se sobre a bengala e retirando-se.

Deslocou-se lentamente pela casa, confiando nos diferentes tipos de pisos para saber em que ambiente se encontrava. Havia mármore no vestíbulo, um tapete oriental na sala de jantar, pranchões de madeira de lei na cozinha. Sua visão lhe dizia que seus pés estavam solidamente apoiados e que era seguro depositar todo o peso neles. Levava a bengala para o caso de equivocar-se e perder o equilíbrio.

Para chegar à garagem, segurou-se no batente da porta antes de baixar um pé e depois o outro para começar a descer os quatro degraus. Após entrar no Bentley à prova de balas, acionou o controle remoto para abrir a porta e esperou para sair.

Droga. Daria tudo para saber quem eram esses Irmãos e onde viviam. Iria lá, derrubaria a porta e arrancaria Bella de suas mãos.

Quando a porta da garagem acabou de se abrir, deu marcha à ré no sedã e pisou o acelerador tão fundo que os pneus cantaram. Agora que estava atrás do volante, podia se deslocar na velocidade que desejasse. Rápido. Veloz. Livre de cuidados.

O extenso gramado tornou-se um borrão enquanto ele descia à toda o sinuoso caminho até o portão, que era recuado em relação à rua. Precisou parar um instante enquanto esperava que a coisa se abrisse; então, saiu na Avenida Thorne e prosseguiu por uma das ruas mais suntuosas de Caldwell.

Para manter sua família em segurança e para que nunca lhes faltasse coisa alguma, trabalhava com coisas desprezíveis. Mas era bom no que fazia, e a mãe e a irmã mereciam o tipo de vida que tinham. Dava-lhes o que quisessem, atendia qualquer capricho que tivessem. Pois, durante muito tempo, as coisas tinham sido duras para eles...

Sim, a morte de seu pai havia sido o primeiro presente que dera a elas, a primeira das muitas maneiras com que melhorara suas vidas e as mantinha a salvo. E não seria agora que mudaria de rumo.

Rehv tomou um atalho e se dirigiu para o centro quando sua nuca começou a formigar. Tentou ignorar a sensação, mas, em questão de segundos, a coisa se transformou num vigoroso apertão, como se a parte superior de sua espinha estivesse sendo comprimida num torno. Desacelerou e esperou que a sensação passasse.

Então, aconteceu.

Com uma pontada de dor, sua visão mergulhou em tons de vermelho, como se lhe tivessem posto um véu transparente sobre a cara: os faróis dos automóveis em sentido contrário pareciam agora néon cor-de-rosa, a rua assumira uma cor de ferrugem, o céu estava da cor de vinho tinto. Consultou o relógio digital cujos números agora tinham um brilho de rubi.

Droga. Algo estava muito errado. Aquilo não podia estar acon...

Ele piscou e esfregou os olhos. Quando voltou a abri-los, estava sem senso de profundidade.

Pois sim, uma ova que não estava acontecendo. E não conseguiria chegar ao centro da cidade.

Virou o volante para a direita e entrou num centro comercial a céu aberto, onde a Academia de Artes Marciais Caldwell funcionava antes que se incendiasse. Apagou os faróis do Bentley e dirigiu por trás dos prédios compridos e baixos, estacionando longe da calçada: caso tivesse de sair depressa, a única coisa que precisaria fazer era pisar no acelerador.

Deixando o motor ligado, tirou o casaco de marta zibelina e o paletó do terno, e arregaçou a manga do braço esquerdo. Através da neblina vermelha, abriu o porta-luvas e tirou dali uma seringa hipodérmica e uma tira de borracha. Suas mãos tremiam tanto que deixou cair a embalagem da agulha e teve de abaixar para recolhê-la do chão.

Apalpou os bolsos do paletó até encontrar um frasco de dopamina neuromoduladora, e o colocou sobre o painel.

Custou-lhe duas tentativas abrir a embalagem esterilizada da seringa hipodérmica, e quase partiu a agulha enquanto a introduzia através da tampa de borracha da dopamina. Quando a seringa estava cheia, envolveu a tira de borracha ao redor do bíceps, usando a mão e os dentes; depois, tentou encontrar a veia. Por estar trabalhando com um campo visual plano, tudo era mais complicado.

Não conseguia enxergar as coisas direito. Tudo o que via em sua frente era... vermelho.

Vermelho... vermelho... vermelho. A palavra disparou em sua mente, golpeando o interior de seu crânio. Vermelho era a cor do pânico. Vermelho era a cor do desespero. Vermelho era a cor do seu ódio a si mesmo.

Vermelho não era a cor do seu sangue. Não naquele momento, de forma alguma.

Obrigando-se a se concentrar, tocou o antebraço procurando um ponto de acesso para a droga, uma via expressa que enviasse aquela coisa direto aos receptores do cérebro. Só que suas veias já estavam muito judiadas.

Não sentiu coisa alguma quando espetou a agulha, o que era tranquilizador. Mas, não tardou muito... uma pequena fisgada no lugar da injeção. O entorpecimento no qual se mantinha estava prestes a terminar.

Enquanto procurava uma veia que pudesse utilizar, começou a sentir seu corpo: a sensação do próprio peso no assento de couro do automóvel. O aquecimento soprando em seus tornozelos. O ar entrando e saindo por sua boca, secando-lhe a língua.

O terror fez com que empurrasse o êmbolo e soltasse o torniquete de borracha. Só Deus sabia se aplicara no lugar certo.

Com o coração a galope no peito, olhou o relógio.

– Vamos – murmurou, começando a se balançar no banco do motorista. – Vamos... faça efeito.

Vermelho era a cor de suas mentiras. Estava preso em um mundo vermelho. E qualquer dia desses, a dopamina não iria funcionar. Estaria perdido no vermelho para sempre.

O relógio trocou os números. Passara-se um minuto.

– Oh, droga... – esfregou os olhos como se isso pudesse trazer de volta o senso de profundidade em sua visão e o espectro de cores normal.

O celular tocou e ele o ignorou.

– Por favor... – odiava o tom de súplica em sua voz, mas não conseguia fingir ser forte. – Não quero perder...

De repente, sua visão retornou, o vermelho foi drenado de seu campo visual, recuperou a perspectiva tridimensional. Foi como se o mal houvesse sido sugado dele; seu corpo se entorpeceu, as sensações se evaporaram até que só o que lhe restou foram os pensamentos em sua cabeça. Com a droga, voltava a ser algo que se movia, respirava e falava, e que, graças aos céus, tinha agora apenas quatro sentidos com que se preocupar, já que o tato fora suprimido com a medicação.

Desabou contra o assento. O estresse pelo sequestro e resgate de Bella acabara com ele. Era por isso que o ataque o atingira tão forte e rapidamente. Talvez fosse preciso ajustar a dose novamente. Iria ver Havers e consultá-lo a respeito.

Demorou um pouco antes que se sentisse capaz de colocar o veículo em movimento. Enquanto deixava o centro comercial e retornava ao trânsito, disse a si mesmo que era apenas mais um sedã em uma longa fila de automóveis. Anônimo. Igual a qualquer outro.

De algum modo, a mentira o aliviou... e aumentou sua solidão.

Em um semáforo, consultou a mensagem que lhe tinham deixado.

O alarme de segurança de Bella fora desligado por uma hora mais ou menos e acabara de ser religado. Alguém tinha estado na casa dela outra vez.

Zsadist encontrou o Ford Explorer negro estacionado no bosque a cerca de trezentos metros do acesso para a casa de Bella. Só o descobrira ali porque andara explorando a área, muito inquieto para voltar para casa, muito perigoso para estar na companhia de alguém.

Um único rastro de pegadas na neve seguia em direção à casa.

Colocou as mãos em concha sobre os olhos e espiou o interior do automóvel através da janela. O alarme de segurança estava ligado.

Devia ser o veículo daqueles *redutores*. O cheiro adocicado deles estava por todo o carro. Mas, como só havia um rastro de pegadas, talvez o motorista tivesse deixado os companheiros em outro ponto, para depois esconder o carro... Ou, quem sabe, o veículo fora removido de onde estava antes?

Não importava. A Sociedade voltaria para recuperar sua propriedade. E não seria estupendo saber para onde o levariam, então? Mas como rastrear a maldita coisa?

Colocou as mãos nos quadris... e, por acaso, seu olhar se deteve no cinturão das armas.

Enquanto desprendia dele o celular, pensou com carinho em Vishous, aquele filho da mãe danado de bom em tecnologia.

Necessidade, a mãe da invenção.

Materializou-se debaixo do carro, para deixar o mínimo possível de rastros na neve. Enquanto seu peso era absorvido por suas costas, fez uma careta. Iria pagar caro por aquele seu voo através da porta da casa de Bella. E pela pancada na cabeça. Mas tinha sobrevivido a coisas piores.

Tirou do bolso uma caneta-lanterna e examinou o chassi, tentando escolher o lugar adequado. Tinha de ser suficientemente grande e não podia estar perto do escapamento, porque, mesmo com a baixa temperatura, um calor daquele poderia ser problema. É óbvio que teria preferido entrar no Explorer e esconder o celular embaixo de um banco, mas o sistema de alarme do carro era uma complicação. Se o desligasse poderia não ser capaz de restabelecê-lo, e, então, os *redutores* saberiam que alguém tinha estado no automóvel.

Como se a janela arrebentada não fosse um indício disso, no caso.

Droga... Deveria ter revirado os bolsos daqueles redutores antes de apunhalá-los para desaparecerem. Um daqueles filhos da mãe devia ter a chave. Só que estava tão transtornado, que agiu precipitadamente.

Z. praguejou, pensando na forma como Bella tinha olhado para ele, depois que mastigara o assassino na frente dela. Tinha os olhos arregalados no rosto pálido e a boca aberta pelo choque do que ele havia feito.

O problema era que o serviço que a Irmandade prestava protegendo a raça era sujo. Era caótico, feio e, às vezes, insano. Sempre sangrento. E, ainda por cima, ela testemunhara seu apetite de matar. Seria capaz de apostar que fora isso o que mais a perturbou.

Concentre-se, imbecil. Pare de pensar e mãos à obra.

Z. fuçou um pouco mais, movendo-se debaixo do Explorer. Finalmente, encontrou o que estava procurando: uma pequena reentrância no chassi. Tirou a jaqueta, embrulhou nela o celular, e empurrou o bolo dentro do buraco. Testou a firmeza do arranjo e, depois, voltou a se desmaterializar.

Aquilo não resistiria muito tempo, mas era melhor do que nada. E agora Vishous seria capaz de rastrear o Explorer do complexo da Irmandade, porque aquele pequeno Nokia tinha um chip GPS.

Agora Z., à margem do bosque, examinava a parte dos fundos da casa de Bella. Fizera um bom trabalho remendando a porta. Felizmente, o batente não fora muito danificado e, por isso, havia conseguido fechá-la e religar os sensores do alarme. Depois, encontrara uma lona impermeável na garagem e vedara com ela o monstruoso buraco.

Remediado, não consertado, de fato.

Engraçado... Não teria resultado muito melhor se tentasse se reabilitar aos olhos de Bella. Mas – *que inferno* – não queria que pensasse que ele era um selvagem.

Ao longe, dois faróis deixaram a Rota 22 e enveredaram pelo longo acesso particular que levava à casa. Ao se aproximar, o automóvel diminuiu a marcha e estacionou em frente à garagem.

Aquilo era um Bentley?, pensou Z. Com certeza se parecia com um.

Cara, um carrão daquele? Só poderia ser um membro da família de Bella. Sem dúvida, haviam sido avisados de que o alarme de segurança fora desligado por instantes e voltara a funcionar há uns dez minutos.

Droga. Não era uma boa hora para alguém ir lá inspecionar. Com a sorte de Z., os *redutores* escolheriam justo aquele momento para retornar para buscar o carro deles, e decidiriam dar uma passadinha na casa em busca de um pouco de ação.

Praguejando baixinho, esperou que uma das portas do Bentley se abrisse... mas ninguém saiu do automóvel e o motor continuava ligado. Isso era bom. Uma vez que o alarme se encontrava ativado, talvez não pensassem em entrar. Porque a cozinha estava um desastre.

Z. farejou o ar frio, mas não conseguiu captar cheiro algum. Seu instinto, entretanto, dizia que havia um macho dentro do sedã. O irmão dela? Era o mais provável. Haveria de ser ele a checar o lugar.

Isso mesmo, colega. Olhe as janelas da frente. Viu? Nada de errado. Não há ninguém na casa. Agora, faça um favor a nós dois e vaza daqui.

O sedã ficou ali parado pelo que lhe pareceram umas cinco horas. Então, deu ré, manobrou e foi embora.

Z. respirou fundo. *Meu Deus...* Estava com os nervos à flor da pele naquela noite.

O tempo passava. Parado ali, entre os pinheiros, ficou olhando a casa de Bella. E se perguntou se ela, agora, teria medo dele.

O vento aumentou, o frio cortante chegava-lhe aos ossos. Com desespero, abraçou a dor que sentia.

CAPÍTULO 24

John espiou por cima da escrivaninha. Sarelle tinha a cabeça baixa enquanto folheava um dos livros antigos, e o cabelo louro e curto tapava-lhe o rosto, de modo que a única coisa que podia entrever era o queixo. Os dois haviam passado horas fazendo uma lista de encantamentos para o festival do solstício. Enquanto isso, Wellsie estava na cozinha, encomendando as provisões para a cerimônia.

Sarelle virou outra página e John se deu conta da beleza das mãos dela.

– Ok – disse ela. – Acho que esse é o último.

Ergueu a vista para ele e foi como se um raio o tivesse atingido: um choque de calor seguido por desorientação espacial. Além disso, não se admiraria se houvesse passado a brilhar no escuro.

Ela sorriu e fechou o livro. Houve um longo silêncio.

– Então... hum, acho que meu amigo Lash está em sua turma de treinamento.

Lash era amigo dela? *Ah, que maravilha.*

– Sim... E contou que você tem a marca da Irmandade no peito – como John não respondeu, ela disse: – Tem?

John se encolheu e rabiscou na borda da lista que havia elaborado.

– Posso vê-la?

Fechou os olhos com força. Até parece que iria deixar que ela desse uma olhada no seu peito ossudo... Ou na marca de nascimento que criara mais uma dificuldade para ele.

– Não acredito que você a fez em si próprio, como eles pensam – apressou-se em dizer. – E não é que eu deseje checá-la nem nada. Nem ao menos sei qual deve ser a aparência dela. Só estou curiosa.

Aproximou a cadeira e ele pôde sentir o perfume que usava... ou talvez nem fosse perfume. Talvez fosse apenas... ela.

– De que lado fica?

Como se a própria mão pertencesse a ela, John bateu no peitoral esquerdo.

– Desabotoe um pouco a camisa – ela se inclinou para um lado, com a cabeça virada para poder olhar o peito dele. – John? Posso vê-la, por favor?

Olhou para a porta. Wellsie ainda falava ao telefone na cozinha, então, provavelmente não iria chegar ali naquele instante nem nada. Mas o escritório ainda parecia muito exposto.

Oh... Deus. Iria mesmo fazer aquilo?

– John? Só quero... ver.

Certo, *iria* fazer aquilo.

Levantou-se e indicou a porta com a cabeça. Sem dizer coisa alguma, Sarelle o seguiu por todo o corredor e até o quarto dele.

Depois que entraram, encostou a porta e levou as mãos ao primeiro botão da camisa, ameaçando-as de serrá-las fora se não se mantivessem firmes em sua ação e o envergonhassem. A ameaça pareceu funcionar, porque desabotoou a camisa até a barriga sem muito trabalho. Afastou a banda esquerda e virou a cabeça para o lado oposto.

Ao sentir um ligeiro toque na pele, estremeceu.

– Sinto muito, minhas mãos estão frias – Sarelle soprou a ponta dos dedos, e voltou a colocá-los sobre o peito dele.

Santo Deus. Alguma coisa estava acontecendo em seu corpo, um tipo de alteração selvagem por baixo da pele. A respiração era-lhe difícil, estrangulada. Abriu a boca para conseguir mais ar.

– Isso *realmente* é muito legal.

Ficou desapontado quando ela deixou cair a mão. Mas, então, ela sorriu:

– O que acha de sairmos qualquer noite dessas? Sabe, podíamos ir jogar *laser-tag**. Seria bem legal. Ou, talvez, ao cinema.

John balançou a cabeça concordando como o bestalhão que era.

– Que bom.

Os olhos deles se encontraram. Ela era tão bonita que o deixava tonto.

– Quer me beijar? – sussurrou ela.

Os olhos de John se arregalaram. Como se um balão houvesse explodido atrás de sua cabeça.

– Porque eu gostaria que o fizesse – lambeu um pouco os lábios. – Gostaria de verdade.

Uau... A oportunidade de sua vida, bem ali, naquele momento, pensou John.

Não a deixe passar. Deixar a oportunidade passar seria um completo suicídio.

John rapidamente rememorou cada filme que assistira na vida... e não adiantou nada. Como fã de filmes de terror, tudo que lhe cruzou o cérebro foram imagens de Godzilla esmagando Tóquio e do Tubarão mastigando o rabo da *Orca*. *Que bela ajuda.*

Pensou na teoria. *Cabeça virada. Inclinar-se para frente. Fazer contato.*

Sarelle olhou ao redor, corando.

– Se não quiser, tudo bem. Só pensei...

– John? – a voz de Wellsie chegou do corredor. E se aproximava enquanto continuava falando. – Sarelle? Onde estão vocês, crianças?

Ele fez uma careta. Antes que perdesse a coragem, agarrou a mão de Sarelle, puxou-a para ele, e tascou-lhe um bom beijo na boca, seus lábios bem apertados contra os dela. Sem língua: não havia tempo, e, de qualquer forma, provavelmente teria de telefonar para a emergência depois de algo assim. Do jeito que fora, já estava praticamente hiperventilando.

---

* Jogo que simula um combate entre duas equipes, semelhante ao *paintball*, só que, ao invés de armas com projéteis físicos, é utilizado um dispositivo infravermelho, muitas vezes integrado à arena onde ocorre a disputa. (N.R.)

Então, afastou-a. E começou a se preocupar com a sua atuação.

Arriscou um olhar. *Oh...* O sorriso dela era radiante.

Pensou que seu peito explodiria de felicidade.

Estava deixando a mão pender quando Wellsie meteu a cabeça no quarto:

– Tenho de ir ao... ah... Sinto muito. Não sabia que vocês dois...

John tratou de adotar um sorriso "nada de especial está acontecendo" e notou que os olhos de Wellsie estavam fixos em seu peito. Olhou para baixo. Sua camisa estava completamente aberta.

Tentar abotoar a maldita coisa desajeitadamente só piorou a situação, mas não pôde evitar.

– É melhor eu ir – disse Sarelle, calma. – Minha *mahmen* quer que eu volte para casa cedo. John, estarei on-line mais tarde, ok? Aí, escolhemos o filme que iremos assistir ou outra coisa para fazermos. Boa noite, Wellsie.

Enquanto Sarelle saía do quarto e se dirigia à sala, ele não resistiu e olhou para Wellsie. Observou Sarelle pegar o casaco no armário do vestíbulo, vesti-lo, e tirar as chaves do bolso. Momentos depois, o abafado ruído da porta principal se fechando soou no vestíbulo.

Houve um longo silêncio. Depois, Wellsie pôs-se a rir e jogou para trás os cabelos ruivos.

– Eu, ah, não tenho ideia de como lidar com isso – disse ela. – Só posso dizer que gosto muito dela e que tem bom gosto para machos.

John esfregou o rosto, consciente de que estava da cor de um tomate.

Vou caminhar um pouco, gesticulou ele.

– Bem, Tohr acabou de ligar. Disse que ia passar em casa para pegá-lo. Achou que você talvez quisesse acompanhá-lo ao centro de treinamento, já que ele tem trabalho administrativo a fazer. De qualquer forma, você escolhe se quer ficar ou não. E eu vou a uma reunião do *Conselho Princeps*.

Assentiu e Wellsie virou-se para ir embora.

– Ah, John? – ela parou e olhou por cima do ombro. Sua camisa... hum, está mal abotoada.

Olhou para baixo. E começou a rir. Embora não pudesse emitir som algum, precisava extravasar sua alegria, e Wellsie sorriu, obviamente feliz por ele. Enquanto abotoava os botões corretamente, pensou que nunca tinha amado tanto Wellsie como naquele momento.

Depois de retornar à mansão, Bella passara horas sentada na cama de Zsadist com o diário no colo. A princípio, nada fez com o diário, abalada demais com o que se passara em sua casa.

Meu Deus... Não podia dizer que estava surpresa por Zsadist ser tão ameaçador como pensou que fosse. E ele a salvara, não? Se aquele *redutor* que matou tivesse posto as mãos nela, teria terminado outra vez num buraco na terra.

O problema era que não podia se decidir se o que ele tinha feito era evidência de sua força ou de sua brutalidade.

Talvez, de ambas as coisas, pensou, e começou a se preocupar se ele estaria bem. Fora ferido e, mesmo assim, ainda estava lá fora, provavelmente tentando encontrar mais assassinos. *Deus...* E se ele...?

E se. E se... Se continuasse assim, enlouqueceria.

Desesperada por encontrar outra coisa em que se concentrar, folheou o que havia escrito em seu diário ao longo do último ano. O nome de Zsadist se destacava nas anotações anteriores ao seu sequestro. Na ocasião, estava tão obcecada por ele, e não podia dizer que isso houvesse mudado. Na verdade, seus sentimentos por ele eram tão fortes agora, mesmo depois do que havia feito naquela noite, que se perguntava se o que sentia por ele não seria...

Amor. *Oh... Meu Deus.*

De repente, não suportava estar sozinha, não com aquela revelação rondando sua cabeça. Escovou os dentes e o cabelo e dirigiu-se ao primeiro andar, esperando encontrar alguém. Só que, na metade da escadaria, escutou vozes vindas da sala de jantar e deteve-se. A última refeição da noite estava em andamento, mas, a ideia de se reunir com todos os Irmãos, Mary e Beth pareceu-lhe demais para ela. Além disso, Zsadist não estaria com eles? E como poderia encará-lo sem entregar seus sentimentos? Não via jeito de aquele macho aceitar bem que ela o amasse. Não via mesmo.

Ah, que inferno. Mais cedo ou mais tarde teria de vê-lo. E esconder-se não era do seu feitio.

Mas quando chegou ao final da escadaria e deteve-se sobre o piso de mosaico do vestíbulo, deu-se conta de que se esquecera dos sapatos. Como poderia entrar descalça na sala de jantar do rei e da rainha?

Olhou para trás, para o segundo andar, e sentiu-se absolutamente exausta. Cansada demais para subir e voltar a descer, muito envergonhada para prosseguir como estava, ficou ali, escutando os sons da refeição: as vozes de machos e fêmeas conversando e rindo. Uma garrafa de vinho sendo desarrolhada com um "pop". Alguém agradecendo Fritz por trazer mais cordeiro.

Olhou seus pés descalços, achando-se uma idiota. Uma idiota transtornada. Desorientada pelo que o *redutor* lhe havia feito. E abalada pelo que vira Zsadist fazer naquela noite. E tão sozinha após se dar conta do que sentia pelo macho.

Estava a ponto de jogar a toalha e voltar a subir quando algo lhe roçou a perna. Saltou e olhou para baixo, encontrando os olhos verde-jade de um gato negro. O felino piscou, ronronou para ela, e esfregou a cabeça contra a pele de seu tornozelo.

Inclinando-se, acariciou sua pelagem com mãos trêmulas. O animal era incomparavelmente elegante, deslocando-se com estudados e graciosos movimentos. E, sem uma boa razão, os olhos de Bella se encheram de lágrimas. Quanto mais emocionada ficava, mais o gato e ela se aproximavam, até que estivesse sentada no último degrau da escada e o animal acomodado em seu colo.

– Seu nome é Boo.

Bella estremeceu e ergueu os olhos. Phury estava de pé diante dela, muito alto, e já não usava o traje de combate: vestia agora casimira e lã. Tinha um guardanapo na mão, como se acabasse de se levantar da mesa, e cheirava realmente bem, como se houvesse acabado de tomar banho e de se barbear. Olhando-o, deu-se conta de que a conversação e o sons de pratos e talheres havia cessado na sala de jantar, deixando um silêncio que lhe dizia que todos sabiam que ela havia descido e detivera-se nas proximidades.

Phury se ajoelhou e pressionou o guardanapo de linho contra a mão dela. Foi assim que se deu conta de que havia lágrimas escorrendo por suas faces.

– Não irá se juntar a nós? – disse-lhe ternamente.

Ela secou o rosto, sem largar o gato.

– Será que eu posso levá-lo comigo?

– Sem dúvida. Boo sempre é bem-vindo em nossa mesa. Assim como você.

– Estou descalça.

– Não ligamos para isso – estendeu-lhe a mão. Venha, Bella. Junte-se a nós.

Zsadist adentrou o vestíbulo, tão enregelado e rígido que mal se arrastava. Por sua vontade, teria permanecido na casa de Bella até o despontar da aurora, mas seu corpo desprotegido não resistira ao frio.

Embora não fosse comer, dirigiu-se à sala de jantar, só para deter-se, escondido nas sombras. Bella estava à mesa, sentada ao lado de Phury. Havia um prato de comida diante dela, mas prestava mais atenção ao gato que tinha no colo. Estava alisando Boo, e não deixou de acariciá-lo sequer quando ergueu a vista para prestar atenção a algo que Phury dizia. Sorriu, e quando baixou a cabeça novamente, os olhos de Phury demoraram-se em seu perfil, embevecido.

Z. caminhou rapidamente para a escada, nem um pouco disposto a participar daquela cena. Estava quase a salvo quando Tohr saiu pela porta oculta sob o primeiro lance de degraus. O Irmão parecia carrancudo, mas, que diabos, não era mesmo de sorrisos.

– Ei, Z., espere.

Zsadist praguejou, e não foi baixinho. Não tinha interesse algum em ficar escutando aquela lenga-lenga sobre regras de conduta, e, ultimamente, era só sobre isso que Tohr falava. O cara estava enlouquecendo a Irmandade, organizando turnos, tentando converter quatro tipos altamente independentes como eram V., Phury, Rhage e Z. em soldados disciplinados. Não era de admirar que sempre parecesse estar com enxaqueca.

– Zsadist, eu disse, *espere*.

– Agora não...

– Sim, *agora*. O irmão de Bella mandou uma petição a Wrath. Solicitando que ela seja declarada *ehnclausurada*, com ele como seu *guahrdião*.

Oh, droga. Se isso acontecesse, seria como perder Bella para sempre. Tal condição a transformaria num objeto. Sequer a Irmandade poderia afastá-la de seu *guahrdião.*

– Z.? Escutou o que eu disse?

Balance a cabeça, imbecil, disse a si mesmo.

Mal conseguiu erguer o queixo.

– Mas por que está me contando isso?

Tohr apertou os lábios.

– Quer fingir que ela não significa nada para você? Tudo bem. Só pensei que haveria de querer saber disso.

Tohr dirigiu-se para a sala de jantar.

Z. agarrou o corrimão e esfregou o peito, sentindo como se alguém houvesse substituído o oxigênio de seus pulmões por piche. Olhou para cima e se perguntou se Bella passaria por seu quarto antes de ir embora. Teria de fazê-lo, porque seu diário estava ali. Poderia deixar as roupas para trás, mas não o diário. A não ser, é obvio, que já o tivesse tirado.

Deus... Como lhe diria adeus?

Cara, precisavam de uma última conversa. Não conseguia imaginar o que lhe diria, especialmente depois que ela o vira praticar seu detestável número com aquele assassino.

Z. entrou na biblioteca, pegou um dos telefones, e discou o número do celular de Vishous, orientando-se pela posição das teclas. Escutou-o tocar tanto pelo fone como através do vestíbulo. Quando V. atendeu, contou-lhe sobre o Explorer, o celular e o que tinha feito no chassi.

– Deixe comigo – disse V. – Mas onde você está? Há um estranho eco no telefone.

– Se o automóvel se mover, avise-me. Estarei no ginásio – desligou e encaminhou-se para o túnel subterrâneo.

Pensou em pegar uma roupa no vestiário e levar-se a um estado de absoluto esgotamento. Quando suas coxas gritassem, suas panturrilhas se convertessem em pedra e sua garganta doesse por falta de fôlego, a dor clarearia sua mente e o limparia... Precisava da dor mais do que de comida.

Quando chegou ao vestiário, foi ao seu armário e tirou de lá seus Air Shox e um calção de corrida. Não se preocupou em apanhar uma camiseta, pois preferia correr de peito nu, especialmente sem ninguém por perto.

Desarmou-se e estava prestes a tirar a roupa quando sentiu que algo se movia pelo vestiário. Rastreando o som em silêncio, interpôs-se no caminho de... um pingo de gente desconhecido.

Houve um som metálico quando o pequenino corpo se chocou contra um dos bancos do vestiário.

Droga. Era aquele garoto. Qual era mesmo o nome dele? John alguma coisa. E o tal garoto John parecia a ponto de desmaiar, enquanto olhava para cima com os olhos vidrados e saltando das órbitas.

Do alto de sua grande estatura, Z. olhou para baixo. Naquele instante, seu estado de espírito era totalmente cruel, negro e frio como o espaço sideral, e, mesmo assim, não estava disposto a fazer um rapaz inofensivo borrar-se de medo à toa.

– Dê o fora, garoto.

John atrapalhou-se com alguma coisa nas mãos. Um bloco e uma caneta. Enquanto punha os dois juntos, Z. meneou a cabeça.

– Não sei ler, lembra? Apenas caia fora daqui. Tohr está lá em cima, na casa.

Z. virou-se e tirou a camisa com um puxão. Quando escutou um ruído de assombro, olhou por cima do ombro. Os olhos de John estavam fixos em suas costas.

– Caramba, garoto... se manda daqui!

Quando Z. escutou o som de passos se afastando, desfez-se das calças, vestiu o calção negro de futebol, e sentou-se no banco. Ergueu os Nikes pelos cordões e deixou-os pendurados entre os joelhos. Enquanto olhava fixo o par de tênis de corrida, pensou tolamente em todas as vezes que os tinha calçado e castigado seu corpo no torturante calvário que estava determinado a cumprir. Depois, pensou sobre quantas vezes tinha deixado que o ferissem deliberadamente em brigas com *redutores*. E quantas vezes pedira a Phury que lhe batesse.

Pedido, não. Obrigado. Houve vezes em que obrigara o seu gêmeo a golpeá-lo vezes e mais vezes até que sua cara coberta de cicatrizes estivesse inchada e tudo que pudesse perceber fosse a dor latejante em seus ossos. Na verdade, não gostava de envolver Phury. Preferia que a dor fosse particular e, se fosse possível, teria ele mesmo aplicado os golpes. Mas era difícil arrebentar a própria cara com a força necessária.

Lentamente, Z. baixou os tênis ao chão e inclinou-se para trás, apoiando-se no armário, pensando onde estaria seu gêmeo. Lá em cima, na sala de jantar. Ao lado de Bella.

Seus olhos se desviaram para o telefone que havia na parede do vestiário. Talvez devesse ligar para a mansão.

Um suave assovio soou perto dele. Desviou os olhos para a esquerda e franziu a testa.

O garoto estava ali com uma garrafa de água na mão, e avançava cautelosamente, o braço esticado à sua frente, a cabeça inclinada. Como se quisesse confraternizar com uma pantera e tivesse a esperança de sair da experiência com todos os membros ainda unidos ao tronco.

John depositou a garrafa de água mineral no banco, a um metro de Z. Depois, virou-se e saiu correndo.

Z. olhou a porta por onde o garoto havia desaparecido. Enquanto ela se fechava, pensou nas outras portas do complexo. Especificamente, nas portas principais da mansão.

Deus. Bella também logo iria embora. Aliás, poderia estar indo agora mesmo.

Naquele exato minuto.

CAPÍTULO 25

– Maçãs? Estou pouco me lixando para maçãs! – gritou o Sr. O ao celular. Estava a ponto de explodir de tão furioso, e o Sr. U com aquela conversa fiada sobre malditas *frutas*? – Acabei de lhe dizer que temos três Betas mortos. *Três.*

– Mas esta noite foi comprada cerca de uma tonelada e meia de maçãs em quatro diferentes...

O Sr. O começou a andar de um lado para o outro da cabana, impacientemente. Era isso ou que o ajudassem, pois iria caçar o Sr. U e acabar com a raça dele.

Assim que o Sr. O retornou da entrevista com Ômega, foi para a casa de Bella, e encontrou duas marcas de chamuscado no gramado e a porta dos fundos arrebentada. Espiando a cozinha através da janela, pôde ver sangue negro por todo o lugar e outra marca de queimado no piso.

Que inferno, pensou, imaginando a cena. Sabia que aquilo era obra de um Irmão, pois, a julgar pelo estado da cozinha, o *redutor* que tinha morrido no chão havia sido retalhado antes de ser apunhalado.

Será que sua esposa estava com o guerreiro naquela ocasião? Ou foi uma visita da família tentando fazer a mudança de suas coisas e o Irmão só os estaria protegendo?

Malditos Betas. Como aqueles três cretinos e inúteis filhos da mãe haviam procurado a própria morte, ele jamais teria as respostas. E se sua esposa não tinha estado ali, era mais do que certo que, se ela estivesse viva, não retornaria tão cedo, por causa do que havia acontecido.

Voltou a se concentrar nas tolices do Sr. U:

– ... o dia mais curto do ano, vinte e um de dezembro, será na semana que vem. O solstício de inverno é...

– Tenho uma ideia – disse bruscamente o Sr. O. – Deixe pra lá essa babaquice de calendário: quero que vá ao local onde os Betas foram mortos e recolha o Explorer que eles esconderam no bosque. Então...

– Escute o que digo. As maçãs eram utilizadas na cerimônia do solstício em honra à Virgem Escriba.

Aquelas duas palavras, *Virgem* e *Escriba*, prenderam a atenção do Sr. O.

– Como sabe disso?

– Estive por aqui os últimos duzentos anos – disse o Sr. U secamente. O festival não é celebrado há... caramba, nem sei mais, talvez um século. As maçãs representam a espera pela primavera. As sementes, o crescimento, essa conversa fiada toda sobre renovação.

– De que tipo de festival estamos falando?

– No passado, centenas deles se reuniam, e acho que entoavam cânticos, realizavam algum ritual. Não sei ao certo. De qualquer modo, durante anos monitoramos um certo padrão nas compras nos mercados locais durante épocas específicas do ano. Maçãs em dezembro. Cana de açúcar em abril. Mais por costume do que por qualquer outra coisa, porque esses vampiros têm andado tão malditamente discretos.

O Sr. O se apoiou contra a porta da cabana.

– Mas agora o rei deles subiu ao trono. Então, devem estar revivendo as antigas tradições.

– A automação e a Internet facilitam muito as coisas. Antigamente, tínhamos de sair por aí perguntando para descobrirmos as compras. Como disse antes, uma enorme quantidade de maçãs verdes foram compradas em várias localidades. Como se estivesse espalhando as encomendas.

– Então, está dizendo que em uma semana um grande número de vampiros irá se reunir, para um pouco de canto e dança. E preces à Virgem Escriba.

– Sim.

– Comendo maçãs?

– A meu ver, sim.

O Sr. O esfregou a nuca. Tinha sido reticente sobre expor todo o assunto de converter-sua-esposa-em-*redutora* durante a sessão com Ômega. Precisava averiguar primeiro se estava viva e, depois, trabalhar a ideia. Obviamente, o problema potencialmente insuperável era o fato de ela ser vampira, e o único argumento que poderia usar era o de que ela se converteria na mais letal das armas secretas. Uma fêmea de sua própria espécie? Os Irmãos jamais estariam preparados para uma coisa assim...

Embora, é claro, isso seria apenas um argumento para convencer Ômega. Sua esposa jamais lutaria com alguém, a não ser ele próprio.

Sim, o projeto seria difícil de vender, mas tinha uma coisa a seu favor: Ômega era sensível a bajulações. Então, não seria um grande e retumbante sacrifício em sua honra fazer maravilhas para agradá-lo?

O Sr. U prosseguia sua ladainha:

– ... estava pensando que poderia verificar nos mercados...

Enquanto o Sr. U falava pelos cotovelos, o Sr. O começou a pensar em veneno. Litros. Um tonel inteiro.

Maçãs envenenadas. Tipo Branca de Neve...

– Sr. O? Está me ouvindo?

– Estou.

– Então, vou aos mercados e descubro quando...

– Não. Agora não. Deixe-me lhe dizer o que tem de fazer.

Quando Bella deixou o escritório de Wrath, tremia de fúria, e nem o rei nem Tohr tentaram detê-la ou acalmá-la. O que provava que eram machos extremamente inteligentes.

Marchou pesadamente pelo corredor, com os pés descalços, em direção ao quarto de Zsadist, e, depois de bater a porta, procurou o telefone como se a coisa fosse uma arma. Teclou o número de seu irmão.

Rehvenge atendeu e foi logo falando:

– Quem é você e como conseguiu este número?

– Não se atreva a me fazer isso.

Houve um longo silêncio. Então:

– Bella... eu... espere um segundo – ela ouviu um som confuso do outro lado da linha; depois, o irmão falando com outra pessoa, numa voz alterada: "É melhor ele parar com isso agora mesmo. Estamos entendidos? Se eu tiver de ir atrás dele, ele não vai gostar". Rehvenge pigarreou e voltou a falar com ela. – Bella, onde você está? Deixe-me buscá-la. Ou diga a um dos guerreiros que a leve à nossa casa e nos encontraremos lá.

– Você pensa que vou *chegar perto* de você agora?

– É melhor do que a alternativa – disse ele, em tom áspero.

– E qual é ela?

– Os Irmãos a trazerem à força para mim.

– Por que está fazendo...

– *Por que estou fazendo isso?* – a voz dele adquiriu o tom grave e autoritário que ela conhecia tão bem. – Tem alguma ideia do que foram essas últimas seis semanas para mim? Sabendo que você estava nas mãos dessas malditas coisas? Sabendo que pus minha irmã... a filha de minha mãe... naquele lugar?

– Não foi culpa sua...

– Deveria ter ficado em casa!

Como sempre, o acesso de fúria de Rehv a balançou, e a fez lembrar-se de que como o seu irmão sempre a amedrontara um pouco.

Mas, depois, ouviu-o respirar fundo. Duas vezes. Então, um estranho desespero transpareceu nas palavras dele:

– Meu Deus, Bella... apenas volte para casa. *Mahmen* e eu precisamos de você aqui. Sentimos a sua falta. Nós... eu preciso ver você para acreditar que está realmente bem.

Ah, sim... Agora mostrava o seu outro lado, o que realmente amava. O protetor. O provedor. O terno e rude macho que nunca deixara lhe faltar coisa alguma.

A tentação de se submeter foi forte. Mas, então, imaginou-se sem permissão para poder sair de casa. O que ele era bem capaz de lhe fazer.

– Retirará a solicitação de *ehnclausuramento*?

– Poderemos falar disso quando estiver dormindo novamente em sua cama.

Bella apertou o telefone.

– Isso significa "não", não é? – houve uma pausa. – Alô? Rehvenge?

– Só quero que você volte para casa.

– Sim ou não, Rehv. Diga-me agora.

– Nossa mãe não aguentará passar por isso outra vez.

– E acha que eu aguentarei? – revidou ela. – Desculpe-me, mas não foi *mahmen* quem acabou com o nome do *redutor* gravado a faca na barriga!

No momento em que as palavras saíram de sua boca, amaldiçoou-se. Até parece que detalhes desse tipo iriam fazê-lo mudar de ideia. *Ele não iria negociar.*

– Rehvenge...

A voz dele tornou-se totalmente gelada.

– Quero você em casa.

– Acabo de sair do cativeiro, não irei voluntariamente para a prisão.

– E o que vai fazer a respeito?

– Pressione-me um pouco mais e ficará sabendo.

Bella desligou e bateu o telefone sem fio na mesinha de cabeceira. *Desgraçado!*

Em um tresloucado impulso, pegou o receptor e girou, pronta para atirá-lo longe.

– Zsadist! – atrapalhou-se com o telefone, apanhando-o de qualquer modo e apertando-o contra o peito.

Parado silenciosamente ao lado da porta, Zsadist estava de calção de corrida e sem camiseta... e por alguma absurda razão reparou que também não usava sapatos.

– Atire-o longe, se quiser – disse ele.

– Não. Eu... há... não – virou-se e colocou o aparelho no pequeno suporte, mas custou-lhe duas tentativas para consegui-lo.

Antes de voltar a encarar Zsadist, pensou nele agachado sobre aquele *redutor*, golpeando-o até a morte... Mas, então, lembrou-se dele lhe trazendo suas coisas de casa... levando-a lá... e deixando que bebesse de sua veia, embora a invasão o tivesse quase enlouquecido. Enquanto se virava para ele, foi-se enredando em sua teia, presa entre a bondade e a crueldade.

Ele quebrou o silêncio.

– Não quero que você fuja escondida no meio da noite por causa do que o seu irmão decidiu. E não negue que era nisso que estava pensando.

Caramba, ele era esperto.

– Mas você sabe o que ele pretende fazer comigo.

– Sim.

– E por lei a Irmandade terá de me entregar; então, não posso ficar aqui. Pensa que eu gosto da única opção que tenho?

Só que... aonde iria?

– O que há de tão ruim em ir para casa?

Olhou-o furiosa.

– Oh, nada, eu realmente desejo ser tratada como uma incompetente, como uma menina, como... um objeto qualquer *do* meu irmão. Isso é a minha cara. Totalmente.

Zsadist passou a mão pelo crânio raspado. O movimento flexionou o bíceps, que saltou.

– É sensato que as famílias vivam sob o mesmo teto. São tempos perigosos para os civis.

Ah, cara... A última coisa que precisava agora era que ele estivesse de acordo com seu irmão.

– Também são tempos perigosos para os *redutores* – resmungou. – A julgar pelo que fez esta noite.

Zsadist estreitou os olhos.

– Se quiser que me desculpe por isso, não o farei.

– Lógico que não – retorquiu. – Você não se desculpa por coisa alguma.

Ele sacudiu a cabeça lentamente.

– Se está querendo puxar briga, está falando com o macho errado, Bella. Não entrarei na sua.

– Por que não? É especialista em se enfurecer.

O silêncio que se seguiu fez com que Bella desejasse gritar com ele. Queria provocar-lhe a raiva, algo que distribuía a torto e a direito, e não conseguia imaginar por que diabos ele estava demonstrando autocontrole com ela.

Ele ergueu uma sobrancelha, como se soubesse o que estava pensando.

– Ah, que inferno – resmungou ela. – Estou alfinetando você, não é? Sinto muito.

Ele encolheu os ombros.

– Estar entre a cruz e a caldeirinha deixa qualquer um louco. Não faz mal.

Sentou-se na cama. A ideia de fugir sozinha era absurda, mas se negava a viver sob o controle de Rehvenge.

– Tem alguma sugestão? – perguntou em voz baixa. Ao erguer a vista, Zsadist estava olhando para o chão.

Estava tão absorto, apoiado contra a parede. Com seu corpo magro e comprido parecia uma rachadura cor de carne no gesso, uma fissura na própria estrutura do quarto.

– Dê-me cinco minutos – disse ele, e saiu, ainda sem camisa.

Bella desabou no colchão, pensando que em cinco minutos a situação não seria solucionada. O que ela precisava era um irmão diferente esperando-a em casa.

Querida e doce Virgem Escriba... Escapar dos *redutores* deveria ter feito as coisas melhorarem. Em vez disso, sua vida estava totalmente fora de seu controle.

Não era bem verdade: conquistara o direito de escolher o seu xampu.

Ergueu a cabeça. Através da porta do banheiro viu o chuveiro e se imaginou sob o jorro de água quente. Isso seria bom. Relaxante. Refrescante. Além do mais, lá poderia chorar toda a sua frustração sem constrangimento.

Levantou-se, foi para o box e abriu o registro. O som do jorro golpeando o mármore era calmante, e continuou assim quando entrou embaixo dele. Não chorou. Apenas inclinou a cabeça e deixou a água cair por seu corpo.

Quando finalmente saiu, deu-se conta de que a porta do quarto estava fechada.

Provavelmente, Zsadist havia retornado.

Enrolando-se numa toalha, não tinha a mínima esperança de que ele houvesse encontrado uma solução.

CAPÍTULO 26

Quando a porta do banheiro se abriu, Z. olhou para lá e reprimiu um palavrão. Bella estava rosada da cabeça aos pés, os cabelos presos bem no alto. Cheirava àquele caro sabonete francês que Fritz insistia em comprar. E aquela toalha enrolada em seu corpo só o fazia pensar em como seria fácil deixá-la totalmente nua.

Bastaria um puxão.

– Wrath concordou em ficar "fora do ar" temporariamente – disse. – O que significa um adiamento de quarenta e oito horas mais ou menos. Fale com seu irmão. Veja se consegue dissuadi-lo. Do contrário, Wrath terá de responder e realmente não poderá negar a solicitação, devido à sua linhagem.

Bella suspendeu a toalha um pouco mais.

– Ok... obrigada. Obrigada pela tentativa.

Fez um breve movimento com a cabeça, como se dissesse "não tem de quê", e olhou para a porta, pensando em retornar ao plano A: acabar-se de tanto correr. Era isso ou obrigar Phury a golpeá-lo.

Só que, em vez de sair, pôs as mãos no quadril.

– Peço desculpa por uma coisa.

– O quê? Oh... pelo quê?

– Lamento que tenha visto o que fiz com aquele assassino – levantou a mão, depois a deixou cair, resistindo ao impulso de esfregar a cabeça com força. – Quando disse que não me desculparia por isso, quis dizer que não lamento ter matado aqueles filhos da mãe. Mas eu não... eu não gosto que tenha aquelas imagens em sua cabeça. Eu as apagaria se pudesse. Apagaria todas as suas más recordações... suportaria tudo em seu lugar. Realmente sinto profundamente que isso lhe tenha acontecido, Bella. Sim, lamento por todas essas coisas, inclusive... eu.

Deu-se conta de que esse era o seu adeus a ela. E estava perdendo as forças, por isso, apressou as últimas palavras.

– É uma fêmea de muito valor – abaixou a cabeça. – E sei que encontrará...

Um companheiro, completou para si mesmo. Sim: uma fêmea como ela com toda certeza encontraria um companheiro. Na verdade, naquela casa mesmo havia um macho que não só a desejava, como também era adequado para ela. Phury estava ali pertinho.

Z. ergueu a vista, pensando em se forçar a sair do quarto... e saltou para trás, dando com as costas contra a porta.

Bella estava bem diante dele. Quando captou-lhe o perfume, seu coração pulou como um coelho, num ritmo estranho que o deixou meio zonzo.

– É verdade que limpou minha casa? – disse ela.

Ah, cara... A única resposta que tinha para isso era muito reveladora.

– Fez isso?

– Sim, fiz.

– Agora, vou abraçá-lo.

Z. se retesou, mas antes que pudesse se afastar, os braços dela envolveram sua cintura e a cabeça pousou sobre o seu peito nu.

Permaneceu naquele abraço sem se mexer, sem respirar, sem corresponder. Tudo que conseguia fazer era sentir-lhe o corpo. Era uma fêmea alta, mas ele tinha bem uns quinze centímetros a mais do que ela. E embora estivesse magro para um guerreiro, era uns trinta quilos mais pesado do que ela. Mesmo assim, ela o avassalava.

Deus, cheirava tão bem.

Ela fez um barulhinho, como um suspiro, e se afundou ainda mais no corpo dele. Seus seios pressionavam-lhe o tórax, e, quando ele olhou para baixo, a curva de sua nuca era tentadora demais. Então, surgiu o problema da *coisa*. Aquele maldito troço estava endurecendo, inchando, encompridando. Rapidamente.

Colocou as mãos acima dos ombros dela, como se sobrevoasse aquela pele, sem tocá-la.

– Ok, hum, Bella... preciso ir.

– Por quê? – mais perto. Ela se aproximou. Apertando os quadris contra ele, que cerrou os dentes quando a parte inferior de seus corpos se colaram.

Droga, ela devia estar sentindo aquela coisa entre as pernas dele. Como poderia ignorá-la? A ereção pressionava sua barriga, e não seria aquele frágil calção que esconderia o maldito troço.

– Por que tem de ir? – sussurrou com a respiração bafejando-lhe os peitorais.

– Porque...

Quando deixou a resposta morrer, ela murmurou:

– Sabe, eu gosto.

– Você gosta do quê?

Tocou uma das argolas dos mamilos.

– Dos *piercings*.

Ele tossiu um pouco.

– Eu, hã... eu mesmo os fiz.

– Ficam bem em você – deu um passo atrás e deixou cair a toalha.

Z. oscilou. Era tão espetacularmente linda, aqueles seios, o ventre plano, os quadris... E aquela pequena e graciosa fenda entre as pernas, que pôde ver na tênue claridade. As poucas humanas com quem estivera tinham cabelos ali, mas ela era de sua espécie; por isso, não tinha pelos no corpo, era perfeitamente lisa.

– Realmente tenho de ir – disse com voz rouca.

– Não vá.

– Preciso. Se ficar...

– Deite-se comigo – disse, aconchegando-se a ele outra vez. Soltou os cabelos, e as ondas escuras se derramaram sobre os dois.

Zsadist fechou os olhos e jogou a cabeça para trás, na tentativa de não ser tragado por seu perfume. Com voz firme, ele disse:

– Está a fim só de sexo, Bella? Porque isso é tudo que obterá de mim.

– Tem muito mais...

– Não, não tenho.

– Foi gentil comigo. Cuidou de mim. Banhou-me e carregou-me...

– Não me quer dentro de você.

– Você já está dentro de mim, Zsadist. Seu sangue está em mim.

Houve um longo silêncio.

– Conhece minha reputação?

Ela franziu a testa.

– Isso não importa...

– O que as pessoas dizem de mim, Bella? Vamos, quero ouvir de você. Assim saberei que entende – o desespero dela era evidente enquanto Zsadist a pressionava, mas tinha de tirá-la do atordoamento em que se encontrava. – Sei que já deve ter ouvido algo sobre mim. As fofocas chegam até o seu nível social. *O que elas dizem?*

– Alguns... alguns acham que você mata mulheres por esporte. Mas eu não acredito...

– Sabe como consegui essa reputação?

Bella cobriu os seios e recuou, sacudindo a cabeça. Ele se curvou e lhe deu a toalha; depois, indicou a caveira no canto.

– Matei aquela fêmea. Agora me diga: quer ser possuída por um macho capaz de fazer algo assim? Que pode machucar uma fêmea assim? Quer esse tipo de filho da mãe em cima de você, gozando em seu corpo?

– Era ela – sussurrou Bella. – Voltou e matou sua ama, não foi?

Z. estremeceu.

– Por um momento, pensei que isso recuperaria minha integridade.

– Mas não recuperou.

– Não brinca – passou por ela e zanzou um pouco, a pressão aumentando nele até que abriu a boca e as palavras lhe saíram: – Uns dois anos depois que escapei, ouvi que ela... droga, ouvi que tinha outro macho naquela cela... Eu... viajei sem parar durante dois dias, e consegui penetrar no castelo um pouco antes do amanhecer – Z. sacudiu a cabeça. Não queria falar, realmente não queria, mas sua boca prosseguia. – Meu Deus... ele era tão jovem, tão *jovem*, assim como eu era quando ela me fez escravo de sangue. Não tinha intenção de matá-la, mas ela desceu justamente quando eu fugia com o escravo. Quando eu a olhei... sabia que se eu não a golpeasse, chamaria os guardas. Também sabia que mais cedo ou mais tarde conseguiria outro macho e o acorrentaria ali e o forçaria a... Ah, que inferno. Por que diabos estou lhe contando isso?

– Eu amo você.

Z. fechou os olhos com força.

– Não entre em fria, Bella.

Deixou o quarto correndo, mas não deu mais do que quinze passos no corredor.

Ela o amava. *Ela o amava?*

Tolice. Ela *pensava* que o amava. E logo que retornasse ao mundo real, perceberia que não. Meu Deus, saíra de uma situação horrível e estava vivendo em uma bolha ali no complexo. Nada daquilo fazia parte de sua vida, e estava passando muito tempo com ele.

Mesmo assim... Deus, queria estar com ela. Queria deitar-se ao seu lado e beijá-la. Queria fazer mais do que isso. Queria... fazer tudo: beijá-la, tocá-la, chupá-la e lambê-la. Mas aonde ele pensava que tudo isso levaria? Mesmo se conseguisse penetrá-la para o sexo, não podia arriscar-se a gozar dentro dela.

Não que já houvesse feito isso com alguma fêmea. Que diabo, nunca havia ejaculado em circunstância alguma. Quando era escravo de sangue, nunca ficara sexualmente excitado. E depois disso, quando estivera com as poucas prostitutas que pagara pelo sexo, nunca teve um orgasmo. Esses anônimos interlúdios não passaram de experiências para verificar se o sexo era tão ruim como sempre fora para ele.

Quanto a masturbar-se, se ele mal podia tocar aquela maldita coisa para mijar, que dirá pegar nela quando tinha uma ereção... E nunca quisera aliviar-se, nunca havia despertado sexualmente, mesmo quando *aquilo* estava duro.

Cara, estava tão exausto de tudo que envolvesse sexo... Como se houvesse um vazio em seu cérebro.

Afinal de contas, tinha um monte deles, não?

Pensou em todas as lacunas que tinha, os espaços em branco, os vácuos onde outros sentiam coisas. Quando parava para pensar nisso, percebia que ele era como uma peneira de trama larga, as emoções passavam através dele, a única coisa que retinha era a raiva.

Só que isso não era inteiramente verdade, não é? Bella o fizera sentir coisas. Quando o beijou antes, na cama, fizera-o sentir-se... quente e faminto dela. Muito masculino. Sensual, pela primeira vez em sua vida.

De puro desespero, um eco do que tinha sido antes que a Ama o possuísse procurou vir à tona. Desejou experimentar outra vez o que sentira beijando Bella. E queria excitá-la, também. Queria vê-la gemendo, sem fôlego e louca de desejo por ele.

Isso não seria justo com ela... mas era um filho da mãe, e estava ávido pelo que Bella lhe havia dado antes. Logo ela iria embora. Só tinha aquele dia.

Zsadist abriu a porta e retornou ao quarto.

Bella estava deitada na cama e obviamente surpresa por ele ter voltado. Ao vê-la erguer um pouco o corpo, ele recuperou um fio de decência. Inferno, como poderia ousar desejar estar com ela? Meu Deus, era tão... bonita, e ele era asqueroso, um filho da mãe asqueroso.

Com a determinação abalada, congelou no meio do quarto. *Prove que não é de todo um filho da mãe*, pensou. *Mas, explique-se primeiro.*

– Desejo estar com você, Bella, e não apenas fazer sexo – quando ela começou a dizer algo, silenciou-a levantando a mão. – Por favor, só me escute. Desejo estar com você, mas não creio que possa lhe dar o que precisa. Não sou o macho adequado para você, e definitivamente não é o momento oportuno.

Expirou longamente, pensando que era um completo cretino. Ali estava ele lhe dizendo não, bancando o cavalheiro... enquanto por dentro sua vontade era arrancar-lhe as mantas e fazer do próprio corpo um cobertor para ela.

A *coisa* pulsava como uma britadeira.

Que gosto teria ela, perguntava-se, naquele lugar doce e macio entre as pernas?

– Venha aqui, Zsadist – levantou as cobertas, desnudando-se para ele. – Pare de pensar. Venha pra cama.

– Eu... – palavras que jamais dissera a pessoa alguma queriam escapar de seus lábios, como uma confissão, uma revelação perigosa. Desviou o olhar e deixou-as sair, sem pensar em nada. – Bella, quando eu era escravo... ah, fizeram muitas coisas comigo. Coisas sexuais – deveria parar de falar. Naquele instante. – Houve machos, Bella. Contra minha vontade, houve machos.

Escutou o fôlego dela entrecortado.

Falar sobre isso era uma boa coisa, pensou, mesmo que se envergonhasse. Talvez pudesse forçá-la a se salvar enojando-a. Pois, que fêmea iria querer estar com um macho a quem tinham feito esse tipo de coisa? Não era o ideal heroico. Muito longe disso.

Limpou a garganta e olhou para o chão, os olhos vidrados.

– Olhe, eu não... não quero sua piedade. A razão pela qual lhe contei isso não é para amolecer seu coração. É que a minha cabeça está uma confusão. É como se o meu cérebro estivesse em curto-circuito, especialmente... em relação ao maldito sexo. Eu a desejo, mas isso não está certo. Não deveria estar comigo. Alguém como você não deveria se sujar nessa lama.

Houve um longo silêncio. *Ah, droga...* tinha de olhá-la. No momento em que o fez, Bella se levantou da cama como se estivesse esperando que ele erguesse a vista. Caminhou para ele nua, nada sobre a pele exceto a luz da única vela acesa.

– Beije-me – sussurrou na penumbra. – Apenas me beije.

– Meu Deus... O que há de errado com você? – como ficou desconcertada, ele falou: – Quero dizer, por quê? De todos os machos que poderia ter, por que eu?

– É você que desejo – pôs a mão sobre o peito dele. – É uma resposta natural e normal ao sexo oposto, não?

– Não sou normal.

– Eu sei. Mas não é sujo, nem poluído, nem indigno – tomou-lhe as mãos trêmulas e as colocou sobre os próprios ombros.

A pele dela era tão fina, e a ideia de maculá-la de alguma forma o congelou. Assim como o pensamento de penetrá-la com aquela *coisa*. Só que não precisava envolver a parte inferior de seu corpo, não é? A coisa toda poderia girar em função dela.

Oh, sim, pensou. Poderia visar apenas o prazer dela.

Virou-a e a apertou contra si. Com lentas carícias percorreu-lhe as curvas da cintura e dos quadris. Quando ela arqueou o corpo e suspirou, pôde ver as pontas de seus seios por cima dos ombros. Queria tocá-la ali... e deu-se conta de que podia. Moveu as mãos sobre a caixa torácica, sentindo o contorno dos ossos delicados até que suas palmas envolveram-lhe os seios. A cabeça de Bella se inclinou para trás ainda mais e ela apartou os lábios.

Quando se abriu assim para ele, Zsadist sentiu um avassalador impulso de penetrá-la de todas as formas possíveis. Por reflexo, lambeu seu lábio superior enquanto massageava-lhe um dos mamilos entre o polegar e indicador. Imaginou-se metendo a língua com força naquela boca, por entre os dentes e as presas, possuindo-a daquela maneira.

Como se soubesse o que ele estava pensando, tentou virar-se e ficar de frente para ele, e, de certo modo, pareceu-lhe... intenso demais o fato de estar se entregando a ele, de que iria deixar alguém como ele fazer coisas íntimas, eróticas com seu corpo. Ele a impediu de se virar, segurou-a pelos quadris e puxou-a com força contra as próprias coxas. Cerrou os dentes ao sentir-lhe as nádegas contra a poderosa ereção que esticava seu calção.

– Zsadist... deixe-me beijá-lo – tentou virar-se outra vez e ele a deteve.

Quando lutou para se desvencilhar, manteve-a naquela posição com facilidade.

– Será melhor para você dessa maneira. Se não puder me ver, será melhor.

– Não, não será.

Ele deitou a cabeça no ombro dela.

– Se eu pudesse trocar de lugar com Phury... já fui parecido com ele um dia. Você poderia fazer de conta que ele era eu.

Bella soltou-se das mãos dele.

– Mas não seria você. E é você que quero.

Enquanto o olhava com feminina expectativa, ele se deu conta de que se encaminhavam para a cama, bem atrás dela. E iriam deitar-se nela. Mas, Deus... não tinha a menor ideia de como dar prazer a ela. Para efeitos práticos, nesse sentido, ele era virgem.

Com essa pequena e feliz constatação, pensou no outro macho que ela tivera; o tal aristocrata que indubitavelmente sabia muito mais de sexo do que ele. Do nada, foi tomado pelo desejo urgente e totalmente irracional de perseguir seu amante anterior e arrebentá-lo.

Oh... que inferno. Fechou os olhos. *Oh... que droga.*

– O que foi? – perguntou ela.

Aquele tipo de impulso violento e territorial era característico do macho vinculado. Na verdade, era o que distinguia um macho vinculado dos outros.

Z. ergueu o braço e pôs o nariz em seu bíceps, respirando profundamente... O aroma típico dessa condição exalava de sua pele. Era leve, talvez só reconhecível para ele, mas estava ali.

Droga. E agora? O que iria fazer?

Infelizmente, seus instintos responderam. Como se seu corpo rugisse, pegou-a no colo e se dirigiu para a cama.

Capítulo 27

Bella olhou Zsadist no rosto enquanto ele a levava através do quarto. Uma ânsia erótica profunda brilhava naqueles olhos negros, que agora eram duas estreitas frestas. Enquanto ele a deitava sobre a cama e contemplava o seu corpo, Bella teve a clara sensação de que ele iria comê-la viva.

Só que não fez mais do que se inclinar sobre ela.

– Arqueie as costas para mim – pediu.

Ok... não era o que ela esperava.

– Arqueie as costas, Bella.

Sentindo-se estranhamente exposta, fez o que lhe pedia, erguendo o corpo sobre o colchão. Enquanto se movia na cama, olhou para frente do calção dele. Sua ereção estremeceu violentamente, e a ideia de que aquilo logo estaria dentro dela ajudou-a a relaxar.

Ele estendeu a mão e roçou-lhe um mamilo com os nós dos dedos.

– Quero isso na minha boca.

Foi a vez de uma deliciosa ânsia dominá-la.

– Então, beije...

– Shh – os nós continuaram a exploração, passando por entre os seios e descendo pela barriga. Pararam ao chegar ao umbigo, em torno do qual o dedo indicador de Zsadist traçou um pequeno círculo. Depois, detiveram-se.

– Não pare – gemeu ela.

Não parou. Baixou mais até roçar o alto de sua fenda. Ela mordeu o lábio e admirou-lhe o corpo, aquele enorme guerreiro, com todos aqueles músculos rijos. *Deus...* Estava realmente ficando pronta para ele.

– Zsadist...

– Vou querer ir até o final. E, então, já não serei capaz de me segurar – com a mão livre, esfregou os próprios lábios, como se imaginasse o ato. – Está preparada para me deixar fazê-lo?

– Sim...

Ele indicou com o dedo o canto distorcido da boca enquanto acariciava sua abertura.

– Gostaria de ter algo de melhor aspecto para lhe oferecer. Porque você deve ser perfeita aí embaixo. Sei disso.

Ela odiou a vergonha que permeava o amor-próprio de Zsadist.

– Eu acho você...

– É sua última chance de me dizer não, Bella. Se não o fizer agora mesmo, não vou mais parar, e não creio que consiga ser gentil.

Ela lhe estendeu os braços. Ele assentiu uma vez, como se tivessem feito uma espécie de pacto, e então foi para a extremidade da cama.

– Abra as pernas. Quero ver você.

Ela corou, nervosa.

Ele sacudiu a cabeça.

– Agora é tarde, Bella. Agora... já era: mostre para mim.

Devagar, ela ergueu um dos joelhos e foi se revelando aos poucos.

O rosto dele se enterneceu, a tensão e a aspereza o deixaram.

– Oh... Deus... – sussurrou ele. – Você é... linda.

Curvando-se para frente, apoiado nos braços, foi se aproximando do corpo de Bella sem tirar os olhos de sua pele secreta, como se nunca houvesse visto algo assim. Quando terminou seu percurso, suas largas mãos meteram-se por entre as coxas dela, afastando-as ainda mais.

Mas, então, franziu a testa e olhou para ela.

– Espere, eu deveria beijá-la na boca antes, não? Quero dizer, os machos começam por cima e vão descendo aos poucos, certo?

Que pergunta esquisita... como se ele nunca tivesse feito algo assim...

Antes que pudesse responder, ele começou a recuar; então, ela se sentou e segurou-lhe o rosto entre as mãos.

– Faça comigo o que tiver vontade.

Os olhos dele faiscaram e ele manteve sua posição por uma fração de segundo.

Então, mergulhou sobre ela, deitando-a na cama. Meteu-lhe a língua na boca, enquanto as mãos se emaranhavam em seus cabelos, apertando-a contra si, arqueando-a, agarrando-lhe a cabeça. A fome nele era feroz, a necessidade de sexo de um guerreiro vigoroso. Iria tomá-la com força, e, quando terminasse de usá-la, ela estaria dolorida. Dolorida e em total êxtase. Ela mal podia esperar.

De repente, ele parou e afastou-se de sua boca. Arquejava e tinha as faces coradas quando a olhou nos olhos.

E, então, sorriu para ela.

Bella ficou tão surpresa que não soube o que fazer. Nunca havia visto aquela expressão no rosto dele, e o sorriso eliminava a deformação no lábio superior, revelando dentes e presas brilhantes.

– Eu gosto disso – disse ele. – Você embaixo de mim... é gostoso. Você é macia e quente. Peso muito? Deixe-me mudar de posição...

Ao erguer-se apoiado nos braços, sua ereção pressionou o sexo dela e o sorriso de Zsadist murchou instantaneamente. Como se não gostasse da sensação... mas, como isso era possível? Estava excitado. Ela podia sentir-lhe a ereção.

Com um ágil movimento, ele se reposicionou de forma que as pernas de Bella ficaram fechadas e os joelhos dele apoiados de cada lado de seu corpo. Ela não podia adivinhar o que tinha acontecido, mas, onde quer que a mente dele estivesse agora, não era um bom lugar.

– Está perfeito em cima de mim – disse, para distraí-lo. – Exceto por uma coisa.

– O quê?

– Você parou. E tire o calção.

Seu peso baixou sobre ela imediatamente e sua boca pressionou-lhe a lateral do pescoço. Quando lhe mordiscou a pele ali, ela afundou a cabeça no travesseiro e expôs a lateral de sua garganta. Agarrando-o pela nuca, puxou-o contra sua veia.

– Oh, sim... – gemeu ela, desejando que ele se alimentasse.

Ele respondeu com um ruído que significava um não, mas antes que a negação repercutisse nela, estava beijando-a, descendo para sua clavícula.

– Quero agarrar os seus seios – disse ele contra a pele dela.

– Faça isso.

– Precisa saber uma coisa antes.

– O quê?

Ele ergueu a cabeça.

– Na noite em que veio para cá... quando a banhei, fiz tudo que pude para não olhá-la de forma indecorosa. Realmente fiz. Eu a cobri com uma toalha, mesmo quando estava dentro d'água.

– Isso foi gentil...

– Mas quando a tirei da banheira... eu os vi – a mão dele apanhou um de seus seios. – Foi sem querer. Juro. Tentei respeitar seu pudor, mas você estava... não consegui desviar meus olhos. Seu mamilo estava rijo pelo frio do ar. Tão pequeno e rosado. Lindo.

Ele moveu o polegar de um lado para o outro sobre o bico do seio, fazendo-a delirar.

– Tudo bem – murmurou ela.

– Não. Estava indefesa e não foi correto olhá-la.

– Não, você...

Ele se moveu e sua ereção pressionou-lhe o topo das coxas.

– Aconteceu isso.

– O que acont... Oh, teve uma ereção?

Ele apertou os lábios.

– Sim. Não pude evitar.

Ela sorriu de leve.

– Mas não fez nada, não foi?

– Não.

– Então, está bem – arqueou as costas e viu como os olhos dele se cravavam em seus seios. – Beije-me, Zsadist. Aí mesmo onde está olhando. Agora.

Os lábios dele se apartaram, a língua abrindo caminho enquanto se inclinava. Sua boca era cálida sobre a pele dela; muito cautelosamente, primeiro beijou o mamilo, e, só então, sugou-o. Ele o soltou, percorreu um lânguido círculo ao redor, depois o tomou na boca novamente... e durante todo o tempo suas mãos acariciavam-lhe a cintura, os quadris, as pernas.

Que irônico que estivesse preocupado por não ser gentil. Longe de ser brutal, era quase reverente enquanto chupava-lhe os seios, suas pestanas fechadas sobre as faces enquanto a saboreava, uma expressão de veneração e êxtase.

– Cristo – murmurou ele, movendo-se para o outro seio. – Não fazia ideia de que pudesse ser assim.

– Assim... como? – *Oh, Deus...* Sua boca...

– Poderia ficar lambendo você para sempre.

Ela agarrou a cabeça dele com as mãos, aproximando-o mais. Para isso, precisou se contorcer um pouco, mas ela deu um jeito de abrir as pernas e tirar uma delas de baixo de Zsadist, de modo que ele ficou praticamente apoiado no espaço entre elas. Bella estava louca para sentir-lhe a ereção, só que ele a mantinha longe dela.

Quando se afastou, ela protestou, mas as mãos de Zsadist meteram-se no interior de suas coxas, e ele se deslocou para lá. Enquanto ele separava-lhe as pernas, o colchão começou a tremer embaixo dela.

Todo o corpo de Zsadist tremia enquanto a olhava.

– Você é tão delicada... e está brilhando.

Tocou-lhe o sexo com o dedo e isso bastou para ela quase ir à loucura. Como ela deixou escapar um som rouco, os olhos dele se desviaram instantaneamente para os dela e ele praguejou:

– Que droga, não sei o que estou fazendo. Estava tentando ser cuidadoso...

Bella segurou a mão dele para mantê-la onde estava, antes que ele pudesse afastá-la.

– Continue...

Ele pareceu hesitar por um momento. Então, tocou-a de novo.

– É perfeita. E por Deus, como é macia. Tenho de saber...

Ele se inclinou, os ombros se projetando maciçamente. Ela sentiu um roçar aveludado.

Os lábios dele.

Desta vez, quando ela arqueou o corpo sobre a cama e disse o nome dele, Zsadist apenas beijou-a ali novamente; então, Bella sentiu a úmida estocada de sua língua. Quando ele ergueu a cabeça e engoliu, o grunhido de êxtase que produziu fez com que o coração dela quase parasse dentro do peito. Seus olhos se encontraram.

– Oh... meu Deus... você é deliciosa – disse ele, baixando de novo a boca.

Ele se estendeu na cama, passando-lhe os braços por baixo dos joelhos e dominando todo o espaço entre as coxas dela... um macho que não iria a nenhum outro lugar durante muito tempo. Sua respiração era quente e sôfrega, a boca faminta e desesperada. Ele a explorou com uma compulsão erótica, lambendo-a e penetrando-a com a língua, chupando-a com os lábios.

Quando os quadris de Bella se elevaram, Zsadist colocou um dos braços sobre o ventre dela, mantendo-os no lugar. Ela se retorceu novamente e ele se deteve sem levantar a cabeça.

– Você está bem? – perguntou ele, a voz rouca abafada, as palavras vibrando em seu sexo.

– Por favor... – foi a única coisa que lhe ocorreu como resposta.

Ele recuou um pouco, e tudo que ela pôde fazer foi olhar-lhe os lábios brilhantes e pensar em onde tinham estado.

– Bella, não creio que possa parar. Há um... rugido em minha cabeça, dizendo-me para manter minha boca em você. Como posso tornar isso... bom para você?

– Faça-me... gozar – disse ela, com voz rouca.

Zsadist piscou como se estivesse surpreso.

– Como faço isso?

– Simplesmente continue fazendo o que está fazendo. Só que mais rápido.

Foi rápido para aprender o que a deixava louca, e, quando descobriu como lhe dar um orgasmo, foi desumano. Não parava, e observou-a gozar uma, duas vezes... muitas vezes. Como se ele se alimentasse do prazer de Bella... e Zsadit era insaciável.

Quando finalmente levantou a cabeça, ela estava esgotada.

Ele a olhou muito sério.

– Obrigado.

– Meu Deus... Eu é que deveria dizer isso a você.

Ele meneou a cabeça.

– Você permitiu a um animal ficar em sua parte mais bonita. Sou o único que deve ser grato.

Ele se afastou do corpo dela, com as faces ainda vermelhas de excitação. A ereção ainda tensa.

Bella estendeu os braços para ele.

– Aonde vai? Não acabamos.

Como Zsadist vacilou, ela se lembrou de algo. Rolou sobre o ventre e pôs-se de quatro, numa oferta descarada. Quando ele não se moveu, Bella olhou para trás. Tinha fechado os olhos como se sofresse, e isso a confundiu.

– Sei que só faz sexo dessa maneira – disse ela com brandura. – Foi o que me disse. Por mim, tudo bem. De verdade – houve um longo silêncio. – Zsadist, eu quero terminar o que já começamos. Quero conhecê-lo... assim.

Ele esfregou o rosto. Bella achou que iria embora, mas, então, Zsadist se moveu, rodeando-a até se posicionar por trás dela. As mãos dele pousaram suavemente sobre seus quadris e ele fez com que Bella se virasse e deitasse de costas.

– Mas você só...

– Não com você – a voz dele era áspera. – Não dessa forma com você.

Ela abriu as pernas, preparando-se para ele, mas Zsadist apenas sentou-se sobre os calcanhares.

Disse, com respiração entrecortada:

– Vou pegar uma camisinha.

– Por quê? Não estou fértil agora, então, não há necessidade. E quero que você... goze dentro de mim.

As sobrancelhas baixaram sobre aqueles olhos negros.

– Zsadist... isso não foi suficiente para mim. Quero ir até o fim com você.

Estava a ponto de erguer-se para tocá-lo quando ele se ajoelhou e levou as mãos à frente de seu calção. Atrapalhou-se com o cordão e, então, baixou a faixa elástica, revelando-se.

Bella engoliu em seco.

A ereção era *colossal*. Uma perfeita e linda aberração da natureza, sólida como uma rocha.

Santo... Deus. Será que aquilo caberia dentro dela?

As mãos dele tremiam enquanto enganchava as calças sob os pesos gêmeos abaixo de sua ereção. Então, inclinou o corpo, posicionando-se diante do sexo dela.

Quando Bella estendeu a mão para acariciá-lo, ele se afastou bruscamente.

– *Não!* – como ela se encolheu assustada, Zsadist praguejou. – Sinto muito... Olhe, deixe que só eu me ocupe disso.

Ele moveu os quadris para frente e Bella sentiu-lhe a cabeça do membro, túrgida e quente. Passou a mão por baixo de um dos joelhos dela e ergueu-lhe a perna; então, penetrou-a um pouco, depois um pouco mais. Enquanto o suor cobria todo o corpo dele, uma obscura essência chegou ao nariz de Bella. Por um momento, ela se perguntou se...

Não, não podia estar se vinculando a ela. Não era de sua natureza.

– Deus... você é tão apertada – gemeu ele. – Oh... *Bella*, não quero arrebentá-la.

– Continue entrando. Apenas vá devagar.

O corpo dela se retesou com a pressão e o estiramento. Mesmo estando tão preparada, ele era uma invasão, mas Bella estava adorando; especialmente quando a respiração do macho explodiu para fora do peito e ele tremeu. Quando estava completamente dentro dela, a boca de Zsadist se abriu e as presas se alongaram pelo prazer que sentia.

Ela deslizou as mãos por seus ombros, sentindo-lhe os músculos e o calor daquela pele.

– Está tudo bem? – perguntou ele através dos dentes cerrados.

Bella o beijou no pescoço e mexeu os quadris. Ele chiou de delícia.

– Faça amor comigo – disse ela.

Ele gemeu e começou a se mover como uma grande onda por cima dela, com aquela parte grossa e dura golpeando-lhe as entranhas.

– Oh, droga... – ele deixou a cabeça pender no pescoço de Bella. Seu ritmo acelerou, a respiração tornou-se um intenso bafejar no ouvido dela. – Bella... droga, estou com medo... mas não posso... parar...

Com um gemido, ele se apoiou sobre os braços e permitiu que seus quadris oscilassem livremente, cada impulso cravando-o nela, empurrando-a mais para a cabeceira da cama. Ela agarrou os pulsos de Zsadist para manter o corpo no lugar. Enquanto ele a golpeava, Bella pôde sentir que estava à beira da loucura, e quanto mais rápido ia ele, mais ela se aproximava do clímax.

O orgasmo irrompeu em suas entranhas, atravessando-lhe com tamanha intensidade, que lhe pareceu que o próprio corpo se estendia em todas as direções. As sensações duraram uma eternidade, as contrações de seus músculos ordenhavam a parte dele que a penetrava.

Quando ela retornou à própria pele, deu-se conta de que ele estava imóvel, completamente paralisado em cima dela. Piscando para afastar as lágrimas que lhe escorriam, estudou sua expressão. Os ângulos duros de seu rosto estavam tensos, assim como o resto de seu corpo.

– Eu machuquei você? – perguntou, aflito. – Você gritou. Alto.

Ela acarinhou-lhe o rosto.

– Não foi de dor.

– Ainda bem – seus ombros relaxaram enquanto exalava. – Não suportaria machucá-la assim.

Ele a beijou ternamente. Então, retirou-se e saiu da cama, subindo o calção enquanto entrava no banheiro e fechava a porta.

Bella franziu a testa. Ele tinha acabado? Parecia estar completamente ereto quando se retirou.

Ela desceu da cama e olhou para baixo. Ao constatar que nada havia entre as coxas, vestiu o roupão e foi atrás dele, sem se dar ao trabalho de bater na porta antes.

Os braços de Zsadist estavam apoiados na bancada da pia, a cabeça baixa. Respirava com dificuldade e parecia febril, tinha a pele escorregadia, a postura antinatural era tensa.

– O que foi, *nalla*? – disse ele, num rouco sussurro.

Ela se deteve, duvidando de ter ouvido direito. Mas ouvira... *Amada*. Ele a chamara de *amada*.

– Por que você não...? – ela parecia não conseguir concluir a frase. – Por que parou antes que você...?

Como Zsadist apenas sacudiu a cabeça, foi até ele e virou-o. Através do calção, podia ver que a ereção pulsava, dolorosamente rígida. Na verdade, parecia que o corpo inteiro lhe doía.

– Deixe-me aliviá-lo – disse, estendendo as mãos para ele.

Ele recuou contra a parede de mármore entre o chuveiro e a bancada da pia.

– Não, não... Bella...

Ela recolheu o roupão com as mãos e começou a se ajoelhar aos pés dele.

– Não! – ele a arrastou para cima.

Ela o olhou diretamente nos olhos e buscou o elástico do calção para baixá-lo.

– Deixe-me fazer isso por você.

Ele a segurou pelos pulsos tão forte que doeu.

– Quero fazer, Zsadist – disse com veemência. – Deixe-me cuidar disso.

Houve um longo silêncio, e Bella passou esse tempo avaliando a tristeza, o desejo e o medo nos olhos dele. Um calafrio a percorreu. Não podia acreditar na conclusão lógica a que chegara, mas tinha realmente a nítida impressão de que ele nunca se permitira ter um orgasmo antes. Ou estava sendo precipitada?

Não importava. Não iria lhe perguntar tal coisa. Ele vacilava, estava a ponto de sair correndo, e se ela dissesse ou fizesse algo errado, ele a largaria ali.

– Zsadist, não vou machucá-lo. E você pode ficar no controle da situação. Se não se sentir bem, paramos. Pode confiar em mim.

Passou muito tempo antes que afrouxasse a pressão que exercia sobre os pulsos dela. Então, finalmente a soltou e aproximou-a de seu corpo. Hesitante, baixou o calção.

Sua ereção saltou para fora no espaço entre os dois.

– Apenas ponha as mãos nele – disse ele, com a voz sumida.

– Em você. Porei as mãos em você.

Quando Bella o tocou, ele deixou escapar um gemido, e jogou a cabeça para trás. Deus, como ele estava rijo. Duro como ferro; entretanto, rodeado de pele macia como a de seus lábios.

– Você é...

– Shh – cortou-a. – Sem... falar. Não posso... Sem falar.

Ele começou a se mover nas mãos dela. Lentamente a princípio, e depois com crescente urgência. Tomou-lhe o rosto entre as mãos e a beijou, e, então, seu corpo assumiu o comando totalmente, com um bombeamento selvagem. Ele estava enlouquecendo, lançando-se mais e mais, seu peito e quadris tão belos enquanto se movia naquela oscilação tão antiga e masculina. Mais rápido... mais rápido... para frente e para trás...

Só que parecia ter atingido uma espécie de platô. Esforçava-se, as veias do pescoço quase estourando a pele, o corpo coberto de suor. Mas, pelo visto, não conseguia se liberar.

Ele parou, ofegante.

– Isso não vai funcionar.

– Apenas relaxe. Relaxe e deixe acontecer...

– Não. Preciso... – tomou-lhe uma das mãos e a colocou sobre os testículos. – Aperte. Aperte forte.

Bella ergueu os olhos para o rosto dele.

– O quê? Não quero machucar você...

Zsadist envolveu a mão dela com a sua, como um torno, e apertou até ele próprio gritar de dor. Então, sustentou-lhe o outro pulso, mantendo a palma da mão dela contra sua ereção.

Bella debateu-se contra ele, lutando para parar a dor que ele infligia a si mesmo, mas Zsadist estava bombeando de novo. E, quanto mais forte ela tentava se afastar, mais ele apertava-lhe a mão na mais tenra parte de um macho. Os olhos de Bella nem piscavam de tão arregalados diante da dor do ato, da agonia que ele devia...

Zsadist gritou, seu poderoso rugido ecoando no mármore até que Bella não teve mais dúvidas de que todos na mansão o tinham escutado. Então, ela sentiu os poderosos espasmos de sua liberação, o jorro quente que lhe umedecia as mãos e a frente do roupão.

Ele desabou sobre os ombros dela, com todo o peso de seu imponente corpo. O som de sua respiração lembrava um trem de carga, seus músculos tremiam, o corpanzil ainda sentia a reverberação do orgasmo. Quando ele a soltou, Bella precisou descolar a palma de seus testículos.

Bella estava gelada até os ossos enquanto suportava o peso dele.

Algo feio tinha brotado entre eles naquele momento, um tipo perverso de sexo que borrou a fronteira entre prazer e dor. E, embora isso fosse cruel de sua parte, quis fugir dele. Quis fugir do vergonhoso conhecimento de que lhe fizera mal porque ele a tinha obrigado, e que só por causa disso ele conseguira gozar.

Só que, então, a respiração de Zsadist foi cortada por um soluço. Ou, pelo menos, foi o que lhe pareceu.

Ela conteve a respiração, escutando. O débil som se repetiu, e ela sentiu-lhe o tremor nos ombros.

Oh, meu Deus. Ele estava chorando...

Ela o envolveu com os braços, lembrando-se de que ele não pedira para ser torturado como tinha sido. Tampouco podia controlar as sequelas resultantes.

Ela tentou levantar-lhe a cabeça para beijá-lo, mas ele lutou contra ela, puxando-a para si, escondendo-se em seu cabelo. Ela o embalou, sustentando-o e consolando-o enquanto ele se esforçava por mascarar o fato de que estava chorando. Por fim, ele se afastou e esfregou o rosto com as mãos. Evitou-lhe o olhar e esticou-se para abrir o chuveiro.

Com um rápido puxão, despiu-a do roupão, fez uma bola com ele, atirou-o no lixo.

– Espere, eu gosto desse roupão...

– Compro um novo para você.

Instou-a a entrar no chuveiro. Como ela ofereceu resistência, ergueu-a com facilidade e a colocou sob o jato d'água. E começou a ensaboar-lhe as mãos sem conseguir dissimular seu pânico.

– Zsadist, pare – tentou se desvencilhar, mas ele a pegou. – Não estou suja... Zsadist, *pare*. Não preciso ser limpa porque você...

Ele fechou os olhos.

– Por favor... Preciso fazer isso. Não posso deixá-la toda... coberta por essa coisa.

– Zsadist – disse ela, energicamente –, olhe para mim – quando ele o fez, disse-lhe: – Isso não é necessário.

– Não sei mais o que posso fazer.

– Volte para a cama comigo – ela fechou o registro. – Abrace-me. Deixe-me abraçá-lo. É a única coisa que precisa fazer.

E, francamente, ela também precisava disso. Estava profundamente abalada.

Enrolou uma toalha no corpo e empurrou Zsadist para o quarto. Quando estavam juntos embaixo das cobertas, aconchegou-o contra si, mas estava tão tensa quanto ele. Pensara que a proximidade iria ajudar. Mas, não.

Após um longo momento, a voz dele lhe chegou através da escuridão.

– Se soubesse como seria, jamais permitiria que acontecesse.

Bella virou o rosto para ele.

– Foi a primeira vez que gozou?

O silêncio não foi uma surpresa. Então, finalmente, ele respondeu:

– Sim.

– Você nunca... deu prazer a si mesmo? – sussurrou, ainda que conhecesse a resposta. *Deus*... Como deviam ter sido todos aqueles anos como escravo de sangue. Os abusos sofridos... Quis chorar por ele, mas sabia que ele iria se sentir desconfortável com isso.

Ele exalou.

– Eu não gosto de tocar essa coisa. Para ser franco, odeio o fato de que ela esteve dentro de você. Gostaria que você estivesse em uma banheira agora, cheia de desinfetante.

– Amei ficar com você. Estou contente por termos transado – só tinha dificuldade com o que acontecera depois. – Mas sobre o que aconteceu no banheiro...

– Não quero que seja parte disso. Não quero você me fazendo aquilo para que eu... lambuze você toda daquele jeito.

– Eu gostei de lhe dar um orgasmo. Só que... eu me preocupo demais com você para lhe causar qualquer dor. Talvez pudéssemos tentar...

Ele se afastou.

– Sinto muito... Tenho de... Vou procurar o V. Tenho trabalho a fazer.

Ela o agarrou pelo braço.

– O que pensaria se eu lhe dissesse que o acho bonito?

– Acharia que está movida por compaixão e ficaria fulo da vida.

– Não sinto pena de você. Eu gostaria que tivesse gozado dentro de mim, e o acho magnífico quando está excitado. É grosso e grande, e eu estava louca para tocá-lo. Ainda estou. E quero tomá-lo em minha boca. Que tal isso?

Ele encolheu de ombros para soltar-se e pôs-se de pé. Com movimentos rápidos e bruscos, vestiu-se.

– Se precisa projetar uma luz diferente sobre esse ato sexual para que possa lidar com ele, tudo bem. Mas agora está mentindo para si mesma. Não vai demorar pra você acordar para o fato de que ainda é uma fêmea de valor. E, então, irá se recriminar amargamente por ter se deitado comigo.

– Isso não acontecerá.

– Espere e verá.

Ele saiu porta afora antes que ela pudesse encontrar as palavras apropriadas para lhe responder.

Bella cruzou os braços e bufou de frustração. Então, chutou as cobertas. *Inferno*, que calor fazia naquele quarto. Ou, talvez, estivesse muito excitada, premida por sua química interna.

Incapaz de ficar na cama, vestiu-se e desceu o corredor das estátuas. Não importava onde iria parar; só queria sair e gastar um pouco daquele calor.

Capítulo 28

Zsadist parou no túnel subterrâneo, a meio caminho entre a mansão e a casa da guarda de Vishous e Butch.

Quando olhou para trás, nada viu, a não ser uma fileira de luzes no teto. À sua frente, mais do mesmo, uma fileira sem fim de pontos reluzentes. As portas, aquela pela qual tinha entrado e aquela pela qual deveria sair, estavam invisíveis para ele.

Pensando bem, não era isso uma baita metáfora para a vida?

Apoiou-se contra a parede de aço do túnel, sentindo-se preso, apesar de não estar retido por nada nem por ninguém.

Oh, mas que tolice. Bella o estava prendendo. Acorrentando-o. Amarrando-o com seu lindo corpo, seu coração bondoso e aquela equivocada quimera de amor que resplandecia em seus olhos cor de safira. Preso... Estava tão preso.

Com uma repentina mudança, sua mente se fixou na noite em que Phury finalmente o libertara da escravidão.

Quando a Ama apareceu com mais um macho, o escravo nem prestou atenção. Após dez décadas, os olhos de outros machos já não o incomodavam, e os estupros e as invasões já não tinham novos horrores a lhe ensinar. Sua existência era um inferno uniforme e constante, cuja principal tortura consistia na natureza infinita de seu cativeiro.

Mas, então, havia sentido algo estranho. Algo... diferente. Virara a cabeça e olhara o estranho. O primeiro pensamento que lhe ocorreu foi que o macho era um gigante trajando roupas caras; então, devia ser um guerreiro. O segundo foi que aqueles olhos amarelos o fitavam com uma chocante tristeza. Na verdade, o estranho parado na porta havia ficado tão lívido que sua pele tornara-se cor de cera.

Quando o cheiro do bálsamo chegou ao nariz do escravo, ele voltou a olhar o teto, pouco interessado no que ocorreria a seguir. Mesmo assim, quando sua masculinidade foi manipulada, uma onda de emoção varreu o cubículo. Voltou a olhar para o macho que agora já estava dentro da cela. O escravo franziu a testa. O guerreiro estava puxando uma adaga e olhando a Ama como se fosse matá-la...

A outra porta se escancarou de repente e um dos cortesãos falou em pânico. De repente, a cela se encheu de guardas, armas e fúria. A Ama foi agarrada bruscamente pelo macho à frente do grupo e esbofeteada tão duramente que bateu contra a parede. Então, o macho caminhou para o escravo desembainhando uma faca. O escravo gritou quando viu a lâmina descer sobre o seu rosto. Uma ardente dor atravessou-lhe a testa, o nariz e a face; então, a escuridão o reclamou.

Quando o escravo recuperou a consciência, estava pendurado pelo pescoço, o peso de seus braços, pernas e torso o estrangulavam, arrancando-lhe a vida. Seu ressurgimento mental foi como se seu corpo soubesse que estava para morrer e o tivesse despertado, na esperança que o cérebro pudesse ajudar. Uma patética tentativa de resgate, pensou ele.

Amada Virgem, não deveria sentir dor? E se perguntou se lhe tinham jogado água, porque sua pele estava úmida. Então, deu-se conta de que algo espesso gotejava em seus olhos. Seu sangue. Estava coberto por seu próprio sangue.

E o que era todo aquele barulho em volta dele? Espadas? Luta?

Enquanto sufocava, ergueu os olhos, e, por uma fração de segundo, a asfixia deu-lhe uma trégua. O mar. Estava olhando para o vasto oceano. Encheu-se de alegria por um momento... e, então, sua visão se turvou pela falta de ar. Suas pálpebras fraquejaram e ele se entregou, agradecido por ter visto o mar uma última vez antes de morrer. Refletiu vagamente se o Fade haveria de ser como aquele amplo horizonte, uma vastidão infinita que era a um só tempo imponderável e um lar.

Justo quando já via uma brilhante luz branca diante dele, a pressão em sua garganta cedeu e seu corpo foi manejado bruscamente. Houve gritos e sacolejos, e, então, uma trepidante e incerta corrida que terminou abruptamente. Durante o caminho, a dor espocou por todas as partes de seu corpo, percorrendo seus ossos, golpeando-o com massacrantes punhos.

Dois disparos de uma arma de fogo. Grunhidos de dor que não provinham dele. E, então, um urro e o violento vento em suas costas. Caindo... ele estava no ar, caindo...

Oh, Deus, o mar. O pânico o invadiu. O sal...

Sentiu o duro colchão d'água amortecendo a queda por um instante, antes que a sensação do mar atingindo sua pele em carne viva sobrecarregasse sua mente. Desmaiou.

Quando voltou a si novamente, seu corpo não era mais do que um saco de estopa lasso, coalhado de dores. Atordoado, deu-se conta de que estava gelado por um lado e moderadamente quente do outro, e se moveu para ver o que conseguisse. Ao fazê-lo, sentiu que a calidez contra ele se deslocou em resposta... Estava sendo abraçado. Havia um macho apoiado em suas costas.

O escravo afastou aquele pesado corpo e se arrastou pelo chão. Sua visão embaçada lhe indicou o caminho, distinguindo um bloco de rocha em meio à escuridão, dando-lhe algo para se esconder atrás. Quando estava abrigado, respirou com dificuldade, sentindo o cheiro de maresia e o fedor de peixes mortos.

E também um odor metálico. Penetrante...

Espiou pela lateral do bloco de rocha. Embora seus olhos estivessem fracos, era capaz de reconhecer a figura do homem que tinha ido à cela com a Ama. O guerreiro se apoiava contra a parede agora, o cabelo comprido se derramando sobre os ombros largos. Suas elegantes roupas estavam rasgadas, e seu olhar amarelo carregado de tristeza.

Aquele era o outro cheiro, pensou o escravo. Aquela emoção triste que o macho sentia tinha um cheiro.

Quando o escravo farejou outra vez, sentiu um estranho repuxão no rosto, e levou as pontas dos dedos à bochecha. Havia uma fissura, uma linha rígida na pele... Seguiu-a para cima, até a testa. Depois, para baixo, até o lábio. E lembrou-se da lâmina da faca descendo sobre ele. Lembrou-se também de que gritou quando ela o cortou.

O escravo começou a tremer de frio e envolveu o corpo com os braços.

– Deveríamos nos aquecer mutuamente – disse o guerreiro. – Sinceramente, isso é tudo o que eu estava fazendo. Não tenho... segundas intenções. A não ser ajudá-lo, se pudesse.

Só que todos os machos levados pela Ama haviam estado com o escravo. Era por isso que os levava. Gostava de olhar, também...

Mas, então, o escravo se lembrou do guerreiro erguendo a adaga, parecendo estar prestes a estripar a Ama como se faz a um porco.

O escravo abriu a boca e perguntou com voz rouca:

– Quem é você, meu senhor?

A boca não funcionava como antes, e suas palavras foram confusas. Tentou outra vez, mas o guerreiro o interrompeu.

– Escutei sua pergunta – o cheiro metálico da tristeza se tornou mais forte, suplantando até mesmo o fedor de peixe. – Sou Phury. Sou... seu irmão.

– Não – o escravo sacudiu a cabeça. – Na verdade, eu não tenho família. Senhor.

– Não, eu não sou... – o macho clareou a garganta. – Eu não sou seu senhor. E sempre teve uma família. Foi roubado de nós. Há um século que o procuro.

– Temo que esteja enganado.

O guerreiro se moveu como se fosse levantar-se, e o escravo deu um salto para trás, baixando os olhos e cobrindo a cabeça com os braços. Não poderia suportar ser espancado outra vez, mesmo que o merecesse por sua insubordinação.

Com seu novo e atrapalhado modo de falar, ele disse, rapidamente:

– Não pretendia ofendê-lo, senhor. Eu lhe oferecia apenas meu respeito por sua elevada condição.

– Minha doce Virgem – um ruído abafado veio do outro lado da caverna. – Não o golpearei. Está a salvo... Comigo, está a salvo. Você foi encontrado, irmão.

O escravo sacudiu a cabeça outra vez, incapaz de escutar coisa alguma daquilo, porque se deu conta de repente do que ia acontecer ao anoitecer, o que tinha de acontecer. Era propriedade da Ama, o que significava que teria de ser devolvido.

– Suplico-lhe – gemeu –, não me devolva a ela. Mate-me agora... Não me obrigue a voltar para ela.

– Prefiro matar a nós dois a permitir que volte para lá.

O escravo ergueu a vista. Os olhos amarelos do guerreiro ardiam através da escuridão.

O escravo olhou fixamente aquele brilho. E, então, lembrou-se de quando, muito tempo antes, despertou no cativeiro depois de sua transição. A Ama lhe havia dito que adorava seus olhos... seus olhos amarelo canário.

Entre os de sua espécie, havia muito poucos com as íris douradas.

As palavras e as ações do guerreiro começaram a fazer sentido. Por que um estranho lutaria para libertá-lo?

O guerreiro se moveu, fez uma careta de dor, e segurou uma das coxas.

A parte inferior da perna estava faltando.

Os olhos do escravo se arregalaram com a constatação do membro perdido. Como o guerreiro salvara a ambos na água com um ferimento daquele porte? Com certeza teve de se esforçar muito apenas para se manter à tona... Por que não largar o escravo, simplesmente?

Só um laço de sangue poderia gerar esse tipo de altruísmo.

– Você é meu irmão? – balbuciou o escravo através do lábio destruído. – Sou mesmo sangue do seu sangue?

– Sim. Sou seu irmão gêmeo.

O escravo começou a tremer.

– Mentira.

– Verdade.

Um curioso temor se apoderou do escravo, gelando-o. Enroscou-se em si mesmo apesar da carne viva que o cobria da cabeça aos pés. Nunca lhe ocorrera que fora outra coisa além de um escravo, que poderia ter tido a oportunidade de viver de forma diferente... viver como um macho, não como um objeto.

Encolhido no chão, o escravo balançava-se embalando o próprio corpo. Quando parou, olhou outra vez para o guerreiro. E quanto à sua família? Por que aquilo tinha acontecido? Quem era ele? E...

– Sabe se eu tinha um nome? – murmurou o escravo. – Chegaram a me dar um nome?

O guerreiro respirou com dificuldade, como se tivesse uma costela quebrada.

– Seu nome é Zsadist – a respiração do guerreiro foi-se tornando entrecortada até que suas últimas palavras saíram-lhe estranguladas. – Você era filho... de Ahgony, um grande guerreiro. E muito amado de nossa... mãe, Naseen.

O guerreiro não conseguiu conter um pungente soluço e deixou cair a cabeça entre as mãos.

Enquanto chorava, o escravo o observava.

Zsadist sacudiu a cabeça, recordando aquelas silenciosas horas que se seguiram. Phury e ele passaram a maior parte do tempo simplesmente olhando um para o outro. Os dois estavam em péssimas condições, mas Phury era o mais forte deles, mesmo com o membro perdido. Reuniu madeira de destroços e cordões de algas marinhas e juntou tais coisas numa espécie de jangada frágil e nada confiável. Quando o sol se pôs, arrastaram-se para o mar e flutuaram pela costa rumo à liberdade.

Liberdade.

Sim, até parece. Não era livre; nunca fora. Aqueles anos perdidos tinham permanecido com ele, o ódio pelo que lhe tinha sido tirado e pelo que lhe tinha sido feito estava mais vivo do que ele próprio.

Ouvira Bella dizer que o amava. E sentira vontade de berrar.

Em vez disso, estava se dirigindo para o Buraco. Não tinha nada digno para oferecer a ela, exceto sua vingança; assim sendo, o melhor a fazer era voltar ao trabalho. Queria ver todos os *redutores* esmagados diante dele, empilhados na neve como lenha, como prova da única coisa que podia oferecer a Bella.

E para aquele que a tinha apanhado, que a tinha ferido, havia uma morte especial esperando por ele. Dentro de Z. não havia amor que pudesse dar a quem quer que fosse. Mas o ódio que sentia seria canalizado até o seu último suspiro para vingar Bella.

Capítulo 29

Phury acendeu o "baseado" vermelho e olhou as dezesseis latas de Aqua Net que estavam alinhadas na mesinha de centro de Butch e V.

– Pra que tanto fixador de cabelo? Estão pretendendo aprontar alguma?

Butch ergueu o tubo de PVC que estava perfurando.

– Um lançador de batatas, cara. Muito divertido.

– Como é que é?

– Você nunca foi para um acampamento de verão?

– Aprender a trançar cestas e carpintaria é para humanos. Não se ofenda, mas temos coisas melhores para ensinar aos nossos jovens.

– Sem essa! Ninguém pode dizer que viveu até que tenha participado de um "ataque às calcinhas"* à meia-noite. É assim que funciona: você coloca a batata nessa extremidade, enche a base com spray...

– E, então, acende – interrompeu V., lá do quarto dele. Logo depois, surgiu de roupão, esfregando uma toalha no cabelo úmido. – Faz um barulhão.

– Um barulhão – repetiu Butch.

Phury olhou para o Irmão.

---

* No original, "panty raid": trote em que os rapazes, em acampamentos ou universidades, invadem o dormitório das moças e roubam suas peças íntimas. (N.T.)

– V., você já fez isso?

– Sim, na noite passada. Mas o lançador entupiu.

Butch praguejou.

– A batata era muito grande. Malditas batatas de Idaho*. Esta noite usaremos outras, menores. Vai ser sensacional. É claro que a trajetória dos projéteis pode ser um problema...

– Mas, tecnicamente, é como o golfe – disse V., largando a toalha sobre uma poltrona. Colocou a luva na mão direita, cobrindo as tatuagens sagradas que lhe marcavam da palma às pontas dos dedos e também as costas da mão. – Quero dizer, você tem de imaginar uma curva no ar...

Butch concordou entusiasmado:

– Sim, é como o golfe. O vento desempenha um papel...

– Enorme.

Phury ficou ali fumando, enquanto os outros dois completavam as frases um do outro, por vários minutos. Tanto, que se sentiu obrigado a mencionar:

– Vocês dois estão passando tempo demais juntos, se é que me entendem...

V. sacudiu a cabeça olhando para o tira.

– O Irmão não curte esse tipo de coisa. Nunca curtiu.

– Então, apontaremos para o quarto dele.

– É verdade. Dá de frente para o jardim...

– Assim, não teremos de nos preocupar com os carros no pátio. Excelente!

A porta do túnel se escancarou, e os três se viraram.

Zsadist estava na soleira... e o perfume de Bella estava nele todo. Junto com o opressivo e inconfundível cheiro de sexo. E também, um levíssimo traço de odor de marcação, de vínculo.

Phury se retesou e tragou profundamente. *Oh, Deus...* Tinham estado juntos.

---

* O Estado de Idaho é famoso por sua produção de batatas, muito utilizadas, por seu tamanho avantajado, para se fazer batata assada, ou "baked potato". (N.T.)

Cara, a necessidade de correr pela casa e comprovar que ela ainda estava respirando era quase irresistível. Assim como o desejo de esfregar o peito até que desaparecesse o doloroso buraco nele.

Seu gêmeo possuíra a única coisa que Phury já desejara.

– O veículo se deslocou? – disse Z. a Vishous.

V. foi até os computadores e pressionou algumas teclas.

– Não.

– Mostre-me.

Quando Zsadist se aproximou e curvou-se, V. apontou para a tela.

– Aqui está. Se se puser em movimento, posso rastreá-lo.

– Você sabe como arrombar um Explorer sem ativar o alarme?

– *Ah, tenha dó...* É só um carro. Se ainda estiver ali ao anoitecer, coloco você lá dentro num piscar de olhos.

Z. endireitou o corpo.

– Preciso de um celular novo.

Vishous abriu uma gaveta da escrivaninha, tirou um, e o checou duas vezes.

– Está pronto para usar. Enviarei uma mensagem de texto a todos informando o seu novo número.

– Ligue-me se essa coisa se mover.

Quando Zsadist virou-se para ir embora, Phury deu outra tragada e prendeu a respiração. A porta do túnel se fechou com força.

Sem ao menos se dar conta do que estava fazendo, Phury apagou o baseado e foi atrás do irmão.

No túnel, Z. parou ao escutar outros passos. Quando se virou, a luz do teto destacou-lhe as faces encovadas, o contorno duro do queixo e a linha da cicatriz.

– O que foi? – perguntou a voz grave, ecoando. Então, franziu a testa. – Deixe-me adivinhar. É sobre Bella.

Phury parou.

– Talvez.

– Com certeza é – Z. baixou o olhar e o fixou no piso do túnel. – Pode cheirá-la em mim, não é?

No longo silêncio que se seguiu entre os dois, Phury desejou desesperadamente ter um baseado nos lábios.

– Só preciso saber... se ela está bem depois que você... se deitou com ela.

Z. cruzou os braços.

– Sim. E não se preocupe, ela não vai querer repetir a dose.

Oh, Deus.

– Por quê?

– Eu a fiz... – o lábio distorcido de Z. se afinou. – Não importa.

– O quê? O que você fez?

– Forcei-a a me machucar – quando Phury recuou, Z. riu num tom grave e triste. – Sim, você não precisa bancar o protetor. Ela não irá se aproximar novamente de mim.

– Como...? O que aconteceu?

– Aham, certo. Você está querendo puxar briga e não vai conseguir.

De repente, sem aviso, Z. encarou Phury. A força daquele olhar foi uma surpresa, porque o macho raramente olhava alguém nos olhos.

– É o seguinte, meu irmão: sei como se sente a respeito dela... ah, e espero que quando as coisas esfriarem um pouco, talvez você possa... ficar com ela ou algo assim.

Como? O cara *havia pirado* de vez?, pensou Phury.

– E como diabos tal coisa seria possível, Z.? Você a marcou.

Zsadist esfregou o crânio raspado.

– Não mesmo.

– Mentira.

– Não importa; que tal isso? Logo, logo, ela vai sair desse transe pós-traumático e, quando isso acontecer, irá querer alguém de verdade.

Phury meneou a cabeça, sabendo muito bem que um macho vinculado não desistia de seus sentimentos por sua fêmea. A menos que morresse.

– Z., você está louco. Como pode dizer que quer que eu fique com ela? Isso o mataria.

O rosto de Zsadist mudou e sua expressão foi um choque. *Tamanha dor*, pensou Phury. Tão profunda que parecia impossível.

E, então, o macho avançou. Phury se preparou para... Deus, não tinha nem ideia do que esperar.

Quando Z. ergueu a mão, não foi com fúria nem violência. E, enquanto Phury sentia a palma de seu gêmeo pousar em sua face suavemente, não conseguia se lembrar de quando fora a última vez que Z. o tocara com afeto. Ou se chegara mesmo a tocá-lo de qualquer forma.

A voz de Zsadist era grave e calma enquanto movia o polegar para frente e para trás naquela face sem mácula.

– Você é o macho que eu poderia ter sido. Tem o potencial que eu tive e perdi. Você possui a honra, a força e a ternura que ela necessita. Você cuidará dela. Eu *quero* que você cuide dela – Zsadist baixou a mão. – Será um bom par para ela. Com você como seu *hellren*, poderá caminhar de cabeça erguida. Terá orgulho de ser vista ao seu lado. Será socialmente invencível. A *glymera* nada poderá contra ela.

A tentação remoinhou e condensou-se até se converter em instinto em Phury. Mas, e quanto ao seu gêmeo?

– Oh, Deus... Z. Como pode engolir a ideia de que eu fique com ela?

No mesmo instante, toda a suavidade se foi.

– Seja você ou outro qualquer, a dor é a mesma. Além disso, pensa que não estou acostumado a ser ferido? – os lábios de Z. se curvaram em um pavoroso sorrisinho. A dor é o meu lar, irmão.

Phury pensou em Bella e em como havia rejeitado sua veia.

– Mas não acha que precisa levar em conta a opinião dela?

– Ela verá a luz. Não é tola. Não por tanto tempo – Z. virou-se e recomeçou a andar. Então, parou. Sem olhar para trás, disse: – Há outra razão para que eu queira que você fique com ela.

– E essa faz sentido?

– Deve ser feliz – Phury perdeu o fôlego enquanto Zsadist murmurava: – Você vive pela metade, menos que pela metade. Sempre o fez. Ela poderia cuidar de você, e isso... isso seria bom. Eu gostaria disso para você.

Antes que Phury pudesse dizer algo, Z. o cortou:

– Você se lembra daquela caverna... logo após você ter me resgatado? Sabe, aquele dia em que nos sentamos juntos esperando o pôr do sol?

– Sei – sussurrou, olhando para as costas de seu gêmeo.

– Aquele lugar cheirava mal pra caramba, não é? Você se lembra? O cheiro de peixe podre?

– Eu me lembro de tudo.

– Sabe, ainda posso vê-lo apoiado na parede da caverna, com o cabelo emaranhado, a roupa molhada e manchada de sangue. Estava um lixo – Z. soltou uma risadinha abrupta. – Tenho certeza de que o meu aspecto era pior. De qualquer forma... você disse que gostaria de me ajudar, se pudesse.

– E fiz isso.

Houve um longo silêncio. Então, uma rajada fria emanou do corpo de Z., e ele olhou por cima do ombro. Seus olhos negros eram glaciais, seu rosto mais sombrio do que o inferno.

– Não posso ser ajudado. Não há como. Mas, estou plenamente convencido de que para você há esperança. Então, fique com a fêmea que deseja tão desesperadamente. E veja se consegue chamá-la à razão. Eu a expulsaria de meu quarto se pudesse, mas ela simplesmente não quer ir embora.

Z. afastou-se a passos largos, as botas de combate golpeando o chão.

Horas mais tarde, Bella vagava pela mansão. Havia passado parte da noite com Beth e Mary, e apreciara a conversa amistosa com as duas. Mas, agora, estava tudo silencioso, porque os Irmãos e todos os outros haviam ido para a cama. Eram apenas ela e Boo percorrendo os corredores enquanto o dia passava, pois parecia que o gato sabia que ela precisava de companhia e não a deixava.

Deus, sentia-se esgotada, tão cansada que quase não se aguentava em pé, e estava dolorida também. O problema era que havia uma agitação que animava seu corpo; seu mecanismo interno se recusava a desligar.

Enquanto era atravessada por uma onda de calor, como se houvesse minúsculos secadores de cabelo aquecendo cada centímetro de sua pele, achou que estava ficando doente, embora não soubesse como. Tinha estado com os *redutores* por seis semanas, e não havia como pegar qualquer um de seus vírus. E nenhum dos Irmãos ou suas *shellans* estava doente. Talvez fosse algo emocional.

Até parece...

Virou uma esquina e parou, dando-se conta de que havia voltado para o corredor das estátuas. Imaginou se Zsadist estaria em seu quarto agora.

E ficou desapontada quando abriu a porta e ele não estava lá.

Aquele macho era como um vício, percebeu. Não era bom para ela, mas não conseguia largá-lo.

– Hora de dormir, Boo.

O gato respondeu com um miado, como se estivesse sendo liberado de seu dever de escoltá-la e saiu trotando pelo corredor, silencioso como a neve que cai, e igualmente gracioso.

Bella fechou a porta, justo quando era varrida por outra onda de calor. Arrancando o casaco de moletom que vestia, foi até a janela na esperança de abri-la, mas é claro que as persianas de aço estavam baixadas: eram duas da tarde. Desesperada para aplacar o calor que sentia, dirigiu-se ao chuveiro e se meteu debaixo da água fria por só Deus sabe quanto tempo. Quando saiu, sentia-se pior, a pele pinicando, a cabeça pesada.

Enrolando-se numa toalha, foi para a cama e arrumou as cobertas reviradas. Antes de se deitar, olhou para o telefone e pensou que deveria ligar para o irmão. Precisavam encontrar-se cara a cara, e precisavam fazê-lo logo, porque o adiamento concedido por Wrath não iria durar muito mais. E como Rehv nunca dormia, tinha certeza de que poderia falar-lhe àquela hora.

Entretanto, enquanto outra onda de calor a invadia, soube que não tinha condições de falar com o irmão naquele momento. Esperaria até que caísse a noite, depois de descansar um pouco. Quando o sol fosse embora, poderia telefonar para Rehvenge e encontrar-se com ele em algum lugar público e neutro. E o persuadiria a parar com aquela palhaçada.

Sentou-se na beirada da cama e sentiu uma estranha pressão entre as pernas.

O sexo com Zsadist, pensou. Tinha passado tanto tempo desde que fora penetrada por um macho. E o único outro amante que havia tido não era tão bem dotado. Nem se mexia com tanto ímpeto.

Ocorreram-lhe imagens de Zsadist: balançando-se sobre ela, o rosto tenso e sombrio, o corpo rijo e vigoroso. Sentiu uma reverberação atravessá-la, que a deixou bamba. Rapidamente, uma sensação aguda transpassou-lhe as entranhas, como se ele a estivesse penetrando de novo, uma combinação de mel e ácido percorrendo suas veias.

Franziu a testa, livrou-se da toalha, e olhou seu corpo. Seus seios pareciam muito maiores do que o normal, os bicos mais escuros. Vestígios da boca de Zsadist? *Sem dúvida.*

Com um palavrão, deitou-se e cobriu-se com um lençol. O calor continuou a maltratar seu corpo. Virou-se de bruços. Abriu as pernas. Tentou acalmar-se. Entretanto, a dor se intensificou.

Quando a neve começou a cair para valer e a luz da tarde começou a declinar, o Sr. O dirigiu sua caminhonete para o sul, pela Rota 22. Quando chegou ao lugar certo, estacionou e olhou para o Sr. U.

– O Explorer está a cem metros daqui. Tire-o desse maldito bosque. Depois, comece a comprar o material que precisamos e descubra quando será a entrega das maçãs. Quero-as localizadas e o arsênico preparado.

– Deixe comigo – o Sr. U soltou o cinto de segurança. – Mas, ouça: você precisa fazer um pronunciamento para a Sociedade. O procedimento habitual de um *Redutor Principal*...

– Não importa.

O Sr. O olhou o para-brisa, observando como os limpadores afastavam os flocos de neve. Agora que ocupara o Sr. U com aquela baboseira do festival do solstício, tinha seu cérebro de volta para se dedicar à solução de seu principal problema: como diabos iria encontrar sua esposa agora?

– Mas o *Redutor Principal* sempre se dirige aos membros quando assume o posto do antigo líder.

Meu Deus, a voz do Sr. U estava começando realmente a lhe dar nos nervos. E não só a voz, mas também sua mentalidade caxias.

– Sr. O, você precisa...

– Cale essa maldita boca, cara. Não estou interessado em organizar reuniões.

– Ok – o Sr. U deu o assunto por encerrado, mas sua desaprovação era óbvia. – Então, onde quer os esquadrões?

– O que você acha? No centro da cidade!

– Se encontrarem civis enquanto lutam com os Irmãos, quer que as equipes os capturem ou apenas os matem? E vamos construir outro centro de persuasão?

– Tanto faz.

– Mas precisamos... – a voz do Sr. U prosseguia em tom monocórdico.

Como iria encontrá-la? Onde poderia...

– Sr. O?

O Sr. O olhou para o assento do carona, prestes a explodir.

– O que é?

A boca do Sr. U lembrou a de um peixe por um momento. Abrindo. Fechando.

– Nada.

– Muito bem. Estou farto de sua tagarelice. Agora, caia fora do meu carro e mantenha-se ocupado fazendo algo que não seja encher o meu saco.

Pisou o acelerador no segundo em que as botas do Sr. U tocaram o cascalho. Mas não foi muito longe. Enveredou pelo caminho que levava à casa de sua esposa e fez um reconhecimento.

Não havia rastros na neve fresca. Nada de luzes acesas. Estava vazia.

Malditos Betas.

O Sr. O fez a volta e rumou para o centro da cidade. Seus olhos ardiam pela falta de sono, mas não queria desperdiçar a noite recarregando-se. *Que se dane.*

Cara... Se não conseguisse matar qualquer coisa naquela noite, enlouqueceria.

Capítulo 30

Zsadist passou o dia no ginásio. Praticou no saco de areia sem as luvas de boxe. Levantou pesos. Correu. Levantou mais pesos. Praticou com as adagas. Quando voltou para a mansão eram quase quatro e ele estava preparado para sair à caça.

No momento em que colocou o pé no vestíbulo, deteve-se. Havia algo errado.

Olhou em volta no vestíbulo. Ergueu a vista para o segundo andar. Escutou sons estranhos. Quando farejou, sentiu apenas o cheiro do café da manhã que estava sendo servido na sala de jantar e foi até lá, convencido de que algo ia mal, mas incapaz de definir o que era. Encontrou os Irmãos sentados e muito quietos, apesar de Mary e Beth estarem comendo e conversando tranquilamente. Bella não estava com eles.

Não se interessou pela comida, mas, mesmo assim, dirigiu-se ao lugar vazio junto a Vishous. Enquanto se sentava, sentiu o corpo tenso, e soube que era por ter se exercitado duramente o dia todo.

– O Explorer se moveu? – perguntou ao Irmão.

– Não até eu vir comer. Checarei de novo quando voltar, mas não se preocupe. O computador pode rastrear qualquer rota que o veículo seguir, mesmo eu não estando por perto. Seremos capazes de ver o caminho que tomou.

– Tem certeza?

Vishous olhou-o secamente.

– Sim, tenho. Eu mesmo criei o programa.

Z. assentiu; então, colocou a mão embaixo do queixo e estalou o pescoço. Cara, estava todo duro.

Um segundo depois, Fritz chegou com duas lustrosas maçãs verdes e uma faca. Depois de agradecer o mordomo, Z. começou a cortar uma delas. Enquanto a descascava, mudou de posição na cadeira. Droga... sentia as pernas estranhas, e também a região lombar. Será que havia exagerado nos exercícios? Ajeitou-se de novo no assento, e voltou a se centrar na maçã, girando-a na mão, mantendo a lâmina rente à polpa branca. Havia quase terminado quando se deu conta de que estava cruzando e descruzando as pernas debaixo da mesa, como uma dançarina sexy.

Olhou os outros machos. V. estava abrindo e fechando a tampa do isqueiro, batucando com os pés. Rhage massageava os próprios ombros. Depois, passou para a parte superior do braço. Depois, para o peitoral direito. Phury girava sua xícara de café e mordia o lábio inferior, enquanto tamborilava os dedos. Wrath movia a cabeça sobre o pescoço de um lado para o outro e de frente para trás, elétrico como um fio de alta tensão. Butch parecia estar agitado, também.

Nenhum deles, nem mesmo Rhage, havia comido.

Mas Mary e Beth pareciam bastante normais quando se levantaram para esvaziar seus pratos. Começaram a rir e a discutir com Fritz que deveriam ajudá-lo a trazer mais fruta e café.

As duas acabavam de deixar a sala quando o primeiro pulso de energia atravessou a casa. Aquela onda invisível atingiu direto a coisa entre as pernas de Zsadist, endurecendo-a instantaneamente. Retesou-se e percebeu que os Irmãos e Butch também tinham sido atingidos, e cada um deles parecia se perguntar se realmente haviam sentido o que sentiram.

Um momento mais tarde, veio uma segunda onda. A *coisa* nas calças de Z. endureceu ainda mais, rápida como o palavrão que lhe saiu da boca.

– Cacete... – disse alguém com um gemido.

– Isso não pode estar acontecendo – grunhiu outro.

A porta da cozinha se abriu e Beth entrou com uma bandeja de frutas cortadas nas mãos.

– Mary está trazendo mais café...

Wrath se levantou tão rápido que sua cadeira caiu no chão. Olhou para Beth, tirou-lhe a bandeja das mãos e largou-a displicentemente sobre a mesa. Enquanto os morangos cortados e fatias de melão saltaram da bandeja de prata e se esparramaram pelo mogno da mesa, Beth o olhou feio.

– Wrath, mas que...

Ele a puxou para si, beijando-a forte e profundamente, inclinando-a para trás como se fosse penetrá-la ali mesmo, diante da Irmandade. Sem interromper o beijo, agarrou-a pela cintura e a levantou pelo traseiro. Beth deu uma risadinha e rodeou-lhe os quadris com as pernas. O rosto do rei estava enterrado no pescoço de sua *leelan* quando deixou a sala a passos largos.

Outra onda reverberou pela casa, estremecendo os corpos masculinos da sala. Zsadist se agarrou à borda da mesa, e não foi o único. Os nós dos dedos de Vishous ficaram brancos pela força com que se agarrava a ela.

Bella... devia ser Bella. Tinha de ser. Bella havia entrado no cio.

Havers o havia prevenido, pensou Z. Quando o doutor lhe fizera o exame íntimo, disse-lhe que ela parecia estar próxima do período fértil.

Que inferno. Uma fêmea no cio. Em uma casa com seis machos.

Era apenas questão de tempo antes que um dos Irmãos desse vazão aos seus instintos sexuais. E o perigo para todos era muito real.

Quando Mary atravessou a porta da cozinha, Rhage foi atrás dela como um tanque, arrancando-lhe a cafeteira das mãos e largando-a no aparador de tal forma que deslizou e respingou café. Levantou Mary contra a parede e a cobriu com seu corpo, baixando a cabeça, seu ronronar erótico tão forte que fez o lustre de cristal tremelicar. A surpresa inicial de Mary foi seguida por um suspiro muito feminino.

Rhage a agarrou em seus braços e saiu da sala como um raio.

Butch baixou a vista para o próprio colo e depois a ergueu para os outros.

– Escutem, sem querer ser desagradável, mas alguém mais está... hã...

– Sim – disse V., com os lábios apertados.

– Quer me dizer que diabos está acontecendo aqui?

– Bella está no cio – disse V., atirando o guardanapo na mesa. – Deus... Quanto falta para o anoitecer?

Phury consultou o relógio.

– Quase duas horas.

– Até lá já estaremos ferrados. Diga-me que tem ainda um pouco de fumaça vermelha.

– Sim, bastante.

– Butch, faça um favor a você mesmo e caia fora da propriedade imediatamente. O Buraco não está a uma distância suficiente dela. Não acreditava que os humanos pudessem responder, mas já que você o faz, melhor que vá antes que seja arrastado.

Outra onda os atingiu, e Z. desabou contra a cadeira, os quadris ondulando involuntariamente. Escutou os gemidos dos outros e se deu conta de que estavam seriamente encrencados. Não importava quão civilizados pretendessem ser, os machos não conseguiam deixar de responder a uma fêmea em seu período fértil, e seu ímpeto sexual só faria crescer à medida que o cio progredisse e se intensificasse.

Se não fosse pela luz do sol, eles poderiam ir embora e ficar a salvo. Mas estavam presos no complexo, e quando estivesse suficientemente escuro, poderia ser tarde demais. Após uma exposição prolongada, os machos instintivamente resistiam a se afastar da fêmea. Não importava o que os seus cérebros lhes dissessem, seus corpos lutariam contra a separação, e, se por acaso conseguissem se apartar, sofreriam as dolorosas consequências do afastamento, que eram ainda piores do que a ânsia. Wrath e Rhage tinham suas respectivas válvulas de escape, mas o restante dos Irmãos estava em apuros. Sua única esperança era amortecer os sentidos por meio da droga.

E Bella... *Oh, Deus...* Sofreria mais do que todos eles juntos.

V. se levantou da mesa, apoiando-se no respaldo da cadeira.

– Vamos, Phury. Precisamos começar a fumar. Agora. Z., você vai para perto dela, não?

Zsadist fechou os olhos.

– Z.? Z., você vai servi-la, *certo*?

John ergueu a vista da mesa da cozinha quando o telefone tocou. Sal e Regin, os *doggen* da família, estavam fora, comprando comida. Ele atendeu.

– John, é você? – era Tohr na linha do andar de baixo.

John assoviou e colocou na boca outra garfada de arroz branco com molho de gengibre.

– Ouça, as aulas de hoje foram canceladas. Vou avisar aos outros estudantes, agora.

John baixou o garfo e assoviou com entonação de pergunta.

– Aconteceu um... imprevisto no complexo. Mas as aulas devem recomeçar amanhã ou na noite seguinte. Veremos como as coisas se resolvem. Em vista disso, mudamos sua consulta com o Havers. Butch vai buscá-lo agora mesmo, está bem?

John soltou dois assovios curtos.

– Bom... ele é humano, mas é legal. Confio nele – a campainha da porta tocou. – Deve ser ele... Sim, é Butch. Posso vê-lo pelo monitor de vídeo. Ouça, John... quanto ao terapeuta. Se isso o assustar, não precisa voltar, está bem? Não deixarei ninguém forçá-lo.

John suspirou no telefone e pensou: *Obrigado.*

Tohr riu de leve.

– Sim, eu também não curto muito esses lances emocionais... Ai! Wellsie, que diabos foi isso?

Houve uma rápida conversa no Antigo Idioma.

– De qualquer forma – disse Tohr ao telefone –, mande-me uma mensagem de texto quando acabar, certo?

John assoviou duas vezes, desligou, e colocou o prato e o garfo na pia.

Terapia... treinamento... Não aguardava com ansiedade nenhuma das duas coisas, mas preferiria mil vezes o psiquiatra a encontrar Lash. Inferno... Pelo menos, a consulta com o médico não duraria mais do que sessenta minutos. Já Lash, ele tinha de aturar horas.

Na saída, pegou sua jaqueta e o bloco de notas. Quando abriu a porta, o humano grandão estava de pé diante dele, olhando para baixo e sorrindo-lhe.

– Oi, cara. Sou Butch. Butch O'Neal. Seu táxi.

Uau. Aquele Butch O'Neal era... bem, para começar, o cara estava vestido como um modelo da revista *Vogue.* Por baixo de um casaco negro de casimira, usava um caro terno risca-de-giz, uma gravata vermelha espetacular, uma camisa branca impecável. O cabelo negro estava jogado para trás de maneira despojada, como se houvesse apenas passado os dedos para penteá-lo, superestiloso.

E os sapatos... *uau.* Gucci, um autêntico Gucci... couro negro, com tiras vermelhas e verdes, detalhe em dourado.

O engraçado é que não era bonito, não do tipo galã, pelo menos. O nariz do cara com certeza já havia sido quebrado duas ou três vezes, e os olhos cor de avelã eram muito sagazes e cansados para serem atraentes. Mas, inspirava respeito como uma arma carregada, por sua força perigosa e inteligência aguda. Tal combinação era literalmente mortífera.

– John? Está tudo bem?

John assoviou e estendeu a mão. Eles se cumprimentaram e Butch sorriu de novo.

– Então, está pronto para ir? – perguntou o homem, de forma um pouco mais gentil. Como lhe haviam dito, John tinha de voltar a ver Havers para "falar com alguém".

Deus... Todo mundo precisava saber?

Enquanto John fechava a porta, imaginou os caras de sua turma de treinamento descobrindo e quis vomitar.

Ele e Butch caminharam para o Escalade negro com janelas escuras e calotas cromadas. O interior do carro estava quente e cheirava a couro e à maravilhosa colônia que Butch usava.

Arrancaram e Butch ligou o som: tocava Mystikal*. Enquanto John espiava pela janela a neve cair e o céu com raias cor de pêssego, desejou de verdade que estivessem indo a qualquer outro lugar. Bem, menos para a aula.

– Então, John – disse Butch –, não vou fingir. Sei por que está indo à clínica, e quero lhe dizer que eu já tive de ir ao psiquiatra também.

Quando John o olhou com surpresa, o homem balançou a cabeça confirmando.

---

* *Rapper* americano. (N.R.)

– Sim, quando estava na polícia. Fui detetive da Divisão de Homicídios por dez anos, e na Homicídios se vê coisas horripilantes. Sempre havia um cara profundamente sincero, com óculos de vovozinha e um divã, enchendo o meu saco para que eu me abrisse. Odiava aquilo.

John respirou fundo, curiosamente reconfortado por aquele homem ter odiado a experiência tanto quanto ele.

– Mas o engraçado... – Butch parou num sinal e ligou a seta. Um segundo depois, mergulharam no tráfego. – O engraçado é... que acredito que tenha me ajudado. Não quando eu estava sentado em frente ao Dr. Sinceridade, o rei do compartilhe-seus-sentimentos. Francamente, sempre queria sair de lá correndo, minha pele chegava a pinicar. Era só... depois, quando pensava nas coisas que falávamos. E, sabe? Até que o cara tinha razão em alguns aspectos. De certo modo, aquilo me aliviava, mesmo que eu achasse que estava bem. Assim sendo, até que foi uma experiência válida.

John inclinou a cabeça para o lado.

– O que vi? – murmurou Butch. O homem permaneceu em silêncio por um longo momento. Foi só quando viraram em outra rua luxuosa que respondeu. – Nada especial, filho. Nada especial.

Butch dobrou para a entrada de uma mansão, deteve-se diante do portão e baixou o vidro. Depois de pressionar o interfone e dizer o seu nome, o acesso lhes foi liberado.

Quando estacionou o Escalade atrás de um casarão com revestimento em estuque italiano, e que daria para abrigar um colégio, John abriu a porta. Ao se encontrar com Butch do outro lado do veículo, deu-se conta de que o cara havia sacado uma pistola: segurava-a de maneira bem discreta, ao longo da coxa, de maneira que quase não se notava.

John tinha visto esse truque antes. Phury havia se armado de forma parecida quando foram à clínica, duas noites antes. Os Irmãos não se sentiam seguros ali?

John olhou ao redor. Tudo parecia bastante normal, para uma rica propriedade.

Talvez os Irmãos não se sentissem seguros em lugar algum.

Butch segurou o braço de John e caminhou rapidamente para a porta de ferro maciço, sem tirar os olhos do estacionamento para dez carros atrás da casa, os carvalhos da periferia, os outros dois carros estacionados no que parecia a entrada da cozinha. John precisou correr para acompanhar-lhe o ritmo.

Quando chegaram à porta dos fundos, Butch mostrou o rosto para uma câmera, e os painéis de aço que tinham à frente estalaram suavemente e se abriram. Ao adentrarem um vestíbulo, as portas se fecharam atrás deles, e um elevador de carga se abriu. Entraram, e desceram um andar.

Diante deles, surgiu uma enfermeira que John reconheceu da vez anterior. Quando ela sorriu e lhes deu as boas-vindas, Butch guardou a pistola no coldre embaixo do braço esquerdo.

A enfermeira indicou o corredor.

– Petrilla o está esperando.

Apertando seu bloco, John respirou fundo e seguiu a fêmea, sentindo-se como se estivesse indo para a forca.

Z. parou diante da porta do seu quarto. Iria apenas checar se Bella estava bem e depois seguiria direto para o quarto de Phury e se drogaria até ficar completamente chapado. Odiava o bem-estar artificial produzido pelas drogas, mas qualquer coisa era melhor do que aquela urgência de sexo.

Escancarou a porta e se apoiou no batente. O cheiro do quarto era como um jardim florido, o perfume mais agradável que já lhe tinha entrado pelo nariz.

Sentiu a frente de suas calças estufarem, a *coisa* clamava por sair.

– Bella? – disse para a escuridão.

Ao ouvir um gemido, entrou, fechando a porta atrás de si.

Oh, Deus. O perfume dela... Um grave rosnado surgiu do fundo de sua garganta, e ele dobrou os dedos como garras. Seus pés assumiram o controle e o levaram até a cama, os instintos deixavam sua mente para trás.

Bella estava se contorcendo em cima das cobertas, enrolada nos lençóis. Gritou ao vê-lo, mas, então, acalmou-se, como se desejasse controlar-se.

– Estou bem – virou-se de bruços, juntando as coxas, enquanto se cobria com o edredom. – Estou... realmente... isso vai ser...

Outra onda emanou dela, tão forte que o impulsionou para trás, enquanto ela se enrolava como uma bola.

– Vá embora – gemeu ela. – Fica pior... quando está aqui. Oh... *Deus...*

Quando ela soltou um pesado palavrão, Z. voltou para a porta cambaleando, apesar de seu corpo rugir para ficar.

Conseguir sair para o corredor foi como afastar um cão de caça de sua presa, e, assim que fechou a porta, correu para o quarto de Phury.

Dava para sentir o cheiro do que seu irmão e V. haviam acendido por todo o corredor das estátuas. E quando irrompeu no quarto, o manto de fumaça já era quase tão denso como neblina.

Vishous e Phury estavam na cama, com grossos baseados entre os dedos, as bocas apertadas e os corpos tensos.

– Que diabos você está fazendo aqui? – perguntou V.

– Quero um pouco – disse, indicando com a cabeça a caixa de mogno entre eles.

– Por que a deixou? – V. tragou profundamente e a ponta alaranjada brilhou mais forte. – O cio não passou.

– Ela disse que ficava pior quando eu estava lá – Z. inclinou-se sobre o irmão gêmeo e pegou um baseado. Teve problemas para acendê-lo, porque suas mãos tremiam horrivelmente.

– Como é possível?

– Tenho cara de quem tem experiência com esse tipo de coisa?

– Mas, supõe-se que é melhor se tiver um macho com ela – V. esfregou o rosto; depois, olhou-o incrédulo. – Espere um minuto... você não dormiu com ela, dormiu? Z...? Z., responda a minha maldita pergunta!

– Não, não o fiz – disse bruscamente, consciente de que Phury estava muito, muito calado.

– Como pode deixar essa pobre fêmea no estado em que está, sem servi-la?

– Ela disse que estava bem.

– Sim, bom, só está começando. Ela não vai melhorar. A única forma de aliviar a dor é se um macho gozar dentro dela, entendeu? *Não pode* deixá-la assim. É cruel.

Z. se dirigiu a uma das janelas. As persianas ainda estavam fechadas porque ainda não anoitecera, e ele pensou no sol, aquele enorme, brilhante carcereiro. Deus, desejava sair da casa. Sentia que uma armadilha estava se fechando sobre ele e a urgência de sair correndo era quase tão forte quanto o desejo que sufocava seu corpo.

Pensou em Phury, que mantinha os olhos baixos e não dizia coisa alguma.

Agora é a sua chance, pensou Z. *Apenas envie seu gêmeo pelo corredor até ela. Mande-o para servi-la no cio.*

Vamos. Diga-lhe para sair do quarto e ir ao seu, que tire as roupas e cubra-a com seu corpo.

Oh... Deus...

A voz de Vishous cortou sua autoflagelação, o tom era ajuizado e irritante.

– Zsadist, isso é errado e você sabe disso, não é? Não pode lhe fazer isso, ela está...

– Que tal parar de encher o saco, meu Irmão?

Houve um curto silêncio.

– Ok, eu cuido dela.

Z. ergueu a cabeça rapidamente enquanto Vishous apagava o baseado e se punha de pé. Enquanto vestia as calças de couro, sua ereção era patente.

Zsadist atravessou o quarto tão rápido que sequer sentiu os pés. Atirou Vishous ao chão e rodeou com as mãos o grosso pescoço do Irmão. Quando as presas apontaram de seu lábio superior como facas, ele arreganhou-as com um silvo:

– *Chegue perto dela e eu o mato.*

Houve uma louca agitação atrás dele, sem dúvida Phury correndo para apartá-los, mas V. dispensou a tentativa.

– Phury! Não! – V. esforçou-se para tomar fôlego. – Isso é entre mim... e ele.

Os olhos diamantinos de Vishous eram penetrantes enquanto olhava para cima, e, embora lutasse por ar, sua voz soou tão forte como sempre.

– Relaxe, Zsadist... seu maldito imbecil... – respirou profundamente. – Não vou a lugar algum... Só precisava chamar sua atenção. Agora, largue... o meu pescoço.

Z. afrouxou a pressão, mas não soltou o Irmão.

Vishous respirou fundo. Umas duas vezes.

– Sente seu lance agora, Z.? Sente essa territorialidade? Está vinculado a ela.

Z. quis negá-lo, mas era difícil fazê-lo, considerando o que acabara de acontecer. E o fato de que ainda tinha as mãos ao redor do pescoço do outro macho.

A voz de V. baixou até se converter em um sussurro.

– Seu caminho para fora do inferno o aguarda. Ela está no final do corredor, cara. Não seja tolo. Vá para ela. É a solução para vocês dois.

Z. girou a perna e saiu de cima do outro, deixando-se rolar pelo chão. Para evitar pensar em saídas do quarto, fêmeas e sexo, perguntou-se o que teria acontecido ao baseado que estava fumando. Olhando para a janela, notou que tinha tido a decência de apoiá-lo no parapeito antes de partir para cima de Vishous como um foguete.

Ora, ora, se ele não era um cavalheiro...

– Ela pode curá-lo – disse V.

– Eu não estou procurando ser curado. Além disso, não quero deixá-la grávida, entende? Que confusão isso não daria...

– É a primeira vez dela?

– Não sei.

– Se for, as possibilidades são praticamente nulas.

– "Praticamente" não é o suficiente. Que mais pode aliviá-la?

Phury falou da cama:

– Ainda tem a morfina, certo? Sabe? Aquela seringa que preparei com o que Havers havia deixado? Então, use-a. Ouvi dizer que é o que as fêmeas que não estão unidas usam.

V. sentou-se, pousando os grossos braços sobre os joelhos. Quando jogou o cabelo para trás, a tatuagem de sua têmpora direita ficou à mostra.

– Não resolverá completamente o problema, mas, com certeza, é melhor do que nada.

Outra onda cortou o ar. Os três gemeram e tornaram-se momentaneamente incapacitados, seus corpos latejando, retesando-se, querendo ir aonde sabiam que eram precisados, onde podiam ser usados para aliviar a dor de uma fêmea.

Assim que foi capaz, Z. se pôs de pé. Enquanto ele ia embora, Vishous voltou para a cama de Phury e acendeu um novo baseado.

Quando Z. retornou à extremidade oposta da mansão, tomou coragem antes de voltar a entrar no quarto. Abrindo a porta, não se atreveu a olhar na direção dela enquanto forçava seu corpo a se dirigir à escrivaninha.

Achou as seringas e recolheu a que Phury havia enchido. Respirando fundo, virou-se, e descobriu que a cama estava vazia.

– Bella? – aproximou-se. – Bella, onde...

Ele a encontrou encolhida no chão, com um travesseiro entre as pernas, o corpo tremendo.

Bella começou a soluçar enquanto ele se ajoelhava ao lado dela.

– Dói...

– Oh, Deus... Eu sei, *nalla* – afastou-lhe os cabelos dos olhos. – Vou cuidar de você.

– Por favor... está doendo muito – ela rolou, os seios turgidos, os bicos muito vermelhos... Linda. Irresistível. – Está doendo. Dói tanto. Zsadist, não vai parar. Está piorando. Está do...

Num espasmo poderoso, todo o corpo dela estremeceu, emanando uma explosão de energia. A força dos hormônios que ela emitia o cegaram, e Zsadist ficou tão à mercê da resposta bestial de seu corpo que não pôde sentir coisa alguma... ainda que ela estivesse agarrada ao seu antebraço com força suficiente para lhe quebrar os ossos.

Quando aquele pico passou, ele se perguntou se ela havia quebrado o seu pulso. Não que se preocupasse com a dor; suportaria tudo que ela precisasse dividir com ele. Mas se ela estava se agarrando a ele tão desesperadamente, imaginava o que ela deveria estar sentindo por dentro.

Com uma careta, deu-se conta de que ela estava mordendo o lábio inferior com força, a ponto de sangrar. Limpou-lhe o sangue da boca com o polegar. Então, teve de esfregá-lo na perna da calça para não lambê-lo e querer mais.

– *Nalla...* – ele olhou a seringa que tinha na mão.

Faça, disse a si mesmo. *Drogue-a. Tire-lhe a dor.*

– Bella, preciso saber uma coisa.

– O quê? – gemeu ela.

– É sua primeira vez?

Ela fez que sim.

– Não sabia que podia ser tão doloroso... Oh, *Deus...*

O corpo dela sofreu novo espasmo, as pernas esmagavam o travesseiro.

Ele voltou a olhar a seringa. "Melhor do que nada" não era suficientemente bom para ela, mas gozar dentro dela lhe parecia um sacrilégio. Droga, suas ejaculações eram a pior das duas péssimas opções que ela tinha, mas biologicamente falando, ele podia fazer mais por ela do que a morfina.

Z. se levantou e pôs a seringa na mesinha de cabeceira. Então, levantou-se, tirou as botas, arrancou a camisa pela cabeça e abriu a braguilha, liberando a repugnante e dolorosa ereção. Em seguida, despiu as calças de couro.

Ele precisava sentir dor para chegar ao orgasmo, mas isso não o preocupava. Que diabos, podia ferir-se o suficiente para obter um orgasmo. Para isso serviam as presas, não é?

Bella se retorcia em sua agonia, quando ele a levantou e a colocou sobre a cama. Estava tão magnífica sobre os travesseiros, as faces coradas, os lábios entreabertos, a pele luminosa pelo cio. Mas estava sofrendo.

– Shhh... calma – sussurrou-lhe, subindo na cama. Em cima dela.

Quando suas peles nuas se roçaram, ela gemeu e mordeu o lábio de novo. Desta vez, ele se inclinou e lambeu-lhe o sangue fresco da boca. O sabor, o formigamento elétrico de sua língua, fizeram-no estremecer. E o assustaram. Lembraram-no de que passara mais de um século sustentando-se de um alimento débil.

Praguejando, deixou de lado suas estúpidas lembranças e concentrou-se em Bella. As pernas dela se apertavam sob ele, e teve de separá-las à força com as mãos, e mantê-las assim com as próprias coxas. Quando tocou-lhe o sexo com a mão, chocou-se: estava ardendo, empapada, inchada. Ela gritou, e o orgasmo que se seguiu aliviou-a um pouco, seus braços e suas pernas se acalmaram, a respiração tornou-se menos difícil.

Talvez fosse mais fácil do que pensava. Talvez Vishous estivesse equivocado quanto à necessidade de um macho penetrá-la. Nesse caso, poderia chupá-la vezes sem conta. Cara, *amaria* fazê-lo durante um dia inteiro. A primeira vez que pusera a boca ali não lhe parecera durar bastante.

Ele observou suas roupas. Provavelmente, poderia ter continuado vestido...

A energia que irradiou de Bella foi tão grande, que o corpo dele quase foi erguido, como se mãos invisíveis o tivessem empurrado pelo peito. Gritou agoniada enquanto Zsadist pairava sobre ela. Quando a onda passou, deitou-se de novo sobre o seu corpo. O orgasmo obviamente havia piorado a situação, e agora ela chorava tão forte que já não lhe saíam lágrimas dos olhos. Apenas soluçava e se contorcia debaixo dele.

– Fique quieta, *nalla* – disse ele freneticamente. – Deixe-me penetrá-la.

Mas ela já passara do ponto de ouvi-lo. Teve de usar a força para mantê-la no lugar, empurrando-a para baixo com o antebraço na altura das clavículas, enquanto erguia e afastava uma das pernas. Tentou posicionar a *coisa* para a penetração movendo os quadris, mas não podia obter o ângulo correto. Mesmo com as mãos presas por sua força e peso, Bella continuava sacudindo-se.

Soltando um palavrão, Z. baixou a mão e agarrou o troço que precisava usar nela. Guiou o filho da mãe até a entrada e, então, meteu com ímpeto, unindo-os profundamente. Os dois gritaram.

Depois, baixou a cabeça e mandou ver, perdendo-se na sensação daquele sexo apertado e lubrificado. Seu corpo assumiu o controle, os quadris movendo-se como pistões, o ritmo vigoroso e implacável criando uma poderosa pressão nos testículos e queimação no baixo ventre.

Oh, Deus... Estava prestes a gozar. Do mesmo modo que acontecera no banheiro quando ela o segurou enquanto ele bombeava. Só que mais quente. Mais selvagem. Fora de controle.

– Oh, meu Deus! – gritou ele.

Seus corpos balançavam-se juntos e Zsadist estava quase cego, suando o corpo inteiro dela e a essência da marcação era acintosa em suas narinas... Então, ela pronunciou o nome dele e arqueou-se. Seu sexo vibrou com espasmos violentos que o ordenharam até... *Oh, droga, Deus, não...*

Tentou retirar-se por reflexo, mas o orgasmo o apanhou por trás, subindo-lhe pela espinha e cravando-se em sua nuca, enquanto sentia a ejaculação disparar de seu corpo no dela. E a maldita coisa não parava. Veio-lhe em grandes ondas, derramando-se nela, enchendo-a. Nada havia que pudesse fazer para frear as erupções, ainda que soubesse que estava gozando dentro dela.

Quando o último estremecimento o abandonou, ergueu a cabeça. Os olhos de Bella estavam fechados, sua respiração era uniforme, os profundos sulcos em seu rosto haviam desaparecido.

As mãos dela lhe subiram pelas costelas até os ombros, e ela enterrou a cara em seu bíceps com um suspiro. A calma no quarto, no corpo dela, era desconcertante. Assim como o fato de que ele havia ejaculado só porque Bella o fizera sentir-se... bem.

Bem? Não, isso não serviria como definição. Fizera-o sentir-se... vivo. Desperto.

Z. acariciou-lhe os cabelos, esparramando as escuras ondas pelo macio travesseiro. Nada de dor para ele, para seu corpo. Apenas prazer. Um milagre...

Só que, então, ele se deu conta da umidade onde estavam unidos.

As implicações do que lhe havia feito fizeram-no ficar nervoso, e não podia lutar contra a compulsão de limpá-la. Retirou-se dela rapidamente, foi ao banheiro e apanhou uma toalhinha. Quando voltou para a cama, entretanto, ela havia recomeçado a se contorcer, o cio recrudescendo. Baixou os olhos para o próprio corpo e percebeu que a coisa pendurada crescia e endurecia em resposta.

– Zsadist... – gemeu ela. – Está... voltando.

Ele largou a toalhinha e montou-a novamente, mas, antes de penetrá-la, contemplou-lhe os olhos vidrados e teve uma crise de consciência. Que loucura era aquela de estar tão ansioso por mais quando as consequências para ela eram tão terríveis? Santo Deus, tinha ejaculado nela, e aquela gosma estava em suas delicadas partes íntimas, sobre as suas lisas coxas e...

– Posso drogá-la – disse ele. – Posso fazer com que não sinta dor e não precisaria que eu a penetrasse. Posso ajudá-la sem machucá-la.

Zsadist encarou-a, esperando uma resposta, aprisionado entre a biologia dela e a sua própria realidade.

Capítulo 31

Butch estava uma pilha de nervos enquanto tirava o casaco e sentava-se na sala de espera do médico.

Felizmente, a noite estava apenas começando e a clientela de vampiros ainda não aparecera. Algum tempo sozinho era do que precisava. Pelo menos, até se recompor.

O problema era que a clínica funcionava no porão da mansão de Havers. O que significava que Butch estava agora, naquele exato momento, na mesma casa que a irmã do sujeito. Sim... Marissa, a vampira que ele desejava mais do que tudo, estava embaixo do mesmo teto.

Cara, sua obsessão por ela era um pesadelo novo e diferente. Nunca antes padecera por mulher alguma antes dela, e o que estava passando ele não desejaria a ninguém. O pontapé na bunda que levara dela ainda doía. Assim como seu peito.

Em setembro, quando a procurou e ela o dispensou sem ao menos conversarem, ele jurou a si mesmo que jamais voltaria a importuná-la. E mantivera a promessa. Tecnicamente. Pois isso não incluía passar de carro pela casa dela feito um patético maricas... mas parecia que o Escalade ia até lá por conta própria. Entretanto, já que Marissa não sabia que ele fazia isso, realmente não a estava incomodando.

Mas era *tão* patético da parte dele. Ainda assim, desde que ela não fizesse ideia de quanto estava abalado, Butch achava que podia ir levando a situação. E era essa a razão de estar tão tenso naquela noite. Não queria que o pegassem frequentando a clínica, para que ela não pensasse que era um pretexto para vê-la. Afinal de contas, um homem tem de ter seu orgulho. Pelo menos, exteriormente, aos olhos do mundo.

Consultou o relógio. Haviam transcorrido penosos treze minutos. Imaginava que a sessão com o psiquiatra duraria uma hora; assim sendo, o ponteiro dos segundos de seu Patek Philippe teria de completar ainda mais quarenta e sete voltas, antes que pudesse colocar o garoto de volta no carro e dar o fora dali.

– Aceita um café? – disse uma voz feminina.

Ergueu a vista. Uma enfermeira de uniforme branco estava diante dele. Parecia bem jovem, especialmente enquanto brincava com uma das mangas do traje. Também aparentava estar desesperada atrás de algo com que se ocupar.

– Sim, claro. Um café cairia bem.

Ela sorriu de orelha a orelha, as presas brilhando.

– Como você gosta?

– Puro. Puro está ótimo. Obrigado.

O sussurro de seus sapatos de sola macia foi morrendo enquanto ela se afastava pelo corredor.

Butch desabotoou o paletó e se inclinou para frente, apoiando os cotovelos nos joelhos. O terno Valentino que vestia era um de seus favoritos. Assim como a gravata Hermès que trazia ao redor do pescoço. E os mocassins Gucci nos pés.

Se Marissa o surpreendesse ali, imaginou que deveria estar tão bem arrumado como jamais esteve.

– Quer que eu a drogue?

Bella concentrou-se no rosto de Zsadist enquanto ele se inclinava sobre ela. Seus olhos negros semicerrados não passavam de fendas, e ele tinha o belo rubor da excitação nas pronunciadas maçãs do rosto. Pesava em cima dela e, quando o desconforto voltou a crescer, pensou nele gozando em seu interior. Ela sentira um assombroso e refrescante alívio logo que ele começou a liberar-se, o primeiro alívio desde que os sintomas de seu cio haviam começado algumas horas antes.

Mas a pressão estava voltando.

– Quer que a tire disso, Bella?

Talvez fosse melhor que ele a drogasse. Aquela seria uma longa noite, e, pelo que havia entendido, as coisas só piorariam com o passar das horas. Era realmente justo de sua parte pedir-lhe que ficasse?

Algo macio acariciou sua bochecha. O polegar dele, deslizando sobre sua pele.

– Não vou deixar você – disse ele. – Não importa quanto dure, não importa quantas vezes. Eu a servirei e deixarei beber de minha veia até que isso termine. Não a abandonarei.

Levantando a vista e encarando-o, ela soube sem perguntar que aquele seria o único tempo que passariam juntos. A resolução estava nos olhos dele. Podia vê-lo claramente.

Uma noite e nada mais.

Bruscamente, ele ergueu o corpo e estirou-se em direção à mesinha de cabeceira. Sua tremenda ereção projetava-se dos quadris, e justo quando ele voltava com a seringa ela agarrou aquela carne rija.

Ele chiou de prazer e oscilou, antes de se equilibrar apoiando a mão no colchão.

– Você – murmurou ela. – Não a droga. Quero você.

Ele deixou cair a seringa no chão, separando-lhe as coxas com os joelhos. Ela o guiou ao interior de seu corpo e rejubilou-se enquanto ele a preenchia. Com um poderoso impulso, seu prazer cresceu e então se dividiu em duas necessidades separadas, uma de sexo, outra de sangue. Suas presas se alongaram enquanto cravava o olhar na grossa veia na lateral do pescoço de Zsadist.

Como se pressentisse o que ela precisava, moveu o corpo de forma a continuar dentro dela e dar-lhe acesso à garganta.

– Alimente-se – disse ele com voz rouca, dando-lhe uma estocada funda e depois recuando. – Tome o que precisar.

Ela o mordeu sem hesitar, perfurando-lhe a pele profundamente na faixa tatuada de escravo. Quando sentiu o gosto dele na língua, ouviu-o rugir. E, então, a força e o poder de Zsadist a inundaram.

O Sr. O ficou imóvel e em silêncio sobre seu cativo, duvidando se tinha escutado bem. O vampiro que havia capturado no centro e levara para a cabana estava amarrado à mesa, indefeso e exposto como uma borboleta transpassada por um alfinete.

Tinha capturado o macho com o intuito apenas de descarregar sua frustração. Nunca imaginou que lhe extrairia alguma informação útil.

– O que foi que disse? – o Sr. O aproximou a orelha da boca do civil.

– Chama-se... Bella. A que... a fêmea que foi sequestrada... seu nome... Bella.

O Sr. O endireitou o corpo, varrido por um sopro balsâmico.

– Sabe se está viva?

– Achei que estivesse morta – o civil tossiu debilmente. – Ficou desaparecida por tanto tempo.

– Onde vive a família dela? – ao não obter resposta imediata, o Sr. O fez algo para garantir que o macho abrisse a boca. Quando o grito cessou, o Sr. O disse: – Onde está a família dela?

– Não sei. Eu... realmente não sei. Sua família... Não sei... Não sei...

Blá-blá-blá. O civil caiu no estágio do interrogatório conhecido como diarreia verbal, tornando-se inútil.

O Sr. O esbofeteou-o para calá-lo.

– Um endereço. Quero um endereço.

Quando não houve resposta, proporcionou-lhe outro incentivo. O macho perdeu o fôlego sob a nova investida, e deixou escapar:

– Alameda Forman, 27.

O coração do Sr. O disparou, mas ele se inclinou sobre o vampiro de forma displicente.

– Vou até lá agora mesmo. Se estiver me dizendo a verdade, eu o libertarei. Se não, irá morrer lentamente assim que eu voltar. Agora, deseja mudar algo no que disse?

Os olhos do civil vagaram desvairados. Voltaram a focar.

– Oi? – disse o Sr. O. – Está me ouvindo?

Para apressar o civil, pressionou uma região sensível. O macho ganiu como um cão.

– Diga-me isso – o Sr. O disse suavemente. – E o deixarei livre. Isso cessará.

A cara do macho se contraiu, a boca se abriu, revelando dentes cerrados. Uma lágrima serpenteou por sua face machucada. Embora sentisse a tentação de acrescentar outra dose de agonia como estímulo, o Sr. O decidiu não tumultuar a batalha que sua presa travava entre a consciência e o instinto de sobrevivência.

– Thorne, 27.

– Avenida, certo?

– Sim.

O Sr. O enxugou-lhe a lágrima. Então, cortou a garganta do civil.

– Seu mentiroso – disse, enquanto o macho se esvaía.

O Sr. O não perdeu tempo: pegou o casaco carregado de armas e saiu. Estava totalmente convicto de que os endereços não dariam em nada. Esse era o problema com a persuasão. Não se podia confiar nas informações obtidas de tal forma.

Por via das dúvidas, iria checar as duas localizações, mas, certamente, seria inútil.

Uma maldita perda de tempo.

Capítulo 32

Butch girou o restinho de café no fundo da xícara, pensando que o líquido era da mesma cor do uísque escocês. Ao engoli-lo, desejou que fosse um legítimo Lagavulin.

Consultou o relógio. Seis minutos para as sete. Deus, esperava que a sessão durasse apenas uma hora. Se tudo corresse bem, deixaria John na casa de Tohr e Wellsie e poderia instalar-se no sofá com um bom copo de uísque antes que começasse a série *CSI*.

Fez uma careta. Não era de admirar que Marissa não quisesse vê-lo. Que partidão ele era. Um alcoólatra funcional vivendo em um mundo que não era o dele.

Sim. Rumo ao altar.

Enquanto se imaginava em casa, passou-lhe pela cabeça o aviso de V. para que se mantivesse longe do complexo. O problema era que meter-se num bar, ou vagar pelas ruas sozinho não era um bom plano, não com o estado de espírito em que se encontrava. Estava péssimo como a temperatura.

Poucos minutos depois, ouviu vozes se aproximando pelo corredor, e John surgiu acompanhado por uma fêmea mais velha. O pobre garoto parecia ter levado uma surra. Seu cabelo estava em pé, como se houvesse corrido os dedos por ele, e tinha o olhar fixo no chão. Levava aquele bloco cosido ao peito, como se fosse um colete à prova de balas.

– Então, a gente se vê na próxima consulta, John – disse a voz feminina muito gentilmente. – Se você decidir continuar.

John não respondeu, e Butch esqueceu suas próprias lamentações. Não importa o que houvesse sido falado na consulta, o fato é que os efeitos ainda eram evidentes, e o garoto precisava de um amigo. Sem saber direito o que fazer, abraçou o garoto, e quando John se inclinou para ele, todos os instintos protetores de Butch se revelaram. Estava se lixando que aquela terapeuta se parecesse com a Mary Poppins; queria soltar os cachorros em cima dela por transtornar um garoto daquele jeito.

– John? – disse ela. – Terá de me contatar a respeito da próxima...

– Sim, ligaremos para você – resmungou Butch. *Aham, espere sentada.*

– Disse-lhe que não há pressa. Mas acredito que deva voltar.

Butch olhou enviesado para a fêmea, sem esconder seu descontentamento... só que, ao encontrar os olhos dela, desconcertou-se. Eram tão autênticos, tão sérios. Que diabos havia acontecido naquela sessão?

Butch olhou a parte superior da cabeça de John.

– Vamos, Johnny boy.

Como John não se moveu, Butch lhe deu um pequeno empurrão, e o levou até a saída da clínica, com um braço ainda por cima dos ombros do rapaz. Quando chegaram ao carro, John entrou, mas não ajustou o cinto de segurança. Tinha o olhar vidrado.

Butch fechou a porta do veículo e colocou a chave no contato. Então, virou-se e olhou para John.

– Não vou nem perguntar o que aconteceu. A única coisa que preciso saber é para onde quer ir. Se quiser ir para casa, eu o deixarei com Tohr e Wellsie. Se quiser relaxar um pouco na minha companhia, podemos ir para o Buraco. Se quiser apenas ficar rodando de carro, eu o levo até o Canadá e voltamos. Estou pronto para tudo, só precisa dizer o que quer fazer. E se não quiser decidir agora, darei voltas pela cidade até que pense no que deseja.

O franzino peito de John se expandiu e contraiu. Abriu rapidamente o bloco de papel e pegou a caneta. Após um instante, rabiscou algo e mostrou o papel a Butch.

Rua Sete, 1.189.

Butch franziu a testa. Era uma zona da cidade realmente barra pesada.

Chegou a abrir a boca para perguntar por que ali entre tantos lugares, mas desistiu. O moleque já fora suficientemente interrogado para uma noite. Além disso, Butch estava armado, e era lá que John desejava ir. E promessa é dívida.

– Ok, meu camarada. Partindo para a Rua Sete.

Mas, primeiro, dê umas voltas por aí, escreveu o garoto.

– Sem problema. Vamos refrescar a cabeça.

Butch ligou o motor. No momento que dava marcha à ré no Escalade, viu de relance alguma coisa atrás deles. Um carro se dirigia aos fundos da mansão, um Bentley enorme e muito caro. Freou para deixá-lo passar e...

Esqueceu-se de respirar.

Marissa saiu da casa por uma porta lateral. Sua cabeleira loura que lhe chegava aos quadris agitava-se com o vento, e ela se embrulhou na capa negra que levava. Atravessando rapidamente o estacionamento traseiro, driblou os montões de neve, saltando pelas ilhas de asfalto.

As luzes de segurança destacaram os traços aristocráticos de seu rosto, o maravilhoso cabelo claro e a pele imaculadamente branca. Recordou como fora beijá-la, na única vez em que isso acontecera, e sentiu um aperto no peito, como se seus pulmões estivessem sendo esmagados. Subjugado, quis sair correndo do carro, atirar-se na neve chapinhada do chão e implorar como o cão que era.

Só que ela estava indo para o Bentley. Viu como a porta se abria para ela, como se o motorista houvesse se inclinado e aberto a maçaneta do lado do passageiro. Quando o interior do veículo se iluminou, Butch não pôde ver muito, só o suficiente para dizer que era um homem, ou um macho, que estava atrás do volante. Uns ombros tão largos não podiam pertencer a um corpo feminino.

Marissa recolheu a capa com as mãos e deslizou para dentro, fechando a porta.

A luz se apagou.

Butch escutou uma débil agitação ao lado dele e olhou para John. O garoto estava encolhido contra a janela, olhando a distância que separava os assentos com uma expressão de pavor. Foi então que Butch se deu conta de que tinha a pistola na mão e estava grunhindo.

Totalmente envergonhado pela louca reação, tirou o pé do freio do Escalade e pisou fundo o acelerador.

– Não se preocupe, filho. Nada vai acontecer.

Enquanto fazia a volta, Butch espiou pelo retrovisor: o Bentley estava se deslocando, manobrando no estacionamento. Soltando um palavrão, o ex-tira se dirigiu para a saída. Suas mãos agarravam o volante com tanta força que os nós dos dedos lhe ardiam.

Rehvenge franziu a testa enquanto Marissa entrava no Bentley. Deus, tinha se esquecido de como era bonita. E cheirava tão bem... seu característico perfume de oceano encheu-lhe as narinas.

– Por que não quer que eu entre pela entrada principal? – disse ele, apreciando-lhe o belo cabelo e a pele sem defeitos. – Deveria ter-me deixado pegá-la de forma apropriada.

– Você sabe como Havers é – a porta se fechou com um ruído sólido. – Na certa, exigirá que nos unamos.

– Isso é ridículo.

– E você não é igual com sua irmã?

– Sem comentários.

Enquanto ele aguardava que um Escalade saísse do estacionamento, Marissa pôs-lhe a mão sobre a manga do casaco negro de zibelina.

– Sei que já disse antes, mas lamento muito tudo o que Bella passou. Como ela está?

Como diabos haveria ele de saber?

– Eu preferiria não falar dela. Não se ofenda, mas é só que... Sim, não quero tocar nesse assunto.

– Rehv, esta noite não precisa acontecer. Sei que está passando por muita coisa e, francamente, estou surpresa de que apesar de tudo tenha aceitado me ver.

– Não seja boba. Estou grato que tenha me chamado.

Inclinou-se e segurou-lhe a mão. Os ossos sob aquela pele eram tão delicados que precisou lembrar a si mesmo de ser muito gentil com ela. Não era como as fêmeas a que estava acostumado.

Enquanto dirigia para a cidade, podia sentir o nervosismo de Marissa aumentar.

– Vai dar tudo certo. Estou realmente encantado que me tenha chamado.

– Na verdade, estou bastante embaraçada. Simplesmente não sabia o que fazer.

– Iremos com calma.

– Só estive com Wrath.

– Eu sei. Por isso quis buscá-la de carro. Pensei que estaria muito nervosa para se desmaterializar.

– E estou.

Enquanto paravam em um semáforo, sorriu para ela.

– Cuidarei muito bem de você.

Os pálidos olhos azuis de Marissa pousaram sobre ele.

– É um macho gentil, Rehvenge.

Ele ignorou esse erro de avaliação e concentrou-se no tráfego.

Vinte minutos depois, saíam de um elevador moderníssimo para o vestíbulo do apartamento de Rehvenge, que ocupava metade da cobertura de um prédio de trinta andares, de frente para o rio Hudson e com uma vista espetacular de toda Caldwell. Devido às janelas panorâmicas, ele nunca o usava durante o dia. Mas era perfeito à noite.

Manteve as luzes baixas e esperou enquanto Marissa passeava por ali, admirando as coisas que encarregara um decorador de adquirir para o seu refúgio. Ele mesmo não ligava para os itens luxuosos ou para a vista. Preocupava-se com sua privacidade, isso sim. Bella nunca havia estado ali, tampouco sua mãe. De fato, sequer sabiam que tinha aquele apartamento.

Como se percebesse que estava perdendo tempo, Marissa virou-se e olhou para ele. Sob as luzes, sua beleza era simplesmente estonteante, e estava agradecido pela dose extra de dopamina que se aplicara uma hora antes. Em *sympathos*, a droga tinha efeito oposto ao de quando aplicada em vampiros ou humanos. A química aumentava a atividade de certos neurotransmissores e a recepção, assegurando que o *sympatho* não pudesse sentir prazer nem... nada. Com o sentido do tato de Rehv neutralizado, seu cérebro poderia controlar melhor o restante de seus impulsos.

E só por isso que Marissa estava a salvo sozinha com ele, considerando o que haviam ido fazer ali.

Rehv tirou o casaco; depois caminhou até ela, confiando em sua bengala mais do que nunca, já que não conseguia desviar os olhos da fêmea. Equilibrando o bastão de madeira contra as coxas, lentamente desfez o laço que fechava a capa de Marissa. Ela olhou para baixo, para as mãos trêmulas que removiam as pregas de lã negra de seus ombros. Ao lançar a peça sobre uma poltrona, ele lhe sorriu. O vestido dela, confeccionado em cetim azul-claro, era o tipo de coisa que sua mãe trajaria e exatamente o que ele desejava que a irmã usasse mais frequentemente. Era um Dior. Só podia ser.

– Venha aqui, Marissa.

Levou-a para um sofá de couro e convidou-a a se sentar ao lado dele. À luz que entrava pelas janelas, seu cabelo louro era como um manto de seda, e ele tomou uma mecha entre os dedos. A fome dela era tão forte, que podia senti-la com nitidez.

– Você esperou muito tempo, não?

Ela assentiu e olhou as próprias mãos, cruzadas no colo, marfim contra cetim azul-claro.

– Quanto?

– Meses – sussurrou.

– Então, precisará de muito, não? – percebendo que corava, ele a pressionou. – Não é, Marissa?

– Sim – respondeu ela, envergonhada, obviamente desconfortável com a fome que sentia.

Rehv abriu um sorriso. Era bom estar perto de uma fêmea de valor. Seu recato e gentileza eram malditamente atraentes.

Tirou o paletó e desfez o nó da gravata. Preparara-se para lhe oferecer o pulso, mas, agora que a tinha diante de si, queria-a em seu pescoço. Fazia uma eternidade desde que permitira a uma fêmea alimentar-se dele, e estava surpreso de como tal perspectiva o excitava.

Desabotoou os botões do pescoço e o restante deles, até o final. Cheio de expectativa, abriu a camisa totalmente, descobrindo-se.

Os olhos dela se arregalaram quando viu o peito nu e as tatuagens.

– Não sabia que era tatuado – murmurou ela, a voz tão trêmula quanto o corpo.

Ele se acomodou no sofá, estendendo os braços e levantando uma das pernas.

– Venha aqui, Marissa. Tome o que precisar.

Ela olhou para o pulso dele, coberto por um punho francês.

– Não – disse ele. – É desta maneira que quero que faça. Da garganta. É só o que peço.

Como Marissa hesitou, soube que os rumores sobre ela eram verdadeiros. De fato, não havia sido tocada por macho algum. E a pureza dela era... algo a ser tomado.

Ele fechou os olhos quando seu lado escuro se agitou, uma fera presa na jaula da medicação. Meu Deus, talvez aquilo não fosse uma boa ideia.

Mas, então, Marissa começou a se mover lentamente em direção a ele, subindo sobre seu corpo, com aquele perfume de oceano. Entreabriu as pálpebras para ver-lhe o rosto e soube que já não tinha condições de evitar que a alimentação prosseguisse. E ele não iria perder aquilo; precisava se permitir sentir algumas sensações. Afrouxando sua disciplina, abriu o canal do sentido do tato, e recebeu com avidez, apesar da droga, todas as inebriantes informações através da névoa provocada pela dopamina.

A suavidade do cetim daquele vestido contra a sua pele, e a calidez de Marissa fundindo-se com o seu próprio calor. A leveza do delicado corpo da fêmea apoiou-se sobre seu ombro e... sim, o joelho dela estava entre suas coxas.

A boca de Marissa se abriu, revelando-lhe as presas.

Por uma fração de segundo, o mal que habitava nele assumiu o controle e ele apelou para a razão, em pânico. Graças à Virgem, a maldita coisa acudiu-o, sua mente racional adiantou-se, acorrentando-lhe os instintos, acalmando o impulso sexual de dominá-la.

Estando mal equilibrada naquela posição, ela oscilou ao se inclinar sobre sua garganta.

– Apoie-se em mim – disse ele com voz gutural. – Deite-se... sobre mim.

Com uma careta, ela permitiu que a parte inferior de seu corpo se acomodasse no "V" formado pelas coxas dele. Era óbvio que temia deparar-se com uma ereção, porém, como nada encontrou, olhou por entre seus corpos, como se pensasse que havia se equivocado quanto ao lugar em que se colocara.

– Não precisa se preocupar com isso – murmurou ele, alisando-lhe os esbeltos braços. Não de mim – o alívio dela foi tão evidente que ele se sentiu ofendido. – Dormir comigo seria tanto sacrifício?

– Oh, não, Rehvenge. Não – ela baixou os olhos para o peito musculoso do macho. – Você é... muito atraente. Só que... há outra pessoa. Para mim, há outro.

– Ainda ama o Wrath.

Ela sacudiu a cabeça.

– Não, mas não posso pensar em quem desejo agora. Não... agora.

Rehv ergueu-lhe o queixo.

– Que tipo de imbecil não a alimentaria quando precisa?

– Por favor. Não falemos mais disso – abruptamente, os olhos dela se fixaram em seu pescoço e se arregalaram.

– Que fome – grunhiu ele, doido para ser usado. – Vá em frente. E não se preocupe em ser delicada. Quanto mais violenta, melhor.

Marissa arreganhou as presas e o mordeu. As duas agudas penetrações atravessaram a neblina da droga, e a doce dor transpassou seu corpo. Enquanto gemia, pensou que nunca havia se sentido grato por sua impotência antes, mas, naquele momento, sim. Se seu membro funcionasse, com toda certeza iria arrancar-lhe o vestido, abrir-lhe as pernas e possuí-la com gosto enquanto se alimentava.

Quase que imediatamente ela se afastou, lambendo os lábios.

– Devo ter o sabor diferente do de Wrath – disse ele, contando com o fato de que, como ela só se alimentara de um macho, não poderia saber o motivo de seu sangue parecer-lhe estranho. Na verdade, só pudera ajudá-la devido à sua inexperiência. Não se arriscaria com qualquer outra fêmea. – Vamos, beba mais. Você se acostuma.

Ela mergulhou a cabeça em seu pescoço novamente e ele sentiu o formigamento de outra mordida.

Envolveu-lhe as costas frágeis com os pesados braços e puxou-a para si, enquanto fechava os olhos. Já fazia tanto tempo desde que embalara alguém, e, embora não pudesse se arriscar a se entregar demais às sensações da experiência, achou-a sublime.

Enquanto ela bebia de sua veia, ele teve o absurdo impulso de chorar.

O Sr. O diminuiu a velocidade de sua caminhonete e passou devagar diante de outro muro alto de pedra.

Droga, as casas eram enormes na Avenida Thorne. Bem, não que desse para ver as mansões da rua. Apenas presumia que por trás daquelas verdadeiras fortificações não haveria casinhas mixurucas.

Quando aquela barricada em particular foi interrompida por um caminho que conduzia aos portões, ele pisou no freio. À esquerda, havia uma placa pequena de latão em que se lia: AVENIDA THORNE 27. Inclinou-se para frente, esticando-se para ver mais, mas a escuridão não permitiu, e não pôde dizer o que haveria do outro lado.

Praguejando, virou e avançou pelo caminho. A quase cem metros da rua, havia um portão alto e negro, e ele parou, notando as câmeras de segurança, o sistema de intercomunicação e o aspecto geral de "não ultrapasse".

Bem... aquilo era interessante. O outro endereço tinha sido um fiasco, apenas uma casa de classe média em uma vizinhança de classe média com humanos na sala de estar assistindo TV. Mas, seja lá o que estivesse por trás de tamanho sistema de segurança, era coisa grande.

Agora estava curioso.

Embora penetrar em semelhante fortaleza requeresse estratégia coordenada e uma execução cuidadosa. E a última coisa que precisava era o inconveniente de se envolver com a polícia só por haver invadido a mansão de algum ricaço.

Mas, por que aquele vampiro tiraria do nada precisamente aquele endereço só para se salvar?

Então, o Sr. O viu algo estranho: uma fita negra amarrada à porta. Uma, não: duas – uma de cada lado, agitadas ao vento.

Como se estivessem de luto?

Obcecado por seu próprio temor, desceu da caminhonete e fez ranger o gelo sob seus pés, dirigindo-se à fita da direita. Estava presa a mais de dois metros do chão, por isso, teve de estirar o braço para tocá-la.

– Está morta, esposa? – sussurrou. Deixou cair a mão e espiou através dos portões a noite escura além deles.

Retornou à caminhonete e percorreu o sentido inverso.

Precisava atravessar aquele muro. Tinha de encontrar algum lugar para deixar o F-150.

Cinco minutos depois, estava praguejando. Não havia onde estacionar na Avenida Thorne sem dar muito na vista: só muros altos e praticamente nenhuma calçada. *Malditos milionários.*

O Sr. O pisou o acelerador e olhou para a esquerda. Para a direita. Talvez pudesse deixar a caminhonete aos pés da colina e subir a pé pela avenida principal. Era quase um quilômetro de aclive, mas podia vencer tal distância bastante rápido. Os postes de iluminação constituíam uma dificuldade, é claro, mas duvidava que alguém ali pudesse avistar a rua de suas torres de marfim.

Seu celular tocou e ele respondeu com rispidez:

– O que é?

A voz do Sr. U, que ele estava começando a detestar, estava tensa.

– Temos um problema. Dois *redutores* foram presos pela polícia.

O Sr. O fechou os olhos.

– Que diabos eles fizeram?

– Estavam capturando um vampiro civil e um carro de polícia disfarçado os surpreendeu. Dois policiais se ocuparam dos matadores e mais policiais apareceram. Os *redutores* foram levados para a prisão e acabo de receber a ligação de um deles.

– Pois pague a fiança e solte-os – respondeu o Sr. O, irritado. – Por que está me ligando?

Houve uma pausa. Então, o Sr. U prosseguiu, como se estivesse explicando o óbvio para uma criança:

– Porque *você* precisa saber. Ouça, eles estavam carregados de armas escondidas, das quais não tinham porte, pois todas foram adquiridas no mercado negro, com número de série raspado. Não há meio de saírem sob fiança pela manhã. Nenhum defensor público é tão bom. Precisa tirá-los de lá.

O Sr. O olhou à esquerda e à direita e, então, manobrou numa entrada de mansão que era do tamanho de um campo de futebol. Sim, definitivamente não havia lugar para estacionar li. Tinha de descer pela Avenida Thorne, desembocar na Rua Bellman e deixar a caminhonete naquela pequena vila.

– Sr. O?

– Tenho outras coisas a fazer.

O Sr. U tossiu de indignação:

– Não se ofenda, mas não consigo imaginar coisa alguma mais importante do que isso. E se aqueles matadores se meterem em uma briga enquanto estiverem na cadeia? Quer sangue negro fluindo para que algum médico descubra que não são humanos? Precisa contatar Ômega e conseguir que chame esses dois para si.

– Faça isso você – o Sr. O acelerou, embora estivesse na descida.

– *O quê?*

– Vire-se e entre em contato com Ômega – chegou ao final da Thorne e virou à esquerda. Na rua, havia todo tipo de lojas de objetos de decoração e outras frescuras do gênero.

– Sr. O... Esse tipo de solicitação tem de partir do *Redutor Principal.* Você sabe muito bem disso.

O Sr. O fez uma pausa antes de desligar a ignição.

Que maravilha. Justo o que ele queria. Passar mais tempo com o mestre filho da mãe. *Droga.* Não podia viver um só minuto mais sem saber que fim levara sua esposa. Não tinha tempo para essas tolices da Sociedade.

– Sr. O?

Apoiou a cabeça no volante. Golpeou-o um par de vezes.

Por outro lado, se aquela bomba estourasse em suas mãos, Ômega viria atrás dele. E, então, o que faria?

– Tudo bem. Irei vê-lo agora – soltou um palavrão quando pôs a caminhonete em marcha. Antes de partir, olhou para a Avenida Thorne mais uma vez.

– Sr. O, tem mais uma coisa, relativa aos membros da Sociedade. Precisa se encontrar com os matadores. As coisas estão saindo do rumo.

– Você é o responsável pelas verificações de presença.

– Eles querem vê-lo pessoalmente, começam a questionar sua liderança.

– Sr. U, sabe o que se diz dos mensageiros, não é?

– Como disse?

– Portadores de muitas notícias ruins são eliminados – desligou o celular e fechou a tampa. Depois, meteu o pé no acelerador.

Capítulo 33

Sentado em sua cama, Phury estava tão tenso pela necessidade de sexo, que mal conseguiu se servir de outra dose de vodca. A garrafa tremia, o copo tremia. Que inferno, o colchão inteiro tremia.

Olhou para Vishous, que estava ao seu lado, apoiado contra a cabeceira. O Irmão estava tão nervoso e infeliz quanto ele, e acompanhava com a cabeça o ritmo do álbum *The Massacre*, de 50 Cent.

Cinco horas do período fértil de Bella e ambos estavam um lixo, seus corpos reduzidos a instinto, suas mentes enevoadas. A compulsão de permanecer na mansão não podia ser sobrepujada, a necessidade comandando-os, paralisando-os. Graças a Deus, pela fumaça vermelha e pela vodca Grey Goose. O entorpecimento ajudava muito.

Entretanto, não em tudo. Phury tentava não pensar no que estava acontecendo no quarto de Z. Porque quando seu gêmeo não voltou, ficou claro que era seu corpo que estava sendo usado, não a morfina.

Santo Deus... os dois. Juntos. Repetidas vezes...

– Como está levando? – perguntou V.

– Lutando como você, cara – tomou um gole do copo, seu corpo à deriva, perdido, afogando-se em sensações eróticas presas embaixo da pele. Olhou o banheiro.

Estava a ponto de se levantar e ir para lá, em busca de um pouco de privacidade, quando Vishous disse:

– Acho que estou com problemas.

Phury teve de rir.

– Isso não durará para sempre.

– Não, quero dizer... Acho que há algo errado. Comigo.

Phury estreitou os olhos. O rosto de seu Irmão parecia um pouco tenso, mas, afora isso, estava como sempre. Belos traços, cavanhaque, tatuagens na têmpora direita. Aqueles olhos diamantinos eram penetrantes como sempre, ainda inalterados pela Grey Goose, os baseados, o cio de Bella. As pupilas negras brilhavam com uma inteligência vasta e incompreensível, uma genialidade tão poderosa que era enervante.

– Que tipo de problema, V.?

– Eu, hã... – Vishous pigarreou. – Apenas Butch sabe disso. Não comente com mais ninguém, está certo?

– Sim. Sem problema.

V. alisou o cavanhaque.

– Minhas visões secaram.

– Quer dizer que não pode ver...

– O que vai acontecer. Sim. Não estou captando nada. A última coisa que recebi foi há três dias, justo antes de Z. ir atrás de Bella. Vi-os juntos. Em um Ford Taurus. Vindo para cá. Depois disso, não houve... nada.

– Isso já lhe aconteceu?

– Não, e também não consigo captar os pensamentos de ninguém. É como se essa minha capacidade houvesse se esgotado.

De repente, a tensão do Irmão parecia não ter coisa alguma a ver com o cio. Parecia rígido de... medo. *Meu Deus.* Vishous estava assustado. E a anomalia era totalmente desconcertante. De todos os Irmãos, V. era o que jamais sentia medo. Era como se tivesse nascido sem os receptores do medo no cérebro.

– Talvez seja apenas temporário – disse Phury. – Ou acha que Havers talvez possa ajudá-lo?

– Não é psicológico – V. virou o último gole da vodca e estendeu o copo. – Não monopolize a Goose, Irmão.

Phury lhe passou a garrafa.

– Talvez pudesse falar com...

Com quem? Aonde iria V., que sabia tudo, atrás de respostas?

Vishous sacudiu a cabeça.

– Não quero... na verdade, não quero falar sobre isso. Esqueça que lhe contei – enquanto se servia de mais uma dose, sua expressão ficou sombria, fechada. – Com certeza o dom voltará. Quero dizer, sim. Voltará.

Pôs a garrafa na mesa perto dele e ergueu a mão enluvada.

– Afinal de contas, essa maldita coisa ainda brilha como um abajur. E até que eu perca essa minha "luminosidade", imagino que esteja normal. Bem... normal para mim.

Ficaram em silêncio por um tempo, cada qual olhando para o próprio copo; o som agora era G-Unit.

Phury limpou a garganta.

– Posso lhe perguntar sobre eles?

– Sobre quem?

– Bella. Bella e Zsadist.

V. praguejou.

– Não sou uma bola de cristal, sabe? E odeio ler a sorte dos outros.

– Eu sei. Sinto muito. Deixe pra lá.

Houve uma longa pausa. Então, Vishous murmurou:

– Não sei o que vai acontecer com eles. Não sei por que simplesmente... já não vejo coisa alguma.

Enquanto Butch descia do Escalade, olhou para o decadente prédio de apartamentos e se perguntou outra vez porque diabos John tinha querido ir ali. A Rua Sete era horrível e perigosa.

– É aqui?

Quando o rapaz fez que sim com a cabeça, Butch ativou o alarme de segurança do veículo. Não estava particularmente preocupado que depenassem o carro enquanto estivessem fora. A gente do lugar com certeza pensaria que pertencia a algum traficante. Ou alguém ainda mais zeloso de seus bens e que fatalmente estaria armado.

John se aproximou da portaria do prédio e empurrou a porta, que se abriu com um rangido. Nada de fechadura. Que surpresa. Butch o seguiu, com a mão dentro do casaco para poder sacar a arma, caso fosse necessário.

John virou à esquerda em um comprido corredor. O lugar cheirava a cigarros apagados e mofo, e era tão frio como se estivessem ao relento. Os moradores eram como ratos: não vistos, apenas ouvidos, do outro lado das paredes finas.

Ao chegar ao final do corredor, o garoto abriu uma porta corta-fogo. Uma escada subia à direita. Os degraus estavam gastos e dava para escutar o som de uma goteira em algum lugar nos andares de cima.

John pôs a mão sobre o corrimão que estava atarraxado frouxamente à parede, e subiu devagar até o patamar entre o segundo e o terceiro piso. Mais acima, a luz fluorescente embutida no teto agonizava, os tubos piscando desesperadamente como se tentassem conservar sua utilidade.

John olhou fixamente o linóleo rachado do chão; depois, ergueu os olhos até a janela e espiou. As luzes ao longe ficavam difusas devido à sujeira do vidro, e a única razão para que a janela ainda não houvesse sido quebrada era porque estava protegida por uma tela metálica fina.

Do andar de cima, chegaram-lhe uma série de palavrões, uma espécie de metralhadora giratória verbal que era, sem dúvida, o início de uma briga. Butch estava a ponto de sugerir que dessem o fora dali quando John se virou por vontade própria e pôs-se a descer a escada correndo.

Entraram no Escalade e, menos de um minuto e meio mais tarde, já estavam deixando a parte ruim da cidade.

Butch parou em um semáforo.

– Para onde, agora?

John escreveu e lhe mostrou o bloco.

– Para casa – murmurou Butch, sem ter a mínima ideia da razão que levara o garoto a querer visitar aquela escada de incêndio.

John assoviou um rápido "olá" para Wellsie ao entrar em casa e foi logo para o quarto. Estava grato por ela parecer compreender que ele precisava de um tempo sozinho. Após fechar a porta e largar o bloco sobre a cama, livrou-se do casaco e entrou imediatamente no banheiro, abrindo o registro do chuveiro. Enquanto a água aquecia, tirou o restante das roupas. Assim que se meteu debaixo do jato d'água, parou de tremer.

Ao sair, vestiu uma camiseta e um par de calças de moletom, e, depois, olhou o laptop sobre a escrivaninha. Sentou-se diante dele, pensando que talvez devesse escrever alguma coisa. Foi o que a terapeuta lhe havia sugerido.

Deus... Falar com ela sobre o que lhe acontecera foi quase tão ruim quanto vivenciar a experiência. E não pretendera ser tão franco como acabou sendo. Só que... com vinte minutos de sessão, desatara a escrever e não conseguira parar, depois que começara a contar.

Fechou os olhos e tentou se lembrar do aspecto do homem que abusara dele. Tudo que lhe veio à mente foi uma imagem vaga, mas, da faca, recordava-se claramente. Era a lâmina dupla de um canivete, com mais de doze centímetros, com uma ponta aguda como um grito.

Deslizou o dedo indicador sobre o mouse do laptop e o protetor de tela do Windows XP piscou. Seu correio eletrônico tinha uma nova mensagem. De Sarelle. Leu-a três vezes antes de tentar responder.

Afinal, escreveu-lhe: "*Oi, Sarelle. Amanhã à noite não vai dar. Sinto muito. Fica para outra oportunidade. A gente se fala, John.*".

Na verdade... não queria voltar a vê-la. Pelo menos, não por ora. Não queria ver fêmea alguma afora Wellsie, Mary, Beth e Bella. Não haveria nada de remotamente sexual em sua vida até que aceitasse o que lhe tinha acontecido fazia quase um ano.

Saiu do Hotmail e abriu um documento novo no Word.

Descansou os dedos sobre o teclado por um instante apenas. E, então, eles começaram a voar.

Capítulo 34

Zsadist arrastou a cabeça para o lado e olhou o relógio. Dez da manhã. Dez... dez horas da manhã. Quantas horas naquilo? Dezesseis...

Fechou os olhos, tão esgotado que mal conseguia respirar. Estava deitado de costas, as pernas abertas, os braços largados de qualquer jeito. Ficara naquela posição desde que rolara de cima de Bella, talvez há uma hora.

Parecia que havia se passado um ano desde que voltara para o quarto na noite anterior. Seu pescoço e punhos ardiam pela quantidade de vezes que ela se alimentara dele, e a coisa entre suas pernas estava dolorida. O ar ao redor deles estava saturado com o odor de marcação, e os lençóis, molhados com uma combinação de seu sangue e da outra coisa que ela havia necessitado dele.

Mas ele não abriria mão de um só daqueles momentos.

Enquanto fechava os olhos, perguntou-se se poderia dormir agora. Estava faminto de comida e sangue; tinha tanta fome que, mesmo tendo se acostumado a viver no limite dessas necessidades, controlando-as, agora seria impossível ignorá-las. Mas não conseguia se mover.

Ao sentir uma mão acariciando seu baixo ventre, fez um esforço para erguer as pálpebras e olhou para Bella. Os hormônios se elevavam nela outra vez, e ele correspondeu ao que ela esperava dele, enrijecendo-se novamente.

Zsadist fez um esforço para rolar por cima dela e ir aonde precisava estar, mas não conseguiu, tamanho era o seu esgotamento. O corpo de Bella colou-se ao dele e Zsadist tentou se levantar outra vez, mas sua cabeça pesava como chumbo.

Estendendo a mão, agarrou-a pelo braço e puxou-a para cima dele. Enquanto as coxas de Bella se separavam sobre os seus quadris, ela o olhou espantada e fez menção de descer.

– Tudo bem – grasnou ele. Limpou a garganta, mas nem fez muita diferença com toda aquela secura. – Sei que é você.

Os lábios dela baixaram sobre os seus e ele a beijou, ainda que não pudesse levantar os braços para estreitá-la contra o peito. Deus, como gostava de beijá-la. Amava sentir-lhe a boca contra a sua, amava tê-la tão perto de seu rosto, amava sentir-lhe a respiração em seus pulmões, amava... amava-a? Era isso que acontecera naquela noite? O amor o vencera?

O odor da marcação que estava por toda parte sobre os dois lhe forneceu a resposta. E tal constatação deveria tê-lo chocado, mas estava cansado demais para se dar ao trabalho de lutar contra isso.

Bella se ergueu e deslizou a *coisa* dentro dela. Mesmo combalido como estava, Zsadist gemeu em êxtase. O contato com ela nunca lhe parecia bastante, queria mais, e isso nada tinha a ver com o cio.

Bella o montou, apoiando as mãos sobre seus peitorais, e imprimiu um ritmo com os quadris, porque ele não tinha mais forças para fazê-lo. Zsadist sentiu a aproximação de outro clímax, ainda mais porque contemplava o balanço dos seios de Bella.

– Você é tão bonita – disse, com voz rouca.

Ela fez uma pausa, inclinando-se para beijá-lo outra vez, os cabelos cor de mogno esparramando-se ao redor dele, um adorável abrigo. Quando ela endireitou o corpo, ele se maravilhou com a visão. Ela resplandecia de saúde e vitalidade, com tudo o que lhe tinha dado, uma fêmea exuberante a quem ele...

Amava. Sim, amava.

Foi o pensamento que lhe atravessou o cérebro enquanto gozava dentro dela outra vez.

Bella desabou em cima dele, exalou com um estremecimento, e, de repente, o cio cessou. A tremenda energia feminina se dissipou pelo quarto, a tormenta havia passado. Suspirando de alívio, desmontou-o, separando o magnífico sexo da *coisa* dele, que tombou inerte sobre o ventre de Zsadist. Ele sentiu o frio do quarto sobre aquela carne, agora órfã do calor de Bella.

– Você está bem? – perguntou a ela.

– Sim... – sussurrou Bella, deitando-se de lado, e começando a mergulhar no sono. – Sim, Zsadist... sim.

Ela precisava comer alguma coisa, pensou. Tinha de se levantar e providenciar-lhe uma refeição.

Reunindo as forças, respirou fundo. De novo... e de novo. Finalmente, forçou seu torso a se erguer da cama. Sentiu-se tonto, sua cabeça girava; os móveis, o chão e as paredes se moviam, trocavam de lugar, até que já não tinha certeza se estava no teto ou no chão.

A vertigem piorou quando tirou as pernas do colchão, e, quando se pôs de pé, seu equilíbrio o abandonou completamente: bateu contra a parede e precisou se agarrar às cortinas para não cair.

Quando se recuperou, soltou-se e se inclinou sobre ela. Erguê-la nos braços foi uma luta, mas a necessidade de cuidá-la era mais forte do que a exaustão. Levou-a para a sua cama no chão, depositou-a ali, e cobriu-a com o edredom que há muito tinham empurrado para o chão. Estava se virando quando ela o segurou pelo braço:

– Precisa se alimentar – disse ela, tentando fazê-lo se aproximar. – Venha para a minha garganta.

Deus, ele ficou tentado.

– Já volto – disse ele, erguendo-se com dificuldade. Cambaleou até o armário e vestiu uma cueca boxer. Então, tirou da cama os lençóis e a capa do colchão e saiu.

Phury abriu os olhos e percebeu que não conseguia respirar.

O que fazia sentido, percebeu ele. Seu rosto estava soterrado sob uma pilha de cobertores. Livrou a boca e o nariz daquele sufocamento e tentou focar a visão. A primeira coisa que viu, a aproximadamente quinze centímetros de sua cabeça, foi um cinzeiro cheio de pontas de cigarros. No chão.

Que diabos? Oh... Estava pendurado sobre a borda inferior do colchão.

Ao ouvir um gemido, endireitou-se, virou a cabeça... e deu de cara com um dos pés de Vishous. Para além daquela "lancha" tamanho 46, viu a coxa de Butch.

Phury teve de rir, e isso fez com que o tira erguesse a cabeça do travesseiro com um olhar atordoado. O humano olhou para si mesmo e depois para Phury. Piscou duas ou três vezes, como se ainda estivesse esperando acordar de verdade.

– Oh, *cara* – disse ele, com voz empastada. Então, olhou para Vishous, desmaiado perto dele. – Ah... caramba, isso é muito estranho.

– Relaxa... Você não é atraente a tal ponto.

– É verdade – ele esfregou o rosto. – Mas isso não é álibi para acordar com dois marmanjos...

– V. lhe disse que não voltasse.

– Tem razão. Foi mal.

Que longa noite, aquela. No final, quando até a sensação da roupa sobre a pele parecia insuportável, tinham perdido qualquer pretensão ao pudor. Tinha sido uma questão de aguentar como desse os efeitos do cio de Bella: acendendo um baseado de fumaça vermelha atrás do outro, enchendo a cara de uísque ou vodca, refugiando-se no banheiro para se aliviar em privacidade.

– Então, terminou? – perguntou Butch. – Diga-me que terminou.

Phury saiu da cama.

– Acredito que sim.

Recolheu um lençol e o atirou para Butch, que cobriu a si mesmo e a Vishous. V. sequer se mexeu. Estava dormindo o sono dos mortos, virado de bruços, roncando baixo.

O tira praguejou e ajeitou o corpo na cama, apoiando um travesseiro na cabeceira e recostando-se. Esfregou o cabelo até ficar todo arrepiado e bocejou tão forte que Phury ouviu-lhe a mandíbula estalar.

– Que droga, vampiro, nunca pensei que diria isso, mas não sinto interesse algum por sexo. Graças a Deus.

Phury vestiu umas calças de náilon.

– Quer comida? Vou até a cozinha.

Os olhos de Butch se arregalaram de felicidade.

– Jura que está se oferecendo para trazer um rango aqui? Isto é, não vou precisar me mexer?

– Vai ficar me devendo essa, mas, sim: estou disposto a fazer *delivery*.

– Você é dez.

Phury colocou uma camiseta.

– O que vai querer?

– O que tiver na cozinha. Cara, se realmente quiser ser prestativo, arraste a geladeira aqui pra cima. Estou morto de fome.

Phury desceu a escada e foi até a cozinha. Estava a ponto de começar a pilhagem quando ouviu sons que saíam da lavanderia. Aproximou-se e empurrou a porta.

Zsadist estava socando lençóis na máquina de lavar roupa.

E, pela Virgem do Fade, ele estava um trapo. Sua barriga estava afundada; seus quadris apontavam contra a pele, como paus de barraca; sua caixa torácica parecia um campo arado. Devia ter perdido cinco ou seis quilos, da noite para o dia. E – *Santo Deus* – seu pescoço e pulsos estavam mastigados e em carne viva. Mas... ele cheirava a um delicioso e secreto aroma, e havia tamanha paz nele, tão profunda e improvável, que Phury se perguntou se seus sentidos não lhe estariam pregando uma peça.

– Meu irmão? – disse.

Z. não ergueu a vista.

– Sabe como colocar essa coisa para funcionar?

– Ah, sim. Despeje um pouco daquele troço na caixa e gire aquele seletor ali... Espere, deixe-me ajudá-lo.

Z. terminou de encher o tambor da máquina de lavar roupa e depois se afastou, os olhos ainda fixos no chão. Quando a máquina começou a encher de água, Z. murmurou um "obrigado", e se dirigiu à cozinha.

Phury o seguiu, o coração na garganta. Queria perguntar se estava tudo bem, e não somente com Bella.

Tentava escolher as palavras com cuidado quando viu Z. tirar da geladeira um peru assado, arrancar uma coxa e mordê-la. Mastigava desesperadamente, limpando a carne do osso o mais rápido que podia, e, assim que terminou, arrancou a outra coxa e fez o mesmo.

Meu Deus... seu irmão nunca comia carne. Entretanto, nunca havia passado por uma noite assim. Nenhum deles tinha.

Z. podia sentir os olhos de Phury sobre ele, e teria deixado de comer se tivesse escolha. Odiava que as pessoas o olhassem, especialmente quando mastigava algo, mas sua voracidade não deixava lugar para esse tipo de pensamento.

Não deixou de comer enquanto apanhava um prato e uma faca, e cortava finas fatias do peito do peru. Escolhia cuidadosamente as melhores partes da carne para Bella. Os pedaços menos apetitosos, as extremidades, a parte mais interna, ele mesmo comia, como se não fossem tão boas.

Que mais ela apreciaria? Queria que comesse coisas substanciais. E bebesse... deveria levar-lhe algo para beber. Voltou à geladeira e começou a empilhar as sobras para analisá-las. Escolheria com cuidado, levando para ela apenas o que fosse digno de sua língua.

– Zsadist?

Deus, tinha se esquecido que Phury ainda estava por ali.

– Sim? – respondeu, enquanto abria um Tupperware.

O purê de batatas tinha bom aspecto, embora realmente tivesse preferido levar-lhe algo que ele mesmo houvesse preparado. Não que soubesse como fazer isso. Caramba, sequer sabia ler! Nem utilizar uma maldita máquina de lavar roupa ou cozinhar.

Tinha de deixá-la livre para encontrar um macho que tivesse ao menos meio cérebro.

– Não tive intenção de xeretar – disse Phury.

– Teve sim – tirou do armário o pão caseiro preparado por Fritz e apertou-o entre os dedos. Pareceu-lhe macio, mas, mesmo assim, cheirou-o. Que bom, estava fresquinho para ela.

– Ela está bem? E... você?

– Estamos bem.

– Como foi? – Phury tossiu um pouco. – Isto é, quero saber não porque seja Bella. É só... ouvi muitos boatos e não sei no que acreditar.

Z. tirou do recipiente um pouco do purê de batatas e o colocou no prato junto com as fatias de peru; depois, acrescentou umas colheradas de arroz e derramou bastante molho por cima de tudo. Meteu o pratarraz no micro-ondas, satisfeito de que ali estivesse uma máquina que sabia operar.

Enquanto olhava a comida girar, pensou na pergunta de seu gêmeo e lembrou-se da sensação de Bella sobre seus quadris. Aquela relação em especial, em meio às dezenas que tinham tido durante a noite, era a que mais se destacava. Estava tão encantadora em cima dele, sobretudo quando o beijou...

Durante todo o cio, mas, principalmente, durante aquela união em particular, ela o manteve distante do passado, marcando-lhe com algo bom. Enquanto vivesse, jamais se esqueceria do carinho que Bella lhe dera.

O micro-ondas apitou, e ele percebeu que Phury ainda esperava uma resposta.

Z. pôs a comida numa bandeja e apanhou uns talheres de prata, a fim de que pudesse alimentá-la adequadamente.

Enquanto se virava para deixar a cozinha, murmurou:

– Ela é tão bonita que não tenho palavras para descrevê-la – ergueu a vista e olhou Phury nos olhos. – E ontem à noite tive a incomensurável honra de poder servi-la.

Por alguma razão, o irmão recuou, chocado, e levantou a mão para ele.

– Zsadist, os seus...

– Tenho de levar a comida de minha *nalla*. Depois a gente se fala.

– Espere! Zsadist! Os seus...

Z. apenas sacudiu a cabeça e continuou andando.

CAPÍTULO 35

– Por que não me mostrou isso assim que cheguei em casa? – perguntou Rehvenge ao *doggen*. Como o criado ficou vermelho de vergonha e horror, ele estendeu a mão ao pobre macho.

– Tudo bem. Não faz mal.

– Senhor, vim procurá-lo quando percebi que havia retornado para passar o dia. Mas, pela primeira vez, encontrei-o dormindo. Não tinha certeza do que a imagem mostrava e não quis incomodá-lo. O senhor nunca descansa.

Sim, a alimentação de Marissa apagara-o como uma luz. A primeira vez que fechara os olhos e perdera a consciência em... Deus, nem se lembrava mais. Mas aquela imagem era um problema.

Rehv sentou-se diante da tela do computador e exibiu de novo o arquivo digital. Não restava dúvida, era aquilo mesmo que vira da primeira vez: um homem com cabelo escuro e roupas negras estacionando diante dos portões. Saindo da caminhonete para tocar as fitas de luto que haviam sido amarradas às barras de ferro.

Rehv aumentou o zoom até que viu a cara do homem claramente. Banal, nem bonito nem feio. Mas o corpo era grande. E o casaco ou era acolchoado ou escondia algumas armas. Congelou a imagem e fez uma cópia com a data e a hora de captação no canto inferior direito. Trocou de tela, abrindo os arquivos de outra câmera que monitorava o portão dianteiro, a que tinha sensor de calor. Com movimentos hábeis, obteve a gravação daquele equipamento exatamente no mesmo horário.

E ora, ora. A temperatura do corpo daquele "homem" estava em torno de quinze graus. Um *redutor*.

Rehv trocou de tela outra vez e obteve uma imagem melhorada da cara do matador enquanto olhava as fitas. Tristeza, medo... cólera. Nenhuma dessas emoções era anônima: todas elas estavam ligadas a algo pessoal. A algo perdido.

Então, aquele era o filho da mãe que sequestrara Bella. E tinha ido atrás dela novamente.

Rehv não se surpreendeu que o *redutor* houvesse encontrado a casa. A captura de Bella havia sido muito comentada entre a raça, e o endereço da família não era segredo... na verdade, devido ao aconselhamento espiritual que sua *mahmen* mantinha, a mansão da Avenida Thorne era muito conhecida. Tudo que o *redutor* precisava fazer para descobri-la era capturar um civil que soubesse onde viviam.

A verdadeira questão era: por que o assassino não havia invadido?

Deus, a que horas acontecera aquilo? Às quatro da tarde. *Droga.*

– É um *redutor* – disse Rehv, golpeando com força o chão com a bengala e levantando-se rapidamente. – Evacuaremos a casa agora mesmo. Procure Lahni imediatamente e diga-lhe que a senhora precisa se arrumar. Então, conduza as duas pelo túnel e leve-as ao abrigo na van.

O *doggen* empalideceu.

– Amo, não fazia ideia de que fosse um...

Rehv pôs a mão sobre o ombro do macho para conter-lhe o novo ataque de pânico.

– Fez bem com o que sabia. Mas, agora, mexa-se. Vá procurar Lahni.

Rehv caminhou o mais rápido que pôde para o quarto da mãe.

– *Mahmen*? – disse, enquanto abria a porta. *Mahmen*, acorde.

Sua mãe ergueu-se sobre os lençóis de seda da cama, o cabelo branco preso numa touca.

– Mas ainda... ainda é dia. Por que...

– Lahni virá ajudá-la a se vestir.

– Pela Virgem, Rehvenge, por quê?

– Deixará esta casa.

– O que...

– Agora, *mahmen*. Explico mais tarde – beijou-lhe ambas as faces enquanto a criada entrava. – Ah, que bom. Lahni, vista a senhora rapidamente.

– Sim, amo – disse a *doggen* com uma reverência.

– Rehvenge! O que está...

– Depressa. Vá com os *doggen*. Ligo para você depois.

Como sua mãe insistia em chamá-lo, retornou aos seus aposentos particulares e fechou as portas para não ouvi-la. Pegou o telefone e teclou devagar o número da Irmandade, odiando o que estava prestes a fazer. Mas a segurança de Bella era mais importante. Após deixar a mensagem que tanto lhe custou, caminhou para o closet.

Por ora, a mansão estava vedada para a luz solar, de maneira que nenhum *redutor* poderia entrar. As persianas cobriam as janelas e as portas eram à prova de bala e fogo, e as paredes da casa eram feitas de pedra, e tinham sessenta centímetros de espessura. Para finalizar, havia muitas câmeras e alarmes de segurança por todos os cantos, de modo que saberia se alguém se infiltrasse em sua propriedade. Mas, queria sua *mahmen* fora dali, mesmo assim.

Além disso, assim que escurecesse, abriria os portões de ferro e estenderia o capacho de boas-vindas. Queria que o *redutor* entrasse.

Rehv tirou o roupão de mink e vestiu umas calças pretas e um grosso suéter de gola alta. Não se armaria até que sua mãe houvesse ido. Se ela já não estivesse totalmente histérica a essa altura, vê-lo armado até os dentes completaria o pouco que faltava para isso.

Antes de retornar para verificar como andava a operação de evacuação, olhou para o armário trancado em seu closet. Estava quase na hora de sua dose vespertina de dopamina. *Que conveniente.*

Sorrindo, deixou o quarto sem injetar-se, preparado para deixar seus sentidos à solta.

Quando a noite caiu e as persianas se ergueram, Zsadist encontrava-se deitado ao lado de Bella, observando-a dormir. Ela estava aconchegada à dobra do braço dele, com a cabeça apoiada em seu peito. Nenhum lençol ou manta cobria-lhe o corpo nu, porque ainda irradiava um restinho do calor do cio.

Mais cedo, quando Zsadist retornou da incursão à cozinha, ela havia comido de sua mão e depois cochilado, enquanto ele arrumava o leito com roupa de cama limpa. Depois disso, haviam se deitado juntos no escuro e permaneciam desse jeito até agora.

Ele moveu a mão da coxa para a parte inferior de seu seio e acariciou-lhe o mamilo com o dedo indicador. Estava assim há horas, acariciando-a, cantando para ela baixinho. Embora estivesse tão cansado que mal conseguia manter as pálpebras abertas, a calma entre eles era melhor do que qualquer repouso que poderia obter se fechasse os olhos.

Quando ela se mexeu um pouquinho e os quadris roçaram nos seus, ele se espantou que o impulso de possuí-la o invadisse novamente. Achava que, por ora, estivesse saciado.

Inclinou-se e olhou para o próprio corpo. A cabeça daquela coisa que ele usara nela havia escapado pela fenda da cueca, e como o troço continuava a crescer, sua ponta intumescida avançava mais e mais.

Sentindo-se como se estivesse quebrando alguma regra, utilizou o dedo que tinha estado circulando o mamilo de Bella e empurrou a ereção. Como estava bem rija, voltou ao lugar com facilidade.

Fechou os olhos e, com uma careta, abarcou o membro com a palma. Ao tocá-lo, surpreendeu-se pela maneira com que aquela pele macia deslizava sobre o duro cerne. E as sensações eram estranhas. Nada desagradáveis, diga-se de passagem. Na verdade, lembravam um pouco o que sentira dentro de Bella, só que não tão bom. Nem de longe.

Deus, que maricas ele era. Com medo de seu próprio... pinto. Pau? Pênis? Como diabos deveria chamá-lo? Como o chamavam os machos normais? Ok, Bráulio não era uma opção. Mas, de certo modo, referir-se àquilo como... *coisa*, já não parecia certo.

Agora que haviam apertado as mãos, por assim dizer.

Deslizou a mão por baixo do elástico da cueca. Estava com nojo e nervoso, mas calculou que precisava ir até o fim. Não sabia quando teria coragem para aquilo outra vez.

Empurrou o... *pinto*, sim, começaria a chamá-lo de *pinto*... para o lado, fora de seu caminho, e tocou as bolas lá embaixo. Sentiu um choque subir pelo tronco de seu membro e a cabeça dilatada formigou.

Aquilo era bastante agradável.

Franziu a testa enquanto explorava pela primeira vez o que a Virgem lhe havia dado. Engraçado que tudo aquilo sempre estivera atado a ele, dependurado dele, por tanto tempo e que nunca fizera o que os machos jovens, pós-transição, sem dúvida passavam o dia inteiro fazendo.

Quando acariciou os testículos outra vez, sentiu-os túrgidos, e o *pinto* endureceu ainda mais. As sensações ferviam na parte inferior de seu corpo e imagens de Bella vieram-lhe à mente: os dois fazendo sexo, ele escancarando suas pernas e penetrando-a fundo. Recordou com dolorosa nitidez como era tê-la por baixo dele, o que sua vagina lhe fizera, como era apertada...

Aquilo tudo virou uma bola de neve, as imagens em sua mente, as correntes de energia fluindo de onde se encontrava a sua mão. Começou a arfar. Entreabriu os lábios. Seu corpo ondulou, os quadris movendo-se para cima. Num impulso, deitou-se de costas e baixou a cueca.

E, então, deu-se conta do que estava fazendo. Estava se masturbando? Ao lado de Bella? Deus, que filho da mãe *nojento* ele era.

Desgostoso, recolheu a mão e começou a subir a cueca de volta...

– Não pare – disse Bella com brandura.

Um calafrio percorreu a espinha de Z. *Flagrado.*

Enquanto o sangue lhe subia às faces, olhou para ela.

Mas ela apenas sorriu e acariciou-lhe o braço.

– Você é tão bonito. Com o corpo arqueado como estava há pouco. Termine, Zsadist. Sei que é o que quer fazer e não tem por que se envergonhar. Fica muito bonito quando se toca.

Beijou-lhe o bíceps e olhou para a cueca dele.

– Termine – sussurrou ela. – Deixe-me vê-lo terminar.

Sentindo-se um bobalhão ansioso, mas curiosamente incapaz de parar, sentou-se e tirou a cueca.

Bella fez um ruído de aprovação quando ele deitou outra vez. Encorajado por ela, deslizou a mão lentamente pela barriga, sentindo os músculos e a pele macia e sem pelos que os revestiam. A verdade é que não esperava ser capaz de prosseguir com aquilo...

Caramba. A coisa estava tão dura, que podia sentir os batimentos cardíacos no seu latejar.

Encarou os profundos olhos azuis de Bella enquanto movia a palma da mão para cima e para baixo. Espasmos de prazer começaram a fluir por seu corpo. Deus... tê-la ali assistindo excitava-o, mesmo que isso contrariasse o que acreditava. Quando ele havia sido observado antes...

Não, o passado não era bem-vindo. Se ficasse perdido no que lhe tinha acontecido há um século, perderia o momento presente com Bella.

Tratou de deixar as lembranças de lado e se fechou para elas, distanciando-se do que lhe haviam feito diante de uma plateia. *Os olhos de Bella... fixe neles. Perca-se neles. Afogue-se neles.*

O olhar dela era tão encantador, brilhando sobre ele com carinho, como se o embalasse nos braços. Olhou-lhe os lábios. Os seios. A barriga... O desejo cresceu nele exponencialmente, explodindo de tal forma que cada centímetro de seu corpo sentia uma tensão erótica.

Os olhos de Bella desviaram-se para baixo. Ao observá-lo em ação, ela mordeu o lábio inferior. As presas eram duas pequeninas adagas brancas e ele as queria cravadas em sua pele outra vez. Queria que Bella o sugasse de novo.

– Bella... – ele gemeu. Droga, ele estava *mesmo* fazendo aquilo.

Levantou uma das pernas e gemidos escapavam de sua garganta enquanto movia a mão mais rapidamente e depois se concentrava na ponta. Um segundo mais tarde, enlouqueceu. Gritou enquanto sua cabeça golpeava o travesseiro e suas costas se arqueavam. Golfadas quentes atingiram seu peito e barriga, e tais espasmos ritmados prosseguiram ainda um tempo enquanto ele terminava. Ele parou quando a cabeça do pênis estava muito sensível para tocá-la.

Respirava com dificuldade e sua cabeça ainda girava quando se inclinou para o lado e a beijou. Ao se afastar, os olhos dela demonstravam como Bella o entendia perfeitamente. Ela sabia que o tinha ajudado nessa primeira vez. Ainda que não o olhasse com pena. Parecia não se importar que ele fosse um pobre diabo que até então não tinha sido capaz de suportar tocar-se.

Ele abriu a boca.

– Eu a...

Uma batida na porta interrompeu a declaração.

– Seja quem for, *não* abra essa porta – berrou ele, limpando-se com a cueca. Beijou Bella e cobriu-a com um lençol antes de atravessar o quarto.

Escorou a porta com o ombro, como se quem estivesse do outro lado pudesse querer forçar a entrada. Foi um impulso tolo, mas de maneira alguma deixaria que vissem Bella em sua resplandecência pós-cio. Aquilo era privilégio seu e de ninguém mais.

– O que foi? – disse ele.

A voz de Phury soou abafada:

– O Explorer em que você prendeu o celular se moveu ontem à noite. Foi aos supermercados onde Wellsie comprou as maçãs para o festival do solstício. Cancelamos as encomendas, mas precisamos avaliar a situação. Reunião da Irmandade no escritório de Wrath em dez minutos.

Z. fechou os olhos e apoiou a testa na madeira. A vida real havia retornado.

– Zsadist? Escutou o que eu disse?

Olhou para Bella, pensando que seu tempo juntos havia terminado. E a julgar pela maneira como ela puxava os lençóis para o queixo, como se estivesse com frio, ela também sabia disso...

Deus... isso dói, pensou ele. Sentia-se verdadeiramente... ferido.

– Estarei lá – respondeu ele.

Desviando os olhos de Bella, virou-se e foi para o chuveiro.

Capítulo 36

Quando a noite caiu, o Sr. O zanzava furioso pela cabana, reunindo a munição que precisava. Só havia retornado há meia hora, e o dia que passara tinha sido um horror. Primeiro, havia se dirigido a Ômega e tomado uma prensa daquelas. Literalmente. O mestre havia ficado possesso com a prisão daqueles dois *redutores* incompetentes, como se o fato fosse culpa do Sr. O.

Depois de passado o primeiro acesso de Ômega, o mestre filho da mãe havia puxado os dois matadores para fora do mundo dos humanos, como se fossem cachorros presos na coleira. O interessante é que não foi tão fácil para ele. Chamar de volta os membros da Sociedade não era coisa que se fizesse com um estalar de dedos, e tal fragilidade era para não ser esquecida.

Não que ela tivesse durado. Cara, o Sr. O não tinha dúvidas de que aqueles dois *redutores* tinham lamentado o dia que negociaram suas almas. Ômega tinha começado a trabalhar neles imediatamente, e o que se seguiu parecia saído de um filme de Clive Baker. E como os matadores eram mortos-vivos, o castigo poderia prosseguir indefinidamente, até Ômega se entediar.

Quando o Sr. O saiu, entretanto, o mestre lhe pareceu ainda bastante concentrado no que fazia.

O retorno ao mundo temporal havia sido um caos. Durante a ausência do Sr. O, os Betas se rebelaram. Um esquadrão composto por quatro elementos havia se aborrecido e decidiu atacar outros *redutores*, num "pega pra capar" que resultou em muitas baixas para a Sociedade. As mensagens de voz deixadas pelo Sr. U ao longo de seis horas foram se tornando cada vez mais frenéticas, o tipo de coisa que enlouqueceria um santo.

Que inferno. O Sr. U era um fracasso total como segundo em comando. Não tinha sido capaz de controlar a luta entre os Betas e um humano havia morrido durante o confronto. O Sr. O não dava a mínima para o morto, mas se preocupava com o corpo. A última coisa de que precisava era o envolvimento da polícia. Outra vez.

Por isso, o Sr. O foi à cena e sujou as mãos se livrando do maldito corpo; depois, gastou um par de horas bem chato para identificar os Betas encrenqueiros e visitá-los um por um. Sua vontade era matá-los, mas se houvesse mais baixas nas fileiras da Sociedade, iria criar outro problema com o mestre.

Quando terminou de arrebentar o quarteto de imbecis, meia hora antes, estava totalmente colérico. E foi justamente quando o Sr. U ligou com a maravilhosa notícia de que todas as encomendas de maçãs haviam sido canceladas. E por que isso acontecera? Porque de algum modo os vampiros perceberam que estavam sendo rastreados.

Sim, o Sr. U estava fazendo um ótimo trabalho, muito discreto. *Até parece.*

Então, a oferenda a Ômega de um assassinato em massa voara pela janela. Sendo assim, o Sr. O nada tinha para amaciar o mestre. Portanto, se sua esposa estivesse viva, seria mais difícil transformá-la em *redutora.*

Àquela altura, o Sr. O perdeu as estribeiras. Berrou ao celular com o Sr. U. Disse todo tipo de obscenidades. E o Sr. U ouvira tudo, manso como um gatinho, calado e submisso. Tal silêncio levou o Sr. O à loucura, porque sempre odiara gente que não revidava.

Santo Deus. Pensara que o Sr. U era estável, mas, na realidade, era um filho da mãe covarde, e o Sr. O estava farto disso. Sabia que tinha de colocar uma faca no peito do Sr. U e iria fazê-lo, mas, por ora, não admitiria mais distrações.

Que se danassem a Sociedade, o Sr. U, os Betas e Ômega. Tinha de se ocupar com o que importava para ele.

O Sr. O apanhou as chaves da caminhonete e deixou a cabana. Iria direto ao número 27 da Avenida Thorne e entraria naquela mansão.

Talvez fosse uma bravata desesperada, mas tinha certeza de que a resposta que procurava estava por trás daqueles portões de ferro.

Finalmente, descobriria que fim levara sua esposa.

O Sr. O estava quase no F-150 quando seu pescoço começou a incomodá-lo, sem dúvida de tanto gritar com o Sr. U. Ignorou a sensação e se colocou atrás do volante. Enquanto dirigia, afrouxou o colarinho da camisa e tossiu duas, três vezes, procurando algum alívio. *Droga.* Sentia-se estranho.

Um quilômetro depois, estava sem fôlego. Segurando a garganta, engasgando, virou o volante para a direita e meteu o pé no freio. Escancarando a porta, saiu do carro cambaleando. O ar frio lhe proporcionou um ou dois segundos de alívio, mas a asfixia logo voltou.

O Sr. O desabou sobre os joelhos. Enquanto caía de cara na neve, sua visão oscilou, como uma lâmpada prestes a queimar. E depois se apagou.

Enquanto Zsadist atravessava o corredor em direção ao escritório de Wrath, sua mente estava bem ágil, embora o corpo se arrastasse. Ao adentrar o aposento, todos os Irmãos já estavam ali e o grupo ficou em silêncio. Ignorando-os, manteve os olhos baixos e se aproximou do canto em que geralmente se metia. Escutou alguém pigarreando para começar. Provavelmente, Wrath.

Tohrment falou:

– O irmão de Bella telefonou solicitando um adiamento na concessão do *ehnclausuramento*, e pediu que ela permaneça aqui por mais uns dois dias.

Z. ergueu a cabeça.

– Por quê?

– Ele não disse... – os olhos de Tohr se estreitaram sobre o rosto de Z. – Oh... meu Deus.

Todos se viraram para ele e houve murmúrios de admiração na sala. Então, ficaram ali parados, a Irmandade e Butch, encarando-o.

– Que diabos estão olhando?

Phury apontou-lhe o luxuoso espelho pendurado na parede ao lado das portas duplas.

– Veja você mesmo.

Zsadist atravessou o aposento, com vontade de mandá-los todos para o inferno. Bella era o que importava...

Diante de sua imagem, ficou boquiaberto. Estendeu a mão trêmula para o reflexo de seus olhos no espelho de antiquário. Suas íris já não eram negras. Eram amarelas. Como as de seu irmão gêmeo.

– Phury? – disse com brandura. – Phury... o que aconteceu comigo?

Quando o macho se aproximou por trás dele, o rosto do irmão apareceu à direita do de Z. E, depois, o reflexo escuro de Wrath, seus cabelos longos e os óculos de sol. Então, foi a vez da beleza cinematográfica de Rhage. E surgiu também o gorro dos Sox de Vishous. E o cabelo escovinha de Tohrment. E o nariz quebrado de Butch. Um por um, estenderam a mão e o tocaram, as grandes mãos pousando gentilmente sobre seus ombros.

– Bem-vindo de volta, meu irmão – sussurrou Phury.

Zsadist olhou fixamente aqueles machos atrás dele. E teve a estranha sensação de que, se largasse o corpo e caísse para trás... eles o sustentariam.

Um pouco depois de Zsadist a deixar, Bella saiu do quarto e foi atrás dele. Estivera a ponto de ligar para o irmão e combinar um encontro quando percebeu que deveria cuidar de seu amante antes de mergulhar no drama familiar.

Finalmente Zsadist precisava dela para alguma coisa. E desesperadamente. Estava quase esgotado depois de servi-la e ela imaginava a intensidade da fome que ele, com certeza, devia estar sentindo, conhecia-lhe a necessidade premente de se alimentar. Com tanto do sangue dele nas veias, podia sentir-lhe a fome vividamente, e sabia, também, em que exato lugar da mansão ele se encontrava. Tudo o que precisava fazer para achá-lo era senti-lo.

Bella seguiu suas sensações pelo corredor das estátuas, dobrou um canto e foi até as portas duplas na cabeceira da escadaria. Vozes masculinas alteradas altercavam-se no interior do escritório, e a de Zsadist era uma delas.

– Uma ova que você vai sair esta noite – gritou alguém.

O tom de Zsadist foi ameaçador:

– Não tente me dar ordens, Tohr. É um aborrecimento para mim e uma perda de tempo para você.

– Olhe só para você, está um maldito esqueleto! A menos que se alimente, ficará.

Bella entrou na sala enquanto Zsadist respondia:

– Tente me manter aqui para ver o que lhe acontece, *Irmão*.

Com toda a Irmandade olhando, os dois machos se enfrentavam cara a cara, olhos nos olhos, presas arreganhadas.

Santo Deus, pensou ela. Tanta agressividade.

Mas... Tohrment tinha razão. Não se dera conta na escuridão do quarto, mas, naquela luz, Zsadist parecia semimorto. Os ossos de seu crânio se destacavam sob a pele; a camiseta estava frouxa no corpo; as calças, quase caindo. Seus olhos negros eram tão intensos como sempre, mas o resto dele estava num estado lastimável.

Tohrment sacudiu a cabeça.

– Seja razoável...

– Ver Bella *vingada*. Isso sim é *totalmente* razoável para mim.

– Não, não é – disse ela. Sua intromissão atraiu para ela todos os olhares.

Quando Zsadist a olhou, suas íris mudaram de cor, passando do negro furioso ao qual estava acostumada para um incandescente amarelo.

– Seus olhos – sussurrou ela. – O que aconteceu com os seus...?

Wrath a interrompeu:

– Bella, seu irmão solicitou que fique conosco um pouco mais.

Sua surpresa foi tão grande, que ela desviou os olhos de Zsadist.

– Como disse, meu senhor?

– Ele não quer que eu decrete já seu *ehnclausuramento*, quer que fique aqui.

– Por quê?

– Não faço ideia. Talvez você mesma pudesse perguntar a ele.

Deus, como se as coisas não estivessem confusas o suficiente. Voltou a olhar para Zsadist, mas ele estava concentrado na janela do outro lado do aposento.

– É lógico que você é bem-vinda para ficar – disse Wrath.

Ao perceber Zsadist tenso, ela se perguntou se aquilo era mesmo verdade.

– Não quero ser *vingada* – disse ela com veemência. Como a cabeça de Zsadist se virou para ela rapidamente, Bella falou direto com ele: – Sou grata por tudo o que tem feito por mim. Mas não quero que ninguém seja ferido tentando apanhar o *redutor* que me sequestrou. Especialmente você.

Ele fechou a cara.

– Isso não é problema seu.

– Como não é? – quando o imaginou indo lutar, o terror a dominou. – Santo Deus, Zsadist... não quero ser responsável por você sair e ser morto.

– É esse *redutor* quem vai encontrar a morte, não eu.

– Não pode estar falando sério! Pela Virgem, olhe só para você. Não está em condições de lutar. Está tão fraco!

Houve um chiado de preocupação coletivo na sala, e os olhos de Zsadist ficaram negros.

Oh... droga. Bella cobriu a boca com a mão. Fraco. Ela o chamara de fraco na frente de toda a Irmandade.

Não existia maior insulto. A mera insinuação de que um macho não tinha força era imperdoável para a classe dos guerreiros, não importava a situação. Mas dizê-lo com todas as letras, diante de testemunhas, era uma completa castração social, uma condenação irrevogável de seu valor como macho.

Bela correu para ele.

– Sinto muito, não quis...

Zsadist ergueu os braços para rechaçá-la.

– Afaste-se de mim.

Ela voltou a tapar a boca com a mão quando ele passou evitando tocá-la como se ela fosse uma granada. Ele se dirigiu para a porta e seus passos ecoaram pelo corredor. Assim que teve condições, ela enfrentou o olhar de desaprovação dos Irmãos.

– Eu me desculparei com ele imediatamente. E quero que ouçam, não duvido de sua coragem ou de sua força. Preocupo-me com ele porque...

Diga a eles, pensou ela. Eles certamente compreenderão.

– Eu o amo.

De repente, a tensão no lugar se dissipou. Bem, a maior parte dela. Phury se virou e foi para perto do fogo, inclinando-se sobre a cornija da lareira. Com a cabeça pendurada, como se desejasse mergulhar nas chamas.

– Fico contente que se sinta assim – disse Wrath. – Ele precisa disso. Agora, vá atrás dele e peça desculpas.

Quando Bella saía do escritório, Tohrment se postou na frente dela e a olhou nos olhos.

– Aproveite e tente alimentá-lo, está bem?

– Rezo para que ele me permita isso.

Capítulo 37

Rehvenge rondava pela casa, indo de quarto em quarto, com passadas irrequietas e firmes. Seu campo visual era vermelho, seus sentidos apurados, a bengala fora abandonada horas atrás. Não mais sentindo o frio habitual, desfizera-se do pulôver de gola alta, e pendurara as armas sobre a pele nua. Sentia todo o corpo, rejubilando-se com toda a força de seus músculos e ossos. E havia também outras coisas. Coisas que não experimentava há...

Deus, fazia uma década desde que se deixara levar tão longe, e por que aquilo fora planejado, uma recaída deliberada na loucura, sentia-se no controle – o que, provavelmente, era uma falácia perigosa, mas não ligava a mínima. Estava... liberado. E queria lutar contra o inimigo com um desespero que era quase sexual.

Também estava tremendamente frustrado.

Espiou por uma das janelas da biblioteca. Havia deixado o portão da frente aberto, tentando encorajar visitas. Nada. Nadinha, absolutamente nada.

O relógio carrilhão soou doze vezes.

Tivera tanta certeza de que o *redutor* apareceria, mas ninguém cruzou o portão ou subiu o caminho até a casa. E, segundo as câmeras de segurança do perímetro, os carros que haviam passado pela rua pertenciam todos à vizinhança: vários Mercedes, um Maybach, alguns Lexus, quatro BMWs.

Droga. Queria tanto pegar aquele assassino que podia gritar, e o desejo de lutar, para *vingar* a sua família e proteger seu território, fazia sentido. Por parte da mãe, descendia da elite de guerreiros, e a violência estava em seu sangue. Desde sempre. Somando-se a isso a cólera pelo que acontecera com sua irmã e o fato de que tivera de remover da casa às pressas sua *mahmen*, em plena luz do dia, Rehvenge era um verdadeiro barril de pólvora ambulante.

Pensou na Irmandade. Teria sido um bom candidato, se o tivessem recrutado antes de sua transição... Só que... quem sabia ao certo agora o que eles andavam fazendo? Tinham passado à clandestinidade quando a civilização vampírica desmoronou, transformando-se num enclave escondido, protegendo-se a eles mesmos mais do que à raça que tinham jurado defender.

Que inferno, não ajudava pensar que se eles estivessem mais atentos ao seu trabalho do que a si mesmos teriam conseguido impedir o sequestro de Bella. Ou encontrá-la imediatamente.

Sendo varrido por uma nova onda de cólera, continuou passeando aleatoriamente pela casa, espiando pelas janelas e portas, checando os monitores. Decidiu, afinal, que aquela espera sem propósito era uma tolice. Acabaria perdendo o juízo se ficasse vagando por ali a noite toda, e tinha negócios para cuidar no centro da cidade. Se ligasse os alarmes e eles fossem acionados, poderia se materializar de volta num piscar de olhos.

Quando retornou ao seu quarto, foi até o closet e se deteve diante do armário fechado do fundo. Ir trabalhar sem medicar-se estava fora de cogitação, mesmo que isso significasse ter de utilizar uma arma em vez de um corpo a corpo se aquele *redutor* filho da mãe aparecesse.

Rehv tirou do armário um frasco de dopamina, bem como uma seringa e um torniquete. Enquanto preparava a injeção e enrolava a borracha ao redor do braço, cravou os olhos no claro fluido que estava prestes a introduzir em suas veias. Havers havia mencionado que uma dosagem alta como aquela poderia provocar, como efeito colateral, paranoia em alguns vampiros. E Rehv vinha duplicando a dosagem da prescrição desde... Minha nossa, desde que Bella havia sido levada. Então, talvez já estivesse louco.

Mas, então, pensou na temperatura corporal daquela coisa que parara em frente ao portão. Com quinze graus, certamente não estaria vivo. Não se fosse humano.

Injetou o líquido e esperou até que sua visão retornasse e seu corpo fosse embora. Então, agasalhou-se bem, apanhou a bengala e saiu.

Zsadist esgueirou-se no ZeroSum, totalmente consciente da preocupação silenciosa de Phury, atrás dele como uma névoa úmida. O bom era que achava seu gêmeo fácil de ignorar; do contrário, acabaria sendo arrastado por todo aquele desespero.

Fraco. Você está tão fraco.

Então, bem, teria de cuidar disso.

– Dê-me vinte minutos – disse a Phury –, e depois encontre-se comigo no beco.

Ele não perdeu tempo. Escolheu uma prostituta humana que tinha o cabelo preso num coque, deu-lhe duzentos dólares, e praticamente a empurrou para fora do clube. Não parecia preocupada com o rosto dele, seu tamanho ou a maneira como a conduzia. Seus olhos não captavam muita coisa, estava tão drogada...

Quando estavam no beco, riu muito alto.

– Como vai querer? – disse, fazendo uma dancinha em cima dos saltos altíssimos. Tropeçou, depois pôs as mãos sobre a cabeça e espreguiçou no frio. – Você me parece do tipo que pega pesado. Por mim, tudo bem.

Virou-a de cara para os tijolos e a sujeitou no lugar pela nuca. Enquanto ela dava umas risadinhas e fingia lutar, Zsadist a dominou, pensando nas incontáveis humanas que havia sugado ao longo dos anos. Até que ponto apagara a memória delas? Será que despertavam com pesadelos sobre ele quando o subconsciente delas se agitava?

Explorador, pensou. Usava aquelas mulheres. Exatamente como a Ama.

A única diferença era que ele não tinha opção.

Ou tinha? Podia ter usado a Bella aquela noite; ela queria que o fizesse. Mas, se ele se alimentasse dela, seria ainda mais difícil se separarem. E estavam fadados a isso.

Ela não queria ser *vingada*. Ele não poderia descansar enquanto aquele *redutor* vagasse pela Terra...

Mais que isso, não podia suportar ver Bella se destruir tentando amar um macho que não lhe convinha. Tinha de obrigá-la a se afastar dele. Queria que fosse feliz e protegida, queria que despertasse com um tranquilo sorriso no rosto por mil anos. Queria que se unisse a alguém à sua altura, um macho de quem pudesse se orgulhar.

Apesar de ter se vinculado a ela, preferia que Bella conhecesse a felicidade, muito mais do que desejava que ficasse com ele.

A prostituta rebolou.

– Como é que é, meu querido? Vamos ou não vamos fazer isso? Porque estou ficando excitada.

Z. descobriu as presas e levantou a cabeça, preparando-se para mordê-la.

– Zsadist... *não*!

A voz de Bella fez com que virasse a cabeça. Estava de pé no meio do beco, a uns cinco metros, aproximadamente. Seus olhos estavam horrorizados, a boca aberta.

– Não – disse, com voz rouca. Não... faça isso.

Seu primeiro impulso foi levá-la de volta à mansão e brigar com ela por ter saído de lá. O segundo foi perceber que tinha a oportunidade de cortar os laços entre eles. Seria uma manobra cirúrgica, com muita dor envolvida, mas ela sararia da amputação. Mesmo que ele, não.

A prostituta virou-se para olhá-la e depois soltou uma risada alta e alegre.

– Ela vai olhar? Porque isso vai lhe custar mais cinquenta paus.

Bella colocou a mão na garganta quando Zsadist segurou a humana entre seu corpo e a parede de tijolos do edifício. A dor em seu peito era tão grande que não conseguia respirar. Vê-lo tão perto de outra fêmea... uma humana, uma prostituta naquele beco... e com o propósito de se alimentar? Depois de tudo o que haviam compartilhado na noite anterior?

– Por favor – disse. – Use a mim. Tome de mim. *Não* faça isso.

Ele virou a fêmea de frente para ele; então, colocou um braço através do peito da mulher. A prostituta gargalhou e se remexeu contra ele, esfregando o corpo no seu, os quadris movendo-se sinuosamente.

Bella estendeu as mãos no ar gelado.

– Amo você. Não tive a intenção de insultá-lo diante dos Irmãos. *Por favor*, não faça isso em represália.

Os olhos de Zsadist a encararam. O sofrimento brilhava neles, uma absoluta desolação, mas arreganhou as presas... e afundou-as no pescoço da mulher. Bella gritou quando ele engoliu, e a mulher gargalhou outra vez, de maneira alucinada.

Bella cambaleou para trás. Ainda assim, Zsadist não desviou os olhos dos dela, mesmo quando reposicionou a mordida e bebeu mais. Incapaz de continuar olhando aquilo por mais um minuto sequer, Bella se desmaterializou rumo ao único lugar em que conseguiu pensar.

A casa de sua família.

Capítulo 38

– O Reverendo quer vê-lo.

Phury ergueu a vista da água com gás que havia pedido. Um dos enormes seguranças do ZeroSum estava debruçado sobre ele, como uma silenciosa ameaça.

– Por alguma razão em especial?

– Você é um cliente importante.

– Então, ele deveria me deixar em paz.

– Isso é um não?

Phury arqueou uma sobrancelha.

– Isso mesmo: um *não*.

O segurança desapareceu e voltou com reforços, dois caras tão grandes quanto ele.

– O Reverendo quer vê-lo.

– Eu sei, você já me disse isso.

– Agora.

Phury só se levantou da mesa porque o trio parecia preparado para levá-lo à força, e não precisava da atenção que chamaria para si se arrebentasse os sujeitos.

Assim que entrou no escritório do Reverendo, soube que o macho estava num estado de espírito perigoso. Não que isso fosse novidade.

– Deixem-nos a sós – murmurou o vampiro de trás de sua mesa.

Quando a sala ficou vazia, sentou-se de novo na cadeira, seus astutos olhos violeta brilhando. Por instinto, Phury deslizou a mão para as costas, perto da adaga que levava no cinto.

– Estive pensando em nosso último encontro – disse o Reverendo, formando uma tenda com os longos dedos. A luz sobre ele ressaltava-lhe as maçãs do rosto proeminentes, a dura linha do queixo, os ombros largos. O penteado moicano havia sido aparado, e a faixa negra não tinha mais do que cinco centímetros de altura. – Sim... estive pensando no fato de que conhece meu pequeno segredo. Sinto-me exposto.

Phury permaneceu em silêncio, perguntando-se aonde diabos aquilo levaria.

O Reverendo empurrou a cadeira para trás e cruzou o tornozelo sobre o joelho. Seu caro terno se abriu involuntariamente, revelando-lhe o amplo peito.

– Pode imaginar como me sinto. Como isso me tira o sono.

– Experimente tomar Ambien. Isso o fará apagar.

– Ou posso fumar muita fumaça vermelha. Como você, não? – o macho passou a mão sobre a crista e curvou os lábios em um malicioso sorriso. – Bem, realmente não me sinto seguro.

Que mentira. O cara se mantinha cercado de seguranças que eram tão preparados quanto letais. E era definitivamente alguém que poderia se defender sozinho. Além disso, os *sympathos* tinham vantagens em um conflito que ninguém mais tinha.

O Reverendo deixou de sorrir.

– Estava pensando que talvez você pudesse admitir o seu segredo. Então, estaríamos quites.

– Não tenho segredos.

– Besteira... *Irmão* – a boca do Reverendo se curvou de novo nos cantos, mas seus olhos eram de um púrpura frio. – Porque você *é* um membro da Irmandade. Você e aqueles machos grandões que vêm aqui. Aquele com cavanhaque, que bebe minha vodca. O cara com o rosto desfigurado que suga minhas prostitutas. Não sei o que dizer do humano que sempre está com vocês, mas não importa.

Phury olhou feio para o outro lado da mesa.

– Você acaba de violar todos os costumes sociais de nossa espécie. Mas, também, o que eu poderia esperar de um traficante de drogas?

– E os viciados sempre mentem. Então a pergunta foi inútil, não?

– Cuidado, amigo – disse Phury em voz baixa.

– Ou você o quê? Está dizendo que é um Irmão, e que é melhor eu me comportar antes que acabe com a minha raça?

– A saúde nunca deveria ser dada como certa.

– Por que não admite? Ou os Irmãos têm medo que a raça que juraram defender se rebele contra eles? Estão se escondendo de todos nós por causa do péssimo trabalho que estão fazendo ultimamente?

Phury virou-se para ir embora.

– Não sei por que me chamou aqui.

– Para falar da fumaça vermelha – a voz do Reverendo foi cortante como uma faca. – Meu estoque acabou.

O peito de Phury se confrangeu de ansiedade. Olhou por cima do ombro.

– Há outros traficantes.

– Divirta-se procurando-os.

Phury pôs a mão na maçaneta. Como ela não girou, voltou a olhar para trás. O Reverendo o observava, quieto como um gato. E o prendia no escritório contra sua vontade.

Phury apertou com força e puxou, arrancando a peça de latão. Quando a porta se abriu preguiçosamente, ele atirou a maçaneta na mesa do Reverendo.

– Acho que vai precisar consertar isso.

Deu dois passos antes que uma mão o agarrasse pelo braço. O rosto do Reverendo era duro como pedra, assim como seu apertão. Num piscar de olhos violeta, algo chamejou entre eles, um tipo de troca... uma corrente...

Do nada, Phury sentiu uma sufocante culpa, como se alguém houvesse levantado a tampa de suas mais profundas preocupações e medos pelo futuro da raça. Tinha de responder, não podia suportar a pressão.

De repente, estava falando e muito rápido.

– Vivemos e morremos por nosso povo. A espécie é nossa primeira e única preocupação. Lutamos todas as noites e contamos as urnas dos *redutores* que matamos. O sigilo é nossa maneira de protegermos os civis. Quanto menos souberem sobre nós, mais seguros estão. É por isso que desaparecemos.

Tão logo disse essas palavras, praguejou.

Droga, não se pode confiar em um sympatho, pensou. Ou nos próprios sentimentos enquanto se está perto de um.

– Solte-me, devorador de pecados – falou entre dentes. – E caia fora da minha cabeça.

O apertão em seu braço se afrouxou e o Reverendo fez uma ligeira reverência, um sinal de respeito que foi recebido com surpresa.

– Tudo bem, guerreiro. Um carregamento de fumaça vermelha acaba de chegar.

O macho passou por Phury e lentamente se misturou à multidão: o corte moicano, os ombros largos, sua aura se perdendo entre as pessoas de cujos vícios ele se alimentava.

Bella se materializou diante da casa da família. As luzes externas estavam apagadas, o que era estranho, mas, como estava chorando, de qualquer forma não conseguiria enxergar direito. Entrou, desativou o alarme, e parou no vestíbulo.

Como Zsadist pudera fazer aquilo com ela? Do jeito que lhe doera, se houvesse feito sexo na sua frente daria quase na mesma. Deus, sempre soubera que ele podia ser cruel, mas aquilo fora demais, até para ele...

Só que não fizera aquilo em represália pela humilhação sofrida, não é? Não, seria muito mesquinho. Bella suspeitava que ele havia mordido aquela humana como uma declaração de ruptura. Porque queria lhe enviar a mensagem, completamente inequívoca, de que Bella não era bem-vinda em sua vida.

Bem, funcionara.

Menosprezada, derrotada, olhou ao redor do vestíbulo. Tudo estava igual. O revestimento em seda azul das paredes, o chão de mármore negro, o cintilante candelabro no teto. Era como voltar no tempo. Havia crescido naquela casa, o último bebê que sua mãe havia dado à luz, a irmã mimada de um irmão que a adorava, a filha de um pai que nunca conheceu.

Espere um minuto. Estava tudo muito calmo. Calmo demais.

– *Mahmen*? Lahni? – silêncio. Enxugou as lágrimas. – Lahni?

Onde estavam os *doggen*? E sua mãe? Sabia que Rehv estaria fora fazendo o que quer que fizesse durante as noites e não esperava mesmo vê-lo. Mas os outros sempre estavam em casa.

Bella foi até a escadaria em curva e chamou alto:

– *Mahmen*?

Subiu os degraus e correu para o quarto da mãe. Os lençóis da cama estavam revirados, uma bagunça... algo que os *doggen* normalmente não teriam permitido. Amedrontada, desceu o corredor até o quarto de Rehvenge. A cama ali também estava desarrumada, os lençóis de linho italianos e as pilhas de edredons de pele que ele sempre usava jogados para um lado. Uma desordem inédita.

A casa não era segura. Por isso Rehv havia insistido que ficasse com a Irmandade.

Bella correu pelo corredor e desceu a escada. Precisava sair para se desmaterializar, porque as paredes da mansão eram revestidas de aço.

Saiu rapidamente pela porta... sem saber aonde ir. Desconhecia o endereço do refúgio de seu irmão, e fora para lá, certamente, que ele enviara sua *mahmen* e os *doggen*. Não podia perder tempo telefonando para ele, não daquela casa.

Não tinha escolha. Estava magoada, estava furiosa, exausta e a ideia de retornar ao complexo da Irmandade só tornava tudo pior. Mas não era estúpida. Fechou os olhos e retornou à mansão dos Irmãos.

Zsadist terminou rapidamente com a prostituta, e, depois, concentrou-se em Bella. Como seu sangue estava nela, podia sentir sua materialização em algum lugar a sudoeste dali. Estimou seu paradeiro na área compreendida entre a Estrada Bellman e a Avenida Thorne: um bairro muito luxuoso. Obviamente, tinha ido à sua casa.

Seus instintos ficaram em alerta, porque a ligação do irmão dela havia sido muito estranha. O que lhe pareceu foi que as coisas por lá não deveriam estar seguras. Por que outra razão o macho iria querer que ela permanecesse com a Irmandade, depois de haver solicitado o seu *ehnclausuramento*?

Justo quando Z. ia atrás dela, sentiu-a se desmaterializar novamente. Desta vez, aterrissou do lado de fora da mansão da Irmandade. E ficou ali.

Graças a Deus. Por ora, não precisava se preocupar com a segurança de Bella.

Súbito, a porta lateral do clube se abriu, e Phury surgiu, muito sério.

– Você se alimentou?

– Sim.

– Então, deveria ir para casa e aguardar que sua força se restabeleça.

– Já fez efeito – *mais ou menos.*

– Z...

Phury parou de falar, e ambos viraram rapidamente a cabeça na direção da Rua Trade. Na entrada do beco, três homens de cabelo desbotado e roupas negras avançavam resolutos. Os *redutores* estavam olhando fixamente para frente, como se tivessem encontrado um alvo e se aproximassem dele.

Sem dizer palavra, Z. e Phury saíram correndo silenciosamente, movendo-se ligeiros sobre a neve recém-caída. Ao chegarem à Rua Trade, descobriram que os *redutores* não haviam encontrado uma vítima, mas estavam se reunindo a outro grupo dos seus... dois dos quais tinham cabelo castanho.

Z. pôs a palma no punho de uma adaga e concentrou o olhar no par de cabeças escuras. Pela Virgem do Fade, que um deles fosse o que ele estava procurando.

– Controle-se, Z. – silvou Phury, enquanto tirava o celular do bolso. – Fique quieto, vou pedir reforços.

– O que acha de fazer a chamada – desembainhou a adaga – enquanto eu mato?

Z. saiu, mantendo a faca na altura da coxa, porque era uma área movimentada, com humanos ao redor.

Os *redutores* o viram imediatamente, e se colocaram em postura de ataque: joelhos dobrados, braços a postos. Para encurralar os filhos da mãe, correu formando um grande círculo em volta deles, e os *redutores* acompanharam sua movimentação, girando, em formação de triângulo para encará-lo. Quando voltou para as sombras, seguiram-no como se fossem um só.

Depois que a escuridão os engoliu a todos, Zsadist ergueu sua adaga negra, arreganhou as presas, e atacou. Rezava desesperadamente para que, quando o violento bailado terminasse, um daqueles *redutores* de cabelos escuros tivesse raízes claras.

CAPÍTULO 39

Amanhecia quando o Sr. U chegou à cabana e abriu a porta. Reduziu a velocidade enquanto entrava, saboreando o momento. O quartel-general era dele. Tornara-se o novo *Redutor Principal.* O Sr. O era história.

O Sr. U não podia acreditar no que fizera. Não podia acreditar que tivera coragem de pedir a Ômega uma mudança na liderança. E, principalmente, não podia acreditar que o mestre houvesse concordado com ele e chamado o Sr. O para perto de si.

Não estava na natureza do Sr. U liderar, mas não tinha opção. Depois de tudo que acontecera no dia anterior com os Betas, as prisões e as insurgências, a anarquia total entre os assassinos não tardaria. Enquanto isso, o Sr. O estivera no comando de braços cruzados. Até parecia chateado em ter de cumprir seu trabalho.

O Sr. U ficara contra a parede. Pertencia à Sociedade há quase dois séculos, e não admitiria vê-la transformar-se numa confederação desorganizada, composta de assassinos contratados incompetentes e dispersos, que ocasionalmente perseguiam vampiros. Pelo amor de Deus, estavam se esquecendo até de qual era seu alvo, e olhe que fazia apenas três dias que o Sr. O havia relaxado a disciplina.

Não, a Sociedade precisava ser conduzida com pulso firme e objetividade. Por isso, o Sr. O teve de ser substituído.

O Sr. U sentou-se na mesa rústica e ligou o laptop. A primeira providência era convocar uma assembleia geral e demonstrar força.

Isso era a única coisa que o Sr. O fizera bem. Os outros *redutores* o temiam.

O Sr. U elaborou uma lista de Betas a fim de encontrar um para ser sacrificado como exemplo; mas, antes que prosseguisse com o plano, recebeu uma mensagem com desagradáveis notícias de última hora. Na noite anterior, acontecera uma sangrenta luta no centro da cidade. Dois membros da Irmandade contra sete assassinos. Felizmente, parecia que os dois Irmãos haviam sido feridos. Mas, como apenas um dos *redutores* sobrevivera, significava que a Sociedade estava ainda mais desfalcada.

Cara, o recrutamento iria ser de suma importância agora. Mas, como diabos iria encontrar tempo para isso? Primeiro, tinha de tomar as rédeas.

O Sr. U esfregou os olhos, pensando no trabalho que tinha pela frente.

Bem-vindo às funções de Redutor Principal, pensou, enquanto começava a digitar um número no celular.

Bella olhou furiosa para Rhage, sem se importar que o macho tivesse quase setenta quilos e vinte centímetros a mais do que ela.

Infelizmente, o Irmão não parecia se importar que ela estivesse zangada. E não arredou o pé da porta que bloqueava.

– Mas quero vê-lo.

– Agora não é o melhor momento, Bella.

– Qual é a gravidade dos ferimentos?

– Isso é com a Irmandade – disse Rhage com brandura. – Esqueça isso, por ora. Qualquer novidade, contaremos a você.

– Oh, claro que farão. Como todos vocês fizeram ao não me contarem que ele estava ferido. Pelo amor de Deus, fiquei sabendo pelo *Fritz*.

Naquele instante, a porta se entreabriu.

Zsadist estava mais sério do qualquer vez em que o tinha visto, muito machucado. Tinha um dos olhos inchado e fechado, o lábio cortado, o braço numa tipoia. Também havia pequenos cortes espalhados por todo o pescoço e crânio, como se houvesse rolado sobre seixos ou algo assim.

Enquanto ela fazia uma careta de dor, Zsadist olhou-a de cima a baixo. Os olhos dele mudaram do negro para o amarelo; então, virou-se para Rhage e disse rápido:

– Phury finalmente está descansando – indicou Bella com a cabeça. – Se veio para ficar na cabeceira dele, deixe-a entrar. Relaxará com sua presença.

Zsadist se virou e saiu. Enquanto caminhava pelo corredor, mancava, a perna esquerda se arrastava atrás dele, como se sua coxa não estivesse bem.

Com uma maldição, Bella foi atrás dele, embora não fizesse ideia do motivo de ainda se preocupar. Ele não queria aceitar seu sangue, nem seu amor... certamente menos ainda sua compaixão. Não queria aceitar coisa alguma dela.

Bem, exceto sua partida.

Antes que ela o alcançasse, Zsadist parou abruptamente e olhou para trás.

– Se Phury precisar se alimentar, deixará que beba de sua veia?

Ela gelou. Zsadist não só se alimentava de outra como não via dificuldade em compartilhá-la com seu gêmeo. Parecia que não a considerava especial, apenas mais uma. Caramba, será que ela era assim tão descartável? Nada do que compartilharam significara coisa alguma para ele?

– Deixará? – seus novos olhos amarelos se estreitaram no rosto dela. – Bella?

– Sim – disse baixinho. – Cuidarei dele.

– Obrigado.

– Acho que agora eu desprezo você.

– Já era hora.

Girou sobre os calcanhares, disposta a se dirigir ao quarto de Phury, quando Zsadist lhe disse com brandura.

– Já menstruou?

Oh, que beleza! Mais uma desfeita. Queria saber se a engravidara. Sem dúvida haveria de se sentir aliviado quando ouvisse as boas notícias.

Fuzilou-o com o olhar por cima do ombro.

– Tive cólicas. Não precisa se preocupar.

Ele assentiu.

Antes que ele tivesse chance de ir embora, ela perguntou:

– Diga-me uma coisa... Se eu estivesse grávida, você me tomaria como seu par?

– Assumiria você e seu bebê até que outro macho o fizesse.

– Meu bebê... como se não fosse metade seu? – como ele não respondeu, ela o pressionou: – Nem ao menos o reconheceria?

Sua única resposta foi cruzar os braços sobre o peito.

Ela sacudiu a cabeça.

– Santo Deus... você realmente é frio até a medula, não?

Zsadist encarou-a por um longo tempo.

– Nunca lhe pedi coisa alguma, não foi?

– Oh, não. Nunca – deixou escapar uma forte risada. – Deus o livre de fazer tal coisa.

– Cuide de Phury. Ele precisa disso. E você também.

– Não *ouse* me dizer do que preciso.

Não esperou resposta. Saiu pisando firme pelo corredor em direção ao quarto de Phury, empurrou Rhage do caminho, e se fechou com o gêmeo de Zsadist. Estava tão transtornada que levou um segundo para se dar conta de que o quarto estava escuro e cheirava a fumaça vermelha, um perfume delicioso e achocolatado.

– Quem é? – perguntou Phury da cama, com voz rouca.

Pigarreou.

– Bella.

Ouviu um suspiro entrecortado.

– Oi.

– Oi. Como você está?

– Pronto pra outra, obrigado por perguntar.

Sorriu um pouco e se aproximou. Com sua visão noturna, observou que estava deitado sobre as cobertas, apenas de cuecas boxer. Tinha uma gaze ao redor da barriga e estava coberto de machucados. E – *Oh, Deus* – sua perna...

– Não se preocupe – disse ele secamente. – Não tenho essa parte da perna há mais de um século. E realmente estou bem. Os danos são só estéticos.

– Então, por que está com essa bandagem na cintura?

– Faz parecer que o meu traseiro é menor.

Ela riu. Esperara encontrá-lo moribundo, e, sem dúvida, a briga fora feia. Mas não estava às portas da morte.

– O que aconteceu? – perguntou-lhe.

– Fui atingido no flanco.

– Com o quê?

– Com uma faca.

Aquilo sim a balançou. Talvez só aparentasse estar bem.

– Estou bem, Bella. De verdade. Mais seis horas e estarei em condições de sair novamente – houve um curto silêncio. – O que está acontecendo? Você está bem?

– Só queria ver como estava.

– Bem... estou bem.

– E, hã... precisa se alimentar?

Retesou-se; depois, abruptamente, alcançou o edredom e puxou-o sobre os quadris. Ela se perguntou por que estava agindo como se tivesse algo a esconder... *Ah, tá. Uau.*

Pela primeira vez, o examinou como um macho. Era realmente belo, com aquele cabelo farto e deslumbrante, as linhas clássicas do rosto. Seu corpo era espetacular, coberto dos músculos que seu gêmeo carecia. Mas, não importava o quanto fosse bonito, não era o macho para ela.

O que era uma pena, pensou. Para ambos. Deus, como odiava magoá-lo.

– Precisa? – disse. – Alimentar-se?

– Está se oferecendo?

Ela engoliu em seco.

– Sim. Estou. Então, você quer... posso lhe dar minha veia?

Uma intensa fragrância se espalhou pelo quarto, tão penetrante que eclipsou o cheiro da fumaça vermelha: o aroma era o denso e rico perfume da fome de um macho. A fome de Phury por ela.

Bella fechou os olhos, rogando para que, se Phury aceitasse, ela conseguisse passar por aquilo sem chorar.

Mais tarde naquele dia, enquanto o sol se punha, Rehvenge ficou olhando o pano negro que guarnecia o retrato de sua irmã em sinal de luto. Quando o celular tocou, verificou o identificador de chamadas e o abriu.

– Olá, Bella – disse ele com ternura.

– Como sabia...

– Que era você? Não deu para rastrear o número. Impossível de rastrear, se até este aparelho não consegue localizar a chamada – pelo menos, ela ainda estava a salvo no quartel-general da Irmandade, pensou. Fosse onde fosse. – Fico feliz que tenha ligado.

– Ontem à noite fui aí em casa.

A mão de Rehv apertou o telefone.

– Ontem à noite? Mas que inferno! Não queria que viesse...

Ouviu soluços do outro lado da linha, profundos e infelizes soluços. O sofrimento silenciou suas palavras, sua cólera, seu fôlego.

– Bella? O que aconteceu? Bella? *Bella! Oh, Meu Deus... Algum desses Irmãos a feriu?*

– Não – ela respirou fundo. – E não grite comigo. Não suporto mais isso. Estou farta dos seus gritos. Já chega.

Inspirou profundamente, controlando o temperamento.

– O que aconteceu?

– Quando posso voltar para casa?

– Conte para mim.

O silêncio se prolongou entre eles. Era óbvio que sua irmã já não confiava nele. *Droga*... E poderia culpá-la?

– Bella, por favor. Sinto muito... fale comigo – como não houve resposta, disse: – Será que... – pigarreou – estraguei tanto assim as coisas entre nós?

– Quando posso voltar para casa?

– Bella...

– Responda, meu irmão.

– Não sei.

– Então, quero ir para o abrigo.

– Não pode. Já lhe disse isso faz tempo: se houver problemas, não quero que você e *mahmen* estejam no mesmo lugar. Agora, por que quer ir embora daí? Há um dia não desejava estar em outro lugar.

Houve uma longa pausa.

– Entrei no cio.

Rehv sentiu o ar escapar-lhe dos pulmões e ficar preso na cavidade do peito. Fechou os olhos.

– Ficou com um deles?

– Sim.

Sentar-se era uma excelente ideia, mas não havia cadeira alguma por perto. Apoiou-se na bengala e se ajoelhou no tapete Aubusson. Bem diante do retrato dela.

– Você está... bem?

– Sim.

– E ele a reclamou para si...

– Não.

– Como disse?

– Não me quer.

Rehv arreganhou as presas.

– Está grávida?

– Não.

Graças a Deus.

– Quem foi?

– Não lhe diria isso nem para salvar minha vida, Rehv. Agora, quero ir embora daqui.

Santo Deus... Ela em pleno cio em um lugar repleto de machos... de guerreiros de sangue quente. E o Rei Cego... *droga.*

– Bella, diga-me que foi apenas um que a serviu. Diga-me que foi apenas um e que ele não lhe fez mal.

– Por quê? Porque tem medo de ter uma prostituta como irmã? Teme que a *glymera* me repudie outra vez?

– Que se dane a *glymera.* É porque a amo... e não suportaria pensar que foi usada pelos Irmãos enquanto estava tão vulnerável.

Seguiu-se uma pausa. Enquanto esperava, a garganta lhe ardia tanto que parecia ter engolido uma caixa de tachinhas.

– Foi apenas um, e eu o amo – disse. – Fique você sabendo que ele me deixou escolher entre ele e ser drogada. Escolhi ficar com ele. Mas nunca lhe direi seu nome. Francamente, não quero sequer voltar a falar nele. Agora, quando posso voltar para casa?

Certo. Aquilo era uma boa coisa. Pelo menos, poderia tirá-la de lá.

– Deixe-me apenas encontrar um local seguro. Ligue-me dentro de trinta minutos.

– Espere, Rehvenge, quero que anule a solicitação de *ehnclausuramento*. Se fizer isso, prometo me submeter de boa vontade aos pormenores de segurança cada vez que sair, se isso faz com que se sinta melhor. De acordo?

Colocou a mão sobre os olhos.

– Rehvenge? Você diz que me ama. Prove. Rescinda essa solicitação e dou-lhe minha palavra que poderemos nos entender... Rehvenge?

Deixou cair o braço e ergueu o olhar para o retrato dela. Tão bonita, tão pura. Se pudesse, ele a conservaria assim para sempre, mas já não era uma menina. E provara ser muito mais resistente e forte do que imaginava. Por ter passado pelo que ela passou, por ter sobrevivido...

– Está certo... Retirarei a solicitação.

– E eu telefonarei para você dentro de meia hora.

Capítulo 40

A noite caiu e havia luz na cabana. O Sr. U não saíra da frente do computador durante todo o dia. Entre e-mails e celular, havia localizado os vinte e oito assassinos remanescentes em Caldwell e programado uma assembleia geral para a meia-noite. Iria reorganizá-los em esquadrões e designar uma força-tarefa de cinco elementos para cuidar do recrutamento.

Após a reunião daquela noite, deixaria apenas dois esquadrões Beta no centro da cidade. Os vampiros civis não frequentavam mais os bares que costumavam, porque muitos haviam sido capturados naquela região. Era hora de trocar de lugar.

Após pensar no assunto, decidiu enviar o restante de seus homens às áreas residenciais. Os vampiros ficavam ativos de noite. Em suas casas. Era questão de encontrá-los entre os humanos...

– Você é um verme.

O Sr. U saltou da cadeira.

O Sr. O estava parado na entrada da cabana. Nu. Tinha o peito coberto de marcas de garras, como se algo o tivesse agarrado fortemente, o rosto inchado, e o cabelo emaranhado. Estava um lixo. E furioso.

Quando fechou a porta da cabana atrás de si violentamente, o Sr. U não conseguiu se mover. Nenhum de seus fortes músculos respondeu ao seu comando, e isso deixou bem claro para ele quem era o *Redutor Principal* agora. Apenas um matador superior tinha esse tipo de controle físico sobre seus subordinados.

– Você se esqueceu duas coisas importantes – o Sr. O retirou displicentemente uma faca da bainha do coldre pendurado na parede. – A primeira, é que Ômega é muito volúvel. E a segunda, é que ele tem uma predileção pessoal por mim. Na verdade, não me deu muito trabalho voltar ao meu posto.

Quando a faca foi em sua direção, o Sr. U lutou, tentou correr, quis gritar.

– Assim sendo, Sr. U, é hora de dizer boa-noite. E quando estiver com Ômega dê a ele um enorme "alô". Ele está esperando por você.

Seis da tarde. Quase hora de partir.

Bella olhou em torno do quarto de hóspedes em que estava e se perguntou se havia recolhido todos os seus pertences. Para começar, não era muita coisa, e, de qualquer forma, tirara tudo do quarto de Zsadist na noite anterior. A maior parte cabia numa sacola esportiva.

A qualquer instante, Fritz viria apanhar sua bagagem e deixaria suas coisas na casa de Havers e Marissa. Ainda bem que a dupla de irmãos estava disposta a fazer um favor a Rehvenge e acolhê-la. A mansão e a clínica eram tão seguras como uma fortaleza. Até Rehv não poderia discordar de que lá ela estaria a salvo.

Então, às seis e meia, Bella se materializaria lá e se encontraria com Rehv.

Compulsivamente, entrou no banheiro, afastou a cortina do chuveiro e verificou se havia pegado seu xampu. Sim, nada ali. E tampouco deixara coisa alguma no quarto. Nem em parte alguma da mansão. Depois que tivesse partido, ninguém saberia que esteve ali. Ninguém notaria...

Oh, Meu Deus. Pare já com isso, pensou.

Bateram na porta. Caminhou até lá e abriu-a.

– Olá, Fritz, minha mala está em cima da...

Zsadist estava parado no corredor, vestido para brigar. Couro. Pistolas. Adagas.

Ela saltou para trás.

– O que está fazendo aqui?

Entrou no quarto sem dizer coisa alguma. Mas, Santo Deus, parecia pronto a atacar alguém.

– Não preciso de uma escolta armada – disse Bella, tentando manter a calma. – Quero dizer, se foi para isso que veio. Vou materializar-me lá, e a clínica é perfeitamente segura.

Zsadist nada disse. Só a olhava fixamente, todo poder e força masculina.

– Só vai ficar parado aí olhando para mim? – disse ela bruscamente. – Ou veio me dizer alguma coisa?

Quando Zsadist fechou a porta atrás de si, o coração de Bella começou a pulsar mais forte. Especialmente quando percebeu que ele a trancava.

Recuou até ser detida pela cama.

– O que quer, Zsadist?

Ele se aproximou silenciosamente, os olhos amarelos fixos nela. Seu corpo era pura tensão e, de repente, não era preciso ser um gênio para adivinhar que tipo de liberação estava procurando.

– *Não* me diga que veio aqui para sexo.

– Tem razão, não vim para isso – a voz dele não era mais do que um ronronar grave.

Ela estendeu a mão diante do corpo. Como se fosse fazer alguma diferença. Ele poderia tomá-la se quisesse, tanto fazia se dissesse sim ou não. Só que... como uma perfeita idiota, ela não lhe diria "não". Mesmo depois do que ele lhe fizera, ainda o desejava. *Droga.*

– Não farei sexo com você.

– Não estou aqui por mim – disse ele, aproximando-se dela.

Oh, Deus. Seu perfume... seu corpo... tão perto. Ela era *tão* idiota.

– Afaste-se de mim. Já não o desejo mais.

– Deseja sim. Posso farejar – ele estendeu a mão e tocou-lhe o pescoço, percorrendo com o dedo indicador a jugular. – E posso sentir o batimento do coração nesta veia.

– Odiarei você se fizer isso.

– Já me odeia.

Se ao menos isso fosse verdade...

– Zsadist, não me deitarei com você de maneira alguma.

Ele aproximou a boca da orelha de Bella.

– Não estou lhe pedindo isso.

– Então, o que quer? – disse ela, empurrando-o pelos ombros. Sem resultado. – Maldito, por que está fazendo isso?

– Porque acabo de sair do quarto de meu irmão gêmeo.

– Como disse?

– Não o deixou beber de você – a boca de Zsadist roçou-lhe o pescoço. Então, ele recuou e encarou-a. – Jamais o aceitará, não é? Nunca ficará com Phury, não importa quão adequado ele seja para você socialmente, pessoalmente.

– Zsadist, pelo amor de Deus, deixe-me em paz...

– Não ficará com meu gêmeo. Então, nunca voltará aqui, não é?

Ela suspirou fundo.

– Não, não voltarei.

– Por isso eu tive de vir.

A raiva ferveu nela, crescendo até se converter em desejo sexual.

– Não o compreendo. Aproveitou *todas* as oportunidades para me afastar. Lembra-se do pequeno incidente no beco, na noite passada? Bebeu dela para me afastar, não foi? Não foi pelo comentário que fiz.

– Bella...

– E, depois, quis que eu ficasse com o seu *irmão*. Olhe, sei que não me ama, mas sabe muito bem o que eu sinto por você. Faz alguma ideia de como dói ser enviada para *alimentar* outro pelo macho que se ama?

Ele deixou cair a mão. Recuou.

– Tem razão – esfregou o rosto. – Não deveria estar aqui, mas não posso deixá-la partir sem... No fundo, sempre pensei que retornaria. Sabe, para estar com Phury. Sempre pensei que a veria outra vez, embora à distância.

Que Deus a ajudasse, estava farta daquilo.

– Por que diabos se importa se me vê ou não?

Ele apenas meneou a cabeça e virou-se para a porta. O que a fez se zangar ainda mais.

– Responda-me! Por que se importa que eu jamais retorne? – Zsadist tinha a mão na maçaneta enquanto ela gritava com ele. – *Por que se importa?*

– *Não me importo!*

Bella atravessou o quarto velozmente, com intenção de atingi-lo, arranhá-lo, machucá-lo, de tão frustrada. Mas ele se virou e, em vez de esbofeteá-lo, ela o agarrou pela cabeça e arrastou-o para sua boca. Os braços dele se fecharam em volta dela, apertando-a tão forte que Bella não podia respirar. Enquanto Zsadist enfiava a língua em sua boca, levantou-a e dirigiu-se para a cama.

O sexo voraz e selvagem era uma péssima ideia. Realmente péssima.

Num piscar de olhos, estavam embolados no colchão. Tirou-lhe a calça jeans e estava prestes a arrancar-lhe a calcinha com os dentes quando bateram na porta.

A voz de Fritz se fez ouvir através da madeira, agradável e respeitosa:

– Senhora, se as malas estiverem prontas...

– Agora não, Fritz – respondeu Zsadist com voz gutural. Deixou as presas à mostra, retalhou a seda entre as coxas dela, lambendo-lhe o sexo. – *Droga...*

Sua língua descendeu outra vez e ele mergulhou ali, gemendo. Ela mordeu o lábio para não gritar e agarrou-lhe a cabeça, contorcendo os quadris.

– Oh, amo, peço-lhe perdão. Pensei que estivesse no ginásio...

– *Mais tarde*, Fritz.

– Certamente. Quanto tempo...

A frase do *doggen* foi cortada quando um grunhido sensual de Zsadist explicou a Fritz tudo o que precisava saber. E provavelmente um pouco mais.

– Oh... Meu Deus, perdoe-me, amo. Não voltarei para pegar as coisas da senhora até que eu, hã... o veja.

A língua de Zsadist brincava no sexo de Bella, enquanto suas mãos sujeitavam-lhe as coxas. Pegava-a firme, todo o tempo sussurrando coisas quentes e famintas contra sua carne secreta. Ela se movia contra a boca dele, arqueando-se. Zsadist foi tão rude, tão voraz... ela desmoronou. Ele prolongou-lhe ao máximo o orgasmo, mantendo-a naquele estado como se estivesse desesperado para que não terminasse.

A posterior quietude decepcionou-a tanto quanto a retirada da língua de Zsadist de seu sexo. Ele se levantou, passando a mão pelos lábios. Enquanto a olhava, lambeu a palma, apanhando tudo que havia retirado do rosto.

– Você vai parar agora, não? – disse ela rudemente.

– Eu lhe disse. Não vim aqui por sexo. Só queria isso. Só queria tê-la em minha boca uma última vez.

– Filho da mãe egoísta – e como era irônico chamá-lo assim por *não* comê-la. *Deus*... que horrível.

Enquanto ela buscava alcançar a calça jeans, ouviu-o produzir um som grave e gutural.

– Acha que eu não estou louco de vontade de estar dentro de você neste exato minuto?

– Vá para o inferno, Zsadist. Vá diretamente para o quinto...

Moveu-se rápido como um relâmpago, derrubando-a duramente contra a cama, esmagando-a com seu peso.

– Estou no inferno – silvou, metendo os quadris entre os dela. Balançou-os contra seu sexo, a magnífica ereção empurrava contra o macio lugar em que sua boca havia estado. Com uma maldição, recuou, abriu a braguilha da calça de couro... e a penetrou, tão forte que quase doía. Ela gritou com a invasão, mas elevou os quadris para que pudesse ir ainda mais fundo.

Zsadist agarrou-lhe os joelhos e esticou-lhe as pernas para cima, dobrando-a por baixo dele, e arremeteu contra ela, e seu corpo de guerreiro não a poupou em nada. Ela se agarrou ao seu pescoço, o sangue fluindo, perdida em um ritmo avassalador. Aquilo era o que sempre pensara que seria com ele. Forte, rude, selvagem... cru. Enquanto tinha outro orgasmo, ele gozou com um rugido, atirando-se em cima dela. Jorros quentes a encheram e, então, transbordaram-lhe pelas coxas, já que ele não deixava de bombear.

Quando finalmente desabou sobre ela, soltou-lhe as pernas, ofegando contra o seu pescoço.

– Oh, Deus... Não tinha intenção que isso acontecesse – disse, afinal.

– Não tenho a menor dúvida quanto a isso – empurrou-o para o lado e sentou-se, exausta como nunca estivera na vida. – Tenho que encontrar o meu irmão daqui a pouco. Quero que vá embora.

Ele praguejou, um som vazio e doloroso. Então, entregou-lhe a calça jeans, mas não a soltou. Olhou-a por um longo momento, e, como uma idiota, ela esperou que Zsadist lhe dissesse o que esperava ouvir: *sinto muito por tê-la magoado, eu a amo, não vá embora.*

Após um instante, ele deixou cair a mão e se levantou, ajeitando-se, fechando a braguilha. Caminhou para a porta, movendo-se com aquela graciosidade letal que lhe era peculiar. Quando Zsadist olhou-a por cima do ombro, Bella se deu conta de que ele tinha feito amor completamente armado e vestido.

Oh, mas tinha sido apenas sexo, não?

Com voz baixa, ele disse:

– Sinto muito...

– *Não* me diga isso justo agora.

– Então... obrigado, Bella... por... tudo. Sim, de verdade. Eu... sou grato a você.

E, num estalar de dedos, ele se foi.

John ficou para trás, no ginásio, enquanto o restante da turma se encaminhava para o vestiário. Eram sete da noite, mas poderia jurar que eram três da madrugada. Que dia. O treinamento havia começado ao meio-dia, porque os Irmãos queriam sair cedo, e haviam tido horas de aulas de táticas e ciência da computação, ministradas por dois Irmãos chamados Vishous e Rhage. Então, Tohr chegou ao pôr do sol e o treino físico havia começado. Foram três horas brutais. Corrida. Jiu-jitsu. Treinamento de armas de mão, incluindo uma introdução ao tchaco.

Aqueles dois pedaços de madeira unidos por uma corrente eram um pesadelo para John, expondo todas suas debilidades, especialmente sua horrível coordenação olho-mão. Mas não se deu por vencido. Enquanto os outros rapazes iam para o chuveiro, retornou à sala do equipamento e pegou um conjunto daqueles. Planejou continuar praticando até que o ônibus chegasse; deixaria para tomar banho em casa.

Começou a girar o tchaco lentamente ao seu lado, e o som que o instrumento produzia curiosamente o relaxava. Aumentando aos poucos a velocidade, mudou-o de lado. Mais uma vez. E outra, até que o suor aflorava novamente em sua pele. Repetiu o movimento...

E foi atingido pelo objeto. Bem na cabeça.

O golpe enfraqueceu-lhe os joelhos e, depois de resistir por um momento, finalmente deixou-se cair. Apoiando-se num braço, pôs a mão em sua têmpora esquerda. Estrelas. Definitivamente via estrelas.

Em meio ao atordoamento, escutou uma suave risada atrás dele. A satisfação do som lhe antecipou quem era, mas tinha de comprovar com os próprios olhos. Espiando por baixo do braço, viu Lash parado a uns dois metros. O cabelo louro do sujeito estava molhado, as roupas civis impecáveis, o sorriso frio.

– Você é mesmo um perdedor.

John se concentrou no colchonete, sem realmente se importar que Lash o tivesse apanhado golpeando a própria cabeça. O cara já tinha visto aquilo na aula, então, não era uma nova humilhação.

Deus... Se ao menos estivesse enxergando claramente. Sacudiu a cabeça, esticou o pescoço... e viu outro par de tchacos no colchonete. Será que Lash os jogara ali?

– Ninguém gosta de você, John. Por que simplesmente não desiste? Oh, espere. Isso significaria que não poderia bajular os Irmãos. Então, o que faria o dia inteiro?

A risada do rapaz foi interrompida de repente por um grunhido profundo:

– Não se mova, lourinho, exceto para respirar.

Uma enorme mão apareceu na frente de John, que elevou a vista. Zsadist estava diante dele. Vestido da cabeça aos pés para a guerra.

Por reflexo, John segurou a mão que lhe era estendida, e foi levantado do chão com grande facilidade.

Os olhos negros de Zsadist se estreitaram, brilhando de cólera.

– O ônibus está pronto, recolha as suas coisas. Encontro você do lado de fora do vestiário.

John correu pelos colchonetes, pensando que quando um macho como Zsadist lhe dissesse para fazer algo, era melhor obedecer e rápido. Quando chegou à porta, entretanto, teve de olhar para trás.

Zsadist agarrara Lash pelo pescoço e levantava o garoto do colchonete, pés balançando no ar. A voz do guerreiro soou mortalmente fria.

– Vi quando você o derrubou, e o mataria por isso agora mesmo, só que não estou interessado em ter de lidar com seus pais. Então, escute bem, pirralho. Faça outra assim, e eu lhe arranco seus olhos com os polegares e faço você comê-los, falou?

Em resposta, a boca de Lash funcionou como uma válvula de sentido único: o ar entrava. Nada saía. E, então, urinou nas calças.

– Tomarei isso como um sim – Zsadist soltou-o.

John já não estava por ali. Correu para o vestiário, pegou sua sacola e, um segundo depois, já estava no corredor.

Zsadist o estava esperando.

– Venha.

John seguiu o Irmão até o estacionamento, perguntando-se todo o tempo como podia agradecer ao macho. Mas, então, Zsadist parou ao lado do ônibus e o empurrou para dentro. Depois, ele mesmo entrou.

Cada um dos aprendizes se encolheu em seus assentos. Especialmente quando Zsadist desembainhou uma de suas adagas.

– Vamos nos sentar aqui – disse a John, indicando com a lâmina negra da arma o primeiro banco.

Sim, certo. Está bem. Aqui está ótimo.

John se apertou contra a janela enquanto Zsadist tirou uma maçã do bolso e lentamente se sentou.

– Estamos esperando mais um – disse Zsadist ao motorista. – E John e eu seremos a última parada.

O *doggen* se inclinou respeitosamente atrás do volante.

– Claro, meu senhor. Como desejar.

Lash lentamente entrou no veículo, uma marca vermelha bem visível na pálida pele de sua garganta. Ao ver Zsadist, tropeçou.

– Você está nos fazendo perder tempo, moleque – disse Zsadist, enquanto deslizava a faca sob a casca da maçã. – Sente logo o traseiro aí.

Lash obedeceu.

Enquanto o ônibus se punha em marcha, ninguém disse coisa alguma. Especialmente quando a porta se fechou e ficaram todos juntos encerrados na parte traseira.

Zsadist descascou a maçã em uma longa e única tira, que caiu no piso do veículo. Quando terminou, recolheu a tira verde e colocou-a no colo; então, partiu uma fatia da polpa branca e a ofereceu a John na ponta da lâmina. John tomou o pedaço em seus dedos e o comeu, enquanto Zsadist cortava outro para si, levando-o à boca com a faca. Alternaram as fatias até que só restou o magro talo.

Zsadist jogou a casca e o que tinha sobrado na pequena lixeira ao lado da porta. Enxugou a lâmina na calça e começou a lançá-la ao ar e apanhá-la. Fez isso durante todo o caminho. Quando chegaram à primeira parada, houve uma longa hesitação depois que a porta se abriu. E dois dos rapazes saíram rapidamente.

Os olhos negros de Zsadist os seguiram, com ar carrancudo, como se memorizasse seus rostos. E durante todo o tempo continuava a lançar a lâmina para o alto: o negro metal cintilava, a grande palma o apanhava no mesmo lugar do punho, lançamento após lançamento... embora não tirasse os olhos dos garotos.

Foi assim em todas as paradas. Até que John e ele ficaram sozinhos.

Enquanto a divisória se fechava, Zsadist deslizou a adaga no coldre peitoral. Então, mudou-se para o banco do outro lado do corredor e se apoiou contra a janela, fechando os olhos.

John sabia muito bem que o macho estava acordado, porque sua respiração não mudara e não estava relaxado. Apenas não queria interagir.

John puxou do bolso o bloco de papel e a caneta. Escreveu com capricho, dobrou o papel e o guardou na mão. Tinha de lhe dizer obrigado. Mesmo que Zsadist não soubesse ler, tinha de lhe dizer algo.

Quando o ônibus parou e a porta se abriu, John deixou o papel no assento de Zsadist, sem tentar entregá-lo ao guerreiro. E certificou-se de não erguer a vista enquanto descia os degraus e atravessava a rua. Deteve-se no gramado diante da casa e observou o ônibus ir embora, a neve caindo sobre sua cabeça, ombros e sacola.

Quando o ônibus desapareceu na crescente nevada, descobriu que Zsadist estava parado do outro lado da rua. O Irmão acenou-lhe rapidamente com o bilhete, segurando-o no ar entre o dedo indicador e o médio. Então, cumprimentou-o com a cabeça, guardou o bilhete no bolso, e desmaterializou-se.

John manteve os olhos fixos no lugar em que Zsadist tinha estado. Grossos flocos de neve preencheram as pegadas que as pesadas botas de combate do macho haviam deixado.

Com um ruído abafado, a porta da garagem se abriu atrás dele, e o Range Rover saiu de ré. Wellsie baixou a janela. Seu cabelo ruivo estava preso no alto da cabeça, e ela vestia um casaco de esqui. O aquecimento no interior do carro estava no máximo, fazendo um barulho quase tão alto quanto o do motor.

– Olá, John – ela lhe estendeu a mão e ele tocou-lhe a palma. – Escute, era Zsadist agora há pouco?

John assentiu.

– O que estava fazendo aqui?

John deixou cair a sacola e escreveu:

Veio no ônibus comigo para casa.

Wellsie franziu a testa.

– Eu gostaria que se afastasse dele, está certo? Ele não... está bem em muitos sentidos. Sabe o que quero dizer?

Na verdade, John não estava tão certo disso. Bem, o cara às vezes o fazia pensar com carinho no bicho-papão, mas, evidentemente, não era tão mau.

– Não importa. Estou indo pegar a Sarelle. Tivemos um contratempo com o festival e perdemos todas as nossas maçãs. Ela e eu vamos consultar alguns místicos, para ver o que podemos fazer a respeito disso tão perto da data. Quer vir conosco?

John meneou a cabeça.

Não quero ficar para trás em estratégias.

– Muito bem – Wellsie sorriu para ele. – Deixei um pouco de arroz e molho de gengibre na geladeira.

Obrigado! Estou faminto.

– Achei que estaria. Até logo mais, então.

John acenou para ela enquanto o carro acabava de descer o caminho até a rua de ré, manobrava na rua e partia. Enquanto se dirigia à casa, observou distraidamente como as correntes que Tohr colocara no Rover deixaram marcas nítidas na neve recente.

Capítulo 41

– Pare aqui – o Sr. O abriu a porta do Explorer antes mesmo que o veículo estacionasse no começo da Avenida Thorne. Ergueu a vista rapidamente para o topo da colina e, depois, fulminou com os olhos o Beta que estava ao volante:

– Quero que circule pela vizinhança até que eu o chame. Então, vá ao número 27. Não pare no caminho que conduz ao portão, continue em frente. A mais ou menos cinquenta metros, há um recuo no muro de pedra. É ali que deve me esperar – quando o Beta concordou balançando a cabeça, o Sr. O disse:

– Estrague as coisas e vai se entender com Ômega.

Nem esperou o matador balbuciar alguma tolice do tipo pode-confiar-em-mim. Em seguida, iniciou a subida. Caminhava lentamente, pesado com a enorme quantidade de armas e explosivos que pendurara em si mesmo, uma espécie de árvore de Natal paramilitar.

Passou pelos pilares gêmeos do número 27 e olhou o longo caminho que desaparecia entre eles. Cinquenta metros adiante, chegou ao recuo no muro que indicara àquele Beta imbecil, o ponto em que deveria apanhá-lo depois. Como se fosse um Michael Jordan albino, tomou distância e, num impulso de três passadas, alcançou o topo do muro, numa altura de dez metros.

Não teve problemas em vencer a altura, mas, então, suas mãos fizeram contato. A descarga elétrica que percorreu seu corpo daria para frisar-lhe o cabelo. Se ainda fosse humano, teria torrado, mas, até como *redutor*, o choque foi suficiente para deixá-lo sem fôlego, enquanto terminava de escalar o muro e lançava-se para o outro lado.

As luzes de segurança se acenderam, e ele se escondeu atrás de um bordo, empunhando sua pistola com silenciador. Se aparecessem cães de guarda estava preparado para derrubá-los, e ele esperou pelos latidos. Nada. Como também não acudiram guardas de segurança, nem se acenderam as luzes da mansão precipitadamente.

Enquanto esperava mais um minuto, avaliou o lugar. A parte dos fundos da casa era grandiosa, toda em tijolos vermelhos debruados de branco, e terraços avarandados no segundo andar. O jardim era irretocável. *Deus...* a manutenção de tanta opulência deveria consumir em um ano provavelmente mais do que cidadãos de classe média ganhavam em uma década.

Hora de se aproximar. Deslocou-se abaixado através do gramado até a casa, rente à grama, com a arma em punho. Quando chegou à parede de tijolos, rejubilou-se. A janela mais próxima era guarnecida de trilhos que corriam por seus largos batentes, e no alto havia um reforço que se embutia discretamente numa reentrância.

Persianas de aço. Havia um conjunto semelhante em cada janela e porta, ao que parecia.

No nordeste dos EUA, onde não existe a preocupação com tempestades tropicais e furacões, só existe um tipo de proprietário que usa esse tipo de proteção sobre cada vidraça: o tipo que precisa se proteger do sol.

Ali viviam vampiros.

As persianas estavam levantadas, pois era noite. O Sr. O espiou dentro da casa. Estava escuro, o que não era bom sinal. Mas, de qualquer jeito, iria entrar.

A questão se resumia à maneira como iria arrombar e entrar. Desnecessário dizer que o lugar estava cheio de alarmes e detectores de som. E seria capaz de apostar que alguém com uma cerca elétrica não usaria ADT*, e sim uma tecnologia sofisticada.

* Sistema de segurança "popular" para residências. (N.R.)

Decidiu que seu melhor movimento seria cortar a energia. Assim sendo, começou a procurar a linha principal de alimentação elétrica da mansão. Encontrou-a atrás da garagem para seis carros encerrada num compartimento do sistema de CVAC* que incluía três unidades de ar condicionado, um exaustor de ar e um gerador de reserva. A linha principal de energia elétrica era um conduto grosso, revestido de metal, que corria por baixo da terra e se dividia em quatro ramais com seus respectivos medidores.

Pôs uma carga de explosivo plástico C4 diretamente no tronco e outra igual no centro nervoso do gerador. Protegeu-se atrás da garagem e os detonou por controle remoto. Houve duas pequenas explosões, das quais o clarão e a fumaça se dissiparam rapidamente.

Esperou para ver se alguém vinha correndo. Ninguém. Num impulso, espiou as vagas da garagem. Duas estavam vazias. As outras tinham carros espetaculares; tão espetaculares que de um deles não conhecia nem o modelo.

Com a eletricidade cortada, correu ao redor da casa até chegar à frente, ao longo de uma cerca viva que contornava a fachada. Um par de portas francesas: perfeito para entrar. Quebrou o vidro com seu punho enluvado e abriu a fechadura. Assim que entrou, fechou imediatamente a porta. Era crucial que os contatos do alarme de segurança estivessem no lugar certo no caso de um gerador de emergência começar... *Santo... Deus.*

Havia eletrodos de lítio nas portas... O que queria dizer que seus contatos não funcionavam com corrente elétrica. E – *droga* – ele estava interceptando um raio laser. *Meu Deus.* Aquilo era... tecnologia digna de um Museu de Belas Artes, da Casa Branca, dos aposentos do papa...

A única razão de ter conseguido entrar na casa era por que alguém o queria ali.

Escutou. Silêncio total. Uma armadilha?

---

* CVAC: Calefação, Ventilação e Ar Condicionado. (N.T.)

O Sr. O congelou no lugar, mal respirando. Permaneceu assim um pouco mais. Então, certificou-se de que sua arma estivesse destravada antes de atravessar silenciosamente uma porção de aposentos que pareciam tirados de uma revista de decoração de interiores. Enquanto andava, sua vontade era esfaquear as pinturas nas paredes, arrancar os candelabros do teto e quebrar os pés das mesas e cadeiras elegantes. Queria tocar fogo nas cortinas, defecar no chão. Queria arruinar tudo aquilo porque era belo e porque sua esposa sempre vivera ali, e isso significava que ela era *muito* melhor do que ele.

Dobrou uma esquina e deu em uma espécie de sala de estar: parou de repente.

No alto da parede, numa moldura dourada ornamentada, havia um retrato de sua esposa... e estava guarnecido por seda negra. Embaixo da pintura, sobre um aparador de mármore, um cálice de ouro emborcado e um quadrado de tecido branco com três fileiras de dez pequenas pedras preciosas. Vinte e nove eram rubis. O último, no canto esquerdo inferior, era negro.

O ritual era diferente da baboseira cristã com a qual convivera como humano, mas aquilo era um memorial à sua esposa.

Os intestinos do Sr. O se converteram em serpentes, contorcendo-se e silvando em seu ventre. Deu-lhe vontade de vomitar.

Sua esposa estava morta.

– Não me olhe assim – murmurou Phury, enquanto manquitolava pelo quarto. O flanco lhe doía terrivelmente. Tentava preparar-se para sair, mas a mamãe galinha Butch não ajudava.

O policial meneou cabeça.

– Precisa ver o médico, grandão.

O fato de que o policial tivesse razão irritava Phury ainda mais.

– Não, não preciso.

– Se você ainda fosse passar a noite deitado, tudo bem, mas lutando? Venhamos e convenhamos, cara: se Tohr soubesse que vai sair assim, você ia ver só uma coisa.

De fato.

– Ficarei bem, só preciso de um aquecimento.

– Oh, sim! Um alongamento realmente vai fazer muito bem a esse buraco que tem no fígado. Na verdade, eu posso lhe trazer um spray anestésico e com umas massagens você fica novo em folha.

Phury o fulminou com o olhar através do quarto. Butch ergueu uma sobrancelha.

– Você está enchendo o meu saco, tira.

– Não me diga! Ei, o que acha disso: você grita comigo enquanto eu o levo ao Havers.

– Não preciso de escolta.

– Mas, se eu o levar, saberei que você foi – Butch tirou as chaves do Escalade do bolso e as balançou no ar. – Além disso, sou um bom taxista. Pergunte só ao John.

– Não quero ir.

– Bem... nas palavras de Vishous, desejos realizados numa mão, problemas na outra. Veja qual dos dois você consegue mais.

Rehvenge estacionou o Bentley em frente à mansão de Havers e Marissa e caminhou cuidadosamente até a entrada principal. Levantou o pesado batedor de cabeça de leão e o deixou cair, e o som ecoou. No mesmo instante, foi recebido por um *doggen* e conduzido a uma sala.

Marissa se levantou de um sofá de seda, e ele a cumprimentou com uma leve mesura enquanto dizia ao mordomo que permaneceria com o casaco. Quando ficaram sozinhos, Marissa caminhou para ele com as mãos estendidas, o comprido vestido amarelo-claro se agitando atrás dela como neblina. Ele tomou-lhe ambas as mãos e as beijou.

– Rehv... Estou tão contente que tenha nos chamado, queremos ajudar.

– Estou muito grato por acolherem Bella.

– É bem-vinda pelo tempo que precisar, entretanto, eu gostaria que pudesse nos dizer o que há de errado.

– Simplesmente porque vivemos tempos perigosos.

– É verdade – ela franziu a testa e olhou por cima do ombro dele. – Ela não está com você?

– Nós nos encontraremos aqui, não deve demorar – consultou seu relógio. – Sim, cheguei cedo.

Conduziu Marissa até o sofá. Enquanto sentavam, as dobras do seu casaco de zibelina caíram sobre os pés dela. Ela estendeu a mão e acariciou a pele, sorrindo de leve. Ficaram em silêncio por um momento.

Ele estava ansioso para ver Bella. Na realidade estava... nervoso.

– Como se sente? – perguntou ele, tentando se concentrar em outra coisa.

– Ah, você quer dizer depois de... – Marissa corou. – Bem, muito bem... Muito obrigada.

Ele realmente gostava de suas maneiras, tão suaves e gentis. Tão tímida e recatada, embora fosse uma das beldades de sua espécie, e todos sabiam disso. Cara, todos se perguntavam como Wrath pôde conter-se com ela.

– Virá procurar-me outra vez? – disse Rehv em voz baixa. – Deixará que eu a alimente de novo?

– Sim – respondeu, baixando os olhos. – Se me permitir.

– Mal posso esperar – grunhiu ele. Quando os olhos de Marissa encontraram os seus, obrigou-se a sorrir, embora na verdade não tivesse vontade de fazê-lo. Naquele momento, queria fazer outras coisas com a boca, nenhuma das quais seria do agrado dela. Graças a Deus pela dopamina, pensou. Não se preocupe, *tahlly*. Apenas para se alimentar, eu sei.

Ela pareceu avaliá-lo e depois confirmou, balançando a cabeça.

– E se você... precisar se alimentar...

Rehv baixou o queixo e olhou-a fixamente por entre as pálpebras semicerradas, imagens eróticas atravessando-lhe a mente. Ela recuou, visivelmente alarmada com sua expressão, e ele não se surpreendeu. De maneira alguma ela poderia lidar com o tipo de sujeira em que ele estava mergulhado.

Rehv levantou a cabeça

– É uma oferta generosa, *tahlly*. Mas a manteremos em via única.

O alívio transpareceu no rosto de Marissa. No mesmo instante, o celular de Rehv tocou e ele verificou o identificador de chamadas. Seu coração acelerou: era do monitoramento do sistema de segurança de sua casa.

– Com licença um instante.

Após escutar o relatório de que alguém havia pulado o muro, ativado um bom número de detectores de movimento nos fundos da casa e desligado a eletricidade, Rehv instruiu seu pessoal a desligar todos os alarmes internos. Queria que o invasor, fosse quem fosse, permanecesse lá dentro.

Assim que visse Bella, voltaria direto para casa.

– Algo errado? – perguntou Marissa, assim que ele desligou o telefone.

– Oh, não. Não, mesmo – *muito pelo contrário.*

Quando o batedor da porta soou, Rehvenge ficou tenso.

Um *doggen* passou diante da entrada da sala para ir atender.

– Quer que os deixe a sós? – disse Marissa.

A grande porta da mansão se abriu e fechou. Duas vozes foram ouvidas numa delicada troca de palavras, uma do *doggen*, a outra... de Bella.

Rehv se apoiou na bengala e se levantou devagar quando Bella apareceu na entrada da sala. Usava jeans azuis e um casaco negro, e seu cabelo comprido brilhava sobre os ombros. Parecia... viva... sadia. Mas estava envelhecida, novas linhas de estresse e preocupação punham sua boca entre parênteses.

Esperou que corresse para seus braços, mas somente o encarou... isolada, inalcançável. Ou talvez estivesse apenas tão anestesiada depois de tudo que passara que já não tinha qualquer reação para mostrar ao mundo.

Os olhos de Rehvenge se encheram de lágrimas enquanto ele firmava a bengala no piso e caminhava na direção dela, embora não conseguisse sentir o fino tapete sob seus sapatos. Notou-lhe a surpresa no rosto quando ele a puxou para si.

Pela Virgem, como desejava poder sentir o abraço que dava nela. Então, deu-se conta de que não tinha como saber se ela o correspondia. Não queria forçá-la. Por isso, obrigou-se a soltá-la.

Quando deixou cair os braços, ela continuou agarrada a ele, não o largou, permanecendo ali. Então, ele a abraçou de novo.

– Oh... Deus, Rehvenge... – ela estremeceu.

– Amo você, minha irmã – disse ele com ternura, sem sentir vergonha por naquele momento ser menos macho do que deveria ser.

Capítulo 42

O Sr. O saiu pela porta da mansão de tijolos aparentes deixando-a escancarada atrás dele. Enquanto descia o caminho pelo jardim, a neve formava redemoinhos no vento frio.

A visão daquele retrato era um eco em seu cérebro que não o deixaria, não desbotaria. Ele matara sua esposa. Espancara-a tão forte que havia morrido. Deus... deveria tê-la levado a um médico. Ou, talvez, se aquele Irmão das cicatrizes no rosto não a tivesse roubado, quem sabe ainda estivesse viva... Talvez houvesse morrido porque fora transportada.

Então, o Sr. O a matara? Ou ela teria sobrevivido se lhe tivessem permitido ficar com ele? E se... *Ah, droga.* Procurar a verdade era tolice. Estava morta e ele não tinha um corpo para enterrar, porque aquele Irmão filho da mãe a tinha afastado dele. Ponto final.

De repente, observou as luzes de um veículo mais adiante. Ao se aproximar mais, viu que um carro negro havia parado no portão.

Maldito Beta. Que diabos estava fazendo? O Sr. O não solicitara que viesse apanhá-lo ainda. E o lugar não era o combinado. Espere, o automóvel era um Range Rover, não um Explorer.

O Sr. O correu pela neve, ocultando-se nas sombras. Estava a uns dois metros do portão quando uma janela do Rover foi baixada. Escutou uma voz feminina dizer:

– Depois de tudo que aconteceu com Bella não sei se sua mãe nos receberá, mas, não custa nada tentar.

O Sr. O caminhou até o portão e sacou sua pistola, enquanto se escondia atrás de um dos pilares. Vislumbrou um cabelo vermelho quando a mulher atrás do volante se inclinou e tocou o interfone. Ao lado dela, havia outra mulher no assento do carona, com o cabelo louro e curto. A loura disse algo e a ruiva sorriu, revelando suas presas.

Quando ela pressionou o interfone, o Sr. O disse em voz alta:

– Não há ninguém em casa.

A ruiva ergueu a vista e o Sr. O apontou sua Smith & Wesson para ela.

– *Corra*, Sarelle! – gritou ela.

O Sr. O puxou o gatilho.

John estava profundamente concentrado no estudo, e seu cérebro estava a ponto de estourar pelo esforço, quando alguém bateu na porta do quarto. Assoviou sem erguer os olhos do livro.

– Olá, filho – disse Tohr. – Como vai o estudo? – John espreguiçou os braços sobre a cabeça, e gesticulou.

Melhor que o treinamento físico.

– Não se preocupe com isso, logo pega o jeito.

Quem sabe.

– Não, de verdade. Eu me sentia do mesmo jeito antes de minha transição. Desajeitado. Acredite-me, isso vai melhorar.

John sorriu.

Chegou cedo hoje.

– Na verdade, preciso ir ao centro de treinamento, tenho trabalho administrativo a fazer por lá. Quer ir comigo? Poderia estudar em meu escritório.

John assentiu, pegou um casaco de moletom, e meteu os livros na mochila. Uma mudança de cenário cairia bem. Estava sonolento e ainda faltavam vinte e duas páginas para estudar. Afastar-se de sua cama parecia uma boa ideia.

Caminhavam pelo corredor quando Tohr subitamente vacilou e foi de encontro à parede. Levou a mão ao coração e parecia lutar para respirar.

John o amparou, alarmado pela palidez do Irmão, que estava cor de cinza.

– Estou bem... – Tohr esfregou o esterno. Fez uma careta. Respirou fundo pela boca algumas vezes. – Não, foi nada... Só senti uma dorzinha, provavelmente foram os tacos que comi a caminho de casa. Estou bem.

Não era o que parecia, por sua cor e voz pastosa. Entraram na garagem e acercaram-se do Volvo.

– Disse para Wellsie que ficasse com o Range Rover esta noite – disse Tohr, ao entrarem no carro de sua esposa. – Coloquei as correntes nos pneus para ela, preocupo-me que ela dirija na neve – parecia falar por falar, com palavras rápidas, apressadas. – Ela acha que sou superprotetor.

Tem certeza de que devemos sair?, John gesticulou. *Você me parece doente.*

Tohr hesitou antes de ligar o carro, o tempo todo massageando o peito sob a jaqueta de couro.

– Claro que sim, ficarei bem. Não é nada sério.

Butch observava Havers tratar de Phury. As mãos do médico eram firmes e certeiras enquanto removia a bandagem.

Phury não parecia nem um pouco confortável no papel de paciente. Sentado sobre uma mesa de exame, sem camisa, seu corpanzil dominava a pequena sala. Franzia a testa como um ogro tirado de um conto dos Irmãos Grimm.

– Isso não está sarando como deveria – disse Havers. – Disse que o feriram na noite de ontem, certo? Então, tudo isso deveria estar coberto por tecido de cicatrização. Entretanto, o corte mal se fechou.

Butch lançou a Phury o velho olhar de "eu não disse?".

O Irmão devolveu-lhe um "*não enche*", baixinho, e depois falou ao médico:

– Está ok.

– Não, senhor, não está. Quando foi a última vez que se alimentou?

– Não sei. Já faz um tempo – Phury esticou o pescoço e olhou a barriga. Franziu a testa, como se estivesse surpreso com a aparência ruim que tinha a ferida.

– Precisa se alimentar – o doutor rasgou um pacote de gaze e cobriu o ferimento. Após ajustar e prender no lugar o curativo, disse:
– E deveria fazê-lo esta noite.

Havers tirou as luvas, lançou-as num contêiner de material biológico e fez uma anotação no registro médico. Antes de deixar a sala, hesitou um pouco antes de falar:

– Há alguém que você pudesse procurar agora mesmo?

Phury sacudiu a cabeça, enquanto vestia a camisa.

– Não, mas eu me viro. Obrigado, doutor.

Quando ficaram sozinhos, Butch disse:

– Aonde quer ir agora, grandão?

– Ao centro da cidade, é hora de caçar.

– Até parece. Você escutou o cara do estetoscópio. Ou acha que ele estava brincando?

Phury saltou da mesa de exame, e suas pesadas botas de combate aterrissaram com um estrondo. Virou-se e recolheu o coldre das adagas.

– Olhe, tira, toma tempo encontrar alguém para me alimentar, por que eu não... por minha maneira de ser, só procuro determinadas fêmeas e preciso falar com elas primeiro. Sabe, ver se estão dispostas a me deixar beber delas. Celibato é complicado.

– Então, ligue para elas agora. Não está em condições de lutar e sabe disso.

– Então, use a mim.

Butch e Phury viraram-se ao mesmo tempo para a porta: Bella estava parada ali.

– Não tive intenção de xeretar, estava passando e a porta estava aberta. Meu há... irmão acaba de sair.

Butch olhou para Phury. O macho estava imóvel como uma fotografia.

– O que mudou? – perguntou Phury com voz rouca.

– Nada. Ainda quero ajudá-lo. Então, eu estou lhe dando outra oportunidade de aceitar.

– Há doze horas, isso não aconteceria.

– Aconteceria sim, foi você que disse não.

– Você teria chorado durante toda a alimentação.

Uau. Aquilo estava se tornando muito pessoal.

Butch se dirigiu à porta.

– Vou esperar lá fora...

– Fique, tira – disse Phury –, se não se importar.

Butch praguejou e olhou em volta. Havia uma cadeira perto da saída. Deixou-se cair nela e fez de conta que era um objeto inanimado.

– Zsadist...

Bella cortou a pergunta de Phury.

– Isso tem a ver com você, não com ele.

Houve um longo silêncio. E o ar se encheu de um aroma que lembrava especiarias, e emanava do corpo de Phury.

Como se a fragrância fosse uma espécie de resposta, Bella entrou no aposento, fechou a porta e pôs-se a enrolar a manga.

Butch olhou para Phury e viu que o cara tremia, seus olhos brilhavam como o sol, seu corpo... Bem, falando claro: obviamente ele estava ficando excitado.

Ok, hora de ir embora...

– Tira, preciso que fique aqui enquanto fazemos isso – a voz de Phury mais parecia um grunhido.

Butch gemeu, embora soubesse muito bem por que o irmão não queria ficar a sós com aquela fêmea. Estava em ponto de bala, como um garanhão selvagem.

– Butch?

– Está certo, vou ficar – mas isso não significava que também iria olhar. De jeito nenhum. De certa forma, sentia-se como se estivesse no meio do campo enquanto Phury marcava um gol.

Com uma maldição, apoiou-se nos joelhos, colocou as mãos na testa e ficou olhando para os seus Ferragamos.

Houve um som de algo sendo arrastado, como se o papel da mesa de exame se deslocasse porque alguém estava subindo nela. Depois, o sussurro de um tecido.

Silêncio.

Droga. Tinha de olhar.

Butch arriscou uma olhadela e já não pôde desviar a vista. Bella se encontrava sobre a maca, pernas penduradas de um lado, o lado interno do pulso exposto sobre a coxa. Phury a olhava fixamente, com fome e um terrível e condenado amor estampado no rosto, enquanto se ajoelhava diante dela. Com as mãos trêmulas, segurou-a pelo antebraço e a mão e desnudou as presas. Aquelas malditas coisas estavam enormes agora, o suficiente para impedi-lo de fechar a boca completamente.

Com um chiado, baixou a cabeça até o braço de Bella. Ela se retorceu quando ele a mordeu. Mas seu olhar desprovido de emoção se manteve fixo na parede. Então, Phury estremeceu, afastou-se, e ergueu a vista para ela.

Aquilo foi rápido.

– Por que parou? – Bella perguntou.

– Porque você está...

Phury olhou para Butch. Que ficou vermelho e voltou a olhar para os mocassins.

O Irmão murmurou:

– Já menstruou?

Butch fez uma careta. *Oh, que beleza.* Decididamente, aquilo estava ficando embaçado.

– Bella, acha que pode estar grávida?

Santo Deus. Aquilo estava realmente embaçado.

– Preferem ficar a sós? – perguntou Butch, esperando que o dispensassem.

Como ambos disseram "não", ele voltou a olhar para os sapatos.

– Não creio – disse Bella. – Eu realmente não... entende? Quero dizer, eu... estou tendo cólicas, certo? Depois sangrarei e pronto.

– Havers deveria examiná-la.

– Quer beber ou não?

Mais silêncio. Então, outro chiado. Seguido de um gemido baixo.

Butch espiou. Phury segurava o pulso de Bella, seu delgado braço encerrado na prisão do enorme corpo de Phury, enquanto ele bebia avidamente. Bella o olhava. Após um instante, ergueu a outra mão e a colocou sobre aquele cabelo multicor. Seu toque era terno. Os olhos estavam cheios de lágrimas.

Butch se levantou da cadeira e saiu pela porta, deixando os dois a sós. A triste intimidade do que ocorria entre eles deveria acontecer na privacidade.

Fora da sala, deixou-se cair contra a parede, ainda perturbado com o drama, mesmo que já não o estivesse assistindo.

– Olá, Butch.

Virou a cabeça rapidamente. Marissa estava parada no outro extremo do corredor.

Santo Deus.

Enquanto caminhava até ele, Butch podia sentir-lhe o perfume, aquele aroma limpo de oceano que penetrava em seu nariz, cérebro, sangue. Trazia o cabelo preso no alto e trajava um vestido amarelo de cintura alta.

Meu Deus... A maioria das louras ficaria com aparência doentia com aquela cor. Ela, não: estava radiante.

Limpou a garganta.

– Olá, Marissa. Como vai? Você está bem – na verdade, estava fantástica, mas nem morto diria algo assim.

– Obrigada.

Cara, era como ser apunhalado, pensou. *Sim...* Olhar aquela fêmea e ter quinze centímetros de aço cravados no esterno eram apenas faces diferentes da mesma maldita moeda.

Droga. Tudo que podia ver era ela entrando no Bentley com aquele macho.

– Como tem passado? – perguntou ela.

Como tinha passado? Como um lunático idiota, pelos cinco últimos meses.

– Bem. Realmente bem.

– Butch, eu...

Sorriu para ela e endireitou o corpo.

– Ouça, você poderia me fazer um favor? Vou esperar no carro. Quando Phury aparecer, você o avisa? Obrigado – alisou a gravata, abotoou o paletó do terno e vestiu o casaco. – Cuide-se, Marissa.

Foi direto para o elevador.

– Butch, espere...

Que Deus o ajudasse, seus pés se detiveram.

– Como... tem passado? – disse.

Considerou virar-se para ela, mas se negava a se deixar arrastar novamente.

– Como já disse, lépido e fagueiro, obrigado por perguntar. Cuide-se, Marissa.

Droga. Acabara de dizer isso, não?

– Eu gostaria de... – ela se interrompeu. – Você me telefonaria, um dia desses?

Butch sentiu a cabeça dar voltas. *Oh, meu Deus do céu...* Era tão linda. Um tipo de beleza como o de Grace Kelly. E com seu modo de falar vitoriano e suas maneiras refinadas, ela o fazia sentir-se como um completo perdedor, que não sabia usar frases bonitas nem se comportar, apesar das roupas caras.

– Butch? Será que você poderia ligar para mim?

– E por que faria isso?

Ela corou e pareceu estar sem graça.

– Esperava que...

– O que esperava?

– Que talvez...

– O quê?

– Que pudesse telefonar para mim. Se tivesse tempo. Talvez pudesse vir... telefonar.

Caramba. Já tinha feito isso e ela se negara a vê-lo. De maneira alguma iria se colocar voluntariamente naquela situação e ser novamente humilhado. Aquela mulher, fêmea... tanto fazia... era totalmente capaz de chutá-lo outra vez e ele não queria mais ser maltratado, muito obrigado. Além disso, ainda tinha o Sr. Bentley na parada.

Com esse pensamento, um lado seu malicioso e muito masculino se perguntou se ela continuava sendo a virgem intocada que conhecera no verão. Provavelmente não. E mesmo que permanecesse tímida, durante o tempo que esteve longe de Wrath devia ter tomado um amante. Diabos, sabia de primeira mão o tipo de beijo que ela podia dar; já o experimentara e ficara de quatro. Então... sim: definitivamente havia encontrado um macho. Talvez mais do que um. E os faria penar.

Quando ela entreabriu o adorável botão de rosa que era a sua boca, ele a cortou.

– Não, não vou ligar para você. Mas realmente estava sendo sincero quando lhe disse: espero que... se cuide bem.

Tudo bem, havia usado três vezes a mesma frase. Precisava ir embora antes que a usasse pela quarta vez.

Butch caminhou decidido para o elevador. Por algum milagre, a coisa se abriu assim que apertou o botão para *subir*. Entrou nele e manteve os olhos longe dela.

Quando as portas se fecharam, pensou tê-la ouvido dizer seu nome mais uma vez. Mas, conhecendo-se bem, sabia que fora apenas sua imaginação. Pois realmente desejava que ela...

Oh, cale a boca, O'Neal. Simplesmente cale a boca e esqueça isso.

Quando atravessou a porta da clínica, caminhava tão rápido que praticamente corria.

Capítulo 43

Zsadist seguiu o solitário *redutor* pelo labirinto de becos do centro da cidade. O assassino se movia rapidamente na neve que caía, alerta, esquadrinhando, procurando suas presas por entre os esparsos frequentadores dos clubes noturnos que estavam do lado de fora sem roupas apropriadas para enfrentar o frio.

Atrás dele, Z. avançava ligeiro e silenciosamente, mantendo-se próximo, mas não muito. A alvorada não tardava, e embora estivesse se arriscando, pela hora já avançada, desejava aquela morte. Tudo o que precisava era pegar o assassino longe dos olhos humanos...

A ocasião se apresentou quando o *redutor* diminuiu a marcha na interseção entre a Rua Oito e a Trade, e fez uma ligeira pausa, indeciso entre seguir pela esquerda ou pela direita.

Zsadist atacou-o rapidamente, materializando-se bem atrás do assassino, aplicando uma gravata no filho da mãe, e puxando-o para a escuridão. O *redutor* resistiu, e a luta soava como bandeiras açoitadas pelo vento, enquanto os dois corpos masculinos se engalfinhavam, casacos e calças agitando-se no ar frio. O *redutor* caiu por terra em questão de segundos, e Z. olhou-o nos olhos quando ergueu a adaga. Enterrou a negra lâmina naquele peito largo. Houve o som de explosão e um clarão, que se dissiparam rapidamente.

Quando Z. se levantou, não sentia satisfação. Embora violento, estava no piloto automático. Alerta, determinado, e capaz de matar, mas movendo-se como em um sonho.

Bella era tudo que ocupava sua mente. Na verdade, era algo ainda mais profundo. A ausência dela era um peso tangível em seu corpo: sentia sua falta com um desespero debilitante.

Ah, sim. Então, os rumores eram verdadeiros. Um macho vinculado sem sua fêmea poderia muito bem estar morto, que não faria a mínima diferença. Havia ouvido essa tolice antes e jamais acreditara. Agora experimentava sua veracidade na própria pele.

Seu celular tocou e ele o atendeu automaticamente, porque é o que se costuma fazer quando tais coisas tocam. Não tinha interesse algum em saber quem estava do outro lado da linha.

– Z., meu camarada – disse Vishous. – Recebi uma mensagem realmente estranha no correio de voz geral. Tem um sujeito querendo falar com você.

– Falar comigo, disse meu nome?

– Na verdade, estava difícil de entender, porque o cara estava meio alucinado, mas ele mencionou sua cicatriz.

Seria o irmão de Bella?, perguntou-se Z. Contudo, agora que ela voltara para o mundo exterior, por que aquele macho haveria de querer falar com ele?

Bem... além do fato de que sua irmã havia sido servida em seu cio e não havia cerimônia de união marcada no calendário. Sim, isso seria razão para deixar um irmão zangado.

– Qual é o número?

Vishous recitou os dígitos.

– E disse que seu nome era Ormond.

Se bem lembrava, o nome do irmão mais velho grandão e esquentado de Bella não era esse.

– Ormond? É um nome humano.

– Não dá pra saber. Então, é melhor tomar cuidado com isso.

Z. desligou, digitou os números lentamente e aguardou, torcendo para ter pressionado as teclas corretas.

Quando a chamada foi atendida, não houve um "alô" do outro lado da linha. Apenas uma voz masculina grave que disse:

– Fora dos meus contatos e não identificado. Então, deve ser você, Irmão.

– E quem é você?

– Quero conhecê-lo pessoalmente.

– Sinto muito, não estou interessado em encontros.

– Sim, posso imaginar que com essa cara não tenha muita sorte. Mas não quero você para sexo.

– Sinto-me bastante aliviado. Agora, quem diabos é você?

– Meu nome é David. Esse nome o faz lembrar-se de alguma coisa?

A cólera turvou a visão de Z. até que tudo o que via eram as marcas no ventre de Bella. Apertou o telefone até que ouviu o aparelho ranger, mas se controlou.

Forçando-se a falar de modo bem tranquilo, disse:

– Não, Davidzinho. Mas, refresque a minha memória.

– Pegou algo que me pertence.

– Roubei sua carteira? Acho que me lembraria de uma coisa assim.

– Minha esposa! – gritou o *redutor*.

O instinto de marcação disparou no corpo de Z. imediatamente, e ele não foi capaz de deter o grunhido que lhe saiu da boca. Afastou o aparelho do rosto até que o som desvaneceu

– ... muito perto da alvorada.

– O que foi que disse? – disse Z., mal conseguindo se controlar. – A conexão está péssima.

– Por acaso pensa que isso é um maldito trote? – cuspiu o *redutor*.

– Calminha, aí, não quero que tenha um AVC.

O assassino ofegava furioso, mas conseguiu recuperar o autodomínio.

– Quero encontrá-lo ao anoitecer. Temos muito a conversar, você e eu, e não quero ser apressado pela aurora. Além disso, estive muito ocupado nas últimas horas e preciso de um descanso. Abati uma de suas fêmeas, uma ruiva bonita. Dei-lhe um belo tiro. Já era.

Agora o grunhido de Z. alcançou o telefone. O assassino riu.

– Vocês Irmãos são tão protetores, não são? Então, que tal isso? Capturei outro civil. Outra fêmea. Persuadi-a a me dar o número que usei para encontrá-lo. Ela foi muito prestativa. Uma lourinha bem bonita, também.

A mão de Z. alcançou o punho de sua adaga.

– Onde quer me encontrar?

Houve uma pausa.

– Antes, os termos. Naturalmente, quero que venha sozinho, e aqui está como vamos nos assegurar de que isso aconteça – Z. ouviu um gemido feminino ao fundo. – Se algum de meus colaboradores descobrir que seus Irmãos estão por perto, essa belezinha será fatiada. Basta um telefonema. E a coisa será feita lentamente.

Zsadist fechou os olhos. Estava farto de mortes, de dor e sofrimento. Seu e dos outros. Aquela pobre fêmea...

– Onde?

– Às seis, no *The Rocky Horror Picture Show* na Praça Lucas. Sente-se nos fundos. Eu o encontro.

A ligação foi finalizada. Só que o celular tocou imediatamente.

Zsadist ouviu a voz de V. estrangulada.

– Temos uma emergência. O irmão de Bella encontrou Wellsie no portão de sua residência; levou um tiro. Venha para casa, Z. Agora mesmo.

John observava do outro lado da mesa quando Tohr desligou o telefone. As mãos do macho tremiam de tal forma que o fone trepidou no gancho.

– Ela provavelmente se esqueceu de ligar o celular. Deixe-me tentar ligar para casa outra vez – Tohr voltou a pegar o fone. Digitou errado, e teve de recomeçar. E durante todo o tempo ele esfregava o centro de seu peito, a camisa desalinhada.

Enquanto Tohr contemplava o vazio com o olhar perdido, escutando imóvel o telefone de casa chamar inutilmente, John ouviu passos no corredor, aproximando-se do escritório. Foi atravessado por um pressentimento terrível. Olhou para a porta e, então, desviou os olhos outra vez para Tohr.

Tohr obviamente ouvira os pesados passos, também. Com movimentos lentos, deixou cair o fone sobre a mesa, e o som de chamada pôde ser ouvido na sala. Seus olhos se fixaram na porta, as mãos agarravam fortemente os braços da cadeira.

Quando a maçaneta girou, a secretária eletrônica soou e o som da voz de Wellsie saiu do fone: "Olá, somos Wellsie e Tohr. Não podemos atender no momento...".

Todos os Irmãos estavam no corredor. E Wrath estava à frente do grupo solene e silencioso.

Houve um estrondo e John voltou a olhar para Tohr. O macho se levantara e derrubara a cadeira. Tremia da cabeça aos pés, o suor visível em grandes manchas debaixo dos braços.

– Meu Irmão – disse Wrath. Havia um tom de impotência em sua voz, totalmente em desacordo com sua cara feroz. E aquele desalento era aterrador.

Tohr gemeu e apertou seu esterno, esfregando-o rapidamente, em círculos desesperados.

– Você... não pode estar aqui. Nem todos vocês – elevou a mão como se empurrasse a todos eles para longe e se virou. Só que não havia lugar algum para onde ir. Esbarrou no arquivo. – Wrath, não... meu senhor, por favor, não... ah, Deus. Não me diga. Não me conte...

– Eu sinto tanto...

Tohr começou a se balançar para frente e para trás, com as mãos sobre o estômago, como se fosse vomitar. Respirava tão rápido que começou a soluçar, e parecia que nem chegava a exalar.

John caiu em prantos.

Não tinha essa intenção. Mas a realidade estava se revelando e o horror era duro demais para suportar. Deixou cair a cabeça entre as mãos, e tudo em que podia pensar era em Wellsie saindo da garagem de ré como se fosse apenas mais um dia.

Quando uma enorme mão o levantou da cadeira e ele foi apertado contra o peito de alguém, pensou que era um dos Irmãos. Mas era Tohr. Tohr o abraçava com força.

O macho começou a murmurar como um desvairado, com palavras rápidas e incompreensíveis até que elas finalmente se fundiram e fizeram algum sentido.

– Por que não liguei? Por que Havers não me avisou? Ele deveria ter me ligado... Oh, Deus, foi por causa do bebê... eu sabia que não deveria ter engravidado...

Abruptamente, tudo mudou na sala, como se alguém houvesse acendido a luz ou ligado o aquecimento. Primeiro, John sentiu a mudança no ar, e logo as palavras de Tohr cessaram, quando ele, obviamente, também a sentiu.

Os braços de Tohr afrouxaram.

– Wrath? Foi o... bebê, certo?

– Tirem o garoto daqui.

John sacudiu a cabeça e se agarrou à cintura de Tohr com toda força.

– Como ela morreu, Wrath? – a voz de Tohrment soou sem emoção e suas mãos soltaram-se de John. – Diga-me agora. Já.

– Tire o garoto daqui – Wrath grunhiu para Phury.

John se debateu quando Phury o agarrou pela cintura e o levantou do chão. Ao mesmo tempo, Vishous e Rhage se colocaram de ambos os lados de Tohr. A porta se fechou.

Fora do escritório, Phury colocou John no chão e o reteve no lugar. Houve um instante de silêncio... e, então, um grito lancinante cortou o ar, como se o oxigênio fosse sólido.

A explosão de energia que seguiu foi tão forte que quebrou a porta de vidro. Os estilhaços voaram, enquanto Phury abrigava John da saraivada.

Uma a uma, em ambas as direções do corredor, as luzes fluorescentes do teto estouraram, brilhando intensamente uma última vez e deixando um filete de faíscas gotejando das instalações. A energia vibrou pelo chão de concreto, produzindo rachaduras que subiram pelas paredes reforçadas.

Através da porta arrebentada, John viu um redemoinho no escritório, os Irmãos recuados, protegendo o rosto com os braços. Peças da mobília giravam pelo ar em torno de um buraco negro no centro do aposento, que lembrava vagamente o formato da cabeça e do corpo de Tohr.

Houve outro uivo sobrenatural e, então, o vazio negro como nanquim desapareceu, os móveis se espatifaram no chão, o tremor cessou. Os papéis revoaram graciosamente sobre o caos como a neve que cai sobre um acidente de tráfego.

Tohrment se fora.

John se soltou das mãos de Phury e entrou correndo no escritório. Os Irmãos o olharam. Abria a boca como se gritasse, mas não produzia som algum:

Pai... pai... pai!

CAPÍTULO 44

Alguns dias duram para sempre, pensou Phury mais tarde. E quando o sol se põe, não há final para eles.

Quando as venezianas se levantaram no começo da noite, ele se acomodou num delicado sofá do escritório de Wrath e olhou para Zsadist, do outro lado da sala. Os outros Irmãos estavam tão sem fala quanto ele.

Z. acabava de soltar outra bomba no que já era uma zona de guerra. Primeiro foi Tohr, Wellsie, e aquela fêmea jovem. Agora, isso.

– Meu Deus, Z... – Wrath esfregou os olhos e sacudiu a cabeça. – Não pensou em contar isso mais cedo?

– Tivemos outra emergência. Além disso, eu me encontrarei com o assassino sozinho, não importa o que você diga. Isso não está em discussão.

– Z., cara... não posso deixá-lo fazer isso.

Phury se preparou para a reação do gêmeo. Assim como os outros no aposento. Estavam todos exaustos, mas, conhecendo Z., sabiam que ainda teria gás para criar caso.

O Irmão, entretanto, apenas encolheu os ombros.

– O *redutor* está atrás de mim, e eu quero me encarregar dele. Por Bella. Por Tohr. Além disso, e quanto à jovem refém? Não posso deixar de ir, e não posso levar reforços.

– Irmão, está cavando sua sepultura.

– Então, causarei muito estrago antes que eles me apanhem.

Wrath cruzou os braços sobre o peito.

– Não, Z., não posso deixá-lo ir.

– Matarão aquela fêmea.

– Há outra maneira de conduzirmos a situação. Só precisamos descobrir qual é.

Houve uma pausa tão breve quanto um piscar de olhos. Então, Z. disse:

– Quero todos vocês fora do escritório, para poder falar com Wrath. Menos você, Phury. Você fica.

Butch, Vishous, e Rhage se entreolharam e, depois, viraram-se para o rei. Quando ele fez um sinal afirmativo com a cabeça, deixaram a sala.

Z. fechou a porta atrás deles e apoiou as costas nela.

– Não pode me deter. Sou o *vihngador* de minha *shellan*. Sou o *vihngador* da *shellan* de meu Irmão. Não tem como me deter. É meu direito como guerreiro.

Wrath praguejou.

– Você não a tomou como par.

– Não preciso de uma cerimônia para saber que ela é minha *shellan*.

– Z...

– E o que me diz de Tohr? Acaso ele não é meu Irmão? Você estava lá, na noite em que me trouxeram para a Irmandade da Adaga Negra. Sabe que Tohrment é sangue do meu sangue agora. Tenho o direito de *vingá-lo* também.

Wrath reclinou-se em sua cadeira, e seu peso fez a coisa gemer em protesto.

– Santo Deus, Zsadist, não estou dizendo que não possa ir. Só não quero que vá sozinho.

Phury olhava de um para o outro. Nunca havia visto Zsadist tão calmo. Seu irmão estava absolutamente concentrado, nada além de perspicácia e letal determinação. Se não fosse tão assustador, seria notável.

– Não ditei as regras dessa situação – disse Z.

– Morrerá se for sozinho.

– Bem... de certo modo, estou preparado para isso.

Phury gelou.

– Como disse? – silvou Wrath.

Z. se afastou da porta e caminhou pelo elegante escritório em estilo francês. Parou diante do fogo, e as chamas iluminaram seu rosto destruído.

– Estou preparado para o ponto final.

– Que diabos está dizendo...?

– Quero acabar assim, e quero levar esse *redutor* comigo quando o fizer. Uma morte honrosa. Arrastando junto meu inimigo.

Wrath estava boquiaberto.

– Pede-me minha sanção para o seu suicídio?

Z. sacudiu a cabeça.

– Não, porque a menos que me acorrente, não me impedirá de comparecer ao encontro no cinema esta noite. O que lhe peço é que se assegure de que ninguém mais se machuque nessa história. Quero que mantenha a todos afastados; ele, em especial – Z. olhou significativamente para Phury.

Wrath tirou os óculos escuros e esfregou os olhos outra vez. Quando ergueu a vista, suas íris verdes-claras brilhavam como sinais fluorescentes.

– Já houve muitas mortes na Irmandade. Não faça isso.

– Tenho de ir. E vou. Então, apenas ordene aos outros que se mantenham afastados.

Houve um silêncio longo e tenso. Depois, Wrath deu a única resposta que tinha:

– Que assim seja.

Com as engrenagens em movimento para a morte de Z., Phury se inclinou e apoiou os cotovelos nos joelhos. Pensou no gosto do sangue de Bella, e o tempero muito especial que sua língua havia detectado.

– Sinto muito.

Quando percebeu que Wrath e Z. olhavam para ele, deu-se conta de que havia falado em voz alta. Pôs-se de pé.

– Sinto muito, vocês dois podem me dar licença?

Zsadist franziu a testa.

– Espere. Preciso lhe pedir uma coisa.

Phury encarou o irmão gêmeo, percorrendo com os olhos a cicatriz que o cruzava, absorvendo as nuances de um modo que jamais havia feito.

– Diga.

– Prometa-me que não deixará a Irmandade depois que eu tiver partido – Z. apontou para Wrath. – E jure sobre o anel do rei.

– Por quê?

– Apenas faça.

Phury franziu a testa.

– Por quê?

– Não quero que fique só.

Phury olhou Z. fixamente por muito tempo, pensando no curso das vidas de ambos. Cara, realmente tinham sido amaldiçoados, embora a *razão* disso fosse um total mistério. Talvez fosse apenas má sorte, embora gostasse de pensar que havia um motivo.

Lógica... a lógica era melhor do que um destino caprichoso que o perseguia com vontade.

– Bebi dela – disse ele, repentinamente. – De Bella. Na noite passada, quando fui consultar Havers. Ainda tem vontade que alguém vele por mim?

Zsadist fechou os olhos. Como uma corrente de ar frio, uma onda de desespero emanou dele e atravessou a sala.

– Alegro-me que o tenha feito. Agora, vai me dar sua palavra?

– Pare com isso, Z...

– Tudo que quero é sua promessa. Nada mais.

– Certo. Tanto faz.

– Pelo amor de Deus, tudo bem.

Phury caminhou até Wrath, apoiou-se sobre um joelho, inclinou-se para o anel do rei. No Antigo Idioma, pronunciou solenemente:

– Enquanto respirar, permanecerei na Irmandade. Humildemente ofereço este voto, que ele seja aceitável aos seus ouvidos, meu Senhor.

– É aceitável – Wrath respondeu. – Beije meu anel para selar as palavras com sua honra.

Phury beijou o diamante negro do rei e se pôs de pé.

– Agora, se o drama terminou, vou me retirar.

Ao chegar à porta, entretanto, deteve-se e olhou por cima do ombro, para o rosto de Wrath.

– Alguma vez já lhe disse como me sinto honrado por tê-lo servido esse tempo todo?

Wrath recuou ligeiramente.

– Hã, não, mas...

– Realmente foi uma honra – quando os olhos do rei se estreitaram, Phury sorriu de leve. – Não sei por que isso de repente me ocorreu. Provavelmente por ter ajoelhado diante de você agora há pouco.

Phury saiu e se alegrou ao encontrar Vishous e Butch do lado de fora do escritório.

– Oi, caras – tocou-os brevemente nos ombros. – Vocês formam uma dupla e tanto, sabiam? Nosso gênio de plantão e o humano fera no bilhar. Quem haveria de imaginar tal combinação, hein? – enquanto o olhavam de uma maneira estranha, perguntou: – Rhage está no quarto dele?

Quando confirmaram, foi até lá e bateu na porta de Hollywood. Rhage respondeu e Phury sorriu, levando a mão ao grosso pescoço.

– E aí, meu Irmão.

Deve ter feito uma pausa muito longa, porque os olhos de Rhage não esconderam que pressentira algo.

– O que está acontecendo, Phury?

– Nada – deixou cair a mão. – Só estava passando. Cuide bem de sua fêmea, entendeu? Pois você é um macho de muita, muita sorte. Até mais.

Phury foi para o seu quarto, desejando que Tohr estivesse por perto... que soubesse por onde andava o Irmão. Enquanto lamentava pelo macho, armou-se e checou o corredor. Podia ouvir a Irmandade deliberando no escritório de Wrath.

Para evitar encontrar os Irmãos, materializou-se no corredor das estátuas e entrou no quarto contíguo ao de Zsadist. Após fechar a porta, dirigiu-se ao banheiro e acendeu a luz. Contemplou seu reflexo no espelho.

Desembainhando uma de suas adagas, pegou uma mecha grossa de cabelo e cortou-a. Repetiu a operação várias vezes, deixando que os fios vermelhos, louros e castanhos cobrissem o piso. Quando só restavam aproximadamente uns dois centímetros de comprimento em toda a cabeça, pegou um frasco de espuma de barbear, espalhou-a pelo crânio, e tirou uma navalha da gaveta do gabinete da pia.

Com a cabeça raspada, limpou os resíduos de seu couro cabeludo e de sua camisa. O pescoço pinicava com o cabelo que havia caído ali, e sentia sua cabeça muito leve. Esfregou a mão sobre a careca, inclinou-se para o espelho e se olhou.

Então, pegou a adaga e posicionou-a com a ponta sobre a testa.

Com a mão trêmula, desceu-a cortando o centro do rosto, terminando com uma curva em "S" em seu lábio superior. O sangue fluía e gotejava. Enxugou-o com uma toalha branca limpa.

Zsadist se armou com cuidado. Quando terminou, caminhou até o armário. O quarto estava às escuras, e ele conseguia se deslocar mais pelo hábito do que por enxergar alguma coisa, dirigindo-se para o banheiro, onde a luz estava acesa. Foi até a pia, inclinou-se sobre a água que jorrava da torneira, aparando a torrente fria nas palmas das mãos em concha. Molhou o rosto e esfregou os olhos. Bebeu um pouco.

Quando estava se secando, sentiu que Phury havia entrado no quarto e se movia por ali, embora não pudesse ver o macho.

– Phury... eu ia ver você antes de sair.

Com a toalha sob o queixo, Z. olhou seu reflexo no espelho, contemplando seus novos olhos amarelos. Pensou em sua vida e soube que a maior parte dela fora um lixo. Mas nela havia duas coisas que valiam a pena. Uma fêmea. E um macho.

– Amo você – disse ele, com voz rouca, compreendendo que era a primeira vez que dizia tais palavras ao seu gêmeo. – Só queria que soubesse.

Phury se colocou atrás dele.

Z. recuou de horror ante o reflexo do irmão. Sem cabelo. Uma cicatriz no rosto. Olhos sem expressão, sem vida.

– Oh, doce Virgem – Z. falou sem fôlego. – Que *diabos* fez a si mesmo...?

– Eu também o amo, meu irmão – Phury ergueu o braço. Em sua mão, havia uma seringa hipodérmica, uma das que haviam sido rejeitadas por Bella. – E você precisa viver.

Zsadist se virou justo quando o braço de seu gêmeo descia. A agulha se cravou no pescoço de Z. e ele sentiu que a morfina ia diretamente para sua jugular. Gritando, agarrou Phury pelos ombros. Quando a droga começou a surtir efeito, vacilou e desabou no chão.

Phury se ajoelhou ao seu lado e acariciou-lhe a face.

– Você sempre foi minha única razão de viver. Se morrer, não me restará coisa alguma. Estou completamente perdido. E você é necessário aqui.

Zsadist tentou estender a mão, mas não pôde levantar os braços quando Phury se ergueu.

– Meu Deus, Z., continuo a esperar que nossa tragédia tenha um fim. Mas ela nunca termina, não é verdade?

Zsadist apagou com o som das botas de seu gêmeo deixando o quarto.

CAPÍTULO 45

John estava deitado na cama, encolhido de lado, olhos perdidos na escuridão. O quarto que lhe tinha sido destinado na mansão da Irmandade era luxuoso, impessoal e não contribuía para uma alteração em seu estado de espírito.

Em algum lugar ao canto, ouviu um relógio marcar as horas: uma vez, duas vezes, três vezes... Continuou a contar e chegou a seis. Deitando-se de costas, considerou o fato de que dentro de mais seis horas seria o princípio de uma nova jornada. Meia-noite. Não mais terça-feira, e sim, quarta-feira.

Pensou nos dias, semanas, meses e anos de sua vida, tempo que lhe pertencia, porque o tinha vivenciado e, portanto, tinha o direito de chamar de seu.

Como era arbitrária a distinção de tempo. Tanto os humanos quanto os vampiros precisavam reduzir o infinito a algo que pudessem acreditar que controlavam.

Que embuste. Você nunca controlou coisa alguma em sua vida. Tampouco os outros.

Deus, se houvesse uma forma de fazer isso. Ou, pelo menos, de consertar algumas coisas. Que maravilha seria se pudesse apertar um botão de rebobinar e editar todo o horror daquele dia. Assim, não teria de passar pelo sofrimento que experimentava agora.

Gemeu e virou-se de bruços. A dor que sentia era... inédita, uma descoberta do pior tipo.

Seu desespero era como uma doença, afetava seu corpo inteiro, fazendo-o tremer, embora não tivesse frio; revirava seu estômago, embora nada houvesse comido, fazia doer suas articulações e peito. Nunca pensara que a devastação emocional pudesse refletir-se numa aflição física, mas assim era, e sabia que continuaria doente por bastante tempo.

Deus... Deveria ter ido com Wellsie, em vez de ficar em casa para estudar Estratégias. Se estivesse naquele carro, talvez pudesse tê-la salvado... Ou, quem sabe, estar morto também?

Bem, seria melhor do que viver assim. Mesmo se não houvesse vida após a morte, mesmo que tudo que houvesse fosse um simples desligamento da consciência e nada mais, certamente ainda seria preferível ao que estava passando.

Wellsie... morta, morta. Seu corpo reduzido a cinzas. Pelo que John escutara por acaso, Vishous havia pousado sua mão direita sobre ela na cena e seus restos foram consumidos pelo fogo. Uma cerimônia formal seria realizada, só que não poderiam realizá-la sem Tohr.

E Tohr também se fora. Desaparecera. Será que também estava morto? Estava tão perto do amanhecer quando ele se foi... Na verdade, talvez fosse essa a questão. Quem sabe não saíra ao sol só para poder se reunir ao espírito de Wellsie.

Todos pareciam ter partido, de um jeito ou de outro.

Sarelle... perdida para os *redutores*, também. Perdida antes que ele chegasse a conhecê-la realmente. Zsadist iria tentar resgatá-la, mas quem sabe o que aconteceria?

John lembrou-se do rosto de Wellsie, seu cabelo vermelho, sua barriguinha de grávida. E do corte escovinha de Tohr, seus olhos azul-marinho e os ombros largos cobertos de couro negro. De Sarelle estudando com atenção aqueles textos antigos, os cabelos curtos e louros encobrindo-lhe o rosto, suas mãos bonitas virando as páginas.

Sentindo que começaria a chorar outra vez, John sentou-se rapidamente, refreando o impulso. Não aguentava mais chorar. Decidiu que não voltaria a chorar por nenhum deles. As lágrimas eram completamente inúteis, uma fraqueza indigna de suas recordações.

A força seria sua homenagem a eles. O ânimo firme, seu elogio fúnebre. A vingança, as preces em suas sepulturas.

John saiu da cama, usou o banheiro, depois se vestiu, metendo os pés nos Nikes que Wellsie comprara para ele. Em questão de minutos, estava no andar de baixo, atravessando a porta secreta que conduzia ao túnel subterrâneo. Andava rapidamente pelo labirinto de aço, olhos fixos, braços balançando-se com o ritmo preciso de um soldado.

Quando saiu pelo armário do escritório de Thor, viu que a confusão havia sido arrumada: a mesa estava de volta ao lugar, e a medonha cadeira verde diante dela. Papéis, canetas e arquivos, tudo ordenado. Até o computador e o telefone estavam onde deviam estar, embora ambos houvessem sido despedaçados na noite anterior. Provavelmente eram novos...

A ordem tinha sido restaurada, e a mentira tridimensional funcionou para ele.

Foi ao ginásio e acendeu as luzes do teto. Não haveria aulas em razão de tudo que havia acontecido, e ele se perguntou se, com Tohr desaparecido, o treinamento cessaria por completo.

John caminhou através dos colchonetes até a sala de equipamento, seus tênis esmagando os resistentes plásticos azuis. Do armário das armas brancas, retirou duas adagas e passou a mão num coldre peitoral suficientemente pequeno para se ajustar a ele. Assim que embainhou as lâminas, dirigiu-se ao centro do ginásio.

Justo como Tohr lhe havia ensinado, começou baixando a cabeça.

Depois, sacou das adagas e começou a trabalhar com elas, revestindo-se de cólera contra seu inimigo, imaginando todos os *redutores* que iria matar.

Phury entrou no cinema e sentou-se nos fundos. O lugar estava cheio, agitado, repleto de jovens casais e rapazes de fraternidade, que conversavam com vozes abafadas, às vezes altas. Escutava o som de risadas, de papéis de balas, de refrigerante sorvido por canudos, de mastigação.

Quando o filme começou e as luzes diminuíram, todos começaram a gritar junto com os diálogos.

Soube quando o *redutor* se aproximou. Pôde farejar o aroma adocicado no ar, mesmo que o cheiro de pipoca e do perfume feminino que emanava das garotas acompanhadas pelos namorados fosse forte.

Um celular apareceu diante de seu rosto.

– Pegue. Coloque-o no ouvido.

Phury assim o fez e ouviu uma respiração entrecortada do outro lado da linha.

A multidão na plateia gritou:

– Droga, Janet, vamos chutar o balde!

A voz do *redutor* chegou-lhe por trás da cabeça.

– Diga a ela que vai chegar comigo sem problema. Prometa-lhe que ela viverá porque você vai fazer o que lhe mandarem. E fale no meu idioma, para que eu possa entender.

Phury procedeu conforme o que lhe foi instruído. Tudo que pôde perceber foi que a fêmea começou a soluçar.

O *redutor* tomou-lhe o celular.

– Agora, coloque isso.

Algemas de aço caíram no colo de Phury. Ele se algemou e esperou.

– Vê aquela saída à direita? É para lá que vamos. Você primeiro. Há uma caminhonete esperando lá fora. Entre pelo lado do passageiro. Todo o tempo estarei atrás de você, com o telefone colado à minha boca. Se fizer alguma gracinha, ou vir qualquer dos Irmãos, mando liquidá-la. Ah, e para sua informação, há uma faca encostada na garganta dela; assim sendo, não conte com uma suposta demora. Entendeu?

Phury fez que sim com a cabeça.

– Agora, levante-se e comece a andar.

Phury se pôs de pé e dirigiu-se para a porta. Enquanto caminhava, pensou que havia nutrido alguma esperança de sair vivo daquilo. Era extremamente bom com armas, e trazia algumas escondidas. Mas aquele *redutor* era esperto, atando suas mãos, chantageando-o com a vida da fêmea civil.

Quando Phury chutou a porta para abri-la, sabia, sem sombra de dúvida, que estaria se despedindo da vida naquela noite.

Zsadist saiu do torpor por pura força de vontade, lutando para vencer a neblina da droga e agarrando-se à consciência. Com um gemido, arrastou-se pelo piso de mármore do banheiro e pelo tapete do quarto. Usando a mão como garras e empurrando com os pés, mal conseguiu abrir a porta com a força da mente quando finalmente alcançou-a.

Assim que chegou ao corredor das estátuas, tentou gritar. A princípio, eram sussurros roucos, mas, então, produziu um grito. E outro. E mais outro.

Passadas rápidas e pesadas o encheram de alívio.

Wrath e Rhage se ajoelharam junto a ele e o viraram de barriga para cima. Cortou-lhe as perguntas, incapaz de acompanhar a profusão de palavras.

– Phury... foi... Phury... foi...

Sentiu o estômago embrulhado, virou-se de lado e vomitou. Isso o ajudou, e sentiu-se um pouco menos atordoado.

– Precisam encontrá-lo...

Wrath e Rhage ainda disparavam perguntas, falando rápido, e Z. pensou que talvez eles fossem a causa do zumbido em seus ouvidos. Era isso ou sua cabeça estava a ponto de explodir.

Quando virou a cabeça para cima, tudo girou, e agradeceu a Deus que a dose de morfina tivesse sido calculada para o peso de Bella. Não fosse isso, poderia estar ainda pior.

Sentiu outro espasmo e vomitou de novo sobre o tapete. *Droga...* nunca lidara bem com estupefacientes.

Ouviu mais passos pelo corredor. Mais vozes. Alguém limpando sua boca com um tecido molhado. Fritz. Quando a garganta de Z. denunciou que voltava a sentir ânsia de vômito, empurraram-lhe um cesto de papéis debaixo do rosto.

– Obrigado – disse, antes de voltar a vomitar.

E, a cada vez que aquilo se repetia, sua mente ia voltando a funcionar, assim como seu corpo. Meteu dois dedos na garganta para provocar outro acesso. Quanto mais rápido conseguisse eliminar a droga do organismo, mais rápido poderia ir atrás de Phury.

Aquele filho da mãe heroico... Deus. Iria matar seu gêmeo, ora se iria. Phury era quem deveria viver.

Mas, para onde diabos o teriam levado? E como encontrá-lo? O cinema era o ponto de partida, mas certamente não se demoraram por lá.

Como Zsadist já não tinha coisa alguma no estômago, seu corpo começou a se contorcer nos chamados espasmos secos. Em meio às tentativas de induzir o vômito, ocorreu-lhe uma única solução, e, quando isso aconteceu, seu estômago se revirou por outra razão que não a droga. O caminho para chegar ao seu irmão violava todos os seus instintos.

Mais passos foram ouvidos no corredor. Reconheceu a voz de Vishous. Uma emergência civil. Uma família de seis presa em sua casa, cercada por *redutores*.

Z. ergueu a cabeça. Em seguida, o torso. Então, conseguiu ficar de pé. Sua força de vontade, único dom que possuía, acudira-lhe mais uma vez. E havia ajudado a diluir ainda mais o efeito da droga, deixando-o alerta, mais eficaz do que o vômito na limpeza do organismo.

– Irei atrás de Phury – disse aos Irmãos. – Quanto a vocês, cuidem dos outros problemas.

Houve uma breve pausa. Então, Wrath disse:

– Que assim seja.

Capítulo 46

Bella sentou-se em uma cadeira Luís XIV, pernas cruzadas nos tornozelos, mãos no colo. O fogo crepitava na lareira de mármore à esquerda, e havia uma xícara de chá ao seu lado. Em frente a ela, Marissa reclinava-se em um delicado sofá, ocupada em perpassar uma fita de seda amarela pela trama de um bordado. Não havia som associado a tal atividade.

Bella sentia vontade de gritar...

Levantou-se de um salto, acionada pelo instinto. Zsadist... Zsadist estava por perto.

– O que foi? – disse Marissa.

Ouviu-se a porta da frente sendo esmurrada e, um instante depois, Zsadist adentrou a sala. Estava vestido para ação, armas nos quadris, adagas no coldre peitoral. O *doggen* logo atrás dele parecia terrivelmente assustado.

– Deixe-nos a sós – disse ele a Marissa. – E leve seu criado com você.

Como a fêmea hesitou, Bella pigarreou.

– Está tudo bem. É só... Pode ir.

Marissa inclinou a cabeça.

– Não estarei longe.

Bella não se moveu enquanto Marissa e o criado se retiravam.

– Preciso de você – disse Zsadist.

Ela estreitou os olhos. Deus, eram as palavras que tanto quisera ouvir. Que cruel que houvessem chegado tão tarde.

– Para quê?

– Phury bebeu de sua veia.

– Sim.

– Preciso de você para encontrá-lo.

– Está perdido?

– Seu sangue está correndo nele. Preciso de você...

– Para encontrá-lo. Já ouvi isso. Diga-me por quê – a breve pausa que se seguiu causou-lhe um calafrio.

– O *redutor* está com ele. David o pegou.

Bella perdeu o fôlego. Seu coração parou de bater.

– Como...?

– Não tenho tempo para explicar – Zsadist adiantou-se, parecendo que iria tomar-lhe as mãos, mas, então, parou. Por favor. Você é a única que pode encontrá-lo, porque seu sangue está nele.

– É claro... é claro que eu o encontrarei para você.

Era a cadeia de laços de sangue, pensou. Ela poderia localizar Phury em qualquer parte porque se alimentara dela. E, depois que ela bebera da garganta de Zsadist, ele era capaz de rastreá-la pela mesma razão.

Ele a encarou bem de perto.

– Quero que se materialize a, no mínimo, cinquenta metros de distância, nem um centímetro a menos, entendeu? E logo em seguida volte para cá.

Ela o olhou nos olhos.

– Eu não o desapontarei.

– Gostaria que houvesse outra maneira de encontrá-lo.

Oh, isso doeu.

– Não duvido disso.

Ela deixou a sala, apanhou o casaco, e, depois, parou no vestíbulo. Fechou os olhos e estendeu as mãos no ar, atravessando em espírito primeiro as paredes de onde se encontrava, depois a estrutura exterior da mansão de Havers. Sua mente pairou sobre os arbustos, a grama, por árvores e casas... Por carros, caminhões e edifícios e através de parques, rios e córregos. Mais longe ainda por campos cultivados e montanhas...

Quando encontrou a fonte de energia de Phury, uma dor lancinante a assaltou, como se fosse o que ele sentia. Como seu corpo oscilou, Zsadist agarrou-a pelo braço.

Ela se desvencilhou.

– Eu o captei. Oh, meu Deus... ele está...

Zsadist agarrou-lhe o braço outra vez e o apertou.

– Cinquenta metros. Mais perto do que isso, não. Está claro?

– Sim. Agora, deixe-me ir.

Ela saiu pela porta da frente, desmaterializou-se e tomou forma a aproximadamente vinte metros de distância de uma pequena cabana nos bosques.

Sentiu que Zsadist a segurava pelo cotovelo.

– Vá embora – silvou ele. – Saia daqui.

– Mas...

– Se quer ajudar, vá embora, pois assim não terei de me preocupar com você. *Vá.*

Bella o encarou uma última vez e desmaterializou-se.

Zsadist se aproximou furtivamente da cabana de madeira, agradecido pelo ar frio que o ajudava a eliminar um pouco mais da morfina. Cosendo o corpo contra a parede áspera, desembainhou a adaga e espiou por uma das janelas. Lá dentro só havia uns móveis rústicos baratos e um computador.

O pânico o invadiu, como uma onda fria em seu sangue.

E, então, ouviu o som... um golpe. Depois, outro.

Havia uma construção anexa nos fundos, menor e sem janelas, a vinte e cinco metros, aproximadamente. Correu até lá e escutou por uma fração de segundo. Então, substituiu a adaga por uma Beretta e derrubou a porta.

A visão diante dele era seu próprio passado: um macho encadeado a uma mesa, torturado, em carne viva. Debruçado sobre ele, um psicopata alucinado.

Phury ergueu o rosto arrebentado, sangue reluzindo sobre os lábios inchados e o nariz deformado por sucessivos golpes. O *redutor*, que o esmurrava com um soco inglês, virou-se e pareceu momentaneamente atônito.

Zsadist apontou a arma para o filho da mãe, mas o assassino estava bem na frente de Phury; o menor erro de cálculo e a bala perfuraria seu gêmeo. Z. baixou um pouco a pistola, puxou o gatilho, e acertou o *redutor* na perna, despedaçando-lhe o joelho. O desgraçado gritou e desabou no chão.

Z. foi até ele. Só que quando ele segurou o morto-vivo, outro disparo soou.

Uma intensa fisgada percorreu o ombro de Z. Ele sabia que o tiro o acertara em cheio, mas não podia perder tempo com isso. Concentrou-se em dominar a arma do *redutor*, que era a mesma coisa que o filho da mãe tentava fazer com a Sig de Z. Engalfinharam-se pelo chão, lutando para se anularem mutuamente, a despeito de todo sangue que corria entre eles. Trocavam socos, agarravam-se, esperneavam. Ambas as armas haviam se perdido na disputa.

Com quatro minutos de luta, aproximadamente, a força de Z. começou a decair numa velocidade alarmante. Logo depois, estava por baixo, o *redutor* sobre o seu peito. Z. tentou forçar o corpo para cima, para arremessar o inimigo longe, mas, embora sua mente desse a ordem, seus membros se recusavam a obedecer. Olhou o próprio ombro. Sangrava, sem dúvida porque uma artéria devia ter sido atingida. E a morfina em seu corpo não ajudava.

Naquela pausa momentânea, o *redutor* ofegava e fazia caretas, como se sua perna o estivesse matando de dor.

– Quem... diabos... é você?

– Aquele que você procura – disparou Z., com a respiração difícil também. *Droga...* Precisou se esforçar para manter o foco, sua visão estava se apagando pouco a pouco. – Sou quem... a tirou... de você.

– Como... posso... ter certeza disso?

– Acompanhei as cicatrizes... no ventre dela sararem. Até sua marca... desaparecer.

O *redutor* gelou.

Agora era o momento de aproveitar o desconcerto do inimigo, só que Z. estava muito esgotado.

– Ela está morta – sussurrou o assassino.

– Não.

– O retrato dela...

– Está viva. Respira. E você... jamais a encontrará outra vez.

A boca do assassino se abriu e um grito de fúria escapou como uma rajada.

Em meio ao barulho, Z. se acalmou. De repente, já não ofegava. Ou, talvez, houvesse parado de respirar por completo. Observou o assassino se movimentar em câmera lenta, desembainhar uma das adagas negras de Z. e erguê-la acima da cabeça com ambas as mãos.

Zsadist rastreou seus pensamentos com cuidado porque queria saber qual seria o último. Pensou em Phury e quis chorar, porque, sem dúvida, seu gêmeo não duraria muito tempo. *Deus.* Sempre falhara com aquele macho, não?

E depois pensou em Bella. As lágrimas brotaram-lhe dos olhos quando imagens dela atravessaram sua mente... tão vívidas, tão nítidas... até que, por cima do ombro do *redutor*, teve uma visão dela. Era tão real, como se de fato estivesse ali, parada na porta.

– Eu a amo – sussurrou ele, enquanto sua própria adaga descia-lhe sobre o peito.

– David – chamou a voz dela.

O corpo inteiro do *redutor* estremeceu, e a trajetória da adaga foi desviada para o piso de madeira, perto do braço de Z.

– David, venha aqui.

O *redutor* pôs-se de pé cambaleando, enquanto Bella lhe estendia o braço.

– Está morta – disse o *redutor*, com um fiapo de voz.

– Não.

– Fui à sua casa... vi o retrato. Oh, Deus... – o *redutor* começou a gritar, enquanto mancava e se aproximava dela cada vez mais, deixando um rastro de sangue negro atrás de si. – Pensei que a tinha matado.

– Não o fez. Venha.

Z. tentou falar desesperadamente, assolado pela horrível suspeita de que aquilo não era uma visão. Começou a gritar, mas tudo que saiu foi um gemido. E logo o *redutor* estava nos braços de Bella, chorando convulsamente.

Z. olhou quando a mão de Bella subiu pelas costas do assassino. Segurando uma pequena pistola, a mesma que lhe dera antes de irem à casa dela.

Oh, Doce Virgem... Não!

Bella estava em um estado de estranha calma enquanto elevava a arma cada vez mais. Movendo-se devagar, continuava murmurando palavras que apaziguaram o *redutor* até que o cano estava na altura do crânio de David. Ela se inclinou para trás, e quando ele ergueu a cabeça para encontrar seus olhos, involuntariamente posicionou o ouvido na boca da arma.

– Eu a amo – disse ele.

Ela puxou o gatilho.

O coice do tiro fez com que seu braço girasse e ela perdeu o equilíbrio. Quando o som se dissipou, ouviu um ruído surdo e olhou para baixo. O *redutor* estava caído de lado, e ainda piscava. Ela havia esperado que a cabeça dele estourasse ou algo assim, mas havia apenas um pequeno e limpo orifício em sua têmpora.

Seu estômago embrulhou, mas não fez caso disso, passou por cima do corpo e foi até Zsadist.

Oh, Deus. Havia sangue por todo lado.

– Bella... – suas mãos se ergueram do chão e sua boca movia-se lentamente.

Ela o interrompeu, alcançando o coldre peitoral e apanhando a adaga remanescente.

– Preciso cravar isso no esterno dele, certo?

Ah, que inferno. Sua voz estava tão mal como seu corpo. Cambaleante. Débil.

– Fuja... dê... o fora...

– No coração, não é? Ou não morrerá. Zsadist, responda-me!

Quando ele confirmou com a cabeça, aproximou-se do *redutor* e o empurrou com o pé, para que se deitasse de costas. Os olhos dele a fitavam, e ela soube que os veria em seus pesadelos durante anos. Agarrando a adaga com ambas as mãos, elevou-a sobre a cabeça, e a enterrou no peito do *redutor*. A resistência que a lâmina encontrou a repugnou a ponto de quase vomitar, mas a pequena explosão e o flash de luz puseram um fim em tudo.

Deixou-se cair para trás, mas mal teve tempo de recuperar o fôlego. Correu para Zsadist, e tirou o casaco e depois o pulôver. Amarrou-o em volta do ombro do macho, tirou o cinto e cingiu a atadura improvisada, apertando-a bem para não sair do lugar.

Durante todo o tempo, Zsadist lutava contra ela, exortando-a a ir embora, a deixá-los ali.

– Cale-se – disse ela, e mordeu o próprio pulso. – Beba isso ou morrerá, a escolha é sua. Mas decida rápido, porque preciso ver como Phury está e, depois, tenho de tirar os dois daqui.

Manteve o braço erguido, diretamente sobre a boca de Zsadist. Seu sangue fluiu e gotejou sobre os lábios fechados dele.

– Seu filho da mãe – sussurrou ela. – Acaso me odeia tanto assim...

Ele ergueu a cabeça e começou a sugar-lhe a veia, e sua boca fria dizia a Bella como ele estava próximo da morte. Ele bebeu devagar a princípio e, depois, com sofreguidão crescente. Pequenos sons saíam dele, sons em desacordo com seu corpanzil de guerreiro. Lembravam miados: um gato faminto em uma fonte de leite.

Quando voltou a deitar a cabeça, fechou os olhos, saciado. O sangue de Bella infiltrava-se nele; ela o observou respirar pela boca aberta. Mas não havia tempo para contemplá-lo. Correu pelo barracão para examinar Phury. Estava inconsciente, acorrentado à mesa, ensanguentado até dizer chega. Mas seu peito subia e baixava.

Droga. Aquelas correntes de aço estavam fechadas com cadeados. Teria de cortar as correntes com alguma coisa. Foi até o canto esquerdo, onde se encontrava uma pavorosa coleção de instrumentos...

E foi aí que viu o corpo. Uma fêmea jovem com o cabelo louro e curto.

As lágrimas rolavam por suas faces enquanto ela verificava se a moça estava morta. Quando ficou claro que havia passado para o Fade, Bella esfregou os olhos e obrigou-se a se concentrar. Precisava tirá-los vivos dali; eram prioridade. Depois... um dos Irmãos poderia voltar e...

Oh... Deus... oh... Deus... oh... Deus.

Trêmula, próxima à histeria, apanhou uma serra elétrica, ligou-a, e cortou as correntes de Phury com rapidez. Como ele não voltou a si com todo aquele barulho, apavorou-se outra vez.

Olhou Zsadist, que estava lutando para se levantar do chão.

– Vou pegar a caminhonete estacionada ao lado da cabana – disse ela. – Fique aqui e poupe suas forças. Preciso que me ajude a carregar Phury. Ele está frio. E a moça... – engasgou. – Teremos de deixar seu...

Bella correu pela neve até a cabana, rezando desesperadamente para encontrar as chaves da caminhonete, esforçando-se para não pensar no que aconteceria se não o fizesse.

Virgem Misericordiosa, estavam em um gancho na porta. Agarrou-as, correu para o F-150, deu a partida na maldita coisa, e saiu a toda em direção ao barracão. Num ligeiro cavalo de pau, estacionou com a caçamba de frente para a porta.

Acabava de descer do veículo quando viu Zsadist saindo pela porta, trôpego como um bêbado. Carregava Phury nos braços, e Zsadist não iria durar muito tempo sustentando todo aquele peso. Ela abriu a caçamba e os dois caíram lá dentro, um emaranhado de membros e sangue. Empurrou os corpos com os pés; depois, subiu na traseira e os puxou para trás pelos cintos.

Quando estavam seguros, passou as pernas pela amurada da caminhonete e saltou para o chão. Fechou a caçamba e seus olhos se encontraram com os de Zsadist.

– Bella – sua voz era um mero sussurro, apenas um movimento dos lábios alimentado por um suspiro de tristeza. – Não quero isso para você. Toda essa... fealdade.

Ela se afastou. Um momento depois, pisava fundo o acelerador.

A estreita estrada de terra que partia da cabana era sua única opção para sair dali, e rezou para não encontrar alguém pelo caminho. Quando desembocou na Rota 22, fez uma prece de agradecimento à Virgem Escriba e dirigiu-se à mansão de Havers o mais rápido que pôde.

Inclinando o retrovisor, espiou a caçamba da caminhonete. Deviam estar congelando lá atrás, mas não se atreveu a reduzir a velocidade.

Talvez o frio detivesse a perda de sangue dos dois.

Oh... Deus.

Phury estava consciente do vento gelado que soprava em sua pele nua e sobre a cabeça raspada. Gemeu e se enroscou. Deus, sentia frio. Tinha de passar por aquilo para ir para o Fade? Então, ainda bem que só acontecia uma vez.

Algo se moveu contra ele. Braços... havia braços sobre ele, braços que o estreitaram e uma espécie de calor. Tremendo, não lutou com quem quer que fosse que o amparava tão ternamente.

O que era aquele barulho? Perto de seu ouvido... outro som que não o rugir do vento.

Uma canção. Alguém cantava para ele.

Phury sorriu de leve. Perfeito. Os anjos que o levavam para o Fade realmente tinham belas vozes.

Lembrou-se de Zsadist e comparou a encantadora melodia que agora ouvia com as que escutara na vida real.

Sim, como podia comprovar agora, Zsadist tinha a voz de um anjo, como aquele que agora cantava para ele. Tinha mesmo.

Capítulo 47

Quando Zsadist despertou, seu primeiro instinto foi sentar-se. *Péssima ideia.* Seu ombro estalou e doeu-lhe tão intensamente que ele desmaiou.

Segundo *round.*

Desta vez, quando recobrou a consciência, pelo menos se lembrava do que não fazer. Virou a cabeça lentamente em vez de tentar se colocar na vertical. Onde diabos estava? O lugar estava a meio caminho entre um quarto de hóspedes e um leito de hospital... Havers. Estava na clínica de Havers.

E alguém estava sentado na penumbra do quarto desconhecido.

– Bella? – grasnou.

– Perdão – Butch inclinou-se para a luz. – Apenas eu.

– Onde ela está? – cara, estava rouco. – Ela está bem?

– Muito bem.

– Onde... onde ela está?

– Ela está... ah, ela está deixando a cidade, Z. Na verdade, acho que já se foi.

Zsadist fechou os olhos. Considerando brevemente as vantagens de apagar outra vez.

Entretanto, não podia culpá-la por fugir. Meu Deus, a situação em que fora colocada. Matar o *redutor* fora a parte mais fácil, se pesasse tudo. Era melhor mesmo que se afastasse de Caldwell.

Embora tal perda lhe doesse loucamente.

Limpou a garganta.

– E Phury? Ele está...

– No quarto ao lado. Todo estropiado, mas bem. Vocês dois vão ficar de molho uns dias.

– E Tohr?

– Ninguém faz ideia de onde esteja. É como se houvesse desaparecido – o policial bufou. – John deveria ficar na mansão, mas não conseguimos tirá-lo do centro de treinamento. Tem dormido no escritório de Tohr. Deseja mais alguma atualização? – como Z. sacudiu a cabeça, o policial pôs-se de pé. – Vou deixá-lo em paz agora. Só achei que se sentiria melhor sabendo como andam as coisas.

– Obrigado... Butch.

Os olhos do policial brilharam ao som de seu nome, fazendo Z. compreender que nunca o havia usado com ele.

– Tudo bem – disse o humano. – Não há de quê.

Quando a porta se fechou, Zsadist sentou-se. Sentindo a cabeça girar, arrancou os eletrodos do peito e o monitor do dedo indicador. Os alarmes começaram a soar, e ele os calou empurrando o suporte dos equipamentos ao lado da cama, que foram ao chão, desconectando-se.

Com uma careta, sacudiu o cateter do antebraço e olhou a bolsa do soro que estava sendo injetado nele. Estava inclinado a retirar aquilo da veia, mas, então, reconsiderou friamente o movimento. Só Deus sabia o que era aquele líquido. Talvez precisasse realmente dele.

Levantou-se e sentiu o corpo mole. No entanto, o suporte do soro era um bom apoio, e ele conseguiu chegar ao corredor. Quando se pôs a caminhar para o quarto contíguo, as enfermeiras acorreram de todas direções. Desviou-se delas e empurrou a primeira porta que encontrou.

Phury encontrava-se deitado numa cama enorme, com tantos fios conectados que mais parecia um painel telefônico.

O macho virou a cabeça.

– Z... o que faz de pé?

– Estou botando as enfermeiras para malhar um pouco – fechou a porta e caminhou pelo quarto, dirigindo-se à cama. – Na verdade, são bastante ágeis.

– Não deveria estar...

– Cale a boca e chegue para lá.

Parecendo completamente atônito, Phury moveu-se para a extremidade oposta quando Z. largou o corpo exausto no colchão. Quando se recostou nos travesseiros, os dois soltaram suspiros idênticos.

Z. esfregou os olhos.

– Sabia que você fica feio à beça sem aquele cabelo todo?

– Isso significa que vai deixar crescer o seu?

– Que nada. Meus dias de Rainha da Beleza terminaram.

Phury deu uma risadinha. Então, houve uma longa pausa.

Naquele silêncio, Zsadist ficou se lembrando o que sentira ao ir ao galpão do *redutor* e ver Phury acorrentado àquela mesa, sem cabelo, o rosto desfigurado. Ter testemunhado a dor de seu gêmeo havia sido uma agonia.

Z. pigarreou.

– Eu não deveria tê-lo usado como fiz.

A cama sacudiu quando Phury virou rápido a cabeça para ele.

– O quê?

– Quando precisava... da dor. Não deveria tê-lo obrigado a me golpear.

Como não houve resposta, Z. virou-se e viu Phury cobrir os olhos com as mãos.

– Foi cruel da minha parte – admitiu Z., no tenso ar entre eles.

– Odiava fazer-lhe aquilo.

– Sim, e eu sabia disso quando o fazia me golpear até arrancar sangue. Alimentar-me de sua infelicidade era a parte mais cruel. Nunca mais lhe pedirei tal coisa.

O peito nu de Phury subiu e desceu.

– Antes eu do que outro. Quando precisar, procure-me. Eu farei.

– Santo Deus, Phury...

– Que foi? É o único modo com que me deixa cuidar de você. A única forma que tenho de tocá-lo.

Agora era a vez de Z. cobrir os penetrantes olhos com o antebraço. Teve de tossir algumas vezes antes de voltar a falar.

– Escute, nada de voltar a me salvar, meu irmão. Está bem? Isso agora acabou. Terminou. Já é hora

Não houve resposta. Então, Z. voltou a olhar o gêmeo... bem na hora em que uma lágrima rolou pela face de Phury.

– Ah... caramba – resmungou Z.

– Eu que o diga – outra lágrima escorreu pelo rosto de Phury. – Deus... que droga. Estou vazando.

– Ok, controle-se.

Phury esfregou a cara.

– Por quê?

– Porque... acho que vou tentar abraçá-lo.

As mãos de Phury caíram e ele o olhou com uma expressão absurda.

Sentindo-se um perfeito pateta, Z. aproximou-se de seu gêmeo.

– Levante a cabeça, droga – Phury esticou o pescoço. Z. deslizou o braço por baixo da nuca do irmão. Os dois congelaram naquela pose pouco natural. – Sabe, isso foi bem mais fácil quando você estava morrendo de frio na traseira daquela caminhonete.

– Era você?

– Quem pensou que fosse? Papai Noel?

Z. estava se revelando. *Deus...* estava realmente se expondo. Que diabos estava fazendo?

– Pensei que era um anjo – disse Phury com brandura, enquanto deitava a cabeça no braço de Z. – Quando cantou para mim, pensei que me conduzia em segurança ao Fade.

– Não sou anjo – ergueu a mão e enxugou as lágrimas da face de Phury. Então, fechou as pálpebras do macho com as pontas dos dedos.

– Estou cansado – murmurou Phury. – Tão... cansado.

Z. contemplou o rosto de seu irmão gêmeo, como se fosse a primeira vez. Os machucados já saravam, o inchaço diminuía, o corte denteado que fizera em si mesmo desvanecia, deixando entrever rugas de esgotamento e tensão, o que não poderia ser considerado um progresso.

– Está assim há séculos, Phury. É tempo de parar de se preocupar comigo.

– Não creio que possa.

Zsadist respirou fundo.

– A noite em que fui tirado de minha família... Não, não me olhe. Está muito... perto. Não posso respirar quando o faz... Deus, apenas feche os olhos, está bem? – Z. tossiu um pouco mais, pois tudo que saía de sua garganta apertada eram uns barulhinhos. – Naquela noite, não foi culpa sua não o terem roubado. E não pode compensar o fato de que teve sorte e eu não. Quero que deixe de zelar por mim.

A expiração de Phury saiu trêmula.

– Você... faz ideia do que senti ao vê-lo naquela cela, nu, acorrentado e... saber o que aquela fêmea lhe fez por tanto tempo?

– Phury...

– Sei de tudo, Z. Tudo pelo que passou. Ouvi de machos que... estiveram lá. Antes de saber que era de você que falavam, ouvi as histórias.

Zsadist engoliu em seco, sentia-se nauseado.

– Sempre esperei que você não soubesse. Rezava por isso...

– Então, precisa entender por que morro por você todos os dias. Sua dor é minha também.

– Não, não é. Jure-me que irá parar com isso.

– Não posso.

Z. fechou os olhos. Enquanto estavam ali deitados lado a lado, queria pedir perdão a Phury por todas as coisas erradas que havia feito depois que conseguira libertá-lo... e queria gritar com seu gêmeo por ser tão heroico e nobre. Mas, principalmente, queria devolver a ele todos aqueles anos perdidos. O macho merecia tão mais do que obtivera na vida.

– Bem, então não me deixa alternativa.

A cabeça de Phury se ergueu abruptamente do braço de Z.

– Se você se matar...

– Acho que seria melhor me esforçar para parar de lhe dar tanta preocupação.

Z. sentiu que o corpo inteiro de Phury tremia.

– Oh... Jesus.

– Não sei como conseguiria isso, entretanto. Meus instintos... foram afiados para a cólera, como você bem sabe. Provavelmente, sempre terei um temperamento explosivo.

– Oh, Jesus...

– Mas, sabe? Talvez eu possa trabalhar isso. Ou, pelo menos, tentar. Droga, não sei. Talvez não possa.

– Oh... Jesus. Eu o ajudarei. De todas as formas que puder.

Z. sacudiu a cabeça.

– Não. Não quero sua ajuda. Tenho de fazê-lo sozinho.

Ficaram em silêncio por um tempo.

– Meu braço está dormente – disse Z.

Phury ergueu a cabeça e Zsadist recolheu o braço, mas não se afastou.

Antes de partir, Bella foi ao quarto que tinham destinado a Zsadist. Atrasara sua partida durante dias, dizendo a si mesma que não era porque esperava que ele fosse procurá-la. O que era uma mentira.

A porta estava ligeiramente aberta, então, bateu no batente. Perguntava-se o que ele diria quando a visse entrar. Provavelmente nada.

– Entre – respondeu uma fêmea.

Bella entrou no quarto. A cama estava vazia, e o equipamento de monitoração estava espatifado no chão. Uma enfermeira recolhia as peças e as jogava na lixeira. Era claro que Zsadist estava de pé e por perto.

A enfermeira sorriu.

– Procura por ele? Está no quarto ao lado, com o irmão.

– Obrigada.

Bella foi ao quarto seguinte e bateu na porta de leve. Como não obteve resposta, entrou.

Os dois estavam deitados de costas um para o outro, tão fortemente unidos que parecia que suas espinhas dorsais estavam fundidas. Seus braços e pernas estavam dobrados em posições idênticas, os queixos enfiados nos peitos. Ela os imaginou daquele jeito no útero da mãe, descansando juntos, inocentes de todos os horrores que aguardavam por eles no mundo exterior.

Era estranho pensar que seu sangue estava em ambos. Era seu único legado ao par, a única coisa que ela deixava para trás.

De repente, os olhos de Zsadist se abriram. O brilho amarelo-dourado foi tão surpreendente, que ela sobressaltou-se.

– Bella... – estendeu a mão para ela. – Bella.

Ela deu um passo para trás.

– Vim para dizer adeus.

Quando ele deixou cair a mão, Bella precisou desviar os olhos.

– Para onde vai? – perguntou. – A algum lugar seguro?

– Sim – iria seguir a costa até Charleston, Carolina do Sul, com uns parentes que estavam mais do que felizes em acolhê-la. – Será um recomeço para mim. Uma nova vida.

– Que bom. Isso é muito bom.

Ela fechou os olhos. Só uma vez... só uma vez teria gostado de ouvir um pouco de pena em sua voz por ela partir. Contudo, já que aquele era o último adeus entre eles, pelo menos nunca mais sofreria outro desapontamento.

– Foi tão corajosa – disse ele. – Devo minha vida a você. A dele, também. Você é tão... corajosa.

Uma ova que era. Estava a ponto de desabar completamente.

– Espero que você e Phury se curem rápido. Sim, espero...

Houve um longo silêncio. Então, lançou um último olhar ao rosto de Zsadist. Sabia então que, mesmo que viesse a se unir a outro macho, ninguém tomaria o lugar dele.

E, por menos romântico que pudesse soar, na realidade tal ideia era uma droga. Certo, deveria triunfar sobre as perdas e tudo isso. Mas o amava e não iria terminar com ele, e tudo o que queria fazer era meter-se em uma cama em algum lugar, apagar as luzes, e permanecer ali. Por, digamos, um século.

– Quero que saiba de uma coisa – falou. – Lembra que me disse que um dia eu despertaria e lamentaria estar com você? Bem, eu lamento. Mas não por causa do que diria a *glymera* – ela cruzou os braços sobre o peito. – Tendo sido criticada pela alta sociedade uma vez, já não tenho medo da aristocracia, e teria muito orgulho... de desfilar ao seu lado. Mas sim, sinto ter ficado com você.

Porque deixá-lo era um golpe esmagador. Pior que tudo que passara com o *redutor*.

Considerando todas as coisas, teria sido melhor não saber o que estava perdendo.

Sem outras palavras, virou-se e deixou o quarto.

Quando o amanhecer despontou na paisagem, Butch foi para o Buraco, tirou o casaco, e sentou-se no sofá de couro. O canal de esportes estava no mudo. *Late Registration*, de Kanye West, era o som ambiente.

V. apareceu na porta da cozinha, e era óbvio que acabava de chegar de uma noite de luta: estava sem camisa, tinha um olho roxo, e ainda vestia as calças de couro e as botas de combate.

– Como você está? – perguntou Butch, observando outro hematoma no ombro do colega de quarto.

– Não muito melhor do que você. Parece moído, tira.

– Tem razão – ele deixou cair a cabeça para trás. Velar Z. pareceu-lhe o correto enquanto os outros Irmãos faziam seu trabalho. Mas estava esgotado, embora não tenha feito mais do que sentar-se em uma cadeira durante três dias.

– Tenho uma coisa que vai animá-lo. Tome.

Butch sacudiu a cabeça quando uma taça apareceu diante de sua cara.

– Sabe que não bebo vinho tinto.

– Experimente.

– Que nada, preciso de uma chuveirada e, depois, de algo um pouco mais forte do que isso – Butch apoiou as mãos nos joelhos e começou a se levantar.

Vishous postou-se em seu caminho.

– Precisa disso. Confie em mim.

Butch voltou a mergulhar o traseiro no sofá e aceitou a taça. Cheirou o vinho. Bebericou.

– Nada mau. Um pouco grosso, mas não é ruim. É um merlot?

– Não mesmo.

Ele inclinou a cabeça para trás e bebeu a valer. O vinho era forte, rascante, e fez com que se sentisse um pouco tonto. Perguntou-se quando fora a última vez que comera alguma coisa.

Quando bebia o restinho, franziu a testa. Vishous o olhava muito atentamente.

– V.? Há algo errado? – ele depositou a taça sobre a mesa e arqueou uma sobrancelha.

– Não... não, está tudo bem. Tudo vai ficar bem agora.

Butch pensou nos problemas que seu companheiro de quarto vinha atravessando.

– Escute, queria lhe perguntar sobre suas visões. Ainda não retornaram?

– Na realidade, tive uma faz aproximadamente uns dez minutos. Então, talvez estejam de volta.

– Que bom. Não gosto de vê-lo todo preocupado.

– Tem toda razão, tira. Sabia? – Vishous sorriu e passou a mão pelo cabelo. Quando baixou o braço, Butch vislumbrou o pulso do Irmão. No lado interno havia um corte vermelho fresco. Como se o tivesse feito minutos antes.

Butch olhou para a taça. Uma horrível suspeita levou seus olhos novamente para o pulso de seu companheiro de quarto.

– Meu... Deus. V., o que... o que você fez? – pôs-se de pé num pulo ao mesmo tempo em que o seu estômago se contraía com o primeiro espasmo. – Oh, Deus... *Vishous*.

Correu para o banheiro de seu quarto para vomitar, mas não chegou tão longe. Mal entrou correndo na suíte, V. o agarrou por trás, e o forçou a sentar-se na cama. Quando começou a ter náuseas, Vishous o deitou de costas e sujeitou o queixo de Butch, mantendo-lhe a boca fechada.

– Não resista – disse V. asperamente. – Não vomite. Precisa mantê-lo no estômago.

As entranhas de Butch se reviravam, e ele engasgava com o que subia por sua garganta. Em pânico, nauseado, incapaz de respirar, empurrou com força o pesado corpo escarranchado sobre ele e conseguiu deslocar Vishous para o lado. Mas, antes que pudesse escapar, V. o agarrou por trás outra vez e forçou-o a fechar a mandíbula novamente.

– Precisa... mantê-lo... no estômago... – ofegou V., enquanto lutavam na cama.

Butch sentiu que uma perna grossa prendia suas coxas. O golpe de luta livre funcionou. Não podia se mover. Mesmo assim, continuava a se debater.

Os espasmos e a náusea se intensificaram até que pensou que seus olhos fossem saltar das órbitas. Então, houve uma explosão em suas entranhas, e faíscas começaram a espocar por todo seu corpo... faíscas que desencadearam um formigamento... depois um zumbido. Ficou imóvel. Deixou de lutar, absorto nas sensações.

V. afrouxou a pressão e retirou a mão do queixo de Butch, embora conservasse um braço em torno do peito do tira.

– Isso mesmo... Só respire. Está indo bem.

O zumbido se elevava agora, convertendo-se em algo semelhante ao sexo, embora não fosse de fato... Não, definitivamente não tinha coisa alguma de erótico, mas seu corpo não sabia a diferença. Enrijeceu-se, a ereção pressionando suas calças, seu corpo de repente tomado por uma feroz excitação. Arqueou-se, um gemido escapou de sua boca.

– Isso mesmo – disse V. em seu ouvido. – Não resista. Deixe-se levar.

Os quadris de Butch giraram espontaneamente, e ele gemeu outra vez. Estava quente como o centro do sol, sua pele hipersensível, já não enxergava... E, então, o rugido em suas entranhas mudou-se para o coração. Num piscar de olhos, todas suas veias se inflamaram como se corresse gasolina por elas, e seu interior se converteu em uma rede de fogo, tornando-se cada vez mais quente. O suor brotava profusamente de seu corpo, enquanto se contorcia e estremecia, e ele jogou a cabeça contra o ombro de Vishous. Saíram grasnidos de sua boca.

– Eu... vou morrer.

A voz de V. o acompanhava:

– Você tem de ficar comigo, meu camarada. Continue respirando. Isso não vai durar muito tempo.

Justamente quando Butch pensava que já não aguentava mais, um violento orgasmo o atropelou como uma jamanta. Quando a cabeça de seu pênis explodiu, Vishous o amparou nas convulsões, falando-lhe no Antigo Idioma. E, então, tudo terminou. A tormenta passou.

Ofegante, fraco, Butch tremia, enquanto V. saía da cama e o cobria com um cobertor.

– Por quê... – disse Butch, como um embriagado. – V., por quê?

O rosto de Vishous apareceu diante do seu. Os olhos diamantinos do Irmão brilharam... até que, de repente, o esquerdo tornou-se todo negro, a pupila se expandiu até que a íris e a parte branca se transformaram no que mais parecia um buraco sem fundo.

– A *razão* disso... eu não sei. Mas vi que devia beber de mim. Era isso ou morreria – V. estendeu a mão e alisou o cabelo de Butch para trás. – Durma. Já que sobreviveu, ao cair da noite irá se sentir melhor.

– Isso poderia... ter me *matado*? – *Ah, droga, sim.* Presumindo que iria morrer.

– Eu não teria lhe dado isso se não tivesse certeza de que sobreviveria. Agora, feche os olhos. Não lute contra o sono, está bem? – Vishous se virou para ir embora, mas parou na porta.

Quando o Irmão olhou para trás, Butch sentiu uma estranha sensação... um laço que fluía entre eles, um pouco mais tangível do que o ar entre seus corpos. Forjado na fornalha que acabara de passar, denso como o sangue em suas veias... uma conexão miraculosa.

Meu irmão, pensou Butch.

– Não deixarei que nada de mau lhe aconteça, tira.

E Butch sabia que era a mais absoluta verdade, embora realmente não apreciasse ser enganado. Mas, se soubesse o que havia naquela taça, jamais teria bebido. De maneira alguma.

– O que isso me tornou? – perguntou com brandura.

– Nada que não fosse antes. Ainda é apenas um humano.

Butch suspirou aliviado.

– Olhe, cara, faça-me um favor. Avise-me antes de vir com outra dessas. Prefiro escolher – depois, sorriu de leve. – Além disso, você nem me levou para jantar antes.

V. explodiu numa gargalhada curta.

– Vá dormir, colega. Depois você acerta as contas comigo.

– Pode deixar.

Quando as costas largas do Irmão desapareceram no corredor, Butch fechou os olhos.

Ainda apenas um humano... Apenas... um... humano.

O sonho o reclamou como um prêmio.

Capítulo 48

No começo da noite seguinte, Zsadist vestiu uma nova calça de couro. Estava meio "enferrujado", mas sentia-se incrivelmente forte, e sabia que era o sangue de Bella que ainda o alimentava, dando-lhe força, recuperando-o.

Limpou a garganta enquanto fechava a braguilha, tentando não chorar por ela como um maricas.

– Obrigado por me trazer isso, tira.

Butch fez um aceno com a cabeça.

– Sem problema. Está pensando em tentar se desmaterializar para ir para casa? Porque posso levá-lo no Escalade.

Z. puxou pela cabeça um pulôver negro de gola alta, meteu os pés nas botas de combate e congelou.

– Z.? Z., o que houve, cara?

Olhou para o tira. Piscou algumas vezes.

– Desculpe, não ouvi. O que disse?

– Quer ir comigo?

Z. se concentrou em Butch pela primeira vez desde que o humano entrara no quarto, dez minutos antes. Estava prestes a responder a pergunta de Butch quando seus instintos foram acionados. Inclinou a cabeça, farejou. Encarou o homem. *Que diabos...?*

– Tira, por onde andou desde a última vez que o vi?

– Não fui a parte alguma.

– Cheira diferente.

Butch corou.

– É a minha nova loção pós-barba.

– Não. Não é...

– Então, está a fim de uma carona? – os olhos cor de avelã de Butch endureceram, deixando claro que não iria continuar aquele assunto.

Z. encolheu os ombros.

– Sim, está bem. E vamos pegar Phury. Ambos iremos com você.

Quinze minutos mais tarde, saíam da clínica. No trajeto para a mansão, Z. ia atrás no Escalade, olhos perdidos na paisagem invernal. Nevava outra vez, os flocos atingiam o veículo horizontalmente, quando pegaram a Rota 22. Podia ouvir, nos bancos dianteiros, Phury e Butch conversando num tom tranquilo, mas pareciam distantes, muito distantes. Na verdade, tudo lhe parecia assim... fora de foco... fora de contexto...

– Lar doce lar, cavalheiros – disse Butch, quando adentraram o pátio do complexo.

Meu Deus. Já tinham chegado?

Os três se dirigiram à mansão, a neve fresca rangendo sob suas botas. Assim que pisaram o vestíbulo, as fêmeas da casa correram para eles. Ou, melhor dizendo, para Phury. Mary e Beth lançaram os braços ao redor do Irmão, suas vozes um adorável coro de boas-vindas.

Quando Phury envolveu as fêmeas em seus braços, Z. recuou para as sombras. Espiou escondido, perguntando-se como seria estar naquele entrelaçamento de membros, desejando que também houvesse uma recepção semelhante para ele.

Houve uma pausa incômoda, quando Mary e Beth deram uma olhada nele por cima dos braços de Phury. As fêmeas rapidamente desviaram a vista, evitando seus olhos.

– Então: Wrath está lá em cima – disse Beth –, esperando vocês com os outros Irmãos.

– Alguma notícia de Tohr? – perguntou Phury.

– Não, e isso está nos consumindo de preocupação. A John, também.

– Irei ver o garoto mais tarde.

Mary e Beth apertaram Phury nos braços uma última vez; então, ele e Butch se dirigiram para a escadaria. Z. os seguiu.

– Zsadist?

Olhou por cima do ombro na direção da voz de Beth. Estava parada com os braços sobre o peito, com Mary ao seu lado, tão tensa quanto ela.

– Estamos contentes com o seu retorno – disse a rainha.

Z. franziu a testa, sabendo que aquilo não podia ser verdade. Não imaginava que elas pudessem gostar de tê-lo por perto.

Mary falou:

– Acendi uma vela por você. Rezei para que voltasse para casa são e salvo.

Uma vela... acesa por ele? Só para ele? Quando o sangue lhe subiu às faces, sentiu-se patético ao se dar conta de que aquela consideração significava muito para ele.

– Obrigado – ele se inclinou para elas e disparou escada acima, certo de estar da cor de um rubi. *Deus...* Talvez devesse se esforçar para melhorar nessa questão de relacionamentos. Algum dia.

Só que quando entrou no escritório de Wrath, e sentiu os olhos de todos os Irmãos em cima dele, pensou: *Talvez não*. Não podia suportar examinações; era demais para alguém sem traquejo social como ele. Quando suas mãos começaram a tremer, meteu-as nos bolsos e foi para o seu canto habitual, longe dos outros.

– Não quero que saiam para lutar esta noite – anunciou Wrath. – Temos muitas preocupações em nossas cabeças para sermos eficazes. E quero que estejam em casa às quatro da manhã. Assim que o sol nascer, estaremos o dia todo de luto por Wellsie, quero que se alimentem e bebam antes de iniciarmos isso. Quanto à cerimônia do Fade em sua memória, como não pode ser realizada sem a presença de Tohr, então, fica para mais tarde.

– Não acredito que ninguém saiba aonde foi – disse Phury.

Vishous acendeu uma cigarrilha.

– Tenho ido à casa dele todas as noites, e ainda não há sinal dele. Seu *doggen* não o viu ou teve notícias dele. Deixou suas adagas. Suas armas. Sua roupa. Os carros. Pode estar em qualquer parte.

– E o treinamento? – perguntou Phury. – Devemos continuá-lo?

Wrath sacudiu a cabeça.

– Eu gostaria, mas estamos com falta de pessoal, e não quero sobrecarregar você. Sobretudo porque precisa de um tempo para se recuperar.

– Posso ajudar – disse Z.

Todas as cabeças se viraram em sua direção. A incredulidade estampada em seus semblantes teria sido engraçada senão fosse tão verdadeira.

Zsadist pigarreou.

– Quero dizer, Phury seria o encarregado, e teria de dar as aulas porque não sei ler. Mas, como vocês sabem, sou bom com uma adaga. Com os punhos, também. E com armas de fogo. Explosivos. Eu poderia ajudar com a parte do treinamento físico e das armas – como não obteve resposta, olhou para baixo. – Ok, talvez não. Tudo bem. Tanto faz.

O silêncio que se seguiu foi terrivelmente desconfortável para ele. Moveu as pernas de um lado para o outro. Olhou para a porta.

Que imbecil eu sou, pensou. Deveria ter mantido a boca fechada.

– Acho que seria maravilhoso – disse Wrath, devagar. – Mas tem certeza de que quer fazer isso?

Z. encolheu os ombros.

– Poderia tentar.

Outra vez o silêncio.

– Tudo bem... que assim seja. E obrigado por ajudar.

– Claro. Sem problema.

Meia hora mais tarde, quando terminaram, Z. foi o primeiro a deixar o escritório. Não queria conversar com os Irmãos sobre o fato de ter se apresentado como voluntário para o treinamento ou como se sentia. Sabia que todos estavam curiosos sobre ele, provavelmente procurando sinais de que estaria redimido ou coisa que o valha.

Voltou ao seu quarto para se armar. Tinha diante de si uma tarefa longa e difícil, e queria terminá-la logo.

Só que quando foi até o armário de armas, no fundo do closet, bateu os olhos no roupão de cetim negro que Bella tanto usara. Dias antes, ele o jogara no cesto de lixo do banheiro, mas, obviamente, Fritz o havia recolhido e pendurado de volta. Z. estendeu a mão e tocou o traje; depois, tirou-o do cabide, pendurou-o no braço e acariciou o liso tecido. Levou-o ao nariz e aspirou profundamente, sentindo tanto o perfume dela quanto o aroma do vínculo entre os dois.

Estava a ponto de colocá-lo de volta quando notou que algo caíra no chão aos seus pés. Abaixou-se. Era a correntinha de Bella. Deixada para trás.

Correu o colar entre os dedos um instante, apenas olhando os diamantes cintilarem; então, ele o colocou no pescoço e pegou suas armas. Ao voltar para o quarto, sua intenção era deixá-lo imediatamente, mas vislumbrou o crânio da Ama ao lado do catre.

Cruzando o quarto, ajoelhou-se diante da coisa e olhou fixamente naquelas órbitas vazias.

Um instante depois, foi até o banheiro, pegou uma toalha, e voltou para o crânio. Cobrindo-o com o pano felpudo, recolheu-o e saiu rápido, primeiro atravessando o corredor das estátuas com grandes passadas, depois pondo-se a correr. Desceu a escadaria até o primeiro andar, passou pela sala de jantar e a copa, e chegou à cozinha.

A escada do porão ficava na parte de trás, e ele não acendeu a luz quando a desceu. O rugido da antiquada fornalha a carvão da mansão se fez mais forte.

Ao se aproximar da grande besta de ferro, sentiu seu calor, como se a coisa estivesse viva e febril. Inclinou-se e espiou pela pequena janela de vidro na portinhola. As chamas alaranjadas lambiam e roíam o carvão que lhe tinham dado, sempre faminta por mais alimento. Soltou o trinco, abriu a porta e recebeu uma lufada de calor no rosto. Sem hesitar, atirou lá dentro o crânio, com toalha e tudo.

Não esperou para vê-lo queimar, apenas se virou e subiu as escadas.

Quando chegou ao vestíbulo, deteve-se brevemente e, logo em seguida, subiu ao segundo andar. No topo da escada, seguiu pela direita, atravessou o corredor e bateu numa das portas.

Rhage a abriu, com uma toalha ao redor da cintura. Parecia surpreso ao ver quem era.

– Ei, meu Irmão.

– Posso falar com a Mary, um minuto?

Hollywood franziu a testa, mas disse por cima do ombro:

– Mary, Z. quer falar com você.

Mary se aproximou, amarrando a faixa do roupão de seda.

– Oi.

– Importa-se de conversarmos em particular? – disse Z., lançando uma olhadela para Rhage.

Quando o Irmão franziu a testa, Z. pensou: Sim, machos vinculados não gostam que suas fêmeas fiquem a sós com outros. Especialmente com ele.

Esfregou o crânio raspado.

– Será aqui fora no corredor. Não levará muito tempo.

Mary passou entre eles e empurrou seu *hellren* para dentro do quarto.

– Tudo bem, Rhage. Vá acabar de encher a banheira e preparar o banho.

Os olhos de Rhage embranqueceram brevemente, como se a besta também avaliasse a situação. Houve uma pesada pausa; então, deu um beijo estalado no pescoço de Mary e a porta se fechou.

– O que foi? – perguntou ela. Z. podia farejar seu medo, mas ela o olhou nos olhos.

Sempre gostara dela, pensou ele.

– Ouvi dizer que você ensinava crianças autistas.

– Ah... sim, é verdade.

– Elas eram lentas na aprendizagem?

Ela franziu a testa.

– Bem, sim. Às vezes.

– Isso a deixava... – ele pigarreou. – Isso lhe dava nos nervos? Quero dizer, sentia-se frustrada?

– Não. E se por acaso me sentisse desapontada, seria comigo mesma, por não descobrir uma maneira de ensiná-los.

Enquanto ele balançava a cabeça em sinal de aprovação, precisou desviar a vista daqueles olhos cinzentos. Concentrou-se na almofada de madeira da porta, ao lado da cabeça dela.

– Por que pergunta, Zsadist?

Ele respirou fundo e desandou a falar. Quando terminou, arriscou-se a olhá-la.

Tinha a mão sobre a boca e seu olhar era tão amável que parecia a luz do sol sobre ele.

– Oh, Zsadist, sim... Sim, deixe comigo.

Phury sacudiu a cabeça quando entrou no Escalade.

– Tem de ser o ZeroSum.

Ele precisava *tanto* ir àquele lugar naquela noite...

– Imagino – disse V., enquanto se sentava atrás do volante e Butch entrava atrás.

Os três foram em silêncio durante todo o trajeto até a cidade. Nem música ouviam.

Tanta morte, tanta perda, pensou Phury. Wellsie. Aquela fêmea jovem, Sarelle, cujo corpo V. havia devolvido aos pais.

E o desaparecimento de Tohr parecia uma morte, também. Assim como o de Bella.

A agonia de tudo isso fez com que pensasse em Z. Queria acreditar que Zsadist estava a caminho de uma recuperação ou algo assim. Mas a ideia de que aquele macho poderia mudar era completamente infundada. Era apenas questão de tempo antes que a necessidade de dor para o seu irmão retornasse e o inferno começaria outra vez.

Phury esfregou o rosto. É verdade que naquela noite se sentia como se tivesse mil anos, mas também estava nervoso e agitado... traumatizado por dentro, embora sua pele estivesse curada. Simplesmente não conseguia se acalmar. Precisava de ajuda.

Vinte minutos mais tarde, Vishous estacionou nos fundos do ZeroSum, de forma ilegal. Os seguranças os deixaram entrar imediatamente, e os três se dirigiram à área VIP. Phury pediu um Martini, e quando a bebida chegou, virou-a num longo e único gole.

Ajuda. Precisava de ajuda. De toda ajuda que pudesse lançar mão... ou iria explodir.

– Com licença, rapazes – murmurou. Dirigiu-se aos fundos do clube noturno, ao escritório do Reverendo. Os dois enormes mouros o saudaram com a cabeça, e um deles falou qualquer coisa no relógio que usava. Um segundo mais tarde, deixaram-no passar.

Phury entrou naquela sala que mais parecia uma caverna e se concentrou no Reverendo. O macho estava sentado atrás de sua mesa, trajando um impecável terno risca de giz, com pinta de homem de negócios, não de traficante.

O Reverendo sorriu maliciosamente.

– Onde diabos está toda aquela bela cabeleira?

Phury olhou por cima do ombro, para se certificar de que a porta estava fechada. Então, tirou do bolso três notas de cem dólares.

– Quero um pouco de H.

Os olhos cor de violeta do Reverendo se estreitaram.

– Como disse?

– Heroína.

– Tem certeza?

Não, pensou Phury.

– Sim – disse ele.

O Reverendo passou a mão de trás para frente em sua crista moicana. Então, inclinou-se e pressionou um botão do intercomunicador.

– Rally, traga aqui trezentos de H. – disse o Reverendo, recostando-se na cadeira. – Para ser sincero, não acho que deva levar esse tipo de droga. Você não precisa dessa porcaria.

– Não que eu siga os seus conselhos, mas foi você mesmo que disse que eu deveria pegar um pouco mais forte.

– Retiro o que disse.

– Achava que os *sympathos* não tinham consciência.

– Sou filho de minha mãe, também. Então, tenho um pouco.

– Ora, ora, você tem sorte.

O queixo do Reverendo baixou, e, por uma fração de segundo, o mal brilhou em seus olhos cor de violeta. Então, sorriu.

– Não... quem tem sorte são vocês.

Rally chegou momentos depois, e a transação não demorou. O pacote dobrado coube direitinho no bolso interno do paletó de Phury.

Quando estava saindo, o Reverendo lhe disse:

– É muito forte pura. A morte. Pode salpicá-la num baseado ou derretê-la e injetá-la. Mas aconselho fumá-la. Será mais seguro para você e terá mais controle na dosagem.

– Tem familiaridade com seus produtos.

– Que nada, nunca uso esse lixo tóxico. Essas coisas matam. Mas escuto os outros dizerem o que funciona. E o que pode deixá-lo com uma etiqueta no dedão do pé.

A realidade do que estava fazendo percorreu a pele de Phury como uma comichão desagradável. Mas quando retornou à mesa cativa da Irmandade não via a hora de voltar para casa. Queria o completo entorpecimento. Queria o tal "orgasmo abdominal" que ouvira dizer que a heroína proporcionava. E sabia que comprara droga suficiente para várias viagens ao paraíso infernal.

– O que há com você? – perguntou Butch. – Não consegue parar quieto esta noite.

– Nada – quando pôs a mão no bolso interno e sentiu o que havia comprado, começou a bater o pé embaixo da mesa.

Não passo de um viciado, deu-se conta.

Só que restara muito pouco dele próprio para se importar com isso. A morte estava por todo lado, o mau cheiro da tristeza e do fracasso poluía o ar que respirava. Precisava descer daquele trem descontrolado por um tempo, mesmo que para isso tivesse que embarcar em outro tipo de viagem alucinada.

Por sorte, ou talvez infelizmente, Butch e V. não ficaram muito tempo no clube, e todos estavam em casa um pouco depois da meia-noite. Ao entrarem no vestíbulo, Phury estalava os nós dos dedos, e uma excitação nervosa agitava-o por baixo das roupas. Não via a hora de ficar sozinho.

– Querem comer? – disse Vishous, bocejando.

– Claro que sim – disse Butch. Então, olhou para Phury enquanto V. ia para a cozinha. – Phury, também vai nessa com a gente?

– Não, vejo vocês mais tarde – enquanto subia a escadaria podia sentir os olhos do humano nele.

– Phury... – chamou Butch.

Phury praguejou e espiou por cima do ombro. Um pouco de seu impulso maníaco se dissipou quando viu um ar de censura estampado nos olhos do tira.

Butch sabia, pensou. De alguma forma ele sabia o que estava prestes a fazer.

– Tem certeza de que não quer comer conosco? – disse o humano, num tom controlado.

Phury nem precisou pensar. Ou, talvez, ele se recusasse a pensar.

– Sim. Tenho certeza.

– Cuidado, cara. Certas coisas são difíceis de desfazer.

Phury pensou em Z. Nele próprio. No futuro miserável que tinha pela frente.

– E eu não sei? – respondeu, e saiu.

Quando chegou ao seu quarto, fechou a porta e largou o casaco de couro em uma cadeira. Tirou o pacote, pegou um pouco de fumaça vermelha e um papel de seda, e preparou um baseado. Nem passou por sua cabeça injetar a droga. Seria como chegar ao fundo do poço.

Ao menos na primeira vez.

Ele lambeu a borda do papel de seda, apertou, e depois foi até sua cama e se recostou nos travesseiros. Pegou o isqueiro, acendeu, e se inclinou sobre o brilho alaranjado, o baseado entre os lábios.

Bateram na porta e aquilo o tirou do sério. *Maldito Butch.*

Apagou o isqueiro.

– O que é?

Como não houve resposta, levou o cigarro com ele e atravessou o quarto. Abriu a porta com violência.

John titubeou para trás.

Phury respirou fundo. De novo. *Calma.* Precisava ter calma.

– O que aconteceu, filho? – perguntou-lhe, acariciando o baseado com o dedo indicador.

John pegou o bloco, escreveu umas poucas linhas e o mostrou.

"*Sinto incomodá-lo. Preciso de alguém para corrigir minhas posições de jiu-jitsu, e você é muito bom.*"

– Oh... sim. Esta noite não, John. Sinto muito. Estou... ocupado.

O garoto concordou com a cabeça. Após uma pausa, John abanou a mão dando adeus. E virou-se para ir embora.

Phury fechou a porta, trancou-a, e foi direito para a cama. Acendeu o isqueiro novamente, colocou o cigarro nos lábios...

Justo quando a chama encostou na ponta do baseado, congelou.

Não podia respirar. Não conseguia... Ofegou. Enquanto suas palmas ficavam úmidas, o suor brotava sobre o lábio superior, sob as axilas e escorria pelo peito.

Que diabos estava fazendo? Que diabos estava fazendo?

Drogado... Drogado filho da mãe. Canalha viciado. Trazer *heroína* à casa do rei? Acender aquela porcaria no complexo da *Irmandade*? Degradar-se porque era muito fraco para enfrentar seus problemas?

Inferno. Não, não faria isso. Não desonraria assim seus Irmãos, seu rei. Já bastava ser dependente de fumaça vermelha. Mas, H?

Tremendo da cabeça aos pés, Phury correu para a escrivaninha, recolheu o pacote, e foi para o banheiro. Jogou o baseado e o pacote no vaso sanitário e deu a descarga. Várias vezes.

Saindo do quarto quase aos tropeções, disparou pelo corredor.

John estava na metade da escadaria quando Phury chegou tão rápido que quase caiu pelos degraus. Agarrou o rapaz e o puxou para si com tanto ímpeto que aqueles ossos frágeis devem ter envergado.

Deixando cair a cabeça no ombro do garoto, Phury tremia.

– Ah, por Deus... obrigado. Obrigado, obrigado...

Pequenos braços o rodearam. Pequenas mãos confortaram-no com palmadinhas nas costas.

Quando Phury finalmente o soltou, teve de enxugar os olhos.

– Acho que é uma noite ideal para trabalhar em suas posturas. Sem dúvida. E também é uma ótima hora para mim. Vamos.

Quando o garoto ergueu a vista para ele... seus olhos de repente pareceram surpreendentemente sábios. E, então, a boca de John movimentou-se devagar, formando palavras que causaram impacto, ainda que não tivessem som.

Você está em uma prisão sem grades. Preocupo-me com você.

Phury piscou, apanhado em uma estranha deformação do tempo. Outra pessoa havia dito aquelas mesmas coisas a ele... No verão passado.

A porta do vestíbulo se abriu, quebrando o momento. Phury e John sobressaltaram-se com o barulho, e Zsadist entrou.

O Irmão parecia abatido enquanto olhava para eles na escadaria.

– Oh… Oi, Phury. Oi, John.

Phury esfregou o pescoço, tentando espantar a estranha sensação de *déjà vu* que acabara de experimentar com John.

– Então, Z., de onde está vindo?

– De uma pequena viagem. Uma pequena viagem para muito longe. O que estão fazendo?

– Vamos ao ginásio para trabalhar as posições de John.

Z. fechou a porta.

– Que tal eu me juntar a vocês? Ou... melhor colocado: posso me juntar a vocês?

Phury só pôde olhá-lo, espantado. John pareceu igualmente surpreso, mas, pelo menos, o rapaz teve a presença de espírito de concordar com a cabeça.

Phury recuperou sua concentração.

– Sim, claro, meu irmão. Venha conosco. Você é sempre... bem-vindo.

Zsadist cruzou o brilhante piso de mosaico.

– Obrigado. Muito obrigado.

Os três se dirigiram à passagem embaixo da escada.

Enquanto caminhavam para o centro de treinamento, Phury olhou para John e pensou que, às vezes, basta um espaço tão exíguo como um fio de cabelo entre dois carros para evitar um acidente mortal.

Às vezes, sua vida inteira pode depender de uma fração de milímetro. Ou de um nanossegundo. Ou de uma batida na porta.

É o tipo de coisa capaz de fazer alguém acreditar em intervenção divina. Realmente.

CAPÍTULO 49

Dois meses depois...

Bella se materializou diante da mansão da Irmandade e olhou a severa fachada cinzenta. Não esperava voltar lá. Mas o destino tinha outros planos para ela.

Abriu a porta externa e entrou. Quando acionou o interfone e mostrou o rosto para a câmera, sentiu como se estivesse num sonho.

Fritz abriu as portas internas de par em par e inclinou-se, sorrindo.

– Senhora! Que prazer vê-la.

– Olá – passou ao vestíbulo e sacudiu a cabeça quando ele tentou tirar-lhe o casaco. – Não me demorarei. Só estou aqui para falar com Zsadist. Por um minuto.

– É claro. O senhor está em casa. Siga-me, por gentileza – Fritz conduziu-a através do vestíbulo até uma porta dupla, conversando alegremente por todo o percurso, atualizando-a sobre os acontecimentos, o que todos haviam feito no Ano Novo, por exemplo.

Mas o *doggen* fez uma pausa antes de abrir a porta da biblioteca.

– Perdoe-me, senhora, mas parece-me... Gostaria de anunciar-se sozinha? Quando estiver preparada?

– Oh, Fritz, como você me conhece bem! Adoraria ter um minuto para me preparar.

Ele assentiu, sorriu e desapareceu.

Bella respirou fundo e escutou passos e vozes na casa. Algumas, graves e altas, certamente pertenciam aos Irmãos. Ela consultou o relógio: sete da noite. Deviam estar se preparando para sair.

Perguntou-se como estaria Phury. E se Tohr já retornara. E como andaria John.

Enrolando... ela estava enrolando para entrar.

É agora ou nunca, pensou, segurando a maçaneta e girando-a. Uma folha da porta se abriu silenciosamente.

Perdeu o fôlego quando olhou o interior da biblioteca.

Zsadist estava sentado diante de uma mesa, inclinado sobre um pedaço de papel, um magro lápis em seu gigantesco punho. Mary estava ao seu lado, e entre os dois havia um livro aberto.

– Lembre-se de que antes de "P" e "B" usamos "M", e não "N" – disse Mary, apontando para o livro. – Asse*mb*leia. Tampa. Tente outra vez.

Zsadist passou a mão pelo crânio raspado. Em voz baixa, disse algo que Bella não conseguiu captar e, então, moveu o lápis sobre o papel.

– Muito bem! – Mary pôs a mão sobre seu bíceps. – Acertou!

Zsadist ergueu a vista e sorriu. Então, virou a cabeça e bateu os olhos em Bella: perdeu a expressão.

Oh, boa Virgem do Fade, pensou ela, enquanto o olhava embevecida. Ainda o amava. Sabia disso no fundo de...

Espere um minuto... Que... diabos? O rosto dele estava realmente diferente. Algo mudara. Não a cicatriz, mas havia algo diferente.

Não importa. Acabe logo com isso para que possa ir embora.

– Sinto interromper – disse ela –, mas será que eu poderia falar um instante com Zsadist?

Bella estava vagamente consciente de que Mary levantou-se, foi até ela, as duas se abraçaram, e que, depois, a mulher de Rhage saiu e fechou a porta atrás de si.

– Olá – disse Zsadist. Então, levantou-se devagar.

Os olhos de Bella se arregalaram, e ela deu um passo para trás.

– Meu Deus. Está *enorme*.

Ele pôs a mão sobre o peito largo.

– Hum... sim. Ganhei mais ou menos quarenta quilos. Havers... Havers diz que provavelmente não vou engordar mais. Mas agora estou com mais de cento e vinte quilos.

Então era essa a razão da mudança em seu rosto. Suas faces já não estavam encovadas, as feições haviam perdido a dureza e os olhos não eram mais fundos. Ele parecia... quase atraente, na verdade. E lembrava muito mais Phury.

Ele pigarreou.

– Então, Rhage e eu... agora malhamos juntos.

Santo Deus... com toda certeza. O corpo de Zsadist estava bem diferente do que ela conhecera. Os ombros estavam enormes e cheios de músculos que ela conseguia perceber por baixo da camiseta negra justa que ele vestia. Seus bíceps eram três vezes maiores do que antes, e os antebraços bastante grandes agora para combinarem com o tamanho das mãos. Seu abdômen estava poderosamente definido e suas calças de couro estufadas pelo volume das coxas musculosas.

– Você também andou se alimentando – murmurou ela. E imediatamente desejou poder retirar tais palavras. Ou, pelo menos, o tom de censura que continham.

Não era da sua conta se ele estava bebendo da veia de alguém, embora doesse imaginá-lo com outra de sua espécie – e era isso certamente o que estava acontecendo, porque sangue humano não poderia ser responsável por todo aquele desenvolvimento.

A mão dele escorregou do peito para o flanco.

– Rhage bebe de uma Escolhida porque não pode tomar a veia de Mary para se sustentar. Eu também venho me alimentando dela – houve uma pausa. – Você está muito bem.

– Obrigada.

Outra pausa longa.

– Hum... Bella, por que veio? Não que eu me importe...

– Preciso falar com você.

Ele não parecia saber o que dizer a respeito.

– Então, o que estava fazendo? – perguntou ela, apontando para os papéis sobre a mesa. Aquilo tampouco era da sua conta, mas estava enrolando desesperadamente outra vez. De língua travada. Perdida.

– Estou aprendendo a ler.

Os olhos dela brilharam.

– Oh... uau. E como está indo?

– Bem. Lento. Mas estou me esforçando – baixou os olhos para os papéis. – Mary é paciente comigo.

Silêncio. Longo silêncio. Deus, agora que estava diante dele, não conseguia encontrar as palavras.

– Fui a Charleston – disse ele.

– O quê? – tinha ido vê-la lá?

– Levei um tempo para encontrá-la, mas consegui. Fui na mesma noite em que deixei a clínica de Havers.

– Não fiquei sabendo.

– Não queria que soubesse.

– Oh – ela respirou fundo, a dor escorria como mercúrio sob cada centímetro de sua pele. *Hora de saltar do penhasco*, pensou. – Escute, Zsadist, eu vim para lhe dizer...

– Não queria vê-la até que tivesse terminado – quando seus olhos amarelos se fixaram nela, alguma coisa mudou no ar entre eles.

– Com o quê? – sussurrou ela.

Ele baixou o olhar para o lápis que segurava.

– Comigo.

Ela sacudiu a cabeça.

– Sinto muito. Não entendi...

– Quero lhe devolver isso – tirou o colar dela do bolso. – Ia deixá-lo naquela noite, mas, então, pensei... Bem, de qualquer modo, usei-o até que não coube mais ao redor do meu pescoço. Agora só o carrego comigo.

Bella perdeu o fôlego. Ele começou a esfregar o alto da cabeça, e seus bíceps e peito, agora tão grandes, esticaram a camiseta até quase romper as costuras.

– O colar era uma boa desculpa – murmurou ele.

– Para quê?

– Achei que poderia ir a Charleston e me apresentar diante de sua porta para lhe devolver isso e que talvez... talvez você me convidasse para entrar. Ou algo assim. Temia que outro macho começasse a cortejá-la, por isso, estava indo o mais rápido possível. Quero dizer, imaginava que talvez, se aprendesse a ler, se começasse a me cuidar mais, e se tentasse mudar o meu jeito e deixasse de ser o filho da mãe intratável que eu era... – ele sacudiu a cabeça. – Mas não me entenda mal. Isso não significa que eu esperasse que você ficasse feliz em me ver. Só esperava... sabe... um café. Um chá. Uma oportunidade para falar. Ou algo assim. Que nos tornássemos amigos, talvez. Exceto se tiver um macho, ele não permitiria isso. Então, é por isso que tinha tanta pressa.

Seus olhos amarelos encontraram os dela. Fazia uma careta, como se tivesse medo da expressão que poderia estar estampada no rosto de Bella.

– Amigos? – disse ela.

– Sim... quero dizer, não a desonraria pedindo mais do que isso. Sei que se arrepende... De qualquer modo, não podia deixá-la ir sem... Bem, então... amigos.

Santo... Deus. Tinha ido procurar por ela. Com a intenção de se reaproximar.

Cara, isso estava completamente fora de qualquer situação que imaginara quando se preparou para falar com ele.

– Eu... O que está dizendo, Zsadist? – balbuciou, apesar de ter escutado cada palavra.

Ele voltou a olhar para o lápis que tinha na mão e, então, voltou para a mesa. Abrindo numa página em branco do caderno de espiral, debruçou-se sobre o papel e demorou a rabiscar alguma coisa no alto, com capricho. Depois, arrancou a folha.

Sua mão tremia quando a estendeu para ela.

– Não saiu muito bom.

Bella segurou o papel. As letras maiúsculas tortas e infantis formavam três palavras:

EU AMO VOCÊ

Seus lábios se apertaram em uma linha enquanto os olhos se umedeceram. A caligrafia ondulou e desapareceu.

– Talvez não esteja dando para entender – disse ele com um fiapo de voz. – Vou fazer de novo.

Ela negou com a cabeça.

– Entendi perfeitamente. Isso... é lindo.

– Não espero nada em troca. Quero dizer... sei que... já não sente isso por mim. Mas queria que soubesse. É importante que soubesse. E se houver alguma oportunidade de que possamos estar juntos... não posso deixar meu trabalho com a Irmandade. Mas posso prometer que serei muito mais cuidadoso comigo mesmo... – ele franziu a testa e parou de falar. – Droga. O que estou dizendo? Prometi a mim mesmo que não a poria nessa posição...

Ela apertou o papel contra o coração, e, então, lançou-se contra o seu peito com tanta força que ele cambaleou para trás. Quando seus braços a rodearam com hesitação, como se não fizesse ideia do que ela estava fazendo ou por que, Bella caiu em prantos.

Em toda preparação para esse encontro, a única coisa que ela nunca havia considerado era que os dois pudessem ter algum futuro.

Quando ele inclinou-lhe o queixo e baixou os olhos para olhá-la, tentou sorrir, mas a louca esperança que sentia era uma carga muito pesada e feliz.

– Não tinha intenção de fazê-la chorar...

– Oh, Deus... Zsadist, eu o amo.

Os olhos dele se arregalaram de tal forma que suas sobrancelhas quase encostaram na linha do cabelo.

– O quê...?

– Eu amo você.

– Diga isso outra vez.

– Eu amo você.

– Outra vez... por favor – sussurrou. – Preciso ouvir isso... outra vez.

– Eu amo você...

A resposta de Zsadist foi começar a rezar à Virgem Escriba no Antigo Idioma.

Apertando Bella com força, enterrou o rosto em seu cabelo, e deu graças com tal eloquência que ela começou a chorar outra vez.

Quando murmurou a última prece de agradecimento, retornou à língua atual.

– Quando me encontrou, estava morto, embora respirasse. Estava cego, embora pudesse ver. E então você chegou... e eu fui despertado.

Ela tocou-lhe a face. Em câmera lenta, ele suprimiu a distância entre suas bocas, depositando o mais suave dos beijos sobre os lábios dela.

Com que delicadeza ele se aproximara, Bella pensou. Mesmo com todo aquele tamanho e força, veio a ela... com doçura.

Então, ele recuou.

– Mas, espere: por que está aqui? Quero dizer, estou feliz que você...

– Espero um filho seu.

Franziu a testa. Abriu a boca. Fechou-a e sacudiu a cabeça.

– Perdão, não entendi... O que foi que disse?

– Espero um filho seu – desta vez, não houve resposta alguma dele. – Você vai ser pai – nada ainda. – Estou grávida.

Certo, estava ficando sem maneiras de dizer-lhe. *Deus*... E se ele não quisesse?

Zsadist titubeou e o sangue lhe fugiu do rosto.

– Carrega um filho meu dentro de você?

– Sim, estou...

De repente, agarrou-lhe os braços com força.

– Você está bem? Havers disse que você está bem?

– Até agora, tudo bem. Sou um pouco jovem, mas talvez isso funcione a meu favor quando chegar o momento do parto. Havers disse que o bebê está bem e não tenho restrições... bem, só não devo desmaterializar-me depois do sexto mês. E, há... – corou... estava vermelha de verdade agora. – Não poderei ter sexo ou ser alimentada do décimo quarto mês até o nascimento. Que deve ocorrer por volta do décimo oitavo mês.

Quando o médico lhe fizera essas advertências, pensara que nem precisaria se preocupar com tais coisas. Mas, talvez agora...

Zsadist balançava a cabeça concordando, mas, na verdade, não parecia bem.

– Posso cuidar de você.

– Sei que o fará. E vai me manter a salvo – disse ela.

Disse isso por que sabia que ele se preocuparia com essa questão.

– Ficará aqui comigo?

Ela sorriu.

– Eu adoraria.

– Formaremos um par?

– Está me pedindo?

– Sim.

Só que ele ainda parecia esverdeado. Estava literalmente da cor de um sorvete de hortelã. E aquelas palavras de praxe estavam começando a assustá-la.

– Zsadist... Está mesmo disposto a isso? Hum... não tem a obrigação de se tornar meu companheiro se você não...

– Onde está seu irmão?

A pergunta a surpreendeu.

– Rehvenge? Ah... em casa, acho.

– Iremos vê-lo. Agora – Zsadist tomou-lhe a mão e arrastou-a em direção ao vestíbulo.

– Zsadist...

– Obteremos seu consentimento e esta noite já seremos um casal. E iremos no carro de V. Não quero que se desmaterialize outra vez.

Zsadist a puxava tão rápido para a porta, que precisou correr.

– Espere, Havers disse que poderia fazê-lo até o sexto mês...

– Não quero correr riscos.

– Zsadist, isso não é necessário.

Ele parou de repente.

– Tem certeza de que quer ter um filho meu?

– Oh, sim. Oh, pela Virgem, *sim*. Ainda mais agora... – sorriu para ele. Tomou-lhe a mão. Pousou-a sobre a barriga ainda plana.

– Você vai ser um pai maravilhoso.

Foi então que ele caiu duro no chão, desmaiado.

Zsadist abriu os olhos e encontrou Bella contemplando-o com amor estampado no rosto.

Em volta deles, havia outros membros da casa, mas ele só tinha olhos para ela.

– Oi pra você – disse ela, com ternura.

Ele estendeu a mão e acariciou-lhe o rosto. Não iria chorar. Não...

Oh, ao diabo com isso.

Sorriu para ela enquanto as lágrimas começaram a rolar.

– Espero... espero que seja uma menininha parecida com...

Sua voz falhou. E, então, sim: totalmente descontrolado, desmoronou e chorou como um idiota. Diante de todos os Irmãos. De Butch. De Beth e Mary. Sem dúvida estava horrorizando Bella com sua fragilidade, mas nada podia fazer. Era a primeira vez em toda sua vida em que se sentia... abençoado. Afortunado. Sortudo. Aquele momento, aquele perfeito e extasiante momento no tempo, aquele único e sublime momento em que jazia ali de costas no vestíbulo, com sua amada Bella, o bebê dentro dela, e a Irmandade à sua volta... aquele era o seu dia mais feliz.

Quando seus patéticos soluços cessaram, Rhage se ajoelhou, sorrindo de tal maneira que suas bochechas pareciam a ponto de estourar.

– Viemos correndo quando sua cabeça quase rompeu o chão. Toca aqui, papai. Posso ensinar o pestinha a lutar?

Hollywood estendeu-lhe a mão, e, quando Zsadist a segurou para apertá-la, foi a vez de Wrath se agachar ao seu lado.

– Parabéns, meu Irmão. Que as bênçãos da Virgem estejam sobre você, sua *shellan* e seu filho.

Quando chegou a vez de Vishous e Butch o parabenizarem, Z. já estava sentado. Enxugando o rosto. Deus, que maricas, ensopado pelas próprias lágrimas. *Droga.* Ainda bem que ninguém ali parecia se importar.

Respirou fundo e olhou em volta, procurando Phury... e ali estava seu irmão gêmeo.

Em dois meses, desde a noite em que Phury saiu para encontrar-se com aquele *redutor*, seu cabelo já havia crescido até a linha do queixo, e o corte que fizera no rosto para imitar sua cicatriz desaparecera há muito. Mas seus olhos eram opacos e sem expressão. E agora estavam mais tristes.

Phury se adiantou e todos ficaram quietos.

– Acho que darei um bom tio – disse ele, baixinho. – Estou muito feliz por você, Z. Por você também... Bella.

Zsadist agarrou a palma de Phury e a apertou tão forte que podia sentir os ossos de seu gêmeo.

– Será um tio maravilhoso.

– E, quem sabe, o *tuhtor*? – sugeriu Bella.

Phury fez uma pequena mesura com a cabeça.

– Será uma honra ser o *tuhtor* da criança.

Fritz entrou apressado com uma bandeja de prata abarrotada com taças de champanhe. O *doggen* não cabia em si de contente.

– Para brindar pela ocasião.

As vozes se misturaram, as taças foram passadas, soaram risadas. Zsadist olhou para Bella quando alguém lhe pôs uma taça na mão.

Eu amo você, ele murmurou. Ela sorriu-lhe de volta e colocou alguma coisa na palma da mão dele. O colar.

– Leve isso sempre com você – murmurou ela. – Para dar sorte.

Ele beijou-lhe a mão.

– Sempre.

Abruptamente, Wrath se levantou em toda sua estatura, ergueu seu champanhe, e inclinou a cabeça para trás. Sua voz, como um trovão, bradou tão alto que se poderia jurar que as paredes da mansão tremeram.

– *À criança!*

Todos ficaram de pé, ergueram as taças, e gritaram a plenos pulmões:

– *À criança!*

Oh, sim... Certamente o coro ensurdecedor alcançou os sagrados ouvidos da Virgem Escriba. Que era precisamente o que mandava a tradição.

Isso é que é brindar pra valer, pensou Z., enquanto puxava Bella para si e a beijava na boca.

– *À criança!* – todos gritaram uma vez mais.

– A você – disse ele, contra os lábios de Bella. – *Nalla*.

Capítulo 50

– Sim, bem, eu poderia passar sem a parte do desmaio – murmurou Z., enquanto estacionava o carro na entrada da casa segura em que a família de Bella agora estava vivendo. – E também aquele lance de me debulhar em lágrimas. Podia ser pulado mesmo.

– Achei muito doce.

Com um gemido, desligou o motor, sacou a SIG Sauer, e deu a volta para ajudá-la a descer do Escalade. *Droga.* Ela já tinha aberto a porta e caminhava pela neve.

– Espere por mim – gritou ele, agarrando-a pelo braço.

Ela o encarou.

– Zsadist, se continuar a me tratar como se eu fosse feita de cristal, vou enlouquecer nos próximos dezesseis meses.

– Escute, fêmea, não quero que escorregue no gelo. Está usando salto alto.

– Oh, tenha a santa paciência...

Ele fechou a porta do carro, beijou-a rapidamente, e, então, pôs-lhe o braço ao redor da cintura e a conduziu à entrada principal de uma grande casa estilo Tudor. Esquadrinhou o jardim coberto de neve, dedo nervoso no gatilho.

– Zsadist, quero que guarde a pistola antes de conhecer meu irmão.

– Sem problema. Estaremos na casa, então.

– Não corremos perigo aqui. Estamos no meio de lugar nenhum.

– Está louca se acha que vou bobear com você e o bebê.

Sabia que estava sendo superprotetor até dizer chega, mas não podia evitar. Era um macho vinculado. Com uma fêmea *prenhe*. Poucas coisas no momento eram mais agressivas ou perigosas do que ele.

Bella não discutiu com ele. Em vez disso, sorriu e cobriu a dura mão sobre a cintura com a sua.

– Cuidado com o que deseja.

– O que quer dizer? – colocou-a na frente dele quando chegaram à porta, blindando-a com o corpo. Odiava a varanda iluminada. Fazia deles um alvo fácil.

Quando apagou a coisa com sua mente, ela riu.

– Sempre quis você como macho vinculado.

– Bem, seu desejo se realizou. Estou profundamente vinculado. Pra lá de vinculado. Super, ultra, megavinculado...

Quando se inclinou para frente e bateu a aldrava de latão, seu corpo entrou em completo contato com o dela. Ela ronronou baixinho e esfregou-se contra ele. Zsadist congelou.

Oh, Deus. Oh... não, uma ereção instantânea. Bastou um pequeno movimento dela e lá estava ele como uma enorme ereção.

A porta se abriu de repente. Esperava ver um *doggen* do outro lado. Em vez disso, deparou-se com uma fêmea alta, esbelta, de cabelos brancos, trajando um vestido longo negro, e coberta de diamantes.

Droga. A mãe de Bella. Z. escondeu a arma no pequeno coldre das costas e certificou-se de que o paletó trespassado estava abotoado até o fim. Então, cruzou as mãos diante do corpo, para ocultar a braguilha.

Havia se arrumado da maneira mais conservadora possível, e vestia um terno pela primeira vez na vida. Calçava mocassins caros. Pensara em usar gola rolê para esconder a faixa de escravo de sangue tatuada no pescoço, mas Bella se opusera, e via que ela tinha razão. Não havia como ocultar o que havia sido, e nem deveria fazê-lo. Além disso, não importava como estivesse vestido, nem que fosse membro da Irmandade, a *glymera* nunca o aceitaria – não apenas por que fora usado como escravo de sangue, mas também por sua aparência.

E, francamente, Bella estava pouco se incomodando com a opinião dos outros, e Zsadist muito menos. Entretanto, ele iria tentar bancar o educado em consideração à família dela.

Bella se adiantou.

– *Mahmen.*

Enquanto ela e a mãe se abraçavam formalmente, Z. entrou na casa, fechou a porta, e olhou em volta. A mansão era aristocrática e suntuosa, mas ele não dava a mínima para as pesadas cortinas drapeadas e o elegante papel de parede. O que aprovou mesmo foram os dispositivos de segurança a lítio em todas as janelas, os receptores laser nas portas e os sensores de movimento no teto. Nota máxima para tudo aquilo.

Bella deu um passo atrás. Ficava tensa perto da mãe e dava para perceber o motivo. Era óbvio pelo vestido e todas aquelas joias que aquela fêmea era aristocrata até a medula. E os aristocratas costumam ser tão calorosos como um bloco de gelo.

– *Mahmen*, esse é Zsadist. Meu companheiro.

Z. aguentou firme enquanto a mãe de Bella o examinou da cabeça aos pés. Uma vez. Duas... e sim, uma terceira vez.

Cara... aquela seria uma noite realmente longa.

Então, ele se perguntou se aquela fêmea sabia que ele, ainda por cima, engravidara a sua filha.

A mãe de Bella se adiantou e ele esperou que ela estendesse-lhe a mão. Não, nada. Em vez disso, os olhos dela se encheram de lágrimas.

Que maravilha. E agora? O que ele faria?

A mãe de Bella jogou-se aos pés dele, o vestido negro caindo em torno dos elegantes mocassins que ele calçava.

– Guerreiro, obrigada. Obrigada por resgatar minha Bella.

Zsadist, atônito, olhou a fêmea um instante. Então, abaixou-se e a ergueu gentilmente do chão. Enquanto a sustentava um tanto sem jeito, olhou para Bella... que mostrava o tipo de expressão que normalmente se vê diante de espantosos números de mágica. Um misto de *perplexidade* e assombro.

Quando a mãe se afastou, enxugando cuidadosamente os olhos, Bella pigarreou e perguntou:

– Onde está Rehvenge?

– Aqui.

A voz grave ecoou de uma sala escura, e Zsadist olhou para a esquerda e viu um enorme macho apoiado em uma bengala.

Droga. Oh... droga. Aquilo *não podia* estar acontecendo.

O Reverendo. O irmão de Bella era aquele traficante perigoso, de olhos cor de violeta e cabelo moicano... e que, segundo Phury, era pelo menos metade *sympatho*.

Que pesadelo absurdo. Tecnicamente, a Irmandade deveria expulsá-lo da cidade. Em vez disso, Z. estava tomando por companheira um membro da família daquele sujeito. Deus, será que Bella fazia ideia do que era seu irmão? E não apenas a parte sobre ser traficante de drogas...

Z. olhou para ela. *Provavelmente não*, seus instintos lhe diziam. Sobre ambas as questões.

– Rehvenge, esse é... Zsadist – disse ela.

Z. desviou a vista para o macho outra vez. O par violeta lhe devolveu o olhar sem piscar, mas, sob aquela aparente calma havia a mesma *inconformação* que Zsadist sentia. *Cara...* de que maneira aquele impasse iria se resolver?

– Rehv? – murmurou Bella. – Hum... Zsadist?

O Reverendo sorriu com frieza.

– E então? Vai se unir à minha irmã, agora que a engravidou? Ou é só uma visita social?

As duas fêmeas abriram a boca, pasmas, e Zsadist sentiu um lampejo negro em seus olhos. Quando puxou Bella para perto de si, a vontade que teve foi de arreganhar as presas. Estava fazendo tudo o que podia para não envergonhar a ninguém, mas se aquele engraçadinho soltasse mais uma daquelas, Z. estava disposto a arrancar do sujeito um pedido de desculpas por incomodar as damas na base dos sopapos.

Ficou bastante orgulhoso de si mesmo por pegar tão leve.

– Sim, vou me unir a ela. E se deixar de bancar o durão, pode ser que seja convidado para a cerimônia. Do contrário, está fora da lista.

Os olhos do Reverendo flamejaram. Mas, então, riu repentinamente.

– Calma aí, Irmão. Só quero me assegurar de que minha irmã estará em boas mãos.

O macho estendeu a mão. Zsadist encontrou aquela grande palma a meio caminho.

– Irmão, não: para você, é cunhado. E ela estará em ótimas mãos, não se preocupe.

Epílogo

Vinte meses depois...

Oh... que agonia. Aquele treinamento iria matá-lo. É claro que queria entrar para a Irmandade, ou, pelo menos, ser um de seus soldados, mas como alguém podia sobreviver àquilo?

Quando o horário finalmente terminou, o novo candidato pré-transição curvou-se um pouco, aliviado porque a aula de luta livre havia acabado. Mas não se atreveu a mostrar outro sinal de fraqueza além desse.

Como todos os aprendizes, sentia pavor e um profundo respeito pelo professor, um enorme guerreiro coberto de cicatrizes, um membro perfeito da Irmandade da Adaga Negra. Abundavam os boatos sobre o macho: que comia os *redutores* depois de trucidá-los; que assassinava mulheres por esporte; que tinha aquelas cicatrizes só por gostar da dor...

Que matava os recrutas que cometiam erros.

– Para o chuveiro – disse o guerreiro, sua voz grave enchendo o ginásio. – O ônibus já vem pegá-los. Começaremos amanhã, às quatro em ponto. Então, durmam bem esta noite.

O aprendiz saiu correndo com os outros e ficou grato por chegar ao chuveiro. *Deus...* Pelo menos, os demais alunos estavam tão aliviados e doloridos quanto ele. Àquela altura, estavam como gado, parados sob a ducha, mal conseguindo piscar, estúpidos de esgotamento.

Graças à boa Virgem não teria de voltar para aqueles malditos colchonetes azuis por dezesseis horas.

Só que, quando foi vestir suas roupas civis, deu-se conta de que se esquecera do casaco de moletom. Encolheu-se e saiu em disparada até o ginásio. O aprendiz parou de repente.

O professor ainda estava lá, sem camiseta e treinando num saco de areia, as argolas dos mamilos cintilavam enquanto girava em torno de seu alvo. *Pela Virgem do Fade...* Tinha as marcas de um escravo de sangue, e cicatrizes cortavam suas costas. Mas, cara, como se movia! Força, agilidade e potência incríveis. Letais. Muito letais. Decididamente letais.

O aprendiz sabia que deveria ir embora, mas era incapaz de desviar os olhos daquele espetáculo. Nunca vira algo se mover tão rápido ou golpear tão forte quanto os punhos do macho. Obviamente, os rumores sobre o instrutor eram todos verdadeiros. Era uma máquina de matar.

Com um estalido metálico, a porta do outro lado do ginásio se abriu, e o som do choro de um recém-nascido ecoou pelo teto. O guerreiro se deteve no meio de um soco e virou-se quando uma linda fêmea, levando nos braços um bebê envolto em um cobertor cor-de-rosa, aproximou-se dele. A expressão em seu rosto se tornou suave, e ele praticamente se derreteu.

– Lamento incomodá-lo – disse a fêmea, mais alto do que o choro da criança. – Mas ela quer o papai.

O guerreiro beijou a fêmea enquanto tomava o pequenino bebê nos enormes braços, embalando o recém-nascido contra o peito nu. O bebê ergueu as mãozinhas e rodeou-lhe o pescoço; então, acomodou-se contra sua pele, acalmando-se instantaneamente.

O guerreiro se virou e olhou através dos colchonetes, dando com o aprendiz. Disse-lhe sem se alterar:

– O ônibus logo estará aí, filho. É melhor se apressar.

Então, piscou o olho para ele e se virou, enlaçando a cintura da fêmea, atraindo-a para si, beijando-a outra vez na boca.

O recruta olhou as costas do guerreiro e notou o que os ferozes movimentos de antes o impediram de ver. Sobre algumas de suas cicatrizes havia dois nomes, no Antigo Idioma, sobre a sua pele, um em cima do outro.

Bella... E *Nalla.*

A SEGUIR, UMA PRÉVIA DO QUARTO ROMANCE DA IRMANDADE DA ADAGA NEGRA, *AMANTE REVELADO*

Butch O'Neal é um lutador por natureza. Ex-policial da divisão de homicídios, durão, ele é o único humano que já foi admitido no círculo da Irmandade da Adaga Negra. E deseja mergulhar ainda mais fundo no mundo dos vampiros, na guerra contra os redutores. *Se não pode ter a fêmea vampira que ama, então, quer, pelo menos, lutar lado a lado com os Irmãos.*

O destino o amaldiçoou justamente realizando o seu desejo. Quando Butch se sacrificou para salvar um vampiro dos assassinos, caiu vítima da força mais sinistra dessa guerra. Butch é deixado para morrer, e a Irmandade recorre a Marissa para trazê-lo de volta, mas mesmo o seu amor pode não ser suficiente para salvá-lo...

Oh, querida Virgem do Fade, pensou Marissa.

Butch não havia comparecido ao banquete real. E ninguém o vira. Também não tinham visto Vishous. Duas horas... ele estava atrasado duas horas para o encontro com ela.

Quando ouviu que alguém se aproximava, virou-se.

Era Vishous, não Butch, quem entrava no aposento. O Irmão trajava roupa de couro negra e pesadas botas da mesma cor, mas estava usando uma bela camisa branca. Turnbull & Asser. Ela reconheceu o corte. Algo lhe disse que a vestira só para vê-la.

– Diga-me que ele está vivo – disse ela. – Salve minha vida neste momento, dizendo-me que ele está vivo.

Vishous confirmou com a cabeça.

– Ele está vivo.

Seus joelhos fraquejaram de alívio.

– Mas não vem, não é?

– Não. Irá vê-lo amanhã à noite.

Enquanto se encaravam, Vishous permanecia parado na soleira, oprimindo-a com sua presença, ainda que estivesse do outro lado do quarto. Era um macho perigoso, pensou ela, e não por causa das tatuagens em torno do olho, do cavanhaque ou do corpanzil de guerreiro. Era frio até a medula, e alguém assim era capaz de qualquer coisa.

No pesado silêncio, ela temia tanto a ele quanto as notícias que trazia.

– Onde ele está? – perguntou ela.

– Ele está bem.

– Então, por que não está aqui? – cruzou os braços sobre o peito. – Quero que me conte o que aconteceu.

– Só uma luta rápida.

Uma. Luta. Rápida.

– Quero vê-lo.

– Como lhe disse, ele não está aqui.

– Está na clínica de meu irmão?

– Não.

– E você não vai me dizer onde ele está, não é?

– Ele entrará em contato com você em breve.

– A luta foi com os *redutores*? – tudo o que Vishous fez foi continuar olhando para ela, e o pânico se apoderou de Marissa. Não podia suportar que Butch se envolvesse naquela guerra. Olhe só o que já acontecera com ele por causa daquilo. – Responda-me. Droga, diga-me, seu filho da mãe arrogante.

Apenas silêncio. O que, obviamente, respondia à pergunta. E também sugeria que Vishous não se importava com a opinião que ela tinha a seu respeito.

Marissa suspendeu ligeiramente a saia longa para desembaraçar as pernas e avançou para o Irmão. Precisou esticar o pescoço para olhá-lo nos olhos. Deus, ele era tão maior do que Butch. E aqueles olhos, aqueles olhos diamantinos, com linhas azuis escuras ao redor das íris... Frios. Tão frios.

– Não quero Butch lutando.

Uma sobrancelha negra se arqueou.

– Isso não é da sua conta.

– É muito perigoso para ele.

– Se tiver capacidade, e quiser participar, será utilizado.

– Eu não gosto da Irmandade neste momento – disparou ela.

Passou por Vishous, disposta a sair dali, mas ele estendeu a mão, agarrou-a pelo braço, atraindo-a para si e sujeitando-a, sem, no entanto, machucá-la. Os brilhantes olhos do macho passearam por seu rosto e pescoço.

– Sabe, você é realmente a maior beldade da espécie, não é?

– Não... não sou.

– Sim, é – o tom de voz de Vishous foi se tornando cada vez mais baixo, mais suave, até que Marissa já não tinha certeza se o ouvia de fato ou se ele soava apenas em sua mente. – Butch seria uma sábia escolha para você, fêmea. Ele cuidaria bem de você, se o deixasse. Faria isso, Marissa? Ou está apenas brincando com ele?

Aqueles olhos de diamante a hipnotizaram, e ela sentiu o polegar de Vishous em seu pulso. Enquanto ele o movia delicadamente para cima e para baixo, a velocidade dos batimentos de seu coração foi diminuindo aos poucos, até entrar numa cadência preguiçosa. Ela oscilou.

– Responda à minha pergunta, Marissa.

– O que... o que perguntou?

– Deixará que ele seja seu companheiro? – Vishous se inclinou e sussurrou-lhe ao ouvido: – Você o deixará possuí-la?

– Sim... – suspirou, consciente de que estavam falando de sexo, mas muito seduzida no momento para não responder. – Eu o receberei dentro de mim.

Aquela mão forte afrouxou; depois, passou a acariciar-lhe o braço, movendo-se sobre a pele dela carinhosamente, mas com vigor. Ele baixou a vista para onde a estava tocando, com uma expressão de profunda concentração no rosto.

– Que bom. Isso é bom. Vocês ficam muito bem juntos. Constituem uma verdadeira inspiração. Mas quero que você tenha uma coisa em mente. Faça mal a ele novamente e passará a ser minha inimiga pessoal. Estamos entendidos?

O macho girou nos calcanhares e deixou o aposento.

Butch andava de um lado para o outro na biblioteca da mansão, sentindo-se enjaulado pelas estantes repletas de clássicos encadernados em couro. Lembravam-no de tudo que não havia lido, de todo aquele papo de cultura literária que nunca fora sua praia, de todo o ensino superior que nunca havia tido.

Era formado pela escola da vida, pela malandragem das ruas, e sempre achara que isso bastava.

Só que agora gostaria de ser um maldito erudito, um pós-graduado de Oxford ou coisa que o valha.

Praguejando, obrigou-se a se acalmar perto da lareira. Observando as chamas, ajeitava nervosamente o colarinho de sua camisa de seda. Alisava o paletó do terno Prada. Checava os sapatos para se certificar de que não havia arranhões em seus mocassins Gucci. Queria estar perfeito para sua fêmea. Depois de tantos mal-entendidos e... daquela outra coisa, rezava para que finalmente tivessem uma oportunidade de vislumbrar um futuro juntos.

Por isso que desejava ao menos *aparentar* ser digno dela.

O aroma de uma brisa do oceano penetrou na sala, e Butch fechou os olhos, absorvendo a fragrância profundamente em seus pulmões. Ele precisou se segurar quando virou para vê-la.

Oh, meu Deus, como ela é bela...

Marissa apareceu na soleira como um anjo, e a mente dele pregou-lhe uma peça, deixando-o pensar momentaneamente que tal visão não era real, e sim uma ilusão causada por sua obsessão. O vestido amarelo-claro de Marissa e seu cabelo louro que lhe chegava aos quadris pareciam formar uma aura divina, e seu corpo era a personificação da beleza que povoava seus sonhos... e pesadelos. Quando ela o olhou através do aposento, seu coração patético e acelerado a transformou em uma visão saída diretamente de sua infância católica: a madona da salvação e do amor. E ele, seu servo indigno.

– Olá, Butch – sua voz era suave, gentil. Devastadora.

– Marissa – aquela mulher... aquela vampira... era tudo o que ele sempre desejara e nunca se atrevera a pedir. Muita areia para o seu caminhãozinho, mesmo nos seus melhores dias.

E que Deus o ajudasse, pois *ele a queria.*

Contudo, enquanto ela se aproximava, ele deixou de lado toda a baboseira romântica. Caramba, como ela era frágil. Movia-se lentamente, como se mal sentisse as pernas, e estava terrivelmente pálida, quase transparente, carecendo de energia.

As palavras, também, eram tão tênues quanto sua respiração.

– Butch... precisamos conversar.

Ele respirou fundo, enquanto balançava a cabeça concordando.

– Sei o que vai dizer.

– Sabe?

– Sim – ele começou a atravessar a sala em direção a ela, braços estendidos. – Você não sabe que eu faria qualquer coisa para...

– Não se aproxime mais – ela recuou atabalhoadamente, chocando-se com uma prateleira de uma coleção encadernada em vermelho sangue. – Você tem de ficar longe de mim.

Ele deixou cair as mãos.

– Precisa se alimentar, não é?

Os olhos dela se arregalaram.

– Sim. Como...

– Tudo bem, querida – ele sorriu de leve, consciente da onda de calor que lhe varria o corpo. – Está tudo *muito* bem.

– Então, sabe o que tenho de fazer? E não se... importa?

Ele sacudiu a cabeça.

– Estou sossegado em relação a isso. Mais do que sossegado.

– Oh, graças a Deus – ela cambaleou até o sofá e sentou-se como se seus joelhos houvessem cedido. – Tinha tanto medo que ficasse ofendido. Será difícil para mim também, mas não há outro jeito. E não posso adiar mais. Tem de ser esta noite.

Desta vez, quando ele se aproximou, Marissa permitiu. Butch se ajoelhou diante dela, tomando-lhe as mãos nas suas. Como estavam frias! Esfregou-as entre as palmas para aquecê-las.

– Venha – disse ele, cheio de expectativa. – Vamos.

Uma expressão curiosa atravessou o rosto da fêmea.

– Você quer assistir?

Ele deixou pender a mão que segurava a dela.

– Assistir?

– Eu, hã... não estou bem certa de que isso seja uma boa ideia. Você poderia se tornar um pouco possessivo...

– Espere um pouco: assistir? – ele desabou. Como se alguém subitamente houvesse puxado o tapete embaixo de seus pés. – Como assim, *assistir*?

– Quando eu estiver com o macho que me deixará beber de sua veia.

Subitamente, Marissa se encolheu, dando-lhe uma boa ideia de como deveria ser a expressão em seu rosto. Ou, talvez, ela estivesse reagindo ao fato de que ele começara a grunhir.

Butch pôs-se de pé.

– Uma ova que usará outro. Tem a *mim*.

– Butch, não posso me alimentar de você. Tomarei muito... Aonde vai?

Ele caminhou decididamente pela sala, fechou as portas duplas e as trancou. Quando voltou para ela, arrancou o paletó, arremessou-o ao chão e abriu a camisa com tanto ímpeto que os botões saíram voando. Caindo de joelhos diante dela, inclinou para trás a cabeça e ofereceu-lhe a garganta.

– *Use-me.*

Houve um longo silêncio quando seus olhos se encontraram. Então, o perfume dela, aquela magnífica e fresca fragrância, intensificou-se até inundar toda a sala. O corpo de Marissa começou a tremer e ela abriu a boca. Quando expôs as presas, ele obteve uma ereção imediata.

– Oh... sim – disse ele com a voz pesada. – Beba de mim. Preciso alimentá-la.

– *Não* – gemeu ela, lágrimas brincando em seus pálidos olhos azuis.

Fez um movimento para se levantar, mas Butch se lançou sobre ela, segurando-a pelos ombros, deitando-a no sofá. Meteu-se entre as pernas dela, colando seus corpos. Marissa estremeceu contra ele, empurrando-o, enquanto Butch a subjugava... até que, de repente, ela puxou as duas metades de sua camisa, atraindo-o para si.

– Isso, querida – grunhiu ele. – Agarre-me. Deixe-me sentir essas presas cravarem-se profundamente em mim. *Quero isso.*

Segurou-a pela nuca, aproximando-lhe a boca de sua garganta. A tensão sexual explodiu entre eles, e ambos começaram a ofegar, e ele podia sentir na pele o calor do hálito e das lágrimas de Marissa.

Mas, então, ela pareceu recuperar o juízo. Resistiu com força, e ele fez o possível para mantê-la no lugar, embora soubesse que logo iria perder a luta contra ela. Como era apenas um humano, Marissa era fisicamente mais forte do que ele, embora pesasse mais do que ela.

– Marissa, por favor, beba de mim – gemeu ele, sua voz enrouquecida pela luta e, agora, também pela súplica.

– *Não...*

Foi de cortar o coração quando ela começou a soluçar, mas não a soltou. Não conseguiu.

– Tome o que há dentro de mim. Sei que não sou suficientemente bom, mas tome assim mesmo.

– Não me force a fazer isso.

– Preciso – Deus, teve vontade de chorar com ela.

– Butch... – resistia. – Não posso me conter... por muito mais tempo... Solte-me antes que lhe faça mal.

– *Nunca.*

Aconteceu tão rápido. Marissa gritou seu nome e depois ele sentiu uma dor abrasadora na lateral do pescoço.

As presas dela afundando-se em sua jugular.

– *Oh... Deus... isso!* – ele afrouxou a pressão sobre ela, embalando-a enquanto a sentia em seu pescoço. Gritou o nome dela quando sentiu uma poderosa sucção erótica em sua veia. Foi tomado de prazer e faíscas percorriam todo o seu corpo, como se estivesse tendo um orgasmo.

Aquilo era *tão* como tinha de ser. Queria que ela bebesse dele para poder viver...

Marissa rompeu o contato repentinamente e desmaterializou-se em seus braços.

Sua cabeça ficou no vácuo de onde ela havia estado, e ele aterrissou de cara nas almofadas do sofá. Levantou-se e procurou-a em volta.

– Marissa! *Marissa!*

Correu para a porta e agarrou a maçaneta, mas não conseguia girá-la. E, então, ouviu-lhe a voz sumida e desesperada do outro lado.

– Eu o mataria... Deus me ajude, eu o mataria... De tanto que o desejo.

Ele esmurrou a porta.

– Deixe-me sair!

– Sinto muito – sua voz entrecortada, então, tornou-se mais forte, e ele temeu a resolução que havia nela mais do que tudo. – Sinto imensamente. Voltarei depois. Depois que tiver terminado o que preciso fazer.

– Marissa, não faça isso...

– Eu amo você.

Ele golpeou a madeira com os punhos.

– Não me importo de morrer!

A fechadura se abriu, e ele irrompeu no hall. A porta do vestíbulo acabava de se fechar. Correu para ela.

Mas quando saiu para o pátio, Marissa já havia ido.

HR Gráfica e Editora
Rua Serra de Paracaina, 716 – Moóca - São Paulo – SP – CEP 03107-020
Fone/Fax: (11) 3341-6444 - Email: vendas@hrgrafica.com.br
www.hrgrafica.com.br